立足当代

贯通古今

融合新旧

兼顾中外

ZHONGHUA
SHICI
YANJIU

中华诗词研究

中华诗词研究院 复旦大学中文系 / 编

第五辑

中国出版集团 东方出版中心

目　　录

诗学建构

诗史扫描

诗教纵横

中外交流

前沿速递

中国诗歌传统再认识

——关于抒情叙事、表现再现的互惠与博弈

董乃斌

【摘　要】　无论从文学史实，还是从创作原理，都能够证实"事发而后情生，情生而后诗作"的道理。既然事发情生，事在情前，那么抒情、叙事两大传统谁都不能"唯一""独尊"，而是必然共生于中国诗歌史之中。这乃是一种客观的存在。至于抒情、叙事两大传统的关系，可以用互惠和博弈来表述。互惠指二者相助以增色，是为主；博弈谓二者相竞而争丽，是为辅。但互惠博弈之间也有渗透与转换，虽称两面而实为一体。正是抒叙两大传统的互惠与博弈构成了一部丰富多彩、波澜壮阔的诗歌史。古往今来无数的创作实绩都能说明这一点。两大传统从古代一直贯穿至今，且将传承无尽。如何更好地利用和发挥二者互惠博弈而形成的张力，对于创造时代诗歌的新局面，是个值得思考的问题。

【关键词】　现当代旧体诗词　文学史　诗学　诗法　诗病

一、事发而后情生，情生而后诗作

回顾诗歌史，应该承认诗歌史贯串着抒情与叙事两大传统。或用另一术语曰表现、再现两大主义亦不妨。

论证可从两方面进行，一是从文学史实言，一是从创作原理言。

从文学史实言，中国诗歌从《诗经》《楚辞》到汉以后历代诗歌，一直到今天的新旧诗坛，无数诗歌创作实绩充分证明抒情传统和叙事传统的并列存在。

从诗歌创作原理言，抒情和叙事是对诗歌形形色色、千变万化创作手法的最高概括。严格说来，没有一首诗是无事或无情的，也没有一首诗会与抒情或叙事无关。诗歌抒情传统、叙事传统的形成，由每位诗人、每首诗抒叙经验点滴积累而成，且世代传承。传统有巨大的影响力和惰性，但传统又具有活性，绝非一成不变。

诗歌创作的主体是人，而人必须在动情的前提下，才有可能进入创作过程。从这个意义上，似乎不妨说"动情"或"情"是诗歌创作的起点。另外，诗歌创作比一般的文学写作更强调、更突出个性的表现和情感的投入。因此，在诗学中，更多地强调情的作用，强调抒情，乃至从诗歌史中概括出一个抒情传统或表现主义体系，是可以理解的。

但如果深究一步，问一声：人何以会动情？那么，不能不看到，在人之动情之前，还有个极端重要不可忽略的环节，那就是"事"的发生。人总是在遇"事"之后才会生出喜怒哀乐爱恶欲之类"情"来。世人不会无缘无故地"动情"。动情的背后，必有"事"的发生。所以情的表现和变化又应该能够一定程度地推原出与之相关的事来。古人明白这个道理，所以有"凡音者，生人心者也"和"声音之道与政通矣"的说法（《礼记·乐论》）。今人亦有"窃尝合古词人之作观之，其发唱之情虽至夥，要不出乎哀乐，而世之治乱，即因以见"（《刘永济词集·自序》）之说。

那么，什么是"事"？若用一句话概括，即可如《辞源》所说："凡人所作所为所遭遇都叫事。社会生活的一切活动和自然界的一切现象也叫事。"[1] 政事是"事"，家事是"事"，个人的生老病死也是"事"，可以说人的生活中充满了"事"，到处是"事"，时时刻刻发生着"事"，连闲着无事，也是一种"事"。而凡事，均可入诗，就看遇事之人有无诗情诗兴而已，至于诗歌对"事"的表现程度和方法，则千差万别，千变万化。既然事发在前，情动于后，那么，说"事"才是一切诗歌创作的根本和真源，自然更为合情合理。创作诗歌，无论口唱还是笔写，总要这样那样、多多少少、或隐或显地叙及使其动情之事[2]，而且就中国诗歌

---

[1]《辞源》修订本，商务印书馆1979年版，第121页。

[2] 关于诗歌如何或隐或显地叙事，且与西方理论所谓模仿、形象、典型化不同，尚须专门讨论，暂勿论。

而言，更是从其源头就和被称为"史"的那种事结缘纠葛，难分难舍。[1]因此要说诗歌中存在着一个叙事传统，那也是极为自然、理由充足的。

当然，抒情传统也好，叙事传统也罢，其内涵不限于表现方法，还涉及对生活、对外界事物、对题材选择、对创作目的和题旨的确认等问题，实际上是今人对诗歌史内在本质的一种概括和命名，表达的是对诗歌史本质的一种认识，对一种客观实际的反映。这种认识和反映本是从诗歌实际中提取的，故首先应该符合实际，且还须回到诗歌史中接受检验，进而也将在现实中发挥作用。由于立足点、视角之不同，当然会产生种种不同观点和结论。比如因为学术目的和态度趣向不同，这种对文学传统的认识，又可以反过来成为文学史的一种专视角度，一种特殊的论述框架。于是实际局面呈现的便是音调迥异的众声喧哗，形成关于诗歌史文学史的多声部合唱。

在对诗歌史抒情、叙事两大传统的观察分析中，我们发现，抒情叙事两大传统有着共生、并存、互补、互竞的特点。两大传统相互依存不可分割，有时简直是你中有我、我中有你的状态。抒情和叙事作为诗歌创作的两大手法，各有所长，亦有所短，诗人们亦各有所擅，各有所爱，创作时随机运用，情况复杂，究竟用抒，还是用叙，变化多端，效果不一，抒叙之间不免有所侧重，有所取舍。这里说的是"怎样写"的形而下层面。但说到传统，则在此上还有一个"写什么"的层面和"为什么写"的形而上层面。抒情传统与叙事传统涉及的绝非仅是怎样写的问题，也许更重要的，倒是写什么和为何而写的问题。在这里抒叙二者的区别主要表现在前者偏主观、个人，偏情感流露和自抒胸臆，以情绪的自我舒泄以求慰解为旨趣；后者则重客观、他人，多事实描述和借事抒怀，以信息的传播交流和立史存照为鹄的。很显然，二者必然既有所互惠，亦有所博弈。单个诗人因经历遭遇不同，时世环境有异，在抒叙的选择运用上一生前后有可能发生很大变化。众多诗人更是各具特色，难以划一。甚至有的诗人还会改行，或者既写诗又写叙事性更强的小

---

[1] 请参董乃斌《诗史言说与叙事传统》，见中华诗词研究院、复旦大学中文系编《中华诗词研究》第三辑，东方出版中心2017年版，第182—198页。

说、戏剧之类。就中国诗史的内部来说，博弈主要呈现为艺术手法和表现技术之争，但也可能发生诗体从抒情到叙事的变化。一部诗史便成为抒情传统与叙事传统形成发展、交融互惠、博弈前行、各领风骚、交相消长起伏，因而波谲云诡、绚丽多彩的历史。而扩大到诗史以外，进入整个文学的领域，受文学内外部因素的错综影响，抒叙的博弈又主要呈现为文体的竞争，如有时抒情性强的文体诗歌风行，有时叙事性文体小说戏剧占据文坛中心，等等。当然，这一切都是相对而言，诗歌里从来不乏叙事成分，小说戏剧里又可以富含抒情因子。某种文体风行，并不等于别的文体必然衰亡没落：文坛或许可以分出中心和边缘，但中心以外的文体未必便没有好的甚至杰出的作品。两大传统真正是既互惠，又博弈，都要扩张发展，又谁也离不开谁，于是形成一种张力，给文学的发展演变带来无穷无尽的色彩、波澜和风景。

从诗歌史整体而言，存在叙事、抒情两大传统，具体到一首诗，则其成分由抒叙两部分构成，有时一句之内也可分出抒叙。为研究和论说之便，我们从具体的诗篇入手，依据诗中"情""事"成分的不同比例和结构方式，试将诗篇分为含事、咏事、述事与演事等几个层次、几种类型。

所谓"含事"，说的是诗歌创作总有一定的本事背景这种情况。任何诗，哪怕是不折不扣的抒情诗，追究到创作动因，也不能不是含事的。但创作动因的有事是一回事，诗人对促其动情之事的表现方式又是一回事。诗人创作，可以正面、着力表现此事，那就是我们所说的"述事"。述事也有程度与方式之不同，一般诗歌以抒情为主，叙事为辅，而叙事诗就是以述事为主。但不一定所有述事之诗都达到叙事诗的程度。因为述事并不只存在于叙事诗中，一首诗有述事成分，并非就能称作叙事诗。如果诗人将促其动情提笔的那件事（本事）推得很远，不在诗中正面描述，甚至几乎将其推至一种淡淡模糊背景的地步，而将诗的主要篇幅用于抒情、发感慨、发议论，那此诗就只是我们所说的含事之作，是诗歌与事实距离最远、抒情成分最重的层次。这里所谓的含事之诗与通常所说的抒情诗基本上处于重合状态。读者往往不能从这种诗歌的字面了解其本事，必须参考作者生平或其他史料才能有限地弄清其所写之事。含事之诗还有一种情况，就是即使再三考证仍然弄不清其本事，或众说纷纭而莫衷一是，但实际上又并非真的无事——李商隐著名的无题诗不就如此吗？这种情况，我们姑且名之为"事在诗外"，不是没事，只是事的位置距诗面更远，其本事真相更显缥缈无着而已。

中国诗大多数属于"咏事"。所谓咏事，指诗面（即诗之文本）比较清晰地道明了所写之事，或作者于诗题及诗的附件（如题注、句下注之类）中已说明所咏之事。这类咏事之诗，大致可称"事在诗内"，此类诗的篇幅可长可短，抒叙比例却最为复杂，变化最多，分辨诗句，从抒九叙一到抒一叙九，各样组合排列均可，甚至一句之内亦有抒有叙，唯以作者尽情畅意是求。

最后是所谓"演事"。演事之作也是以叙述故事为主，与述事的区别主要在于叙述者及其位置的不同。抒情诗的叙述者往往与作者、与抒情主人公重合，是二而一的关系。但抒情诗有隐含作者的，与真作者不同，情况就比较复杂。叙事诗的叙述者更复杂，犹如小说一般，作者不等于叙述者，叙述者不等于主人公，叙述视角也就多样多变。"演事"本是戏剧的性能，剧作家基本身处场外，让事件中各色人等登台表演，通过表演叙述事情。中国戏剧近似西洋歌剧，与诗关系密切，作者往往创造各种机会（诗般的意境），让剧中人开口演唱，而所唱者，除一般剧情外，更追求诗情画意，最好的唱词实际上就是诗。诗歌叙事性的极致就是演事和戏剧性。到这里，诗歌这种文学样式就开始越出自己的阈域，与别的文学样式发生交叉，而这正是诗歌生命力旺盛无限的标志。

为了具体说明上述种种概念，兹取近日读到的诗一首略作分析：

> 痁疾繁忧两不堪，更憎梅雨凑成三。向荣草木人多羡，新样妆梳我未甘。检点丛残充覆瓿，闲寻野老作常谈。卅年占毕嗟无补，只当华胥梦里酣。
>
> ——陈乃乾《和葩翁旧韵一律，分寄葩翁、融之》[1]

----

[1] 陈乃乾1949年7月12日日记，见虞坤林整理《陈乃乾日记》，中华书局2018年版，第112页。

此诗体属七律，是古典诗歌成熟期最常见的体裁之一。其首联赋体叙事，直截了当地写出创作动因。"痼疾""繁忧"和"梅雨"是三件事，它们引起作者情感波动，有话欲对友人说，遂以和韵方式写诗赠友。"梅雨"还点明诗所写的时间大致是南方的春末夏初时节。"不堪""更憎"则是叙事中表达的感情倾向，当然属于抒情。首联已将作者欲诉之事和不愉快情绪道出。颔联按例对仗，却是比兴叙事[1]。"向荣草木""新样妆梳"比喻、指代新时代、新社会中得风气之先、勇于改变自己紧跟潮流因而多沾雨露、多获好处的人，这种人的存在及被众人艳羡构成了作者处身的环境。这里的比兴浅显，并不隐晦曲折。作者表示自己无意仿效，绝不从同。"我未甘"这种表态式的语言，在诗中应属抒情成分。诗句就是这样由叙事和抒情熔结起来。颈联仍是叙事。作者从事的工作是搜罗整理古籍，自己很看重，但担心在新社会已无价值，故曰"检点丛残"只能"充覆瓿"而已，这句叙述的主观猜测意味很重，饱含了疑惧而又于心不甘的情绪，叙述中融入抒情，是为"叙中抒"。下一句似乎比较客观：闲来无事只能找几个老朋友聊聊天谈谈家常。这也许是事实，但称朋友为"野老"，自己当然也以野老自居，言下显然有与"向荣草木"们界分之意，可见，此语虽平实，却也并非毫不含情，作者熟练地运用了"叙中抒"的手法。尾联咏叹的色彩更浓烈，"嗟无补"明白地用了一个"嗟"字，叹息自己半生用心从事的读书治学之业在新社会或将"无补"。此二字含义丰富，如果理解为于事无补，那是一句心酸的反话；如果理解为无补于个人、家庭的命运处境，那是一句锥心的叹息。"卅年占毕嗟无补"七个字，前四字叙半生从事之术业，后三字抒今日失望叹息之感，叙抒自然结合。而结句则是情绪的直接抒发，即自抒胸臆——且把这一切当作一场梦吧！有了前面那么多的叙事，最后的抒情也就水到渠成了。这首七律把一位旧知识分子（当时作者54岁）刚进入新社会时的心态描叙得非常真实，是一首典型的咏事之作——除痼疾、繁忧、梅雨等面上之事外，更重要的乃

---

[1] 这里所用"比兴叙事"和"赋体叙事"，将古之赋比兴与今之叙事作概念组合，详参董乃斌《中国文学叙事传统论稿》所载《从赋比兴到叙抒议》，东方出版中心2017年版，第64—78页。

是抒发建国初始时对新政权不了解、有疑惧的心事。通过抒叙的交融互惠，诗歌贴切地表达了作者此时阢杌不安的心情，也真实而历史地为知识分子的生存状态留照。[1]

二、抒叙互惠是主流

我们关于诗歌史贯穿抒叙两大传统的认识，关于两大传统的互惠与博弈等，首先是建立在对诗歌作品的具体分析之上（上节述例可用于历代各类诗作），同时更是建立于对中国诗歌史的整体了解之上的。下面试从中国诗歌之源《诗经》的实际状况来说互惠。

《诗经》时代，是抒情传统与叙事传统由萌芽到形成的时期，是中国诗歌抒叙两大传统发生的共同源头。那时，这两大传统正在成形，关系和谐，地位平等。

闻一多先生《歌与诗》一文曾对此作过精彩的阐述。闻先生在论证了上古时代"歌"的本质是抒情，"诗"的本质是纪事述史，指出了它们的"对垒性"之后，进一步论到了诗、歌的合流和《诗经》的特质：

> 诗与歌合流真是一件大事。它的结果乃是《三百篇》的诞生。一部最脍炙人口的《国风》与《小雅》也是《三百篇》的最精彩部分，便是诗歌合作中最美满的成绩。一种如《氓》《谷风》等，以一个故事为蓝本，叙述方法也多少保存着故事的时间连续性，可说是史传的手法；一种如《斯干》《小戎》《大田》《无羊》等，平面式的纪物，与《顾命》《考工记》《内则》等性质相近，这些都是"诗"从它老家（史）带来的贡献。然而很明显的，上述各诗并非史传或史志，因为其中的"事"是经过"情"的炮制然后再写下来的。这情的部分便是"歌"的贡献。由《击鼓》《绿衣》以至《蒹葭》《月出》是"事"的色彩由显而隐，"情"的韵味由短而长，那正象征着歌的成分在比例上的递增。再进一步"情"的成分愈加膨

---

[1] 陈乃乾先生（1896—1971）此后很快投入工作，先在上海，后在北京中华书局，为古籍整理与出版作出重要贡献，自己也撰有学术著作多种。

胀而"事"则暗淡到不合再称为"事"只可称为"境",那便到达十九首以后的阶段而不足以代表《三百篇》了。同样,在相反的方向,《孔雀东南飞》也与《三百篇》不同。因为这里只忙着讲故事,是又回到前面诗的第二阶段去了,全不像《三百篇》主要作品之"事""情"配合得恰到好处。总之,歌诗的平等合作,"情""事"的平均发展是诗第三阶段的进展,也正是《三百篇》的特质。[1]

闻先生在这里阐发了诗歌中抒情叙事的意义,特别是它们必然交融互惠而又成为"对垒"的辩证关系,以及这种对垒关系在诗歌史上的发展趋向,这些都对我们极具启发性。

《诗经》所含诗体有风、雅、颂三种,它们产生和写定的时间不同,艺术特征也不同,但都体现了抒情叙事的良好结合。具体地看,每首诗抒叙成分比例有多有少,因而其性质属抒情抑或属叙事,也有所不同。

试以内容、主题相关的几组雅颂作品来看。《诗经》雅颂作品本来就存在着相关的情况,特别是大雅和周颂,前人多有论述。马银琴《两周诗史》进一步指出:"武王时代的乐歌,在以史诗的形式叙述周人开国创业重大历史事件的同时,还有另外一个引人注目的现象,即以缅怀文王功德、歌颂武王克殷灭纣的胜利及以平定天下的誓词为中心内容的祭祀颂圣之歌出现,体现了《颂》歌'美盛德之形容,以其成功告于神明'的仪式特点。"所以"大部分《颂》诗与《大雅》在具体内容上存在着对应关系"。马银琴开列的诗篇如下:

《周颂·清庙》《维天之命》《维清》祭祀文王,《大雅·文王》歌颂文王受命称王之事;

《周颂·思文》祭祀后稷,《大雅·生民》记述其诞生之种种奇异及肇祀之事;

《周颂·天作》祀太王、文王,《大雅·绵》记述太王迁岐、文王伐崇之事;

[1] 闻一多:《闻一多全集》,三联书店1984年重印开明书店版,第190页。

《周颂·武》《桓》《酌》等为武王克商后祭祖告功之歌，《大雅·大明》述其伐商经过；

《周颂·振鹭》《有客》为二王之后助祭之辞，《大雅·文王》则述文王受天命代殷作周、命殷士"无念尔祖，聿修厥德"；

《周颂·丰年》祭祀祖妣，《大雅·思齐》则述及周室三母及文王之圣。

她把这些诗分为两类，前面的《周颂》是纪祖颂功之歌，后面的《大雅》是宗庙祭祀之歌，两者都是《诗经》中的仪式颂赞之歌。[1]马银琴的叙述和分类是着眼于这些作品在当初产生时的功用，而我们今天诵读或阅读文本，从其抒叙的构成来看，就可感到，《颂》的特点是叙述概括简略，多颂赞褒美语和誓言祝愿语，陈事不多，只集中强烈地表达崇敬先祖的心情和继承祖先功烈的志向愿望，实际上也就是以抒情言志表态为主，从诗体言，不妨视之为抒情体诗；而《大雅》诸作一般是"叙中抒"，其内容主要是记述相关史迹，叙事既突出重点又具体详尽（当然是中国史诗式的，不是希腊史诗式的），在叙事的基础上有所抒情，也有某些直接抒情之语。故就总体看，这些诗都体现了叙事与抒情的良好结合，该叙就叙，该抒就抒，比《颂》更能使人感受到当时雄阔壮丽的意境和隆重肃穆的氛围，领略其震撼心灵的艺术魅力。为了说明问题而又不费太多篇幅，我们试举其中较短的一组稍加领略：

《周颂·丰年》：丰年多黍多稌，亦有高廪，万亿及秭。为酒为醴，烝畀祖妣，以洽百礼，降福孔皆。

《大雅·思齐》：思齐大任，文王之母。思媚周姜，京室之妇。大姒嗣徽音，则百斯男。/惠于宗公，神罔时怨，神罔时恫。刑于寡妻，至于兄弟，以御于家邦。/雝雝在宫，肃肃在庙，不显亦临，

[1] 以上所引马银琴语，见其《两周诗史》，社会科学文献出版社2006年版，第10、103页。

无射亦保。/肆戎疾不殄，烈假不瑕。不闻亦式，不谏亦入。/肆成人有德，小子有造。古之人无斁，誉髦斯士。

《丰年》是烝祭宗庙祖妣的乐歌，因提及"妣"，令人想起歌颂周室三母的《思齐》。两篇在内容上有一致性，在艺术表现上却各具特色。《丰年》很短，内容简单，主要是描写丰年景象和祭祀之事，末二句诉说愿景。歌词短小，大概是为了适合反复演唱。按文本实况，《丰年》应该算是一首含事抒情之歌——所含之事是丰年与祭祀，所抒之情则是感谢祖妣神灵保佑和对礼洽福降的祝愿。应该说其文本的感染力有限，可能倒是配合音乐的演唱会比较有声势。《思齐》与《丰年》所祭的祖妣有关，诗中提到的太姜、太任、太姒，分别是周之先王王季、文王、武王的母亲，是周人的祖妣。她们养育的好儿子建立了盖世功业，尤其是文王，奠定了周取代殷的根基，实为此诗赞美的主要对象。周人饮水思源，对祖妣充满爱戴、崇敬。诗的首章叙述三母的辈分关系，叙述的口气中已透露赞美之情。次章重点移至文王，通过写文王而赞其母，正如朱熹所云："歌文王之德而推本言之。"[1] 于是叙述文王孝敬历代先王，为兄弟和妻子做榜样，良好影响遍及国中。第三章再写文王持家和睦，治国有方，护民无倦。第四章写瘟疫不作，天下太平及文王的虚心纳谏。第五章写周的人才辈出，美誉频传。[2] 虽所写都是文王修身齐家治国平天下的大事，庄严多于生动，但毕竟比《丰年》具体有物，此诗叙事的分量，显然已超越"含事"而足称"咏事"了。

《丰年》和《思齐》各自都是抒叙结合的，抒叙在它们每一首中都呈互惠状态；而《丰年》和《思齐》两诗，一为颂，一为雅，一以赞颂式的抒情为主，一以叙述祖妣及文王的事迹为主，又形成相互补充、相互增色，即互惠的关系。当然，明眼人也定能看出，这种互惠之中，实也隐含着感人效果的博弈。

《诗经》风诗和小雅诸诗，无论是"事在诗外"还是"事在诗内"，

---

[1] 朱熹：《诗集传》，中华书局上海编辑所1958年版，第183页。
[2] 此诗分章有四章、五章两种，我们采取朱熹《诗集传》五章的分法。

也都是抒叙结合良好之作。前引闻一多《歌与诗》文已有列举，这里不再繁琐举例。总之，抒叙结合，和谐浑融可以说是《诗经》全部作品的根本特色。

三、抒叙博弈竞风流

的确，互惠的诗歌抒叙传统也有博弈的一面。博弈也者，本指博戏与围棋，是一种游戏，含有比赛争胜之意，今亦用于政治、经济、贸易、军事等方面对抗竞争、有胜败输赢可见之事。故我们借用于说明诗歌抒叙关系的对垒性一面，既是对垒，则必有强弱、进退乃至胜负存亡的情况出现。从古人诗论涉及诗歌"事""情"的许多说法，实已可窥见抒叙互惠和博弈并存的辩证观念，这种观念正是对诗歌抒叙关系的客观反映。

古人对诗歌创作须立足于"事"与"情"，对诗歌的创作动因、创作过程、创作方法等问题，虽认识程度不同，观点有异，但因皆从事实出发，故往往朴素可信，不多偏颇。总体来看，种种言论都是中国诗歌史抒情叙事两大传统并存互惠、对垒博弈状况的反映。旧式诗学将这些言论一概理解为对"情"的重视，其实是片面的。我们以前也曾信从旧说，以致往往默认古典文学就是一个抒情传统而已，故需不断反思和再认识。以下略引数说，稍作分疏。

《易·系辞下》说到制《易》者陈述卦爻之义，就有"其称名也小，其取类也大，其旨远，其辞文，其言曲而中，其事肆而隐"之语，虽非直接说诗，其义却可相通。这里不但提及与诗有关的"称名""取类""旨远""辞文""言曲而中"，而且专门说到"其事肆而隐"。可见，《易》与"事"相关，说《易》之辞，有些本身就是诗或歌，其所涉之"事"首先是远古种种生活实事，也有各类故事或事典。[1]综观《易》之卦爻辞，其所涉之事，还有量大、类多、含义隐微复杂，即"肆而隐"的特点。

《诗大序》首先肯定了诗与情的关系，所谓"诗者，志之所之也。

---

[1] 此处所引《易·系辞》见《周易正义》，见阮元校刻《十三经注疏》，中华书局1980年影印版，第89页。

在心为志，发言为诗。情动于中而形于言，言之不足故嗟叹之，嗟叹之不足故永歌之，永歌之不足，不知手之舞之足之蹈之也"。讲的是"情志"促使诗歌产生。接着便具体地论述了情之所动、志之所之的根由，即诗与各种"事"的关系，"至于王道衰，礼义废，政教失，国异政，家殊俗，而变风变雅作矣。国史明乎得失之迹，伤人伦之废，哀刑政之苛，吟咏情性以风其上，达于事变而怀其旧俗者也……是以一国之事，系一人之本，谓之风；言天下之事，形四方之风，谓之雅"。无论风雅，固皆不妨表现为一人情感的宣泄，但其所涉所指却总是"王道衰，礼义废……"这些"一国之事"乃至"天下之事"。而"颂者，美盛德之形容，以其成功告于神明者也"。王者之盛德丰功，也是一种事，颂歌就是对此而发的。这样，《诗大序》就把《诗经》作品与"事"的关系讲清楚了。合而观之，不妨认为《诗大序》初步论述了"情""事"二者在诗歌中既有同异，而能并存，既有互惠，而亦博弈的关系。

何休为《春秋公羊传》"什一者天下之中正也。什一行而颂声作矣"作解诂，曰："男女有所怨恨，相从而歌。"这是说情感波动促使创作行为产生，情动而后诗生。接着便是"饥者歌其食，劳者歌其事"，说到男女歌唱的内容，所歌的就是他们生活中发生的和遇到的"事"，劳者所歌固是其自身所从事的劳动，而饥者之食，其实也正是他们每日必遇的切身之事。何休注疏又云："男年六十、女年五十无子者，官衣食之，使之民间求诗。乡移于邑，邑移于国，国以闻于天子，故王者不出牖户，尽知天下所苦。不下堂而知四方。"不但男女怨恨之诗可让王者知道天下之事，颂歌也有同样功用。"颂者太平之歌。案：文宣之时乃升平之世也。而言颂声作者，因事而言之故也。"[1] 官家王者要搜求民间歌谣，就因为歌谣中有情有事，览之可了解民情世事耳。顺便提及，孟子主张论说诗书要"知人论世""以意逆志"[2]，表明孟子认为从诗可以

---

[1] 以上所引何休语，均出《春秋公羊传注疏》卷十六，见阮元校刻《十三经注疏》，中华书局1980年影印版，第2287页。

[2] 孟子曰："说《诗》者不以文害辞，不以辞害志，以意逆志，是为得之。""颂其诗，读其书，不知其人，可乎？是以论其世也，是尚友也。"（万章上下）。见《孟子注疏》，阮元校刻《十三经注疏》，中华书局1980年影印版。

知道时世之事，借此可以知人，可以从诗意而逆寻作者之情志。这也说明了"情志"与"世事"的密切关系，诗学理论中只强调"情"而忽略"事"，显然是不妥的。

班固《汉书·艺文志》在诗赋略论中有"自孝武立乐府而采歌谣，于是又代赵之讴，秦楚之风，皆感于哀乐，缘事而发，亦可以观风俗，知厚薄云"的名言。"感于哀乐"是动情，情则抒之；"缘事而发"指明创作的依据是事，事则叙之。八个字简洁地说明了诗歌与事、情的互倚互惠的关系，清楚辩证而且中正无偏。

陆机似乎开始倾斜，其《文赋》一篇细述文（含诗）的创作过程，说到了"四时万物"对情思和创作的触动，这种物感论还是比较粗糙简陋的。然后他就将论述重点放到"情"，或"意""理""辞"上，对"事"的重要，不再置言。说到诗歌则有"诗缘情而绮靡"一句。此言虽与"诗言志"有差别，但主要仍是将创作之原动力归结于"情动"，《文选》李善注此句云："诗以言志，故曰'缘情'。"他把缘情与言志划上等号，可谓一语中的。陆机对诗的要求是"绮靡"，是指文辞之美而言。有论者将追求辞美与魏晋人把文学当作自娱之具二事均视为"文学自觉的表现"。[1]从此"情志"并列，成为诗歌"抒情传统"说的核心概念。

挚虞《文章流别论》论诗歌的情事关系，比陆机鲜明，虽有所倾斜，但仍存中正之心。其言曰："古之作诗者，发乎情，止乎礼义。情之发，因辞以形之；礼义之指，须事以明之。"这里以互文方式将与诗相关涉之情、事并举，指出要达成"发乎情，止乎礼义"的目的，既须"因辞以形之"，还"须事以明之"。在挚虞那里，情与事可谓同等重要。又云："古诗之赋，以情义为主，以事类为佐。今之赋，以事形为本，以义正为助。"这里概念略显模糊，古诗之赋是创作方法，今之赋是一种文体，本难为比；然值得注意的是挚虞认为事与情义的位置，古今有了大不同，他对今赋的"事形为本""逸辞过壮，则与事相违"是不满意

---

[1] 参见黄霖、蒋凡主编：《中国历代文论选新编·先秦至五代卷》，上海教育出版社2007年版，第134页。

的。所以他在文中一再强调"诗虽以情志为本，而以成声为节"，[1]虽未重申却也不否定事感的重要。从挚虞的论述，我们已能感觉到抒情叙事存在博弈的意味。诗赋创作仿佛一个竞赛场，抒情叙事既须合力完成作品，又要各显神通竞技角力，一首诗究竟是抒情为主还是叙事为重，其总体面貌和所具功能是有所不同的，作者的艺术才能、审美趣向和创作动机决定了他在诗中多用抒情，还是多用叙事，而这往往也就决定了诗的风格如何、成就高下、影响广狭。按挚虞的观点，他认识到情与事都是文学创作之需要，但比较起来似乎是更强调"情义"。既要分判情事的轻重，也就会涉及抒叙的轻重，自然也就流露出博弈的色彩。

《文心雕龙》作为南朝文艺理论的制高点，不但高举"诗言志"的旗帜，而且强调"诗者持也，持人情性"的观点，从功效的角度使诗与情的关系纠结得更为紧密。其《明诗》篇在历数诗歌演变之迹后，刘勰说："铺观历代，而情变之数可鉴；撮举同异，而纲领之要可明矣。"[2]情志显然是他根本的观察点。刘勰对于叙事和叙事传统的认识主要见于对史传、哀吊、诔碑等文体的论述中，也见于论颂赞、祝盟、铭箴、杂文、诏策、书记之类应用文体的篇章。但对诗歌，他确专注于抒情言志为主的观念，这在之后论神思、体性、风骨，乃至时序的诸篇中，有一以贯之的表现。刘勰的观点与其时文学风气有关，在后世则发生了很大影响，尽管如此但并没有能够消弭同时重视抒叙两大传统的声音，而且刘勰实际上触及了从文体看抒叙博弈的问题。

后于《文心雕龙》的钟嵘《诗品》就鲜明地提出了诗歌创作源泉的事感说。从所指宽泛的物感说到具体形象的事感论，这是诗歌理论一个明显的进步。

《诗品序》开头云："气之动物，物之感人，故摇荡性情，形诸舞咏……动天地，感鬼神，莫近于诗。"这个开头虽加了"气之动物"环节，然后才引出"物之感人"主题，但基本上属老生常谈，仍是物感说而已。但下面追述诗歌发展史，论析赋比兴创作方法，接触到诗歌的具

---

[1] 以上所引挚虞《文章流别论》语，均见汪绍楹校《艺文类聚》，上海古籍出版社1982年版，第1018页。
[2] 范文澜注：《文心雕龙·明诗》，人民文学出版社1958年版，第67页。

体问题，就将情、事结合起来，面目一新了。如谓五言优长是："岂不以指事造形，穷情写物，最为详切者邪？"又如谓："文已尽而意有余，兴也；因物喻志，比也；直书其事，寓言写物，赋也。弘斯三义，酌而用之，干之以风力，润之以丹彩，使咏之者无极，闻之者动心，是诗之至也。"无论是说诗体，还是说表现手法，都清楚地点明情与事的良好交融乃是诗歌感人力量的来源。以下一段更以具体形象的笔调描述了诗歌事感说：

> 若乃春风春鸟，秋月秋蝉，夏云暑雨，冬月祁寒，斯四候之感诸诗者也。
>
> 嘉会寄诗以亲，离群托诗以怨。至于楚臣去境，汉妾辞宫；或骨横朔野，或魂逐飞蓬；或负戈外戍，杀气雄边；塞客衣单，孀闺泪尽；又士有解佩出朝，一去忘返；女有扬娥入宠，再盼倾国：凡斯种种，感荡心灵，非陈诗何以展其义？非长歌何以骋其情？
>
> 故曰："《诗》可以群，可以怨。"使穷贱易安，幽居靡闷，莫尚于诗矣。故词人作者，罔不爱好。

引文第一行将以往的物感变成了事感，春夏秋冬景致不同，以往视为物候，视为景色，现在认作事态事情，有何不可？第二段列举大量事例，皆是诗创作的动力源、灵感源，也是诗的题材与内容，都是实实在在的人事和故事，正是这些事物感荡心灵，促使了诗歌创作活动的产生。

再往下，论诗歌创作的目的，钟嵘认为作诗乃个人情感的发泄纾解，由于将一腔牢愁诉诸诗歌，内在的、心灵的困厄得以排解舒散，所谓"使穷贱易安，幽居靡闷"，诗歌创作简直成了诗人精神自救的一种方式。这个观点是对诗歌功用的一次新概括新总结，突破了以往只将诗歌看作政治辅助工具的观念，道出了无数诗人的心里话，更对后世产生了深远的影响。[1]

---

[1] 以上所引钟嵘《诗品》语，均见曹旭《诗品集注》，上海古籍出版社2011年版。

魏晋文学自觉，诗人主体意识高涨，在创作中重视个人之"情"的抒发，同时，文史两科由早期的混沌不分，渐渐产生分家的要求。《诗经》时代诗歌抒情、叙事间的和谐平衡渐被改变乃至打破，在诗歌的天平上，主观抒情的砝码渐重，客观叙事则相对减轻，由对垒而形成倾斜。当然，减轻、倾斜并不是消亡，无论诗歌抒情如何增长，诗中的叙事也不可能彻底归零。不说民间歌谣和《孔雀东南飞》，就是齐梁文人诗，体物、叙事的因子亦甚为发达。齐梁宫体的内容或有可议，但其艺术较多表现出对外界、他人的关注和兴趣，却也值得注意。延至唐代，国力强盛，国人意气风发，特别是士子文人中的狂狷者，情绪往往更加激烈高昂，所作诗歌自我张扬的抒情色彩日益加强，隐含作者更是超迈高绝，至盛唐而至于登峰造极，以致使今人看来那时简直堪称诗歌的抒情时代。但就在那时，诗歌理论上也还保持着抒情叙事的某种平衡，如元竞编选《古今诗人秀句》，在其书《序》中就明确提出"以情绪为先，直置为本；以物色留后，绮错为末。助之以质气，润之以流华，穷之以形似，开之以振跃。或事理俱惬，词调双举，有一于此，罔或孑遗"[1]的观点。既强调诗"以情绪为先"和"助之以质气"的要求——所谓"质气"指的是诗歌的直抒胸臆，即直接抒情；却也注意到"以直置为本"，所谓"直置"就是"直书其事"[2]。"事理俱惬"之作，他也照样选入。

盛唐诗人之冠的李白，当然是一个典型的抒情诗人，但李白近千首诗，多数还是抒叙结合之作。随着社会变化，安史乱起，生活逼迫诗人卷入种种事故，出现了元结、杜甫这样以诗纪实的诗人，杜甫诗被称为诗史，回归叙事与抒情的和谐统一，《诗经》传统真正得到高扬。就连李白，其安史乱后的作品，叙事性也明显增强，出现了被称为"叙情"而实为叙事的长诗。中唐出现元白叙事诗派，不但以诗描写社会，记录世事，也存载自己的生活史恋爱史，而且参与试作文体刚获独立的传奇

---

[1] 卢盛江：《文镜秘府论汇校汇考》南卷，中华书局2006年版，第1555页。

[2] 崔融《唐朝新定诗格》："直置体者，谓直书其事，置之于句者是。"见张伯伟《全唐五代诗格汇考》，江苏古籍出版社2002年版，第130页。直置，亦作直致、直寻，与"用事"（即用典）相对。

小说。"元白"不但多叙事之作，同时还是叙事理论家。白居易后期政治热情衰退，叙事激情随之消减。一直延伸到晚唐，温庭筠、李商隐、杜牧、皮日休、陆龟蒙、罗隐、杜荀鹤等，皆重叙事，重抒叙结合。社会变革是影响诗歌抒情、叙事博弈波澜的重要外部因素，往往是社会动乱，民众陷入苦难，叙事传统得到光大发展，叙事在抒叙博弈中显出上风。文体发展也促使文人作家开辟新的叙事场，温庭筠的《菩萨蛮》组词和《乾馔子》，韦庄的《秦妇吟》和五代词人的系列小令都显示了抒叙结合的时代风味。

宋人批评晚唐五代叙事诗风，贬压元白，低评杜甫，抒叙博弈出现新情况，但从王禹偁、梅尧臣到苏轼，从杨万里、范成大到陆游等对抒叙互惠皆有所坚持。南宋时，深浸文人雅趣的抒情传统开始占上风，严羽《沧浪诗话》以禅说诗，发展司空图"诗味"理论[1]，提倡不着一字尽得风流，羚羊挂角无迹可求的美学风格，成为文人诗创作和诗学理论的主流，通过历代文人的传承宣扬一直延伸到明清近代，士大夫清虚空灵的审美情趣弥漫诗坛。诗歌抒情传统渐成唯一独尊状态，后来更成为普遍默认的观念，不过叙事传统的创作实践与理论阐发仍未断响。[2]

抒情叙事传统并存本是诗歌史事实，诗学理论上也往往是两种传统都有人说，但"抒情传统唯一独尊"却也成了研究范式乃至被灌输为普通常识，此事说来不免有几分吊诡。何以如此呢？如此观念又给中国诗歌造成何种后果？下面试作讨论。

---

[1] 司空图《与李生论诗书》有云："愚以为辨于味而后可以言诗也"，"近而不浮，远而不尽，然后可以言韵外之致耳"。"象外之象，景外之景，岂容易可谈哉。"但他也说："题纪之作，目击可图，体势自别，不可废也。"见四部丛刊本《司空表圣文集》卷二、卷三。

[2] 例如邓小军教授近著《董小宛入清宫与顺治出家考》中用佐考证的"微言诗"，其《前言》曰："'微言'就是隐微其辞，是隐藏性的语言，而不是直说，因为它是有所避讳的。中国经史子集四部书中的微言，往往是确有所指、指事确定之言，并非诗无达诂、模糊不定之言。其传统，历时逾千年，积累极为渊厚。"而且指出"中国经史子集中的微言作品，起自孔子作《春秋》，历经庄子、《史记》，而成为中国诗的一大传统"。"中国文学史上的微言时事诗，自曹植、阮籍、陶渊明、李白、杜甫、辛弃疾，到钱谦益、吴梅村、顾炎武、傅山、阎尔梅、《同人集》，通常是在诗人在恐怖统治下，为了避祸而运用微言艺术所作之诗，用以揭露被政治谎言所掩盖之现实真相。"微言诗的存在就是诗歌叙事传统的表征之一。见《董小宛入清宫与顺治出家考》，华东师范大学出版社2018年版。

四、互惠博弈成诗史

旅美学者陈世骧先生曾在一个比较文学学术会议的致辞中说："我的总体意见是，经过以上的广泛回顾，如果说中国文学传统从整体而言就是一个抒情传统，大抵不算夸张。"这话引发了一场绵延四十年之久的学术思潮。但在同一个讲话中，陈先生还说到："抒情精神（lyricism）成就了中国文学的荣耀，也造成它的局限"，并说"我自己充分明白它（指抒情精神）的种种局限，一如清楚它的真正的荣耀"。可见陈先生是很清醒的。然而这同样重要的后两句话，却似乎没有得到同等重视。[1]

抒情精神确实给中国文学中国诗歌带来了荣耀，这是毋庸置疑的。诗是中国文学史成就最高、最具民族文化特色的代表。中国被认为是个"诗国"，而这个称号的来由就在于诗歌（抒情诗）长期占据着中国文学的中心地位。[2]

可是，陈世骧先生为什么又要说抒情精神也造成了中国诗歌的局限呢？这局限究竟在哪里呢？陈先生已经去世，后来似乎还无人认真作过探讨。在我们看来，中国诗歌抒情传统的优长已经讲得够多，而其局限这个不能回避的问题却讲得不够。

这里所说的抒情精神，一般的理解是指以个人情志为诗歌核心和诗创作的基础、本原、出发点以及归宿的一种文学理念。正如陈世骧先生在《论中国抒情传统》中所说："歌——或曰：言词乐章（word-music）所具备的形式结构，以及在内容和意向上表现出来的主体性和自抒胸臆（self-expression）是定义抒情诗的两大基本要素。"陈先生由此说

---

[1] 陈世骧1971年美国亚洲研究学会比较文学讨论组致辞《论中国抒情传统》，见张晖编《中国文学的抒情传统——陈世骧古典文学论集》，生活·读书·新知三联书店2015年版，第5—6页。

[2] 闻一多说过：《三百篇》的时代确乎是一个伟大的时代，我们的文化大体上是从这一刚开头的时期就定型了。文化定型了，文学也定型了，从此以后二千年间，诗——抒情诗，始终是我国文学的正统的类型，甚至除散文外，它是唯一的类型。"见《文学的历史动向》，《闻一多全集》，生活·读书·新知三联书店1982年版，第303页。陈世骧在《论中国抒情传统》也说："中国文学的荣耀别有所在，在其抒情诗。"

到《诗经》和《楚辞》，"作为中国文学传统的源头，把这两项要素结合起来，只是两要素之主从位置或有差异。自此，中国文学创作的主要航道确定下来了，尽管往后这个传统不断发展与扩张。可以这样说，从此以后，中国文学注定要以抒情为主导"。正是在这些话之后，陈先生紧接着说出"抒情精神成就了中国文学的荣耀，也造成它的局限"这句话[1]。陈先生的抒情定义与我们从中外诗歌史中所获得的认识基本一致，他对抒情精神局限的论断，应该也与此有关。本文以下的讨论即以陈先生关于抒情要素的论说为基准。

我们认为，陈先生所说"抒情精神"的理念实际上与中国古今之情志说相通，即以情志和宣泄表达情志为文学最核心、最高之本质[2]。这种理念既有一定道理，又极易引发偏差，从而带来局限。关键就在于其中埋藏着把情志与抒情夸大到"唯一""独尊"的可能性。世上之事，过犹不及。以情志为诗歌创作的基础或本原，说诗歌要充分表达感情，诗歌要以情动人，都没有错。然而，把抒情视为诗歌唯一的目的，唯一的意义所在和归宿，而看不到或刻意不提诗歌内容尚需有其他成分（或干脆将这些成分全都归为抒情，从而使抒情笼罩一切），进而宣称整个中国文学就是一个抒情传统，而无视叙事传统的存在，那就未免片面而有违事实了。在我们看来，对抒情精神的重视一要适当，不可过分，尤需关注"情"的内涵与质地；二在充分表达主观感情外，要与对客观事情的反映互补，形成抒叙的交融互惠，利用抒叙间的张力，把诗歌的抒叙比例调节到一个最佳水平，以克服抒情精神的局限。如果把抒情——对作者主观之情的直接抒发变得绝对、唯一、独尊，就会像闻一多先生批评的那样"把事完全排出诗外"而让"志"成为"与'事'脱离了的志"，结果就不免会"专在十九首式的'羌无故实'空空洞洞的抒情诗

---

[1] 陈世骧：《论中国抒情传统》，见《中国文学的抒情传统——陈世骧古典文学论集》，生活·读书·新知三联书店2015年版，第5页。

[2] "情志"二字以及源于这二字或与二字有关的其他字词构成了中国批评术语的主要组成部分，这些术语甚至渗入了艺术批评。参见陈世骧《寻绎中国文学批评的起源》，见张晖编《中国文学的抒情传统——陈世骧古典文学论集》，生活·读书·新知三联书店2015年版，第10—32页。

道上发展"。[1]或者像一位新诗评论家所说的那样:"无论诗歌回到个人还是面对社会,最终都是要回到诗歌和语言的内部来完成。反之,如果只是高分贝地呐喊或近乎呻吟地自语都只能是违背了真正意义上的诗人良知、语言道德和诗性正义。"[2]后果如此严重,自会带来诸多弊端。

首先,这种抒情精神个人主体意识过强,把诗歌仅视为一己之事,创作的目的只是为了排除牢愁、调节情绪,或为了养性怡情、自娱自乐,宣称创作只求忠实于内心,立足于个人体验,只供个人把玩,而往往无意于关注他人,无意于广采博罗,搜集素材,更无意于代无权无势无文化者发声,甚少考虑诗歌的社会作用。这种诗人往往默认世界的合理性,缺少变革现状的热情,既不想以诗歌去影响他人,更不想改变世界。这是他们对诗的基本态度。应该承认,中国历史上,这样的诗人(也许不宜称为诗人,而只是会写诗的人)是不少的。这种态度对社会无大害,诗人有持此种生活态度和创作观的自由。诗歌创作之动机本来多样,这种态度下的抒情,似也不妨写出相当优美动人的诗篇。不过,若承认诗歌是一种事业,若从诗歌史、文学史的评价角度来论诗歌的价值,如内容充实与否,题材意义分量若何,反映生活面的广度和思想深度怎样,那就会嫌此类作品面窄思浅,比起能够记录更广范围的历史生活细节的作品来,其社会意义和历史价值显然不可同日而语。章培恒、骆玉明先生主编的《中国文学史新著》非常强调诗歌"以情感人"的力量,但同时也很重视诗歌的记史反映功能,总是将纪事与抒情作为考察诗歌的两大要素,如论龚自珍诗,固然突出其反抗色彩强烈的感情特点,同时也指出其诗表现方式有三类,其第一类就是"直叙其事",所叙包括揭露社会和恋爱生活等内容;论贝青乔作于鸦片战争中的《咄咄吟》组诗中"瘾到材官定若僧"一首,指出它"所描写的是奕经军队

---

[1] 闻一多《歌与诗》论析上古歌、诗,指出那时"诗即史",曾具纪事功能。"诗言志"之说后出,闻一多举《庄子·天下篇》"诗以道志,书以道事",《荀子·儒效篇》"诗言是其志也,书言是其事也",然后说了上引的一段话,认为抒情诗空洞、叙事诗绝迹,"这定义(按指'诗言志')恐怕不能不负一部分责任"。见《闻一多全集》,生活·读书·新知三联书店1982年版,第181—191页。
[2] 霍俊明:《不断重临的起点》,载《文艺报》2018年11月14日。

在宁波与英军对抗时的实事"，"很有史料价值"，但"就诗而论，却只是较为粗率的记事之作，缺乏深沉的感情"，不免遗憾；论金和诗，谓其"以亲身经历了太平天国战事，所作诗多述有关史实"，其长篇叙事诗《兰陵女儿行》更"善于运用叙述性文字与对话穿插的方法，将全诗写得富于小说意味，也颇有别开生面之功"；论王闿运诗，肯定其七古长诗《圆明园词》，指出"诗中不但铺写了圆明园的修造历史，道咸间国事与宫廷的变故，还描绘了圆明园的衰败萧条，抒发了诗人的无限哀感"，应属抒叙结合较好之作；论黄遵宪，指出"他不但写了许多描述当时重大事件的诗篇，而且将国外的新事物写入作品"，前者如《悲平壤》《东沟行》《哀旅顺》《哭威海》《降将军歌》《度辽将军歌》等，"在当时被誉为'诗史'"。[1]章先生对清末诗歌总体评价不高，可但凡有所肯定，往往与这些诗的叙事色彩有关，如能做到事、情调谐，事显而情深，则会评价更高。章先生的文学史写法，是值得注意的。

抒情传统的另一局限，是为在诗中不涉或很少涉及世事，有时甚至堕入"不食人间烟火"的境界，在诗歌风格上一味追求恬淡静穆，含蓄优美，清空飘逸，虚灵高蹈，以此为雅、为美、为神。性灵是充分展示了，"以情意为主"也做到了，甚至具备某种"神韵"，但就其具体内容看，则偏向个人的狭小世界，意义不大。这种士大夫气息浓厚的审美趣向，在文化权、话语权集于少数人手中的时代，正是抒情传统被狭隘化并在诗歌中占上风的重要原因。

我们所说的叙事精神或者说叙事意识，作为感知生活和表现生活的一种方式，恰可与抒情精神的短板互补互惠。所谓叙事精神并不仅仅是一种表现手法和写作技巧，更重要的是其注重外界和他人的创作动机和出发点；是关注生活中种种事件事故，不但用心观察，甚乃下功夫寻踪觅迹，深入了解体悟的创作态度；更优者则还具备高度的诗史意识，自觉以诗纪事，以诗补史。这类作品内容扎实，杜绝浮泛，抒叙均衡（因为叙中必有抒），富于史性，如果还能够注入鲜明感情，以情感人，则

---

[1] 章培恒、骆玉明主编：《中国文学史新著》（增订本），复旦大学出版社2011年版，第511—524页。

吸引力、说服力和感染力均高，社会价值和历史价值自然也较佳。诗史意识，也可以说是诗史精神，其核心与实质就是叙事。所以诗史精神也即叙事精神。回顾诗歌史，每当重大历史关头，特别是民族和国家陷入灾难甚至生死存亡之际，就会出现这样的诗人，就会使某些原本以抒情为擅长的诗人改变风格，自然地转向叙事，如唐代的杜甫，宋代的汪元量，明末清初的吴梅村，清末民初的王闿运、王国维，抗日战争时期的旧体诗人刘永济、沈祖棻、顾随、卢前和新诗作者穆旦、卞之琳等。刘永济、沈祖棻擅长旧体诗词，因为具有自觉的诗史意识，他们的创作往往有意识地加强叙事性，明显地继承了赋比兴，特别是比兴叙事的传统。

刘永济（1887—1966）的诗史意识在陈文新、江俊伟合著之《刘永济评传》中得到有力的张扬。此书设专章论刘永济《诵帚盦词》，以"刘永济确信词中有史"为小标题，所引作者自序，深刻地阐说了"情"与"世事"的关系，《评传》指出："选择以诗词的方式来写自传，对于刘永济来说，不是一个技术问题，或文类的跨越问题，而是其终生的信仰。""《诵帚盦词》也是其亲朋好友的人生记录。"[1] 我们看《诵帚盦词》，确实如此。如其第一首《倦寻芳》序云："辛未（1931）中元，与证刚、子威、蓁龙乘月步登东北大学高台茗话。次日蓁龙（刘异）有诗纪事，赋答。"已经讲清了此词所赋之事，词的下阕有"回首南中，烟液涨天千顷。剩有幽怀招楚魂，忍持密意规秦镜。料嫦娥，也含颦广寒愁凭"。这里以比兴手法记下了南方何事？句末小注云："时江汉暴涨，人物庐舍，飘荡无数。"原来是当年南方水灾之事。"九一八事变"后，东北学生自组学生军投入抗日，刘永济应邀为作军歌，调寄《满江红》；又"壬申（1932）上元，淞沪鏖战正烈，故京灯市悉罢，客枕无寐，竟夕忧危。翌日，蓁龙写示和清真此调，触感万端，继声赋答"的《解语花》词，其纪事载史的作用，更是十分明显。[2]

沈祖棻（1909—1977）的《涉江词》，表面看来多用比兴之法、用

[1] 陈文新、江俊伟：《刘永济评传》，湖北人民出版社2017年版，第133—138页。
[2] 刘永济：《刘永济词集》，湖南人民出版社1984年版，第1、4页。

古代诗词语言和典故抒情，而其实内含对时事的记载，比兴、隐喻、借代比比皆是。其《涉江词集》第一首作品、少作《浣溪沙》就是如此。词曰："芳草年年记胜游，江山依旧豁吟眸。鼓鼙声里思悠悠。　三月莺花谁作赋？一天风絮独登楼。有斜阳处有春愁。"此词作于1932年，正是日本侵华的"九一八事变"不久。这里的"鼓鼙声"记录的就是侵略者逼近的军声，因此末句的"春愁"就超越了她个人的闲愁，而指向了国家民族危亡的大忧愁，引起了读者的共鸣。作者也常用副文本的形式记录本事，如1942年早春（壬午三月）所作《浣溪沙》十首，题下自注："司马长卿有言，赋家之心，包括宇宙。然观所施设，放之则积微尘为大千，卷之则纳须弥于芥子。盖大言小言，亦各有攸当焉。余疴居拂郁，托意雕虫。每爱昔人游仙之诗，旨隐词微，若显若晦。因放其体制，次近时闻见为令词十章。见智见仁固将以俟高赏。"说得很清楚，创作目的是用游仙小令的形式来记录"近时闻见"。程千帆先生为作笺注，更明确说："此十首皆咏世事。"比如第一首是写抗日战争终于爆发，希望长期抗战，并转败为胜。其首句"兰絮三生证果因"，"谓中日关系自1894年中日战争以后，日益恶化，此次抗战自有其历史因果"。次句"冥冥东海乍扬尘"，"谓日寇入侵"。第三句"龙鸾交扇拥天人"则"谓全国一致拥护宣称坚决抗战到底之蒋介石也"。原来此词上半阕就是这样紧扣当时现实。以下诸篇经程千帆先生注释，也都包含时事。[1]沈祖棻词曾被前人誉为"短章神韵""灵襟绮思"[2]，但今若于词史中论其价值，却不能不更重视纪实精神在其词中的体现。

顾随、卢前、顾毓琇、夏承焘、唐圭璋、叶圣陶等在抗战时期虽皆生活于大后方，但都写下大量诗词，记录了时代风云和历史印痕，表达了誓不屈服的民族精神。[3]

刘永济、沈祖棻等都是已故的前辈作家，不妨再看一位当代词人。

[1] 沈祖棻著，程千帆笺，张春晓编：《涉江诗词集》，河北教育出版社2000年版，第41—45页。
[2] 此系姚鹓雏、汪东二位先生评语，钱仲联《近百年词坛点将录》引，见沈祖棻《涉江诗词集》卷首诸家题咏。
[3] 参见李剑亮《民国教授与民国词坛》第四章《民国教授的抗战词》，浙江大学出版社2017年版。

据吉林大学教授马大勇的论文[1]，李子（曾少立，1964—　）由一位理工男变身为职业词人，在北京办香山国诗馆，以授诗传道自任。他坦陈自己"半路出家，无根柢，无师承，无文人的雅趣"，显然受旧式诗学影响不太深，因而对诗词创作的认识相当朴素单纯，他有关创作的言说大抵从切身体验出发，不同于学院陈套。他说，他的创作重视"日常生活"和"平民立场"，而"这实际上是一个写作题材的选择问题"，所以"有很多诗词主角不是我本人，但肯定是我日常生活中经历过的事"。这等于宣布他有意超越旧文人诗词的个体本位意识，不受传统狭隘的抒情精神所限，而进入自觉的客观叙事，把眼光投向自身以外更广阔社会面的创作态度。李子说自己的诗词有"以物证心"的特点，其实按他的具体解说，"就是在诗词中尽量多做客观白描，尽量少用价值判断和抽象概念"，"举个例子，'那时真好，黄土生青草'——'那时真好'这样的价值判断就很无谓，要坚决改掉"，这说的岂不正是诗歌最好能够"以事陈旨""多具体叙述少空洞抒情"的意思。"那时真好"，李子认为是价值判断，其实在诗中其作用就是抒情。李子要压缩的是比较空洞的抒情成分，要扩张的，正是比较朴素实在的叙事成分。他的创新还涉及诗歌语言，许多叙事写情抒慨述议的妙对和警策之语，表现出与新诗融洽的态势，跳跃，奇绝，匪夷所思，效果往往令人耳目一新，有极佳的发展前景。虽然他声明自己的创作不求名利，要"远离青史与良辰"，但马大勇的论文肯定地指出："我们有把握这样说，仅凭十几首乡村镜像类作品，李子即可以奠定自己在中国诗词史上重要的一席之地。"李子的经验可以表述为来自底层，深入生活，深入民众，与民众同呼吸同甘苦之类，这完全正确。但从诗歌创作具体方法思之，抒叙互惠博弈关系之妥善处理及二者张力的巧妙利用，也不失为一个值得注意的具体方面。

　　从当前时代的文学总态势看，叙事作品花样日益繁多，叙事精神和技巧日益深入各类传播方式和几乎所有媒体，广大受众甚为欢迎，社会

---

[1] 马大勇：《"远离青史与良辰"：论李子词——兼论网络诗词的流向与形态》，载《心潮诗词》2018年第4期。本文所引李子的话，均据马大勇文。

效果也比较显著。而抒情传统所依托的诗歌体裁，虽经人为提倡，相形之下还是逊色得多。诗歌永远是文学冠冕上的明珠，但在新时代如何发展？不计成败地顽强坚持创作固然应是首位的，但在具体写作上妥善地处理抒叙问题，使二者的博弈与互惠取得最佳平衡，恐怕也值得思考。

【作者简介】上海大学文学院资深教授，博士生导师。

略谈欧阳修、朱自清的
"以诗为文"和"以文为诗"

洪本健

【摘　要】"以诗为文"和"以文为诗"是诗文互为影响和渗透的表现。欧阳修和朱自清都是著名的散文大家和诗人。他们的作品都富于情感，具有柔性美，文更优于诗。欧文的诗化，表现为行文一唱三叹、回环往复，句式长短灵活、整饬有序，节奏跌宕有致、起伏不平，声韵前后照应、和谐自然；朱文的诗化表现为综合修辞的行文美、情景交融的意境美、平易流畅的语言美、前呼后应的声韵美。在散文的诗化上，欧、朱皆成就突出。欧诗的散文化表现在谋篇布局、句式处理、虚词安排、手法运用上，他推动的宋诗变革对后世产生了深远的影响。朱诗的散文化，表现为善用各种修辞和句式、略去比兴而纯用直叙、借助多种人称叙说、多用自然活泼的口语。欧、朱对诗、文有别而诗尤讲究形象思维认识不足，故创作上有弱点，造成他们提倡并实践的"以文为诗"未能获得广泛的认同。

【关键词】　欧阳修　朱自清　以诗为文　以文为诗

诗文自古以来并称，关系十分密切。"五经"中《诗》列其首，其余皆散文。唐宋诗文革新推动了古代诗文的发展，且出现了诗文关联、互为影响的现象，如赠别诗前有序文，后独立成为赠序文，其诗却可有可无，韩愈《送李愿归盘谷序》尚存之；墓志始于汉代[1]，本属独立文

---

[1] 见徐师曾《文体明辨序说·墓志铭》："至汉，杜子夏始勒文埋墓侧，遂有墓志，后人因之……埋于圹前三尺之地，以为异时陵谷变迁之防，而谓之志铭……至论其题，则有曰墓志铭。"载王水照主编《历代文话》（第二册），复旦大学出版社2007年版，第2119—2120页。

体，以韵文之铭置墓志之后，合称墓志铭。陈善云："韩以文为诗，杜以诗为文，世传以为戏。然文中要自有诗，诗中要自有文，亦相生法也。文中有诗，则句语精确；诗中有文，则词调流畅。"[1]

"以文为诗"和"以诗为文"，说的是诗与文的互为影响和渗透，亦即诗的散文化和散文的诗化。笔者意识到这一问题，在早先出版的拙著《醉翁的世界：欧阳修评传》中写道："在欧阳修的笔下，诗与散文各自吸取对方的特点，两种体裁的互相影响表现得非常突出。应该说，欧文的诗化是颇有成就的，它使欧文情韵深美，读后有余味不尽的感觉；而散文化的欧诗，以古朴参差、潇洒流动、平易自然之美，迥别于唐音而独具风采，且影响了有宋一代诗歌的发展，成就亦不可低估。"[2]在《欧阳修和他的散文世界》一书中，笔者认为："朱自清在《中国散文的发展》中称赞欧阳修'最以言情见长'。欧阳修对朱自清创作的影响，表现在朱自清散文亦以言情见长，喜爱并学习欧文的风格，作品亦具阴柔之美。姚鼐《复鲁絜非书》将欧文定位为'偏于柔之美者'。读朱自清的作品，也能清晰地感觉到那种'偏于柔之美'的味道。这种柔性之美，见于古今不少佳作中，而在欧阳修与朱自清的散文里，表现得尤为典型。同具柔性美的这两家散文，正是以富于深美情韵和感人魅力为主要特征，而给读者以巨大的感染。"[3]欧、朱是古今两位杰出的散文大师，他们的许多佳作都深受读者的喜爱；同时他们也都有诗歌传世，虽不及散文影响之大，但也具有各自的特色。本文拟对他们的"以诗为文"和"以文为诗"作一些较深入的探究。

一

欧阳修文的突出特征是富于情感，情韵不匮，动人心魄。欧"以诗为文"，其文最撼动人心之处，即蕴蓄于文中的至为深挚的情感，在序、记、祭文等文体中有淋漓尽致的展现。《丰乐亭记》中的忧国忧民、安不忘危之情，《醉翁亭记》中不以贬谪为意、乐民之乐之情，《苏氏文

[1] 陈善：《扪虱新语》卷三，宝颜堂秘集本。
[2] 洪本健：《醉翁的世界：欧阳修评传》，中州古籍出版社1990年版，第97页。
[3] 洪本健：《欧阳修和他的散文世界》，上海古籍出版社2017年版，第422页。

集·序》中对才华横溢却命运不幸的苏舜钦的无比怜惜之情,《江邻几文集·序》中对众多友人仕宦坎坷相继离世的无限伤感之情,《祭资政范公文》中对同甘共苦亦师亦友的范仲淹累遭挫折与迫害的悲愤之情,《祭石曼卿文》中对"不少屈以合世""而不克所施"又"不得至乎中寿"的石延年的深为惋惜之情等,这些感情都曾经那样强烈地震撼着读者的心灵。那么,欧的感情又是怎样抒发的呢?他显然吸取了诗歌的表现手法。

(一)行文一唱三叹,回环往复。《祭石曼卿文》云:

> 呜呼曼卿!生而为英,死而为灵。其同乎万物生死而复归于无物者,暂聚之形;不与万物共尽而卓然其不朽者,后世之名。此自古圣贤,莫不皆然,而著在简册者,昭如日星。

> 呜呼曼卿!吾不见子久矣,犹能仿佛子之平生。其轩昂磊落,突兀峥嵘,而埋藏于地下者,意其不化为朽壤,而为金玉之精。不然生长松之千尺,产灵芝而九茎。奈何荒烟野蔓,荆棘纵横;风凄露下,走磷飞萤!但见牧童樵叟,歌吟上下,与夫惊禽骇兽,悲鸣踯躅而咿嘤。今固如此,更千秋而万岁兮,安知其不穴藏狐貉与鼯鼪?此自古圣贤亦皆然兮,独不见夫累累乎旷野与荒城!

> 呜呼曼卿!盛衰之理,吾固知其如此,而感念畴昔,悲凉凄怆,不觉临风而陨涕者,有愧乎太上之忘情。[1]

清人孙琮对此篇反复以"呜呼曼卿"引出的三段沉痛而诗意盎然的文字,作了十分精当的评价:"第一段许其名垂后世,写得卓然不磨;第二段悲其生死,写得凄凉满目;第三段自述感伤,写得唏嘘欲绝,可称笔笔传神。"[2]此文通篇押韵,且长短句交错,情韵已十分动人,加上"呜呼曼卿"的回环唱叹,将满腔的情意从赞赏到痛惜直推至难以抑制

[1]欧阳修著,洪本健校笺:《欧阳修诗文集校笺·居士集》卷五十,上海古籍出版社2009年版,第1244页。
[2]孙琮:《山晓阁选宋大家欧阳庐陵全集》评语卷四,清康熙刊本。

的"悲凉凄怆"。

《江邻几文集·序》云：

> 盖自尹师鲁之亡，逮今二十五年之间，相继而殁，为之铭者至二十人，又有余不及铭与虽铭而非交且旧者，皆不与焉。呜呼，何其多也！不独善人君子难得易失，而交游零落如此，反顾身世死生盛衰之际，又可悲夫！而其间又有不幸罹忧患、触网罗，至困厄流离以死，与夫仕宦连蹇、志不获伸而殁，独其文章尚见于世者，则又可哀也欤！[1]

为亡友《江邻几文集》作序，而回顾挚友尹洙去世二十五年以来，众多友朋凋零，不禁悲从中来，用"何其多也""又可悲乎""又可哀也欤"反复唱叹，满是伤感与不舍，回环往复的哀叹使悲情愈加浓烈，不可自已。储欣评曰："一意累折而下，纡余惨怆，言有穷而情不可终，此是庐陵独步。"[2]

（二）句式长短灵活，整饬有序。《丰乐亭记》首段云：

> 修既治滁之明年夏，始饮滁水而甘。问诸滁人，得于州南百步之近。其上则丰山耸然而特立；下则幽谷窈然而深藏；中有清泉，滃然而仰出。[3]

交代了人物、时间、地点之后，一段鼎足对的句式十分精彩：上有丰山，下有幽谷，中有清泉，全景尽收眼帘；山是高高而独立，谷是深深而潜藏，泉是急速地涌出，真是充满诗情画意。

《真州东园记》云：

---

[1] 欧阳修著，洪本健校笺：《欧阳修诗文集校笺·居士集》卷四十四，上海古籍出版社2009年版，第1127页。

[2] 储欣：《唐宋八大家类选》评语卷十一，清光绪壬辰湖北官书处重刊本。

[3] 欧阳修著，洪本健校笺：《欧阳修诗文集校笺·居士集》卷三十九，上海古籍出版社2009年版，第1017页。

园之广百亩，而流水横其前，清池浸其右，高台起其北。台，吾望以拂云之亭；池，吾俯以澄虚之阁；水，吾泛以画舫之舟。敞其中以为清宴之堂，辟其后以为射宾之圃。芙蕖芰荷之的历，幽兰白芷之芬芳，与夫佳花美木列植而交阴，此前日之苍烟白露而荆棘也；高薨巨桷，水光日景动摇而下上，其宽闲深靓可以答远响而生清风，此前日之颓垣断堑而荒墟也；嘉时令节，州人士女啸歌而管弦，此前日之晦冥风雨、鼪鼯鸟兽之嗥音也。[1]

"园之广百亩"的概述后，用鼎足的句式点出"流水""清池""高台"的方位，再以"前一后七"句的排比，作由台及亭、由池及阁、由水及舟的描写。"堂"与"圃"以对句列出，然后是以前后景象迥然相异的三段排比，由今日园林之美不胜收，追述往昔此地的荒芜破败。语言生动而形象，句式整饬而灵活，对比鲜明而突兀，韵味十足而悠长，堪称一首漂亮的散文诗。

（三）节奏跌宕有致，起伏不平。《五代史·伶官传序》中、后幅云：

方其系燕父子以组，函梁君臣之首，入于太庙，还矢先王而告以成功，其意气之盛，可谓壮哉！及仇雠已灭，天下已定，一夫夜呼，乱者四应，仓皇东出，未及见贼而士卒离散，君臣相顾，不知所归，至于誓天断发，泣下沾襟，何其衰也！岂得之难而失之易欤？抑本其成败之迹，而皆自于人欤？《书》曰："满招损，谦得益。"忧劳可以兴国，逸豫可以亡身，自然之理也。故方其盛也，举天下之豪杰，莫能与之争；及其衰也，数十伶人困之，而身死国灭，为天下笑。夫祸患常积于忽微，而智勇多困于所溺，岂独伶人也哉！[2]

---

[1] 欧阳修著，洪本健校笺：《欧阳修诗文集校笺·居士集》卷四十，上海古籍出版社2009年版，第1029页。
[2] 欧阳修：《新五代史》，中华书局1974年版，第397页。

欧修《五代史》，对五代史实极熟，对彼时的兴亡动乱感触极深，诸多"传序"皆以"呜呼"开头，即激情难抑之表现。文为心声，不平之情尽显于抑扬顿挫的文字中，而形成跌宕起伏的节奏，产生强烈的感染力。孙琮评曰："此篇除却前幅叙事，中、后两幅不过是两扬两抑。中幅一扬一抑，引《书》作断，已极低昂之妙；后幅再扬再抑，又复作断，愈见屈曲之奇……便有无限低徊，几回感慨，何笔之神也！"[1]

《王彦章画像记》末段云：

> 一枪之勇，同时岂无？而公独不朽者，岂其忠义之节使然欤？画已百余年矣，完之复可百年。然公之不泯者，不系乎画之存不存也。而予尤区区如此者，盖其希慕之至焉耳。读其书，尚想乎其人；况得拜其像，识其面目，不忍见其坏也。[2]

"一枪"四句以两个反问强调王彦章非仅一介勇夫，称颂其有难得的"忠义之节"，这是由衷的赞叹，崇敬之情油然而生；"画已"四句说彦章的画像一经修复，再过百年仍可供人瞻仰，英雄永在人心中，不管画像存或不存，心情似趋平静；"而予"二句写自己内心"希慕之至"，感情又转向强烈；"读其书"五句，用"尚想"与"况得"的递进，让崇敬之情迅速升温。作者就是这样巧妙地通过跌宕起伏的节奏，将对英雄的崇敬推向高潮。

（四）声韵前后照应，和谐自然。《醉翁亭记》云：

> 环滁皆山也。其西南诸峰，林壑尤美，望之蔚然而深秀者，琅琊也。山行六七里，渐闻水声潺潺，而泻出于两峰之间者，酿泉也。峰回路转，有亭翼然临于泉上者，醉翁亭也。作亭者谁？山之僧智仙也。名之者谁？太守自谓也。太守与客来饮于此，饮少辄醉，而年又最高，故自号曰醉翁也。醉翁之意不在酒，在乎山水之

---

[1] 孙琮：《山晓阁选宋大家欧阳庐陵全集》评语卷二，清康熙刊本。

[2] 欧阳修著，洪本健校笺：《欧阳修诗文集校笺·居士集》卷三十九，上海古籍出版社2009年版，第1006页。

间也。山水之乐，得之心而寓之酒也。[1]

作者从"环滁皆山"起，用移步换形的手法，一路写到醉翁亭，交代作亭者与命名者之后，又写醉翁之意，直至篇末，全用"也"字煞尾，为这篇美文平添了美妙而和谐的声韵。

《祭谢希深文》云：

> 呜呼谢公！年不得中寿，而位止于郎。惟其殁也，哭者为之哀，不识者为之相吊，或赙其家，或力其丧。嗟夫！为善之效，得此而已，庸何伤！富贵偶也，寿夭数也，奚较其少多而短长！若公之有，言著于文，行著于事，材著于用，既久而愈彰。此吾徒可以无大恨，而君子谓公为不亡。[2]

谢绛字希深，欧为西京留守推官时，谢绛为通判，他跟西京文人的关系很好，欧非常敬重他，待以师友之礼。对他的早逝，欧极为悲痛，既作墓志铭，又撰此祭文。句式长短参差，在多为三或五句少则二或四句之末押韵，"郎""丧""伤""长""彰""亡"等韵字交相回响，自然地奏出惋惜、怀念和悲切的乐章。

欧文大抵从以上四个方面"以诗为文"，把诗歌的元素吸收到散文中来，或者说，在不少的篇章中实现了散文的诗化。

二

朱自清是有着深厚古典文学修养且善于继承传统的现代散文大家。虽然创作有白话文与文言文之别，但他和欧阳修一样，在我国散文和诗歌发展史上都留下了难以磨灭的印迹。他们都著有关于散文和诗歌的理论见解，留下了数量可观的极具影响力的散文作品，并与他们出色的诗歌互有关联和影响。朱自清诸多散文都富于柔性之美，充满了诗化的无

---

[1] 欧阳修著，洪本健校笺：《欧阳修诗文集校笺·居士集》卷三十九，上海古籍出版社2009年版，第1020—1021页。
[2] 同上书，卷四十九，第1218—1219页。

穷魅力。笔者曾从沟通古今的文学观、中和主义的审美观、以情动人的至文、如画如诗的写景、注重文眼的构思、新而不失自然的语言六个方面，论述朱自清怎样从我国古代包括欧阳修等大家所创作的优秀散文中，汲取极为丰富的营养，以白话文写下诸多动人的篇章。[1]

朱自清的"以诗为文"，即散文的诗化，有如下的特色：

（一）综合修辞的行文美。《春》是一篇非常活泼生动的散文：

> 盼望着，盼望着，东风来了，春天的脚步近了。
>
> 一切都像刚睡醒的样子，欣欣然张开了眼。山朗润起来了，水涨起来了，太阳的脸红起来了。
>
> 小草偷偷地从土里钻出来，嫩嫩的、绿绿的。园子里，田野里，瞧去，一大片一大片满是的。坐着，躺着，打两个滚，踢几脚球，赛几趟跑，捉几回迷藏。风轻悄悄的，草软绵绵的。
>
> 桃树、杏树、梨树，你不让我，我不让你，都开满了花赶趟儿。红的像火，粉的像霞，白的像雪。花里带着甜味儿；闭了眼，树上仿佛已经满是桃儿、杏儿、梨儿。花下成千成百的蜜蜂嗡嗡地闹着，大小的蝴蝶飞来飞去。野花遍地是：杂样儿，有名字的，没名字的，散在草丛里，像眼睛，像星星，还眨呀眨的。[2]

如此动人又富于诗意，与文中的综合修辞或者说是多样化的修辞密切相关。"春天的脚步近了""太阳的脸红起来了""小草偷偷地从土里钻出来""桃树、杏树、梨树，你不让我，我不让你"，都用了拟人的手法，显得那样亲切可爱；"踢几脚球，赛几趟跑，捉几回迷藏""红的像火，粉的像霞，白的像雪"，都用了排比手法，前三句抒写人与大自然的亲密无间，后三句与下文的"像眼睛，像星星"还用了比喻，道出了

---

[1] 洪本健：《从朱自清的文学观念和美文创作看我国古代散文的现代影响》，见章培恒、梅新林主编《中国文学古今演变研究论集》，上海古籍出版社2002年版，第308—325页。

[2] 凡尼、郁苇编：《朱自清作品集·集外散文》，现代出版社2018年版，第301页。

"春"的生机勃勃。

《匆匆》写道：

> 燕子去了，有再来的时候；杨柳枯了，有再青的时候；桃花谢了，有再开的时候。但是，聪明的，你告诉我，我们的日子为什么一去不复返呢？——是有人偷了他们吧：那是谁？又藏在何处呢？是他们自己逃走了吧：现在又到了哪里呢？
>
> 我不知道他们给了我多少日子；但我的手确乎是渐渐空虚了。在默默里算着，八千多日子已经从我手中溜去；像针尖上一滴水滴在大海里，我的日子滴在时间的流里，没有声音，也没有影子。我不禁头涔涔而泪潸潸了。[1]

"燕子""杨柳""桃花"引领的三句排比与"聪明的，你告诉我"的巧妙的设问，呈现了季节周而复始的永恒和日子却"一去不复返"的对比和矛盾，而设问的后半截"是有人偷了他们吧"的回答和"又藏在何处"等拟人句的反问显得那样的俏皮又发人深思。下文中抽象的"日子"被拟物化了，居然"从我手中溜去"，写得何等机巧；又把"日子"比喻作"针尖上的一滴水滴在大海里"，无声无息地消失了，后果又是何等的令人恐慌，难怪"我不禁头涔涔而泪潸潸了"。

（二）情景交融的意境美。记游梅雨潭的《绿》是那样的引人入胜：

> 我的心随潭水的绿而摇荡。那醉人的绿呀，仿佛一张极大极大的荷叶铺着，满是奇异的绿呀。我想张开两臂抱住她；但这是怎样一个妄想呀。站在水边，望到那面，居然觉着有些远呢！这平铺着，厚积着的绿，着实可爱。她松松的皱缬着，像少妇拖着的裙幅；她轻轻的摆弄着，像跳动的初恋的处女的心；她滑滑的明亮着，像涂了"明油"一般，有鸡蛋清那样软，那样嫩；她又不杂些儿尘滓，宛然一块温润的碧玉，只清清的一色，但你却看不透她！

---

[1] 朱乔森编：《朱自清全集》（第一卷），江苏教育出版社1996年版，第3页。

我曾见过北京什刹海拂地的绿杨，脱不了鹅黄的底子，似乎太淡了。我又曾见过杭州虎跑寺旁高峻而深密的"绿壁"，丛叠着无穷的碧草与绿叶的，那又似乎太浓了。其余呢，西湖的波太明了，秦淮河的水又太暗了。可爱的，我将什么来比拟你呢？我怎么比拟得出呢？[1]

面对潭水那"醉人"的"奇异"的绿，作者不由地产生了"张开两臂抱住她"的欲望；这"平铺"的"厚积"的绿是那样可爱，以"少妇拖着的裙幅""一块温润的碧玉"等加以比喻还意犹未尽；以北京的"绿杨""太淡"，杭州的"绿壁""太浓"，"西湖的波太明"，"秦淮河的水""太暗"，衬托梅雨潭的绿，似乎还不满足。末了更称梅雨潭为"可爱的"，五体投地于这"可爱的"美丽与魅力之中。梅雨潭之美与作者的感受丝丝入扣地关联着，情景交融达到了天衣无缝的意境。

《背影》更是令人难忘：

我看见他戴着黑布小帽，穿着黑布大马褂，深青布棉袍，蹒跚地走到铁道边，慢慢探身下去，尚不大难。可是他穿过铁道，要爬上那边月台，就不容易了。他用两手攀着上面，两脚再向上缩；他肥胖的身子向左微倾，显出努力的样子。这时我看见他的背影，我的泪很快地流下来了。我赶紧拭干了泪。怕他看见，也怕别人看见。我再向外看时，他已抱了朱红的橘子往回走了。过铁道时，他先将橘子散放在地上，自己慢慢爬下，再抱起橘子走。到这边时，我赶紧去搀他。他和我走到车上，将橘子一股脑儿放在我的皮大衣上。于是扑扑衣上的泥土，心里很轻松似的。过一会说："我走了，到那边来信！"我望着他走出去。他走了几步，回过头看见我，说："进去吧，里边没人。"等他的背影混入来来往往的人里，再找不着了，我便进来坐下，我的眼泪又来了。[2]

---

[1] 朱乔森编：《朱自清全集》（第一卷），江苏教育出版社1996年版，第18—19页。
[2] 同上书，第48页。

这是一段催人泪下的场面，父亲肥胖的身躯好不容易爬上月台，让"我的泪很快地流下来了"。买了橘子，回头过铁道时，父亲"先将橘子散放在地上，自己慢慢爬下，再抱起橘子走"，及告别时，他"回过头看见我"，而等到他的背影在人群里再找不着时，"我的眼泪又来了"。这些难忘的镜头，摄下了父亲无微不至的关怀和儿子发自肺腑的感动，景与情交融的意境胜过多少父慈子孝的言说。

（三）平易流畅的语言美。《给亡妇》写道：

> 六儿，我怎么说好，你明白，你临终时也和母亲谈过，这孩子是只可以养着玩儿的，他左挨右挨到去年春天，到底没有挨过去。这孩子生了几个月，你的肺病就重起来了。我劝你少亲近他，只监督着老妈子照管就行。你总是忍不住，一会儿提，一会儿抱的。可是你病中为他操的那一份儿心也够瞧的。那一个夏天他病的时候多，你成天儿忙着，汤呀，药呀，冷呀，暖呀，连觉也没有好好儿睡过。那里有一分一毫想着你自己。瞧着他硬朗点儿你就乐，干枯的笑容在黄蜡般的脸上，我只有暗中叹气而已。[1]

朱自清对亡妻武钟谦的怀念是刻骨铭心的，第一人称的写法如直接与亡妻面对面的谈心，讲到妻子病重时还在照顾孩子，"汤呀，药呀，冷呀，暖呀，连觉也没有好好儿睡过"，完全是平易自然的口语，但却是那样真切感人。前文所引《春》《匆匆》《绿》《背影》，无论是写景，还是记事，语言都是极其流畅的，总是不忘向口语靠拢，为创造新鲜而自然的语言不断努力。

（四）前呼后应的声韵美。朱自清非常喜爱使用叠词，行文中似信手拈来，毫不费力，却十分妥帖，恰到好处。以《桨声灯影里的秦淮河》为例，全篇约有六十处用了叠词，形形色色声韵美的展示平添了多少诗情！作定语的，有疏疏的林、淡淡的月、轻轻的影、曲曲的波、薄

---

[1] 朱乔森编：《朱自清全集》（第一卷），江苏教育出版社1996年版，第163页。

薄的夜、黄黄的散光、黯黯的水波、缕缕的明漪、漾漾的柔波、清清的水影、密密的人家、习习的清风、薄薄的绿纱、淡淡的影子、渺渺的灵辉、烁烁的灯光、疏疏的灯火、远远的歌声、吱吱的胡琴声等；作状语的，有迢迢的远了、冷冷的绿着、盈盈的上了、光光的立着；形容词加叠词的，有碧阴阴、黑沉沉、郁丛丛、阴森森、热蓬蓬、冷清清、黑漆漆等；四字句的，有闪闪不息、雾气腾腾、众目睽睽、模模糊糊、富富丽丽、朦朦胧胧、渺渺茫茫；前置定语的中心词，有人影的幢幢、歌声的扰扰、无端的怅怅、乐器的嘈嘈切切等。密集地使用叠词，不仅让文中不乏穷形尽态的刻画、悠悠不尽的抒情，而且更重要的是，给读者带来缕缕不绝、前呼后应的声调和韵律的美感。

欧、朱"以诗为文"的表现手法，都与他们为人为文之重情相关。诗发乎情，又以情动人，重于抒情是他们创作共有的倾向。他们不是没有义正词严的佳作，如在纵论国事和民生的散文中，欧有《朋党论》《纵囚论》、朱有《执政府大屠杀记》等，但他们的散文创作总体上偏向阴柔一路发展，"以诗为文"即散文的诗化，是他们以记叙为主的部分作品的共同特征。自然，欧、朱的散文并非全然诗化，诗化的只是其作品中的一部分，或被人称为散文诗，这部分散文，当是欧、朱引以为傲的精品。以欧而论，上引为"以诗为文"者，在欧公晚年自编《居士集》时皆收入集中，历代评家均给予高度的评价。以朱而论，上引诸篇为诸多选本或教科书所收，有口皆碑。这也是今天许多读者和学者的共识。

三

韩愈的"以文为诗"在唐代尚非主流倾向，而欧阳修领导宋代诗文革新，在大力提倡作文崇散抑骈的同时，在诗歌创作上带头"以文为诗"，影响了一代的诗风，散文化与议论化成为宋诗的重要特色而引人注目。"以文为诗"就是以写散文的方法来作诗。欧在散文创作上经验丰富、成就斐然，不免对其他体裁的创作产生影响，如他的《秋声赋》和苏轼的《赤壁赋》就是著名的文赋，成为后世称道不已的经典。他的骈文创作也吸收了散文的元素，且影响了苏轼等人，造就了别具一格的

"宋四六"。同样，他在推动以散文取代骈文成为文章主流的同时，还将散文的写法引入诗歌的创作之中，于是"以文为诗"也成为宋诗的一大特色。这主要表现在四个方面：

一为谋篇布局。《赠沈遵》云：

> 群动夜息浮云阴，沈夫子弹《醉翁吟》。《醉翁吟》，以我名，我初闻之喜且惊。宫声三叠何泠泠，酒行暂止四坐倾。有如风轻日暖好鸟语，夜静山响春泉鸣。坐思千岩万壑醉眠处，写君三尺膝上横。沈夫子，恨君不为醉翁客，不见翁醉山间亭。翁欢不待丝与竹，把酒终日听泉声。有时醉倒枕溪石，青山白云为枕屏。花间百鸟唤不觉，日落山风吹自醒。我时四十犹强力，自号醉翁聊戏客。尔来忧患十年间，鬓发未老嗟先白。滁人思我虽未忘，见我今应不能识。沈夫子，爱君一罇复一琴，万事不可干其心。自非曾是醉翁客，莫向俗耳求知音。[1]

这是一首极平顺的古诗。开头两句，概述"去年冬"与沈遵"会于恩、冀之间"，对方满怀深情，"夜阑酒半"弹奏《醉翁吟》的感人之事。[2]由《醉翁吟》，以我名"至"夜静山响春泉鸣"，描写琴声之美妙。"坐思"以下十一句，欧追忆沈君当年创作此曲及自身放浪形骸于琅琊山间的情景。"我时四十犹强力"以下，则以感伤而有力的议论收束。由点题始，记叙、描写和议论融为一体，完全是散文的作法。

欧有著名的七律《戏答元珍》，首联"春风疑不到天涯，二月山城未见花"是精心的布局，以似是而非的疑问开头，如作文般的自问自答。在《笔说·峡州诗说》中，欧自解云："若无下句，则上句何堪？既见下句，则上句颇工。"纪昀赞："起得超妙。"[3]

二为句式处理。《庐山高赠同年刘中允归南康》云：

---

[1] 欧阳修著，洪本健校笺：《欧阳修诗文集校笺·居士集》卷六，上海古籍出版社2009年版，第162页。
[2] 见《赠沈遵》之序，同上。
[3] 纪昀：《瀛奎律髓勘误》卷四，忏花盦丛书本。

　　　　庐山高哉几千万仞兮，根盘几百里；截然屹立乎长江。长江
　　西来走其下，是为扬澜左里兮，洪涛巨浪日夕相舂撞。云消风止水
　　镜净，泊舟登岸而远望兮，上摩青苍以晻霭，下压后土之鸿厖。试
　　往造乎其间兮，攀缘石磴窥空谾。千岩万壑响松桧，悬崖巨石飞流
　　淙。水声聒聒乱人耳，六月飞雪洒石矼。[1]

此诗甚长，仅录半篇，已见其刻意用诸多长短不一的句式，且以"兮"字绾连前后句，又有意避用偶对，造成浓浓的散文调。

　　再就是句式结构，亦刻意有违常规，如七言诗一般格式为上四下三，五言诗一般为上二下三，欧诗偏作成上三下四或上一下四，以显古朴与参差的散文味。如《食糟民》诗云："上不能宽国之利，下不能饱尔之饥。"[2]《退居述怀寄北京韩侍中》诗云："静爱竹时来野寺，独寻春偶过溪桥。"[3]《飞盖桥玩月》的"矧夫人之灵"[4]，《答吕公著见赠》的"况此杯中趣"[5]等皆是。

　　三为虚词安排。欧诗大量使用虚词，特别是古体诗，其中使用最多的是语助词，举例如下：

　　用"哉"字："信哉天下奇，落落不可拘。"（《哭曼卿》）"嗟哉我岂敢知子，论诗赖子初指迷。"（《再和圣俞见答》）"君家虽有澄心纸，有敢下笔知谁哉？"（《和刘原父澄心纸》）

　　用"矣"字："高堂母老矣，衰发不满栉。"（《班班林间鸠寄内》）"今子其死矣，东山复谁过？"（《读徂徕集》）"自言我亦随往矣，行即逢君何恨邪？"（《重赠刘原父》）

　　用"乎"字："翁乎知此乐，无厌日来登。"（《竹间亭》）"出乎两崖之隘口，忽见百里之平陆。"（《盘车图》）"钟子忽已死，伯牙其已乎！"（《夜坐弹琴有感二首呈圣俞》之二）

---

[1] 欧阳修著，洪本健校笺：《欧阳修诗文集校笺·居士集》卷五，上海古籍出版社2009年版，第142页。
[2] 同上书，卷四，第120页。
[3] 同上书，卷七，第1514页。
[4] 同上书，卷四，第109页。
[5] 同上书，卷四，第111页。

用"焉"字:"行乐不及早，朱颜忽焉衰。"(《答吕公著见赠》)"压溺委性命，焉能顾图书?"(《答梅圣俞大雨见寄》)"况子之才美，焉能久困穷?"(《秀才欧世英惠然见访于其还也聊以赠之》)

其他用"之""也""于""岂"等字的，就不逐一罗列了。虚词的使用，特别是语助词的使用，对欧诗的散文化与议论化大有助益。欧亲自选编的《居士集》，经检索，发现用"哉"字的有28句，27句出自古诗，出自律诗的仅1句;用"矣"字18句，14句属古诗，4句为律诗;用"乎"字10句，全是古诗;用"焉"字的5句，古、律为4比1。以上总共61句，55句出自古诗，仅6句出自律诗。可见"以文为诗"表现最突出的是古体诗。

四为手法运用。欧公擅长以散文常用的表现手法来写诗。写景、叙事、抒情、议论四个方面的自由结合，在欧诗中常见，上引《赠沈遵》即是一例。《竹间亭》先写彼处水竹鱼鸟之景，接着叙"翁"之常来，虽无车马却惊动了鱼鸟，而后是关于"忘尔荣与利"、"翁"鱼鸟"各自适"的富于情味的议论，笔调轻松而有趣。

铺排在欧诗中也常见。嘉祐时为知郓州刘敞而作的《乐郊诗》，从"乐郊何所乐""乐郊何所有""乐郊何以名"三问入手，分别抒写郓民"安其业""所乐从公游";山水草木美，"处置各有宜";不取"一日醉"，"俾民百年思":铺排恰当而得体。《尝新茶呈圣俞》从采茶、加工、包裹、"寄我"，到京师的邀客、尝茶，面面俱到地加以生动地描写。

宾主相形、以宾衬主的手法，欧在《释秘演诗集序》《太常博士尹君墓志铭》等文中运用得十分出色，他以同样的手法作诗，也很成功。《读蟠桃诗寄子美》以"韩孟于文词，两雄力相当"开头，赞美他们"二律虽不同，合奏乃锵锵。天之产奇怪，希世不可常"[1]。笔锋一转，借《蟠桃诗》夸奖梅尧臣难与匹敌的艺术成就，随即呼唤遭迫害而隐居苏州的苏舜钦，请他出山再显身手。他与梅尧臣被欧称为"二子双

---

[1]《读蟠桃诗寄子美》，见欧阳修著，洪本健校笺《欧阳修诗文集校笺·居士集》
　　卷二，上海古籍出版社2009年版，第59页。

凤凰，百鸟之嘉瑞"[1]。此诗显然以唐代的韩、孟为宾，衬托为主的苏、梅"双凤凰"。

作为宋代诗文革新的领袖，欧阳修以自己的不懈努力，扩大"以文为诗"的影响。苏轼、王安石及"苏门四学士"之一的黄庭坚，秉承韩愈、欧阳修的"以文为诗"的理念，创作了不少脍炙人口的作品。赵翼指出："以文为诗，自昌黎始；至东坡益大放厥词，别开生面，成一代之大观。"[2]苏轼作《欧阳少师令赋所蓄石屏》诗云：

> 何人遗公石屏风，上有水墨希微踪。不画长林与巨植，独画峨嵋山西雪岭上万岁不老之孤松。崖崩涧绝可望不可到，孤烟落日相溟濛。含风偃蹇得真态，刻画始信天有工。我恐毕宏韦偃死葬虢山下，骨可朽烂心难穷。神机巧思无所发，化为烟霏沦石中。古来画师非俗士，摹写物像略与诗人同。愿公作诗慰不遇，无使二子含愤泣幽宫。[3]

全篇笔力劲健，气势不凡，感慨不尽，七字句中不时插入九字、十一字以至十六字的长句，真是古所未见的创意！

王安石《桃源行》云：

> 望夷宫中鹿为马，秦人半死长城下。避时不独商山翁，亦有桃源种桃者。此来种桃经几春？采花食实枝为薪。儿孙生长与世隔，虽有父子无君臣。渔郎漾舟迷远近，花间相见因相问。世上那知古有秦，山中岂料今为晋？闻道长安吹战尘，春风回首一沾巾。重华一去宁复得？天下纷纷经几秦。[4]

此诗借《桃花源记》展开绝大的议论。前四句回顾暴秦的残酷和时人的

---

[1]《水谷夜行寄子美圣俞》，见欧阳修著，洪本健校笺《欧阳修诗文集校笺·居士集》卷二，上海古籍出版社2009年版，第46页。

[2]江守义、李成玉校注：《瓯北诗话校注》，人民文学出版社2013年版，第168页。

[3]孔凡礼点校：《苏轼诗集》卷六，中华书局1982年版，第277—278页。

[4]王水照主编：《王安石全集》（第五册），复旦大学出版社2016年版，第196页。

避难，叙中有议；接着四句写桃源生活之太平，"虽有父子无君臣"是政治家独到的发人深省的议论；又四句概述渔郎与桃源中人的"相见"与"相问"，以"那知""岂料"的议论，写桃源的与世隔绝；末四句写回到对现实的感伤，仍以议论哀叹圣主之难得与世间的动荡不安。这是一篇"以文为诗"、高论迭出的杰作。

黄庭坚《题竹石牧牛》云：

> 野次小峥嵘，幽篁相倚绿。阿童三尺箠，御此老觳觫。石吾甚爱之，勿遣牛砺角。牛砺角尚可，牛斗残我竹。[1]

宋代的题画诗有许多"以文为诗"的精品，本诗堪称代表作。前半篇形象地刻画了嶙峋的奇石、幽深的竹林、手执鞭子稚气的牧童和因恐惧而发抖的老牛。构思生动的画面，自然引出后半篇颇见个性的议论："石吾"与"牛砺"两句，分别以"上一下四"和"上三下二"故作拗体的句式，极致地表达喜爱竹石、生怕其被牛所损害的心情。

凭借上述诗歌的传播，欧阳修推动宋诗散文化与议论化的努力得到进一步的加强，"以文为诗"的影响不断扩大，北宋士大夫的诸多诗作尽显与唐音迥然不同的宋调。

四

南宋至清代对欧阳修推动的宋诗变革持怎样的态度？宋诗的散文化和议论化对后世又产生了怎样的影响呢？

宋人大多对欧阳修的"以文为诗"持肯定的态度，朱熹云："欧公文字锋刃利，文字好，议论亦好，尝有诗云：'玉颜自古为身累，肉食何人为国谋？'以诗言之，是第一等好诗；以议论言，是第一等议论。"[2]当然，欧诗并非全然"以文为诗"，从诗体上看，欧的古体诗远较律诗更具散文化的特点。

---

[1] 刘尚荣校点：《黄庭坚诗集注》，中华书局2003年版，第352页。
[2]《朱子语类》卷一三九，清同治壬申刊本。

叶梦得称欧诗"始矫'昆体'，专以气格为主，故其言多平易疏畅"[1]，胡仔云："欧公作诗，盖欲自出胸臆，不肯蹈袭前人，亦其才高，故不见牵强之迹耳。"[2]总而言之，宋人眼里的欧诗所呈现出的主要是平易疏畅、从容自然的风貌。由此看来，推动北宋诗文革新的欧阳修，其诗风与文风总体上是一致的。

南宋的诗歌创作，陆游是大家。其《赠刘改之秀才》亦用"以文为诗"的写法：

> 君居古荆州，醉胆天宇小，尚不拜庞公，况肯依刘表？胸中九渊蛟龙蟠，笔底六月冰雹寒；有时大叫脱乌帻，不怕酒杯如海宽。放翁七十病欲死，相逢尚能刮眼看。李广不生楚汉间，封侯万户宜其难！[3]

"尚不"与"况肯"的关联句式，"病欲死"却"尚能刮眼看"的描述，加上"有时"二句的近乎口语，都带有浓郁的散文调。

范成大《祭灶词》云：

> 古传腊月二十四，灶君朝天欲言事。云车风马小留连，家有杯盘丰典祀。猪头烂热双鱼鲜，豆沙甘松粉饵团。男儿酌献女儿避，酹酒烧钱灶君喜。婢子斗争君莫闻，猫犬触秽君莫嗔；送君醉饱登天门，杓长杓短勿复云，乞取利市归来分。[4]

祭灶君而愿其上天奏好事，故"家有杯盘丰典祀"。全诗以铺排的方式和充满幽默的笔调，对这一古老的民俗作了生动的诠释。

金代诗风以追踪苏轼、黄庭坚为主流。元好问文宗韩欧，诗祖李

---

[1] 叶梦得：《石林诗话》卷上，见何文焕辑《历代诗话》，中华书局1981年版，第407页。
[2] 胡仔：《渔隐丛话》后集卷二十三，《文渊阁四库全书》本。
[3] 陆游：《剑南诗稿》卷二十七，《文渊阁四库全书》本。
[4] 《腊月村田乐府十首》之三，见范成大《石湖诗集》卷三十，《文渊阁四库全书》本。

杜，欧阳修有生动形象地论诗友苏舜钦、梅尧臣创作的诗歌，如《水谷夜行寄子美圣俞》等，元好问更有脍炙人口的七绝《论诗三十首》享誉文坛，第二十七首云：

> 百年才觉古风回，元祐诸人次第来。讳学金陵犹有说，竟将何罪废欧梅？[1]

此诗对北宋中期欧阳修领导的诗文革新，特别是与苏舜钦、梅尧臣等唤回"古风"，创作大量反映现实、抒写真情的诗歌，表达由衷的钦仰，而对苏黄之后诗人一味求新求奇，未能继承发扬"欧梅"诗风则深致不满之情。

第三十首云：

> 撼树蚍蜉自觉狂，书生技痒爱论量。老来留得诗千首，却被何人校短长？[2]

作者为此组论诗诗作了总结，自称虽一介书生居然有点张狂，因"技痒"而点评历朝著名诗家和流派，实际上言简意赅地表达了自己的见解。三十首七绝论诗诗，回顾诗歌发展，论古议今，针砭时弊，流畅地阐说深刻的道理，岂不是散文化、议论化兼而有之别具一格的"以文为诗"么？

在唐宋诗的兴盛之后，元代诗坛自然相对冷寂。由宋返唐，宗唐学古，虽未能有创新的佳绩，但还是人才辈出，不乏好诗。方回《宋罗寿可诗序》有"欧阳公出焉，一变为李太白、韩昌黎之诗，苏子美二难相为颉颃。梅圣俞则唐体之出类者也，晚唐于是退舍。苏长公踵欧阳公而起，王半山备众体"[3]云云，充分肯定了欧阳修引领宋诗革新的功绩。"以文为诗"在元代也有佳作，萨都剌《过居庸关》记叙一位扶犁劳作的老翁，回顾过往的战乱，写得活灵活现，令人无限感慨：

---

[1]《论诗三十首》，见元好问《遗山集》卷十一，《文渊阁四库全书》本。
[2] 同上。
[3] 方回：《桐江续集》卷三十二，《文渊阁四库全书》本。

夜来锄豆得戈铁，雨蚀风吹失颜色。铁腥唯带土花青，犹是将军战时血。前年人复铁作门，貔貅万灶如云屯。生存有功挂玉印，死者谁复招孤魂？居庸关，何峥嵘！上天胡不呼六丁，驱之海外休甲兵？男耕女织天下平，千古万古无战争。[1]

将搏杀流血的残酷和对天下太平的渴望，通过散文化的描写和议论展现出来。

明人对包括欧诗在内的宋诗，总体评价上是有差异的，甚至是两极悬殊的。都穆曰："予观欧、梅、苏、黄、二陈至石湖、放翁诸公，其诗视唐未可便谓之过，然真无愧色者也。"[2]袁宏道《与李龙湖》曰："欧公文之佳无论，其诗如倾江倒海，直欲伯仲少陵，宇宙间自有此一种奇观，但恨今人为先入恶诗所障难，不能虚心尽读耳。"[3]而王世贞的评价则是与袁宏道大相径庭，谓"永叔不识诗，自标誉能诗"[4]。谢榛谓欧诗有"流于议论"之病："《明妃曲》：'耳目所及尚如此，万里焉能制夷狄？'夫'耳目'之'所及'者'尚'然'如此'，况'万里'之外，'焉能制'其'夷狄'也哉！"[5]

欧诗在宋代的地位不如其文，这是事实。过度的散文化和议论化，使极少数欧诗沦为说教的讲章，这也是不必讳言的。但欧诗确实也有自己的特点，且不乏脍炙人口的佳作，两极化的评价都是欠客观的。

明人在"以文为诗"方面亦有佳作。高启歌行体长诗《青丘子歌》云：

世间无物为我娱，自出金石相轰铿。江边茅屋风雨晴，闭门睡

---

[1] 萨都剌：《雁门集》卷一，《文渊阁四库全书》本。
[2] 都穆：《南濠诗话》，见丁福保辑《历代诗话续编》，中华书局1983年版，第1344页。
[3] 袁宏道：《袁中郎全集·尺牍》，上海杂志公司1935年版，第48—49页。
[4] 王世贞：《艺苑卮言》卷四，见丁福保辑《历代诗话续编》，中华书局1983年版，第1018页。
[5] 谢榛：《四溟诗话》卷三，见丁福保辑《历代诗话续编》本，中华书局1983年版，第1197页。

足诗初成。叩壶自高歌，不顾俗耳惊。欲呼君山老父携诸仙所弄之长笛，和我此歌吹月明。但愁欻忽波浪起，鸟兽骇叫山摇崩。[1]

此为结尾前作者自叙狂放不羁个性的一段描写：他随心所欲无所顾忌地高歌，还希望得到"君山老父"的长笛伴奏，可又担忧浩歌一曲引发波涌山崩。七字、五字以至十四字句的长短交错，形成强盛的气势，令夸张的文笔更具强大的冲击力。

至于清代，贺裳批评欧诗甚严厉："诗道至庐陵，真是一厄，如《飞盖桥望月》中云'乃于其两间''矧夫人之灵''而我于此时'，便开后人无数恶习。"[2]又云："欧公古诗苦无兴比，唯工赋体耳。至若叙事处，滔滔汩汩，累百千言，不衍不支，宛如面谈，亦其得也。所惜意随言尽，无复余音绕梁之意。又篇中曲折变化处亦少。公喜学韩，韩本诗之别派，其佳处又非学可到，故公诗常有浅直之恨。"[3]

贺贻孙对欧诗的评价却不低。尽管他认同"宋诗不如唐"的观点，但他指出："宋之欧苏，其诗别成一派，在盛唐中亦可名家。"[4]"别成一派"，显示他对欧苏所代表散文化、议论化的宋诗的尊重和肯定。"在盛唐中亦可名家"，则是对欧苏诗水平之认可。方东树云："六一学韩，才气不能奔放，而独得其情韵与文法，此亦诗家深趣。自欧以后诸家，未有一人能成就似欧者，则亦岂易到也。"[5]

清人不乏"以文为诗"的作品，龚自珍《咏史》诗即是其中之翘楚："金粉东南十五州，万重恩怨属名流。牢盆狎客操全算，团扇才人踞上游。避席畏闻文字狱，著书都为稻粱谋。田横五百人安在，难道归来尽列侯。"[6]诗的前两联叙写当时社会的腐败，后两联批判专制的残暴，借田横及其追随者的刚毅不屈，感叹士人的丧失气节与软弱自私，用的是散文化、议论化的笔法。清代后期还出现了"宋诗运动"。晚清的黄

---

[1]高启：《大全集》卷十一，《文渊阁四库全书》本。
[2]贺裳：《载酒园诗话》卷一，《清诗话续编》本。
[3]同上。
[4]吴大受：《诗筏》，吴兴刘氏嘉业堂刊本。
[5]方东树：《昭昧詹言》卷九，人民文学出版社1961年版，第223页。
[6]《清诗观止》，学林出版社2015年版，第201页。

遵宪声称"我手写我口"[1]，要"用古文家伸缩离合之法以入诗"[2]，其诗歌创作明显呈现出散文化的倾向。

综上所述，"以文为诗"扩大了诗歌反映的领域，丰富了诗歌表现的手法，增强了诗歌叙事的能力。宋代学者对欧的"以文为诗"多持正面的看法，金、元学者未持异议，实际上对此发表见解的并不多。至明清两代，褒贬的意见皆有，且都结合欧诗发表己见，往往趋于两极。欧诗的散文化与议论化多体现在古诗创作上，成绩可观，不足也是难免的。《奉答子华学士安抚江南见寄之作》云：

> 百姓病已久，一言难遽陈。良医将治之，必究病所因。天下久无事，人情贵因循。优游以为高，宽纵以为仁。今日废其小，皆谓不足论。明日坏其大，又云力难振。旁窥各阴拱，当职自逡巡。岁月寝㵎颓，纪纲遂纷纭。坦坦万里疆，蚩蚩九州民。昔而安且富，今也迫以贫。[3]

黄震评曰："《答子华安抚》诗，指陈治道之要者也。"[4]就内容来说，实属扼要之概括。但问题在于此非"指陈治道"的公文，而是一首诗歌，不能缺少比兴，需要生动、形象、含蓄的笔墨。欧阳修少量作品确实存在这样的不足，当然，不能以偏概全，全盘否定。自欧学韩"以文为诗"，并由苏、黄发扬光大之后，历代"以文为诗"之作，绵绵不绝，直至晚清，从未中断，这是客观的事实。

五

江苏教育出版社1996年出版的朱乔森所编《朱自清全集》第五卷《新诗》中，朱自清的新诗并不多，共58首，最早是发表于1919年2月

---

[1]《杂感》，见黄遵宪《黄遵宪全集》卷一，中华书局2005年版，第75页。
[2]《人境庐诗草自序》，同上书，卷一，第69页。
[3]欧阳修著，洪本健校笺：《欧阳修诗文集校笺·居士集》卷五，上海古籍出版社2009年版，第132—133页。
[4]黄震：《黄氏日抄》卷六十一，《文渊阁四库全书》本。

的《睡吧，小小的人》，仅与胡适最早发表的《白话诗八首》相隔两年；第二篇《小鸟》等6首发表于同年11月和12月；其余《煤》至《朝鲜的夜哭》47篇发表于1920年至1926年；《无题》《玉兰花》分别录自1933年5月13日及1935年4月5日作者日记；《挽一多先生》《题林屋山民送米图卷子》分别作于1946年与1947年。可见朱的新诗主要发表于1919年至1926年，最早发表的两首新诗与"五四运动"在同一年。此前，以白话文书写的新诗诞生虽不久，但获得了迅速的发展。

朱自清关于新诗发展的论述，见其所作《中国新文学大系·诗集》的《导言》，而关于新诗的创作，其所著《新诗杂话》颇多精辟的见解。其中《朗读与诗》说："诗趋向脱离音乐独立，趋向变化而近自然。"[1]又说："现代是个散文的时代，即使是诗，也得调整自己，多少倾向散文化。而这又正是宋以来诗的主要倾向——求自然。"[2]《诗的形式》说："我们感觉到'匀称'与'均齐'还是诗的主要的条件；这些正是外在复沓的形式。但所谓'匀称'和'均齐'并不要像旧诗——尤其是律诗——那样凝成定型。写诗只要注意形式上的几个原则，尽可'相体裁衣'，而且必须'相体裁衣'。"[3]又说："所谓原则也不外乎'段的匀称'和'行的均齐'两目……行的均齐主要在音节（就是音尺）。中国语在文言里似乎以单音节和双音节为主，在白话里似乎以双音节和三音节为主。"[4]《抗战与诗》说："新的努力是在组织和词句方面容纳了许多散文成分。艾青先生和臧克家先生的长诗最容易见出。"[5]这些观点，朱自清都在自己的创作中加以实践，尤其是诗的散文化。早期作的《小鸟》中写道：

> 清早颤巍巍的太阳光里，/两个小鸟结着伴，不住的上下飞跳。/
> 他俩不知商量些什么，/只是咭咭呱呱地乱叫。/细碎的叫声，/夹着

---

[1]《新诗杂话·朗读与诗》，见朱乔森编《朱自清全集》（第二卷），江苏教育出版社1996年版，第391页。
[2]同上。
[3]同上书，第399页。
[4]同上书，第399—400页。
[5]同上书，第346页。

些微笑；/笑里充满了自由，/他们却丝毫不觉。/他们仿佛在说："我们活着/便该跳该叫。/生命给的欢乐，/谁也不会从我们手里夺掉。"[1]

全诗三段，各有四行，大体"匀称"；音节以双音节和三音节为主，大体"均齐"；"跳""叫""笑""觉""掉"字同押ao韵，完全符合作者自己提出的标准。倘若将斜线略去，那就是一篇活泼的小散文。

综观58首朱氏新诗，散文化是普遍的，短诗如此，如《依恋》仅三句："坐到三等车里，/模糊念着上海的一月，/我的心便沉沉了。"长诗亦如此，长达10页的《毁灭》，末尾是这样的：

我要一步步踏在泥土上，/打上深深的脚印！/虽然这些印迹是极微细的，/且必将磨灭的，/虽然这迟迟的行步/不称那迢迢无尽的程途，/但现在既平常而又渺小的我，/只看到一个个分明的脚步，/便有十分的欣悦——/那些远远远远的/是再不能，也不想理会了。/别耽搁吧，/走！走！走！[2]

朱氏的"以文为诗"有如下的特点：

（一）善用各种修辞和句式。《北河沿的夜》全篇用了拟人化的手法：

沉默的天宇，/闪烁的灯光；/暗里流动着小河，/两岸欹斜着柳树。/树们相向俯着，/要握手么？/在商量小河的秘密么？/树们俯看小河，/河里深深的映出许多影子。/这也是他们自己么？/是他们生命的征象罢？/岸上的灯光，/从树缝里偷偷进来；/照得小河面上斑斑驳驳，/白一块，黑一块的，/像天将明时，东方的云一样。/那白处露出历历的皱纹，/显出黑暗里小河生活的烦闷。[3]

[1] 朱乔森编：《朱自清全集》（第五卷），江苏教育出版社1996年版，第5页。
[2] 同上书，第88—89页。
[3] 同上书，第17页。

作者把小河两岸的树写活了，"树们相向俯着""要握手""在商量""俯看小河"；岸上灯光也写活了，他们"从树缝里偷偷进来"；更妙的是"小河面上斑斑驳驳"，"像天将明时，东方的云"，"那白处露出历历的皱纹"，居然"显出黑暗里小河生活的烦闷"。拟人化的铺陈和末句的评说，散发着浓浓的散文味。

《煤》诗写道：

> 你在地下睡着，/好腌臜，黑暗！/看着的人/怎样的憎你，怕你！/他们说：/"谁也不要靠近他呵！……"/一会你在火园中跳起舞来，/黑裸裸的身材里，/一阵阵透出赤和热，/啊！全是赤和热了，/美丽而光明！/他们忘记刚才的事，/都大张着笑口，/唱赞美你的歌；/又颠簸着身子，/凑合你跳舞的节。[1]

除了拟人化的铺陈外，此诗最重要的是，用"地下睡着"的和已经燃烧的煤不同形象和遭遇的对比：前面是"好腌臜，黑暗！"遭到憎恨；后面是"美丽而光明"，得到"赞美"。这煤无疑象征着最底层的劳苦大众，在他们还没有觉醒的时候，被看不起；而一旦觉醒，发光发热，就会产生了不起的能量和影响。

《静》诗不长，写杭州城隍山四景园向外看到的景色，连用了两组排比句，笔墨却极其俭省：

> 屋外鱼鳞似的屋；/螺髻似的山；/白练似的江；/明镜似的湖。/地上的一切，一层层屋遮了；/山上的，一叠叠青掩了；/水上的，一阵阵烟笼了。[2]

第一个排比还借助比喻，把屋、山、江、湖的形状或色调形象地描绘出来；第二个排比，分别展现地上、山上、水上无限开阔的景象，那是多么秀美的图画啊！排比易于铺陈，这是散文的特色。

---

[1] 朱乔森编：《朱自清全集》(第五卷)，江苏教育出版社1996年版，第12页。
[2] 同上书，第63页。

《赠 A.S》的首尾两段都运用了排比兼比喻：

> 你的手像火把，/你的眼像波涛，/你的言语如石头，/怎能使我忘记呢？/……你如郁烈的雪茄烟，/你如酽酽的白兰地，/你如通红通红的辣椒，/我怎能忘记你呢？[1]

全诗的比喻格外形象，排比充满力量，似写出了一个向往进步的朋友冲天的豪情、坚定的意志和巨大的能量，让读者产生了无际的遐想。首尾各四句遥相呼应，尤其是"怎能使我忘记呢"和"我怎能忘记你呢"的前呼后答与散文的埋伏与照应如出一辙。

《光明》用了对话的句式：

> 呀！黑暗里歧路万千，/叫我怎样走好？/"上帝！快给我些光明吧，/让我好向前跑！"/上帝慌着说，"光明？/我没处给你找！/你要光明，/你自己去造！"[2]

通过"我"与"上帝"的对话，增添了幽默感，更重要的是含蕴着不靠上帝靠自己的道理，显示了议论化的魅力。

（二）略去比兴而纯用直叙。古代诗歌从《诗经》开始，就讲究赋、比、兴的运用，朱自清的有些新诗，采取了略去比兴而用赋的写法。

因坐在镇江至扬州的小火轮中有感，朱自清在抵达扬州后写下的《小舱中的现代》，用白描般的叙说，生动地再现了底层社会的生活。此诗以叫卖"洋糖百合稀饭"发端，接连以"竹耳扒""吃饺面""潮糕要吧"等叫卖跟进，渲染码头的嘈杂和喧闹。接着写旅客上船时的混乱："拥拥挤挤堆堆迭迭间，/只剩了尺来宽的道儿；/在溷浊而紧张的空气里，/一个个畸异的人形"——"饰着人形"的"银元和角子"，被那些小商贩追赶。小商贩是为生活所逼迫的城市贫民，冲上船舱抢生意来

---

[1] 朱乔森编：《朱自清全集》（第五卷），江苏教育出版社1996年版，第94—95页。
[2] 同上书，第6页。

了；"灰与汗涂着张张黄面孔"和"炯炯的有饥饿的眼光"是他们可怜的形与神的写照。"就像饿了的野兽们本能地想攫着些鲜血和肉一般"，他们"想攫着些黯淡的铜板，白亮的角子！"于是，作者观察到："小舱变了战场，/他们变了战士，/我们是被看做了敌人！/从他们的叫嚣里，/我听出杀杀的喊呼；/从他们的顾盼里，/我觉出索索的颤抖；/从他们的招徕里，/我看出他们受伤似地挣扎。"如困兽犹斗，失业的一贫如洗的小商贩，在小舱里为攫取些微的铜板拼命，这是何等残酷的现实啊！细细交代了众多小商贩在码头上、登船后、"战斗"时的三个场景，最后作者如白居易写新乐府般地篇末点题："我，参战的一员，/从小舱的一切里，/这样，这样，/悄然认识了那窒息着似的现代了。"[1]

《沪杭道中》也是直接地铺叙一路上所看到的景象。在写过细雨中"青的新出的秧针""黄的割下的麦子""深黑色待种的水田"，构成"好一张彩色花毡"之后，诗中写道：

> 一处处小河缓缓的流着；/河上有些窄窄的板桥搭着；/河里几只小船自家横着；/岸旁几个人撑着伞走着；/那边田里一个农夫，披了蓑，戴了笠，/慢慢的跟着一只牛将地犁着；/牛儿走走歇歇，往前看着。/远远天和地密密的接了。[2]

没有评说，没有感慨，只是河、桥、船、人、牛等娓娓道来地叙述，但展示出了沪杭道上雨天里特有的充满诗情画意的风景。

（三）借助多种人称的叙说。一般说，写诗多用第三人称，但朱自清写诗常以第一人称和第三人称并用，即我和他（或她）、我和他们、我们和他们一起出现在诗里，展开双方的接触、对话以及故事的情节等，有歌颂，亦有鞭挞。《怅惘》《不足之感》《冷淡》《心悸》《湖上》《星火》等诗，都出现了第一和第三人称交汇的使用。

《人间》写到"我"和"他"：

---

[1] 朱乔森编：《朱自清全集》（第五卷），江苏教育出版社1996年版，第76—78页。
[2] 同上书，第19页。

那蓝褂儿，草鞋儿，/赤了腿，敞着胸的朋友/挑副空的箩担来了。/他远远地见着——/见了歧路中彷徨的我；/他亲亲热热地招呼：/"你到那里？"我意外地听他，/迫切地答他时，/他殷勤地指点我；/他有黑而干燥的面庞，/灰色凝滞的眼光，/和那天然的粗涩的声调。/从这些里，/我接触着他纯白的真心。/但是，我们并不曾相识。[1]

这里写的是"歧路中彷徨的我"和"蓝褂儿，草鞋儿"的劳动者的相遇。虽不曾相识，但他热情地打招呼，殷勤地为我指路。我从他的脸庞、眼光和声调里，感受到他"纯白的真心"。这是发自内心的对劳动者淳朴善良的赞美。

《宴罢》写"我们"和"他"。"我们"是"团团坐下"的与宴者，"他"是侍候我们饮宴的"阿庆"。我们举杯、饮酒、吃鱼肉，"菜足了，/脸红了，/头晕了，/胃膨胀了，/人微微地倦了"。"他"不是"微微"的倦，而是大汗淋漓，因为"斟酒是他，/捧茶是他，/递茶和烟是他，/绞手巾也是他；/我们团团坐着，他尽团团转着"。[2]散文化的鲜明的对比，抒发了作者内心的歉疚和对"阿庆"的同情。

（四）多用自然活泼的口语。朱自清提倡用新鲜自然的语言，写散文如此，作新诗亦是如此。早期的新诗常用半文半白的语言，难得的是朱自清相当注意新诗的口语化。1919年所作《睡吧，小小的人》说："呀，你浸在月光里了，/光明的孩子——爱之神！"[3]"呀"领起的这一句，就是口语的感叹，带着抒情。他的语言来自生活，故清新而自然，生动而活泼。1920年所作《不足之感》写道："他像鸟儿，/有美丽的歌声，/在天空里自在飞着；/又像花儿，有鲜艳的颜色，/在乐园里盛开着；/我不曾有什么，/只好暗地里待着了。"[4]末句已显口语味。1921年所作《自白》也很有吸引力："四围不都是鲜嫩的花开着吗？/绯颊的桃

---

[1] 朱乔森编：《朱自清全集》（第五卷），江苏教育出版社1996年版，第40页。
[2] 同上书，第72—73页。
[3] 同上书，第3页。
[4] 同上书，第22页。

花，粉面的荷花，/金粟的桂花，红心的梅花，/都望着我舞蹈，狂笑；/笑里送过一阵阵幽香，/全个儿的我给它们薰透了！"[1]诗中的语言鲜丽活泼，"不都是……开着吗"与"全个儿的"已属口语。同年作的《星火》，开头引"卖酥饺儿"十八九岁小伙子的话："我老子死了，/娘也没了，/只剩我独自一个了！"[2]纯然是口语了。

1922年作的《侮辱》写出一方请求和另一方嘲弄的对话，纯粹是口语：

> "请客气些！/设法一个舱位！"/"哼哼——/没有，没有！/你认得字罢？/看这张定单！——/不要紧——不用忙；/坐坐；/我筛杯茶你喝了去——"[3]

到了1949年，朱自清作《挽一多先生》的诗："你是一团火，/照见了魔鬼；/烧毁了自己，/遗烬里爆出个新中国！"[4]这是怀着无比悲愤之情写下的非常通俗的白话诗了。

朱自清的新诗像欧诗一样，充分展示了散文化的特色。全面地看，欧还有不少律诗和古诗一样，富于艺术的魅力。当然，无须讳言，欧的"以文为诗"也有缺憾，朱亦相似，就是在散文化的同时，要考虑到诗毕竟与文不同，特别讲究形象思维。要精准把握散文化的"度"，过了这个"度"，少了情感的积累、意境的创造、韵味的形成、语言的精炼，就不会有好诗。欧阳修有《南獠》那样如同军情报告而欠缺情感性和形象性的诗歌。朱自清也有同样的不足，而且还要更多些。《睁眼》写道："夜被唤回时，/美梦从眼边飞去。/熹微的晨光里，/先锋们的足迹，/牧者们的鞭影，都晃荡着了，/都照耀着了，/是怕？是羞？/于是那漫漫的前路。/想裹足吗？徒然！/且一步步去挨着呗——直到你眼不必睁，不能睁的时候。"[5]讲的是"美梦"过后，"先锋们"不能动摇，不

———————

[1] 朱乔森编：《朱自清全集》（第五卷），江苏教育出版社1996年版，第30页。

[2] 同上书，第64页。

[3] 同上书，第70页。

[4] 同上书，第117页。

[5] 同上书，第62页。

能"裹足"不前，要坚持到最后。完全是直叙，有说理，但欠含蓄，少诗意。正因为欧、朱对诗文有别而诗尤讲究形象思维认识不足，故创作上有弱点，加上有些人的偏见，他们所提倡所赞同所实践的"以文为诗"，未能获得广泛的认同。

欧阳修和朱自清都是杰出的散文大师、著名的诗人和渊博的学者。欧官至北宋参知政事，是政治活动家，有治国的经历；朱是一位学者，在大学任教，还游历过欧洲，开阔了眼界。他们都有正直的人格，都关心国事和民生。他们都以辛勤的创造性的劳动，在我国文学史册上留下了令人羡慕的篇章。他们"以诗为文"和"以文为诗"的创作，虽相隔近九个世纪，但都取得了可喜的成绩。作为一代文宗，欧阳修不仅影响了他所生活的宋代，而且经金、元、明、清影响到现代。朱自清的新诗创作与"五四"新文化运动同步，很早就迈开了探索的步伐，亦无愧于其他继承传统、开辟未来的文坛战友。相对而言，在古今贯通的文学史上，欧的诗歌数量、成就和地位，还都是朱未能达到的。

欧、朱的"以诗为文"和"以文为诗"，都是难能可贵的。欧继承韩愈，引领宋诗走向散文化、议论化，又变韩愈的奇崛为平易，继承、发展、完善了古代诗歌别具一格的模式，影响直至晚清。朱在"五四运动"时，作为新文化先驱者的一员，勇于以白话文创作新诗，西化的影响固然无可置疑，但更多的熏陶无疑来自根深蒂固挥之不去的传统。从这个意义上说，欧提倡的以古文为古诗，在八百多年后，与朱自清等尝试的以白话文为新诗，并非矛盾对立相割裂，而是老传统得到继承，继承中又有新的发展和创造。前文关于欧、朱"以诗为文"和"以文为诗"的具体表现，有那么多相同、相通与相似之处，从中我们可以看出，中国优秀传统文化的根，已深入我们古老而辽阔的大地，中国优秀传统文化的精髓，更融入了广大中华儿女的血脉中。

【作者简介】华东师大中文系教授，博士生导师。

吴芳吉的"民国新诗"理论

任小青

【摘　要】　吴芳吉是民国时期著名的诗人和诗论家,目前学界对其诗歌创作和理论特点已有初步的探析,但对其诗学理论深刻内涵的挖掘还有待深入。吴芳吉明确提出了建立"民国新文学"和"民国新诗"的主张。他的诗学理论是在对新旧文学的扬弃中建立起来的。吴芳吉分别从诗歌本体的真伪辨析、真诗人的造就、中西经验的融合及诗教精神的张扬四个方面对"民国新诗"的建设提出了较为全面的看法。这既抉发了民族文艺的优点,又与时俱进地化古化欧。他的诗论极具特色,于今天仍有借鉴意义。

【关键词】　吴芳吉　民国新诗　新旧文学观

　　吴芳吉(1896—1932)是民国时期著名的诗人和诗论家。他对"新体诗"进行了积极的探索和尝试,独创"白屋诗体",并在生前出版有《白屋吴生诗稿》(聚奎学校丛书1929年版)。顾颉刚评价其人其诗云:"吴芳吉天才横溢,若加以年,当可在文坛树一旗帜。"[1]可见其伟大、卓异之处。与"创为白屋之诗体"同时提出的是"建设民国新文学"的主张。吴芳吉身历了中华民国的建立和"五四"新文化运动的爆发,他提出"建设民国新文学"的主张就与这种社会背景和文化思潮有关。他指出:"民国既建,必有民国之诗。使民国而竟无诗,则民国之建设为未成就。"[2]针对陈独秀等人鼓吹"文学革命",主张彻底打破旧文学的体制和思想,吴芳吉提出"民国新诗"理论并前后四次就"新旧文学观"予以辨析,就是对这种激进主张的反思与回应。此外,他的诗论的提出

---

[1] 顾颉刚:《顾颉刚日记》(第四卷,1938—1942),联经出版事业股份有限公司2007年版,第551页。

[2] 吴芳吉:《四论吾人眼中之新旧文学观》,载《学衡》1925年6月第42期。

还与他较为深厚的传统诗学修养和对西方思想的自觉接纳有关。吴芳吉的诗学观是民国诗学思潮的重要组成部分，对其进行深入研究对于深化民国诗学研究具有重要意义。学界对此虽有过一定的阐发，但是尚未有人从诗歌本体、诗人品质、创作经验和诗歌功能论的角度对他的理论进行深度阐析。

因此，很有必要研究吴芳吉究竟是怎么认识诗歌的，他对中西诗学的关系是如何看待的，他提出建设民国新诗是出于何种目的以及产生了何种影响。这些皆是本文需要解决的问题。笔者拟就吴芳吉的"民国新诗"理论与上述诸问题一一展开分析。

一、本体论：诗歌真伪之辨析

关于诗歌本质的界定在民国文学界是一个重要问题。自胡适等人标举白话诗以来，关于新和旧，诗和文，诗和小说、戏曲等文体之间的区别不断成为人们热议的焦点问题，如胡怀琛、吴宓、郭绍虞、林庚等都有相关的讨论。吴芳吉要建构他理想中的"民国新诗"自然也绕不开对这一问题的辨析和澄清。

吴芳吉不止一次地发文强调文学是无所谓新与不新的，只有是与不是的问题。他在《吾人眼中之新旧文学观》(《湘君》1923年)开篇即直奔主题——"新旧之言，本属假定而相对的名词"。新文学家鼓吹"历史的文学观念"，将旧文学视为死去的文学，主张将它与旧道德一并打破。吴芳吉对此不以为然。他认为文学是在历史中生成的，并顺应时势的变化而自然地发生变迁。从前者而言，文学是旧的；就后者而论，文学又是新的。因而，文学是历史和时势的共同创造物，自然就无所谓新旧之分。于是，他感慨道："文学既不幸而有新旧之争也，则离乎文学之本体，失乎文学之真谛远矣。如是而言文学，犹戴黑色眼镜者之观察物相，俱成黑色而已。"[1]这里针锋相对的就是胡适《文学改良论》中提出的"八不主义"和陈独秀《文学革命论》所抛出的"三大主义"。吴芳吉反对以有色眼镜看待文学，表示对于新旧"向来无所偏袒，亦始终

---

[1] 吴芳吉：《吾人眼中之新旧文学观》，载《东北大学周刊》1927年。

不肯投入两者之漩涡"。他批评新文学家受西方之刺激,"只知有历史的观念,而不知有艺术之道理",舍本逐末,颠倒是非。并断言:"真正之文学乃存立于新旧之外,以新旧之见论文学者非妄即伪也。"缘是之故,他要把诗之"真谛"拔扯出来给人看,先明是非再辨优劣。

吴芳吉批驳新派立论之谬,重在围绕文学与道德、摹仿与创造、文言与白话、古典与平民这样几个问题展开。

针对新派以"言之有物"反对传统的"文以载道",以现代的"纯文学观"反对"文以载道"的观点,吴芳吉指出:"文学所包之广,其义又至精微,何必为下定义,以自拘束中外文学家所下定义。"吴芳吉认为"文以载道"之道,既包括传统儒家所讲的忠孝、齐治之道,也包括唐宋八大家所讲之道,甚至还包括庄周、陶潜、杜甫、辛弃疾等豪杰之士所抒的朝野孤愤之感。所以他说:"生人共由之路皆谓之道,文以载道者,谓为文者必由此生人之路以行之也。"[1]胡适等提出"言之有物",其实是针对旧文学"无病呻吟"的毛病而发的。但实际上,旧文学内部,也有这种批评和革新的声音,如苏洵父子、韩柳等人。而他们所谓的言之有物,与"文以明道""文以载道",并不像理学家那样片面强调所载之道的"道德性"。而在吴氏看来,道德与情感也并不排斥,"至情之文,皆有至理存焉"。所以传统意义上"道"的内涵并没有太多的局限。胡适所说"言之有物"之"物"是重在强调思想感情,与"文以载道"论相较范围明显缩小。

吴芳吉肯定了文学的历史性和时代性的共生关系,其实就承认了文学摹仿和创造并重,二者缺一不可。在吴氏看来,学古不等于泥古,而是为了获得自由创造的能力。而有能力是有时机创造的前提。新派反对摹仿古人,称之为奴性,却转而摹仿外国文学,同样是变相的奴性。至于新派谴责旧文学是死文学,吴芳吉更是申明:"文学与文字之性质有分别,而文学之中无文言与白话之别。"考虑到中国文字的孤立性,对于由此形成的修辞上的对仗和声律,吴芳吉都予以肯定,并就新派强调欧化、标举文法,给予警示:"吾人之意,则不在拘拘于法,而在明白

---

[1] 吴芳吉:《再论吾人眼中之新旧文学观》,载《湘君》1923年9月。

于理。所谓理者,即凡为文者能顺其文之构造与习惯而活用之。"[1]接着他指出, 文学形式上的死活要看所用文字是否达到"明净""畅达""正确""适当""经济""普通"这些标准。显然, 他既反对旧文学好用僻字、典实所致的晦涩积习, 提倡"明净""畅达"之风；也顺应新的时代要求, 追求文字上的"普通"易晓, 且同时提出"适当""经济"的原则来避免新派在欧化过程中好用复杂句法所造成的拖沓、生僻之弊和鄙俗之气。新派鼓吹以平民、通俗的新文学抵制贵族、专制的旧文学, 在吴芳吉看来所谓的"平民文学"恰与他们崇尚的"天才论"自相矛盾。而且新派"务去滥调套语"一条, 在吴芳吉看来, "所谓滥者, 非用之甚广耶？所谓套者, 非传之弥久耶？一词一语而能用之甚广, 传之弥久者, 必有其可取之处在也。有可取之处在, 必为人人所欣赏者也。欣赏无已, 则必用之"[2]。因而, 人人兼欣赏、必用之语词, 恰恰是平民化的要义。如此, 新派理论的似是而非之处就被揭露无疑了。这样看来, 吴芳吉痛斥新派"自作高明以惑众而窃位""昌言改革以饰其非"[3]就不是无的放矢的空论了。

辨明了新派在文学观念上所持的含糊鄙薄之见, 吴芳吉顺势对新诗发展的五个阶段提出批评并斥其为"伪诗"。他认为黄遵宪等"用新名词为新诗", 胡适等"用白话为新诗", 郭沫若等以"无韵律为新诗", 冰心等以"谈哲理为新诗", 孙大雨等以"欧化为新诗", 皆是唯末技是求, 使得"诗之本体"徒为"新名词""白话""哲理""韵律""欧化"所遮蔽。吴芳吉肯定他们求新的努力, 但转而分析道："诗之欲新, 不在远而在迩, 不在人而在我。我丁新运, 我长新邦, 我接触新事, 我习尚新俗, 我诗虽不欲新, 其何可得, 安用别求所谓新哉？"可见, 吴芳吉对于诗之新变所持的立场与刘勰"体必资于故实, 数必酌于新声"的通变思想是一脉相承的。因此, 他提出："吾人非反对今之新诗, 乃反对今之伪诗。然之新诗既迷惘而入于伪, 吾人自当以新诗为戒。吾人亦非拥

[1] 吴芳吉：《再论吾人眼中之新旧文学观》, 载《湘君》1923年9月。
[2] 同上。
[3]《复刘泗英书》, 见傅宏星编校《吴芳吉全集》, 华东师范大学出版社2014年版, 第564页。

护古之旧诗，乃欲拥护真诗。然古之旧诗，既富有而多真，吾人自当以旧诗为法。"[1]显然，去伪存真，吴芳吉颇有对事不对人、力求真理的诚恳态度。这样一来，就将旧与新的问题，转移到了真与伪的问题。研习旧诗自然地成为真诗之求的应有之义了。

吴芳吉在研习、考量旧诗之优缺的基础上，正式拈出了他对"真诗"和"佳诗"的界定标准："有兴、有材、有句、有体、有格者，而后可以为诗。有气象、有神韵，或兼长，或偏胜者，而后可为佳诗。"[2]这一标准的构成元素，从术语到审美范畴的使用，都是中国传统诗学批评所通用的。按照这一标准，他评骘新诗创作并批评新诗人存在"有话便说，不择其含有诗意否"；使用外国文法造成言语隔阂；诗料组织毫无条理，词藻未经修饰锻炼；"剧语与诗语不分"；以"新小说之有韵者"为诗；文字不纯，失于太杂；沾染小说、戏曲之气息等诸种毛病。可见，吴芳吉确立诗体真伪的逻辑是通过对旧诗体的真伪辨析，而将之普遍化并推广开来，打破新旧之界，用于新诗体的辨析和确立上。这很能看出他对传统诗体特质的揭示与钟情。

二、主体论：真正诗人之成就

诗歌的创作主体是诗人，真正的好诗的产生与诗人的修养有着密切的关系。这在古今中外都具共识性，而中国传统诗学中对"诗人修养"的论述更是俯拾即是。如叶燮提出的"才、胆、识、力"说，王国维的"三种境界"论，都是显例。吴芳吉在思考"民国新诗"的建设问题时，对真正意义上的诗人所应具备的素养也提出了非常有特色、有价值的观点。

吴芳吉认为解决新诗人的问题是解决新诗问题的先决条件。在他看来，当下的新诗之所以进步缓慢、内容空泛，是因为耽于诗本身的问题，而忽视了诗人的重要性。诗人是发现诗料、酝酿诗情、诗意和生产诗歌的主体，意义重大。他慨叹："中国今日，事事苦无人才。在诗界

---

[1] 吴芳吉：《四论吾人眼中之新旧文学观》，载《学衡》1925年6月第42期。
[2] 同上。

中，尤觉没有人才。因为诗的人才，原比其他的人才更难得一些。”而诗才之所以难得的原因，据他分析，主要在于四个方面：一、诗才，不可以因袭而成，必须能够创作；二、不能希望速成，需要慢慢修养；三、不能假借其他的帮助，必须靠自我成就；四、没有具体的方法养成，要看各人的禀赋。[1] 这四点理解起来并不难。吴芳吉将其归结为个人和时间的问题，并结合具体的语境和他的社会理想赋予了它们新的意义。

吴芳吉是“个人无政府主义”的崇尚者[2]，因而他对文学的看法，也浸染了这种色彩。具体来讲，大致包括以下几方面的内涵：

（一）个人是文学上的基本单位，不受团体和党派的干预。“五四”新文学运动以来，不仅文字和文学上区分“死活”，诗人也因之被贴上了新派与旧派的标签。随之而来的就是为了确立自身的正统地位所展开的论战与交锋，如“新青年派”与林纾，“学衡派”与“新青年”派。吴芳吉表示他无意加入任何文学社团，也根本不想卷入新旧两派之争的漩涡当中。在他看来，诗人是独立的个人，是超脱于团体之外、不受其左右的。加入团体会在一定程度上束缚、耗损个人天才，使得诗人人格走向堕落。这一看法的提出，与他的个人经历密切相关。1920年，吴芳吉到上海《新群》杂志社任编辑，其四川同乡康白情托人间接表达了对他诗歌的不满，认为其不合乎真正意义上的白话文学，并劝他改良。此事激起了吴芳吉的反感和痛斥：“现在所谓新文学或白话文学家，都是粗

---

[1] 吴芳吉：《谈诗人》，载《新人》1920年第1卷第4期。

[2] 按：1913年8月12日，吴芳吉离开清华回往家乡的途中，目睹了军阀混战所致的民不聊生的惨状，首次提出了“如期世界和平，首宜从罢兵下手。无兵，然后可无政府。无政府，然后无一切造强权维强权之事出现。如此，可庶言大同也”的设想。1915年6月14日，在纵谈友人的政治立场时，吴又隐微地表达了这种思想。但真正集中的论述，则在1920年。他盛赞凌荣宝创办的《独见报》，“言论极平允，可与漳州之《闽星》、广州之《民风》为沿海言论界之领袖”。而这三个刊物的宗旨，皆为“无政府主义”，倡导“互助论”，以反映劳动人民的疾苦为创刊目的。同年4月25日，他加入《新人》杂志社，该社的办刊宗旨就是主张“用和平的手段去占领我们所要求的空间”“用良好的方法使人类的发展集会没有参差”“把你我他融合为一”。而且吴芳吉接着便在该杂志发表《一个文化运动家：梁乔山的传》，详细阐发了他对“个人无政府主义”的理解，反对“以暴易暴的过激主义”，提倡用儒家的中庸之道开展革命，这样，个人的自由才能实现，个人意识才能觉醒，真正的革命才有望成功。（《新人》1920年第1卷第5期）

鄙下材，更配不上说文学创作。其有人稍强于他的，必拼命摧残，诗人不能发展，而后快意。所以其材之粗鄙，尚不足罪。其摧残他人之材，使与之一同堕落，此等居心，乃不可恕。"[1] 所以，他坚定地打破新旧两派之争，始终站在个人的立场，将文学的真伪与是非作为立论的出发点："一个诗人，就应该有一个诗人的文学。纵使举世的人崇尚时新，而我独好高古，不妨就作高古的诗，只要高古的诗好，自然可以成立。纵使举世的人都用白话，而我偏用文言，不妨就作文言的诗；只要文言的诗真好，自然可以成立。"[2] 同时，他认为诗人既不应受团体干涉，也非教育所能养成，教育所能提供给诗人的只是如何开发性灵、修饰词章、调节韵律等技巧方面的帮助。诗人必须自己成就自己。这显然针对一味泥于摹习、不能创作的伪诗人而发。而无论是向内的摹仿古人还是向外的摹仿西人，都不能称之为真诗人。这对新派诗人沉溺于欧化，不啻为一种讥弹和忠告。

（二）成就诗人的重要问题之一在于他们是否花费足够的时间去写作。新派诗人标举"诗是情感的自然流露""诗是写出来的，不是做出来的"，导致产生人人都去作诗，人人都是诗人的恶劣现象。吴芳吉对此深恶痛绝："今新诗堕落的最大原因，就是流产的太多，而成熟的太少；也就是今日诗人缺乏时间之故。""流产太多""缺乏时间"指斥的正是新诗人成也易易、败也速速的问题。所以吴氏呼唤能够全力作诗的"职业诗人"的到来。

（三）诗人要有透彻的人生观和宇宙观。民国以来，军阀混战导致社会局面动荡不安，加之新文化运动鼓吹的功利主义思想，给时人造成了依附政客、追名逐利、迎合潮流的不良影响。这在吴芳吉看来，与诗人追求超脱和安于寂寞的本性是龃龉难通的："照诗人的眼光看来，那般浮云富贵，走狗功名、兽性的战争、傀儡的法度，都是不值他一看的。他所看出来的，只有光明澄澈的景象。"[3] 所以，他批评吴稚晖俗不可耐，汪精卫与章士钊毫无长进，胡汉民、戴季陶爱出风头。这些都是国民党

---

[1] 贺明远等选编：《吴芳吉集·日记》，巴蜀书社1994年版，第1341页。
[2] 吴芳吉：《谈诗人》，载《新人》1920年第1卷第4期。
[3] 同上。

内"文人无行"的表现。但是吴芳吉强调，诗人孤独，但不厌世，肩负着批评的责任。而这种责任的恪守，却恰恰又得益于诗人独立而高尚的人格。吴芳吉还联系现实，鼓励诗人自谋生活，并以自己的苦难经历告诫诗人："时间乃为诗人之资本，而穷苦就是资本之源。"这里的贫苦说的正是生活境遇的艰难。从中也可看出，他对传统"穷而后工"思想的信服。

要之，吴芳吉认为民国若能产生真正的、伟大的诗人，须具备"小学生之态度""不求成功之态度""不怕失败之态度""永有改进向上之态度"，反对不经长期的探索和实践，而奢求速成；反对诱于势利，忽视性情的涵养，提倡"因文以进德，因德以修文"；反对持存门户之见，主张包容不同个性的诗人、不同派别的诗学主张。

三、创作论：中西经验之熔铸

民国诗学的存在形态是比较复杂的。从诗学资源的取径来看，有纯粹的旧体诗学的坚守派，如宋诗派；有移植外来诗学形式的，如商籁体；还有主张消泯新旧、兼采二者之长而去其短的调和论者，如胡怀琛的"新派诗"。吴芳吉属于第三派，但在思想的深刻性上又高出一般论者。

吴芳吉将"文学的本体"作为思考一切问题的出发点，明确反对"调和论"。1918年4月吴芳吉正式从友人刘泗英处获悉"文学革命"的消息。他当日便回信，申明了自己的看法："苟有真英雄者出，化中外之异端，集古今之流派，建中立极，为天下式，则不革而自革焉。"[1]"建中立极"乍一看，与调和新旧的论调没有二致。但他却辩诘道："调和之弊，正与新旧之弊等耳。"至于取新旧之长而去其短，在他看来也不确切："夫善一也。新之所善，亦即旧之所善。新旧之善，皆非新旧所得而私。唯此一善，安用调和耶？"[2]可见，新与旧所善之处具有同一性，

---

[1]《复刘泗英书》，见傅宏星编校《吴芳吉全集》，华东师范大学出版社2014年版，第563页。

[2]吴芳吉：《吾人眼中之新旧文学观》，载《东北大学周刊》1927年。

没有区别对待的问题。他认为"美的种类虽多，但美的程度则一"[1]。而"文学真谛"是美，美是不拘一格的。于是他一直在努力地探求，试图通过研读中西方诗，寻求二者间可以相通、嫁接的一些共性原则。如1913年8月8日，读法文咏月诗四首，"音乐格律，颇极雅丽。可知西国文学，亦不让我独先也"。26日，读原文莎士比亚十四行诗，发现"其情缠绵，其格高古，可与李白《秦楼月》词相媲美"，等等。

吴芳吉提出"化中外"的主张，并承认新诗发展必须汲取西方资源，但强调求其精神之会通。在《彭士列传》中对这一思想有集中的表述：

> 吾读彭士之诗，爱其质朴真诚，格近风雅，缠绵悱恻，神似《离骚》。而叹彭士天才兼吾《诗经》《楚辞》中人有之矣。蓬勃豪爽，富有生气，从无悲愤自绝之词……结构谨严，无一字出之平易。而吾尤爱其诗端在现实之人生，不尚空虚之道理。在继承前人正轨，而不鲁莽狂妄，以为天才创作。在宣其情之所不能已，而不知所谓主义学派。嗟呼！安得彭士其人生于中土，益以言行合一之道，使文章与道德并进，继往开来，不蔽于俗所尚，以救此沉闷无条理之现代诗耶！[2]

显然，吴芳吉研读彭士之诗，重在探求其人其诗之风格、精神与中国诗歌的内在一致性。如他所作的《冻雀诗》就是仿效英国诗人彭士《To a Mouse》一诗而作，他将原诗所表达的农场建立，人与鼠关系恶化的意思，加以变化，由"冻雀"的遭遇推及榆关血战所致"生民百万葬兵威，骨肉为糜野狗肥"的惨象，表现了时代精神。再如《玉姜曲》，按吴氏自己所说："某于英诗人丁尼生短篇诸诗，颇爱咏其《The Lady of Shalott》一篇，久欲效其高调而苦无佳材。适客西安，闻玉姜故事，又参以华岳潼关之所经，《列仙传》、常建之所述，盖取其神而遗其迹

---

[1] 吴芳吉：《谈诗人》，载《新人》1920年第1卷第4期。
[2]《彭士列传》，见傅宏星编校《吴芳吉全集》，华东师范大学出版社2014年版，第363页。

也。"[1] 这颇类于江西诗派"夺胎换骨，点铁成金"的意思，却明显不同于新派的欧而不化、生吞活剥。他批评新派之诗"俨若初用西文作成、然后译为本国诗者"，并指出他们的根本错误"在何以同化于西洋文学，使其声音笑貌，宛然西洋人之所为"[2]。而他则强调辨析"文理"、实现"同化"之境界："文字，中西全异者也；文艺，中西半同者也。文理，中西全同者也。舍其全异，取其全同，酌其或同或异。"[3] 他批评黄遵宪等人只是摭拾新名词入诗，并无新意境和新理致的创造。吴在化欧这一点上明显要更进一步。

对待中国传统的诗学资源，吴芳吉也主张"但因我便而利用之"。如他评价胡适的《黄克强先生哀辞》一首云："此乃真正之诗矣。思慕英雄、感慨当世，真诗性也。手泽犹新，斯人已故，真诗材也。色彩纯一，真诗字也。语调苍凉，真诗句也。所欲叹为小疵者，体与题之未合耳。"他所谓"真诗"的构成要素，就此诗而言只差"体"一项不满足要求，但比其他字句不通的新诗要突出许多。所以，吴氏不吝赞赏。再如评"志未酬，志未酬，问君之志几时酬。志亦无尽量，酬亦无尽时，世界进步靡有止期，众生苦恼不断如乱丝，吾之悲悯亦不断如乱丝"一首，则云："此乃真正之佳诗矣。通篇字句声韵皆从乐府化出"，表现了现代精神，"雅能代表新国新民之气"。[4] 显然，这些新诗在他看来，都能够"因情立体，即体成势"。对待律诗，他也持同样的态度。为此，他对主张破弃新旧之争，积极尝试白话诗，并编有《白话诗选》，认为律诗不可作的胡怀琛有过"故意要作白话，反落形迹"[5] 的批评。他曾自评其《环唱国歌而下》五首云："此诗五首，每首体裁不同，盖游览时之感情变化至多，故体裁亦以多变应之。第五首每句之叠词，亦取一唱一和之意。又登山气喘，难为曼声，叠词声促，亦以应其气。"[6] 不难看

［1］傅宏星编校：《吴芳吉全集》，华东师范大学出版社2014年版，第195页。

［2］同上书，第484页。

［3］《〈白屋吴生诗稿〉自序》，见傅宏星编校《吴芳吉全集》，华东师范大学出版社2014年版，第483页。

［4］吴芳吉：《吾人眼中之新旧文学观》，载《东北大学周刊》1927年。

［5］《给胡怀琛的信》，见傅宏星编校《吴芳吉全集》，华东师范大学出版社2014年版，第750页。

［6］同上书，第161页。

出，他是非常追求情感与表达形式的内在统一的。

但是，吴芳吉对传统旧诗资源的利用是转益多师的，并不局限于乐府词曲。卢前曾作有《奉题白屋先生遗书》可谓道出了吴氏的诗学旨趣："潇湘返棹，囊底收多少风谣"；"你把个杜少陵平生祝祷，你把个陆务观歌行拜倒，更爱个岭海诗翁格调高。兼众善，去饾糟，才能独到。"[1]吴芳吉肯定新诗是受了西洋诗的影响而发生的，所以明确反对径以新诗为宋词、元曲、汉唐乐府之化体。在《谈诗人》中，他指谪道："若谓新诗是由词曲乐府之脱胎，何不主张词曲乐府之复辟，较为直截了当。还拿几套词曲乐府的唾余来干什么？"[2]而他自己的创体实践也是错综使用，不拘一格。除严格意义上的五七古、五七律、五七绝外，还有三言、六言、长短句，而《渝州歌》是五古而加以变化，《巴人歌》是七古而加以变化，《还黑石山作》则杂五言、六言、七言、九言、骚体于一篇。1935年，宫廷璋在钱玄同、黎锦熙主编的《师大月刊》第18期，发表《吴芳吉新体诗评》，评价道："谓诗由四言而五言而七言而长短句，乃天然趋势。今后新体诗当自由词曲脱化而不拘其法律。吴诗颇合此趋势，故余属望极殷。"[3]宫氏主张新诗从乐府中化出，但实际上这并不能涵盖吴对旧诗取借的真实面貌。

吴芳吉所提出的"不雅不俗、不新不旧、不中不西、不激不随之间"[4]的新文学建设方向，是有其价值的。《民族诗坛》1938年第4期载《因袭与开辟》一文，就如何建立"中华民国新诗"指出两条路径："一，创造新体；二，发扬散曲。"而对于如何创造新体的问题，又存在两种不同的主张："先完成新音乐，因音乐而创歌诗，一也。融合古今诗体之形式，兼采域外歌诗之长，以创新体，二也。"[5]但是，对于前者起到的作用，《民族诗坛》1938年第1期所载《现代诗坛鸟瞰》评论道："叶恭绰所倡的'歌'的运动，他主张以新创造的'歌体'接正统的诗，

[1]《给胡怀琛的信》，见傅宏星编校《吴芳吉全集》，华东师范大学出版社2014年版，第1445页。
[2]吴芳吉：《谈诗人》，载《新人》1920年第1卷第4期。
[3]宫廷璋：《吴芳吉新体诗评》，载《师大月刊》第18期。
[4]傅宏星编校：《吴芳吉全集》，华东师范大学出版社2014年版，第1236页。
[5]《因袭与开辟》，载《民族诗坛》1938年第4期。

词，曲，而传。曾与国立音乐专科学校合作，出一歌刊，不久停止。所以也没有许多影响。"[1]因此就创造新体诗来讲，吴芳吉的"兼众善"的诗学主张在20世纪30年代的抗战诗体探索中是有回响的，他熔铸中西经验的创作理论无疑是被认可的一种"民国新诗"的实现途辙。

四、功能论：诗教精神之张扬

吴芳吉提出"民国新诗"的概念时，对其内涵进行了深化，进一步明确了这一新文学的功能。他指出，诗歌应关乎世道人心，发扬诗教精神，以实现"救世"为目的。

吴芳吉特别强调文与道之间的密切关系，主张"文以载道""诗以言志"。他认为诗人之诗，应"使人之读其诗者，瞻望发愤，以励其志焉"[2]，所作之诗皆平生心力赴之，反对吟风弄月、沉酣于雕虫小技，强调诗须有益于世道人心。《还黑石山作》在强调诗歌的兴寄之外，还将"礼"作为持志之标准，提出："诗人即志士，志有义利诗淳漓。足言足容德之藻，折衷微礼何所期？君看《礼经》三千例，是非温柔敦厚诗教之释词？"[3]吴芳吉对儒学、佛学和西方的苏格拉底、柏拉图以及基督教都有一定的研究，认为真正的文化精髓就在其中。而他自己修身立志也以此为准则。他在研究程朱理学的过程中，对宋儒"作文害道"一语进行反思，也同样得出"修辞立诚，诚固当立，而辞亦必修。立诚所发，正是修辞"的结论。他认为宋儒的理、气之辨，讲究以理智救情感之偏，也是有道理的。遂申言"研习理学，乃知文章何以不苟作也"[4]。

"诗教精神"是儒家诗学的核心内容，也是中国诗学史上历久弥新的话题。随着时代的变易，"诗教精神"也被赋予了新的内涵。这在民国自不例外。在《彭士诗译》"导言"中，吴对"民国新文学"的发生有过这样的总结：

---

[1]《现代诗坛鸟瞰》，载《民族诗坛》1938年第1期。

[2]《答某生》，见傅宏星编校《吴芳吉全集》，华东师范大学出版社2014年版，第552页。

[3] 傅宏星编校：《吴芳吉全集》，华东师范大学出版社2014年版，第237页。

[4]《与吴雨僧》，见傅宏星编校《吴芳吉全集》，华东师范大学出版社2014年版，第900页。

起中国文学革新之动机，两种影响有以成之，辛亥革命，欧洲之大战是也。因有辛亥革命，而民治精神勃发，数千年来之思想一变。因有欧洲大战，吾人始多留心世事而西洋文学愈以接近。此二役者，欧战固已终了，辛亥革命之精神，则犹继续猛进尚无已时，护国护法之起，及今西南之自治，要是此种精神之贯彻而来也。[1]

辛亥革命以实现民族独立、民主平等为目标，但内忧外患、世风浇薄一直是民国社会的痼疾，所谓的"民族民主革命"尚未完成。吴芳吉将此作为民国文学的表现主题显然是有道理的。国情教化是他至为关心的问题。他曾不无悲愤地感慨，国家灭亡如同身死，教化绝灭胜似心死。1922年他发起创办《湘君》季刊，以道德与文艺合一为宗旨。其中解释"道德"云："国家之贫弱及生计之困苦，虽属可忧，究不如人心风俗之偷薄，更为急切可虑。"他对"文章"的释义，更可看出他对文教的重视："关于抒情叙事、析理教人而为著述者，曰文学；关于应对洒扫、礼仪法度而以操守者，曰文采。"[2]

吴芳吉于中国诗史上最为推尊的诗人是屈原、陶渊明、杜甫及丘逢甲。除了诗体上的取法外，他更为看重的是此四人身上所体现出来的人格魅力和民族精神。他说："若陶之超尘拔俗而无厌世之心，杜之穷迫饥驱而无绝望之语，屈则忠爱之忱不谅于世，而至死不去其国，丘则处积弱之势，衰蔽之秋，而能发扬民族精神、祖国文化，以与时代俱进，此皆某所馨香祷祝，以为创造民国新诗最不可少之资也。"[3]显然，积极入世、品行高洁、穷且益坚、爱国忧民是吴芳吉赋予"民国新诗"和新诗人的核心价值观。与此同时，他结合时代形势变化，认为诗之极则在于"致于平治之用"。而现在作诗，"首宜求树人救国大计"。因而，挽流俗、匡世运成为吴芳吉诗歌中的重要内容。

吴芳吉有着深沉的爱国情怀，对孙中山领导的民族民主革命竭诚

[1]《与吴雨僧》，见傅宏星编校《吴芳吉全集》，华东师范大学出版社2014年版，第267页。
[2]《湘君发刊词》，同上书，第353页。
[3]同上书，第144页。

拥护，对维护民主前赴后继的英雄如吴禄贞、宋教仁等，不惜笔墨大力歌颂。《护国岩词》即对护国讨袁、再造共和的蔡锷将军表达了崇高的敬仰。"九一八"事变爆发，吴芳吉投笔从戎，写就《日军占我沈阳》："此仇不报任彼苍，枉到人间走一场。不忘不忘永不忘，日军占我沈阳！"该诗经音乐教师谱曲，传唱校园。《别白沙油溪少年》抒写了少年担当与国家兴亡的关系："况兹少年称义勇，敢将国事一肩担"，"锻我身，合我群，莫谓中国竟吾人"，"文明终见神州先，天地不倾华族在"。[1]"一·二八"淞沪抗战开始，吴芳吉致信时任湖南省政府秘书长的刘鹏年，表达他愿奔赴前线与敌殊死抗战的决心。不久又写成《巴人歌》，既歌颂了沪滨三万好男儿，为了民族大义艰苦战斗，不怕牺牲的精神，同时也表达了他复兴民族的爱国精神，爱好和平、弘扬正气的道义精神："长期抵抗不因今日休，民族醒来要从此时起。""我非排外好兴戎，我为正义惩顽凶。""还我主权兮还我衷，和平奋斗救中国。"[2]他曾将诗人分为三等：其下，为自身之写照者（如唐之温李）；其中，为他人之同情者（如唐之元白）；其上，为世界之创造者（如唐之李杜）。[3]显然，他的诗歌理论充满了浓厚的人文主义的味道。

吴芳吉有着悲天悯人的宗教情怀，对生民苦难的同情之作也不在少数。他自道："三日不书民疾苦，文章辜负苍生多。"《赴成都纪行》中有，"路死谁家儿，半身滥泥淴"，"一年三预征，年复兵戈创。有田不足耕，父子难相养"。《儿莫啼行》中道："愿为太平犬，勿作乱世民。为犬犹有主，为民谁与亲。"以古拙的语言，将战争给人民带来的伤痛揭露得淋漓尽致。对战乱年代流离失所、人不如畜的痛诉，与杜甫"即事名篇"的乐府诗有着同样撼人心魄的力量。《两父女》："那蛮兵忽来到，歪起了牛皮的脸，蠢对着妈妈笑。妈指我柴堆中急逃，只听得妈妈几番骂吵，便扑刺刺的一刀。"[4]用质朴的语言、孩童的口吻，勾画了乱

[1] 傅宏星编校：《吴芳吉全集》，华东师范大学出版社2014年版，第257—258页。
[2] 同上书，第264—266、46、225、20页。
[3]《白屋先生诗稿自序》，同上书，第484页。
[4] 同上书，第78页。

兵凶残、任意杀戮的血淋淋的场面。吴芳吉在比较《婉容词》[1]和《两父女》的同时，曾指出《两父女》写来要比《婉容词》更为不易。因所写对象为"赤贫之家"，而幼女"思想与成人全不同"，落笔易陷入枯槁。但事实是，该诗在中国公学讲授，收到了与《婉容词》同样感人泪下的效果。[2]这说明，吴芳吉在尝试和摸索的过程中，很能深入平民的视界，用平民的语言去深切地表达平民的心声。这也就是他批评陈三立、郑孝胥等生活在沿海沿湖一带的旧诗人，并不能真正地抒写"下江之民性""下江之风土"；生在清朝与民国之交，并不能"对于清朝畅言其个人之忠爱""对于民国发为平正之讽劝""对于现状痛陈吾民之疾苦"[3]的原因。因而他认定是他们辜负了旧诗，而并非旧诗本身有错。

此外，吴芳吉还对"民国新诗"的风格作出了进一步的说明和要求。1925年，他致信吴宓，评于右任诗云："今日以北人而北者，悲凉雄厚，真能继元遗山格调者，当属于公。他年若编民党文学，亦以此为第一。汪精卫等殊小巧矣。"[4]可见，具有"悲凉雄厚"之气象是他创造"民国新诗"的理想风格。而事实上，早在1915年与吴宓的书信中，他就鼓励身在北地，数济黄河的吴宓，作诗须"取黄河气象以壮之"[5]。时隔十年，这种思考盘桓未去，且在其《四论吾人眼中之新旧文学观》一文中有更深刻的总结。吴芳吉以"有气象""有神韵"作为"佳诗"标准，并认为"古今之诗，无不可以是求之"。他反对时人将中国之诗以外来之"浪漫"与"写实"，"自然"与"人文"主义相比附，认为这些皆"未若神韵、气象之为当"[6]。于是，吴芳吉拈出了"风流儒雅"四字作为鉴定真神韵、真气象的绳尺。考虑到国是倾颓、道德沦丧的现实，他又判定当下唯"气象"难得。我们知道，"气象""神韵"是中国

---

[1]《婉容词》写于1919年，发表后收到各方好评。如友人赵鹤琴评曰："缠绵悱恻，不加褒贬，而某生之寡情，婉容之惨怛自见。令人不忍卒读。"傅宏星编校：《吴芳吉全集》，华东师范大学出版社2014年版，第1250页。

[2]傅宏星编校：《吴芳吉全集》，华东师范大学出版社2014年版，第1259页。

[3]《提倡诗的自然文学》，载《新群》1920年。

[4]《与吴雨僧》，见傅宏星编校《吴芳吉全集》，华东师范大学出版社2014年版，第706页。

[5]同上书，第296页。

[6]吴芳吉：《四论吾人眼中之新旧文学观》，载《学衡》1925年6月第42期。

传统诗学批评中的两大重要范畴。现代以来，人们多以中国传统文论受西方文艺思潮之撞击，呈现出"失语症"的尴尬处境。但吴芳吉所确立的"民国新诗"之"佳诗"的理论，显然为我们证明了传统诗学深厚的人文意蕴和巨大力量所体现出的实在价值。

总之，吴芳吉认识到了中国文学的革新乃运命使然。但他深谙通变之道，未将旧诗体制一并抛弃，同时积极地吸纳、融化外来经验，为我所用。在固守本根的基础上，使诗歌之树"斐于华实"。而与同样主张熔铸中西、古今经验的调和论者相较，吴芳吉对诗体真伪的深刻辨析、对如何造就"真诗人"的平允识见，以及他对"民国新诗"之时代精神和民族精神的高扬，使得他的理论更具说服力和影响力。今天，处于中西文论对话的高峰时期，重新解读吴芳吉的诗歌理论，反思他提出的一些诗学命题，或许是不无意义的。

【作者简介】复旦大学中文系博士研究生。

匪石不转：论厉鼎煃的话体文学批评

付　优

【摘　要】　20世纪40年代，在传统文学批评话语向现代转型的过程中，厉鼎煃延续古典感悟式印象性批评的形式，融入成体系的学理性批评的因素，大量撰写话体文学批评。其话体著述以趋时性、地缘性与学缘性为特色，反思和修正王国维"境界说"，主张以"渐近自然，俗不伤雅"评词，提倡译词以绍介中国文化菁华，展现出知识界学人融合新旧、贯通中西的勤苦努力。

【关键词】　话体文学批评　厉鼎煃　趋时性　地缘性　学缘性

民国时期的话体文学批评，曾长期被视为阒寂无声的废园与干涸枯竭的支脉。随着对民国文献资料的全面搜辑和考据，笔记体、随笔型、漫谈式的传统文学批评话语逐渐走出被遮蔽的阴影，大量以"话""说""谈""记""枝谈""琐谈""随笔""卮言""管见""拾隽""漫评"命名的专著或散什在论理、录事、品人与评书等诸多方面均凸显出不容忽略的理论意义。重估民国旧体文学批评的价值，还原完整的现代文学批评视野，日益成为学术群体的共识[1]。然而，目前学界对民国话体文学批评的关注，仍以文献整理、体系建构和大家研究为主，同时研究对象又多集中于清末民初时段，研究成果不平衡不充分的

---

[1] 黄霖提出，认真研究民国时期的话体文学批评，才能完整地展示长期被遮蔽的民国时期文学批评的重要一翼，对现代文学批评史有一个完整的、科学的认知。参见黄霖：《应当重视民国话体文学批评的研究》，载《复旦学报》(社会科学版)2017年第3期。曹辛华也认为，此领域研究工作的开展，对近代文学史、现代文学史及民国旧体文学史、民国文学批评史以及话体批评研究、民国文学批评史料学、文学文献学等多个领域具有重要的补白意义。参见曹辛华：《论民国话体文学批评文献的整理及其意义》，载《江海学刊》2017年第2期。

问题十分突出。有鉴于此，本文将以厉鼎煃的文论著述为个案，梳理其话体文学批评的渊源、内容与特色，并结合相关书札、日记和档案材料，探究传统批评话语在民国后期报刊舆论场域中的实际影响，反思话体批评作为个体生命承载形式的意义。

一、记忆与形象：作为话体批评者的厉鼎煃

厉鼎煃是 20 世纪初与王静如、罗福成齐名的契丹文字研究专家。据刘凤翥《跋孟森和陈寅恪给厉鼎煃的信》和周言《陈寅恪佚信中的厉鼎煃》两文考索[1]，厉鼎煃曾以孟森《辽碑九种跋尾》所载契丹文字资料为基础，通过逐字比对同一历史人物哀册、哀册盖的汉字、契丹小字版本，比出了契丹小字中的"元年""月""日""岁次""朔"等字义，并指出契丹小字"一字多音"的特点，著有论文《热河契丹国书碑考》《义县出土契丹文墓志铭考索》《读日本羽田博士契丹文字之新资料书后》及专著《契丹国书略说》（南京仁声印刷所 1923 年版）、《契丹国书新说》（未刊稿），被视为民国契丹文字学研究者的代表人物。孟森曾在《跋契丹国书略说》中称赞道："热河辽碑发现后，仅得其拓本之影印……厉君筱通，好学深思，触其探奇嗜古之癖，千里贻书，补愚不逮。既为《热河契丹国书碑考》，以启不佞之蒙。未几又综合为《契丹国书略说》，则颇有文字义例可寻。以契丹文字为无书可读之文字，则若君之所得，已足存契丹一种文字矣。"[2]

事实上，详考厉鼎煃的生平、经历和著述，他不仅是用力勤苦的契丹文字学专家，更是著述颇丰的旧体文学创作者和批评者。长期以来，由于历史的限制，作为话体文学批评者的厉鼎煃被尘封在泛黄的旧纸堆之中，被抛置在文学记忆与想象之外，黯然成为主流文学批评领域的"失声者"与"缺席者"。笔者整理了近代报刊、日记、书札和专著中的相关材料，试图重新勾勒其在文学领域的活动轨迹，力求还原更加完整与准确的厉鼎煃形象。

---

[1] 刘凤翥：《跋孟森和陈寅恪给厉鼎煃的信》，载《书品》2009 年第 5 期；周言：《陈寅恪佚信中的厉鼎煃》，载《中华读书报》2013 年 10 月 23 日。
[2] 孟心史：《跋契丹国书略说》，载《集成》1947 年第 1 期。

厉鼎煃，1907年生于江苏扬州，字筱通，又作小通、啸桐，号星槎，另有众多笔名。其《呕心癄语自序》称："夫余生平为文，相题署名，初无定准。论学论政，每称星槎。丛谈琐语，或署蠖生。而诗词韵语，多署忆梅。"[1] 鼎煃幼年丧父，从里中小学王曙东先生求学。1916年升入省立第八中学，受教于庄启传、李更生、叶惟善诸先生。1923年考入国立东南大学，由工科转入文理科，曾广泛学习西洋历史、文学、哲学及德语、法语、日语等科目。

1927年大学毕业后，厉鼎煃在江都县立初级中学等校任教多年，主要关注佛学和小学问题，著有《读唯识易简志疑》《评唐钺入声古音说》《与唐擘黄论学书（入声演化问题）》等文。据其《略述集成编译社之旨趣》一文追忆，这一时期曾与同学范雪桥、宋海林、卢冀野等人共组狄鞮社，以介绍西洋文化、充实国学内容为职志，并计划合力翻译《大英百科全书》，以补旧有文化之不足，但恰逢革命军至南京，政局一新，学校改组，社员星散，无法赓续。

1933年，厉鼎煃应聘为国立编译馆编译，参考书籍数百种，翻译出《莎士比亚考信录》（此书稿后毁于日寇炮火）。其间受孟森《辽碑九种跋尾》启发，始着力从事契丹文字学研究。旋因脑病归里，助办扬州国学专修学校，主讲《史记》、现代文学、西洋文学及算学等课程。1936年，在南京《国风》杂志担任编辑，曾亲自访问过章太炎，并以自著《读故宫本王仁煦刊谬补阙切韵书后》抽印本向章太炎请益[2]。1937年，抗日战争全面爆发，国专停办，避乱归乡，创办芜城文理学院。同年，其母许太夫人弃世。鼎煃痛感国家多故、人生多艰，汲汲求皈依之门，礼弘一法师，被录为弟子[3]。

1940年春[4]，厉鼎煃赴上海组织中华国学会，附设中华国学院。同

---

[1] 厉鼎煃：《呕心癄语自序》，载《集成》1947年第1期。
[2] 厉鼎煃：《章太炎先生访问记》，载《国风》1936年第8卷第4期。
[3] 厉星槎：《我何以信佛法》，载《觉有情》1944年第121—122期。
[4] 按：厉鼎煃《略述集成编译社之旨趣》记录其赴上海的时间为"民国三十年春"（1941），高树伟《契丹文字研究之外的厉鼎煃》（《中华读书报》2017年7月26日）因袭了此种说法，然而，《国学通讯》周刊实际创刊于1940年，以上两文应属误记。

时，创办《国学通讯》周刊，以"联络感情，交换智识"为宗旨，主要刊载"发扬国华与融贯中西之文字"[1]，撰稿人包括当时国内著名文史学家柳翼谋、傅增湘、陈寅恪、夏承焘、孟森、胡朴安等。其间，曾致信陈垣，请求担任学艺咨询委员会委员[2]。随后携家奔皖南，漂泊于泾黟、休歙、黄山、白岳之间，在复旦附中（内迁至赣南泾县）、广益中学（内迁至泾县茂林镇）主讲席。1945年8月在安徽屯溪与徐汇生共同编辑《国学商榷》杂志，以研究先秦文学文化为使命，提出"我国固有道德知能，发黄于秦汉以前；《汉书·艺文志》所载六艺、诸子、诗赋、兵书、方技、术数，其源流正变可概见也"[3]。厉鼎煃在该刊物发表有《申论孔子之好学精神》、译稿《中西文化之异同》等文。

不久厉鼎煃重返东南，历任江苏省高等法院书记官、江苏省民政厅人事室科员等职。其间，组建集成编译社，以"知中知外知古知今，救己救人救国救世"[4]为宗旨。1947年，创办《集成》杂志（仅出版两期），围绕文字、学艺、哲理、伦常四大主题刊载诗词文曲、尺牍语类、诗话词话等作品。其后，厉鼎煃赴江苏省立扬州中学授课，旋改任内政部禁烟委员会第三处第五科科长，不久离职，1949年至上海市吴淞中学任教。

据高山杉对所藏中华书局旧档十七纸的考索，1957年12月底到1958年7月初大约半年间，厉鼎煃为出版书稿《契丹国书新说》，曾多次致信中华书局。关于他最后几年的生活详情，目前已缺乏足够的档案资料佐证，仅见金毓黻1957年5月27日在《静晤室日记》中提到："上海厉君鼎煃寄来近作《辽陵石刻集录补证》一文，属为介绍《历史研究》发表。"[5]

综览各种报刊杂著，在契丹文字研究之外，厉鼎煃主要著有诗集《幽忧吟》、词集《忆梅词》、文集《呕心癙语》，另有《绛帏痕影录》

---

[1]《国学通讯例言》，载《国学通讯》1940年第1期。
[2] 厉星槎：《上陈援庵先生书》，载《国学通讯》1941年第7期。
[3]《国学商榷发刊辞》，载《国学商榷》1945年第1期。
[4] 厉鼎煃：《略述集成编译社之旨趣》，载《集成》1947年第1期。
[5] 金毓黻：《静晤室日记》第十册，辽沈书社1993年版。

《物质建设三大问题》《浩劫忠信录》等书和《周易疑义举例》《韩柳文径》《太史公书笺证》等文，译著有《莎士比亚考信录》《华欧交通史》，此外存有致陈垣、夏承焘、刘葆儒、程善之等人的书札数通。厉鼎煃一生先后从事中学教师、译员、编辑、政府职员等职业，在时乖运蹇、曲折坎坷的生活经历中铸就了广博的研究兴趣，其著述涉及诗词、文论、宗教、翻译、西学等诸多领域。其人在现代文学和文学批评发展中的意义，值得研究者的深入挖掘和发现。需要重视的是，20世纪40年代，在文学批评话语整体上正加速由隐喻性言说发展为演绎性言说的现代转型进程中，厉鼎煃却致力于撰著话体文学批评，发表《星槎词话》《星槎诗话》《集成词话》《集成诗话》《集成曲话》《集成联话》《集成文谈》等多种著述。其话体文学批评涉猎之广、著述之丰，在同时代的旧体文学批评者中卓然独立，堪称新旧文论转型时期批评程式、话语机制和理论路径的研究范本。

二、感悟与学理：厉鼎煃话体文学批评的价值

厉鼎煃的话体批评既有延续传统感悟式印象性评点的倾向，又体现出向现代成体系的学理性批评转型的倾向，在裂变的时代背景中展现出延续学脉、薪传翰墨的过渡意义。一方面，在话体小序中，他反复强调话体批评的价值在于为古今诗词作品提供背景阐释和内容说明。如《集成诗话序》云："诗以言志，话之何为？然志之所之，或一时一地，而不可移之异时异地者。不加说明，则观者或昧于时代背景焉。此集成诗话者，亦古今人诗之说明耳。"[1]而《集成词话序》亦云："诗亡于话，而词有何话之有？话词，所以存十一于千百，非敢亡之也。否则充栋汗牛者，谁能读之？"[2]其评论历代诗词曲联作品时，亦多以摘句进行印象点评为主，批评术语不脱旧体文论窠臼。另一方面，在《星槎词话》等作品中，他又力图扬弃模糊不清的"诗品"式批评，摆脱王国维"境界说"的笼罩，建构"渐近自然，俗不伤雅"的审美标准，并以此臧否两

---

[1] 厉鼎煃：《集成诗话序》，载《集成》1947年第1期。
[2] 同上。

宋和晚清的著名词人词作。整体上看，厉鼎煃话体批评的价值主要体现在以下三个方面：

对王国维"境界说"的反思。 静安论词首标"境界"，以为远迈严沧浪"兴趣"与王渔洋"神韵"二说，能直指词之本源。在厉鼎煃著文发声之前，已有不少学者指出静安理论体系建构的疏忽之处，如唐圭璋论"境界亦自人心中得来，不能全然独立""不可舍情韵而专倡此二字"[1]；又如朱自清从情趣和意象的关系入手深入剖析"隔与不隔"论即为诗之隐与显的分畛[2]；再如沤庵批驳王氏标举的"无我之境"实际并不存在，主张历代词人"以词心造词境，以词境写词心，固处处着我，初无'无我之境'也"，又反对王氏"隔"与"不隔"的区分方式，提出"凡词之融化物境、心境以写出者，皆为'不隔'，了无境界，仅搬弄字面以取巧者为'隔'，'隔'与'不隔'之分野，唯在此耳"[3]。在继承前人质疑的基础上，厉鼎煃深入反思《人间词话》的理论疏漏，主张静安"境界"近于"意境"或英文illusion，其理论范畴过于宽泛，不能专施之于词学。他认为，"境界说"用来评骘陶谢之诗、马白之曲甚而《水浒传》《红楼梦》亦无不可，故"境界"实为一切文学艺术之共相。他批评静安所谓"境界"，不过是界于格调、性情、气象、神韵之间的术语。厉鼎煃以"红杏枝头春意闹""云破月来花弄影"二名句为例，论静安"着一闹（弄）字而境界全出"之说，主张此处所云"境界"实系"生动"（vivid），而"境界生动，令人生敬畏之观者，即为气象；令人起爱好之感者，即为神韵；所以造成此气象与神韵者，既由作者之兴趣"[4]，由此观之，境界、兴趣与神韵三者，似异实同，犹二五之为一十。又以静安论"太白纯以气象胜"等句为例，指出此处"气象"即为词家所创造的壮美境界。厉鼎煃认为，既然"境界"的定义如此含混不清，那么静安词论与严、王二人所推崇的"羚羊挂角，无迹可

［1］唐圭璋：《评人间词话》，载《斯文》1938年3月。
［2］朱光潜：《诗的隐与显（关于王静安人间词话的几点意见）》，载《人间世》1934年第1期。
［3］沤庵：《沤庵词话》，载《杂志》1943年第10卷第5期。
［4］厉鼎煃：《星槎词话·书人间词话后》，载《国学通讯》1940年第1期。

寻""不着一字，尽得风流"，也不过五十步与百步，全都未能摆脱司空图《诗品》印象式点评的影响。同时，厉鼎煃又批评王国维"人生三境界"论，以为同样属于文学之共相。《人间词话》曾云"古今之成大事业、大学问者，必经过三种之境界"。厉鼎煃分析认为，其以悲天悯人为第一境，以牺牲小我为第二境，以物我交融为第三境，其中前两种属于"有我之境"，第三种属于"无我之境"。"三境界"论虽闳通精粹，然而同样不属于词之所以为词的本质特征。此外，厉鼎煃还指出《人间词话》"隔与不隔"之说同样不够严谨。例如静安用"隔"讥刺白石，谓白石格调高而无意境，却又主张"有境界则自成高格，自有名句"，岂非自相矛盾？鼎煃认为，白石之弊非病在无境界，实在婉约而不深闳，故予人"隔一层"之感，逊色于以深闳见长的后主词，与豪放而能敛才就范的苏辛词旗鼓相当。

主张以"渐近自然，俗不伤雅"评词。厉鼎煃论词，首推"渐近自然"说。其理论一方面脱胎自王国维"隔与不隔"论，另一方面却来自中国传统哲学的中庸思想，盖其受古典哲学影响较深，潜移默化之下，难免以格义比附思维，强行索解词学。鼎煃认为，一切文学，皆以渐近自然为工。词之为体，上不似诗之整，下不似曲之放，介于古诗绝句之"近于自然"与曲之"纯属天籁"之间，其长短参差，似自然之语调，而其平仄清浊，又足以限任意之弊。是以鼎煃提出，"古今文学有极不自然者，亦有纯任自然者，执两用中，其唯渐近自然乎？唯词体足以当之"[1]。以"渐近自然"为标准衡量古今倚声家之作，则梦窗以律诗之法入词，虽宫丽精工，而失其自然；而杨慎以作曲之法入词，又失其雅致。厉鼎煃由此指出，评词的第二标准应为"俗不伤雅"，即口语的雅化。在他的设想中，学究不可以为词人，伧父不可以为词人，理想词人是最富于中华国民性之人，其谈吐必不粗鄙，自必尔雅。观其自作词《蝶恋花·本意》《相见欢·月当头》《浣溪沙·步栖霞韵》等数十阕，以小令为主，均为风格清新、辞章雅丽之作。因此，厉鼎煃指摘王国维推尊五代北宋之词时，将其中淫鄙之词一并称诵，实为过分好奇之

---

[1] 厉鼎煃：《星槎词话·书人间词话后（续）》，载《国学通讯》1940年第2期。

误。鼎煃将"渐近自然，俗不伤雅"视为考评词句的标准，将"国人尚中庸之习性"视为推尊词体的缘由，大力揄扬"意境最狭，格调最高"的词作。在臧否历代词人时，肯定温飞卿、韦端己、晏同叔和晏小山，微抑李后主、秦少游、苏东坡、姜白石与刘改之。需要注意的是，厉鼎煃间或有"知人论词"之弊，好以道德事功作为标榜或贬斥词人的准则。如评冯延巳专己固宠，为亡国大夫，词虽温厚，旨乖立诚，"'和泪试严妆'，活画出一幅善妒娥眉来"。又论李清照经历"君王失位，哲妇悼亡"之凄苦，其词有不加雕琢、核吐珠玑之美，然"也拟泛轻舟"句预伏晚节不终之兆。又论碧山身仕胡元，而好为故国之思，实则与许鲁斋、吴梅村同流。以上诸论，或出于强行在静安之外别立新论的心理，但难以避免混淆标准、苛评古人之缺憾。

提倡译词以绍介中国文化菁华。厉鼎煃将词视为中国文学中最精粹者，大力倡导译介古今名人词作，向西方推广中国传统文化。在创办《集成》杂志时，厉鼎煃曾提出"同人等经一番比较语言文学之研究，深信汉文为世界上最优美之文字，为任何古今中外英、法、俄、德、西班牙、拉丁、希腊、满、蒙、回、藏、苗、夏等文字所不及"[1]。但要传播"最优美之文字"，却又不能不借助翻译之力。鼎煃认为，"我国之诗经、楚辞、汉赋、乐府、唐诗、元曲，西人多知之矣，至于宋词，则绝鲜知者"[2]。自民国己巳年（1929）受教于海盐张叔明先生之后，厉鼎煃即有志于译词事业。最初，从翻译柳耆卿《雨霖铃》词入手，以选辞精当、音调茂嫩得到了身边师友的一致认可。随后，张叔明以翻译李清照集相嘱。鼎煃颇用力于此，还曾致信夏承焘请益，询以易安词的版本问题。夏承焘回信云："李君所刻易安词，焘无其书。私意斐云、圭璋两君所辑，当已完具，无劳旁求。译词为前人未有之业，非先生无能胜任者，极盼早日观成，衣被艺林。"[3]在刊发此札时，作为编辑的厉鼎煃还特意加上了一段附注，言称："译词之意，发自张师叔明。《漱玉词》之迻译，即有张夫人韩湘眉师执笔，而鄙人为之拟考证注释初稿云尔。译

---

[1] 厉鼎煃：《略述集成杂志之旨趣》，载《集成》1947年第2期。
[2] 厉鼎煃：《星槎词话外编》，载《国学通讯》1940年第4期。
[3] 夏承焘：《夏瞿禅先生论易安词书》，载《国学通讯》1940年第3期。

本行且杀青复印，嗜倚声者，谅必人手一编，先睹为快也。"[1]然而，不久之后，厉鼎煃"秉乡先辈陈公含光之教，犹拟译李后主词，因李词而忆及纳兰词"[2]，由此广搜各版本《饮水词》《侧帽词》，撰写有《三读纳兰词记》，补入《星槎词话》。后张叔明奉命出使，临行复以译词相勖，鼎煃即呈张志和《渔歌子》、李煜《相见欢》诸词译稿，皆附小传。厉鼎煃将翻译词作视为极严肃之事业，曾云："译词固难，精选名家之作尤难。若任情取舍，则事等儿戏，未免为识者齿冷。必也如江文通杂事诗所谓无乖商榷者耳。坐是所读唐以来词籍日富，而所译仍然不过数十首而已。"[3]此外，他对于同人所译词作也秉持着审慎的评判眼光，曾批评林庚白译法人诗歌为《浣溪沙》未能传原文体制风格，不如林语堂《吾国吾民》一书中翻译辛弃疾《丑奴儿》词为"*The Spirit of Autumn*"，令人有如闻空谷足音之感。

总的来说，尽管厉鼎煃的话体批评理论未能完全脱离《人间词话》的影响，其行文结构很大程度上仍保留着旧体文学批评的形式，然而，其对王国维"境界说"的反思和修正，对"渐近自然，俗不伤雅"评词标准的推崇，以及在实践中译词为西文的尝试，都体现出民国文论从传统向现代转型过程中，知识界学人融合新旧、贯通中西的勤苦努力。

三、乡土与家国：厉鼎煃话体文学批评的特色

在厉鼎煃的诸多话体批评著述之中，隐含着其作为一个地方文人基于个体生命体验，在迎合时代主流思潮的基础上，试图通过书写文学批评，梳理自我学缘脉络，强化个人在文学关系网络中的地位，进而影响地方文学史集体记忆的过程。厉鼎煃的话体文学批评作品主要呈现出以下三个方面的特色：

一是批评的趋时性。厉鼎煃曾从曾国藩《十八家诗抄》选出拟师法的七家，摘编为《七家诗评》，包括陶渊明五古、谢玄晖五古、韩昌黎七古、苏东坡七古、杜工部五律、黄山谷七律和陆放翁七绝。在《七

---

[1]厉鼎煃：《〈夏瞿禅先生论易安词书〉编者按》，载《国学通讯》1940年第3期。
[2]厉鼎煃：《星槎词话·三读纳兰词记》，载《国学通讯》1941年第5期。
[3]厉鼎煃：《星槎词话外编》，载《国学通讯》1940年第4期。

家诗评序》中，厉鼎煃提出："此七家虽未足以概诗国之盛，要皆有目共赏之作，时时读之，不犹愈于束书不观，游谈无根，矢口为快心一时之论者耶？"[1] 随后，又将所作《陆放翁诗评》摘选为《星槎诗话》，借助摘句评点的形式大力揄扬陆游的七绝诗作。然而，事实上，早在清道光年间，方东树《昭昧詹言》就屡屡批评陆游诗"动关忠孝""矜持虚憍"[2]。林庚白《丽白楼诗话》论"清同光以来，为诗者号桃唐祖宋，而大都取法于荆公、后山、山谷、简斋、宛陵、诚斋诸人"[3]，并未将放翁囊括在内。清末民初以来，诗家论诗亦数见批评陆游诗之言，如钝剑（高旭）论放翁诗"易入祷张叫呶之习"[4]。钱钟书则指出放翁诗有二痴事（好誉儿、好说梦），二官腔（好谈匡救之略、心性之学），令人生倦，实则"放翁爱国诗中功名之念，胜于军国之思"[5]。在诗歌的格调、审美层面，研究者也已指出，"从摘句图的盛行，到春联体的评价，最终导致了对剑南诗学的全面批评"[6]。虽然近代诗人中亦不乏欲以剑南诗补救同光体之偏涩枯淡者，但其着眼点仍以陆游所擅长的近体七言律诗为主。厉鼎煃在《星槎诗话》中将陆游的七言绝句抬高到陶渊明五古、杜甫五律并列的地位，出语惊人，令观者瞠目结舌。究其渊源，在近代民族主义思潮的影响下，从梁启超到南社诸子，无不将陆游目为"民族诗人""爱国诗人"大力揄扬赞美，随着战争形势的变化，《剑南诗稿》因时代环境的需要在20世纪三四十年代一跃而为"显学"[7]。厉鼎煃对陆游七绝不恰当的美誉，来自当时爱国主义、民族主义、尚武精神的需要，背后自有历史背景和时代思潮的力量。然而，违背诗学共识的揄扬，仍反映出厉鼎煃对主流话语的过度妥协，为其话体文学批评增加了

---

［1］厉鼎煃：《星槎诗话·七家诗评序》，载《国学通讯》1941年第7期。

［2］方东树：《昭昧詹言》卷十一，人民文学出版社1961版，第238页。

［3］林庚白：《丽白楼诗话》，见张寅彭主编《民国诗话丛编》第六册，上海书店出版社2002年版，第134页。

［4］钝剑：《愿无尽庐诗话》，载《民权素》1915年第7期。

［5］钱钟书：《谈艺录》，生活·读书·新知三联书店2007年版，第334页。

［6］潘静如：《陆游诗在近代诗学史中的地位——近代诗学"桃唐祖宋"说述微》，载《中国诗学研究》2017年第2期。

［7］关于陆游爱国诗在近代诗坛的盛行，可参见张毅《陆游诗歌传播、阅读研究》，中华书局1962年版，第106—125页。

趋时性的色彩。

二是批评的地缘性与学缘性。清末民初以来，以地缘为基础的江南同乡关系网络、以学缘为基础的师生同门关系网络、以趣缘为基础的文学社团关系网络和以职业为基础的近代报人关系网络逐渐成为沪上的话体文学批评者建构共同身份认同和社群意识的坚实基础。其中，地缘性、学缘性色彩在近代报刊旧体批评场域中体现得尤为突出。在各种诗话、词话、文话、剧话、联话中，处处可见摘引、称美"乡先生""乡先辈""乡闺秀""同门""同学"作品的段落。厉鼎煃的话体文学批评著述同样带有明显的地缘性和学缘性特色。如《集成文谈》主要摘录"乡先辈"陈含光对"吾乡汪容甫"所编《古文喜诵》的序言，又论陈含光《汉晋五公颂》"持论甚高，文复丽都，无凄怆过激之言"[1]。《集成诗话》所引之诗人厉柏、史诵盦、程兰畦，《集成词话》所引之词人桂蔚丞都是扬州人。《集成联话》则摘引了扬州四大篆书家陈含光、张甘亭、张介丞、张羽屏的酬赠联句。同时，厉鼎煃还屡屡点评老师、同学的诗词曲联作品。《集成诗话》《集成词话》所论诗人史诵盦乃厉鼎煃童子师；董伯度为其就读于扬州省立八中时的数理教师；庄启传则为该校国文教师。而《集成曲话》摘引吴梅为卢前《饮虹杂剧五种》所作的序言，两人分别是厉鼎煃在东南大学的老师和同学。厉鼎煃极为重视学缘师承，不仅在话体著述中大力为恩师同门存词扬名，而且还专门为尊师运动撰写了散文集《绛帏痕影录》（集成编译社1947年版）。书中依次记录丁善之、俞桂岩、李更生、庄鸿宣、叶贻毅、董伯度、刘伯明、沈商耆、杜作樑、梅迪生十先生逸事，附录则记曾从之文学王伯沆、李详、黄侃、弘一法师四人事迹。该书时时可见厉鼎煃与诸位老师的深厚情谊，可资佐证厉氏话体批评学缘性的基础。其话体著述中还提到中华书局创始人陆费逵、司法院长居觉生、镇江柳翼谋、友人薛兼到等人，大多是厉鼎煃从事编辑工作所结识的诗家，从中可管窥近代报人关系网络对其话体批评的影响。

此外，厉鼎煃的话体著述中，还经常出现对家学的美誉。鼎煃出

---

[1] 厉鼎煃：《集成文谈》（一），载《集成》1947年第2期。

身"仪征世族"，先辈藏书甚富，族内多能文擅诗之人。其《绛帷痕影录·庄先生劝学记》就记载了庄启传令其返家后，于书箱中寻觅取阅六大册朱墨套印《史记菁华录》的趣事。数年后，厉鼎煃将家中所藏古今精要图书数千册全部捐出，设立"国学图书馆"，其中仍包括阮刻《十三经法疏附校勘记》、阮刻《清经解》等珍贵版本[1]。因此，厉鼎煃在撰述话体批评时，也不免多次自豪地提及家中先人风采。如《集成诗话》抄录程兰畦在厉家坐馆授徒时，与其高祖厉宝夫、曾祖厉小石、伯曾祖厉蓉舫等人酬赠联吟的诗作，并喜云："吾家诗事，乃赖程君此集，存其一二，信赋交游之益，不仅生前一时而已矣！"[2]再观其诗话、联话多处不厌其烦地抄录诗词名家赠给其母许太夫人的寿词、寿联，可推知，追溯家族诗人谱系，形塑家族学风，也是厉鼎煃创作话体文学批评的一个重要特色。

综上，20世纪40年代，在传统文学批评话语向现代转型的过程中，厉鼎煃延续古典感悟式印象性批评的形式，融入成体系的学理性批评的因素，撰写大量话体文学批评。其话体著述以趋时性、地缘性与学缘性为特色，反思和修正王国维"境界说"，主张以"渐近自然，俗不伤雅"评词，提倡译词绍介中国文化菁华，展现出知识界学人融合新旧、贯通中西的勤苦努力。

值得我们省思的是，曾被视为让位于现代文学批评形式，逐渐走向衰微的话体文学批评，是否在民国晚期的报刊舆论场域中仍具有强劲的生命力？当如厉鼎煃一般的知识人心怀匪石不转、匪席不卷的执着，坚守着旧体文学批评阵地，我们是否应当重新审视民国文学史中这部分"喧嚣的伏流"？

【作者简介】复旦大学中国古代文学研究中心博士研究生。

---

[1]《国学图书馆消息》，载《国学通讯》1941年第7期。
[2]厉鼎煃：《集成诗话》（八），载《集成》1947年第2期。

20世纪前五十年旧体诗流变概述

胡迎建

【摘　要】　清末流派众多，如汉魏诗派、诗界革命派、中晚唐诗派、江左西昆派等。同光体是影响最大的诗派，南社是人数最多的文化社团。诗坛呈现短暂繁荣。至民初，流派畛域逐渐模糊。新文学运动兴起，旧体诗被冷落而边缘化，但仍有一批学人如学衡派与新文学领袖及其支持者论争。创作者也在追求新变以适应时代发展。其后旧体诗进入复苏阶段，不少在新文学运动时期作新诗的作家重又回头作旧体诗。同时有《采风录》《民族诗坛》等刊物登载大量旧体诗。至抗战时期旧体诗复兴，蔚为高峰。诗人队伍扩大，诗社团体纷纷成立，雅集频繁，唱和活跃。抗战救国是诗的主旋律。旧体诗沐浴着民族斗争的风暴，焕发了新的活力。由于时代、环境变化，现代生活内容进入诗人视野，带来诗作题材、意境、情趣的变化。诗的表现方法与艺术风格、境界方面，也有崭新的开拓与创造，表现为不变中有变，有了新的气息。

【关键词】　繁荣　冷落　复苏　高峰

20世纪前五十年的旧体诗，其流变走向有如驼峰状的曲线，即由起初的繁荣跌入低谷，然后在20世纪30年代初复苏，在抗战至第三次国内革命战争阶段复兴，进入其高峰期。诗是民族精神的重要载体之一，在民族凝聚力形成的过程中起着极其重要的作用。

一、诗派纷呈的年代（1900—1916）

1900年（光绪二十六年）8月，八国联军攻打北京，慈禧太后挟光绪帝西逃陕西，清政权基础受到强烈的震撼。此后清廷发布施行新政的圣谕，但难挽国运的颓势。

晚清诗坛在急剧变革的时代，以不同旗号各立门户，各有跟随者。流派众多，如汉魏诗派、诗界革命派、唐宋兼采派、中晚唐诗派、江左西昆派等。同光体是影响最大的诗派，内有闽派、赣派、浙派之分支。[1]这是一个变风变雅时期。外患更亟，国运更衰，不少诗作反映了诗人们内心痛苦的纠结。陈衍多次谈到时代与诗创作的关系，在《祭陈后山先生文》中说："唯言者心之声，而声音之道与政通，盛则为雅颂，衰则为变雅变风。"[2]又说："身丁变雅，以迫于将废将亡上下数十年间。"[3]曾克耑诗云："晚清诗坛述流别，变风变雅声铿锵。"（《答忏庵次元韵》）诗坛出现一时的繁荣。钱仲联认为这一时期成就"达到了唐宋、清初以来的一个新的高度，成为中国古典诗歌在它发展后期蕴起的又一座高峰"[4]。陈声聪也说："自宋以后数百年，诗之美盛极于此际，学者各尊其薪向而尽其瑰奇，一扫剽贼肤廓之弊，诗之境域浸广矣。"[5]

武昌新军起义推翻了清朝统治，迎来了民族共和的春天。潘飞声诗云："重悬日月照山河，新岁新晴入醉歌。一笑陈抟坠驴背，唐虞世界说共和。"（《壬子新岁作》）次年民国临时政府在南京成立。丘逢甲诗云："郁郁钟山紫气腾，中华民族此重兴。江山一统都新定，大簜鸣笳谒孝陵"（《谒明孝陵》）。表达了中国人民对推翻皇权、共和肇兴的喜悦心情。

辛亥革命是天崩地裂的大变革，为诗的发展提供了反映新时代愿景的契机。"共起民军义，重生祖国光。黄农犹可接，不独继成汤"（释敬安《田君梓琴赠诗再叠前韵奉酬》），"金瓯永奠开天府，沧海横流破大荒。雨足万花争蓓蕾，烟消一鹗自回翔"（吕碧城《民国建元喜赋一律》），这些诗句表达了人们对欣欣向荣的开明社会的向往。诗人们认为世界在更新，诗也应该因应社会的发展，以新风味、新意境、新格调，

---

[1] 关于清末诗派的名称，汪辟疆、易宗夔与钱仲联诸家说法不同，可参见拙著《同光体诗派研究》（学苑出版社2013年版）第一章第一节。

[2] 钱仲联编校：《陈衍诗论合集》，福建人民出版社1999年版，第1077页。

[3] 陈衍：《近代诗钞序》，见《近代诗钞》，上海商务印书馆1935年版，第1页。

[4] 钱仲联：《近代诗坛鸟瞰》，载《社会科学战线》1988年第1期。

[5] 陈声聪：《苏堂诗拾序》，见李宣倜《苏堂诗拾》，1961年内刊本。

反映新追求、新希望、新的人生选择。诚如吴芳吉所说："余以民国之诗，当有民国之风味，以异于汉魏唐宋者，此格调之不能不变者。处今之世，应有高尚优美之行，适于开明活泼之际者，此意境之不能不变者也。"（《白屋吴生诗稿》自序）表明具有前瞻眼光的诗人们有着开一代诗风的希望。他们在诗艺上或不如老一代遗民诗人，但自有一种蓬勃气象。

民国初年政局不稳，更成乱世。遗老们哀叹："故人各各风前叶，秋尽东西南北飞"（赵熙《题石遗诗话后》）；"乱余还念惊弓鸟，国变真如失树鸦"（释敬安《俞恪士归自甘肃……俱侨寓沪上相见各述乱离》）；"满腔心事乱于丝，欲挽东君力不支。罥画溪山谁作主，蓇腾风雨竟如痴"（俞钟颖《壬子送春原唱》）；"形质虽存非复我，江山信美不如初"（陈锐《次韵再赠病山》）。这些诗表白了他们的飘零处境与凄迷心境。陈三立诗云："满意魂翻变徵声，弥天哀愤坐中倾"（《访杨子琴同年不遇》）；"爬抉物象写离乱，自然变徵音酸楚"（《八月廿八日为渔洋山人生辰补松主社集樊园分韵得鲁字》）。选择物象写离乱现实，视诗为"变徵"之音。

不少清官吏成为遗老后，纷纷侨寓上海、天津、青岛等地，或退归故里，只有少数人转入民国政权中任职。成立于1913年春的超社，以流寓上海的清遗老为主，或探梅，或祝东坡、山谷生日，赋诗唱和，集会于樊园、泊园、云起楼等地。1914年12月，樊增祥、周树模、吴士鉴等被邀北上入袁世凯政府，遂停止活动。1915年初由瞿鸿機召集成立逸社，1917年一度停顿。1920年在陈夔龙主持下，延续七年而停止。

遗老们的功力深厚，有充裕时间从事诗歌创作，能将诗艺提高到新的水平。如王逸塘《今传是楼诗话》中说到于晦若"侍郎辛亥前绝少作诗"，《晚晴簃诗汇》说到郭曾炘"辛亥后始致力于诗"，即说明遗民们好以吟诗作为晚年生活的慰藉。诗中有相当一部分是回忆清朝史事，如《桂堂清故宫词》《颐和园杂题》《东陵纪事诗》之类的诗作尤其多。他们结社禊集，唱和编刊，期待着诗运的中兴，在其背后，还有力挽传统文化颓运的用心，"于孔教寖衰、国学垂废之秋为张皇补救之计"[1]。此

---

[1] 孙雄：《诗史阁诗话》，见张寅彭主编《民国诗话丛编》（第2册），上海书店出版社2002年版，第169页。

期间，无论是同光体还是湖湘派或是诗界革命派诸子，他们都不同程度地表现出对清王朝的怀念和对袁世凯政权的抵触，汇聚到一起，抒写荆棘铜驼的异代之悲。

面对熙熙攘攘的政治与文化变局，同光体诗人大多选择了前清遗老的立场，心境颓唐。陈衍在《何心舆诗序》中提出诗为"寂者之事""诗者荒寒之路，无当乎利禄"的论题：诗是寂者之事，诗为荒寒之路，以诗承载忧患，困厄自守，诗成为同光体诗人寄托情志、慰藉心灵的生命方式与精神家园。他们深切感受到他们所熟悉的政治秩序、伦理道德、价值观念发生着剧烈的变化。追求学人之诗与诗人之诗合二为一，语必惊人，字忌习见，力避陈言熟语。要求诗人要有真实怀抱、真实道理、真实本领。此时同光体诗派继续发挥着领袖旧体诗坛的巨大作用。其他派别影响式微，有的受同光体影响，改宗宋诗。通过《东方杂志》《学衡》等现代媒体，传播诗作，倾诉心声，施展影响。林庚白从相反立场道出此派的影响："民国诗滥觞所谓同光体，变本加厉。"[1]

同光体犹如一块磁石，吸引其他诗派的诗人改变了诗学门径。陈三立、郑孝胥等著名诗人以其纯熟高超的诗艺，影响了一大批人。胡适也认为"这个时代之中，大多数的诗人都属于宋诗运动"（《五十年来中国之文学》）。他们的诗能将诗人之诗与学人之诗相结合，体现了浓厚的书卷气。同光体后学的缺点在学古而不善变化，格局不阔，题材狭窄，过于雕琢字词，陈陈相因。汪辟疆在《光宣诗坛旁记》中说：

> 余尝谓近五十年中，诗家多尚元祐而薄三唐。至陈散原、郑海藏二家出，世之言诗者又不肯诵法苏、黄、王、陈，而群奉散原、海藏二集为安身立命之地。其人既少书卷，徒恃其一二空灵字句、生硬句法，可彼可此者，钩抹成文，已为宋诗末路矣。

这一段话对同光体末流不无贬责之意，然而从另一个方面说明当时诗人竞相学同光体。汉魏派中的曾广钧、陈锐、江左西昆派中的周述以及

---

[1] 林庚白：《今诗选自序》，见《今诗选》，民国二十九年（1940）版。

诗界革命派中的潘博等都受同光体影响。陈仲陶初从王闿运（号湘绮）游，后改师陈三立，自称湘绮叛徒。石铭吾认为潮州一向宗唐音，但后来这一带诗人均受同光体影响。同光体宗宋诗，乃是为克服诗之肤浅浮泛而力求思致深刻，清末民初文人的心态多是穷愁抑塞，同光体枯硬危苦的风格，符合这一类人的审美趣尚。梁启超此时在他主办的《庸言报》上连载陈衍的《石遗室诗话》，也传播了同光体诗派在民初的声望。

还有成立于清末、在民初迅速发展的南社，人数多时超过上千人。领导人柳亚子等试图扫除同光体影响，"思振唐音"，有意倡盛唐之音。他们与诗界革命派有一定的联系，同样主张将新名词、新精神融入诗中，但更偏重于政治变革。南社以年轻一代诗人为主，富有朝气，是一个带政治性的文化社团而不是因诗风、旨趣一致而结成的诗社。后来在是否学宋诗、是否反对同光体的问题上发生分歧，最终陷于分裂而解体。南社中的主流派是以柳亚子为首，坚持宗法盛唐诗歌的一批诗人，他们的诗具有鲜明的政治性，以文章节义相砥砺，多愤世嫉时、慷慨悲歌之作。但不少诗浅薄，流于空洞叫嚣，艺术上直泻无余，用典用词落入了新的范式。南社中属非主流派而诗歌卓有成就的却是黄节、诸宗元、胡先骕、林庚白等宗宋派，诗风与同光体相当接近，说明在"思振唐音"的同时，出现求峭健以避俗的另一趋向。

一批年轻诗人跃登诗坛，如辛亥革命党人朱执信、胡汉民，南社中诗人黄兴、于右任、汪精卫、叶楚伧等，他们同时又是早期国民党的骨干，因此其主要精力是从事实际工作而不是写诗。还有急欲变更现实、改造中国的激进者如李大钊、林伯渠、毛泽东、周恩来等，早年的诗都吐露其宏阔的胸襟与抱负，他们后来大多成为中共领导人。

清末民初，由于流派的众多、思想意识的多元化，传统文化"仅仅剩此一脉"的"国粹"呈现了短暂的繁荣，诗人如云，诗作如雨。不过，流派畛域已逐渐模糊。

二、新文学运动兴起，旧体诗被冷落（1916—1927）

在北洋政府长达十年的统治时期，各路军阀展开了权力的角逐，诚如余若瑑诗云："拥旄割地擅强梁，百样诛求各主张。"（《漫兴》）征求无厌、战争不休，贼梳兵篦，民无宁日，中国陷入更大的动乱，诚所谓"烽烟黯淡三边日，风雪飘摇五族旗"（谢良牧《入都志感》）。国民党重组力量，孙中山联俄联共，建立军队，力量迅速壮大。北伐军消灭了孙传芳、吴佩孚等军阀。1927年4月蒋介石发动了"四一二"政变，国共第一次合作失败。蒋继续挥军北上，以张学良倒戈为标志，国家得到暂时的统一。

其间，胡适、陈独秀以《新青年》为阵地，掀起新文学运动。1916年7月，胡适首先"尝试"以白话文作新诗。1917年，《新青年》（二卷六号）刊登胡适白话诗八首。1918年1月《新青年》四卷一号发表了胡适、刘半农、沈尹默等人的8首白话诗，欲以白话诗标榜新诗，将已往之诗称为旧体诗，以格律诗作为首要打倒的目标，得到大批激进文化人的响应。

胡适的《文学改良刍议》指千百年来的正统文学为死文学，白话文为活文学；认为旧体诗桎梏情感，必要使作诗如作文。陈独秀更明确提出"文学革命"论。刘半农则提出废除律诗、排律，保留绝句、古风、乐府（《我之文学改良观》）。但先驱们认为必须废文言改用白话，第一个革命目标便是旧体诗。为创建新体白话诗，全盘否定旧体诗，视其为死文字、"孔家店"里的谬种妖孽，必欲铲尽而后快。诚如唐弢在《中国现代文学史》中所说："当时的倡导者们对于自己民族的古典文学大多采取轻视甚至一概否定的态度，而把人们的视线完全引向西方。"传统学人与旧文人对此迷惘而无可奈何："欧化东行汉籍摧，可怜风雅尽蒿莱。"（李国瑜诗句）

白话文取代文言取得初步成功，旧体诗骤被冷落。吴芳吉说："今之新人以其规律过严，视若累梏重囚。"（《白屋吴生诗稿自叙》）作旧诗被讥为"迷恋骸骨"。吴宓持悲观看法，他说："十余年来，所谓爱国革新之文化运动，已使文言书少人读，旧体诗几于无人作。"（《空轩诗话》）

不过，以白话诗取代旧诗并未完全成功。胡适《四十自述》收录的《逼上梁山》一文中说："白话文学的作战，十仗之中，已胜了七八仗，现在只剩一座诗的壁垒，还须用全力去抢夺。待到白话征服这个诗国时，白话文学的胜利就可说是十足的了。"可见要想征服历经千年走过来的旧诗堡垒，并非易事。当时还有些人锐志创作旧体诗。一些文人、官僚仍热心以写诗、编诗为风雅。如总统徐世昌于1922年辞职后在天津成立晚晴簃诗社，设《晚晴簃诗汇》编纂处，邀请柯劭忞、贺松坡、王式通、郭则沄、金兆蕃、樊增祥等参与其事，为有清一代诗歌总汇。还有执政府总理段祺瑞、驻日公使汪荣宝、司法总长江庸等都好吟诗。

以东南大学教授梅光迪、吴宓、胡先骕等人为主的学衡派，主张会通中西学术，初在《文学旬刊》发表论文，与新文学领袖及其支持者展开论争。随后在1922年创办《学衡》刊物，主张民族文化传统不可偏废，旧体诗不可革除。开辟"文苑"专栏，大量刊登旧体诗。共出版79期。

新生一代的诗人为旧体诗适应现代社会而努力，诗中注入现代人的意识，力图用现代语汇反映生活。双音词进入旧诗中，熔新旧于一炉。其中突出的有吴芳吉，认为旧体诗风味、格调、意境都应适应时代而变化。所作《笼山曲》1 031句，为汉文学诗史上的第一长诗。1919年至1920年作《护国岩词》《婉容词》等名篇传诵一时。他有意识地大力扩充旧体诗的形式空间，以适应内容的扩充与更新；打破诗、词、曲之分界；吸收白话词汇，文白错杂；借用小说、散文乃至戏剧的艺术手法，使其作品显得摇曳多姿。反映社会生活深刻，思想情感细致入微，但也有拖沓、凝炼不足的毛病。被人讥为"非新非旧，非驴非马"，甚至被他尊为长兄的吴宓也说此类诗"夹杂俚语，毫无格律，而思想浪漫，更甚新派"。但有此一格，使人们看到旧体诗的开放性。

其时旧体诗人仍有结社雅集。如1925年3月北京稊园诗社雅集于江亭（陶然亭），百余人参加分韵赋诗。北京还有以中华大学教授彭醇时、罗超凡等人为主的漫社。1923年在太原成立韬园诗社，名师宿儒、文人学士纷纷参加。次年在长沙，傅熊湘发起南社湘集。这一切，正如蒋鉴璋所说："中国的旧诗并没有破产，我们依然要去研究……提倡新诗的人对于旧诗有了研究，能融新旧诗于一炉，才能产生比一般高明的新诗。"[1]闻一多宣称："六载观摩傍九夷，吟成鴃舌总猜疑。唐贤读破三千

---

[1]《晨报》1925年副刊。

纸，勒马回缰作旧诗。"(《废旧诗六年矣，复理铅椠纪以绝句》）他在《诗的格律》一文中批评否定诗的音节韵律的片面论调："恐怕越有魄力的作家，越是要戴着脚镣跳舞，才越跳得痛快，跳得好。"

三、旧体诗的复苏（1927—1937）

此期间旧体诗走出低迷状态，逐渐复苏，创作者多了起来。

蒋介石实行"清共"以来，大批共产党人被投入监狱。坚贞的铁窗囚徒，以旧体诗为工具，抒发宁死不屈的斗志。有的诗虽无暇雕琢，但主题鲜明，激昂慷慨，形成旧体诗中一道红色风景线。此间发生了几件大事，为旧体诗坛激荡出风波。1927年5月，日军在济南枪杀无辜军民，并杀害交涉员蔡公时，史称"济南惨案"；1931年"九一八"事变，东北军撤回关内；次年淞沪之战，十九路军奋起抗战，在国人心中激起强烈的民族意识，一大批旧体诗人义愤填膺，在沉寂多年之后重新为之提笔。诚如吴宓所说："'九一八'国难起后，一时名作极多，此诚不幸中之幸，以诗而论，吾中国之人心实未死，而文化尚未亡也。"[1]东北军奉令撤退关内时，军中书记官李鹤作《九月十九夜军退康平》诗云："令潜刁斗夜移营，大野茫茫放辔行。万树萧森银汉耿，一天明月马蹄声。"茫茫大野与急促的蹄声传达出无奈撤军的怆凉心境。马君武在上海《时事新报》上发表的《哀沈阳》两首，言张学良在撤军之际犹与影星胡蝶跳舞，句如："沈阳已陷休回顾，更抱佳人舞几回。"在社会上流传甚广，激起义愤，虽然后来证实此事子虚乌有。黄炎培赞扬与敌奋战的将士："壮志更成秦博浪，威名终属汉嫖姚。"(《追悼一二八淞沪抗日阵亡将士》）常乃德所作《翁将军歌》，以长篇巨制写十九路军旅长翁照垣杀敌场景，最后的英勇举动在其笔下尤有生动的描摹："将军长啸指须发，剑气喷薄如龙浮。乾坤一掷箭脱手，眼底势欲无仇雠。云蒸雾郁顷刻变，迅流转石雷鞭幽。袒怀白刃向前去，以血还血头还头。长江万里锁废垒，将军立马寒飕飕……"景与人相衬见妙，有峥嵘飞动、水逝

---

[1] 吴宓：《空轩诗话》，引自徐葆耕编《会通派如是说》，上海文艺出版社1998年版，第340页。

云卷之态。吴宓说："统观辛未、壬申、癸酉间南北各地佳篇，应以常乃德之《翁将军歌》为首选。此歌气格高古，旨意正大，深厚而沉雄，通体精炼，无懈可击，其诗亦直追少陵及唐贤。"[1]写重大题材，不一定多精品，但为人们共同关注，易引起共鸣。

其时鲁迅的旧体诗在其一生的诗创作中占有重要地位，如哀悼他的年轻友人被杀："忍看朋辈成新鬼，怒向刀丛觅小诗。"（《无题》）次年中央研究院总干事杨杏佛被特务杀害，鲁迅哭之以诗："何期泪洒江南雨，又为斯民哭健儿。"（《悼杨铨》）写个人主观情怀的震撼，在左翼文人中博得深沉的共鸣。

还有在新文学运动时期改作新诗的作家沈尹默、沈兼士、康白情、王统照、王礼锡、俞平伯、朱自清、田汉、老舍等人重又回头作旧体诗。说明新诗与旧体诗创作并非水火不容。他们以新文学写作发表于当时的报刊，而以旧体诗用在自娱、酬答的私人场合，表现其修养、情感、趣味。

1934年，周作人在林语堂主编的《人间世》杂志上发表两首《五十自寿》诗，是他以旧体诗形式而又吸收一些白话词汇创作的近乎打油诗的作品，一时和者如云。钱玄同、沈尹默、刘半农、林语堂、俞平伯、蔡元培、沈兼士等都是当年新文学运动的健将，他们创作旧体诗反映了在国民党文化政策专制下文人不得自由的压抑，不得已而退隐消极。诚如钱理群所说："这是中国一代自由主义知识分子再一次用旧体诗的形式，对自我内心的一次审视，难得的一次心灵交流。"（《周作人评传》）其时在北平，他们先后于1929年上巳节、1930年端阳节、1932年上巳节在北海什刹海雅集。

在文化中心的首都南京，旧体诗坛也表现活跃。1928年3月上巳节，中央大学教授黄侃等人禊集于玄武湖。次年同日，黄侃又与汪东、王易、王瀣、胡小石、汪辟疆等人游北湖赋诗，随即成立上巳诗社。1934年上巳节在玄武湖修禊，与会者87人，以学者、书画家为主，有

---

[1] 吴宓：《空轩诗话》，引自徐葆耕编《会通派如是说》，上海文艺出版社1998年版，第341页。

柳诒徵、夏敬观、吴梅、曹经沅、陈诗、谢国桢、陈树人等人，由陈衍主其事。重阳节又在扫叶楼举行雅集，与会者103人。

其时庐山牯岭成为政治、军事活动的又一中心，有国民政府"夏都"之称。文人墨客络绎不绝来此。1933年夏在万松林雅集，政界要人汪精卫、邵力子、戴季陶、谢远涵、李烈钧、王辑唐、熊式辉、彭醇士，文化名流龙榆生、陈隆恪、吴宗慈等70余人拈慧远《东林杂诗》韵为诗，曹经沅编为《癸酉庐山雅集》。整个民国时期庐山诗作者多达670人，诗作2 500多首，在白话新诗兴起的时代，旧体诗仍如此繁盛，其原因与庐山当时的特殊地位与人文不无关系。

诗人们结社褉集，交流诗作，刊印诗刊之风复炽。自1927年起，由曹缵衡接办旧体诗园地《采风录》，附载于天津的《国闻周报》中。至1937年停刊为止，共出刊近500期。"自同光诸老、并世名宿以至南北学校青年学子之作，唯善是求，无不登载，不持宗派门户地域之见。"[1]被誉为"近代诗坛的维系者""一时诗坛的重心"[2]。1935年在汉口，卢前主编的《民族诗坛》创刊，其宗旨是建设民族诗歌，主张诗在内容上写民族精神、爱国之志，形式上沟通新旧诗体。在南京还有《国风》半月刊刊登旧体诗。

四、旧体诗复兴，蔚为高峰（1937—1949）

1937年7月7日，日军制造了举世震惊的"卢沟桥事变"。日寇向华北、华东进攻，迅速占领沿海地区；国民党政府撤退到了重庆，大批机构、人员迁移大西南。经过艰苦卓绝的八年抗战，迎来了日本的投降。

抗战期间的旧体诗，无论是创作者人数，还是创作质量，都引人瞩目。诗人们以多角度、广视野反映了这一时期的抗战史。旧体诗出现复兴局面，蔚为高峰，主要表现在如下方面：

1. 抗日战争为诗人提供了深切体验与前所未有的丰富题材。这是一

---

[1] 王仲镛：《借槐庐诗集后记》，见《借槐庐诗集》，巴蜀书社1997年版，第287页。
[2] 黄稚荃：《借槐庐诗集序》，同上书，第2页。

场大规模、高频率的陆海空立体化战争,其激烈、残酷程度史无前例。战争打断了正常的生活秩序,激起了全民族的义愤,正所谓:"合怒奔涛卷地来,排山撼岳走惊雷。"(郭沫若《抗日书怀》)四处烽烟,哀鸿遍野,诗人们感时哀事,迸发出创作的冲动。正如黄炎培所说:"走上了奇艰极险的世路,家国的忧危、身世的悲哀越积越丰富,越激烈,情感涌发,无所宣泄,一齐写入诗中来。"[1]地处陕北高原的延安,成为抗日救亡的灯塔,一批革命家兼诗人集结在延水河畔,唱出时代的豪壮之音,风骨遒健,从另一角度反映了抗战救国的神圣使命。

2. 抗战之初,开展了利用旧的民族文艺形式包括旧体诗词的讨论,以利鼓舞民心,也有利于旧体诗人解放思想。茅盾此时发表了《大众化与利用旧形式》一文,指出对中国旧文学形式必须加以运用,并对如何运用提出了具体办法。郭沫若说:"我觉得做旧诗也有做旧诗的好处,问题在所做出的诗能不能感动人而已。在我的想法,目前正宜于利用种种旧有的文学形式,以推动一般的大众,我们的著述对象是不应该限于少数文学青年的。"(《民族形式商兑》,1940年6月9日重庆《大公报》)1938年1月教育短波出版社出版《抗战诗选》,内收有冯玉祥、何香凝、叶圣陶、王统照、马君武、艾芜等人新旧体诗共56首,标志着新、旧体诗人为宣传抗战而走到相互宽容的道路上来了。1941年5月,诗人在重庆集会,决定以端阳节为中国诗人节。宣言上签字的有艾青、王亚平、何其芳、戴望舒等新诗人,也有于右任、汪辟疆、林庚白等旧体诗人,以及新旧体均作的田汉等人,显示出新旧诗不分畛畔的动向。当时的形势有利于旧体诗人摆脱冷落的阴影,解放思想,大胆创作。

3. 诗的队伍不断扩大,旧体诗在团结各界朋友中发挥着重要作用。不仅有国共两党的政治家,还有军旅诗人。在学者教授、教师、编辑、书画家、士绅乃至在大学生中,都有一大群诗作者。作家如朱自清、茅盾、老舍、田汉、胡风等也都重新写旧体诗。叶圣陶《箧存集》第一辑收其抗战前旧体诗仅两首,新诗13首;第二辑收有抗战旧体诗60多首,新诗仅一首,可见时代环境的变化所致。共御国侮,成为人们的共识,

---

[1] 黄炎培:《自序》,见《苞桑集》,中国文史出版社1987年版,第5页。

旧体诗在统一思想、激发斗志方面，能发挥同仇敌忾的作用。虽不如小说、新诗通俗，但就作者队伍的数量来说，却超过任何一种文学样式的参与者，在社会各阶层中有它的读者群。

4. 诗社团体纷纷成立，雅集活动频繁，大大推动了创作。1940年在重庆成立罗湾诗社，有陈仲陶、沈尹默、苏渊雷、潘伯鹰等人。同年在重庆由章士钊、沈尹默、乔大壮、江庸等人成立饮河诗社，通讯社友百余人，刊行《饮河集》。1942年上巳节与重阳节，迁居重庆的诗人先后在沙坪与山洞新村雅集赋诗。湖南兰田师范学院结荑江诗社；湖南大学结五溪诗社；厦门大学有龙江诗社。浙江大学分校有风雨龙吟社。在西安成立关中联吟社，雅集多次。参加者有贾景德、李寄庵等人。在江西省府所在地泰和县有澄江诗社。在福建省府所在地永安县有桃谷诗社、南社闽集。在广西桂林，也有一大群诗人经常褉集。太虚法师也在广东缙云山组织过重九登山诗会，参加者有陈铭枢、蔡作宾、僧法尊等，莫不有新亭洒泪之慨。

1941年9月5日，诗人们在蓬园延安交际处雅集，由时任陕甘宁边区政府主席的林伯渠倡议成立怀安诗社，30余人参加，推举边区政府高等法院院长李木庵为社长。以在延安的老一辈革命家为主，吸收一些知名人士参加，取"老者安之、少者怀之"之义。其诗云："寰宇风云会，高台短长吟。"写出烽火岁月结社唱和的情景。所编《怀安诗选》先后收作者50余人2 500余篇诗。怀安诗社的活动，在第二次内战爆发后因战事紧张而趋于冷落消歇。1942年在新四军总部驻地盐城，陈毅倡导成立湖海诗社。次年在晋察冀边区成立燕赵诗社，发起者为聂荣臻、皓青、张苏、吕正操、于力等。

5. 诗歌唱和的活跃，促进了抗战友人的感情融洽。在非常时期，"诗可以群"的作用得到了很好的发挥。著名人士生日或出现重大事件时，都可能成为唱和的题材。在重庆，郭沫若所著历史剧《屈原》演出成功，轰动山城，《新华日报》辟专栏发表黄炎培唱和诗，34人和韵赋诗，可谓诗坛盛事。诗人们为柳亚子、朱德等人祝寿，有融洽感情、互相勉励的目的。1941年11月，重庆文化界为郭沫若五十诞辰祝寿，蒋介石幕僚陈布雷作贺诗四首。诗中云："低徊海澨高吟日，犹似秋潮万马来。"郭沫若用其韵答谢，其一云："茅塞深深未易开，何从渊默听惊雷。知非知命浑天似，幸有春风天际来。"两位政见不同的知名人士以诗为纽带，在抗战大业上找到了共同点。在延安，唱和风气也很盛行。1940年春，朱德将往重庆与国民党当局谈判，作《出太行》诗，叶剑英步韵唱和。刘伯承五十寿辰，叶剑英作诗唱和。朱德、徐特立、谢觉哉、吴玉章、续范亭等人同游南泥湾。朱德首唱，众人纷纷赋诗，诗中可见对开发南泥湾的兴奋情绪与从容啸咏的风仪。董必武诗云："而今四海皆烽火，酬唱怀安古意浮。"（《赋怀安诗社》）即是此类酬唱的写照。1941年香港《天台报》主笔陈孝威在太平洋战争爆发前著文预言日军将袭击美军，并作七律向国内外诗人征和，唱和者有赵熙、马一浮、柳亚子、叶恭绰等300余人，集诗400余首，编为《太平洋鼓吹集》刊行。

这一阶段的旧体诗坛，总的特点是：个人遭遇与国运息息相关，诗心随时代的脉搏而跳动，爱国挚情与忧患意识两位一体。抗战救国是诗的主旋律。旧体诗沐浴着民族斗争的风暴，焕发了新的活力，是广大作者在抗战救国主体意识的觉醒与现代精神的张扬，并表明旧体诗有其独特不凡的表现能力，是抒情言志的极好形式。其内容主要有如下方面：

1. 世乱时艰，山河破碎，日寇的烧杀掳掠、军民的伤亡死难、田园的寥落荒芜，在诗人笔底得到真实的反映。张余昕诗云："荆棘蔓生桃叶渡，鹿麋争上凤凰台。"（《南京失守》）又如邵潭秋《南京失陷悲感》五十韵，其中说："石城应缺角，龙螭伊藏怒。妇女迫横陈，男儿困刀锯。血染秦淮碧，肠挂白门柳。"字字如血，行行如诉，哀愤激楚，真切描写了日寇在南京烧杀掳掠的暴行，也是南京大屠杀的有力佐证。

日寇狂轰滥炸，残杀无辜，造成了深重灾难，在诗人心头戮下惨痛的伤痕。马一浮诗写道："飞鸢挟巨石，见卵纷下投。四衢绝人行，白日成九幽。野乌啄残尸，狐狸上高楼。"（《革言》）冯振诗中云："铁鸢尤肆虐，巨弹常妄施。城市变瓦砾，人畜成肉糜。"（《伤楠儿》）叶圣陶诗写道："避寇七千里，寇至展高翼。轰然乱弹落，焰红烟尘黑。吾庐顿燔烧，生命在顷刻。夺门循陌巷，路不辨南北……嘉州亦清嘉，一旦成荒域。焦骸互抱持，火墙欲倾侧。洒浆与血流，街树烧犹直。"（《乐山寓庐被炸移居城外》）惨不忍睹的恐怖场面，曲绘如现，惊心动魄，创巨痛深。

日寇所至，险象环生，民无生路，尸横遍野。李伯兮诗云："浮尸频碍橹，残髑乱铺摊。腥血围屠犬，腐饥饱露獾。"（《沅江道中》）徐嘉瑞有诗写到旅缅华侨逃回故国、被日寇赶至怒江边，纷纷投江殉难一事："松山夜静炮声稀，怒水尸横月色凄。万壑千峰皆死灭，但闻江上乳婴啼。"（《怒江吟》）炮声稀，乳婴啼，尸横江面，山峰亦无生气，场景凄惨。杜兰亭《乡长行》记叙乡长为迷路的抗战士兵连夜带路脱险，结果死在日寇枪弹之下，情调哀苦而悲壮。牛诚修在《倭寇到村举刀相逼几受其害赋此志愤》诗中说："凭他白刃横加脖，不为狂奴偶折腰。"大义凛然，抒发了中国人在强暴面前坚贞不屈的心志。马少乔的"嗷嗷累见哀鸿泣，滚滚时飞劫火红"，杨云史的"新鬼无家别，流民绕地来""无骨埋乡井，逢人问死生"等诗句，写百姓或死而白骨暴野，或生而受饥挨饿，沉着郁怒。贺扬灵《抵山》诗云："离山月一饼，回山月一梳。稚女牵衣问，活得几人无？"遭日军屠戮所剩无几，从小女孩口吻中说出，愈觉沉痛。

沦陷区东三省诗人在哀吟。翟镜清《秋兴十八首》诗云："惊心怕见秦关月，掩关愁闻汉塞笳。"将心事与景融为一体，是沦亡处境中的悲咽。曹玉清《感时》诗中云："田园荒芜罗蹄迹，城市凋零遍爪痕""穷途惨作他乡客，倦旅愁听亡国音"。凄苦心态，隐约于字里行间。

或借河山之丽反衬河山易主之不幸，如徐英诗写南京失陷后"蒋山如黛为谁妍"（《金陵杂感》），与邵潭秋诗"绝代湖山落贼边，媚鬟娇睇为谁妍"（《杭州失陷后作》）句同用设问手法，哀婉不尽。王季思《苏堤曲》哀叹杭州笙歌朝暮不休，迎来的是日寇铁蹄的蹂躏，河山蒙垢。诗中说："湖山歌舞朝还暮，花草伤心迷不悟。葛岭惊传胡马嘶，钿车久绝西泠路。寒碧玲琮出石根，翠禽无语向黄昏。春来万树桃花发，更与西湖添泪痕。"移情于花木，以丽景写悲慨。然山川也似与国人同仇敌忾，如吴天声笔下的八桂山水："满眼奔腾如赴敌，万灵怒吼已翻空。危崖大石森旗戟，侠骨忠心振虎熊。"（《柳州》）

以上这些诗，从不同角度反映了在灾难深重的中国大地，广大人民被欺辱、受屠戮，或流离失所的种种苦难悲惨的命运。

2. 有的诗直接描绘战争场面，宣传抗战军队的英勇杀敌，大长了抗战军民的志气。人们盼望有这样的杀敌勇士，如唐玉虬《大刀队歌》所描绘的情景："手左持弹刀右操，远时用弹近用刀。虏骑尽强不敢骄，凛凛匣炮缠在腰""入寨寨开战壕平，蹴海海翻山岳碎"。生动逼真地塑造了抗日好男儿一往直前、视死如归的英勇形象，寄托杀敌制胜的希望。宛平县长王冷斋作《卢沟桥纪事诗》五十首，其中说："暗影沉沉夜战酣，大刀队里出奇男。霜锋闪处寒倭胆，牧马胡儿不敢南。"以落后武器与敌作战，只有在夜间出奇制胜。就连老一辈诗人何香凝也写有《颂五百大刀队》以鼓舞士气，其中云："坚甲利兵究何用？万夫莫开此雄关。田横五百共生死，赤血洒在疆场间。杀贼何须更渡海，数万倭奴引颈待。铁甲夜眼老龙刀，捷音传来齐喝采。"霍松林《喜闻台儿庄大捷》诗中云："台儿庄前阵云黄，贼机结队如飞蝗。台儿庄前尘土扬，百门贼炮巨口张。更驰坦克作掩护，贼众狼奔豕突冲进庄。守庄将士目炯炯，满腔热血怒潮涌。"笔势酣畅恣肆，极力渲染日寇的凶残，更见我军的顽强。

王陆一以古风记述战役，波澜起伏。如《纪抗战初南京空战》其中云："鬼车毛血腥我土，尾旋倾堕如狐濡。硝烟簇空蔽白日，曳光飞弹交萦纡。我军神武压空至，铁阵四合纷驱除。万马行天渥沫汁，射潮潮色如胭脂。翻腾上下争啮尾，星群辟易无顽夫。"描摹敌我战机翻腾追击的激烈场面，用比拟手法，栩栩如生，融注其间的褒贬感情色彩强烈。

就连国民党军高级将领杨森，于1937年10月率二十军到达上海参加淞沪会战时也有诗明志："为挽艰危征万里，不教倭寇事披猖。"（《陇海道上感怀》）"指点三军杀敌处，刀光如雪月如霜。"（《在前线》）

著名抗战将领程潜作有《续抗战四十二韵》，写他带兵北上，彭泽马当失守，他回师援救，然而遭遇日军施放毒瓦斯，"哀我熊罴士，顷亦如倒悬。天地忽变易，山川顿掀翻。湛湛沾戎衣，咻咻呻野田。坚垒既尽毁，雄镇随之捐"。官兵们杀敌初胜，却被毒瓦斯窒息，呻吟遍野，阵地毁弃，天地变色，流露出诗人极端的愤恨与万分感怆。

抗战期间任第九战区参谋长的吴逸志，两次参加长沙会战，有诗云："两载未曾遗寸土，三湘依旧镇雄师。补天赖有军难撼，射日惭无计出奇。"（《保卫大湖南两周年感赋》）"寇势艰危计已穷，拼将孤注掷湘中。犬羊奔突逢罴虎，一似当年草木风。"（《第二次长沙会战大捷》）歼灭日寇的豪迈之情，溢于笔端。

1941年湘北大战，学者商衍鎏赋《辛巳中秋喜湘北大捷》一诗，借助夸张联想手法描绘了歼敌的壮观情景。其中写道："金甲射日日忽开，鼓声震天山欲摧。合围三军气吞虏，食肉寝皮云岚霾。长枪缓杀亦不快，聚歼刀河长乐街。始知士气不可侮，十六万虏同尘埃。"写得痛快淋漓。同年江西上高战役，是正面战场中国民党军取得的一次较大胜利。罗卓英将军是战场指挥员之一。他所作《赣行纪事》组诗其一云："又报前军战鼓催，寇氛直犯上高来。休夸扫荡侵三路，且看包围奋一槌。诸葛阵图终有价，临淮壁垒不容开。应知霾马埋轮日，莫使虾夷片甲回。"语亢奋而气昂扬，富于鼓动性，洋溢着爽健畅快的豪情。

有的诗展示了敌后斗争的画卷。小说家赵树理的《乞巧歌》写一对青年男女用手榴弹掷炸蓬莱路日本宪兵司令部："豺虎窠中作巧盆，隔墙投去火花溅。"智勇青年，终偿杀敌之愿。李代耕《集合民兵反扫荡》诗云："驿马追风急，柳营军令传。连天烽火起，沸地角芦喧。乌铳弹丸足，梭标锋刃寒。儿童盘过客，何去复何还？"日寇将来，我方紧急动员，情景宛然真切如现。朱克靖诗写新四军黄桥奔袭战："衔枚夜袭惊残吠，策马宵征见晓星。尺地争回尝百战，一声杀地九天闻。"奔驰急骤，场面紧张，扣人心弦。

3. 山河破碎，华北、华中、江南大多沦陷，大批学校、文化机构迁往西南大后方。颠沛流离的旅程、窘艰困苦的生活、他乡异域的奇丽景色，无不络绎而奔诗人笔底。江山不识诗人愁，"美非吾土"而思念故里的感慨愈加深沉。不少学者、教授以诗"纪岁月，述行旅，悯战乱，悼穷黎"（邵祖平《培风楼诗自序》），融入故国之思、乱离之情。当时很多文化人避乱到广西、四川等地，如柳亚子、何香凝、钱仲联、欧阳予倩、茅盾、丰子恺、蔡楚生，但未过多久，后方成了最前线，只有再向后撤，身经颠沛流离，耳闻目睹战争的惨烈，在众多诗篇中有大量反映。一声令下，万民仓促而逃，这种场面正如蒋庭曜诗中所说："哀哉百万民，仓促难为避。舟车相争夺，泣声如鼎沸。或遭覆溺死，或饥饿路毙。"(《别桂林》)奔走在路途，则如吴世昌诗云："死以青蝇为吊客，生凭白骨识行程。"(《湘桂败退只身西奔贵阳途中》)朱自清在《近怀示圣陶》诗中写到大后方生活的窘迫、环境的恶劣，由自己做一教授犹不能养家糊口，念及终年听到的百姓们的呻吟声，议论深刻，忧民之心怆然。陈寅恪带着全家踏上"残剩河山行旅倦，乱离骨肉病愁多"(《己卯秋发香港重返昆明有作》)的艰难征途。在往西南联大任教途中，赋《残春》诗以纪哀："家亡国破此身留，客馆春寒却似秋。"伤乱忧生，怆然泪下。浦江清诗云："即今漂溺同寰宇，岂独流离在一乡。痛患因循终溃决，兵由不戢自焚伤。"(《辛巳残岁返淞即事》)从己身漂泊推想普天下饥溺之惨况，追究兵祸之由来。是可憎的日寇给人民造成了骨肉分离、有家难归的苦难。画家潘天寿辗转浙赣湘黔川滇间，吟诗以遣愁："血泪飞鼙鼓，江山咽鬼神。"(《戊寅中秋避乱》)他随时都在盼望着抗战军队的胜利、故土的收复："何日归铜马""何日靖烟尘""谁为靖狂澜"？将忧时感世的深沉，融注交汇为一卷离乱诗。张大千《题南岳图》诗慨叹日寇侵略而造成的山河破碎："高僧识得真形未？破碎山河画不成。"

4. 每逢国民党军事当局或将领指挥失当，战役失利，诗人们多能以批判精神予以讽喻与遣责。李济深诗中云："不是六军忘报国，输将敌忾向谁论。"(《哀金陵》)哀愤中有沉痛的针砭。1938年国民党军撤守山西上党，缪钺诗慨之："上党空为天下脊，清汾愁向乱中流。"(《感事》)借景抒愤。茅盾诗云："闻道仙霞天设险，将军高卧拥铜符。"(《桂渝道中杂诗》)叹徒有天险，而将军不肯出战。国民党军队在长沙纵火焚城以坚壁清野，造成人间惨剧，不少诗人有逼真可怕的描绘与深刻沉痛的议论。田汉《重返劫后长沙》诗中两联写所见火后惨状："市烬无灯添夜黑，野烧飞焰破天蓝。衔枚荷重人千百，断瓦颓垣户二三。"凄黯情景中寓有无限感慨。其时还有邵祖平、程学恂、颜真愚、殷笑仙等人均赋诗记此劫难。

1944年桂林、柳州相继失守，冯振因有《桂林、柳州相继失守，悲愤填膺》诗云："世间怪事真难说，大邑通都一炬休。只道西南撑半壁，忽惊桂柳失金瓯。奇谋漫自夸焦土，死守何人据上游。十万灾黎抛掷尽，宜山西望泪难收。"忧愤、焦灼乃至问责，字字痛心揪肠。莫宝坚有诗哀且责问："千年文物飘零尽，万里河山破碎中。诸葛多才徒自许，包胥善哭竟成空。"（《哀桂林步陈树勋先生韵》）朱荫龙甚至以诗直指所谓善用兵之名将白崇禧守土无能："匹马驱除满地红，汪汪千顷称虚衷。先声北伐惊无敌，左计西迁耻避戎。河口虫沙俱化梦，榔头甲第枉铭功。八千子弟垂垂尽，回首家乡恨无穷""西南廿载厌闻兵，白起犹传善战名。小智偏工萁豆逼，大言徒使鬼神惊。无谋制敌空焦土，有意全师却退营。逃帅不诛逃卒死，从来功罪欠分明"（《续独秀峰题壁三十首和原韵》）。日寇进逼贵州，国民党军队守土无能，闻风而撤。黄炎培《黔山血》描绘了乘火车的难民与车旁的无辜者遭受到的劫难。最后愤怒控诉："斯时文武官何在？未闻寇至先气馁。人人明哲藏身待，斯时百万兵何为？"其他如："珠玑眷属能生翼，锦绣山河付沐猴"（赵慰苍《国难感怀》）；"向来兴夏资戎旅，百万而今况拥貔"（辛际周《书愤》）等句，都倾吐出无比的愤懑。

5. 哀悼抗战烈士，也是这一时期的突出题材之一。王铭章师长、左权将军等名将之死，有不少诗赞其壮烈，缅怀英灵。1940年5月，国民党第三十三集团军总司令张自忠战死于宜昌。冯玉祥、于右任、李济深、翁文灏、董必武、朱德、汪辟疆等人赋诗哀挽之。汪东作有《闻行严述将军自忠死难事状感而作歌诗》五十余韵，最后说："将军杀身乃报国，山头一声飞霹雳。碧血潜教苔藓滋，精灵不共硝烟灭。"一位忠勇报国的高尚形象跃然浮现。1944年秋率部参加桂林保卫战、最终殉国的抗战军131师师长阚维雍，写下了他的《绝笔诗》："千头万颅共一心，岂忍苟全惜此身。人死留名豹留皮，断头不作降将军。"铿锵有力。邹文蔚有《阚将军维雍殉城歌》，歌中云："焦土先令民尽徙，血战经旬水亦红。山陵久固铁桥断，忠骸填谷死无算。内外援绝贼四来，奋勇杀敌犹不惮。讵知力尽守城责，眼看城亡救无策。一弹身殉气壮哉，尸卧沙场裹马革。"写其为守土尽责而饮弹自尽。此战中，桂林城防司令部参谋长陈济桓，突围时遭日军伏击，自杀殉职。陈树勋《挽陈济桓将军》诗云："岂意桂林惊陷敌，竟教梓里别悲君。雍容策划知无补，慷慨捐躯卓不群。"亦极悲慨。类此均可补战史之不足。

　　抗战时期，由于政治集团的不同、阶层的不同，形成诗人群体的不同特征。延安诗人以老一辈革命家为主体，"披襟述怀，吮毫抒愤。敷陈时艰，痛心国难"（《怀安诗选序》）。将崇高的信仰、必胜的信念、献身事业的决心与激昂慷慨的斗志交织在一起，一空依傍，开拓诗境，创新诗风，风骨健朗，格调高昂。同时他们力求通俗易懂，明白晓畅，不避俗语，而能于俗中见雅。从投奔延安的进步人士钱来苏、续范亭等人诗风的转变中也可看出这一努力方向。延安诗人在有意使用土语俗词、革新格律诗韵方面都作了一些探索，取得一些成绩，但也有忽视形象思维，欠缺沉郁，不够含蓄而流于浅露，以至于显露口号化与说教的端倪。学者诗注重师从某家某家，出唐入宋，好用典，然此时期的诗往往一改温柔敦厚之趣尚，而抒发书生报国之志，哀怨激愤；或深沉蕴藉，感慨兴亡的忧患意识沉重。国民党中的进步人士，诗风多郁怒，如李烈钧、于右任、王陆一、程潜、李济深、冯玉祥等人的诗有着强烈的救国责任意识。民主人士如黄炎培、陈叔通、沈钧儒的诗，积极干预现实，多以揭露国民党统治区的黑暗面为主，敢于讽喻国民党当局的失策。

　　早在日本投降、举国腾欢之时，陈寅恪却预言新的战乱将难以避免："乍传降岛国，连报失边州。大乱机先伏，吾生命不犹。"（《乙酉八月二十七日阅报作》）同时吴世昌所赋《书感五十韵》，担心中国受制于苏俄，显示了学者诗人的远见卓识与忧患意识。

　　国民党政府迁回南京后，1946年7月，监察院长于右任主持成立青鹤诗社，以官员、社会名流与学者教授为主，有汪东、汪辟疆、冒广生、靳志、张目寒、姚鹓雏、罗家伦以及陈曾寿等。司法院长居正、铨叙部长贾景生等官员也到会致贺。次年重阳，登紫金山天文台赋诗唱和，于右任叹息说："恨未携谢朓惊人句耳！"

　　第三次国内革命战争时期，国统区内高压统治，物价飞涨，特务横行，民不聊生，诗中均有反映，如："请看十万金，难换米一斗"（薛宗元《临岐》）；"案上鼠翻器，啮齿故作态。敲床佯不知，知为鼠世界。毁窃且听渠，一切付成坏"（阎任之《苦鼠》）。前者直言滥发纸币，造成通货膨胀；后者讽统治集团的贪婪腐败。还有的山水诗在咏自然景色中透露出战争风云的笼罩，如："万山成战垒，一水胜汤池"（郑岳《桂林即景》）；"屹立危巅竟无语，清钟一动烟苍茫。"（郑水心《登惠山绝顶望太湖》）忧危之情移向苍茫大野，仿佛山水之间尽伏战机。其时南京《和平日报》辟有"今代诗坛"专栏，前后刊载上千首诗，为这一时代留下了沉重的印痕。

此时期旧体诗大致还有如下特征：

由于时代、环境变化，现代生活内容进入诗人视野，带来诗作题材、意境、情趣的变化。如都市生活、不同阶层者的生活状况。田园牧歌式的风光描绘渐渐隐退；现代战争告别了冷兵器时代，进入枪炮乃至战机作战的岁月，无论是现代战争场面还是各类新型武器，都屡屡出现在诗人笔端。随着国际交往的日益频繁和交通工具、传媒手段发展的突飞猛进，诗人们的眼界和思想境界之开阔，远胜古人；其生活阅历和创作题材之丰富多彩，也远胜古人。

由于出国考察与留学等活动频繁，又因赴海外定居的华人队伍扩大，作诗成为他们去国思乡的最好寄托。题材的扩大，也表现在对异域风情与社会生活的描写。如果说，近代黄遵宪、康有为等人着力表现的是海外风光的新奇，而此时期诗人更注重表现异域下层人物特别是劳动者的生活。

霍松林先生说："在'五四'以前，中华诗歌已有几千年发展史，既体现了中华人文精神，又积累了丰富的创作经验与艺术技巧，'五四'以来的诗人可以继承这份珍贵的遗产，取精用宏，左右逢源，踵事增华，后来居上。"[1]在诗的表现方法与艺术风格、境界方面，也有崭新的开拓与创造。因其身份职业、个性与艺术宗尚、审美情趣的不同，呈现异彩缤纷的世界。大体而言，革命家的诗风格雄健悲壮，气势磅礴，新文学家的诗质朴晓畅，乃至不避杂体打油诗，语不避俗语、新词；学者们的诗醇雅精严，出唐入宋，或沉郁哀愤，或昂扬高亢。既有传承又有创新：不似白话新诗背叛传统，而能炼意锤字，格调高雅；又因应时代变化，诗的精神面貌、词汇均发生变化，表现为不变中有变。基本上分

---

[1] 霍松林：《全国第十四届中华诗词研讨会闭幕词》，载广州《诗词报》2001年6月。

为两端：语言通俗求谐趣，尽量贴近大众；坚持典雅，怡情遣兴以修身，两者在对立中求和谐。大凡诗之名家，或雅或俗，无所不能，亦无所避，均在当与不当也。诗人们均程度不同地将现代思想意识与新词汇融注到诗中，使之有了新的气息。

毋庸讳言，被逐出文学正宗的旧体诗，未能成为公众关注的热土，缺少为各方面所公认的诗坛领袖人物，缺少有鲜明艺术主张的诗派，虽然学者、诗人有不少创作体验的精妙之言，或以现代学术方法作新的诗学研究，但未见有谁公开亮出旗号，宣称不同往常的艺术主张，这也许是时代局限所致。

【作者简介】江西省社会科学院研究员，江西省文史馆员。

民国词界定与分期论略

朱惠国

【摘　要】　民国词的界定与分期，是民国词研究中最基础，却又长期没能得到有效解决的问题。民国词的界定须作两方面的区分：一是和晚清词作区分，二是和1949年以后共和国时期的词作区分。民国存续时间短，词人的创作往往跨越两个甚至三个时期，因此以发表时间为主，尽可能剔除其中可以辨别的晚清作品和1949年后创作的作品，是一种比较切合实际的做法。民国词的分期与社会重要历史事件有一定联系，但又不完全一致。从创作实际看，大致可以分为三期：1912年民国成立到1927年为第一期；1928年到1936年为第二期；1937年到1949年为第三期。

【关键词】　民国词　民国词界定　民国词分期

民国词研究是最近十年推进比较快的研究领域之一，但随着研究的不断深入，一些长期存在，却又不受重视的问题也开始暴露出来，其中民国词如何界定、如何分期就是一个十分基础，但又长期没有得到有效解决的问题。本文结合笔者当前在做的文献整理工作，就此问题发表一些想法，以期抛砖引玉。

一、民国词的界定

何谓民国词，这是一个很初级，但又很难处理的问题。20世纪时，前辈学者也有从事民国词基础性研究的，如编纂《近代词钞》（其中相当部分是民国词）、撰写民国词人年谱等，但他们一般是将民国词视为晚清词的延伸，并没有刻意把它们从晚清词中区分出来，作为一个独立的时段来研究，因此基本上都不涉及这一问题。现在明确是民国词研究，这就有一个断代的问题，需要将民国词作两方面的区分：一是和晚清词作区分，二是和1949年以后共和国时期的词作区分。这种区分并非想象的那么容易。事实上，任何断代的词学研究，如明词研究、清词研究等，都有词人、词作的朝代归属问题，只是明代、清代等朝代的时间跨度比较大，这一问题不是很突出。如清代历时267年，前面和明代相交，后面和民国相交，需要厘清的词人、词作、词集的数量和整个清代的相比，比例不是很大。而中间200余年是纯粹的清词，无须与其他朝代作区分。民国的情况则很不同，从1912年民国元年到1949年中华人民共和国成立，连头带尾也就38年，前半与晚清交集，后半与共和国时期交集，绝大部分词人至少跨越两个时代，其中还有不少是横跨晚清、民国、共和国三个时代的词人，所谓真正意义上的民国词人几乎没有，因此民国词的断代问题十分突出。

这个问题直接影响了民国词的收集和整理。从我们目前从事的工作看，民国词的存在形态固然多样，但从搜集的角度看，最主要是两种：词集和单首的词作。前者主要包括民国时期的排印本、石印本、刻本、油印本、稿抄本等，后者主要是发表在民国时期各类报纸杂志上的词作以及未结集的、保存在公私藏家手中的零星抄本和作品等。但两者都有同样的一个问题：是按创作时间来算，还是按发表时间来算？我们认为，发表在民国时期的词作未必创作于民国时期，如不少民国时期发表的词作事实上创作于晚清，同样，创作于民国时期的词作未必结集、刊刻于民国时期，或发表于民国的报刊杂志上，据我们所知，有相当一部分词人的词作在民国时期并没有及时刊载，直到1949年以后才陆续结集、刊刻或者发表。从理论上说，用创作时间来界定最为准确，创作于民国时期的就是民国词，反之则不是。如果按这种方法界定，民国词实际上包括两部分：一是民国时期发表、出版的词作、词集，剔除其中作于晚清的作品；二是民国后发表的，但创作于民国时期的词作。但事实上这样操作起来非常困难，且不说一首一首词作甄别的工作量，在民国词家已经离世的情况下，很多词作即使花费了大量时间也难以甄别。词不同于诗，离开小序和其他史料，光凭作品本身有时很难确定其创作时间。因此，用创作时间来界定，虽然准确，但操作起来非常困难。相比之下，按发表时间来界定，虽不很准确，但操作起来比较方便。从目前情况看，以第二种为主，兼顾第一种的方法比较妥当。也就是说，以民国时期发表、出版的词作、词集为主，尽可能剔除其中可以辨别的晚清作品，加上可以辨别确定的、创作于民国时期、但1949年后发表的作品，以此确定民国词的范围。我们认为，这是一种比较切合实际的做法，也是相对科学、能够被普遍接受的界定法。

但目前也有一部分学者采用以人定词的方法，将那些民国时期比较活跃的词人，如由清入民国的老辈词人朱祖谋、潘飞声、陈曾寿、张尔田等，或者由民国入共和国时期的下一辈词人龙榆生、夏承焘、唐圭璋等列为民国词家，认为他们创作的词全都是民国词。笔者认为，这是很不专业的做法，会出问题。比如朱祖谋《彊村词》三卷，定稿于光绪三十年，收录的是丁酉（1897）至乙巳（1905）间的词作，如果因为朱祖谋被定为民国词人，就将此三卷《彊村词》也视为民国词，这不仅不科学，而且也很不严肃。再如潘飞声，其词绝大部分创作于晚清，民国时期只有一些零星的词作发表在当时的报纸杂志上，如果只是"认定"潘飞声为民国词人，就将其所有词作视为民国词，同样非常不妥。又比如龙榆生、夏承焘、唐圭璋等词人，有相当一部分词作是在1949年以后创作的，这在词的小序上写得清清楚楚，如果将这些作品视为民国词，无论如何都讲不过去。可见以人定词的办法存在很多问题，根本行不通。另外还有一个再创作的问题，具体来说有两种情况：晚清时期创作，但民国时期修改后发表的，算不算民国词？同样民国时期创作，1949年以后修改、发表的，算不算民国词？这也是需要考虑的。

除了时间上的界定外，民国词的界定与搜集还有一个空间拓展的问题。民国时期和中国其他历史时期都不同，它在空间上不是封闭的，从一开始就和海外有相当密切的联系，因此海外的词作是否纳入民国词的范畴加以搜集和研究，也应该加以考虑。这里有两种情况需要重点关注：

其一是民国时期在海外创作的词。晚清以降，随着对外交流的增加，不少文人因公因私出国，在海外创作了不少词作，比较著名的如廖恩涛、吕碧城就有不少创作于海外的词，目前这部分作品已经开始引起学界的注意，对于这部分作品搜集和研究应该没有太大的问题，因为这部分作品虽然创作于海外，但绝大部分发表、刊刻于国内。问题是还有一些作品不仅创作于海外，发表也在海外，对这部分词作应该如何处理？我们认为这里应区分两种情况：如果是发表在中国港澳、台湾地区的词作，我们认为毫无疑问属于民国词范畴，必须加以搜集、整理和研究。但如果是国内文人发表在海外华文报刊的词，或者海外当地华人的唱酬与创作，是否也属于民国词范畴，则值得讨论。前者如果算得宽一些，可以划入民国词的范畴，因为作者是中国人，其词作属于中国词人在海外的创作、发表的词作；后者的情况则有所不同，虽然他们用的是汉语，采用的也是中国传统文学样式，但由于这些作者是外籍华裔，或者马来西亚、印度尼西亚等南洋各国的华侨，则可以列入属地国文学的研究范畴。

其二是在国内创作但流落到海外的民国词。这里也有两种情况：一是民国前后，词人群体在向海外迁徙时，被携至海外的词集，如江苏吴县潘氏家族在晚清历仕四朝，其子弟善为倚声，各有专集，民国时潘氏有族人徙居日本，将不少词集带到海外。现日本某机构就保存了包括《大阜潘氏族谱》《大阜潘氏支谱》在内的，从晚清至民国全部潘氏家族诗文词集计百余部，其中词集30余部，而且都是最好的本子；二是创作于国内，但结集、刊刻于海外的词集，如袁世凯次子袁克文的《洹上词》，大陆仅国家图书馆藏有一本民国二十七年（1938）的油印本。其实袁克文是民国词坛上非常重要的词家，与张伯驹并称"中州二云"，曾经与易哭庵（顺鼎）、何彗威、闵葆之、步林屋、梁众异、黄秋岳、罗瘿公，结吟社于南海流水音，时人目为"寒庐七子"，盛极一时。但现在大陆都无这些词人的资料。而加拿大某图书馆则保存有步章五（步林屋）的《林屋山人集》一部，内附有相关唱和词作。至于创作于祖国大陆，结集、刊刻于中国香港、台湾地区的词集就更多了。如刘景堂与陈洵、黎六禾并称"近代岭南三大家"，但其词集《心影词》《海客词》《沧海楼词》《空桑梦语》及词话《词意偶释》《沧海楼词话》等多为稿本、抄本，生前均未刻行。《心影词》《海客词》现藏中国香港，《沧海楼词》中国台湾"中研院"文哲所、政治大学藏有抄本。直至1967年，香港东亚印务有限公司才将其《沧海楼词》付梓，名为《沧海楼词钞》。

再如蒋继芳的《寄荒词草》，为其族侄蒋世德于中国台湾付梓；沤社成员袁思亮的《冷芸词》、袁思永的《茧斋诗余》、袁思古的《学圃老人词稿》直至袁思亮退居中国台湾后才一并刻入《湘潭袁氏家集》。我们认为，在搜集民国词资料时，这部分民国词资料也应该列入搜集范围。如果将这部分收藏在海外，或者收藏在中国香港、中国台湾地区的词集、词作遗漏，民国词研究将受到明显影响。

二、民国词的分期

民国词如何分期？这也是一个必须解决的问题。现在比较多的分法是将"五四"和"抗战"作为分界点，把民国时期的词分为三段，至于研究20世纪百年词史的学者则分得更疏一点，将1919年和1949年作为两个重要分界点，在百年词史的视野中，将民国期间的词分为两段。应该说这样的分期法都有一定的道理，重大的社会事件自然会对文学创作产生重大影响。但问题是词的创作虽然在民国时期依然十分活跃，但毕竟已不是主流的文学样式，它对不同社会事件的敏感性有所不同，比如1919年的"五四"新文化运动和1936年的抗日战争对民国词创作的影响就很不同。为了说明这一问题，我们不妨参考求洁《民国词集研究》（华东师范大学2010年硕士学位论文）[1]中的一些数据。据作者自己介绍，她的资料通过图书馆卡片实地翻检和网络搜寻相结合的方式收集而来，主要查找了中国国家图书馆、上海图书馆、浙江图书馆、北京大学图书馆、北京师范大学图书馆、华东师范大学图书馆等国内主要图书馆的藏书目录，另外还利用北京大学、北京师范大学、南京大学、四川大学等高校图书馆合力创建的"学苑汲古——高校古文献资源库"，对其他高校图书馆收藏的民国词集作了搜索与统计。通过统计，总共查找到900余种词集，其中"出版年月不详者，约有240余部；出版年月已知者约670部"[2]。从作者的说明看，这670部词集只是上述图书馆收藏的可以断定出版年份的词集，并非民国时期全部的词集。而据笔者所

---

[1] 见"中国知网"（www.cnki.net）硕士学位论文数据库。
[2] 求洁：《民国词集研究》，华东师范大学2010年硕士学位论文。

知，这670部词集尚有遗漏，另外，根据求洁的全文，表中还有一些晚清词集混入其中，因此统计数字并不精确。但尽管如此，民国时期能够确定出版、刊刻时间的主要词集大致都在了。通过这些数据，能够看出整个民国时期词集出版、刊刻的概况和词集在民国三十余年中的大致分布情况。我们从数据中发现一个比较有趣的现象，1919年的"五四"新文化运动以扫除旧文学为号召，轰轰烈烈，但1919年的词集出版数非但没有下降，相反还有明显上升，如果说该年出版数的增加是前一年的延续，那么1920年、1921年的词集出版数依然呈上升的态势，这就难以解释了。很显然，"五四"新文化运动实际上并没有对传统词的创作以及词集的刊刻、出版产生明显影响，相反，词集的刊刻与出版在"五四"当年以及之后几年，还形成了一个小高潮，出现了繁荣的景象。除了词集的刊刻、出版数，传统词的内容、形式等，在"五四"前后也没有明显的变化。且不说清末民初主流词家，如朱祖谋、郑文焯等对"五四"新文化运动不敏感，即使一般词家，至少在传统词的创作上也对此事件不敏感[1]，基本不会因为"五四"而发生创作上的改变，相反倒是"五四"新文化作家，在提倡白话文学的同时，并没有真正放弃传统诗词的创作，这方面的例证可以找到很多。至于"五四"新文化运动对传统词学理论的影响，那是另一个话题了。可见，从创作的层面上看，"五四"新文化运动事实上并没有改变传统词的创作路向，因此，以"五四"作为民国词分期关节点的做法值得商榷。事实上民国词集出版数出现明显变化，开始呈直线上升态势的是1929年，这种情况一直持续到1936年。这里有个重要的背景，就是1927年北伐战争胜利，国民政府取得名义上的全国统一，民国词家的生活环境和创作环境相对改善，这对他们的创作产生了重要影响。由于词的结集需要一个创作的准备期，因此1927年当年，词集的出版数并没有立即上升，到了1928年开始缓慢上升，1929年则见出成效，明显上升。因此1927年北伐战争胜利对于民国词的创作具有重要意义。造成民国词创作环境重大改变的

---

[1] 当时也有一些民国词家积极参与了"五四运动"，如浙江的冯开，但他们的传统词创作并没受到此事件的明显影响。

另一个重要事件是1937年的全面抗战爆发，民国词家原本相对平静的生活被打破，词人的政治倾向也有了明显的分化：有的随民国政府去了西南大后方，有的趋附汪伪政权去了南京，有的在战争爆发后躲进租界，还有的则直面战争的威胁。大部分词社停止了活动，词的创作数和词集刊刻、出版数均呈现明显的下降。从求洁提供的数据看，1936年当年还保持一个相对高的数字，这主要是前一年创作和结集数的延续，但从1937年开始就呈比较明显的下降趋势，除了1941年前后有一个小的反弹外（1940年12月底《同声月刊》创刊），这种出版低迷的情况一直没有变化，直到1949年新中国成立。当然，词集的刊刻、出版数与词的创作并不能简单画等号，事实上，抗战期间，不少词人的创作依然活跃，并且创作出不少反映战争与战乱的优秀词作，但考虑到传统文人对词的定位以及诗庄词媚的风格差异，从全国的范围看，民国词的创作在这一时期总体陷于低迷。

因此，如果要将民国词作分期的话，我们认为可以大致分为三期：1912年民国成立到1927年为第一期；1928年到1936年为第二期；1937年到1949年为第三期。这种区分法主要考虑词的创作实际。其中第二期是民国词创作的繁盛期，无论词的创作数量、词集的出版数量，还是词社的活跃程度，都达到一个相对繁荣的状态。如果与整个民国史相比较，这一时期与民国史研究中所谓的"黄金十年"基本一致。如果我们进一步将第二期作区分，那么1931年底的朱彊村去世是一个重要事件，在此之前朱彊村绝对是词坛的领袖人物，而之后以龙榆生为代表的1900年左右出生的新一代词人开始崭露头角，并随着《词学季刊》的创刊（1933年4月），中国词学研究和创作的格局有所变化。因此如果再要细分，第二期中1928年至1931年，以及1931年至1936年可以细分为二期，这样民国词从1912年至1949年的38年，总共可以分为四期。

【作者简介】华东师范大学中文系教授，博士生导师。

现代中国的"诗学革命"与"情性革命"

——易顺鼎与清末"晚唐体"诸问题

秦燕春

【摘　要】　文学的形式与主体具有高度统一性。将"文体与情性"的相关性放诸中国诗教传统的视域会使问题活化。本文拣取清末民初诗坛"晚唐体"诗人的"性情"说作为引论，兼及现代新儒家的情性观，试图说明：文体选择不仅关涉性情，更形塑性情，现代中国发生的剧烈的社会变革与文学变革不仅导致"诗教"之命被革，同时发生的还有"情性"传统的迅速湮没，并因此"情性革命"进一步导致了"文体革命"加剧。诗学文体与诗人情性，二者的解体同时发生并彼此加剧，二者的重建也须同时筑基。

【关键词】　文体　性情　易顺鼎　晚唐体　诗教　革命

文学的形式与文学的主体具有高度统一性。以诗歌为例。诗人在创作中形成或追步乃至模拟何种诗风，与其个体情性关系至密。同一流派的诗人彼此投契的不仅是美学品位，甚至涉及日常风范与政治立场，归于根极，依循中国传统的人性论，乃是"情性"相合。诗人偏好或擅长某种诗体确乎"性情所关，非可勉强"，但天赋之外，笔者认为，"文体与情性"的相关性研究如果放诸中国诗教传统，尤有可以进一步深入开掘的余地。[1]本文首先拣取清末民初诗坛"晚唐体"代表诗人的"性情"说作为引论，继之将观察视域引申到现代新儒家的情性观，试图说

---

[1]关于传统中国"性情"或"情性"概念的界定与使用，兹意甚繁。本文认为，就思想史的范畴大体言，"性情"具有"体用论"思维模式的相应影响，"情性"则含有从形下到形上的工夫位阶的涵义。本文旨意相关，拣择使用后者。笔者著有《中国核心概念通诠·情性论》申论此意。

明：文体选择不仅关涉性情，同时更形塑性情，放诸中国思想史层面，文学创作同样具有身心修炼意义上的"功夫"意味。现代中国发生的剧烈的社会变革与文学变革，不仅导致"诗教"之命被革，同时发生的还有"情性"传统的迅速湮没，并因此"情性革命"进一步导致了"文体革命"的加剧。诗学文体与诗人情性，二者的解体同时发生并彼此加剧——抑或，二者的重建也须同时筑基。

一、文体与性情"双解"：易顺鼎现象

鉴于历史上所谓"晚唐派"与被认为具有"唯情倾向"的李商隐的特殊关系，[1]清末民初以"诗写性情"自居者首先当属"晚唐派"诸子[2]，其中文学表现最为诡谲恣肆的，又非易顺鼎（1858—1920）莫属。易顺鼎无论诗风还是人品，生前身后一度都未得好评，不仅基于他和樊增祥（1846—1931）一起被视为当时著名的"护花使者"，暮年出入梨园、力捧伶人，[3]似乎平素仪范也备受质疑，士林口碑不佳。[4]中年之后其诗词流于牢骚，更被认为"诲淫之作，居什之八九"。晚近以来易顺鼎在晚清诗学史上的积极意义开始较多受到正面评价，[5]注意到他的"真性情"说的研究亦有，[6]本节要论述的重点是：当易顺鼎现身于

---

[1] 参见刘学锴《李商隐接受史》、米彦青《清代李商隐诗歌接受史》等。

[2] 钱基博（1887—1957）著《现代中国文学史》，于诗一目特设"中晚唐诗"与"宋诗"（即常言谓为"同光体"者）两脉，隶属前者的代表性诗人，具列有樊增祥、易顺鼎、杨圻（1875—1941）、汪荣宝（1978—1933）等人。

[3] 张伯驹《红毹纪梦诗注》"当年艳帜竞刘鲜，樊、易魂迷并为颠"调侃的就是此举。易更至于"接倡优则如饮食不可废"。参见程颂万《易君实甫墓志铭》，收入《琴志楼诗集》，上海古籍出版社2004年版，第1438页。

[4] 所谓"有类饥鹰，饱即飏去"，见蔡冠洛《清代七百名人传》第五编《艺事·易顺鼎》，中国书店1984年版，第1828页。易顺鼎的现实作为常被"士论薄之"，以为其阿谀权贵常言过其实而脱口无惭，至于如何"为贫所驱""不能自存"，未免"枯鱼入水，岂遑择流？穷鸟奔林，乌暇问木""但求鼹鼠之饮河，即免枯鱼之索肆"（《实甫以贫屈志》《上梁士诒函》，见易顺鼎《易顺鼎诗文集》，湖南人民出版社2010年版，第1922、1744页），陈松青《易顺鼎研究》（湖南人民出版社2011年版）已有平情之论。

[5] 郑学：《晚清至民国初年的实验性书写：易顺鼎对七古文体的突破与革新》，载《中南大学学报》2016年第2期；《晚清文体的建构与新变：易顺鼎及湘社创作侧论》，载《内蒙古大学学报》2015年第5期。

[6] 黄培：《论易顺鼎"自开一派"的复古诗学》，载《江西社会科学》2009年第2期。

他的"诗写性情"说中，其文体与情性之间如何互相形塑。其创作生命最终遭遇的"双解"（双重解构）命运，不仅是文体意义的，更是情性意义的。

易顺鼎其诗具有极强的风格性自有青史定评，"从不轻许可人诗"的樊增祥对易诗，尤其是《初至关中》诸作倾倒备至[1]，甚至认为《琴志楼诗》中不少神来之笔若"书之扇头，题之壁间，则鲜不惊为仙作"[2]。但樊增祥在易顺鼎逝后，写给同为"寒庐七子"之一的黄濬（1891—1937）的手札中直言对易顺鼎德行的不满[3]，亦可理解为情性的缺陷。包括诗学创作，某种程度上易顺鼎确将古体诗的对仗之美发扬到了极致，当时就有"（诗）钟王"美誉，何以晚年又必然地将其自行消解？笔者认为，这种文体的诡变和其情性的失序之间实有深切的内在关联。

易顺鼎对自己擅长"诗写性情"的定位是清晰的，也是自负的，直到晚年都坚信"无真性情者不能读我诗"，每每自称"奈何殉情爱，垂老犹痴愚"，甚至不时自誓要"以情死"[4]。"情"在易顺鼎笔下，不止出现频率高，似乎也是他一生的价值托付。但笔者认为，易氏对"性情"的理解不仅脱离了传统"情性之教"的规制，所谓反对"牵和三百篇性情之为性情"[5]，甚至较之人之常情更为窄化，这多少要包括他从20岁自撰《忏绮斋铭》就沾沾自喜于"怡红公子，惨绿少年；芙蓉城主，潇湘水仙"的"贾宝玉情结"[6]。王闿运对易顺鼎这一心结极为不满，几

[1] 参见钱基博《现代中国文学史》中的具体举证。

[2] 樊增祥：《琴志楼诗录》附识，转引自陈松青《易顺鼎研究》，湖南人民出版社2011年版，第202页。

[3] "弟于此子意极轻之，而又怜之。轻之者，恶其无形也。怜之者，惜其有丽才而潦倒一生也。至其临殁一年，所受之苦，有较刀山剑树为烈者，亦足为淫人殷鉴矣。死前数日，新集排印成，或谓错字尚多，请其改正，渠卧而叹曰：'错讹由他，谁来看我诗也。'亦可悲也。"转引自陈松青《易顺鼎研究》，湖南人民出版社2011年版，第217页。

[4] 分见《读樊山〈后数斗血〉作后歌》《六月立秋日饮君里宅，夜归作》（1914年）、《幽恨词八首》。

[5] 《〈丁戊之间行卷〉自叙》，"皆抒写己意，初不敢依附汉魏、六朝、唐宋之格调以为格调，亦不敢牵合三百篇性情之为性情"，转引自陈松青《易顺鼎研究》，湖南人民出版社2011年版，第282页。

[6] 易顺鼎：《易顺鼎诗文集》，湖南人民出版社2010年版，第1263页。另请参见陈松青《易顺鼎研究》中相关论述。

次讥弹，《湘绮楼日记》"光绪二十五年三月廿六日"（1899年5月5日）载"得易仙童书，纯乎贾宝玉议论"，是年易已42岁。"生而颖敏，锦心玉貌，五岁能文，八岁能诗。长益美丽自喜"的"仙童"据说年甫六十犹自偷学少年"以粉涂面"，至于老友樊增祥要调侃他"极知老女添妆苦，始信英雄本色难"[1]。

17岁即中举应礼部铨选北上，取道江南骑一卫冒大雪入南京城，遍访六朝及前明遗迹，一日成《金陵杂感》七律二十首，易顺鼎号称"神童才子"并非没有资本。[2]钱基博在《近百年湖南学风》里记载王闿运"钦封"在地两"仙童"：一个是曾广钧，一个是易顺鼎。当然仙童之封未必是好，王之长子代功尝记下父亲对易顺鼎另外一种评价："目为华才，非成道之器也。"征以王闿运规劝"仙童"不可"诡诞"语，正见其表里之歧：

> 仙童有玉皇香案者，兄日姊月，所见美富，土苴诸天，遗弃一切，是上等也。有幽居岩穴，草衣木食者，一旦入世，则老虎亦为可爱，金银无非炫耀，乃至耽著世好，情及倡优，不惜以灵仙之姿为尘浊之役，物欲所弊，地狱随之矣。请贤择于斯二者。[3]

告诫其莫要"耽著世好，情及倡优"是王闿运苦心孤诣，谆谆以"华才非成道之器，然其先不可少。东坡六十犹弄聪明，故终无一成。佛家以敏悟为狂慧，圣人所以约礼"[4]，王闿运举世称大儒可谓老眼无花，如上数语不可不谓卓有见识。所谓"华才"，正如易顺鼎式的"六十神童"（与樊增祥式的"八十美女"相对），这一现象揭示的乃是人在"情性之

---

[1] 王森然：《易顺鼎先评传》，见易顺鼎《琴志楼诗集》，上海古籍出版社2004年版，第1469页。

[2] 然有口能诵之名句如"地下女郎多艳鬼，江南天子半才人""淘残旧院如脂水，住惯降王没骨山"，骨意终是轻浮虚软。当然也非没有例外，蕴藉宛转之作亦不乏见于易顺鼎少作。"新词欲赋贺梅子，他日应呼易柳州"（《琴志楼摘句诗话》），当时自负自期可见。

[3] 王闿运：《湘绮楼诗文集》，岳麓书社1996年版，第838页。

[4] 光绪八年（1882）八月五日条，见王闿运《湘绮楼日记》，岳麓书社1997年版，第1133页。

道"中囿于人爱其"情"的不肯经由转进而升华，[1]二人诗作也因此同样存在"大抵（樊、易）少作隽妙，过于近诗"[2]的问题。此处说的是诗风，同时更是情性品质：

> 余记其最少时句云"灯火鱼龙尺五天"，可谓名下无虚。又记其最近句云"朝班列最十名前"，令人欲呕。盖沧桑之后，为饥所驱，游戏三昧，不以作诗论也。天地生才，竟不爱惜，潦倒穷愁，为之三叹。[3]

1896年从台湾、厦门"抗战"铩羽归来的易顺鼎还在书写《江上看花歌》，"三十余年看春水，东风吹人人老矣。但愿花开我先死，但愿死便葬花底"。"作者行年三十九，尚不忘少年才子语耶？"与易情谊匪浅的陈三立（1853—1937）对《衡岳集》的批评是中肯的，"庐山以后之诗，大抵才过其情，藻丰于意"[4]。多少算是易顺鼎受业恩师的张之洞（1837—1909）评论其庐山诗录道是"神龙金翅，光采飞腾"，但"作者才思学力无不沛然有余，紧要诀义，惟在'割爱'二字。若肯割爱，二十年后海内言诗者，不复道着他人矣"[5]。易顺鼎要割之"爱"，既是其炫彩恣肆的才气，同时也是他本有的杂染情性。中岁之后变本加厉的滥情（如果还不便说其矫情）之作确实基于他"学实浅薄，纯恃天资"，无法对自己的天赋依循正道收拾洗练，最终也导致了暮年"诗文体格既卑，尤多败句"[6]。情性与文体达成了一致的下行。

易顺鼎及门弟子曾道师尊"词藻固为一代雄，至其伟度精鉴，实

---

[1] "天不爱其道，地不爱其宝，人不爱其情"，正是儒家情性之教的原始规定，参见《礼记·礼运》。

[2] 徐珂：《清稗类钞》，见易顺鼎《易顺鼎诗文集》，湖南人民出版社2010年版，第1937页。

[3] 袁嘉谷：《卧雪诗话》，见易顺鼎《易顺鼎诗文集》，湖南人民出版社2010年版，第1936页。

[4] 樊增祥：《书〈广诗后〉》，转引自陈松青《易顺鼎研究》，湖南人民出版社2011年版，第269页。

[5] 转引自陈松青《易顺鼎研究》，湖南人民出版社2011年版，第777页。

[6] 费行简：《易顺鼎小传》，见易顺鼎《易顺鼎诗文集》，湖南人民出版社2010年版，第1914页。

心挚情，尤非季世所可几及，第惜用情太厚，转为蠹耳"（《龙州杂俎》）[1]。南社诗人高旭（1877—1925）也称许易与自己可算"两情痴"："天生自是多情种，橐笔看花著意痴。"[2]同时愿意和易顺鼎并立"两情痴"的甚至还有黄遵宪（1848—1905）。可见，对"情"为何物的理解发生偏颇，在清末民初已然成为冰冻三尺非一日之寒的几代共业。认为是"好色""好名"的本我冲动造就易顺鼎的创作成为"性情文学"[3]，未免是不明"性情"意涵的今人之断。"吟咏性情"的诗学传统中"诗道"或"诗教"用意何在，讫待发明。

《丁戊之间行卷》自叙，易顺鼎也曾模拟往古来今圣贤声口，抗言"道德功业，降而至于文章，技艺之末者哉"；也尝发言为诗"要令哀乐不得入，直闭丈室医沉瘵"（《湖北皋署山园梅花盛开，今来已零落》）；甚至暮年《〈清代闺阁诗人征略〉序》尚道"温柔敦厚四字能治万世之性情"[4]。然而这些漂亮话他只是偶尔说说，从未认真践行："所为诗歌文词，天下见之，称曰才子。已而治经，为训诂考据家言；治史，为文献掌故家言；穷而思返于身心，又为理学语录家言。然性好声色，不得所欲，则移其好于山水方外，所治皆不能竟其业。"[5]对于传统的成人之教也即情性之教，他不仅喜好离经叛道，而且充满轻慢躁动，不能沉实以入：

> 平生择术，不好孔孟，而好杨墨；平生操行，不喜仁义，而喜熙子……吾之为学也，期以三年。三年之内，得正而毙，固造物之所怜爱而保全。否则，三年之后，将还其故为者。[6]
>
> 窃念多生结习，一在声色，一在山水，一在文章，至如道德学问、富贵勋名，虽匪性之所存，究非力所难致。[7]

---

[1] 转引自陈松青《易顺鼎研究》，湖南人民出版社2011年版，第9—10页。
[2]《赠哭庵》，见高旭《高旭集》，社会科学文献出版社2003年版，第239页。
[3] 陈松青：《易顺鼎研究》，湖南人民出版社2011年版，第269页。
[4] 分别转引自陈松青《易顺鼎研究》，湖南人民出版社2011年版，第278、76、282页。又见易顺鼎《易顺鼎诗文集》，湖南人民出版社2010年版，第497页。
[5]《哭庵传》，见易顺鼎《易顺鼎诗文集》，湖南人民出版社2010年版，第1289页。
[6] 易顺鼎：《与陈伯严书》，同上书，第1290—1291页。
[7] 易顺鼎：《自叙兼与友人》，同上书，第1270页。

何以成人是人一生的事业，甚至是生生世世的事业。依其小份的聪明，易顺鼎不可能听不懂王闿运、陈三立、张之洞等人的告诫，但至死他都在坚持"无才，不如死"。他至死迷恋自己一份小小长才，正是基于他至死不曾放下也未尝反思过自己对所谓"真性情"理解的狭隘与偏颇。"好色不要命"[1]的青史恶评也道出他几分放舍——然为"色"放舍怎么可能——此言其实无意道出了另外一个关键问题：易顺鼎天性中的"解构"冲动。

易顺鼎在《自叙兼与友人》中称自己"每好为凄艳之语，生性多哀少乐"，又说自己无论人生境遇顺逆皆常"处之骚然"[2]。年甫十七就有诗：

> 来向愁城了旧缘，歌离吊梦欲华颠。眼中岁月追风马，身外功名水上船。学佛愿归无垢地，成仙终堕有情天。灵山旧侣应相忆，弹指声中十七年。[3]

他拒绝信奉因人间性格极强故结构性也很强的儒教教义，还讲出一番歪理，将宗门视为神圣的"五常"（仁义礼智信）以"好色好名"解之：

> 人秉五常之德，以生生……五常备矣，而以先入者为主焉。先入者何？智与仁而已矣。智与仁者何？知与爱而已矣。有知觉，则知美恶矣；知爱，则知爱美矣。色者，美之在仁者也；名者，美之在己者也……故不好色谓之不爱人，不好名谓之不自爱。[4]

包括易顺鼎以哭庵为号并作《哭庵传》自诩：

---

[1] 此语出自樊增祥口。前尚有"贪财"二字，却为易氏不肯认。"好色不要命"他却大大激赏。或者因此，临终作诗尚称樊增祥为"平生第一知己"。

[2] 易顺鼎：《易顺鼎诗文集》，湖南人民出版社2010年版，第1269页。

[3]《漫感四首》，见易顺鼎《琴志楼诗集》，上海古籍出版社2004年版，第3页。

[4]《好色好名论》，见易顺鼎《易顺鼎诗文集》，湖南人民出版社2010年版，第1300—1301页。

> 生平二十余年内，初为神童，为才子，继为酒人，为游侠少年，为名士，为经生，为学人，为贵官，为隐士，忽东忽西，忽出忽没，其师与友谑之，称为神龙。其操行亡定，若儒若墨，若夷若惠，莫能以一节称之。为文章亦然，或古或今，或朴或华，莫能以一诣绳之。要其轻天下，齐万物，非尧舜、薄汤武之心，则未尝一日易也。[1]

透显的都是一种人格"解构"冲动。王闿运则以师长之尊，不厌其烦致书相劝：

> 仆有一语奉劝，必不可称哭庵。上事君相，下对吏民，行住坐卧，何以为名，臣子披猖，不当至此。若遂隐而死，朝夕哭，可矣。且事非一哭可了，况又不哭而冒充哭乎？闿运言不见重，亦自恨无整齐风纪之权，坐睹当代贤豪流于西晋，五胡之祸将在目前。因君一发之，毋以王夷甫识石勒为异也。[2]

虽然个性亦颇诡肆，但王闿运毕竟立身儒门，对人世必然要有的"结构"具备理解与同情。"解构"冲动放诸历史长河也一定是有其意义的，也是必然要发生的。例如魏晋的嵇康，盛唐的李白，晚明的李卓吾、徐渭，大体都是这类倾向"解构"的心性。这类心性对于解构已经僵化的结构（语言、阶层、观念等），其潜在的理论价值及实际发生的历史影响都非常可观。[3]但新的创化与旧的解构必须同时发生，对心性与对社会，同样如此。王闿运所谓"易与曾震伯皆仙童也，余生平仅见，而不能安顿"[4]，即是看穿了这一仅有解构而无创化导致的无法善终。

易顺鼎的天性是偏爱这种"解构"倾向的。例如他每每自命"终

---

[1] 转引自陈松青《易顺鼎研究》，湖南人民出版社2011年版，第261页。
[2] 文见《湘绮楼诗文集》，岳麓书社1996年版，第839页。
[3] 杨儒宾：《儒门内的庄子》，联经出版社2016年版，第57页。
[4] 王闿运：《湘绮楼日记》"光绪十八年十月十六日"，岳麓书社1997年版，第1924页。

爱晋人风味好，听鹂多备酒兼柑"（《和樊山上巳韵》）、"此身合是晋人未？行到当时鄞县山"（《由天童下院登小舟往天童，道中作》）、"诗学韩碑钞万本，人如晋士在今生"（《沪上晤李芋仙大令，即和其见怀诗韵》）……皆是缘于他自以为那个"王纲解纽"的时代遇合了自己的天赋情性，足以异代同调（显然他完全没有看到魏晋具有的结构性，即创化性的一面），至于对任何意义上的"结构"他几乎都在试图破坏。

例如论著述的意义：

> 凡天下著书之人未有不好名，而天下人所著书皆归于无益……兄勘破此关，知求益不在著书，著书即是无益，故生平好著书而不求有益，知有益之终归于无益耳……不但吾辈之书未必有益，即《六经》《论语》同归无益。[1]

再如论学养的意义：

> 余生平私淑杨朱，自知其学之不足以益人，亦实不知何者为有益之学。凡吾所为，皆以消磨其待死之岁月而已。[2]

《自叙兼与友人》中则如此肆论三教：

> 儒与仙、佛，三教虽异，皆求不灭。儒求不灭于名，仙求不灭于形，佛求不灭于神。我则不然，以灭为主，以为一身灭则无一身之苦，一家灭则无一家之苦，世界灭则无世界之苦。佛云灭度，庶几近之。然身灭而心不灭，形灭而神不灭，其苦犹在。故佛法尚不如我法也……若夫立德立言，儒家之所谓不灭，神仙长生，道家之所谓不灭，久以粪土视之，久以粪土视之，以鸩毒观之，曾何所动其毫末哉。[3]

---

[1]《与弟书》二，见易顺鼎《易顺鼎诗文集》，湖南人民出版社2010年版，第1282页。

[2]《孔门诗集》叙，同上书，第1300页。

[3] 转引自陈松青《易顺鼎研究》，湖南人民出版社2011年版，第260页。

抱定此种"断灭"之见，或曰其"学问宗旨在一'灭'字"（叶炽昌语，《缘督庐日记》"光绪二十六年三月二十二日"），易顺鼎天性中的"解构"冲动不可谓不强，何况他又遭遇了中国历史上最有"解构"倾向的一个时代。这让易顺鼎几乎足以担当千年诗国惊艳的暮色与不堪的凄凉——不少读者皆以为易顺鼎最能表见清末民初的诗学特质，[1]实即基于这一个体与时代、别业与共业之间的高度同构。

易顺鼎的"解构"冲动基于先天性格，也不乏后天成全。他有一位热衷老庄之学似乎甚于儒学[2]的父亲（易佩绅，官至苏州布政使），这位父亲曾从太平之役，军中有诗"几回杀贼翻流涕，贼亦苍生大可怜"[3]，解官归乡之后自命"我岂违天作戮民，拂衣解组归田园"[4]，甚至偏激地认为"游狭斜"至少好过吸毒与赌博[5]，其同样颇具"解构"性格灼然可见。易顺鼎弱冠即纳小妾二人，养成环境不可谓不宽纵，年纪轻轻即有"乐天即是神仙福，传世原非将相名""三十功名尘与土，五千道德粕兼糟"的轻率张狂，也写过《师老说》之类文章（观点却乏善可陈，甚至颇为卑下）。甚至包括易氏家族对于扶乩的集体迷恋、对于"前生往事"的在在执着（例如据说易佩绅是东晋高僧支道林的后身，而易顺鼎自己则有王子乔、张晋、王昙等几个前身），[6]毋宁也是一种热衷对"今生今世"变相解构。然饶是如此，易佩绅之所"守"到底

---

[1] 例如蔡尚思先生即持此论。

[2] "佩绅以举人客京师，从侍郎王槐荫受性理之学，入官有声，著有《老子本义》"，包括他晚号遁叟、壶天翁等（参见李肖聃《易顺鼎传》，见易顺鼎《易顺鼎诗文集》，湖南人民出版社2010年版，第1911页。）皆是证据。老庄之学在一般理解中自带的强大的解构能力毋庸多言（杨儒宾先生《儒门内的庄子》则扭转了这一一般性的理解，以为庄学的创化能力同样极强）。显然在易氏父子，主要基调还是前者。

[3] 徐珂：《清稗类钞》"战事类二·易佩绅转战千里"，中华书局1982年版，第872页。

[4] 易顺鼎：《百年歌·六十时》，转引自陈松青《易顺鼎研究》，湖南人民出版社2011年版，第407页。

[5] 此出自易顺鼎的追忆，真伪莫辨。其给出的理由，是因为后者"稍雅，稍清""与其恋一竹简，何如恋一女色？与其取人之金钱与己，何如以己之金钱与人"，乃至"与其有刻薄成家之子，毋宁有败子"。参见《清代燕都梨园史料》"哭庵赏菊图附录"，转引自陈松青《易顺鼎研究》，湖南人民出版社2011年版，第251页。

[6] 参见陈松青：《易顺鼎研究》，湖南人民出版社2011年版，第127页。

远比易顺鼎牢靠，包括他能深契良知之学，即使辞官引退也要作诗明志"身虽可退世难忘"[1]。而在《孽海花》中作为易顺鼎原型的叶笑庵口中，"历史""史官""史家"这类传统的价值基要却会全部被消解了存在的意义。[2]

易顺鼎虽然热衷谈"情"，但依其聪明才性，同样也是依其天性中的"解构"冲动，他当然能够感知"情"自身同样存在结构僵化，也需要解构。于是他经常口口声声"每欲出家"[3]。可惜"余悲痛余生不唯无心于世法，亦且无心于佛法"[4]，连佛法也被他最终解构掉了。

何况，对易顺鼎本有的情性气质而言，或许他足够滥情，却未能深情。这一点他的诗同样就是明证，虽然"无所不学，无所不似，以学晚唐温李者为最佳"[5]，却到底无法抵达李商隐特有的"深情绵邈"，尤其是"高情远意"（北宋范温《潜溪诗眼》），未免被解家称为"易诗在意脉的连贯上有迹无神"[6]。他缺乏足够的体察深层痛苦的能力与悲心。他的"才多"和"情多"在此成为一体两面，同样都是成"患"（陈衍《石遗室诗话》）而不能结果。

1893年母亲病逝，年已36岁的易顺鼎不仅"涕泪如膏"，还要自杀以从，老父年近七旬写诗尚言"唯有痴儿心未安，千般譬喻总难宽。任他行脚游方外，或得观音救苦丹"[7]。自杀不成，更有来年（1894）甲午战争爆发，他间关万里、素服麻鞋，号称"墨经从戎，志在殉母"。乙未（1895）援台不成则又"时局如此，不入山披发何时"[8]。但恰恰是在他笔下，读者看不到任何有分量的人伦书写，无论母子、父子、兄弟、

---

[1]《引退有期，达俞荫甫见赠，即和其韵》，见《函楼诗抄》卷十。
[2]"本来历史是最不可靠的东西，奉敕编纂的史官，不过是顶冠束带的抄胥；藏诸名山的史家，也都是考孝堂哭自己的造谎人"，见曾朴《孽海花》第三十五回，上海古籍出版社1980年版，第359页。
[3]《调石甫》，见樊增祥《樊樊山诗集》，上海古籍出版社2004年版，第1862页。
[4]《心经私订本书后》，见易顺鼎《易顺鼎诗文集》，湖南人民出版社2010年版，第1284页。
[5]蔡冠洛：《易顺鼎传》，同上书，第1915页。
[6]米彦青：《清代李商隐诗歌接受史稿》，中华书局2007年版，第229页。
[7]易佩绅：《杂叙叠用真一子韵八首》，转引自陈松青《易顺鼎研究》，湖南人民出版社2011年版，第79页。
[8]易顺鼎：《魂南记》，台湾大通书局印行1997年版。

姊弟、朋友，甚至日后他"如接饮食"的倡优群体。即使脍炙人口捧红梅兰芳的《万古愁曲》，他实则也是在自我歌哭。笔者因此认为，即使在人之常情的纬度上，易顺鼎的"情性"结构同样受制于他的"解构"性格。他的实际的情性状态是稀薄的（而非温厚的）。他迷恋的是他恣肆的自我发越（后期便成了发泄），他并不具备多少与"他者"共感同在的能力——而这种能力，恰是"情"的基要元素。日后"海外新儒家"的代表人物唐君毅（1909—1978）在《中国文化之精神价值》中，就是直接用"相偶"的主体关系直接界定了"温柔敦厚"何为"诗教"精神：

> 温柔敦厚，非强为抑制其情，使归中和也，乃其用情之际，即知对方亦为一自动之用情者。充我情之量，而设身处地于对方，遂以彼我之情交渗，而使自己之情因以敦厚温柔，婉曲蕴藉。温柔敦厚，情之充实之至。此充实之情所自生，正由情之交渗，而情中有情。情若无虚处，何能与他人之情交渗。温柔敦厚为情之至实，亦即含情之至虚于其中。吾人能由温柔敦厚之情为至实而至虚，以读中国一切表夫妇、父子、兄弟、君臣之人间伦理关系之诗文，则可以思过半矣。[1]

真正的深情不仅节制、平静、理性，更表现为放下自己的虚室生白，对他人与现实的切实关怀，而非任性而为的一己情绪宣泄。而这不幸却正是易顺鼎的情性状态（且以此不肯洗练收聚的原始的夹染状态为"真"），也正见诸易顺鼎中年之后越来越不恪守体例、恣肆颠狂"极诡谲之极"[2]的创作风格，反衬得失去格律镣铐的"文体革命"变成一场草率的自我放浪。这样的文体失序，正是情性失序的真实写照。

我们甚至因此可以理解，何以传统中国数千年来对文体要求如此严格，其实那同时也是一种"情性之教"——试图推情合性。虽然"一代

---

[1]唐君毅：《唐君毅全集》（第9卷），九州出版社2016年版，第233页。
[2]蔡冠洛：《清代七百名人传》第五编《艺事·易顺鼎》，见易顺鼎《易顺鼎诗文集》，湖南人民出版社2010年版，第1828页。

有一代之文学"的不断的"文体破格"也正见证了这人世之情时时刻刻要喷薄而出、不堪就缚。

特别值得一提的是，易顺鼎差点为之殉身的亡母陈氏，据说逝后不断以乩仙的身份留诗人间[1]，其中一首即直言"情—性"关系：

> 我生防情如防水，一朝有溃即千里。我生守性如守城，中夜贼来心不惊。以是持身身寡尤，以是待人人皆诚。周旋进退六十年，质之白水差可盟。[2]

这位生前被颇谙性理之学的丈夫视为"畏友"的妻子[3]在"异度空间"依然弹出此调，应该不算意外。让人略感诧异的是，易顺鼎文学创作的下坡似乎就是母亲去世之后开始的。是否跟他远离了母亲此种严苛的道德约束有关？所谓"溺于绮语，不能出，绮障日深"（钱基博语）。那备受王闿运责备的《哭庵传》即作于母亲去世之年。而易母殁后至于赢得士林公挽"天下圣母，女中圣人"[4]，其贤声可知。

没有创生性的解构最终必然会堕入虚无。在不能承受之轻中，人往往又会重新制造一些结构的假象自我麻醉。易顺鼎晚岁潦倒不能说没有咎由自取的成分。冒广生（1873—1959）所谓"实甫近日诗词，多堕恶道，要其聪明绝世，当筵倚马，则固万人敌也"[5]，樊增祥干脆说他"年事愈长，文字愈下"[6]。《八声甘州·六忆词》是其"淫艳"的代表作之

---

[1] 易氏家族迷恋扶乩的事迹相当著名，参见陈松青《易氏一家的乩笔诗》，收入陈氏著《易顺鼎研究》。不妨说这也是同样深陷此道的易顺鼎得名"仙童"的原因之一。

[2]《倚霞宫笔录》卷一，癸巳十月二十七日，转引自陈松青《易顺鼎研究》，湖南人民出版社2011年版，第300页。

[3]《先府君行状》，见易顺鼎《易顺鼎诗文集》，湖南人民出版社2010年版，第1762页。

[4] 参阅王森然：《易顺鼎先评传》，见易顺鼎《琴志楼诗集》，上海古籍出版社2004年版，第1457页。

[5] 冒广生：《小三吾亭诗话》卷三《易顺鼎天才》，转引自易顺鼎《易顺鼎诗文集》，湖南人民出版社2010年版，第1957页。

[6] 转引自王森然《易顺鼎先评传》，见易顺鼎《琴志楼诗集》，上海古籍出版社2004年版，第1468页。

一。但眼尖的读者必能明白，易顺鼎的"六忆"很大程度基于虚构，犹如他暮年笔下多少与坤伶"目成"都是一厢情愿的想象与妄口。与其说他"痴情"，毋宁说，他是在这种短暂的虚拟的结构中停靠自己业已解体的生命的苟延残喘。这也即是他何以在《数斗血歌，为诸女伶作》中将明末清初最著名的儒者、义士和"秦淮八艳"之间作了明确的价值置换："与其拜孙夏峰，不如拜陈圆圆；与其拜傅青主，不如拜马守真；与其拜黄梨洲，不如拜柳如是；与其拜顾亭林，不如拜李香君；与其拜陆桴亭，不如拜顾横波；与其拜张杨园，不如拜寇白门。"所谓前者"徒使天下秋"而后者"能使天下春"当然是昏话，所谓"一生崇拜只佳人，不必佳人于我厚"正和据说在现实的结构性生活中他对妻妾的并不善待[1]相映成悲。流落在诗中的情或人毕竟只是虚拟的结构，和解构为邻。

二、"丽才"与"吏才"：作为比勘的"晚唐"余子

必须承认，"解构"冲动的个性如果才情丰沛，往往就具备了冲决成规的能力。易顺鼎虽然仕途经济一生落魄，在他挚爱的诗学领域，确实还是部分显示了这种开辟新境、夏夏独造的气魄。类似他精丽无匹的"诗钟巧对"和宣泄蒸腾的"长歌当哭"，他最为清新别致的诗歌新声不能不说到这类：

> 不辨何草香，不知何虫语。气似花非花，声似雨非雨。(《嘉定送别，还宿中岩寺听雨》)
> 青山无一尘，青天无一云。天上唯一月，山中唯一人。
> 天上唯一君，山中唯一我。欲问广寒宫，桂花开几朵。
> 青山万株松，青天一枝桂。松顶鹤销魂，桂边蟾滴泪。
> 此时闻虫声，此时闻钟声。此时闻涧声，此时闻虫声。
> 此时人无语，此时月无语。此时山无语，此时佛无语。
> 青山如水凉，绿阴如水凉。碧天如水凉，白云如水凉。(《天童

[1] 曾朴《孽海花》中叶笑庵即以易顺鼎为原型，其中有此影射。

山中，月下独坐六首》）

缘于景物的山水诗更多基于与自我对话的性格，在这类小诗中，易顺鼎于人伦"情性"上的不足不易流现，他不肯"割爱"的才情也因为自然的清旷被部分克制，因此也甚为可读。

同样，"解构"冲动的个性如果才情丰沛，冲决成规的能力往往显得甚有力道。都道梅兰芳于艺苑名声鹊起跟易顺鼎《万古愁曲》之极力揄扬有关。而梅同样国士遇之、国士报之，"深感之，病中馈珍药。既殁，致重赙，哭祭极哀"，因此被称为易之"晚遇"[1]。这种情性奔肆固有滥情嫌疑，却也保证了并非流于把玩。易顺鼎的确不会也不擅玩世，他真正玩弄的只是那因为流于情性解构（大于他的诗学创生）而越来越面目模糊的自己，所谓"名士一文值钱少，古人五十盖棺多"（易著《买醉津门雪中》），可伤可悲。

也因此，尽管同属"晚唐体"代表诗人，在钱基博著《现代中国文学史》中樊增祥列具"中晚唐诗"一代诗宗，排名还在易前；樊增祥晚岁同样嗜好艳体、狭斜梨园，坏名声与易顺鼎不相上下——然此"内行笃定"持躬清谨人，此类写作就动人程度言，却在易下。诗学必须有全体投入的性格真诚，即使是荒诞、荒凉、荒唐的真诚，所谓真性淋漓，有一丝造作伪饰，真心明眼人就品出了矫情。夏敬观《忍古楼词话》道"樊山艳冶，至老尤然。然实甫诗词，多可传之作，文品实较樊山为高"[2]，其要诀即在于是。樊增祥几乎总是站在情外写艳，正合其客观、精明又有几分淡泊的天性，"整密工丽"中总现出过于节制的把持，所谓"心能超览，文无苦语，虽感深苍凉，而辞归绮丽"（钱基博语）。这一点甚至樊氏本人同样心知肚明：

　　　　大抵诗贵有品。无名利心则诗境必超；无媚嫉心则诗界必魇；
　　无取悦流俗心则诗格必高；无自欺欺人心则诗语必就能解；有性

---

[1] 奭良：《野棠轩文集》卷二《易实甫传》，转引自易顺鼎《易顺鼎诗文集》，湖南人民出版社2010年版，第1911页。

[2] 唐圭璋主编：《词话丛编》，中华书局1986年版，第4772页。

情则诗必真；有材力则诗必健；有福泽则诗必腴；有风趣则诗必隽。[1]

樊诗被认为惊才绝艳，欢娱能工，《前后彩云曲并序》名噪一时，其日常行止却颇能恪守礼法。陈衍辑《师友诗录》以樊诗多而难选，欲于往来赠答之外独选艳体，所赋理由则尤为新异：

后人见云门诗者，不知若何翩翩年少，岂知其清癯一叟，旁无姬侍，且素不作狭邪游者耶。

据说"知者谓此语实录"，道樊增祥"居常服膺宋儒玩物之戒，公事未毕，不读书观花；及退食萧然，绿茗一杯，石叶数片，清饮抱膝，入兴成章"。跟"寄情声色"（或寄情"雕虫之事"）的易顺鼎不同，樊也有所"寄"，但所寄在"意"，他生平富藏书，又多书画碑帖，还要自况："意不能无所寄。声色服玩，非性所嗜；此事差以自娱。若值攻取之场，赴功名之会，视此物犹敝屣耳。吾宁作虎头痴哉？"[2]这位以铺写艳情出名的诗人青壮年时期尝独身十七载，并曾有诗告诫族中纳妾之晚辈后生："樊山词笔擅风华，一世曾无称意花。冰簟银床凉雨夜，人生无过独眠佳。"其静定自有可观。

诗作天才过人，隶事能精致力能久，近代文化史上，艳体自喜的樊增祥留下的政声却更好过诗名，以"能干吏"[3]名，听讼明决片言折狱。庚子（1900）前后慈禧当政，罪己、变法等数诏都出自樊之手笔，"颇负一时清望"[4]。所谓"纵横有机智，五官并用，笔舌所至，颠倒英豪，雕绘万象""为政尚严，而宅心平恕；所遇大吏，皆推诚相与"。斯人的

[1] 樊跋：《天放楼诗集》（金松岑），转引自王森然《樊增祥先生评传》，见樊增祥《樊樊山诗集》，上海古籍出版社2004年版，第2039页。
[2] 转引自钱基博《现代中国文学史》，见《中国现代学术经典·钱基博卷》，河北教育出版社1996年版，第234页。
[3] 钱海岳：《樊樊山方伯事状》，见樊增祥《樊樊山诗集》，上海古籍出版社2004年版，第2054页。
[4] 樊增祥：《樊山政书》"代前言：转型中的法律与社会"（孙家红），中华书局2007年版。

才具与心地看起来都很不坏，其"达于吏治"能够至于"历权诸烦剧，皆有能名，重儒劝学，嫉恶爱民"[1]：

> 每听讼，千人聚观；遇朴讷者，代白其意，适得其所欲言；其桀黠善辩、以讼累人者，一经抉摘，洞中窾要，皆骇汗俯伏，不得尽其词；乃从容判决，使人人快意耳止。以故所至良懦怀恩，豪强屏息，而于家庭衅嫌，乡邻争斗，及一切细故涉讼者，尤能指斥幽隐，反复详说，科其罪而又白其可原之情，直其事而又摘其自取之咎，听者骇伏，以为调察而得，实则熟于世情，长于钩较，因此识彼，闻一知十，凡所侔揣，无不奇中。每行县，一马一仆，裹粮往返，不费民间一钱。其治盗，皆身自捕逐，立就擒缚，尝谓人曰："作吏最苦！临事贵速，若昼寝夜宴，寄权于人，其所亡失，不知凡几矣。"[2]

如此庄谐并茂敏妙中窍，晚清的能吏切实清廉。樊山之学，实有经学、理学根柢，《送陕西高等学堂学生留学东洋序》他如此立论：

> 先圣先入大抵责己不责人，务实不务名，爱国不爱身，计功不计利，今之谬论专责政府，指斥朝廷。及问客何能，则哓然无具。所谓新学者猎皮毛而已，志富贵而已。不得富贵则怨望怒骂而已。幸而富贵，则亦甘为人役而已。[3]

同文中更以国耻不远、大辱日临勉励这些行将出洋的青年学子："我不若人，唯当自奋，不当自馁，即稍能趋步，人益当自勉，不当自足。"樊氏又尝自叹深感国是日颓、独木难支，这份天命有自的担当，同样来自

---

[1] 参阅王森然《樊增祥先生评传》，见樊增祥《樊樊山诗集》，上海古籍出版社2004年版，第2036页。

[2] 文见钱基博《现代中国文学史》，见《中国现代学术经典·钱基博卷》，河北教育出版社1996年版，第235页。

[3] 文见樊增祥《樊山政书》卷十四，中华书局2007年版。

一种流传久远的文化记忆：

> 天下事所以不振者，盖坏于名存实亡四字。属员以是敷衍上司，外吏以是敷衍京朝，官自办新政以来，取民之财数倍往昔，而实事求是者寥寥无几。吾侪此时作官，唯有我尽我心，我行我法而已。[1]

此类言语，全无可能出自易顺鼎手笔。和充满"解构"冲动的"华才""丽才"易顺鼎不同，强项更在"吏才"的樊增祥的情性，结构性很强。

但诗毕竟是诗。樊氏身后遗诗上万首，饶是"春华终不谢，一洗穷愁声"（郑孝胥和诗），"聪明清切，便于初学取为门径"（《樊樊山诗集》前言），却几乎都让人有类似的感觉：难得给人刻骨的感动甚至深切的印象，烂锦眩目却让人魂魄里不愿依依亲近。何故？正所谓"刻画工而性情少，才藻富而真意漓"（汪辟疆《近代诗派与地域》），斯正与其"胸有智珠，工于裁对"同在。结构性太强的情性，是另外一种"感通"能力，与他者共在的不足，同样匮乏了"情"的基要质素。

至于"晚唐体"另一位杰出代表，晚清"西昆体"的代言人汪荣宝（1878—1933），吐属能清，工整秀丽，[2]早岁极为推崇李商隐，能入玉溪之室，甚至一度抗言：

> 诗歌之道，主乎微讽，比兴之旨，不辞隐约。若其情随词暴，味共篇终，斯管、孟之立言，非《三百》之为教也。历观汉晋作品，并会此旨。迄于赵宋，颇获殊途。[3]

---

[1]《批淮安府禀》，见樊增祥《樊山政书》卷二十。
[2]汪国垣：《光宣诗坛点将录》，见张寅彭主编《民国诗话丛编》，上海书店2002年版。
[3]《西砖酬唱集序》，见汪荣宝《金薤琳琅斋文存》，文海出版社1967年版。

因此被钱仲联视为"清末晚唐体诗派宣言"[1]。

但生命与情性注定要几经洗磨。名列晚清"江南四公子"[2]之一的汪荣宝1914年后长期驻锡海外，担任比利时、瑞士、日本等国公使。这位"在清末民初历史上颇有影响却又鲜见议论的人物"，"作为清末钦定宪法的起草者、京城立宪派的核心骨干，袁世凯智囊团的要员，曾活跃于辛亥革命前后的中国政治舞台上"[3]，人生后半程同样经历了诗学的价值转型：

> （荣宝）诗宗玉溪，形神毕肖。初不喜宋人，晚乃以荆公、东坡为不可及。自作亦专趋平淡。[4]

这种转型毋宁也是情性的转型。汪荣宝为人个性稳重而情思细腻，于人伦一纬极厚，生平堪称传统中国典范的"学者型官僚"，著有《清史讲义》《法言义证》《法言疏证》《歌戈鱼虞模古读考》等专书，可谓史才、诗才之外并学有精深。《金薤琳琅斋文存》中文体周备，不仅有《论都察院不可改为下议院摺》《修订法律大臣编纂现行刑律删除总目议》这类"事功"文字，更有《释身》《释彝》乃至《论阿字长短音答太炎》这类"专业研究"。章太炎门下弟子名学者汪东（1880—1963，原名汪东宝）即其弟。故汪凤瀛、汪荣宝父子两代身后墓志铭均为章太炎执笔，章以"宗族称孝""使不辱使命""文之以礼乐"称道汪荣宝，虽

[1] 钱氏著《近代诗钞》，江苏古籍出版社2001年版。
[2] 汪荣宝"以名公子擅文章"（其父汪凤瀛曾任长沙府知府）。15岁入邑庠。1897年为丁酉科拔贡。1898年应朝考，以七品小京官入兵部任职。1900年入南洋公学。后赴日本留学早稻田大学和庆应义塾学习史学、政治、法律。在东京加入国民义勇军。回国后仍在兵部任职。之后走的基本都是仕途。历任京师译学馆教习、巡警部主事、民政部右参议、资政院议员。1911年4月奉派为协纂宪法大臣。1912年任临时参议院议员。1913年任国会众议院议员；同年3月参加进步党任法制主任。1914年2月任驻比利时公使。1919年1月任驻瑞士公使。1922年6月任驻日本公使。1931年7月回国后任陆海空军副司令部行营参议，外交委员会委员长。
[3] 王晓秋：《汪荣宝日记》"前言"，见韩策、崔学森整理，王晓秋审订《汪荣宝日记》，中华书局2013年版，第2页。
[4] 汪东：《金薤琳琅斋集后序》，见《思玄堂卷尾》。

墓志文难免一二谀词，却非无中生有。所谓"平生遇人坦易，粥粥似无能者"，临事遇变则"钩校敌情，动应机括"，至于曾于"倒袁"运动中被认为致命"二陈汤"之一的"智谋士"四川督军陈宧都要对汪别具青眼[1]。《汪荣宝日记》首先呈现给世人的就是一位追求克己之学的典雅君子。

汪荣宝日记字迹工整，少有涂改，一丝不苟，某日如有漏记，日后即补，并加注明补写。这一习惯实则缘于他的日式教育。例如日记1909年10月20日提及日本杂志中"克己"四法（一、早起；二、禁烟；三、冷水浴；四、写日记）。冷水浴同样为汪荣宝所坚持。是则日记并检讨自己"早起"未能持之以恒，"良用自疚，今后当发愤改之"。

汪荣宝崇拜曾国藩，视《曾文正公手书日记》为"希世之珍"，高山仰止（日记1910年9月21日），此正章太炎墓志铭中所称"济物志"。1911年1月29日，正当除夕，他在日记中由衷写下：

> 居官数年，受禄过万，世故日深，良心日薄，德之不修，名之不立，块然拥此七尺，食粟而已，宁不可耻。[2]

这种心绪，正是他在清末民初的政治生活中坚守与转向的内在原因，"砥砺品节"（日记1911年7月2日）更是他一生为官的坚守。

汪荣宝"才华绝出，年少负高名，心折笃学"是富有时誉的（裴毓麟语，转引自钱基博《十年来国学之商兑》），宜乎其能毕竟旨归最重性情学养、工夫历练的宋诗一脉。甚至这种文体回归也发生在樊增祥晚年。樊氏早年每每得意于自家诗作能够"八面受敌"，而"晚年亦为宋诗"。所作《与苏戡冬雨剧谈》等诗"瘦淡仿郑孝胥体，不为侧艳"，令堪称宋诗派"魁垒"、性情极为挑剔刻薄的郑孝胥（1860—1934）都要大为折服，盛赞其"落笔必典赡，赵璧真连城。才人无不可，皎若日月明"，尤其欣赏他"晚节殊可哀，祈死如孤茕。其诗始抑郁，反似优生

---

[1] 章太炎：《故驻日本公使汪君墓志铭》，见韩策、崔学森整理，王晓秋审订《汪荣宝日记》，中华书局2013年版，第514页。

[2] 同上书，第240页。

平"[1]的这一"转"：即居然可以为"宋诗"。

如果说樊增祥"生平以诗为茶饭"（《光宣诗坛点将录》）属实情，易顺鼎却是"生平以诗为性命"——无论他的情性如何杂染，他只是任其珠玉杂陈、泥沙俱下。这是一种特别的"字里行间情深一往"，乾坤一掷，不能恩养生命，但能制造动静。爱才之士因此常能体谅易顺鼎"民国以来，以满腔幽愤，一寄之于金樽檀板之间，舞衫歌扇，到处留情"，所谓"人生必备三副热泪，一哭天下大事不可为，二哭文章不遇识者，三哭从来沦落不遇佳人。此三副眼泪绝非小儿女惺忪作态可比，唯大英雄方能得其中至味"。虽对其"奢淫骄妄，肆无忌惮"处也并不讳言，终究对此"民初狂士"兼为"近代杰才"者不忍厚非。[2]

也因此，尽管"名士画饼"（岑春煊弹劾易顺鼎语）作为易氏"一生最著之典"并非全为污蔑，1896年援台不成，他毕竟留下了《四魂集》，"痛哭珠崖原汉地，大呼仓葛本王人"（《寓台咏怀》）、"但使天留人种在，珠崖还作汉神州"（《津舟感怀》）、"两河忠义旌旗在，万福威名草木知"（《台舟感怀》）……那时他的生命尚处于结构中，国仇家难（母丧）又乍然赋予了他暂时凭靠的意义。《四魂集》也借此成为他作品中的精华之作。

也因此，《数斗血歌，为诸女伶作》中易顺鼎别有伤痛，"谁知中华祖国五千余年四百兆人之国魂，不忍见此暗淡腐败无声无色之乾坤，又不能复其璀璨庄严有色之昆仑"，天地间十分"清淑灵秀"之气，他寄希望只在梨园。此诗写成，据说笑唾有人，唯樊增祥叹为"神童之才，实不可一世"[3]。也因此，多少有几分"道学家"面目（所谓"新宋学"，结构性太强）的钱基博在《现代中国文学史》中论易，并无多少道及痒处、痛处，失于粗枝大叶了。

王国维《人间词话》第一百二十则有谓："'纷吾既有此内美兮，又

[1] 钱基博：《现代中国文学史》，见《中国现代学术经典·钱基博卷》，河北教育出版社1996年版，第231、244页。
[2] 王森然：《易顺鼎先生评传》，见易顺鼎《琴志楼诗集》，上海古籍出版社2004年版，第1453、1454、1458、1461、1474页。
[3] 同上书，第1474页。

重之以修能'，文学之事，与此二者，不可缺一。"[1] 易顺鼎作为晚清"晚唐体"中最可传的作者，除了"修能"方面的特出，更基于他强烈的"解构"冲动将清末民初的政治解体与社会解体作了甚为鲜烈的生命上演。易顺鼎与他的同道者有意拒绝让诗承载更多的意义，也主动让诗成为"无用之物"埋入诗冢。[2] 这类雅事中原本含有的期待"千古之后知音后起"却已渐行渐远，伴随着对个人情性的锻造的放弃，诗人与诗学一起陷入了价值的迷失乃至解体。

但个体可以选择在解体冲突中自我放逐，社会与历史还要继续在结构与解构中渐近发展。

三、春·苦·悲·觉：新儒家"情教"来归

易顺鼎去世于"新文化运动"发起之后，他是中国文体传统与情性传统冲决的先锋，却不会被自以为更"新"的同样充满解构热情的"五四"晚辈正面提及，作为负面的靶子倒很成功。这些晚辈虽然一例富有解构精神，但同时更渴望借径西学梦想完成中国文化的全新结构。只是这种结构是否一定就是如理的创生？本文的结论是否定的：这种结构因其在西学濡染下的充分的外向，使得传统的"情性"之教深度缺失于后来之中国的文化生活与文学创作。1931年刘咸炘为唐君毅亡父作传，以为"今人开口说治国、平天下，曾不知有身心"[3]，便是指认当时已然高度陌生于一种特为讲究身心功夫的文化传统。

已经被易顺鼎们在清末解构一过的儒教此时四面楚歌，诗教亦不例外。"诗"已无复"经"之尊位，被扫入"文学起源"乃至只能充当"社会史的材料""政治史的材料""文化史的材料"的莽荒之地，日渐获得全新的释读与定位，其所原始的性情、兴发的仁心，都不能不有相应的改变。即令"新文化运动"的始作俑者胡适（1891—1962）面

---

[1] 王国维：《人间词话疏证》，中华书局2014年版，第393页。

[2] 1891年，以易顺鼎为中心的湘社诗人曾经筑垒"诗冢"，以为"君在世，本无用"。转引自陈松青《易顺鼎研究》，湖南人民出版社2011年版，第65页。

[3] 《唐迪风别传》，见唐迪风、陈卓仙、谢廷光著《唐君毅全集：亲人著述》，九州出版社2016年版，第10页。

对《诗经》也会自然而然因袭"性情"这早已耳熟能详的常用名词，但曾经神圣的"诗言志"却可以被随意一解成为"自然表现，心有所感，要怎么写就怎么写"，前人流传有叙的释读全部成为"乌烟瘴气莫名其妙"[1]。不唯"诗教"传统中有关"风化""美刺""谲谏"的政教用途被一例视作不合今规，连同曾经"解放经学"自居风诗正宗的宋儒理学也被一并被后人再度"解放"：

> 汉儒解经之谬，未有如诗笺之甚矣。盖诗之为物，本乎天性，发乎情之不容已。诗者，天趣也。汉儒寻章摘句，天趣尽湮，安可言诗？而数千年来，率因其说，坐令千古至文，尽成糟粕，可不痛哉。故余读诗，推翻毛传，唾弃郑笺，土苴孔疏，一以己意为造"今笺新注"。自信此笺果成，当令三百篇放大光明，永永不朽，非自夸也。[2]

1911年写下这段文字胡适时方21岁。这一立场至其晚年都未尝多经反思或改易。恰恰是在他一手促成的力主追求"人的文学"、认为"从儒教道教出来的文章，几乎都不合格"的呼吁与努力中[3]，一种标榜"建基于人文主义的抒情主义"[4]"文学只有感情没有目的"[5]的"新文学论"俨然成为一代文学正宗。虽然还在共同使用一个"情"字，"情"的内涵却已古今相去难以道里计。至20世纪30年代初周作人（1885—1967）著《中国新文学的源流》为新文学的建构寻求历史资源，于中分割中国传统文学为"载道""言志"两派。主张"载道"的文学因为有"遵命文学"嫌疑基本被全盘否定。"新文学"的基本理念被定性为一种特定意义上的"言志"：意涵已不同于"诗言志"本有或古有的意

[1] 胡适：《谈谈〈诗经〉》，见《胡适文存》（四），华文出版社2013年版，第427、432页。
[2] 胡适：《留学日记》（一），上海科学技术文献出版社2014年版，第23页。
[3] 周作人：《人的文学》，见《艺术与生活》，河北教育出版社2002年版，第12—13页。
[4] 徐承：《中国抒情传统学派研究》，中国社会科学出版社2015年版，第29页。
[5] 周作人：《中国新文学的源流》，华东师范大学出版社1995年版，第13页。

味，更多倾向于个体情感表现，"志"与"情"获得一种狭义的同一。
虽然《中国新文学的源流》正式出版（1932）前，1926年立场更为稳
健的梁实秋（1903—1987）已经著文提醒当时的文学"主情"论者要
注意"情感的质是否纯正，及其量是否有度"，警惕"浪漫主义的任
性"。[1]20世纪40年代朱自清（1898—1948）同样出于不满时人对中
国文学传统的现代诠释，于课堂讲义及所著《诗言志辨》中反复陈言，
以明"言志"说并非简单的"个人的抒情"，更不当与"载道"对立，
但对于古已有之的"缘情"说，他还是采取了接近新文学一般公认的
立场。[2]

　　起而试图为"情性之教"以及抒情传统中的文学主体正本清源的，
是"现代新儒家"以及更为后起的"海外新儒家"的"觉情"来归，也
即"情教"来归。

　　作为中国哲学的核心观念、中国思想的重要畛域，更曾经是传统
教育的核心地带、礼乐抚育的关键旨趣的"情性之教"，如果溯源"教
材"，其一无疑就是"新文化"兴起后主要被纳入文学分类的"诗"学，
尤其是《诗经》学。钱穆（1895—1990）在《论语新解》中言及"诗可
以兴"的问题，认为其所兴发者即是作为性情之本的仁心，以培本厚植
"性情"作为"诗教"的明确目的：

　　　　诗尚比兴，多就眼前事物，比类而相通，感发而兴起……俯仰
　　之间，万物一体，鸢飞鱼跃，道无不在……孔子教人多识于鸟兽草
　　木之名，乃所以广大其心，导达其仁，诗教本于性情，不徒务于多
　　识也。[3]

《读诗经》中更直接以"通神明之德"的殊胜功效赋予《诗》在"六经"
中贯通群经的特殊地位：

---

［1］梁实秋：《现代中国文学之浪漫的趋势》，见《梁实秋批评文集》，珠海出版社
　　　1998年版，第34—35页。
［2］朱自清：《朱自清中国文学批评研究讲义》，天津古籍出版社2004年版，第1页。
［3］钱穆：《论语新解》，巴蜀书社1985年版，第422页。

> 类万物之情者即比，而通神明之德者则兴也……故诗之于六籍
> 中，不仅与书、礼通，亦复与易、春秋相通。[1]

可见，"诗教"固然有增广见闻的知识需要，根本立足却是兴发受教者的胸襟、气宇、志向、人格。其贯通之能则源自兴发性情本身就是主体感通能力的表现，天理生机的流溢。这一点也是传统儒者的共识。马一浮（1883—1967）有过类似表达：

> 兴便有仁的意思，是天理发动处，其机不容已。《诗》教从此
> 流出，即仁心从此显现。[2]

日后在台，"海外新儒家"之一的徐复观（1903—1982）尝为林幼春《南强诗集》作序，赞美其人其诗：

> 先生乃以生人之大节，激励其性情，而一人性情亦即潜通于家
> 国废兴之运会。由此发而为诗，实万劫不磨之民族精魂之所寄，岂
> 与嗟一己之荣枯、感四时之代谢者之所能同其量哉！[3]

这种以个体之"性情"贯通家国之兴废而非局限于一己之穷通的愿力与向往代代有之，不同的只是使用的名相。例如当代作家王安忆亦尝提醒世人不要以为情感就是自我陶醉和私人化的，真正有意义的抒情要有其属于自己的体积。[4]此处的体积毋宁也意味着一种贯通与扩充。尽管"海外新儒家"尤其方东美（1899—1977）和徐复观常被今人指认为文学研究的"抒情传统派"的精神导师或"史前史"前辈，[5]但如下徐复

[1] 钱穆：《读诗经》，见《中国学术思想史论丛》（一），东大图书公司1990年版，第142—143页。
[2] 马一浮：《复性书院讲录》第2卷，见《马一浮集》（一），浙江古籍出版社1996年版，第161页。
[3] 徐复观此序参见林资修（幼春）《南强诗集》，林培英排印本1964年版。
[4] 王安忆：《重建象牙塔》，上海远东出版社1997年版，第23页。
[5] 参见徐承《中国抒情传统学派研究》"第三章，台湾新儒家：抒情传统论的哲学基础"。

观对"情"的理解，只有建基于宋明儒学核心意的心性论基础上，才不至于出现理解偏差：

> 没有人格的升华，没有感情的升华，不能使社会之心化约到一己之心里面来。[1]

> 在道德、文学、艺术中用"境界"一词时，首先指的是由人格修养而来的精神所达到的层次……写景写得好不好，不仅是技巧问题，更重要的是精神的到达点要高，精神的涵盖面要大，这便说明中国传统的文学、艺术理论，何以必须归结到人格修养之上。[2]

作为诗的"来源"与"血脉"的"情"[3]，并非单纯如新文学作家常沿袭使用的"情感"说；这里的"情"无法脱离"性"的对勘与贞定，尽管徐复观之学对于形上的关注并不浓郁，他笔下的"情"与"性"之间还是藕断丝连。

"海外新儒家"另一重镇牟宗三（1909—1995）自承（也确实）不是文学的性格，却不妨其能写出生命"春情"与中国文学深刻独到的一番关联，此即1959年着笔的《五十自述》。是书体量并不惊人，对体玩"情性之教"的儒家传统却颇有警示。儒者同样需要"缘情"，"缘情"成学，"情问"之旅直透儒者的学术生命境界：

> 学术生命之畅通象征文化生命之顺适，文化生命之顺适象征民族生命之健旺，民族生命之健旺象征民族磨难之化解。无施不报，无往不复，世事宁有偶发者乎？[4]

---

[1] 徐复观：《传统文学思想中诗的个性与社会学问题》，见《中国文学精神》，上海书店出版社2004年版，第4页。

[2] 徐复观：《王国维〈人间词话〉境界说试评——中国诗词中的写景问题》，见《中国文学精神》，上海书店出版社2004年版，第52—60页。

[3] 《释诗的比兴——重新奠定中国诗的欣赏基础》，见《中国文学精神》，上海书店出版社2004年版，第21页。

[4] 牟宗三：《五十自述》，鹅湖出版社1990年版，"序"，第2页。

牟宗三平生治学心得之一即以"中国的学问以'生命'为首出,以'德性'润泽生命"[1],《五十自述》以生命的"春情"开展而经由证苦、证悲走向"觉情",后者正是使生命之春得以养护滋润的"德性"之得,"生命原是混沌的。只是每一个人冲破其混沌,透露其灵光,表露其性情,各有其特殊的途径与形态":

> 暮春初夏是不容易清醒的。一方面诗人说,"春色恼人眠不得",一方面又说"春日迟迟正好眠"。正好眠,眠不得,这正是所谓"春情"。说到春情,再没有比中国的香艳文学体会得更深入了。那春夏秋冬四季分明的气候,那江南的风光,在在都使中国的才子文学家们对于春情感觉得特别深入而又蕴藉。"凤尾森森,龙吟细细,正是潇湘馆",这是春情中的春光。"尽日价情思睡昏昏",这是春光中春情,只这一句便道尽了春情的全幅义蕴,说不尽的风流,说不尽的蕴藉。这是生命之"在其自己"之感受。由感而伤,只一"伤"字便道尽了春情的全幅义蕴,故曰"伤春"[2]

尽管笔致香艳,这伤春的"春情"却非凡俗的"爱情"。因为:

> "爱情"是有对象的,是生命之越离其自己而投身于另一生命,是向着一定方向而歧出,因此一定有所扑着,有其着处,各献身于对方,而在对方中找得其自己,止息其自己,但是"春情"却正是"无着处"。
>
> 闺中女儿惜春暮,愁绪满怀无着处,这"无着处"正是春情。爱情是春情之亨而利,有着处;结婚是利而贞,有止处。春情则是生命之洄漩,欲歧而不歧,欲着而不着,是内在其自己的"亨",是个混沌洄漩的"元",中国的才子文学家最敏感于这混沌洄漩的

---

[1] 牟宗三:《五十自述》,鹅湖出版社1990年版,"序",第89页。牟氏暮年所著《中西哲学之汇通十四讲》(上海古籍出版社1997年版)中更有于此的专题讲座。

[2] 牟宗三:《五十自述》,鹅湖出版社1990年版,第9页。

元，向这最原初处表示这伤感的美。

这里的伤感是无端的，愁绪满怀而不知伤在何处。无任何指向，这伤感不是悲哀的。春情之伤只是混沌无着处之寂寞，生命内在于自己之洋溢洄漩而不得通。千头万绪放射不出，乃蜷伏回去而成一圆圈的曲线，重重叠叠，无穷的圆曲，盘错在一起，乃形成生命内在于其自己之洋溢与洄漩，这混沌的洄漩。所以这伤的背景是生命之内在的喜悦，是生命之活跃之内在的郁结，故曰春情。普通说结婚是坟墓，其实爱情也是坟墓。唯这春情才是生命，才是最美丽的。这是最原始的生命之美，混沌之美。[1]

伤春之情一旦流入"谁为情种"，便是向下流；再流于"都只为风月情浓"，更是着魔道。唯其"良辰美景奈何天，赏心乐事谁家院"之无有是处方是上乘正机。一旦杜丽娘梦"着"柳梦梅，便成花落人亡、一败两伤。[2]论述中国文学"开辟鸿蒙"之美能如此透入生命的元气与基质，可见深切。

明清文学说部历来有"教诲"讽喻之显性科目，所谓"以淫止淫""盗亦有道"，《金瓶梅》或《红楼梦》等一例如此。只是后来读者尤其进入"现代"以后，多再不肯正视其教唆一眼，直截认为"春情"必须流为"爱情"乃至"情欲"才是唯一正解正途。一生自负"贾宝玉"的易顺鼎大体而言就是着了魔道。生命的"春情"当然不止于香艳文学，这是生命的欲绽放而未得绽放，是"人之初，性本善"，处处有着落又处处无着落。透底一点，便是生命无限的满涨的全幅的尚无方向的可能性。

但春情不能长久，悲苦不可长受，"在其自己"的生命一转之后，又必然成为某种"离其自己"，"有所挂搭"或有所附丽乃是世间价值开显的水到渠成与瓜熟蒂落：此即解构的必然趋向结构。至于儒学具体选择良知本体的"主观之润"如何落实实现时，首选人伦生活作为凭籍。

---

[1] 牟宗三：《五十自述》，鹅湖出版社1990年版，第10—11页。
[2] 当然牟氏此意并非说"春情"转向"爱情"或"婚姻"便全幅失去意义，只是有此"歧出"之后，春情不复为"春情"全体。

在儒者的生命观或情性观，一般文学或生命哲学的"讴歌赞叹生命"只是对生命的平置，自然生命之冲动是无可赞叹的。自然生命固然有一套逻辑或规律需要正视，但自然生命的业力（无论个体的别业，还是群体的共业）更必须警惕与转化。

> 蕴蓄一切，满盈无者，什么也不是的春情之伤，可以一转而为存在主义所说的一无所有，撤离一切，生命无挂搭的虚无怖栗之感。满盈无着是春情，虚无怖栗是"觉情"（觉悟向道之情）。这是存在的人生，生命之内在其自己之最富意义的两种感受，人若不能了解生命之"离其自己"与"在其自己"，是不能真切知道人生之艰苦与全幅真意义的。[1]

故此一团混沌的"春情"匆匆伤过之后，大叠的人生转而都是"客观的悲情"，悲国破家亡、国仇家恨，一己之"春情"上出弥满为民族的"大生命观"，夫妻父子天伦惨淡统统卷缩汇入民族蒙难之共业。天生蒸民，有物有则，民之秉夷，好是懿德。故能悲心常润、法轮常转，即使罪恶常现、悲剧常存。这深深悲叹生命与业力之无能为力、根器薄弱、欲转而不得，即被牟宗三视为"觉情"来归之消息：大悲大觉原为体一用二，悲智双运即称定慧两得。

"中国人持一种有机生命论，体会到的是一个生生不已的悠悠宇宙、有情天地"，这类持论未必单纯只是出于"方东美、唐君毅一系的台湾新儒家思想"[2]，至少还应该回到宋明儒学那里探寻一下"唯务养情性""与天地同其大"（程颐）等更源远流长的历史根基。穷究问题关键，结穴还在今人对"情"的解读已大异传统。因为深知生命业力的浩瀚纵横必须经由恰当的收煞、降服、止息，对于"新文化"运动引发的一些风气，牟宗三一直评价甚低，以为其内容未免流于消极、负面、破

---

[1] 牟宗三：《五十自述》，鹅湖出版社1990年版，第11—12页。

[2] 参见徐承《中国抒情传统学派研究》，中国社会科学出版社2015年版，第5、109页，第193页脚注3。同时可参吕正惠《物色论与缘情论——中国抒情美学在六朝的展开》，见《抒情传统与政治现实》，大安出版社1989年版。

坏性，流为情感的气机鼓荡，偶有资质也是趋向混沌的风力风姿。[1]这不仅背离了生命之春原初的动力，贻害更是令人忧戚。例如学界公论，“新文化”运动的源流之一是向晚明回溯。[2]而在“新文化”运动同人笔下晚明往往被描摹为情欲解放的现代前辈，其“重情”倾向不仅扭转了所谓宋代恐情、弃情的趋势，甚至进而疏离了儒家导情、节情的传统。但如果我们稍微聚焦综括儒家各学说、把“情性合一”论表述得最鲜明、发挥得最透彻的明季大儒刘宗周，灼然可见虽然刘氏经常被归结为“指情言性”一派，却并不意味着他彻底推翻了前儒区别情性的诸多理论，完全撤除了情与性的界限，也不意味着“情”论至此就“从根本上得到解放”。相反，刘宗周“即情即性”与“性”圆融之“情”并非泛泛言之可以任意列举的感性之情，而是与“仁义礼智”（性）相表里的“喜怒哀乐”（情）。这是“性之情”（亦即“四德”），也是“心之情”（“恻隐、羞恶、辞让、是非”四端），也是“意之情”（好、恶）[3]，这类“情”或可称为“形上的情”[4]。刘氏《证人要旨》“卜动念以知几”一章指出，“独体本无动静，而动念其端倪也”，因念之转、情离乎性，造成“隐过”的“七情着焉”：溢喜、迁怒、伤哀、多惧、溺爱、作恶、纵欲。[5]这才是与“欲”相关联的“七情”（喜怒爱惧恶欲），相对

---

[1] 钱基博《现代中国文学史》所征引黄远庸（1884—1915）的“文艺观”虽未必足为“现代文学”代表，其偏激无稽，即使好走极端的易顺鼎也是难以企及：“文艺家之能独立者，以其有人生观，人生观之结果，乃至无解决，无理想，乃至破坏一切秩序法律及世俗之所谓道德纲常，而文艺家无罪焉。彼其职业在写象，象如是现，写工不得不如是写，写工之自写亦复如是。故文艺家第一义在大胆，第二义在诚实不欺。技之工拙，存乎其人，天才亦半焉。吾国人之文学家好称文以载道，而所谓古文学者，十有七八如此。大抵论教必尊孔，论伦理必尊礼教，论文必尊所谓古文，皆吾所谓专制一孔之见，其于今日决当唾弃。”见《中国现代学术经典·钱基博卷》，河北教育出版社1996年版，第536、537页。

[2] 例如周作人《中国新文学的源流》持论。

[3] 参见东方朔《刘宗周哲学研究》，上海人民出版社1997年版；黄敏浩：《刘宗周及其慎独哲学》，学生书局2001年版；张瑞涛：《心体与工夫：刘宗周人谱哲学思想研究》，人民出版社2014年版。

[4] 林月蕙：《从宋明理学的“性情论”考察刘宗周对〈中庸〉“喜怒哀乐”的诠释》，载《中国文哲研究集刊》第25期。

[5] 见《记过格》“七情之过”，《人谱》，刘宗周《刘宗周全集》卷二，浙江古籍出版社2007年版，第6页。

于"形上的情",无妨视为"形下的情"。刘宗周对于一般而言的感性之"情"不仅不肯定,其警惕之纤微严厉恐怕是前所未有的。"喜怒哀乐"为"性"之发露,"喜怒哀惧爱恶欲"为个体之"心"感物而迁就,前者乃天道之常运,后者为人事之常情。四德之"情"不变不迁正与"性"同;"七情"却一直处在变动之中。刘宗周学说中常用的情是本体意义上的情、而非形下意义上的情。因此,也就不难理解,尽管晚明著名曲家、跻身刘门高弟的祁彪佳其戏曲理论的基础观念归结在"写情",但此情却是"性情"之"情",既然"良知"只能通过作为"心体"已发状态的"情"来把握,那么"写情"从根本上即是对"良知"的言说,"有关于风教"是为了激发"良知","写情"与"教化"之间具有"写情"为体、教化为用的关系。[1] 呼应的正是王畿《答王敬所》所谓"情归于性,是为至情"[2],方能"尽去风情,独著忠烈,犹不失作者维风之思"[3]。

"情"要表现(知情者出之),这被视为"道"展开的可能,也是"文学"得以存续的可能。中国语境下"情性之教"如何能够在"日尽其性情"当中践行超越,涵养温煦而至于"达道"。生命满溢的春情因重新"在其自己"而获得方向,经由花英成秀之夏、收敛收成之秋,终能归于白茫茫大地之蕴藏。终始条理,有本有根。生命因此未经虚脱成为持续而非流逝。因生命坚实而心灵凝聚,"在其自己"的生命进而成为"自持其自己",灵明归来,宿根深植,不复再由强度的自然生命之自然膨胀作主。一切不在乎进阶为一切都放下,力的转成理的,理的终需力的,外化内不化,终于能够对生命、家国、民族、文化负起责任。"一切从此觉情流,一切还归此觉情"[4],这无疑也是文学应该承担的责任:一种非结构僵化的,亦非一味解构的,更加富有创化精神的"诗写性情",正在路上。

【作者简介】中国艺术研究院中国文化研究所研究员。

---

[1] 裴喆:《祁彪佳与〈远山堂曲品〉〈剧品〉考论》,河南大学出版社2015年版。
[2] 吴震编校整理:《王畿集》,凤凰出版社2007年版,第277页。
[3] 祁彪佳评谢天瑞《忠烈记》,转引自裴喆《祁彪佳与〈远山堂曲品〉〈剧品〉考论》,河南大学出版社2015年版,第73页。
[4] 此牟宗三《五十自述》最后之结语。

"废学救国"，抑或"调和进化"？

——《甲寅》周刊诗论发微[1]

郑　婷

【摘　要】《甲寅》周刊作为"新文化运动"风起云涌后的"旧文化"重要阵地，其对传统的坚守有超越时流的洞见。本文关注《甲寅》周刊在民国中期对当时传统诗坛的守护，从文言语体的坚持、民初诗人的发扬、延续文言文学生命的思考三个方面，讨论《甲寅》周刊的文化演进观念。

【关键词】《甲寅》　光宣诗坛　文化演进

民国时期，各种报刊杂志成为新旧文化之争的阵地，至有"新青年派""学衡派""语丝派""论语派"等以报刊杂志命名的团体——在这之中，亦有"甲寅派"之目。《甲寅》月刊由近代革命家、学者章士钊于1914年5月10日在日本东京创刊，发行十期后停办。1925年7月18日，时任段祺瑞政府司法总长的章士钊重新刊行《甲寅》周刊，至1927年初，共发行45期。《甲寅》周刊作为"旧文学"的阵地之一，其对"新文化运动"的反驳，对传统文化的坚持态度在近年来已受到学界的关注。本文就《甲寅》周刊在文化剧烈变革的民国中期对当时传统诗坛的贡献与守护，展开以下讨论。

一、"废学救国"：与白话文运动的争辩

关于"新文化运动"的逻辑，《甲寅》主编章士钊曾用"废学救

[1] 本文为教育部人文社会青年项目"明代宋诗接受研究"（项目号：17YJC751058）阶段性成果。

国"[1]一词概括之。综观45期《甲寅》周刊，其对白话文运动的批评，从一个"唯喜作流行恶滥之白话文，致失国文风趣"[2]的笼统态度，逐渐向四个方面深入展开。

其一，就文言与优秀语体传统而言。刊登于《甲寅》周刊第六号、文史学家瞿宣颖所作的《文体说》一文，历数了文言相较于"今日白话"的优势：

> 是知欲求文体之活泼，乃莫善于用文言。缘其组织之法粲然万殊，既适于时代之变迁，尤便于个性之驱遣，百炼之铁，可化为绕指之柔，因方之珪，亦倏成遇圆之璧。若八音之繁会，若五色之错呈。世间难状之物心、人心，难写之情，类非日用语言所能足用，胥赖此柔韧繁复之文言以供喷薄。若泥于白话而反自矜活泼，是真好为捧心之妆，适以自翘其丑也。

自先秦以迄于民国，文言语体的经典不可胜记，文言的表现力与文化承载力以及它的适用性与审美性均无可撼动。需要看到，尽管"文言"与"白话"在时代演变中有彼此交融的事实，但就语体发展的大方向而言，二者各有自己的发展传统。"白话文运动"的主张者往往引用《诗经·国风》来回溯白话文源头，但在历史长河中，白话文的使用范围一般是有其文体限制的，比如语录、小说、词曲等。同样，文言的发展脉络也很清晰，历代诗歌变迁、文章改革，譬如唐以来"古诗""古文""古文辞"的数度提倡，大多是在文言自身的传统中进行的。"文言"与"白话"作为两个语体体系并存、并用，这是语言发展的自然生态，而单独废除"文言"体系，则会严重伤害这一自然生态，最终导致文化的不和谐。关于这一点，章士钊发表在《甲寅》周刊第八号的《答适之》一文中针对胡适赞扬梁启超"跟着一班少年人向前跑"，激进地改革文体，谈道：

---

[1] 孤桐：《新旧》，《甲寅》周刊第一卷第八号，第6页，国家图书馆出版社影印本，2009，下引例同。

[2] 孤桐：《杂记》，《甲寅》周刊第一卷第二号，第24页。

今以白话为文,因古之人无行之者。胎息揣摩,举无所施,其事盖出于创。天下事之创者,唯天才能之,岂能望之人人?故白话文,遇谓唯限于二种人为之:一全然不解文事,一文事至高者而已。中材如愚,直是无能为役。

白话乃为人所共用,对一般人而言,白话体系的表现力不如经过数千年精英文化锤炼的文言体系。而语言之美若要泽及普通人,则其人从文言体系所得必然更加深广,从而能够帮助他获得更高的语言能力。当时另一位学者李濂镗在《甲寅》周刊第十一号发表《沦无教》一文,认为考察西国历史,正常规律是"以语言合之文字",而不是把文字都变成日常口语。要之,《甲寅》周刊力阐文言是中华最优秀的语体传统,对文言的粗暴抛弃是对优秀文化的无理斩断。

其二,就文言与当时流行的"进化论"而言。达尔文"进化论"传入中国以来,迅速在文化界掀起风潮,人们对于历史形成的语言现状,也要造出一条"进化论"的路子来:由"文言"进化为"白话",配合政体与社会的变革方向。《甲寅》周刊以此论作为另一个反驳重点,章士钊本人作了数篇论文阐述截断文化传统的危害。他在《甲寅》周刊第九号发表《评新文化运动》一文,畅想"健康"的文化发展应当是:

盖凡一国文化,能达于最高合理之境者,必其举国之中,上自德慧术智之士,下至庸众驽散之材,不为贵贱贫富之遇所限,不为刀兵灾疫之祸所苦;所有文教之设备,修养之日力外,于困学必需之限而宽假之。在机会均等之下,极英才教育之观,因得如向所言:各本其性情之所嗜好之所,安力能之所至,孜孜为之大小精粗俱得一体。而于典章文物、内学外艺,为其代表人物所树立布达者,悉呈一种欢乐雍容、情文并茂之观者也。

达到这个理想,需要文明的积累性成长,而寄希望于简单号召就能"进化"文化者,非但不能如愿,反而会导致历史的退步。章士钊在《甲寅》周刊第八号发表杂文《新旧》,强调历史是"活动的、整片的",

不可强行撕裂的。稍后，他在《甲寅》周刊第十五号，更整理思路，以《进化与调和》为题，提出自己的主张和口号，这篇文章借《庄子·天下》篇"鸟影不动"的譬喻阐明传统形成的环环相扣的道理，此外，还对"进化论"提出的"适者生存"原则是否适合于文化领域发出质疑，进而提出文化"调和"论：

> 达尔文昔倡进化论，以竞争为原则，使人合于自然法律以行。后之学者以为不然，谓果如达言，则人亦与禽兽等耳，生命又安足贵？

他引用克鲁巴图金之"互助论"、帕格森之"创造进化论"、倭铿（今译为"奥伊肯"）之"精神生活论"，证明西人亦不在社会生活中专主"适者生存"的粗暴原则，而力求"调和"传统，以求真正之高层次发展。

其三，就文言与社会阶级论而言。《甲寅》周刊以数篇文章展开与吴稚晖的辩论。吴稚晖支持白话文运动，较之当时大多数白话诗文创作的不尽人意，吴稚晖写的白话文章诙谐泼辣，自成一家，他还积极推进了汉字的罗马字母注音事业，以便底层百姓学习阅读文字。吴稚晖与章士钊的矛盾，在于吴不满章出任段祺瑞政府教育总长。而吴反对章的保守文化观念，在于吴对底层社会具有很深的同情，故将平民、贵族的阶级不平等迁怒于文言传统。章士钊曾在《甲寅》周刊三答吴稚晖，并进一步引发时人廖竞天、梁家义的议论。章士钊反对将阶级论拉扯进文体的辩论中，在《甲寅》周刊第十四号中，他再次以《评新文学运动》为题，反驳"文言是贵族文学""白话是平民文学"的观点，认为以文言为代表的传统艺文在历史长河中不分阶级地启迪一切读书人，"吾乡之牧童樵子，俱得以时入塾，受千字课、四书、唐诗三百首。其由是而奋发入邑庠，为团绅，号一乡之善士者比比也"，"吾国自白丁以至宰相，可依人之愿力为之"云云。章士钊认为社会的分化不是文言传统造成的，"文字限人"说不成立。

其四，就文言与人性讨论而言。章士钊认为"新"的白话文含蕴浅薄,不能塑造一代之青年。文言传统负载传统文化精髓,能在潜移默化间成就一个人的礼仪、性情,他在《甲寅》周刊第十四号发表《评新文学运动》一文曰:

> 愚尝澄心求之,以人本兽也,人性即兽性。其苦拘囚而乐放纵,避艰贞而就平易,乃出于天赋之自然,不待教而知,不待劝而能者也。使充其性而无法以节之,则人欲不得其养,争端不知所居,祸乱并至,而人道且熄。古之圣人知其然也,乃创为礼与文之二事以约之。

又,他还在《甲寅》周刊第十三号发表《文俚平议》一文曰:

> 盖文者,孕育理道,以传于后,而非徒文墨笔砚之为也。今之于文,徒有取文墨笔砚而遗其道理,以谓吾之理想可得依次,泛骛无所于碍。不谓所持理想乃至贫弱而相矛盾,人我隳突,一无准裁,犷悍相师,如兽走圹。冥冥中文化濒于破产,中国人且失其所以为中国人而不自知。此诚斯文之大厄而华胄之亡徵也。

章士钊认为简单粗暴的白话文不能培育文雅的人格,将"失其所以为中国人而不自知"。他的人性观念同思孟学派主张的"性本善论"似不相侔,以至陈箓枢对其有服膺荀子性恶说之目。他认为文学能够传播礼乐、塑造人格的观点则显然延续了《汉书·礼乐志》以来的理论源流,亦可宗祧荀子提出的、影响深远的"文以载道"说。然而,一切文学运动,包括白话文运动,均是社会、思想变革之载体,都基于某种人性认识、期于某种人格塑造的目标,没有绝对"自然"的、客观的文化变革运动,此自不必讳言。

综上四点,章士钊认为"白话文运动"虽为配合社会革命而造,社会革命亦必须施行之。然而,以优秀的传统语体"文言"作为打倒对象,却实在是无的放矢、南辕北辙。

二、"同光""光宣"：对当代之诗的标举

《甲寅》周刊关于诗歌理论的集中发布，一是刊登于第一卷第五号至九号的汪国垣《光宣诗坛点将录》，一是刊登于第一卷第三十七号至四十一号的王赓《今传是楼诗话》。前者1934年重刊于《青鹤》杂志，后者经增补后于1927年连载于《国闻周报》，并在1933年由大公报社出版单行本，两者均在1974年收入台湾文海出版社出版的《近代中国史料丛刊》中。此外，《甲寅》周刊开辟"诗录"一栏，载录当时文人的传统诗歌作品，并偶尔登载短篇诗论文章，如叶德辉《诗徵》等。就汪、王两部诗论而言，赞扬当代传统诗人、反感"白话文运动"的立场较一致，而汪著重在溯本源流、绸体精思，王著则擅长胪列掌故、语温情长。从今日学坛评鉴来看，汪辟疆《光宣诗坛点将录》被誉为"一部简明的近代诗史"[1]，成为晚清、民国诗歌研究的重要参考；王揖唐因其后半生任职日伪政府的变节行为，《今传是楼诗话》不为今学界所重视，而《今传是楼诗话》在辑佚诗篇、保存诗人轶事、记录海外汉诗诸方面是有贡献的。

本文参照《甲寅》有关诗论的部分，重点关注其如何在传统诗歌史中去定位"同光""光宣"的意义。其中，就其归纳传统一面，讨论《甲寅》作为民国"旧文学"阵地之一为传统诗史殿军的努力；就其抗争时流一面，讨论《甲寅》阐发传统诗歌之美感、作用一面。

就《甲寅》版《光宣诗坛点将录》[2]而言，清人舒位仿明代王绍徽《东林点将录》，作《乾嘉诗坛点将录》，汪辟疆或受此启发，亦作《光宣诗坛点将录》，经《甲寅》周刊刊录后，汪录在当时诗坛引起巨大反响。《光宣诗坛点将录》对当时诗人的品评习惯，沿袭明、清诗论家比附古人的传统。其中，上模宋诗一派最为壮大，至有陈三立、郑孝胥、李瑞清、袁昶、范当世、周树模、陈曾寿、曾习经、左绍佐、俞明震、沈曾植、黄节、华焯、诸宗元、陈懋鼎、李宣龚、杨增荦、丘逢甲、严

---

[1] 王培军：《光宣诗坛点将录笺证》"前言"语，中华书局2008年版，第45页。
[2] 《甲寅》版为汪录最初刊行的版本，较其最终改定版少了很多内容。比如，最终改定版涉及晚清、民国共192位诗人，而《甲寅》版只录109人，且比改定版少了诗人赞和部分论诗诗、诗人小传等内容。

复、吴保初、丁惠康、梁鸿志、黄濬、罗惇曧、罗惇曧、严修、刘世珩等27人，形成最大诗人群。其余如学选体的章炳麟、陈衍恪等，尊唐的饶智元、史久榕等，学元、明的李慈铭、樊增祥、邓方等，又有转益多师、风格自成者数十家[1]。余者，比如"曾广钧"条列出当时尚唐音的诸位诗人，比如"朱祖谋""王鹏运""郑文焯""况周颐"[2]几条列出当时著名词家，比如"夏曾佑""黄遵宪""梁启超"条举出当时"诗界革命"的干将等。要之，光宣诗坛既延续着同光诗坛标举宋诗的风尚，又逐渐倾向于向更广泛的传统开放。尤为重要的一点是，汪录品评诗人，特别兼论其人品学养，如评价沈瑜庆"爱苍诗熟于史事，结束精严，正阳一集，尤多名作"[3]，评价严复"几道能学甚笃，诗工最深"[4]，评价柯劭忞"凤笙不朽之业，当在元史"[5]。如专门学人章炳麟、黄侃等人之诗，无不推原其学问。遍观《光宣诗坛点将录》诸作手，能冠"学人之诗"者，十之七八。汪辟疆后来在其重要论文《近代诗派与地域》中有"学人之诗"兴于宋、盛于清的看法，其论述曰：

> 诗歌一道，原本性情，似与学术了不相涉，才高意广与夫习闻西方诗歌界义者，尤乐道之；咸主诗关性情，无资于学。然杜陵一老，卓然为百代所宗，彼固尝言"读书破万卷，下笔如有神"，又云"熟精《文选》理"。昌黎亦言"余事作诗人"。是诗固未尝与学术相离也。两宋诗家，承三唐声律极盛之后，独出手眼，别开面貌，其精思健笔，洵足惊人！然尔时作者，惜多不学……近代诗家，承乾嘉学术鼎盛之后，流风未泯，师承所在，学贵专门，偶出绪余，纵事吟咏，莫不镕铸经史，贯穿百家……要足与学相俪，则又两宋诸诗家所未逮也。[6]

---

[1] 皆据《甲寅》版统计。
[2]《甲寅》版原作"况周仪"。
[3]《甲寅》周刊第一卷第五号，第26页。
[4]《甲寅》周刊第一卷第七号，第23页。
[5]《甲寅》周刊第一卷第八号，第26页。
[6] 张亚权编纂：《汪辟疆诗学论集》，南京大学出版社2011年版，第37页。

综上，汪录对记录"同光""光宣"以迄于民国的近代诗坛有三个方面的贡献，一是在大局面上认为近代诗人将"以学问为诗"（严羽《沧浪诗话》语）的宋诗传统推向鼎盛；二是在小局面上总结了一些近代诗史的小结构；三是以诗存人，镌刻近代诗人的风采怀抱。

至于王揖唐著《今传是楼诗话》，亦当备民国诗史之考察，而其刊于《甲寅》者仅数条而已。其中载于《甲寅》周刊第三十八号的一则记载了晚清世家吴长庆、吴保初、吴炎世祖孙三人之事迹与诗歌。吴长庆曾为清廷出战太平军、捻军，又于光绪八年（1882）远征朝鲜、镇守汉城。《今传是楼诗话》记载了其幕僚张啬庵于帷幄中赠吴长庆的一首七律。二十年后，吴长庆孙炎世再次东渡朝鲜，吴炎世在汉京（今首尔）缅怀祖父武功，作下排律《渡韩敬题先大父武壮词》。王揖唐还在此则中记载了吴炎世在日本同他交往的往事等。《今传是楼诗话》有很大一部分条目记录了作者亲身经历的诗坛轶事，为近代诗史的研究提供了不少一手史料。

再者，《甲寅》第一卷第四十一号登载晚清宿儒叶德辉《诗徵》一文，叶德辉在此文中表达了自己曾对著述清史有所准备，"往年收藏有清一代诗文集颇多，本储为清史之有"。然而，述史之梦难圆，叶德辉将其余绪发于《〈乾嘉诗坛点将录〉诗徵》这一著作中，以存"乾隆丙辰始至道光丙申止"之百余年间诗人。章士钊文后记曰："焕彬先生行辈甚老，世或以为不在人间矣，而仍穷途著书如是。特出此函表之，亦欲使留心文化者略为警动尔。"这样的记录同样为民国诗史提供了一手史料。

《甲寅》作为民国"旧文学"阵地之一，为传统诗史的殿军作出了贡献，勾勒了"同光""光宣"诗坛之大体，回应了旧体诗遭遇的时代挑战，记录了一代传统诗人之丰采。而其抗争"白话文"时流的努力，又与之一体两面、互相呼应。首先，如前文所举，刊登于《甲寅》周刊第六号的瞿宣颖《文体说》、第九号与第十四号的孤桐《评新文化运动》等文章中已对文言是文化高等发展之表征、文言有特别美感的话题展开论述，此处不再重复讨论。其次，《甲寅》无疑起到了凝聚当时主张继承传统语文、反对"白话文运动"的文化精英们的作用。《甲寅》专门辟有《诗录》专栏，收录了郑孝胥、陈宝琛、王赓、邵瑞彭、曹经沅、江瀚等数十位诗人时作。今天看来，此栏目至少为传统诗人彼此唱和诗歌提供了场所。再者，《甲寅》"通讯"专栏常收文人以《读甲》《甲寅》为题目的短信件，内容多为对《甲寅》周刊作为继承传统语文、反对白话时风的阵地表示赞同。以第二十六号缪钺《甲寅》一文为例，缪信中同情、鼓励孤桐曰:"《甲寅》重刊，誉满天下，谤亦满天下……先生勿与较一时意气，而唯声应气求，广集海内外闳识方闻之士，相与砥砺研讨，积之以饫学，持之以毅力，正名当辞，以申白吾说。"《甲寅》周刊的投稿人上至晚清诗坛盟主陈三立，下至清华学校肄业生陈拔，有一时权宦、伪察哈尔都统公署秘书长孙至诚，也有几于湮没乱世的宿儒叶德辉，更有缪钺、王力、余嘉锡等人，对新中国成立后传统文学研究起到奠基之功。可见，《甲寅》周刊在一定广度上荟萃了在新语体冲击下维护传统语言文化的各个层次的声音。

三、"调和进化"：传统诗歌生命演进的历史视角

章士钊两次在《甲寅》周刊中作专文解释"輮"这个字。"輮"，宋代陈彭年《重修广韵》解为"輮，还也，车相避也"，又曰"輮，车前轻也"[1]。轻与重，同"轾"与"轩"，车前重后轻曰"轾"，反之曰"轩"。明代陆化熙《诗通》注释《小雅·六月》曰:"如轾如轩，犹云轻如轩如也"[2]，则"轾"乃车前倾的样子，类似于今天的车辆在运行途中急刹车时的样子。汉代刘熙《释名》中又将"轾"解释为"小貂"制作的"车中重荐（重叠的席子）"[3]，则"车前轻"乃指防止乘客在车辆前倾时跌落的席子。要之，"輮"指车辆突然停止前进的状态，或专指在"车相避也"这种紧急情况下突然刹车的状态。章士钊用这个字反驳北京大学教授颜任光、胡适批评他"开倒车、走回头路"的言论，他在《甲寅》周刊第七号发表《说輮》一文曰:

---

[1] 陈彭年：《重修广韵》卷一，四部丛刊景宋本。
[2] 陆化熙：《诗通》卷二，明书林李少泉刻本。
[3] 刘熙：《释名》卷七，四部丛刊景明翻宋书棚本。

两车相抵则奈何？曰唯輆以济之而已。輆者，还也，车相避也。相避者，又非徒相避也，乃乍还以通其道，旋乃复进也。自有此輆，车乃无道而不可行，輆之时义大矣哉。今谚有所谓开倒车者，时人谈及，以谓有背进化之通义，辄大病之，是全不明夫輆义者也。

他借阐发"輆"的字义表达了自己对"新文化"割裂传统的不赞同，主张当前时代应向"旧文化"适当回归与调济。不久之后，章士钊在《甲寅》周刊第十七号再发表《再疏解輆义》一文，认为新的社会思潮、新的生产力发展不一定会带来文化发展的积极方向。他关注了当时美国小学教员"师科布"（Scopes）案，此案实质乃指向宗教教育与科学教育的冲突，并认为工业革命后，欧美的普通百姓反而在精神文化上更加贫瘠，工业革命带来了生产力的进步，却不一定带来文化的繁荣：

泊乎最近，工业太盛，群体为机械所化，人人失其故步，日以血肉与面包相搏而不得一饱。以求向之村居族聚、从容安乐，以教义瀹其心灵，醰醰有余味者，渺如飘风散烟之不能复。

章士钊的这段话不可谓不有先见于后世，他发表在《甲寅》的文章中数次提到马克思主义，亦或受到其"异化"学说的影响。要之，章士钊借"輆"字表达了他对文化生命延续的历史规律的认识，文化演进不可能一成不变，也不可能尽弃前功，它总是在调和、相济、互助中前进的。基于这样的观点，章士钊对为探索传统文化的当代生命而努力的梁漱溟十分欣赏，《甲寅》第十二号发表他的《评梁漱溟〈东西文化及其哲学〉》一文，对梁极加赞叹，两人都不主张断然抛弃一国之传统文化，而主张文化的"调和进化"。

具体就传统诗歌的"调和进化"而言，"同光"诗人中的理论家陈衍提出过著名的"三元说"，《石遗室诗话》卷一言：

盖余谓诗莫盛于三元，上元开元，中元元和，下元元祐也。君谓三元皆外国探险家觅新世界殖民政策开埠头本领，故有开天启疆域云云。余言今人强分唐诗、宋诗，宋人皆推本唐人诗法，力破余地耳。庐陵、宛陵、东坡、临川、山谷、后山、放翁、诚斋，岑、高、李、杜、韩、孟、刘、白之变化也。简斋、止斋、沧浪、四灵，王、孟、韦、柳、贾岛、姚合之变化也。故开元、元和者，世所分唐、宋人之枢幹也。若墨守旧说，唐以后之书不读，有日蹙国百里而已。故有唐余逮宋兴，及强欲判唐、宋各云云。[1]

清代诗人处于传统诗歌发展了两千余年之后，他们对诗歌最具理论与诗史之眼光，况且，晚清诗论家承明、清以来学古诸诗派之余绪，经历了复古说、性灵说、神韵说、格调说、肌理说等各派诗论的洗礼，亦最具评骘理论之能力。乾嘉以后，清诗在创作上极宋诗之变，在理论上走向试图贯通前人诗论的路径。陈衍“三元说”针对明代复古派“唐以后之书不读”，认为诗歌代变不可能以截然生裂的形式呈现。然而，开元、元和、元祐三个“外国探险家觅新世界”的时代，则是诗境更新的三个象征性关捩，亦是真正“诗界革命”发生的时期，其间变革的历史动机又非尽在诗歌内部。“故开元、元和者，世所分唐、宋人之枢幹也”，指出了中唐对宋诗特征的启发作用。细绎陈衍“三元说”，其所谓“元和”实大成于元祐年间，而其所谓“元祐”实大成于清代乾嘉以后。后来，沈曾植《与金蓉镜太守论诗书》中又提出元嘉、元和、元祐“三关说”，则“开元”又实承元嘉而为极盛。

传统文学在历史上数次呈现出以复古求新变的形式，变化是文学生命得以延续的要素。然而，如“新文化运动”断然废除的方式，是传统文人所不能接受的。章士钊发明“调和进化”的说法，即表达出保护传统的志愿，又努力去呼应“新尔雅”时代的到来。然而，如陈衍、沈曾植提出的“元嘉”“开元”“元和”“元祐”这样的诗歌变革、发展的社会动力在近代一百年渐渐离开了传统文言的领域而进入其他文学体裁。《诗大序》云：“诗者，志之所之也，在心为志，发言为诗。”诗人

---

[1] 陈衍：《石遗室诗话》，辽宁教育出版社1998年版，第4页。

之"志"的寄托构成了诗歌延续的内在源泉，有新活的寄托，才有新活的生命。文言文学在章士钊时代依然是充满自信的，源于仍有一阶层文化精英将他们的鲜活"志向"寄托其中，社会生活的很多方面又都保留着传统的影响，故文言势不孤生。今日，欲复兴优秀的文言传统，亦必须倚待传统文化在社会全方位的崛起。

章士钊早年参加革命，主张立宪政党制，后半生支持共产主义运动，他和晚清"维新派"不一样，是一个主张彻底变革帝制的社会革命者；《甲寅》周刊积极介绍西方政治制度，在政治与社会革命方面也不持保守主义态度。章士钊认为胡适提出的"好政府主义""不失为一种方法"[1]，却坚决反对胡适提倡"新文化运动"，他不是要做"遗老"，而是对文化传统有超越时流的考虑。他重刊《甲寅》时，有"近人主毁法造法，逆料有一时期，约法既坏，新法未生"[2]的困惑，故而在《甲寅》周刊中呼吁存留优秀传统，以待未来社会之咨访。今天的社会固当感慨"斯文终有愧于古"（苏轼《六一居士集序》语），《甲寅》的立场或许正逐渐显现出它的进步意义。

【作者简介】云南大学文学院讲师。

---

[1] 孤桐:《评新文化运动》，载《甲寅》周刊第一卷第九号。
[2] 孤桐:《孤桐杂记》，载《甲寅》周刊第一卷第一号。

论郁达夫旧体诗的女性书写

王　春

【摘　要】　作为新文学的代表作家，郁达夫一生的旧体诗创作颇有成就，在他现存的六百余首作品中大量地涉及女性书写，成为一个值得关注的文学现象。就这一题材来说，他于清人取法颇多，体现了对传统的继承。从艺术手法上看则表现为主观抒情与别有寄托互为表里，而更为引人注意的是他对暴露笔法的使用和由此产生的反抗精神，这在一定程度上突破了传统诗学的局囿而具有了某种现代意味，是新的思想观念的反映。

【关键词】　郁达夫　旧体诗　女性书写

　　作为新文学的代表作家，贯穿郁达夫（1896—1945）文学生涯起点与终点的却是旧体诗写作[1]，而他自己也认为其"性情最适宜的，还是旧诗"（《骸骨迷恋者的独语》）[2]，这不能不说是一个有意思的现象。刘海粟认为郁达夫"诗词第一，散文第二，小说第三，评论文章第四"（刘海粟《郁云〈我的父亲郁达夫〉序》），孙百刚亦云："你将来可传的，不是你全部的小说，而是你的诗。"（《郁达夫外传》）[3]虽然难免有借小说成就以夸饰诗歌之嫌，但也足见旧诗于其文学活动中的重要

---

[1]　按：郁达夫《自述诗十八首并序》其六有"九岁题诗四座惊"之句，其十二注云其十五岁"是予平生专心研求韵律之始"，1945年殒身于苏门答腊前尚有《题新云山人花梅》之作，可见旧体诗创作几乎贯穿了他的一生。见郁达夫著，詹亚园笺注：《郁达夫诗词笺注》，上海古籍出版社2013年版，第179、183、586页。以下所引郁达夫诗，如无特殊说明，皆据《郁达夫诗词笺注》，不再一一出注。

[2]　郁达夫：《郁达夫文集》（第三卷·散文），花城出版社1982年版，第123页。

[3]　见《郁达夫诗词笺注·绪言》，郁达夫著，詹亚园笺注：《郁达夫诗词笺注》，上海古籍出版社2013年版，第1页。

地位。

在郁达夫现存的六百余首诗作中，值得注意的是其中有大量的作品涉及女性书写，这里所说的女性包括亲人、爱人、友人和历史典故。目前可见郁氏最早的诗歌是1911年的《咏史》三首，其二云："大度高皇自有真，入关妇女几曾亲。虞歌声里天亡楚，毕竟倾城是美人。"其三云："马上琵琶出塞吟，和戎端的爱君深。当年若赂毛延寿，那得诗人说到今。"可以说，自其创作伊始，便与女性书写结下了不解之缘，所谓"生怕情多累美人"，不妨视为其夫子自道。总体而言，郁达夫笔下的女性书写，既有承续传统的一面，又有别具特色之处。本文拟以此角度展开，在清诗的脉络中考察这一现象的渊源，同时揭示郁达夫女性书写所具有的抒情性与寄托性，并探讨其暴露笔法与其中内蕴的反抗精神。

一、脉络与嗣响

过去，我们在讨论郁达夫旧体诗的渊源时，往往围绕其出于唐还是出于宋展开[1]，甚少将其放在整个清诗的脉络中进行讨论，这无疑是片面的。清诗作为封建文学的谢幕，其兼容唐宋，超元轶明，取得了辉煌的成就，郁达夫出生于清廷统治之下，其诗歌创作从清诗中汲取了丰富的养分，是毋庸置疑的。即以女性书写为例，亦可鲜明地看出其与清诗之关系。

首先，就郁氏从事旧诗创作之缘起来看，《自述诗十八首并序》其十二云："吾生十五无他嗜，只爱兰台令史书。忽忆江南吴祭酒，梅花雪里学诗初。"注云："十五岁冬去小学，奖得吴梅村诗集读之，是予平生专心研求韵律之始，前此唯爱读两汉书耳。"可见吴伟业对其诗歌生涯有启蒙之功，不久之后，他又购得一部黎城靳氏的《吴诗集览》，于他影响颇大，"因为吴梅村的夫人姓郁，我当时虽则还不十分懂得他的诗的好坏，但一想到他是和我们郁氏有姻戚关系的时候，就莫名其妙地感到一种亲热"（《远一程，再远一程！》)[2]。而其对梅村之热爱也终身不

---

[1] 按：郑子瑜有《郁达夫诗出自宋诗考》，见陈子善、王自立编《郁达夫研究资料》，花城出版社1985年版，第614—629页。刘麟有《郁达夫诗出自唐诗考》，见《中国现代文学研究丛刊》2002年第2期。
[2] 郁达夫：《郁达夫文集》（第三卷·散文），花城出版社1982年版，第404页。

辍。吴氏作为清初"江左三大家"之一，因其卓越的艺术成就和悲苦的人生经历，在诗史上有着非同寻常的地位。《四库全书总目》卷一七三"《梅村集》四十卷"条云："其少作大抵才华艳发，吐纳风流，有藻思绮合，清丽芊绵之致。及乎遭逢丧乱，阅历兴亡，激楚苍凉，风骨弥为遒上。"[1]道出了梅村诗哀感顽艳、情文兼备的特色。而梅村本擅艳体，律绝亦颇为可观，尤好借当时美人之零落而抒亡国之沧桑，如《赠寇白门六首》等均堪称此类佳制，其与卞玉京之感情经历，更为人们所称道。郁达夫对吴伟业的继承也在这一方面，即多女性书写，而常寓身世之悲和家国之恨。1917年，郁达夫奉母命自日本归乡订婚，步梅村《琴河感旧》四首作《春江感旧》四首，感慨前尘往事。1918年，郁达夫盛夏闲居日本乡间，读唐宋以来各家诗，仿王士禛《论诗绝句三十五首》而成诗八，其中有《吴梅村》一首，诗云："斑管题诗泪带痕，阿蒙吴下数梅村。冬郎忍创香奁格，红粉青山总断魂。"韩偓有《香奁集》三卷，多咏妇女闺情，郁达夫此诗即透露出于梅村之诗学取向，即颇好吴氏近乎冬郎艳体之处。1921年，郁达夫将由安庆赴日本，告别妓女海棠，作《将之日本别海棠三首并序》，小序起首便说："昔者枫林霜信，吴祭酒成感旧之词；客舍平居，潘骑省作悲秋之赋。"即可看出其与《琴河感旧》之内在继承关系，而该组诗第一首即用《琴河感旧》其三之韵，诗云："绿章夜奏通明殿，欲向东皇硬乞情。海国秋寒卿忆我，棠阴春浅我怜卿。最难客座吴伟业，重遇南朝卞玉京。后会茫茫何日再？中原扰乱未休兵。"以吴伟业自拟，以卞玉京况海棠，虽未必贴切，但尾联将忧时失意嵌入儿女情长之中，则是承自梅村无疑，当然这一点在诗人后期诸如《毁家诗纪》《乱离杂诗》中表现得更为明显。

其次，另一个对郁达夫产生重要影响的是"声称躁一时，乾隆六十年间，论诗者推为第一"（包世臣《齐名四术》）[2]的黄仲则。郭沫若在《〈郁达夫诗词抄〉序》中指出："他似乎很喜欢清代的诗人黄仲则，他不仅喜欢他的诗，而且同情他的生活。他似乎有意在学他。他的短篇小说《采石

---

[1] 魏小虎编撰：《四库全书总目汇订》，上海古籍出版社2012年版，第5681页。
[2] 黄景仁著，李国章标点：《两当轩集》，上海古籍出版社1983年版，第629页。

矶》便以黄仲则为主人公的，而其实是在'夫子自道'。"[1] 这里的"似乎"其实可以去掉，就郁达夫的小说而言，"强烈的主观色彩是郁达夫创作风格最突出的表现特征"（许子东《郁达夫创作风格论》），"事实上，从《银灰色的死》开始，郁氏小说里除抒情主人公外，还未出现过其他重要人物。'我'的形象支配着一切（尽管表现不同），单一的伤感情怀不断延续（尽管日趋复杂）"（许子东《郁达夫的小说创作》）[2]。因此，《采石矶》中的黄仲则悒郁纤敏、孤高气傲，实则是他在小说中的代言人，是他情感与性情的投射。值得注意的是，《采石矶》是借历史题材而影射现实的作品，胡适曾苛责郁达夫的译诗，小说毋宁说是另一维度对这一指责的回应，选取黄仲则作为主人公显然是出自作者的匠心。郁达夫曾有"吟笔心仪黄仲则"（《题湘湖师范〈锄声〉壁报》）之句，他阅读黄仲则始于1910年，正是其开始作诗之时，首先被吸引的还是《两当轩集》中凄艳的近体诗，而后复为景仁落落寡欢的态度所感动[3]，需要注意的是，在女性书写中其实最易体现这二者，如黄仲则有《绮怀》十六首，其十五云："几回花下坐吹箫，银汉红墙入望遥。似此星辰非昨夜，为谁风露立中宵？缠绵思尽抽残茧，宛转心伤剥后蕉。三五年时三五月，可怜杯酒不曾消。"[4] 颇能曲尽其情，哀感顽艳，达夫诗作中高者是能到达此境的。

再次，不妨从地域上来审视郁达夫的诗学渊源。郁氏生于浙江富阳，就地域言，浙江在有清一代始终是人文渊薮，诗文最盛，先贤之流风遗韵自然不能不对其产生影响。清初之朱彝尊为一时诗坛执牛耳者，郁达夫《自述诗十八首并序》其十五云："鸳湖旧忆梅村曲，莺粟人传太史歌。日暮落帆亭下立，吴王城郭赵家河。"注曰："落帆亭在嘉兴府治北。朱竹垞《鸳湖棹歌》有云'怕解罗衣种莺粟，月明如水浸中庭'，艳丽极矣！"朱氏有《风怀二百韵》，影响甚大，"其与《闲情》一组以及《戏效香奁体诗》，加之词集《静志居琴趣》，构成了巨帙情爱之什，

[1] 陈子善、王自立编：《郁达夫研究资料》，花城出版社1985年版，第162页。
[2] 许子东：《郁达夫新论》（增订本），浙江文艺出版社1985年版，第2、67页。
[3] 郁达夫：《关于黄仲则》，见郁达夫《郁达夫文集》（第六卷·文论），花城出版社1983年版，第112—116页。
[4] 黄景仁著，李国章标点：《两当轩集》，上海古籍出版社1983年版，第265—266页。

从而使朱氏成为清代杰出的爱情诗巨擘"[1]。郁氏于此恐亦取法良多。朱氏之后，以厉鹗为中心形成浙派，"厉鹗世以词称大家、然其诗实亦独辟一径，别续一灯，足为名家"[2]，其人淡薄功名、狂狷孤高、潦倒终生亦令郁达夫感动、同情。《碧浪湖的秋夜》即以厉氏为主人公，着力描写其爱情故事，小说大量引用樊谢诗，而均集中于女性书写。实际上以樊谢《悼亡姬十二首并序》为代表的写情之作，幽新凝练、情韵绵邈，于古今同类诗中亦堪为上乘精品，如其十一："约略流光事事同，去年天气落梅风。思承获港扁舟返，肯信妆楼一夕空。吴语似来窗眼里，楚魂无定雨声中。此生只有兰衾梦，其奈春寒梦不通。"[3]检《水明楼日记》可知，郁达夫曾于1932年10月24日专门去钱塘东园巷——厉樊谢征君旧寓之所在凭吊，次日又抄旧作《过西溪法华山觅厉征君墓不见》寄柳亚子，第三日复考厉鹗生卒年月，乃有作《碧浪湖的秋夜》之思[4]。若非在心灵上和诗学观上与厉鹗有相通之处，郁氏定不会如此倾倒。作为浙派羽翼的符曾诗歌以风韵见长，郁达夫笔下或多或少也有他的影子。而差不多同时，以袁枚为首的性灵一派亦在浙诗中苍头突起，其重真重情的诗学观在浙江一地香火不断，《小仓山房诗集》中女性书写绝不在少数。而之后的陈文述"才涌如潮，情艳于月"[5]，中年删定旧作成《颐道堂内外集》，博丽有余，然"外集所编仅香奁一体，至二十卷之多"[6]。进入清代后期，浙江最重要的诗人是"一箫一剑平生意，负尽狂名十五年"的龚自珍，他于近代诗史的地位是如何赞誉也不为过的。定庵诗极富浪漫主义色彩，融哀艳、雄奇于一炉，而其"之美一人，乐亦过人、哀亦过人"（《琴歌》）的性格也与郁达夫相契合。郁氏《自述诗十八首并序》其一即云："江湖流落廿三年，红泪频揩述此篇。删尽定公哀艳句，侬诗粉本出青莲。"注曰："仁和龚璱人有《己亥杂诗》

[1] 严迪昌：《清诗史》，浙江古籍出版社2002年版，第520页。
[2] 同上书，第878页。
[3] 厉鹗著，董兆熊注，陈九思标校：《樊谢山房集》，上海古籍出版社1992年版，第1049页。
[4] 郁达夫：《郁达夫日记集》，浙江文艺出版社1986年版，第291—293页。
[5] 潘清：《挹翠楼诗话》，见张寅彭选辑，吴忱、杨焄点校《清诗话三编》，上海古籍出版社2014年版，第6028页。
[6] 徐世昌编撰：《晚晴簃诗话》，华东师范大学出版社2009年版，第824页。

三百十五首，予颇喜诵之。"可见精神相通。1933年，作家钟敬文将自己的旧诗集《城东诗草》送给郁达夫请求指教，遂有《集龚定庵句题〈城东诗草〉》："秀出南天笔一枝，少年哀艳杂雄奇。六朝文体闲征遍，欲定源流愧未知。"足见倾倒。汪辟疆《近代诗派与地域》云："江浙山水，既以绵远清丽胜，故人物秀美，诗境清新，有一唱三叹之音，无棘句勾章之习。"[1]郁达夫既得江山之助，以风韵见长，而浙诗自清代以来便有一脉艳体女性书写的传统，郁氏自然从中获益良多。

最后，仍应值得注意的是当时的诗坛背景。郁氏出生于光绪二十二年（1896），"九岁题诗四座惊"为光绪三十年，十五岁起肆力于诗是宣统二年（1910），而这一阶段正是光宣诗坛作家众多、流派纷呈的辉煌时期。汪辟疆尝言："忆甲午中日战后，吾乡文道羲学士尝语先公曰：'生人之祸患，实词章之幸福。'其言至痛。然觇诗学风会者，可深长思矣。在此五十年中，士之怀才遇与不遇者，发诸歌咏，悯时念乱，旨远辞文，如陈宝琛、张之洞……诸人之所为者，渊渊乎质有其文，海内承风，蔚为极盛。"[2]郁达夫自不能不受时风影响。若陈三立之诗偏重于主观的抒情写意，张之洞笔下"客观对象常常经过比较明显的主观变形而得以焕发其精神"[3]，以樊增祥、易顺鼎为代表的晚唐派以才情富艳、文笔绮丽见长，以李希圣、曾广钧等为代表的西昆派诗人则以沉博艳丽、情调婉转缠绵而著称。倒不是说郁达夫刻意从以上诸人取法，而是这些在自己学诗写诗时代的名家巨手，都有意无意地从正面或反面影响着郁达夫[4]。还须提及，以梁启超、谭嗣同、黄遵宪为代表的诗界革命派，

[1] 汪辟疆：《汪辟疆说近代诗》，上海古籍出版社2001年版，第35页。
[2] 同上书，第10页。
[3] 马亚中：《中国近代诗歌史》，复旦大学出版社2011年版，第399—400页。
[4] 按：以西昆派为例，郁达夫《关于黄仲则》一文云："道咸以来，诗风又为之一变，而黄仲则的《两当轩集》，流行也稍稍减了。但到了光绪的季世，西昆排比之诗兴，而二三自命为风流的人物，又多喜作淫靡猥亵之语，于是一般有识的作者，遂又崇拜起黄仲则的诗来。"可见，他于西昆派多有贬词，然而实际上，郁达夫笔亦未能免除西昆之积习，实实亦流露出淫靡猥亵之语。再如就浙派而言，袁昶自然是其中名家，郁达夫《娱霞杂载》言："人但传其诗句僻涩，上追北宋，殊不知他的长短句，也音节悠扬，直入宋人堂奥……"文中所录之词即甚绮丽。该文涉及清代诗人处，颇取言情艳丽之作。见郁达夫《郁达夫文集》（第四卷·散文），花城出版社1982年版，第16—21页。

历来被视为进步文学的象征，然而其创作成就并未能与其文学史之地位相符。梁启超认为："欲为诗界之哥伦布、玛赛郎，不可不备三长，第一要新意境，第二要新语句，而又须以古人之风格入之，然后成其为诗。"不过，在实际创作中"颇喜捃扯新名词以自表异"，"新语句与古风格，常相背驰"（《饮冰室诗话》），遂致不堪卒读，殊少诗味。郁达夫对于这一派的"旧瓶装新酒"也颇有讥评，如《谈诗》云："清朝乾嘉时候有一位赵翼（瓯北），光绪年间有一位黄遵宪（公度），曾试以旧式古体诗来述新思想新事物，但结果终觉得不能畅达，断没有现在的无韵新诗那么的自由自在。还有用新名词入旧诗，这两位原也试过，近代人如梁任公等，更加喜欢这一套玩意儿，可是半新不旧，即使勉强造成了五个字或七个字的爱皮西提，也终觉得碍眼触目，不大能使读者心服的。"[1]然而，如后文所述，郁达夫在女性书写的过程中颇有突破传统之处，而能以新思想熔铸于旧体诗之形式中，并保留古人之风格，实可视为在某一维度上对"诗界革命"的回响。

二、抒情与寄托

郁达夫在《诗论》中指出："诗是有感于中而发于外的，所以无论如何，总离不了人的情感的脉动……总之诗的实质，全在情感。"[2]而女性书写则是最容易表现情感的。在传统的诗歌中，涉及女性书写往往好"男子作闺音"，形成了"闺怨"等诗歌范式。与郁达夫的小说和散文相一致，其诗歌具有着强烈的主观抒情性，时刻以自我为中心宣泄情感。

郁达夫诗作中所表现出的这种主观抒情性既与其多愁善感的性格有关，又与其多受日本"私小说"文学观念的影响相联系，因而其诗作中也往往具有浓重的自叙传色彩，若将郁达夫的女性书写之作按年代编排，庶几可以反映出其一生的情感历程。因为郁氏诗作抒情是以作者为

---

[1] 郁达夫：《郁达夫文集》（第六卷·文论），花城出版社1983年版，第224页。同样的思想郁达夫在《序〈不惊人草〉》中也有表达，见郁达夫《郁达夫文集》（第七卷·文论、序跋），花城出版社1983年版，第276—278页。

[2] 郁达夫：《郁达夫文集》（第五卷·文论），花城出版社1982年版，第200—222页。

本位的，是诗人的有感而发，因此常从身边小事着笔，重细节刻画，善于表现纤细微妙的情绪。如《旧历八月十六夜观月》："月圆似笑人离别，睡好无妨夜冷凉。窗外素娥窗内客，分明各自梦巫阳。"此诗于1917年10月1日作于日本，作者曾抄寄未婚妻孙荃，首句拟人，赋予月以情感，人有悲欢离合，月有阴晴圆缺，所谓"何事长向别时圆"，以月之圆对比自己与未婚妻的分离，更显悲伤。次句夜之冷凉是自己的切身感受，既是外部环境的寒冷，也是内心深处凄凉的呈现。"窗外素娥窗内客，分明各自梦巫阳"，亘古孤单的嫦娥现正在梦巫阳高唐之欢，而作客异国的自己又何尝不是呢？同时这里的素娥也象征着孙荃，窗外素娥，实际是远在千里之外的爱人，她又何尝不在深深地思念着自己呢？诗后有自记曰："是夜月明，余梦醒时，刚打三更，月光自窗缝内斜射至帐上，余疑天已曙，拥被起坐，始识为嫦娥所弄。呆坐片刻，上诗即成，所谓枕上微词者是矣。"可见此诗相思之情的宣泄实为偶然一小事触发，但是这感情的浓郁则来自作者夙日的累加，因此表达之时更显真挚。再如《寄内五首》其二云："昔日曾谈别后心，谈时涕泣已难禁。当时只道难离别，别后谁知恨更深。"此诗写作背景为郁达夫1920年7月回国与孙荃完婚，8月返回日本，11月成诗五首，诉相思缠绵深情。该诗亦从寻常小事写起，诗句寻常如话，却寄寓深情，从时间性上来看，先说"昔日"是回想过去，"曾谈别后心"则是在过去的时间点上悬想未来，在悬想的过程中夫妻二人已经悲难自已；"当时只道难离别"，化自李商隐《无题》"相见时难别亦难"，说的是分离之时的痛苦；"别后谁知恨更深"是分离后的情事，"恨更深"点出相思之更为痛苦，全诗以分离前、分离时、分离后构成一条时间线，与此相表里的是全诗的感情围绕着离愁别绪层层递进，使整个时间过程中均灌注着悲情。而诗作不避重复，短短四句出现两次"谈"、两次"时"、两次"难"、三次"别"，显然是刻意为之。两次"谈"意味着夫妻二人同处一处，然而所谈之事却令人倍感凄凉，两次"时"实际上构成了"时时刻刻"的时间性，即痛苦无时不在，两次"难"递进地呈现了感情的浓度，而三次"别"无疑是在强调这种别的悲苦，因此一"别"，作者夫妻二人无时无地不沉浸于悲楚情绪之中。通过主观抒情，作者将这种微妙的痛苦之情呈现于文本之上，令人颇能感同身受。

与诗中所带有的"自叙传"色彩相对应，郁达夫刻意塑造自己的"零余者"形象，长于借女性书写抒发悲情，这也与其文学主张有关。《炉边独语》云："悲哀之词易工，也是自然之势。因为人的感情，快活的时候，是弛放的，悲哀的时候，是紧张的。子食于丧者之侧，未尝饱也，悲哀的渲染，比快乐当然更来得速而且切。"[1] 不妨看作这一文学观的宣言。在诉零余的悲苦时，作者常以梦境与现实对比来加强抒情。《梦逢旧识二首》其二云："竹马当年忆旧游，秋风吹梦到江楼。牧之去国双文嫁，一样伤心两样愁。"作者梦到自己青梅竹马的女友嫁与别人，不胜悲凉，于是发之于诗。梦到与旧人出游而往昔不再是一重痛苦，女友已经嫁人又是一重痛苦，身处异国而不得见是一重痛苦，梦中尚能相逢，醒后则只能兀自惆怅，更是一重痛苦，梦中的逢与现实的孤独相对照，凸显作者的寂寞心绪。《春江感旧》是作者1917年返回家乡所作，少年时代曾触动他心绪的女友已经嫁为卢家少妇，于是作者内心触动愈深，其三云："一夜天风到蕙兰，花香人梦两阑干。折来红豆悲难定，湿尽青衫泪不干。佳妇而今归帝子，腐儒自古苦酸寒。绵绵此恨何时了，野雉朝飞不忍看。"首联"花香""人梦"是两种美好的事物，"阑干"指二者的行将消散，此处的梦与后文的悲苦现实形成对照，颔联直抒胸臆地宣泄悲情，红豆寓指相思，而泪湿尽青衫仍不干，足见泪之多，愈显悲之深，颈联叙述悲之原因，将佳妇与腐儒对照，写二人不同的命运，尾联用典，"绵绵此恨何时了"化用白居易《长恨歌》"天长地久有时尽，此恨绵绵无绝期"，写出悲情之绵长，"野雉朝飞不忍看"典出犊沐子《雉朝飞操》："雉朝飞兮鸣相和，雌雄群游于山阿，我独何命兮未有家。"雉犹如此，人何以堪，以不忍看雉朝飞而深化作者的孤独之感，呈现零余形象。

而犹须申说的是，郁达夫所处之世正值风雨飘摇之时，女性书写的同时也往往伴随着爱恨情仇的表达，而在这一过程中他接受了吴梅村的

---

[1] 郁达夫：《郁达夫文集》（第八卷·政论、杂文），花城出版社1983年版，第81页。

影响，常于儿女情长之中寄托家国之感。他笔下的女性往往涉及爱情与美色，而她们作为美好事物在日常生活中则最具有象征性。松浦友久先生曾将"爱"定义为"对丧失的恐惧"，认为："而'性爱'比起'骨肉之情'来，在与对象的关系上是远为不稳定、易于动摇。大概正因此，作为诗的抒情源泉，性爱一般占有优越地位。"[1]这在某种程度上可以视女性书写为郁达夫创作源泉的原因。而性别与政治本身即有一种相互缠绕的复杂关系，如传统的以香草美人借指忠君爱国的手法在古诗中自不鲜见，然在民主共和时代，郁达夫的女性书写在排除忠君思想之外也具有某种政治属性，将女性与国家的命运相结合，爱——作为"对丧失的恐惧"于此彰显得最为明显。爱之得与爱之失除了具有情感层面的意义外，在现实层面也有其指向性，于此之外，更表达了郁达夫的某种寄托，感情经历与国事沉浮息息相关。如著名的《旧友二三，相逢海上，席间偶谈时事，嗒然若失，为之衔杯不饮者久之。或问昔年走马章台，痛饮狂歌意气今安在耶？因而有作》："不是樽前爱惜身，佯狂难免假成真。曾因酒醉鞭名马，生怕情多累美人。劫数东南天作孽，鸡鸣风雨海扬尘。悲歌痛哭终何补？义士纷纷说帝秦。"标题中"或问昔年走马章台，痛饮狂歌意气今安在耶"即已昭示今昔不同，"生怕情多累美人"的背景正是时世艰难，因为国家的坠入困顿而使所谓的意气、风流云云都成梦幻泡影，名马、美人本是人人所向往的，只是在动荡之中却都成了负担，因此唯恐情多。

　　一般而言，郁达夫笔下的女性都是美好的，正如其小说《春风沉醉的晚上》中的陈二妹，在"我"心中是光辉熠熠的形象，使"我"在黑暗的生活中看到一丝光明，重新精神振作，但当这种形象与国难相结合而无法避免地面临着流散、毁灭等悲剧命运时，毋庸置疑，此时诗作所蕴含的抒情性也往往更为沉郁。如《辛巳元日重遇紫罗兰女士于星洲，烽火连天，青衣憔悴，大有江州司马之感，赠以长句，聊志雪鸿》："正似及时春帖子，羌无故实紫罗兰。途栽香种传歌德，帘卷西风陋易安。

---

[1] 松浦友久著，孙昌武、郑天刚译：《中国诗歌原理》，辽宁教育出版社1990年版，第42—43页。

沧海曾经人未老，青衫初浣泪偷弹。不堪听唱江南好，幽咽泉流水下滩。"诗名即揭示主题，所谓"江州司马之感"即天涯沦落之情，"沧海曾经"指的是时局的陵谷之变，"不堪听唱江南好"，指的是白居易《忆江南》词，只是白氏词作中的种种美好如今又安在呢？战火燎原，身居异国，何时又能回到魂牵梦绕的江南？这句又令人想到杜甫的《江南逢李龟年》，所谓"正是江南好风景，落花时节又逢君"，杜诗中的相见是在江南，风物正好，然而作为背景的却是社会的凋敝，黍离之悲溢于纸上，而郁达夫却是异域重逢，何处是江南？在紫罗兰的歌声中，青衫憔悴，红粉飘零，幽咽难已，悲戚之感，缠绵不绝。更为明显的例子是《乱离杂诗》，1941年太平洋战争爆发，日军攻陷马来亚，翌年进攻新加坡，郁达夫被迫撤离围城至荷属苏门答腊，与当时的女友李筱瑛分别，其一云："又见名城作战场，势危累卵溃南疆。空梁王谢迷飞燕，海市蜃楼咒夕阳。纵欲穷荒求玉杵，可能苦渴得琼浆？石壕村与长生殿，一例钗分惹恨长。"首联交代背景，颔联写战乱中的荒凉景象，夕阳的摇摇欲坠象征着战事的节节败退，颈联用裴航蓝桥遇仙事，慨叹与李筱瑛恐再难相会，尾联将男女之情置于战乱之中，无论是石壕村中的夫妻别还是长生殿上唐明皇与杨玉环的情事，都充斥着无可奈何的悲凉，家亡与国破相缠绕，红颜流散与情爱的不可得之外，别具象征意味。其七云："却喜长空播玉音，灵犀一点此传心。凤凰浪迹成凡鸟，精卫临渊是怨禽。满地月明思故国，穷途裘敝感黄金。茫茫大难愁来日，剩把微情付苦吟。"作者在流亡过程中再次通过广播听到李筱瑛的声音，这在危苦困顿中自然是一件喜事，足以安慰憔悴的心灵。"灵犀一点此传心"，是这一点点微弱的声音将两人的心联结在一起，心心相印。"凤凰浪迹成凡鸟"是叹息自己沦落天涯，纵有卓越才智也难以施展，"精卫临渊是怨禽"，自己在此逃亡之际，如临深渊，如履薄冰，已如精卫一般，满腔怨愤。颈联表明自己穷途困顿依然不忘故国，满地月明形象化地表现这种哀思的深广。"茫茫大难愁来日，剩把微情付苦吟"，道出前途的渺茫未知，自己无可作为，只能苦吟抒情，这微情既是思国又是思人，悲感苍凉。诗作由喜始，以悲终，以喜之些微和短暂衬托悲之沉重与恒久，而悲愈显得浓烈。作者流露的情绪变化始终围绕着儿女情长和家国之感展开，对现实的描述有多么不堪，便意味着对爱情与和平有多么渴望，其女性书写所蕴含的寄托性也因之而不言自明。

三、暴露与反抗

郁达夫作为新时代的旧诗人，在继承传统的同时，也广泛地受到来自日本和西方的思想观念的影响，势必会在自己的创作中有所体现，因而其诗歌自然有不同于前人之处，而能自成特色。就旧体诗这一体裁来说，传统诗歌在以赋比兴作为主要艺术手法之时，特重温柔敦厚的诗教传统，无论是诗人之诗、才人之诗还是学人之诗，总以含蓄蕴藉为高格。然而郁氏一方面追求以风韵见长的诗歌风格，一方面却喜用暴露笔法，将一些过去诗歌中不会或不便表现的内容付诸笔端，这在涉及女性书写的题材中尤为明显，而此亦使其诗歌在某种程度上获致一种现代性的意味。

20世纪30年代后期，郁达夫在遭逢国难之时又遇家变，他与王映霞的情感危机对其后半生打击极大，之后的漂泊海外乃至客死他乡均与此有关。1936年至1938年，郁达夫以家变为背景创作了《毁家诗纪》共二十首，1938年年末为维持夫妻关系郁达夫偕妻儿去国逃辱，应《星洲日报》之聘来到新加坡。而1939年郁氏又将注文详细的《毁家诗纪》发表于香港《大风》旬刊，以他的才华名望，该组诗甫一出版即引起轩然大波，直接导致了王映霞不堪忍受，在同一杂志著文多篇加以反驳。1940年3月二人离婚，王映霞只身返国。本来意欲挽救家庭的逃国之举遂以失败而告终。"《毁家诗纪》的发表摧毁了夫妻间残留的温情，以现实中的毁家而收场。"[1]不能不令人唏嘘。

物是人非事事休，无论往事是否如烟，当年的恩怨情仇与是非对错都并非本文所要考察的主旨。回到文学本身，以《毁家诗纪》为核心的一系列后期诗作，实则代表了郁达夫旧体诗歌的最高成就，而其中最引人注意的，即是对暴露笔法的使用，虽然其文学效果在今日看来不免

---

[1] 杨昊昇：《骸骨迷恋者的现代性：郁达夫的遗民情结和旧体诗》，见林宗正、张伯伟主编《从传统到现代的中国诗学》，上海古籍出版社2017年版，第544页。

残忍。这里首先需要说明的是，郁达夫使用暴露笔法所呈现的内容，是传统社会乃至而今也最为难以启齿的家变，与过去此类题材多隐约其词大相径庭，郁达夫选择了大胆地暴露，并且为诗歌详加注释，将前后经过和盘托出、巨细毕陈。更须注意的是，研究者一般认为："'这些本事注，多有不尽事实的地方'（陆丹林《郁达夫诗词钞·前言》），包含有一定的想象的成分，未可一概视为实录。"[1] 王映霞认为："文人笔端刻薄，自古皆然，他竟能以理想加事实，来写成求人怜恤、博人同情的诗词来。我虽不长于此，但我是讲理的，到了必要的时候，我也能以种种过去了的事实，来证明他的无耻与下贱，如今是且用'得宽人处且宽人'的态度，以苟延残喘。"[2] 王氏后半生对此事耿耿于怀。郁达夫的挚友郭沫若在《论郁达夫》中指出："达夫始终是挚爱着王映霞的，但他不知怎的，一举动起来便不免不顾前后，弄得王映霞十分难堪……那一些诗词有好些可以称为绝唱，但我们设身处地替王映霞作想，那实在是令人难堪的事。自我暴露，在达夫仿佛是成为一种病态了。别人是'家丑不可外扬'，而他偏偏要外扬，说不定还要发挥他的文学想象力，构造出一些莫须有的'家丑'。公平地说，他实在是超越了限度。暴露自己是可以的，为什么要暴露自己的爱人？"[3] 郭氏所言，不无洞见，但郁达夫的暴露笔法，在其自己的文学理路中仍能得以解释。

在郁达夫看来，艺术应当首先是艺术的，而他的具体风格又是偏向于夸饰情感以增强感染力，因此《毁家诗纪》的创作于郁达夫而言首先是艺术作品，而不必是客观现实的实录。他将家变与国难杂糅叙述，也未必只是要像吴伟业、钱谦益那样在动荡之际借红粉的飘零以存一代之史，正如他的消极、颓废中所暗寓的反抗性一样，暴露笔法也来自对现实的抗争。组诗其九云："敢将眷属比神仙，大难来时倍可怜。楚泽尽多兰与芷，湖乡初度日如年。绿章迭奏通明殿，朱字匀抄烈女篇。亦欲赁春资德曜，㷀嫠初谱上鹍弦。"由曾经的"富春江上

［1］郁达夫著，詹亚园笺注：《郁达夫诗词笺注》，上海古籍出版社2013年版，第449页。
［2］王映霞：《王映霞自传》，黄山书社2008年版，第178页。
［3］陈子善、王自立编：《郁达夫研究资料》，花城出版社1985年版，第90页。

神仙侣"到而今"敢将眷属比神仙，大难来时倍可怜"，不免令人唏嘘，"大难"虽是习语，但此处恐是兼指国恨家仇，颔联点出自己身处湖北，而"兰与芷"典出《离骚》："兰芷变而不芳兮，荃蕙化而为茅"，暗示婚变，"湖乡初度日如年"是呈现自己悲苦状态，"绿章迭奏通明殿，朱字匀抄烈女篇"不免既哀且怨，用《烈女传》的典故讥讽妻子，尾联分别用孟光、百里奚事，"亦欲"便是现实的不能，也即举案齐眉的不可得，末句言自己仍愿与王映霞修好。该诗的暴露手法主要涉及典故和讽刺。其十一云："戎马间关为国谋，南登太姥北徐州。荔枝初熟梅妃里，春水方生燕子楼。绝少闲情怜姹女，满怀遗憾看吴钩。闺中日课阴符读，要使红颜识楚仇。"注曰："映霞平日不关心时事，此次日寇来侵，犹以为系一时内乱，行则须汽车，住则非洋楼不适意。伊言对我变心，实在为了我太不事生产之故。"诗写春景，荔枝初熟、春水方生，备言风光美好，而与现实事件形成尖锐的对照。"燕子楼"用张尚书和盼盼的典故，以盼盼念旧爱而不嫁对比妻子之另觅新欢，更显其不忠。阴符指兵书，诗中"绝少闲情怜姹女，满怀遗憾看吴钩"是将自己与王映霞形成对比，以自己爱国之热情映衬妻子的冷漠短视，小注更揭露妻子的肤浅奢靡，借贬低妻子以塑造自己形象之光辉。注文的直陈与诗句的对比手法互为表里。再如其十二："贫贱原知是祸胎，苏秦初不慕颜回。九州铸铁终成错，一饭论交竟自媒。水覆金盆收半勺，香残心篆看全灰。明年陌上花开日，愁听人歌缓缓来。"此诗堪称露骨，将种种不堪屈辱尽呈现于纸上，甚至"一饭论交竟自媒"云云竟不避细节，"水覆金盆"用朱买臣事，暗示王映霞之弃家。诗中充满屈辱与痛苦。这组诗的最后一篇是《贺新郎》词，词尾有注云："许君究竟是我的朋友，他奸淫了我的妻子，自然比敌寇来奸淫要强得多。并且大难当前，这些个人小事，亦只能暂时搁起，要紧的，还是在为我们的民族复仇。"此注不免与《沉沦》结尾有异曲同工之处。由此重览全篇，或许可以将郁氏的创作心史阐释为：《毁家诗纪》不过是一组夹杂着主体抒情的艺术创作，对于郁达夫来说，这组诗同其他的小说、诗歌并无不同，是他强调自传色彩的文学观念的产物，即由自己之切身体会出发而加以文学想象、艺术夸张，着力渲染感情以使诗作具有较高的艺术感染力，使读者对作品中的主人公施以同情和悲悯，并进一步揭露造成这种悲剧的原因，正如诗题所暗示的，"毁家"往往与"纾难"相关，而所纾之难也只能是国难，于是诗作被灌注了爱国之情，国难与家变的联系，使国难的后果落到了实处，认为许君之奸淫比起敌寇来"要强得多"，须"先逐寇，再驱雄"，也意在表明当此乱世仍应以大局——国事为重。组诗通过大胆暴露，而获得了某种反抗精神，这种反抗精神是复杂的，一方面是对妻子和许君的反抗，意欲暴露不堪以批判其淫乱（当然其中有不实之处），甚至不惜加以污名丑化（虽然不免有泄私愤之嫌）；另一方面则是对敌寇的反抗，家变如此屈辱，作者却称不过个人小事，呼唤驱寇，可见御敌之重要，个人处境虽难堪，但民族复仇更为重要。

正如郁达夫从"颓废主义艺术"中注意到了反抗因素一样，对生活中的屈辱加以审视和呈现，无疑也是一种抗争。他面对国破家亡，无法成为耽于诗歌的吴伟业、黄仲则，因为他所处的时代更为复杂，他所受到的各种思潮的冲击也更为剧烈，无论是日本"私小说"对隐秘心事的暴露，还是波德莱尔对丑与恶的凝视，抑或是世纪末文学思潮中的悲观与倦颓，其实都在逼着他在"颓丧萎靡"的外表下与现实短兵相接。身为一介书生，他所能做的也就是将种种情感倾注笔墨。然而，这种自暴其丑的方式又过于极端，对当事者造成的伤害无法估量，这是无论其有何崇高的创作目的都无法为他开脱的。从后来的诗歌中可以看出郁达夫对王映霞依然充满感情，如《与王氏别后，托友人去祖国接二幼子来星，王氏育三子，长名阳春，粗知人事，已入小学，幼名殿春、建春，年才五六》："大堤杨柳记依依，此去离多会自稀。秋雨茂陵人独宿，凯风棘野雄双飞。纵无七子齐哀社，终觉三春各恋晖。愁听灯前谈笑语，阿娘真个几时归？"语多凄凉，然而毁家终究是他一手造成的，他只能自食苦果。综上，郁氏以暴露笔法而成的《毁家诗纪》诸作，其情可怜，其迹可悯可憎，其结果则更为可悲可叹。

要之，新文学名家郁达夫一生的旧体诗创作颇有成就，正如他在《序〈不惊人草〉》中自白的那样："有时虽也颇爱西昆，但有时总独重香奁。"[1]女性书写是他创作的不竭源泉。就这一题材来说,清人对他沾溉尤多,放在清诗的脉络中,可以清晰地看到他诗学的渊源。而他的诗歌所具有的鲜明抒情性和寄托性也与其散文、小说形成某种互文的关系。当然,他的女性书写中更为引人注目的是其中的暴露笔法和由此产生的反抗精神,这在一定程度上体现了某种现代性的意味,标志着其诗作有突破传统之处,是新的思想观念的反映。只是由于郁达夫的早逝,我们无法看到这一因子在其笔下进一步的发展演变了。

【作者简介】复旦大学中国古代文学研究中心博士研究生。

---

[1] 郁达夫:《郁达夫文集》(第七卷·文论、序跋),花城出版社1983年版,第277页。

论赵朴初古体诗的新与旧

吴怀东

【摘　要】　20世纪白话文学被倡导并流行之后，古体诗常被称作"旧体诗"，甚至被视作白话文学的对立面。然而，文学史的发展其实是复杂的，旧体诗也有新思想，貌似新提法有时却是旧思想。赵朴初作为跨越晚清、民国和共和国三个时期的社会活动家、佛教领袖和文化名流，政治上他与时俱进，却坚持古体诗创作数十年，表现了审美文化的强大传承性，与此同时，他的诗歌也在适应社会主义文化规范而走向通俗化，表现在形式、内容以及吟咏佛理等多层面。赵朴初诗词创作的个例表明，文学演变的新与旧并非割裂存在。

【关键词】　赵朴初　诗词曲　新与旧

无论如何评价，一个基本的事实是，以《新青年》杂志创刊为标志的"新文化运动"兴起之后，白话文学确实成为文学创作的主流，与此同时，古体诗、词、曲（以下简称"古体诗"）和文言文并没有就此消失，不过，很长时间内，白话文学因为与"革命""进步"关联而受到关注和肯定，而古体诗与文言文因与"反动""落后"关联而遭到忽略和否定。在革命思维和两极思维淡化的今天，如何客观甚至"同情之了解"白话文学兴起后的古体诗和文言文的性质、作用、特点及其与白话文学的关系，已成为20世纪中国文学研究的重大问题[1]。本文试图结合赵朴初诗词创作来观察上述问题，或者在上述思维背景下观察赵朴初的古体诗创作。

---

[1] 樊骏、黄修己、钱理群、陈思和、孔范今、范伯群以及王泽龙、马大勇、刘梦芙、曹辛华等都对此问题发表过见解，有的观点甚至针锋相对，参见孙志军博士论文《现代旧体诗的文化认同与写作空间》（华中师范大学文学院，2004年）以及马大勇《二十世纪诗词文献研究的问题与方法》（《中国韵文学刊》2011年第3期）。

赵朴初古体诗研究尚未引起古体诗研究界的关注，其独特的身份和代表性以及重大影响值得我们充分关注。赵朴初（1907年11月5日至2000年5月21日）出生于安徽安庆太湖县，五岁随父母迁回老家太湖县寺前居住，七岁入私塾读书；1919年，十三岁的赵朴初离开家乡到达上海；他于1922年进入苏州东吴大学附中，然后于1926年考入东吴大学学习，1927年因生病和战事而被迫终止学业，从此开始其一生漫长的修持佛法的历程并积极投身社会运动，直至世纪之交因病去世。赵朴初亲身经历了晚清、民国和共和国三个时代，在家出家，以出世之心做入世之事，积极参与社会活动，成为中国民主促进会创始人之一、卓越的佛教领袖、杰出的书法家、著名的社会活动家与伟大的爱国主义者。赵朴初出入宗教界、政界和文化界，其独特的人生实践和文化活动，既显示了其家乡安庆底蕴深厚的历史文化印记，也反映了20世纪中国社会变革的曲折历程和文化发展的某些特征。

一、故乡文化的胎记：一生对诗词创作的痴迷

安庆地区自明末以来一直是文化极为活跃的地区，而在安徽建省之后作为安徽的省会，伴随着安徽政治中心地位的形成，文化更为活跃，这里曾出现了父子宰相张英、张廷玉，出现了状元赵文楷、李振钧以及一大批进士。桐城派就是由姚鼐于此创建的，而在姚鼐之前，明清之际，桐城已涌现出方以智、戴名世以及方苞、刘大櫆等一大批杰出的文学家；在姚鼐之后，桐城派更演进为全国性的文学流派，开枝散叶，其文学影响和思想影响直到中华人民共和国成立。赵朴初的故乡太湖县"屏蔽荆楚，襟带江淮""山川深秀，风土清美"，"太湖县文风昌盛，元代始建县学，元统年间县人黄信一状元及第，明代有社学八所，还建有同春、正学两所书院，可容听众2 000多人"，此地在元明清三代，"有文武进士82人，文武举人342人，尤其有清一朝，可谓人文鹊起，科甲蝉联"[1]。值得注意的是，文风的昌盛一方面有助于思维的开放和新文化

---

[1] 余世磊：《母兮吾土——赵朴初与故乡安徽》，安徽教育出版社2010年版，第2页。

因素的吸纳，从安庆走出来的陈独秀、宗白华、朱光潜、方东美、邓稼先以及严耕望、余英时等与时俱进，吸收最新的外来文化而走在时代文化的前列，从而成为中国20世纪文化史、学术史上开风气的一时之杰；另一方面又在社会文化主潮发生重大变革之时保留了传统的惯性，旧文化仍然具有强大的生命力[1]。

赵朴初为清嘉庆元年状元赵文楷（1760—1808）之后，他出生于清末，去世于21世纪的门槛上，作为世纪老人，一生遭遇了中国数千年未有之剧烈变革——从古代到现代、从民国到共和国、从半殖民地半封建社会到"中国人民站起来了""富起来"的"新中国"，他以慈善家和佛学居士的身份积极参与了将近百年的中国社会的变革过程，在紧张、繁忙的社会活动之余，他还给我们留下了大量的古体诗创作和书法作品，这种佛学信仰以及古体诗写作从某种意义上说就是来自家乡的文化胎记。

赵朴初不仅是卓越的佛教大师、杰出的书法家，而且是杰出的诗人。他先后在1961年、1977年、1978年出版了诗集《滴水》《永怀之什》《片石》等，收入了其阶段性、主题性的诗歌创作，而其身后出版的《赵朴初韵文集》，就收录了从1927年到1999年间所创作的诗词作品1 985首、对联279副，这个数量堪称巨大，当然，这还并非赵朴初的全部创作。就我们的印象而言，单从数量来说，如果不考虑21世纪古体诗写作复兴以来的情况，在赵朴初的同辈人中，甚至在赵朴初那个时代，这个数量也应该是相当可观的。

今存其最早的于1927年创作诗歌残句"江南五月风如酒，一路山花醉眼看"，写出了五月江南自然风景的特点——东风浩荡、天气温暖、山花盛开如火，其"风如酒"的一个巧妙比喻，既写出了气候之温暖，更写出了作者心头之温暖，构思精妙，想象丰富，意境清新，正是作者青春心态的自然流露和艺术才华的牛刀小试。我们今天能够感受这一诗句之美，正在于其内在地传承了中国人深入骨髓的审美精神。

---

[1] 清代中叶乾嘉汉学在江浙与徽州大兴，而与徽州同属安徽省的安庆桐城依然流行理学，正是在与汉学的竞争中才诞生了桐城派。

二、诗体实验：“旧瓶装新酒”

20世纪上半叶的中国文学是在急切救亡的背景下展开的。为了救亡，为了学习西方先进文化，是以激烈的反传统的姿态进行的，在新文化运动中，提倡新文学，反对旧文学，旧体诗词被简单、粗暴地否定。然而，作为一种与政治和社会革命有一定距离的审美文化，古体诗词并没有因此而消失，仍然是人们表情达意的重要形式，即使是“新文化运动”的旗手鲁迅以及白话文学的杰出作家郁达夫，即使是积极推动社会革命的共和国革命领袖和开国元勋毛泽东、朱德、陈毅、董必武等人，都是古体诗的爱好者和写作的好手。即使经历了对传统文化的激烈否定，古体诗的艺术美仍然积淀在中国人的审美感觉之中。例如，1976年4月5日“天安门事件”中，人民群众悼念周恩来总理、批判“四人帮”，有不少诗歌所采用的诗体形式就是古体诗[1]。

赵朴初是否有白话诗创作还有待调查，但是，根据他晚年的意思编辑、出版的《赵朴初韵文集》所收全部是旧体诗词曲以及对联，由此可见他自觉的兴趣所在。此韵文集所收作品中，最早的是其1927年年方二十时候的创作，而这个时候正是新文化运动之后，白话文学取得了全面的胜利，并且从此占据了文坛的主流，可是，赵朴初不为时风所动，他秉承了“诗言志”的古老传统，淡定地从事古体诗词创作，创作活动持续终身，从而给我们留下了这样一笔宝贵的精神财富。

然而，赵朴初并非抱残守缺者。他既坚守古体诗词的传统形式，还创制很多汉俳、自度曲等，同时，他也要求古体诗词在思想上、内容上必须改革，必须反映当下的社会生活。他认可当时“旧瓶装新酒”的主流观点，即形式上坚守古体诗的基本韵律规范，内容上则完全是表现当下的社会生活。

赵朴初在1987年说：“一九五三年，郑振铎同志也在一篇文章中谈到，中国诗的形式到现在还是一个没有解决的问题，还处在一个探索的阶段。”赵朴初主张，“我们要尊重我们的传统，民族诗歌的传统，不可

---

[1] 参见童怀周《天安门诗钞》，人民文学出版社1978年版。

轻视和忽视这个传统"，"要尊重，要继承，要发扬的是应当从《尚书》《诗经》以来三千多年源远流长的民族诗歌传统"。他认为，民族诗歌传统形式层面上的重要特征就是有节奏，有韵律，遵守平仄规律，讲究韵脚一致的要求[1]，这些的具体体现就是古体诗的形式与格式规范。《片石集》《赵朴初韵文集》等收录的作品涵盖诗、词、散曲、俳句以及对联等古典韵文诸体式，可见他对古体诗词所包含的汉语音律之美有很深的体验、鉴赏能力，这些作品在语言上朴实而朗朗上口。

赵朴初的诗词积极反映当下的社会生活。赵朴初自觉接受共产党文艺思想的指导，坚持"政治标准第一，艺术标准第二""为无产阶级政治服务""为阶级斗争服务"，以"表现工农兵为核心"，赵朴初深入地反映了那个时代的重大历史事件、重要政治人物以及社会建设成就。正如《赵朴初韵文集》编者所云，这些诗词作品"既连接为记录作者本人漫长的世途和心路历程的生活画卷，也连接为展现上个世纪三十年代起至七十年代中政治风云的历史长卷。至于其众多作品中对佛学哲理的阐发、对宗教政策的表达以及与日本、韩国、印度、东南亚各国的佛教文化交流和友好往来的记述，则是研究当代佛教发展史、交流史的一份珍贵史料"[2]。由于赵朴初独特的身份和经历，他的作品对20世纪某些特殊的人物有深刻的臧否，如60年代初涉及当时国际政治问题的《某公三哭》，脍炙人口，讽刺辛辣，发挥了重要的社会舆论作用，在当时引起了很大的轰动。又比如《故宫惊梦——江青取经》（套曲）（观故宫博物院慈禧罪行展览后作）也是轰动一时的名作，很有代表性，姑引全曲如下：

【字字双】

官门骑马带伙计，四匹。红旗车队后跟随，神气。向来佩服武阿姨，皇帝。无奈乾陵还封在山沟里，可惜。且图就近访慈禧，有

---

[1]《诗歌及其与佛教的关系漫谈》，载安徽省赵朴初研究会编印《赵朴初研究》2018年第2期。

[2]《赵朴初韵文集》"编辑出版说明"，见赵朴初《赵朴初韵文集》，上海古籍出版社2003年版。

理。早安排包管称心的见面礼，表意。送您一副假牙好啃童子鸡，补气。送您一副假发好和姑娘比，美丽。送您一套特制布拉吉，换季。送您一架莱卡照相机，拍戏。有人劝我把文艺大旗也送你，放屁。老娘少了它怎能混下去，哎咦！这分明是反革命的坏主意，可气。赶快给我拉出去，枪毙！

【不是路】

拜访慈禧，不比寻常拜老师。真着急，一心一意想登基。问吾师，看我聪明可像唐鹦鹉？命运何如汉野鸡？请教你，怎能抓到黄金玺？有何秘密？有何秘密？

【前腔】

心有灵犀，老谱新翻一局棋。排异己，人头好作上天梯。不稀奇，明明肃顺诛非罪，浑浑慈安死不疑。须牢记，是非黑白管他妈的屁。作凭诡计，全凭诡计。

【前腔】

莫泄天机，结个死死帮儿事可为。须准备、教师爷还要有军师。看当时，那奕䜣能巴结上洋人共定垂帘计，那袁世凯能出卖掉戊戌维新六健儿。抓权势，弟兄们长享富和贵。安排交椅，安排交椅。

【前腔】

无尽珍奇，珠宝装成圣母仪。很便宜，一餐代价万人饥。这才知。为啥江山宁赠番邦礼，不许农奴动指儿，不是戏，赛二爷在这儿得过几天意。哎哟哟，可真福气，可真福气！

【朝天子】

慈禧，慈禧，您实际是女皇帝。莫怪咱们一见便投机，是惺惺惯把惺惺惜。您请洋人画像驻红颜，我请洋人著书卖机密，先后遥遥去泰西。管他娘，笑兮，骂兮，咱们俩，反正万古千秋矣！

【刮地风】

忽然刮地风儿起，刮到宫闱。文书宝器一齐飞，堆上丹墀。殃民利己，骄横无忌，卖国投降，罪如山积。桩桩皆铁证，个个尽情批，好个"老佛爷"，算是揭了底。

【尾声】

　　方才一枕空欢喜，梦魂儿被风吹得无踪迹。待上朝，来不及着朝衣。一唱雄鸡红日起。光明直向身儿逼，没奈何，且让我披上几张画皮，却又被一阵狂飙撕去矣！

一九七七年二月[1]

值得注意的是，在各种古体诗的体式中，赵朴初尤其擅长散曲，在元朝出现并流行起来的散曲比起诗词具有很强的通俗性，而赵朴初的散曲创作和民间通俗文学几乎没有区别，这里表现出赵朴初的古体诗写作虽然沿用了古体诗的形式，其实也在发生变化，这既是毛泽东《在延安文艺工作座谈会上的讲话》精神和党的文艺政策引导的结果，也是白话文学影响的结果。

三、"人间佛教"与僧诗新形态

　　20世纪以来，伴随着科学的昌盛，特别是新中国建立之后马克思唯物主义被确立为主导思想，作为一种重要的文化传统的佛教面临着巨大的挑战和很大的调整。赵朴初是著名的佛教居士，年轻时就已开始佛学修行，其佛学信仰影响了他一切的社会实践活动，他承袭了古代诗、僧结缘的传统又具有新的特点。

　　王守常、钱文忠曾指出："佛教在其发源地印度的绝大部分地区，在根深蒂固的印度教和汹涌而入的伊斯兰教夹击下，早在八百余年前就销声匿迹了，印度之外诸国或地区的佛教尽管失去了原初根源，却在各自本国文化的土壤上枝繁叶茂，开花结果。其中固然有许多历史的机遇，但佛教不预设超越众生的造物主，且不舍世间的理念实在是最为主要的原因。"[2]20世纪是科学昌明的世纪，古老的佛教为了因应现代社会的需要而不断变革。谢重光认为："现代人间佛教运动，由太虚法师首倡，印顺法师发扬而光大，近一个世纪来海峡两岸的佛教界付之实践，

---

[1] 赵朴初：《片石集》，人民文学出版社1978年版。
[2] 王守常、钱文忠编：《人间关怀——20世纪中国佛教文化学术论集·序》，中国广播电视新闻出版社1999年版。

已蔚为现代佛教发展的主流。由于人间佛教的旗帜高扬于现代,力行于现代,有人或许会认为人间佛教的思想是现代才产生的,其实这是一种误会。人间佛教不是无源之水,其思想渊源蕴含于佛陀创立的原始佛教之中,更盛行于中国两千年传播的佛教主流大乘佛教之中。"[1]这属于文化问题。与此同时,新中国成立后,有神论的佛教如何与马克思主义唯物论相处也是一个重大的现实政治问题。赵朴初基于强烈的社会关怀积极入世,顺应了佛教化俗的大趋势,进一步发展了由太虚大师最早提出来的"人间佛教"的思想,以深湛的佛学修养和极高的智慧积极探索佛教与社会主义文化的兼容与圆融,从而深得党和人民信任,并逐步成长为一代佛教领袖。

关于赵朴初佛教思想的独特性,学者论之甚详:

赵朴初继承了大乘佛教的思想传统,明确肯定世俗性的意义。他肯定佛教团体的社会属性:"宗教是一定形态的思想信仰体系,宗教也是一定形态的文化体系,宗教还是具有同一思想信仰的人们结成的社会实体。"取大乘佛教关于灭谛"无住涅槃""涅槃与世间,无有少分别"的解释,他强调应"在因缘生灭的世界中,永无休止地做'庄严国土、利乐有情'的事,而随时随处安住在涅槃的境界";取缘起观"一切众生皆是我父母""视众生如一子"的大慈悲心的解释,强调菩萨行的人生观:"只有利他才能自利,这就是菩萨以救度众生为自救的辩证目的,这就是佛教无常观的世界观和菩萨行的人生观的具体实践,这也是人间佛教的理论基础。""为社会服务,是我们佛教徒的天职。"通过利他而自利,以救助众生为自救的方式——这种菩萨行的入世态度,亦即弘一法师所推崇的"以无我之精神,努力切实做种种之事业"的人生观,成为达到出世目的的必需环节。这样,世俗生活即是道场,世俗性就是神圣性的必要外现。当然,这种世俗性实际上已被神圣性渗透,具备了全新的本质和意义。[2]

---

[1] 谢重光:《人间佛教的思想渊源与早期实践》,载《宁德师范学院学报》2016年第1期。

[2] 陈二祥:《心灵转化:赵朴初人间佛教的内里分析》,载《西北大学学报》2017年第1期。

面对科学思潮和各种现代思想，无论在佛教修持行为或者社会大众认知之中，传统佛教流派走向淡化，而更重要的影响因素是，赵朴初身为新中国的佛教领袖，既要面对国内广大的佛教流派，也要与国外佛教流派进行友好交流，因此，赵朴初淡化了佛教传统的宗派思想，表现了他的博学与包容：修持、慈爱、宽容、平易构成所有佛教信仰者外在社会行为的最大公约数和共同特征，这也是赵朴初基本的佛学立场，慈眉善目的微笑便成为赵朴初终生最经典的形象。

"人间佛教"观念既是赵朴初参与一切社会活动的指导思想，是他积极参与社会的动力，也影响其诗词创作的境界与风格。赵朴初通过诗词，一方面实现个人精神的提升，另一方面借以化俗，正如他一生为很多寺庙题字一样。宋人李之仪早就说过："说禅作诗，本无差别，但打得过者绝少。"（《姑溪居士前集》卷二十九《与李去言》）赵朴初特别关注佛教与古代文学的关系，显然这也是佛教重视诗词创作的传统。前述其诗歌内容的丰富，正是他以一位佛教信仰者关爱人间忧乐的具体而丰富的表现。他欣喜于祖国的建设成就，对基层群众受苦受难感同身受，他关注国际和平，关心友朋，这些诗词中的忧乐之情汩汩而出，这是一种慈悲为怀者的胸中世界，是出世者的入世境界。

此外，我们要特别注意佛教对其诗境的影响。赵朴初曾经说过："我年轻的时候写诗曾送给一位先生评看，他看过我的诗后就讲，你写的诗最大的毛病就是带有禅的意念，禅是讲'空'，讲解脱的，而诗则不同，写诗不要过分地把禅的意念摆进去，如果所写的诗带有禅的意念，就要像苏东坡的诗词那样，如同淡水中稍微加一点盐，恰到好处。"[1]赵朴初显然理解并尊重世俗者的考虑，这体现了他谦虚高尚的人格，其实，他人的质疑恰恰揭示了赵朴初诗词作品独有的佛教色彩。佛教影响体现在其诗词作品中，除了大量的刻画佛寺、佛教故事的内容以及直接的佛教词汇之外，赵朴初诗词喜欢谈论佛理，如《赠奥比斯眼科飞行医院》：

---

[1] 赵朴初：《赵朴初居士释佛》，中国长安出版社2005年版。

众生病有尽，大悲心光明。光明照十方，千手开千眼。[1]

作者将眼科医生治疗好患者的眼病，使其重见光明，而以佛教发大悲心普慧世间作比，既是言事，也说佛理。在我们世俗人看来，少数即事写景咏物的诗歌，虽然用语平实，却散发出盎然禅意，具有一种空灵静美脱俗之感。如《题〈茶经新篇〉》：

七碗受至味，一壶得真趣。空持千万偈，不如吃茶去。[2]

一如古代德诚禅师（船子和尚）诗偈："千尺丝纶直下垂，一波才动万波随。夜静水寒鱼不食，满船空载月明归。"（《五灯会元》卷五）

1987年访日撰《八月九日，庭野日敬先生自东京来；十日，山田惠谛长老自京都来》五首之一、二，诗云：

此地即净土，此会即灵山。三人此聚首，一大事因缘。
日浴清净水，日着清静衣。内外俱清静，浊世愿无离。

《八月十五日》诗云：

散步入松林，万绿浸形影。宾主共忘机，筇声乱复整。

这些诗用语平实，而禅意浓郁，读之令人"忘机"，正如古代柏岩明哲禅师的体会："法师只知欲界无禅，不知禅界无欲。"（《景德传灯录》卷七）

事实上，文学艺术与佛教在本质上也有一定的兼容性。艺术审美，就是通过感性的形象引导人超越世俗、追求真善美；而佛教超越现象，静观宇宙永恒变幻，获得心灵的恬静安详，并且引导人积德行善，二者

---

[1] 赵朴初：《赵朴初韵文集》，上海古籍出版社2003年版，第487页。
[2] 同上书，第354页。

在目的和表达手段上有一定的交叉或相同之处。德国哲学家叔本华谈及月光之美时说："为什么满月的景色具有这样一种仁慈的、宁静的和崇高的印象？因为月亮是一个观照的对象，却从来不是欲求的对象。"[1]艺术和宗教都具有一定的引导人摆脱物质有限性对人肉体和心灵束缚从而实现精神自由、张扬个性的共同作用。近代著名学者王国维在其名作《红楼梦评论》中也说："美术之务，在描写人生之苦痛与其解脱之道，而使侪冯生之徒，于此桎梏之世界中，离此生活之欲之争斗，而得其暂时之和平，此一切美术之目的也。"王国维所谓"美术"就是艺术。也正是在这个意义上，赵朴初咏叹佛理的诗词，淡化了宗教之色彩，具有类似文学审美的"望峰息心""窥谷忘反"（吴均《与朱元思书》）之功效。

总体而言，赵朴初的诗词虽然延续了诗僧一体的传统，可是，其所吟咏的思想并不深湛，整体的风格也很通俗，词汇典故并不生僻，佛理也比较浅易。

20世纪是苦难的世纪，也是古老中国实现凤凰涅槃的世纪，民族解放、国家独立、社会革命、文化革新相交错，慈悲为怀的赵朴初积极参与社会活动，救世渡人，在今天看来，其与政治的关系虽难免有些可议之处，但是，其动机和境界、其化俗的业绩以及选择的艰难都值得我们崇敬和"同情之了解"。赵朴初的古体诗创作不同于白话文学创作的专业性和主流性，而是属于其工作余事，更多属于个人爱好和交流应酬，而且，这些诗词内容与形式都表现出明显的通俗性，这和他的"人间佛教"思想一样，也是社会主义制度与文化强大力量影响之结果。赵朴初在文学创作的形态上不趋时，几十年坚持不辍，反映了古体诗作为一种审美传统文化具有强大的惯性，而从文学演进的角度观察，即使面对剧烈的政治变革与社会变革，文化审美传统仍然保持了相对的文化恒定性。赵朴初诗词创作就是承与变、新与旧的结合体，新中有旧，旧中有新，这也显示了人类社会文化活动的复杂性——文学及其演变不同于政治及"革命"，其评价不存在鲜明的先进与落后对立的逻辑，即使活

---

[1] 叔本华：《作为意志和表象的世界》，商务印书馆1982年版，第136页。

跃在政治舞台中央也仍然带着故乡文化的胎记，这其实也生动地揭示了人类社会不断"革命"、不断前进而民族与国家却能够保持其基本文化特征这一现象的内在逻辑。

【作者简介】安徽大学文学院教授，博士生导师。

"《北台风光图》征诗"与台湾诗坛本省、外省籍诗人分合的根本原因

简锦松

【摘　要】　台湾诗坛远从明郑以来便有优良传统，至日据时期更广开诗社吟课，盛行击钵之会，民间也礼重诗人，形成彬彬之俗，历久不衰；但因瀛海飞涛，得书不易，这种传承渊源多在秀才私塾，主要诗体为七言律绝。20世纪中叶许多知名诗人自大陆来台，或进入大学任教，或为政商名流，律绝固为所长，然往往以五七言长篇见其学力，形成所谓"江湖派"与"学院派"，"本省派"与"外省派"两大壁垒。1978年陈逢源主办的"《北台风光图》征诗比赛"恰好触发了这两大阵营的核心认知，对于了解台湾诗史具有重要意义。

【关键词】　台湾诗坛　陈逢源　《北台风光图》征诗比赛　江湖派　学院派

一、前言

近七十年来台湾古典诗的发展，不可忽略两种力量的抗衡，就是本省诗人和大陆来台诗人之间的分合，一般称为学院派与乡土派。本文以《北台风光图》征诗比赛"为引子，深刻地剖析这段历史。

本文分为六小节，除去前言与结论之外，以四个步骤进行：第一步，先解说《北台风光图》征诗的外缘与内缘关系；第二步，讨论征诗比赛之后编成的《北台风光图诗选》一书所呈现的诗观问题；第三步，从外省诗人集团"中华学术院诗学研究所"及其《华冈禊集分韵诗》，回探陈逢源的诗学观点；第四步，从本省诗人组织的"中华传统诗学会"，说明外省籍和本省籍诗人分道发展的原因，以回应《北台风光图》征诗比赛"所隐藏的问题。

在1970—1980年那个诗坛活泼化的年代，以外省诗人为主的"中华学术院诗学研究所"主要的活动，选在上巳修禊和重阳登高，其所长为监察院代理院长，登高修禊在阳明山华冈和新店碧潭；台湾传统诗社最重要的活动日是端午节（即诗人节），击钵吟会的地点，经常选在各大庙宇。这些对比，曾经形成了有趣的台湾诗坛分布地图，可惜现在都已经不复存在了。

二、关于"《北台风光图》征诗比赛"

"《北台风光图》征诗比赛"是1978年"台北区中小企业银行"总行新建大楼落成之际所举办的一项活动。"台北区中小企业银行"前身是"台北区合会储蓄公司"，成立于1948年5月4日，属于民间资金互助会的形态，还不到银行的等级。其后，因为台湾经济的起飞，《银行法》也作了修改，乃得以在1978年1月1日改制为"台北区中小企业银行"，总行大楼设置在南京东路三段36号。[1] 配合着新建大楼落成，董事长陈逢源请友人吴梦周策划，邀请当时知名的画家周澄执笔，由青年画家李义弘、涂灿琳二人协助，以台湾北部的山水风光为主题，作成淋漓大幅，题曰《北台风光图》，并且以题咏此图为名，举办全台的征诗比赛。

这幅图高181.8厘米，长1 303厘米，起点始于台北盆地，以大屯山为主体，沿海则自西而东，经淡水、金山、万里、基隆、贡寮，进入头城、宜兰，到苏澳，再往南便是以清水断崖而知名的苏花公路。

这项征诗比赛，在台湾掀起了极大的波澜。

当时台湾已经有由"中山学术文化基金会"主办的文艺奖，1971年罗尚《戎庵选集》，1972年吴万谷《超象楼诗初稿》，1973年张维翰《莼沤诗稿》，1976年张佐辰《台湾怀古诗词》[2]，罗尚主编《大华晚报》

---

[1] 其后，"台北区中小企业银行"于1998年5月14日再改制为"台北国际商业银行"，2006年11月13日，合并更名为"永丰商业银行"。

[2] 张佐辰，字惠康，1969年6月创刊"中华诗刊"，任发行人，社长易君左，主编李渔叔。

的“瀛海同声”，吴万谷主编隶属于《民族晚报》的“南雅”，张维翰时任监察院副院长代理院长，张佐辰自1969年6月创办《中华诗刊》，任发行人已经七年，这个文艺奖并不是普通人可以企及的。所以，“北台风光图征诗”的意义便凸显出来。

征诗本是台湾传统的诗坛常有之事，但是这次征作的主持人身份特殊，而且规划之盛大，奖金之丰厚，皆非昔日之比，因而应征作品高达1 608首，当时知名的台湾籍诗人差不多都参加了。

入选者当中，金牌奖为张达修所得，银牌奖为万古愚、高泰山所得，铜牌奖为吴中、郭汤盛、林钦贵所得，其他优等者100人，佳作296人。在优等和佳作名单中，我们还看到不少台湾击钵吟中经常抢元夺金的好手，如王友芬、王梓圣、王前、李步云、李可读、林荆南、高文渊、张蒲园、陈辉玉、陈子波、陈焙焜、黄得时、郭茂松、傅秋镛、醉佛、蔡策勋等人，外省的诗人也有湖南梁汉、伏嘉谟，福建廖从云，湖南刘逸心，福建丁涤凡等59人获奖。比赛的诗体，采用台湾击钵吟固定使用的七言律诗，其差别在于没有限韵，参赛者可以自由选韵。

陈逢源在台湾诗坛活动中并不是领导人，他也激烈地反对击钵吟，曾说：“我的《溪山烟雨楼诗存》约收录六百余首，少年时击钵咏物之作绝不采入。我一向反对击钵吟，而主张作写实诗，我认为唯有写实才有意义，也才有情感，所以我之诗存，即为我个人历史之记录。”他在四十岁的时候，曾经写下《对台湾旧诗坛投下一巨大的炸弹》发表于《南音》第1卷第2、3号，1932年1月17日及2月1日出刊，四十岁正是思想成熟之年，此文直接攻击台湾诗坛，一经发表，就引起很大的反响。然而，反对击钵吟的陈逢源，为何在四十六年后的1978年，反而举办近似击钵吟会的征诗比赛呢？一方面是，他长年被传统诗坛嘲笑“有钱不办诗会”，一方面是，要汇集大量的人士来作诗，不采用这种模式，难以做到。不过，他只在诗体上限定七律，不限诗韵，采用邮寄投稿，与传统的击钵吟会必须在现场写作，而且限题、限韵、限时，做法并不相同。

这次比赛有一个特点，就是主办人陈逢源亲自担任决审。虽然他也邀请了萧子明、林灏翁、黄得时、黄景南四位名诗人进行评选，[1]但最终的决审之权，完全由他自己执行。这件工作虽然颇为辛苦，但对于酷爱吟诗又自信有鉴别力的陈逢源，应该不成问题。我自1980年秋天到1983年陈逢源去世前，受命整理他的史料，曾经长期进行密集的面对面访谈，以我的观察，他当时的心智和体力，确实可以承受这场决审工作。

三、《北台风光图诗选》背后的陈逢源诗观

"《北台风光图》征诗比赛"在颁奖之后，当然就应该风光落幕了。可是，事实上，这件事并不只是我们表面所看到的现象而已。

第一，所聘请的评审委员中，萧子明是江西人，擅长五七言古体诗，林灏翁是海南人，黄得时是台大教授，他的尊人是黄纯青，诗学深厚，黄景南是享有大名的台湾诗人，也是和陈逢源论诗相当契合的人，另外有一位与陈逢源交情最密、被陈逢源称为一字师的吴梦周，当然也会参加评审。这样的评审阵容，外省人和教授占了多数，与当时台湾诗坛击钵吟会的词宗，明显不同。

其次，值得注意的是，在这本《北台风光图诗选》中，置入了萧子明《春题北台风光图并呈南老大方家教政》和张达修《北台风光图读后赋呈南都词长》两首长诗。两首都是七言长篇，萧诗有五十句，是一韵到底的七言古诗；张诗有六十四句，采七言转韵体。这两种体裁，在当时人的诗体分类观念中，都属于七言古诗。兹录张达修《北台风光图读后赋呈南都词长》诗于下，为便于阅读，分成三段。"台员自昔称炎州"以下，到"时听骚坛将旗鼓"二十句为一段，简述台湾历史，归结到台北市：

---

[1] 萧子明，江西崇义人，1964年为淡江大学前身淡江文理学院副教授，1968年升教授，又为"中华诗学研究所"委员，著有《忆琳诗草》《忆琳词草》。林光灏（1908—2003），名斌，八十岁后自称"灏翁"，海南琼山人氏，世居海口市。抗战结束后来台，历任高雄市《大众晚报》总编辑、高雄市记者公会理事长等职。从1965年到1979年间，经常在《畅流》《艺文志》《中外杂志》《传记文学》上发表有关诗坛掌故文章。

台员自昔称炎州，东鲲而后名琉球。郑王南来奉正朔，有清人杰沈和刘。东夷窃据五十载，汉家文物任割宰。珠还合浦力回天，大好江山喜犹在。……美丽海疆真乐土，弦歌不绝承邹鲁。偶临鳅穴壮襟膺，时听骚坛将旗鼓。

“由来人杰地钟灵”到“剑外山阴经髣髴”二十四句为一段，写图中所见：

由来人杰地钟灵，胜概争推淡水厅。难得写生神妙手，凭将象管写鲲溟。首从阳明山下笔，星峰帽岭随之出。巍峨大遁镇坤维，基淡二河各洋溢。市廛楼厦相毗连，江城万户笼祥烟。一水稻江回海岸，微闻波浪声溅溅。横越金山过野柳，山爱青苍石奇丑。鸡笼港上飞桅樯，鲎江雨霁鲸鳌吼。白云青霭连头城，兰阳平野看纵横。苏澳苍茫幻蜃市，北宜一路尤峥嵘。胜地观光凭发掘，峰岫峨峨林郁郁。奇树槎枒路逶迤，剑外山阴经髣髴。

“蓝本端凭太古巢”，到“黄周李涂分一席”二十句为一段，写主人陈逢源和这张画的来历：

蓝本端凭太古巢，诗中有画频推敲。崒岭芦州疑雾窟，剑潭钟梵来云坳。南都先生今弘景，幽居自占东西岭。经济文章萃一身，更喜名山归管领。邱壑描来当卧游，董其事者黄耐秋。琴书有味躏三伏，猿鹤无猜笑五侯。百丈楼台齐日月，卅载运筹见蓬勃。公余更爱山水游，早把篇章付剞劂。勤将三立养修龄，烟雨楼中德自馨。为爱天然风物好，遂教妙笔垂丹青。张之高楼悬之壁，一帧四十有三尺。经营者谁南都翁，黄周李涂分一席。

前后三段，句数章法井然有序，颇见经营；诗中律句与非律句的处理，符合隋末唐初以来七言转韵体的平仄要求；最后一段中，有许多诗句暗含着杜甫七言长篇的笔法。在在都显露著作者的学养。

试想，张达修是本次征诗的金牌得主，他所获奖的七律，已经刊载于书中：

> 丘壑纵横点缀工，南连苏澳北基隆。淋漓恍见兰阳雨，浩荡如闻草岭风。信美江山成乐土，巍峨楼阁纪丰功。虎头妙笔沧洲趣，尽在诗家杖履中。

陈逢源为什么在全本都是七言律诗得奖作品中，又特别指示编辑者增加收录了这首七言长诗呢？其实，这一点是有深意的，要知道陈逢源的深意，就必须了解陈逢源的诗观和当时台湾诗坛的写作风气。

先说前者。陈逢源对诗有敏锐的观察力，我在他晚年时屡次听他谈起，他最拜服的诗人是台中栎社名人林幼春，林幼春著有《南强诗集》，古近体兼备，诗格远不同于台湾时流。陈逢源常常说："幼春的死，[1]可以说是台湾的一大损失，台湾的诗坛，数他最有实力，也敢作很激烈的诗，他当过新民报社长好几年，很能弃旧迎新，自己是旧诗泰斗，反对无病呻吟的击钵吟。"最后这两句，其实是他自己的写照以及他最向往的成就。当时台湾诗坛以七言律绝为主要体裁，陈逢源虽然想要自拔于时流之外，但习惯使然，落笔仍不外乎七言律绝，可是，他对于能够写作五七言古诗的人，怀着佩服之心。最明显的证据，是他在七十九岁那年，以《自述》为题，写下了生平唯一首五言古诗[2]，用以记录他的一生。

这首《自述》诗多达64韵，共有1 280字，押韵使用入声〔-t〕半辅韵尾的韵系，通用了四质、六月、七曷、八黠、九屑、十一陌等韵目，[3]是五言古诗的标准作法，杜甫《北征》诗就用了相同的韵系。所以，作者想学习杜甫，用五言古诗来写这么重要的主题，记录自己的一

---

[1] 民国二十八年（1939）林幼春辞世。

[2] 本诗排列于《溪山烟雨楼诗存》（作者自印本，1986），第131—132页，序列于辛亥（1971）年夏秋之间。

[3] "颎"字出韵，写作中偶误也。

生，用意十分明显。可惜他长年习惯于运用平仄，落笔自然入律，难以摆脱素习，以致诗中出现了大量的律句。然而，全诗最大的优点，乃是以贯串式的平铺直叙，直说实事，绝无一句虚语，符合杜甫《壮游》诗的家法，令人十分惊叹。

原诗太长，下面我予以分段，并简单解说如下：

> 蛇年冬日暖，初试啼声聒。老亲盲溺爱，冀作人中杰。刚刚一周晬，割地没戎羯。田横英勇士，抗暴河流血。先民植此土，俯首供铺啜。

第一段写他出生于清光绪十九年十月二十五日（1893年12月2日），次年中日甲午战争爆发，战火延续到1895年4月17日签订《马关条约》，割让台湾给日本。清廷割台之后，台湾居民无路求生，乃宣告独立，民间自组武装，全力抵抗日军，到1896年才全面失败，接受成为日本殖民地的命运。

> 髫龄习四书，背诵无疏忽。稍长学日文，略知世界阔。少小耽吟哦，兴随芳草苗。汐社诸遗儒，籁轩心最折。蕴藉语尤圆，清新意自豁。云石主骚坛，剑花才调绝。南溟笔力豪，西圃囊锥脱。竹轩星楼辈，佳句争灵活。芷香擅香奁，可惜天早夺。就中铁涛雄，律严工击钵。执鞭附骥尾，推敲有玉屑。

第二段指出他求学过程，四岁入私塾，七岁进入日本人所设公学校，毕业后升学就读日本总督府国语学校，这是当时台湾人的最高学府。这一段学习过程，他简单地用"稍长学日文，略知世界阔"来概括，当然是时代因素使然。后面自述学诗过程中的师友，主要是台南的诗坛前辈和同辈，例如诗中"就中铁涛雄，律严工击钵"之句，便是指朋友中最擅长击钵吟的洪铁涛，这段期间，陈逢源随众沉醉在击钵吟中，还自觉偶有佳作。反对击钵吟是在离开台南以后，不过，诗里没有写到这些细节。

　　壮岁游江南，兴亡吊吴越。革命创伊始，分疆据军阀。国事纷如麻，书生狂浪迹。烟景问苏杭，楼台炫金碧。虎丘池水深，雷峰夕照赤。偶登铁瓮城，三山望宫阙。梦里浮秦淮，画船多于鲫。河房识董沙，一醉神仙窟。

　　第三段写他于民国十一年（1922）在祖国大陆旅行之所见，本段和下段，模仿杜甫《壮游》诗的痕迹，十分明显。[1]

　　归来晤灌园，同志谋团结。峰山与渭水，思想追先烈。誓言开议会，主义何辉赫。万言曾上书，声势谁能遏。那知食肉鄙，党祸东窗发。一网尽搜罗，俊彦囚盈百。逆鳞原自取，苦守寒松节。从此事操觚，慈舟高突兀。民报改日刊，瘼隐迅昭揭。笔阵互纵横，谠言求贯彻。

　　第四段写他拜谒林献堂先生，与蔡培火、蒋渭水等人共同倡议台湾议会请愿运动，争取台民的权益，日方发动治警事件，因而入狱之事。经判决后，陈逢源被监禁三个月，林幼春、蒋渭水、蔡培火等人都入狱数月不等。出狱后，他先入设于台中的大东信托，历练了商业经济实务，其后转赴台北，进入台湾新民报社，担任经济部的记者兼部长；诗中省略了大东信托的履历。

　　忽传东北倾，铭记九一八。禹甸继侵攻，金瓯痛残缺。伤心赴故都，淹涕闻屠杀。花残景已非，月冷歌常咽。燕京苟保存，沦陷心忱切。千年帝子家，宫阙空巍崒。可怜满院春，醇酒倾连夕。城蟠达岭高，险阻今殊昔。眼瞥张家口，大同风沙刮。千年石佛岗，伟丽珍圭璧。北上热河庄，宫车久断辙。殿宇竞雄奇，倚山横巨刹。

---

[1] 简锦松：《初识中国：1922年在中国大陆旅行的台湾诗人陈逢源之所见》，载《台湾古典文学研究集刊》第4期。

第五段，写他于民国二十三年（1934）及二十七年（1938）以台湾新民报经济部长的身份，两度到祖国大陆旅行，访问了华南、华北、东北的见闻印象。[1]

> 天固瞿唐峡，陪都不易拔。众志筑长城，哀兵成健鹘。战线亟延长，中原肤寸裂。孤军悬万里，取胜无从决。穷余袭珠港，乾坤图一掷。百炼大和魂，先声夸奕奕。一败中间岛，机船半覆灭。盟军遂反攻，轰炸何时歇。竟投原子弹，终树降旗白。八月十五日，仇耻方清雪。还我合浦珠，喜极泪垂颊。

第六段，写日军拟由瞿唐峡仰攻重庆不成，孤军陷入中国广大地面的泥淖中，胜既不能，退亦不能，只好乾坤一掷，转去偷袭珍珠港，导致最后在中途岛败战，被美军投掷原子弹，终至无条件投降。

> 卜宅温泉丘，花明苍翠积。久捐鸿鹄举，偏嗜烟霞癖。重阳风雨凄，觞咏招诗伯。膺选省议员，广掉民喉舌。旧业理工商，廿年劳老骨。早合卸双肩，一窝藏驽拙。抵掌话沧桑，读书忘岁月。

第七段结束，以卜宅阳明山温泉，建溪山烟雨楼为主轴，简单地综论战后二十余年个人生命中的变化。

由于我受托撰写他的传记，每星期都有数日访谈，对他的事迹十分了然，这首诗里面第二段、第三段、第五段，他都有另外的文章写到，见于所著《雨窗墨滴》《新支那素描》等书，第四段的议会请愿运动和治警事件，有叶荣钟《台湾社会运动史》详述其事，第六段谈日本在战争中落败的原因，也是台湾人很普遍的看法。整体说来，全诗没有一句空话，很能反映出他自己的诗观，在当时的诗人中，是非常少见的。

但是，写作五言古诗毕竟不是陈逢源之所长，他一生中也只有这一

---

[1] 简锦松：《1934—1938年台湾菁英陈逢源的中国旅行印象》，载《东华汉学》2013年6月第17期。

首。对于陈逢源来说，写诗并不困难，平仄也很熟练，他也曾经写过大量的连章诗，五七言律绝都有，因而诗才也不是问题。但是，他无法写出令自己满意的五七古体，确实也是事实。推究原因，应是台湾传统的诗风都局限在七言律绝，因而使他自我设限。

陈逢源既然把写作五七言古诗视为更高级的才华，那么，他赞赏张达修，也特别推崇《北台风光图读后赋呈南都词长》这首长诗，并且在《北台风光图征诗集》的前面，特别予以刊载，就不令人意外了。

四、中华诗学研究所《华冈禊集分韵诗》的意义

前文所论的《北台风光图读后赋呈南都词长》，并不是张达修唯一的七言长篇，在他的《醉草园诗集》中，[1] 五古、七古数量不少，与同时代其他台湾诗人的面目迥异。这一点就要说到台湾当时的诗坛。

自1949年以后，台湾的诗坛就分为本省籍诗坛和外省籍诗坛，几乎是井水不犯河水地各自发展。我在前一次会议的报告中，曾经介绍台籍诗坛大老黄纯青所发起的"重阳莫负菊花杯"的即席联句，[2] 本省和外省的知名诗人十余位参加，影响力特别大，但在诗史的洪流中，那也只是长江中的一沤而已。

外省迁入的人物与本省诗人之间，本来就因为语言不同而存在着天然的隔阂，更因为他们中间有不少原本就出身书香世家，来台之前，已经颇富时名，又多身居高位，因而很自然就形成了外省诗人的圈子。这些外省诗人偶尔也参加诗社，但那种诗社的结构性不强，时有时无，[3]

---

[1] 收入张达修著：《张达修先生全集》，张振腾发行2007年版。
[2] 简锦松：《自然兴废成吾道：1949年以来台湾古典诗词传习经验之观察》，见中华诗词研究院、复旦大学中国古代文学研究中心编《中华诗词研究》（第一辑），东方出版中心2016年版，第148—175页。
[3] 例如薇阁诗社。据黄得时编《板桥诗苑别集》（薇阁诗1949年版）卷首，社长黄纯青序文可知，该社是以板桥林家大房林熊征之号而命名，创设于民国三十七、三十八年（1948—1949）间。黄纯青与林熊征交好，并出副薇阁学田之任，乃邀集薇阁的侄儿林衡道、陈逢源、吴梦周、赖子清、林啸鲲，及其子黄得时等诗友，成立诗社。参加雅集者有于右任、贾景德、张默君、林熊祥、李翼中、沈刚伯、曾祥和（沈刚伯夫人）、林凌霜、李腾岳、陶芸楼、陈含光、曾今可、陈定国、黄水沛、杜仰山、张善、施教堂等，多为外省诗人，不过，薇阁诗社虽然举办了数次雅集唱和，组织则似有似无。

并没有像传统台湾诗社的那种组织，也没有像击钵吟会那种聚会。他们最常表现出来的方式，就是在各大晚报中投稿，而各大报刊的诗坛主编，也都是外省籍诗人。不过，这些都是客观而形成的局面，并没有人为运作的力量，从中刻意造成区隔。

当时外省诗人为主的群体，逐渐集合为1968年成立的“中华学术院诗学研究所”（简称“中华诗学研究所”），这个名称，与张其昀先生主持的“中国文化大学”有关，所以又称为“华冈中华诗学研究所”，到今天，“中华诗学研究所”已经更名改制为“中华诗学研究会”，它的机关杂志《中华诗学》，仍设址在“中国文化大学”。一般人的理解中，研究所是指大学体系里招收硕士生、博士生的地方，“中华学术院诗学研究所”并不是招收硕博士的教学单位，用这个名词很奇怪，但在当年大家不但不觉得奇怪，反而相当珍惜这个名号，所里面的成员，互称为“委员”。由于成员之中，有相当多人本身就是监察委员或立法委员，现在诗人们以委员相称，无形中将身份提高不少。当然，这只是因为巧合而衍生的趣谈，大多数的诗人委员都是实至名归的高士，这才是“中华学术院诗学研究所”特殊而受人尊重的原因。[1]

“中华学术院诗学研究所”给外人的形象，就是饱学的名士，当然，一谈到学问，所得深浅，随人不同，必定不会齐一，委员中各人的实力也并不整齐。但是，整体给人的感觉确是如此。当时有一种风气，以写作长古为能，以《华冈禊集分韵诗》这部小集为例。[2]这本书的篇幅不大，其内容就是将《兰亭集序》全文，发给全体委员分韵写作，王羲之原序有三百二十四字，委员人数只有百余人，[3]所以，从1973年起，到1975年，分三年才告完成。完成之后，所长张维翰先生于1975年作序，宣告将付梓行；但实际上到了1979年2月才在台湾商务印书馆发行初版，已经是四年后了。董其事者是孙如晨先生，我也参加了校对的工

---

[1] 我自1973年起，常随先师张梦机之后，在中华诗学研究所的活动中帮忙庶事。1982年以《秋怀诗十一首（步昌黎公原韵）》，得成惕轩、李猷二老之介，被选入为委员，是年二十八岁，为最年轻之委员，故熟知所中事务。

[2] “中华诗学研究所”撰：《华冈禊集分韵诗》，台湾商务印书馆1979年版。

[3] 据《华冈禊集分韵诗》所刊载的内容统计，作诗的人一共131人，其中有些人在作诗当时，可能还没有成为中华诗学研究所委员。

作。这部小集的篇幅虽小，但从社长到每位参与的诗人都相当重视，无不搏尽全力来写作，可说是了解"中华学术院诗学研究所"各委员的诗学功力最好的参考读本。

打开这部《华冈禊集分韵诗》小集的第一印象，便会发现它的面目与台湾传统诗社的诗集完全不同。三百多首诗词中，虽然不乏近体律绝，可是，主要的人物都写五古、七古。从开卷第一篇张维翰社长以"永"字作七言转韵长篇，接下来梁寒操以"九"字作七言长古、易大德以"年"字作五言长古、丁治磐以"岁"字作五古、宋天正以"在"字作《玉楼春》、王家鸿以"癸"字作五古、朱玖莹以"丑"字作七古、成惕轩以"暮"字作五古、江絜生以"春"字作《望江南》词、吴万谷以"会"字作五古，其间只有缪鉴平、李猷、吴春晴三人所作的"和""之""初"三篇，使用了七言律诗体裁。上述这几位先生都是所中的领袖人物，从各人选用的体裁，不难看出他们对作诗的认识，是以能作古体，才称高手。张达修三次提交的修禊诗作中，一次用"之"字作七律，另外两次得"有"字和"哉"字韵，都写了五古。而且，张达修在另一次以"纪念杜甫一千二百六年诞辰"为主题的社集中，以七言转韵体写了二十四句的长篇。[1]这位台湾籍的知名诗人，在"中华学术院诗学研究所"的雅集中，[2]以娴熟的五、七言古体，与诸名士并驾齐驱。由此可知，陈逢源对他的赞赏，并不只是"《北台风光图》征诗"比赛中夺魁而已，其背后，显示了陈逢源对作诗的看法。

五、台湾籍诗人与"中华传统诗学会"

台湾诗坛到了20世纪七八十年代，有一波强大的发展趋势。除了外省来台诗人之外，以台湾省籍诗人为中心的"中华传统诗学会"，也在1976年5月1日创立了。本来，台北市规模最大、历史最悠久的传统

---

[1] 见"中华诗学研究会"主编《中华诗学杂志》第35卷第3期，第36—37页，原载"中华诗学研究所"编《中华诗学》第21期。

[2] 台湾籍诗人参与《华冈禊集分韵诗》的尚有庄幼岳（五古、五古、七绝）、曾文新（五律）、王奖卿（即王天赏，五古、七古）、简明勇（七律、七古）、张仁青（七律、七绝、五古）等数人。简明勇与张仁青，当时被视为年轻博士诗人而予汲引，今俱亡矣。

型诗社是瀛社,活动在台北的知名诗人,几乎全部是瀛社的社员,不过,瀛社入社的门坎较高,据说当时有这样的规定 :"必须有旧人去世,才能补入新人。"不知道实际有没有依此执行。而且,当时刚开放民间社团登记的申请,瀛社是传统型的诗社,还没有考虑要不要登记为新型社团,就在这时候,"中华传统诗学会"率先登记成立,一时间颇有台湾传统诗社联合会的气势,其会员当然也与各个既有诗社的成员多有重叠。

"中华传统诗学会"注重培育青壮龄的后继人才,因此,从1978年开始颁发"第一届优秀青年诗人奖",我和基隆邱天来兄两人获选。邱天来得奖以后,返回基隆创办"基隆市诗学研究会",自任创会理事长,每周四晚上七时于南荣路会址讲授"传统诗学研习班",课目包括"诗之欣赏""绝诗习作""律诗习作""击钵诗体的运用"等课程。其他"中华传统诗学会"的成员,也陆续举办这种研习班,至今不绝,当然,也吸引了相当多的同好,壮大了学会的人脉。

随着"中华传统诗学会"的发展,有一件事相当引人注目,因为就在这个时候,原来只附属在《大华晚报》《民族晚报》《自立晚报》副刊的古典诗坛,主要的投稿者是外省诗人。从1982年到1984年间,增加了《台湾新生报》的《新生诗苑》,是诗人曾文新争取来的,由他自任主编。过去三大晚报的诗刊,每次刊出量,连标点符号最多不满三百字,以绝句来说,大约八九首。《新生诗苑》每期刊出一千余字,诗篇之后,还有"诗讯",揭载各地吟社的活动。一推出之后,便吸引了大批台湾籍的诗人。由于它是几天才刊出一次,我记得不少诗友特别期待出刊的那一天,赶着去购买报纸。1984年,曾文新把历年的报纸刊登的诗作,编印成《新生诗苑》一书,[1]可以看到那个时代,民间确实有一股振兴诗学的热潮。

我们知道,台湾传统型诗社主要活动是击钵吟,俗称"全台诗人大会",不管聚会是在哪个市县举行,大家都挂着"全台诗人大会"的牌子。主办单位不仅是传统诗社,台北市政府也每年举办,传统诗社较多

---

[1] 曾文新 :《新生诗苑》,台湾新生报出版部1984年版。

与庙宇合作，政府机关多用图书馆，台北市济南路图书馆有空调，场地大小适中，交通又方便，最常被利用。不管击钵吟会由谁主办，在哪里举办，参加的人数都非常多，一二百人或二三百人是常有的事。活动一开始先互选词宗，作为评审人，然后拈韵、命题，揭示在板上。接下来几个小时，来自各地的诗友，自分群组，各各成聚，开始写作，全场默默无声。我参加过的场次不计其数，诗人们认真推敲的神情，每次都令我深受感动。计时，是用香柱和铜盘，线香烧到预定的位置，会敲响铜盘，这就叫击钵。准时交卷后，交由词宗在闱内评选，大家就暂时休息谈天，同时欣赏名家书画。晚宴后，有人上台吟诗，有吟唐诗，也有吟自己的作品，场面十分热闹，当时瀛社总干事陈焙焜（后任副社长）最擅长主持，经常看见他在场，许君武先生最喜欢上台，黄得时教授也必定要上去，他会标准的闽南方言读书音，七律吟得最好，高雄寿峰诗社的黄祈全声洪气足，也常博得掌声。这样的吟会，艺文的气氛是非常好的，也大大有助于社教，但是，对于诗的质量提升，不但无益，反而使之向下沉沦，其实并不奇怪。

前面说过，外省来台诗人，颇多博学能诗之士，栖身于大学教席。其中和陈逢源交谊最深的李渔叔，便任教于台湾师范大学中文系，著有《花延年室诗》《三台诗传》。[1] 他的弟子尤信雄现已耄龄，另一位最知名的弟子张梦机，乃为先师，已经去世。其他大学的知名诗人，如刘太希、彭醇士、成惕轩任教于政大，戴君仁、郑骞任教于台大，孙克宽、萧继宗任教于东海大学，张之淦任教于淡江大学，李猷在金融机构也有不少私淑弟子，诸位先生都很受人敬仰。问题是，外省来台诗人在大学院校，主导了中文系的"诗选与习作""词选与习作"课程，可是培养青年诗人的效果却很有限。在质和量两方面都不尽如人意，因而让传统台湾诗社相当不满，发明了一个名词叫"学院派"来讥讽他们，而自称"乡土派"，希望用他们传统诗社的力量，开班授徒，来育成后一代诗人。外省诗人和本省诗人的活动形态本来就不同，而且也很少联系，青

---

[1] 李渔叔：《三台诗传》，学海出版社 1976 年版。李渔叔：《花延年室诗》，文史哲出版社 1972 年版。

年学子在中文系里学习了大量的古代诗人家数之后，对于台湾传统诗社的学术基础，深感质疑，很少人愿意参加传统诗社的击钵吟，使得双方的关系更为疏远，可以说是完全分道扬镳了。

台湾传统诗社的“全台诗人大会”，并没有不欢迎外省诗人，事实上，也有许多外省诗人参加，但是外省诗人总是无法融入击钵吟中。推想其原因，其实不难了解。人都有起码的自爱心，击钵吟会既然有词宗，有名次，谁不想得到好名次？但是，台湾传统诗社的词宗都是台湾人，使用台湾音来读诗评等，我自己是台湾籍，曾经在黄得时教授指导下，学会标准的读书音，所以我知道，除非作诗功力非常好，否则，用闽南方言发音来作诗和用普通话发音来作诗，会有完全不同的结果，更何况台湾传统击钵吟的体调、规则、题材选取方法，和外省诗人的诗风百分之百不同，外省诗人参加几乎没有入选的空间，当然就不去了。据我所知，张梦机先生只有一次抢元而已。我也曾经得过前面的名次，那是我在写作时改用闽南方言练句，声腔和词宗不远所致。一些外省诗友还经常参加击钵吟，就只是志在热闹，不求名次的了。不过，1990年以后，台湾诗坛的击钵吟偶尔也请大学教授担任词宗，情况当然就复杂了。

客观来说，外省来台诗人当中，有的人出身较好，读书多，眼界宽，擅长吟咏，有的人长年在大学任教，熟悉古今名作，作起诗来，笔力较优，乃是必然。台湾诗社方面，早期都是士绅出身，眼界和诗才都比较高，经过了长期的社会演变，到了后来，士绅的后代大量向政、法、医、商和科学技术方面倾移，能够作诗的已经很少了，进入诗社的人，古典教育的基础偏低，有人笑说：“三教九流之士，都可以进来作诗。”其实，三教九流之士，如果书读得好，何必不可；但是，实际上，大多数作诗的人，不读古籍，只知道互相摹仿，已经成为常态，浅学不但阻碍了诗艺进步，诗格、眼界也高不起来，像这样的结果，乃是学问的问题，不能再把它归之于籍贯差别了。

六、结论

本文以1978年“台北区中小企业银行”总行新建大楼落成之际，

所举办的"《北台风光图》征诗比赛"活动为引子，经由探讨陈逢源的诗学观念这条线索，分析探讨1949年以后，台湾诗坛上，本省诗人和外省诗人分道发展的根本原因。

文中我介绍了以外省诗人为主的"中华学术院诗学研究所"（1968年成立），和以台湾省籍诗人为中心的"中华传统诗学会"（1976年成立），并对彼此的作诗方法、现象，作了简明的描述。我认为外省诗人引入台湾的优点，是对"诗学"的学术钻研，而且，利用大学中文系的教育，提升了下一代诗人的眼界与作诗能力。台湾传统诗社失去了昔日士绅阶层的博学基础，又离开大学的学术探索，使作诗变成社交游戏。二者如果能够互取所长，对于古典诗的未来发展，必定会产生良好的效果。

至于陈逢源在"《北台风光图》征诗比赛"活动中，采取了击钵吟的外形，实际上却开创了一条新路。在他于1983年去世以后，我秉承了他的遗志，前后举办"全台大专青年联吟大会"，从1983年12月举办第一届，共约200名全台各大学的学生参加，到2003年举办第二十届，前后二十年，有超过2 000名参加者。现在各大学新进的诗选教授，全部是曾经参加过这系列活动的青年，不能不说是一个奇特的缘会。

【作者简介】台湾中山大学中文系特聘教授，博士生导师。

当前旧体诗词文本意象创新研究

杨　卓

【摘　要】　文本意象即作品中承载一定意义的语义结构。中国传统文论中相关论述多受《周易》及老庄等学说的深刻影响。文本意象被要求服务于作者的心灵，即实现"以意驭象"。本文试围绕当前旧体诗词中的文本意象之"物象""事象"和"文本呈现方式"三个方面，讨论其对传统的继承与创新之处。

【关键词】　当前旧体诗词　文本意象　创新

中国传统文论对"意象"概念的研究比较芜杂，并与"象论""意境论"等理论相交织，近代以来更受到西方的意象（image）学说的影响。本文所论文本意象指作品中承载一定意义的语义结构。它可以上溯至《周易》的"观物取象"说。相传庖牺氏制八卦以象征世间万事万物，"仰则观象于天，俯则观法于地"，用有限的象数组合反映现实中的无穷事物。易象模仿自然、高度概括等特点，导致了后世对文本意象生动、凝炼、传神的美学要求。

老庄哲学对于文本意象的发展亦影响深远。老子的"大象无形"和庄子的"言不尽意"论都是对人类语言局限性的深刻认识。然而老庄也强调人类不得不依赖语言这一并不完美的工具。为解决这一矛盾，庄子提出了"得鱼之筌""得兔之蹄"的理论，即把作品文本视作通往"道"的桥梁和工具，"得鱼而忘筌""得兔而忘蹄"，要基于文本而超越文本。王弼《明象》篇在此基础上，进一步阐述了"言—象—意"三者之间的关系："夫象者，出意者也；言者，明象者也""尽意莫若象，尽象莫若言"。认为象是表意的工具，语言则是用来阐述形象的材料，因为这一派认为"象"的作用在于导向无穷的"意"，导致了传统文论中文本意象应"不拘形似""含蓄留白""言外无穷"等美学特征。相关文论还有司空图《与极浦书》"象外之象，景外之景"；严羽《沧浪诗话》"羚羊挂角""镜中之花""玲珑剔透，不可凑泊"；王廷相《与郭介夫学士论诗书》"诗贵意象透莹，不喜事实黏着"等。在画论领域，则有刘熙载《艺概·书概》"画之意象变化不可胜穷"和董棨《素养居画学钩深》"画固所以象形，然不可求之于形象之中，而当求之于形象之外"等。

另外，传统文论还要求诗人能够以积极的主观意志和价值取向有力地统摄文本意象，即做到"以意驭象"。刘勰认为创作者的精神即"神思"处于"凝虑""虚境""澡雪"等状态时，能够较好地驾驭"意中之象""独照之匠，窥意象而运斤。此盖驭文之首术，谋篇之大端"（《文心雕龙·神思》）。王昌龄则强调作者应张开心灵、深度观照审美对象从而获得意象，其《诗格》云："视境于心……然后用思，了然境象。"王夫之认为，无论诗歌与长行文字，"俱以意为主。意犹帅也，无帅之兵，谓之乌合"[1]；刘熙载认为："意，先天，书之本也；象，后天，书之用也。"[2]正是上述"以意驭象"的深厚传统，才使"意"与"象"最终合成为一个固定称谓，其中蕴含着古人对文本意象服务于心灵意志的殷切要求。

诗词作为士人言志抒情的工具，一直服务于主流文化语境。随着时代的变迁，传统文化观念中的诸如君臣观、女性观已多少遭到了扬弃，诸如古代哲学观、亲孝观、功名观还处于同中西方文化的胶着碰撞之中。而我们今天在讨论旧体诗词中"文本意象"的创新之前，似乎应该先厘清背后的"意"发生了哪些变化。但这一问题即使撰文专著，也难以轻易说清，各家的观点亦有不同。然而，我们或许可以尝试归纳传统文化中最核心的部分，它们即便不为最新锐的思想者所认可，但仍应被亲近古典者视为道德和美学的"底线"。我想大致有这样几点：1. 对世界的有情观照；2. 对普遍伦理的起码尊重；3. 光明和希望不彻底泯灭；

---

[1] 王夫之著，舒芜校点：《姜斋诗话》，人民文学出版社1961年版。
[2] 刘熙载著，袁津琥注：《艺概注稿》，中华书局2009年版。

4.感情真诚蕴藉；5.观点客观持正。

一、当前旧体诗词创作中关于"物"的文本意象创新

1.将时代新生物象纳入传统体例的创新尝试

① 入诗技巧探索已经基本完成。当前诗词创作与网络有着密不可分的渊源，许多诗人都是结识、相交于网络。早在网络勃兴伊始，诗人们就孜孜探索如何在诗词中纳入具有时代特征的物象。今天，像"电脑""屏幕""Email""手机"等时代物象入诗已不复形式上的障碍。很多作品都能够做到浑然、工整、深情，而有意避免突兀、油滑、造作。一种手法是将较短的词汇按照格律直接纳入，比如下面作品：

> 旧曲独珍爱，置作手机铃。数夕听风雨，喑喑不一鸣。（杜随《秋感其三》）

> 短信重翻泪欲潸，只言珍重语何悭。蓝屏遗此相思字，已过三年不忍删。（孤棹摇风《短信》）

另一种手法是吟咏物象而不露其词。如挹风斋主人咏《高铁》："一天阅尽神州景，犹是神州最慢车。"及网友水虎英雄咏物诗系列：

> 形如花瓣却无香，百转千回日夜忙。总念尘寰炎热苦，风生心底为人凉。（《电风扇》）

> 片纸玲珑细剪裁，光阴打叠上书台。是谁抛却陈年事，揭出清新气象来。（《台历》）

除了网络和现代科技产物，更多的时代新生物如门铃、票根、情人节、高铁、微信、电吹风乃至微博"僵尸粉"也已被写入诗歌。"何处问斜阳，窄窄楼中一线长"（梦烟霏《南乡子》）是写高楼林立的都市中才能看到的夕阳如线；喵喵2001"门外依稀旧月华，一宵谁荡路边花？晨光渐近春风远，教我如何不想她"直接用刘半农、赵元任歌词入诗；发初覆眉《定风波》四首写繁华上海的朱家角商铺、艺人和小贩；添雪斋

《青绠集》每首都对应一幅文物摄影……总之，在现代物象入诗方面，"形式突围"已经颇多成功案例，就像留取残荷所说："多得很。再过十年，我估计就没什么人问这种（技术层面）问题了，要问，就问什么才是具有现代意义的诗词。"[1]

②将新生物象纳入传统意境。先看铁崖《竹枝词》二首：

> 华灯交月夜便娟，指作兰花首各轩。孙辈脱怀如脱索，此间鱼水舞蹁跹。

> 人谓喧腾太放颠，我生七十有余闲。儿女长成翁自乐，一生有数自由天。

广场舞现象本多为年轻人所诟病，然而铁崖能秉承仁厚之心，历数老人生平繁劳、抚孙之不易，并欣然见其能自得其乐。再看月如《水调歌头·咖啡》：

> 异国相思豆，到此历春秋。便教和泪捣碎，香霭鬓云稠。我亦有情如水，来向玉壶起舞，炉上共沈浮。欲语都无语，听我滚千沤。
> 汝必淳，我必沸，渐绸缪。一杯凝重，深映琥珀那人眸。莫管我心自苦，但得君心浓暖，长夜解销愁。我去杯空在，晨鸟正鸣幽。

"咖啡"本为舶来品，在现代语境里多与"白领""小资"相关，与古典意境颇谬。然而本词开篇以"异国相思豆"呼之，立刻与传统建立了某种联系。接下来作者以水自喻，以咖啡烹煮的过程譬喻情意酝酿。"醇""沸""香""绸缪"皆语涉双关，曲终鸣幽，其真挚、醇厚、缱绻之处，当为古今共赏之美学特质。

③用新生物象阐述时代思想。当前旧体诗词作者的年龄以三四十岁者居多。他们广泛关注西方哲学政治、文化历史、神话乃至科幻、美

---

[1]《你见过或你写过哪些现代词汇入诗词非常浑融的作品？有什么方法让现代词语获得更好的"诗味"？》，https://www.zhihu.com/question/56563875/answer/149716856。

剧，为诗歌带来了大量的新鲜物象，也寄寓着他们对世界的观察与思考。比如张力夫在《齐天乐》中熟练使用"喧嚣""沉沦""存在""荒诞""形态"等词语阐述关于海德格尔哲学的领悟；添雪斋在《星座宫神话》《死神的24小时》《花战记》用哲学语汇写生命思辨；喵喵2001以《出埃及记》组词抒发其历史观；发初覆眉《清平乐》组词以安徒生童话意象抒写其感情观；等等。

另外，被较多呈现的是当前人们的生存焦虑以及被城市经验的异化恐慌。李子《绮罗香》中的名句"太阳呵、操纵时钟，时钟操纵我"，可视为麦克莱伦在《世界科学技术通史》中所说"工业革命真正的标志不是蒸汽机，而是时钟"的诗化表述。嘘堂持"文言实验"之大旗，其古体组诗《自由之白日》写都市，连续使用"内分泌""斯诺克""灰色办公楼""局部""复数""抚慰""底片""影像""暗房""语言""低分贝音箱"等词汇"打造出庞德、艾略特般的象征派诗歌情境"[1]。独孤食肉兽的城市诗词系列，也如同一位印象派画家般，涂抹出城市的虚空与繁华。

然而，当"实验体"带来的视觉惊艳逐渐消退，人们也不禁反思：即便这类作品格律上毫无瑕疵，倘若它与传统价值观念割裂太深，究竟还能否把它们和旧体诗歌视作同一体裁？就像李子的《清平乐》："群蛇站起，幻觉之城市。抹黑像框人便死，马路弯成日子。金钱和血纠缠，血和空气纠缠。阴影一声尖叫，高楼欲火阑珊。"我想，假如它令读者感到不适，应该不仅是因为它使用了"黑相框""血""死亡"等物象，也不是"马路如何弯成日子"的语法疑问，而是作品中反复渲染的虚幻、物欲、颓废和暴力。它确有揭露沉疴、刻画病态的功用，但终究与传统诗词厚重真诚、不泯希望、节制欲望的特点相去甚远，而这些特点，正是旧体诗歌不同于新诗的保留之地。

2. 对传统物象的继承、扬弃和翻新

传统意象范围广博，今天其入诗情况大致可分为三类[2]：第一类是

---

[1] 马大勇：《种子推翻泥土，溪流洗亮星辰——网络诗词平议》，载《文学评论》2013年第7期。
[2] 出于隐喻和避讳等原因而故意大量使用传统意象的诗歌，不在本文讨论的三种情况之列。

已经远离我们的生活但承载着固定文化意义的物象。比如"乞火""杏坛""折柳""束发"等。在诗词中直接使用这些文本意象，因其约定俗成的文化含义，一般不会造成阅读障碍。第二类是远离我们的生活且承载文化意义较少的物象。比如今天的"窗"不再是"绮窗"，"楼"不再有"玉阶"，"衣"不再是"罗衣"，"照明"不再用"银烛"，"饰物"也不再是"金簪""碧环"之属。使用这类物象入诗时需要慎重，特别是作为景物过多罗列会给人一种矫情之感。可以比较下面同一作者所作的两首《喝火令》[1]：

> 细雨鸳鸯瓦，春风燕子天。为谁拾却水晶盘。或有兰情絮语，不敢对人言。　　黛补眉边月，红描案上笺。金猊熏透柳如烟。侬去煎茶，郎去又关山。小女去收花影，去去是流年。

> 小径桐阴转，高楼月影浓。灯阑犹照鬓边红。曲巷深深，燕语更慵慵。　　世事闲听雨，人情数过鸿。好天谁与斗清容。嘱咐春寒，着意晚来风。嘱咐眉痕淡了，莫坐落花中。[2]

清代汤贻汾《喝火令》有"姊去吹箫，小妹去弹丝。郎去红牙低按，侬去唱郎词"之句，极写妻子相聚之昵。本词作者试图模仿这种温情，然而罗列的众多古典饰物，给人一种穿越般的精致美的同时，也带来了一种文本上的隔膜感，相比之下，第二首少物象堆砌，气息反而从容顺畅许多。

第三类是古今一致的物象，比如春天、梅花、饮酒……它们赋予诗词一份天然的便利。然而，某种程度上传统也是一种束缚。这一类物象入诗的关键就在于使其焕发出不离传统又新鲜迷人的现代气息。比如谢玉萍的《雁》"列阵排云上，横空大写人"。"雁"作为古典诗歌常见意象，与之相关的意指多为"悲秋""失群""思乡"。谢诗能不落窠臼，

---

[1] 两首词的作者均为梦烟霏。
[2] 第二首喝火令用顾翰《拜石山房词》谱。

落脚于"大写的人"，取象恰切，意复积极，对人"主体性"的弘扬易引起今人的精神共鸣。

另外，当前女性意识与传统相比发生了较大变化，可谓由敛趋敞，由柔弱趋于自信，由矜芳姿趋于重性灵。女性作者在传统物象翻新方面也贡献良多。值得一提的是发初覆眉的作品，虽然表面看来仍是春花夏荷等意象，但细味其境，已与传统颇有不同。她的《蝶恋花》写杨花"许我重开离别岁，逐君直到春风尾"。杨花在传统作品中多指向"漂泊""伤春""羁旅""浮华"等意旨，而在这首词中却是情感关系中的主动者，甚至浩渺时空都被小小杨花所睥睨。又如其《虞美人》中的名句"浮生痴极始相知，莫负桃花天气美人诗"，或许可以视作对"人面桃花相映红"的翻新，原本男性视角下对美女的追求和回忆，这里成为女性自身深情的觉醒和咏叹。她称呼紫藤为"如意紫"，要"倾君一霎清眸子"；称呼雪为"雪妖精"，赞其"未失性灵"，这些女性意志的投射，都为传统物象注入了清新的时代气息。

二、当前旧体诗词创作中关于"事"的文本意象创新

"事"象是指诗词中所吟咏或感叹的事件。它与"物"象的不同之处在于，具有动态的演变过程以及一定的因果逻辑关系。叙事诗在古今都是重要的诗歌分类。当前旧体诗词在这一领域的创新之处主要有二：一是诗歌叙事多富于时代生活气息；二是呈现出强烈但略偏仄的政治人文关怀。

1. 富有时代气息的生活化、趣味化叙事

古代诗人群体大多为士阶层，占人口绝大多数的人民既非作者也非受众，这在一定程度上限制了诗歌的视野。教育的普及使这一门槛大大降低了，越来越多的人开始自觉进行诗歌创作，这大大拓展了诗歌的叙事广度，也带来了浓厚的时代气息。如殊同《三十自寿》中所云："我生'文革'末，经历无大悲。父母皆工人，薪薄可养儿。母言曾少粮，年幼不能知。时喜连环画，多费慈父资。购来每亲讲，我亦能诵之……"其叙述的经历为当前许多诗人所共有，他们具备一定的教育基础和创作欲望，纷纷拿起笔，自觉记叙着自身在时代变迁中的经历和思考。

随着农业伦理的悄然隐退，对大多数人而言，不再有饥寒的生存危机，所以当前诗歌叙事往往呈现出轻松、诙谐、趣味化的特点。这一点在家庭领域表现得尤为明显，因为今天的伦理观念中，家庭关系特别是亲子关系不复旧时代的严肃紧张，取而代之的是平等、尊重、理解和温情。所以在作品中，很难再见到传统作品如《责子》《示儿》中的威严训诫，而更多的是轻松欢乐的日常互动点滴。如果说沈祖棻《早早诗》尚且被称作"中国古典诗歌史上空前未有的佳作"[1]的话，那么当前诗人这类叙事之作，无论在数量和质量上都对前人有所超越。如稻香老农所作两首：

> 忽闻咿呀一声啼，天语横空日矬西。窗外新枝万般绿，床头倦魇几人知？（《女儿出世》）
>
> 一顿三颠任摔爬，痛在心头嘴上夸。世上还长崎坷路，孰能为伴到天涯？（《女儿学步》）

字句质朴，语法简白，真挚动人。杨启宇《回乡》"好把心期各自装，年终压岁岁安康。稚子不识阿堵物，红包争要喜羊羊"，以成人眼光写稚子之无忧。王恒鼎《吾妻》云：

> 嫁个郎君爱写诗，家贫百事自撑持。忙中哪得临妆镜？瘦到梅花总不知。

以俗句起，雅句终，自嘲顾惜之情宛然。金鱼以其子金小鱼为主角的《金小鱼之学画记》《金小鱼之熊出没》系列，叙事兼论时俗，生动诙谐，其《看牙记》云：

> 乳牙数粒黑，入夜频喧闹。儿时未禁糖，我心痛检讨。友托友

---

[1] 舒芜：《沈祖棻创作选集序》，见《沈祖棻创作选集》，人民文学出版社1985年版。

托友，预得专家号。钢械未沾唇，海豚音已叫。猫警长投降，奥特曼哭了。方信英雄气，牙医座上少。我佯视墙画，鼻酸君莫笑。医者解父心，况畏幼齿咬。告以麻醉术，一梦除忧恼。四牙一万元，红包犹未缴。为父金自足，午膳拌青草。手术订来月，排句代祈祷。闻说诗欲佳，主题须深镐。苦思终无功，大义暂不表。祝愿小朋友，牙齿都很好。

绿烟有"弄儿如弄玉，不记尘埃起"句，爱者甚众;《我有宁馨儿》《晓晓歌》《一月春风吹》等作，所记事均极细微，诸如"夜半起身为掖被，许伊一梦月晶莹""儿夫怀抱娇生吻，即是人间至乐时"等，读之令人为之舒眉。另外，李子的乡村纪事诗词和他笔下城市意象群的凶残冷冽不同，静谧、温馨、安宁、有序。比如这首《临江仙·今天俺上学了》：

> 下地回来爹喝酒，娘亲没再嘟囔。今天俺是读书郎。拨烟柴火灶，写字土灰墙。　　小凳门前端大碗，夕阳红上腮帮。远山更远那南方。俺哥和俺姐，一去一年长。

其他亲情领域的佳作如胡僧的《贺新郎》，记祖母临终前深握其手事：

> 握此嶙峋手。是曾经，引儿学步、喂糜儿口。夏扇凉风冬暖脸，此手何温且厚！今忽似，星寒骨瘦。白发不念生死事，但儿孙、榻畔需相守。手紧握，夜复昼。　　北风兀兀频推牖。更如潮、前尘后想，拘人如囿。姬不能言儿无语，对听时钟滴走。便愿听、须难听久。听到黄昏终诀别，算重来、还得重逢否？放手去，数回首。

回忆片段纷杂交织在"握手"与"放手"的意象之中，虽无《陈情表》中的勇气，却体现了身为人子者内心的混乱、软弱、无奈和感伤。半夏

《乘公交》："城南至城北，一站两小时。有人如母老，推座予何辞。"字诚句朴。李梦唐《癸未仲春自京回乡》云：

> 十年孤旅偶还家，童子窥帘母递茶。却睹棠红心自忱，事亲不
> 及一庭花。

母为子"递茶"可谓古人所无，极写游子之殇。尾句自省不如花，"童子窥帘"非惧其威也，实怯其生也，令人读之难忘。

除家庭生活外，像停电、偶遇、值班、扫除……皆已成为诗歌叙事的主题。如贺兰吹雪写北京暴雨："楼外雷声梦正酣，一窗水墨似江南。京城七月能看海，身在茫茫积水潭。"眷之《捉搦歌》写中学往事："操场天地任横行。此时莫起课钟声。捉住小丫双马尾，作我新娘成不成。"岛姬以《撸猫集》命名其集，其中多咏猫儿打架事。破壁斋主"饮归市上见蛙为行者踏死"而竟为之赋诗。这类作品妙彩纷呈，可惜部分作品形式过于口语俗白，立意肤浅，未能入佳诗之列。

2. 强烈但略显偏仄的政治人文关怀

早在先秦时期，诗、乐、舞尚未各自独立之时，孔子就提出了"诗可以怨"的主张。这一原则对后世文学理论影响深远。屈原自陈其作品是"发愤以抒情"（《九章·惜诵》）、"介渺志之所获惑兮，窃赋诗之所明"（《九章·悲回风》）；司马迁的"发愤著书"说也可以看作屈原精神的延续；《毛诗·大序》明确指出诗可以"上以风化下，下以风刺上"；南北朝时期钟嵘的《诗品》则指出两种诗歌发生渠道分别是"嘉会寄诗以亲"和"离群托诗以怨"，而从其选文评语看，明显更重视针对社会现实缺陷的"怨"的抒发；韩愈所谓"欢愉之辞难工，愁苦之言易好""不平则鸣"说，也可视作上述理论的延续。

从诗歌发生的角度看，郁怒的确更易造成词、情、气俱壮的作品诞生；从诗歌接受的角度看，抒写生存困境的作品也的确更易引起人之共鸣。因此，关心民瘼、关心民生、抨击乱象的诗篇历代从未断绝。《小雅·四月》中"君子作歌，维以告哀"是诗人希望自己被君主注意从而改善生存状况；《小雅·十月之交》更是直言天坍地崩的末代景象；屈

原用"黄钟毁弃，瓦釜雷鸣。谗人高张，贤士无名"直揭黑暗政治现实；司马迁作《封禅书》蕴含深讽；杜甫、白居易、皮日休多抨击之作；明清及近代亦有不甘神州陆沉而疾呼者，许多诗歌都明确表现出对现实事件的高度关注和褒贬态度。

然而前人的批判精神终究受到传统儒家伦理的极大限制。"温柔敦厚"的诗教说根深蒂固。文人被要求"发乎情知乎礼义""主文而谲谏"，从文辞到感情都不允许过于直露和激烈。诗人纵然对现实有所怨恨，往往将其归结为奸佞当权或圣主未察，比如杜甫《北征》煌煌七百字的"臣甫愤所切"，也终于归结为"煌煌太宗业，树立甚宏达"的祈愿。

然而诗人在秉承"诗可以怨"传统的同时，更受到了民主、自由、人权等思想的熏陶，彻底抛开了君臣观念以及"主文谲谏""劝百讽一"的束缚。改革开放以来，时代在快速发展的同时，也产生了一系列诸如腐败、贫富差距、教育均衡等社会问题。诗人们用尖锐而深刻的笔触，为大至时事、微至升斗日常发声，加上大多数诗人自己就是平民中的一员，不复有旧时士大夫居于高位的疏离感。因而诗歌叙事，在广度、深度和真实感上，都有超越前人处：

> 高城影峣，流灯灼灼，夙兴之民，劬劬劳作，彼之乐园，野穴相若。（添雪斋《高城》）
> 覆面缝唇目未盲，通衢虎踞少人行。长安匿入千重茧，冷滑如铅击有声。（天台《雾霾》）
> 盛世偶坑灰，偎炉莫砸杯。九原人骨贱，犹可化新煤。（嘘堂《哀山西煤窑事故多发》）
> 盼到西瓜上市时，夫妻盘算喜开眉。哪知连日黄梅雨，淋得心寒贱卖归。（无名《瓜农》）

另外，像胡僧《清官曲》写廉政，添雪斋《Khmer Rouge》写异国政事，天台《流民行》写农民工群体，又有《代同性恋者作》《代吸毒雏妓作》等，均发自肺腑、悲悯深重。"非典"、汶川地震、大连飞机空难、三鹿奶粉等重要事件，更是引发了热烈的群体性写作。

2003年，诗词界发生了所谓"李思怡事件"[1]。然而，除了集体发声抨击以外，诗人们不约而同甚至小心翼翼地，为死去的小女孩虚拟出一个个童话般的美好世界。比如"红苹果兮黄橘橙……糖七彩兮饼千层"（胡僧），"蝴蝶栩栩，阳光缕缕"（嘘堂），"及彼乐土，舍此寒饥。爱此六月，翾翾飞飞"（添雪斋）。一个素不相识的小女孩的生命，占据了诗人心中的价值最高点。只有通过虚构一个个晶莹的往生世界，才能让诗人沉重的心灵略得解脱。反观古人《悼子》诸诗，多只是叙述生者如何孤寂，死者只是"某某之子"，人们更常常用"尚有君亲重，休为儿女悲"[2]的道理来自勉。就对个体生命的重视而言，几乎可以说现在是魏晋以来又一次"人的觉醒"[3]。

但是，我们必须看到，由于诗人们刻意保持的清醒、谨慎和洞察心态，使当前诗歌"讽"的成分要远远大于"颂"。但也导致了部分诗人愤怒有余而理性不足，在批判的对象和尺度上拿捏欠妥，使作品眼界较窄而戾气较重。苏格拉底曾将知识分子比作"牛虻"，认为它们的叮咬可以有效激发沉冗政治肌体的活力[4]，但这并不意味着诗人可以以批判为标签，一味高唱反调，片面截取并夸张事实，语近詈骂，哗众取宠。这一小部分作品被称作"右干体"。他们"以极尽刻画、讽刺社会黑暗丑陋面之能而自诩"[5]。关于"右干体"，我想不妨引用这段评价：

> （右干）打着艺术旗号，用一些电报密码式的语言不断地重复着对体制的不满和个人的牢骚……诗中全无自我体验与时代特点……甚至被人别有用心地用来评奖编书作为诗词标准，影响着许

---

[1] 指2003年，成都三岁女孩李思怡因吸毒母亲被警察拘留后，无人照料而饿死于家中事。嘘堂辑有童话集《李思怡纪念集》，收当前十人作品共十首。
[2] 赵愈：《侣台弟以悼妻哭子诗索和，憔悴婉笃，情有不能已者，余欲发乎情而裁之以义也，辄有是作》："至痛君难割，前型我所师。延陵于礼合，奉倩太情痴。尚有君亲重，休为儿女悲。节哀宜引义，不敢再题诗。"
[3] 宗白华：《美学散步》，上海人民出版社1981年版。
[4] 吴飞译：《柏拉图注疏集·苏格拉底的申辩》，华夏出版社2007年版。
[5] 洗砚斋：《网络诗人对当今社会的责任和影响》，载《新文学评论》2015年第4期。

多刚入门者。其危害可谓深远。

"右干"和"左干"其实是同一事物的两面，都是不加思考千篇一律的东西，他们共同阻碍着当代诗词的发展。这其中，因为伪装性，前者比后者的破坏性甚至更大。[1]

三、文本意象呈现方法的创新

1. 关于单个文本意象：突破固定词汇搭配，以及常见喻体、感官限制，大胆进行变形、夸张

古人常见写法为拟人和通感。前者如宋祁《玉楼春》"红杏枝头春意闹"，后者如杨万里"剪剪轻风未是轻，犹吹花片作红声"、方岳"云香近紫猿"等。另外还偶见词性的突破，比如杜甫"碧瓦轻寒外"，"寒"作为一个不可分名词，被分以"内外"。然而古人这种写法并不常见，且易引起评论家非议。新诗体裁的兴起，天然就带有"反语法"的特征。旧体诗词语法的创新，受到新诗的很大影响。与新诗不同的是，旧体诗词受到严格的字句、音韵的束缚，牵一发而动全身，稍有不慎，整首诗给人的感觉就会像一杯牛奶里投入了石子般格格不入。所以如何在创新表述后仍然保持整体协调，就成为诗人们努力解决的问题。

一种常见的写法是整体仍然保持传统，只在个别的意象表述上轻度突破。比如晚成这首《瑶台聚八仙·次张炎韵》写扬州瘦西湖所见：

负了春潮。重来已，纷纷箭去鸦遥。天低如坠，都付弱水孤桡。满地游人浑不管，飞花绕柳漫相招。更香飘。一湖腻脂，卷上荒皋。　　繁华偏惊落寞，况晚风四面，吹喧成箫。唤起鱼龙，萍底寸寸波涛。书生意气些许，换此际，青衫过小桥。聊东望，又奔来灯火，远市弥高。

全词秉守同光正格，唯结句曰灯火"奔来"。而"奔"字在书生意气与

---

[1]《比老干体危害更大的一种诗体》，http：//www.sohu.com/a/162633743_99927344。

如箫晚风相激荡、情绪即将到达顶点之时出现，给人一种与世俗猝然相遇、冷暖杂糅的错愕与无奈。熊东遨先生《常云寺雨霁看云》联句写云有"近出成清饮，遥横带翠听"之联，也不能简单以通感视之。云从近旁的溪涧上生出，仿佛给人一种"可饮"之感；又远远地横斜在林树上，和雨滴一起滴落，仿佛"可听"。这里其实大胆省略了"溪涧""林树"两个中间意象，然而字清韵谐，险句亦成奇句。

　　然而，一旦这种改变超过了某个"阈值"，整首诗的面貌也必然随之改变，此时只能要么向前突破要么退回原点，才能让诗歌各个部分的情感和语法张力协调一致，避免不今不古的尴尬。正如天台所说，"语言一旦撕裂，意象必须流畅，反之亦然"[1]。嘘堂《减兰·岁末三叠》组词就是坚决"向前"的一组，其三云：

> 萨斯风笛，音节变形于晷刻。寂静空明，许我临终作和声。
> 黎明工地，启动庞然机械臂。世界如飞，掀起碎花蓝睡衣。

《减字木兰花》两句一换韵的独特体例，把词分割成四个独立的小节，作者对其进行了"全面变形"的处理。先是"萨斯"的"音节"变形，然后是以"黎明"被冠以"临终"，三是"城市""世界"被称作"工地"，四是让世界"飞翔"，甚至还穿上了"睡衣"。李子也是在语言革新尝试方面践行得坚决且持久的一位。他的"果实互相寻觅，石头放弃交谈""隐约一坡青果讲方言""弹指红霞燃去梦三千""如同一个高明的魔术师，熟练地玩弄着这些富有时代气息的流行语汇，并操纵了我们的阅读快感"[2]。其《西江月》"秋雨三千白箭，春花十万红唇"通过大胆使用数字呈现出一种淋漓磅礴的美感，试删去"三千""十万"，代之以"如""若"字样，就会显得俗艳。李子对单个意象与整体布局之间的协调把握，是学"李子体"者多，却罕有超越者的重要原因。

---

[1]《一瓢集》第廿二期，http://bbs.tianya.cn/post-no02-86030-1.shtml。
[2] 檀作文：《颠覆与突围——"李子体"刍议》，载《中国诗歌研究通讯》2004年秋季卷。

那么，这种语言创新是否有极限？如果有，它应被划在哪里？我想，除了作者本身的立意不能跨越底线，读者是否接受也是必须要考虑的问题。因为语言一旦破碎，作者的意图就会变得隐而不彰，甚至当多元解读本身成为目的，作者可能再也无法有效引领读者的阅读感受。所以，作者或许有义务预先排除那些过于容易被解读为低俗或者肤浅的语言，否则它极有可能成为通往丰富意义道路上的障碍。比如李子那首备受争议的《临江仙》"你在桃花怀孕后，请来燕子伤怀"。全词如同童话和谜语，把现代语言的模糊性发挥到了极致。读者却很难从如此奇幻的行文中领略到深邃的内涵，而且从这首词常被简称作"桃花怀孕"可以看出，个别字眼容易引发阅读反感。另外，诗歌逻辑也有些轻浮——让桃花怀孕的是谁？"你"在其中起了什么作用？为何是燕子伤怀？如果真心伤怀又何必"请来"？像贾宝玉看到杏花满地"不请自来"地慨叹"绿叶成荫子满枝"，岂非真诚得多？在笔者看来，这首词中的"你"隐喻大钧无私之力，"桃花""老虎""皇宫""明月"等则是万理森然自著的表现，格调并不低下。无论如何，关于这首词的争议，至少提醒我们在诗歌革新的过程中，除了格律，诗人们还必须在哪些方面谨慎为之，"实验体"的部分意义或正在于此。

2. 关于多个文本意象的组合：超越性意象的广泛使用

文本意象是诗歌构成的基本元素。关于诗歌意象组合方式的研究不在少数，比较著名的有陈植锷先生的《诗歌意象论》[1]，他将传统诗歌中文本意象的组合方式归纳为复合式、叠加式、脱节式、辐合式、并置式五种。吴晟则把诗歌意象组合方式归纳为并列式、对比式、通感式、荒诞式和辐辏叠映式五种[2]。刘映杰把诗歌意象组合方式归纳为剪影式、层递式、并置式、反差式、叠映式，并且将各个方式又分为二、三级结构。比如将"层递式"又分为"时间层递式""空间层递式"和"时空层递式"三类。其中"空间层递式"又分为逐层推进、逐次远移、跟踪摄像、定点移视四类[3]。刘氏这种划分方式在一定程度上借鉴了现代影

[1] 陈植锷：《诗歌意象论》，中国社会科学出版社1990年版。
[2] 吴晟：《诗歌意象组合的几种主要方式》，载《文艺理论研究》1997年第6期。
[3] 刘映杰：《中小学课程教材研究》2002年第1辑。

视的表现手法，比如"定点移视"被认为相当于"摇镜头"，即固定观察点，视线在空间领域作上下左右移动。跟踪摄像则相当于"跟镜头"，即观察者跟随对象移动，在一定空间内移步换形等。

上述诸家在意象组合方式称谓和分类方面并未达成共识，比如陈植锷的"叠加式"即"把不同形式的语言外壳相叠的同一意象的累加"，比较接近刘映杰的"并置式"，即"表面上是意象的堆砌，内在有一条思想感情的红线将其拼合成有机统一的整体"。而陈氏所谓的"并置式"即"意象之间的平行罗列"，则比较接近刘氏的"剪影式"即"将若干典型性意象同时摄入画面"。但上述研究者一个共同之处在于，都把"超越性意象"（超越事物常理或时空限制的文本意象）单独作为一种意象组合方式（吴晟称之为荒诞式、陈氏称之为脱节式）或从属于某一种意象组合方式（如刘氏之叠映式）之内。

笔者认为，首先超越性意象并不仅仅是若干个意象之间的"组合方式"，也是更小单位的"意象构成方式"。其次，超越性意象可以在几乎所有的意象组合方式中被使用，包括但不限于并列、辐射、重复、对比……今人使用这类意象的广度和频率远远高于古人。盖大多数古人心中尚存有"造境须合乎自然"的约束，如杜诗"霜皮溜雨四十围，黛色参天两千尺"因为数字意象组合的诗性夸张就曾被讥"太细"[1]。屈原三度入天求女，本为惝恍迷离的超越性意象，但两千年被后人使用得太多，"谒仙""求女"意象已经模式化而不再新鲜。超越性意象的全面介入，使传统的意象组合方式焕发出崭新的美学体验。

本文接下来拟探讨在并置、平行、交叉、重复、映射五种常见的诗歌意象组合方式中，当前诗词对传统的创新之处。

① 并置，即将多个意象组合为一个整体。这一类型的传统作品有张继的《枫桥夜泊》"月落乌啼霜满天"、杜甫的"两个黄鹂鸣翠柳"等。今天，因为超越性意象的介入，使诗歌呈现出更加气象氤氲、迷离纵横的美学面貌。如胡马《梦王国维》一首：

---

[1] 沈括《梦溪笔谈·讥谑》："'霜皮溜雨四十围，黛色参天二千尺。'四十围乃径七尺，无乃太细乎？……此亦文章之病也。"

> 嘘噫成气天然籁，野马尘埃入渺茫。满地江湖秋白老，有人背手立寒荒。

"天籁""野马尘埃""江湖"是《庄子》、杜诗中的传统意象，作者还别出心裁地加入了负手而立的"王国维"意象，虽非实境，但融合浑然，共显孤耿辽阔之旨。天台的《地铁行》，也是虚实意象并置的成熟作品：

> 灼喉之铁腥，射目之地气……冰冷台基石，交撞大音频……隐隐兮婴号，惕惕兮肉身。一站复一站，人入复人出……睫毛长几尺，牡丹大如盘……警花美如玉，无缘得近观。花匠忙冲洒，鲜翠塑料兰。哓哓复呷呷，过境旅行团。一途仍如夜，一瞥亦成欢。[1]

它的真实意象有"警花""花匠""旅行团"等，也有异于真实的意象如"铁腥灼喉""地气射目""睫毛长几尺""牡丹大如盘"等，用变形与夸张叙说着城市的繁华与空洞。庞德名诗《在地铁车站》以人脸喻"潮湿黝黑树枝上的花瓣"，只是单一譬喻，而《地铁行》的意象组合，在艺术冲击上犹有过之。用响马的诗评价就是"夸张之记忆，标志之重复。重复之标志，存在之暂录"（《城市与标志之二·吉尔玛》）。

②平行，即多个意象组合之间呈现相对平行的关系。这种手法接近于"花开两朵，各表一枝"，以及现代电影常见的蒙太奇叙事手法。古人运用较少，且古人总是试图在两个平行意境之间构成强烈对比，来表达讽刺意图。比如高适的"将军阵前半生死，美人帐下犹歌舞"，杜甫的"朱门酒肉臭，路有冻死骨"等。今天的诗人在这一领域，真正做到了多个意象组合之间的"平行叙事"。比如这首发初覆眉的《减兰·我》：

> 我生如魇，我合无光珠蚌敛。我死之年，我是池中素色莲。
> 我曾离去，我入倾城冰冷雨。我欲归来，我与优昙缓缓开。

---

[1] 所引部分为节录。

"生""死""离""归"四组意象，宛如"我"在多个时空的化身，呈现出或内敛、或清冷、或热烈、或舒徐的不同美学特征。其中"生与死"又可视为一组，"离与归"是与之平行的另一组，互相呼应又独立自洽，堪称平行叙事结构的经典。再看南华帝子的《浮生四喻·花》：

> 花开气香湿，宛如焚春冰，花谢音微茫，宛如堕流星，香湿谁可闻？微茫谁可听？暮春之野水，深秋之凉萤。春来有一人，看花倚红榻，野水漂花去，满浦浮萍青，秋来有一人，梦花插在瓶，凉萤明如雪，烁烁使梦惊，水畔人未见，梦中人未逢，唯有年年花，开谢总不停。

如果将"花""野水"与"萤"所处的世界视为A，将"人"所处的世界视为B，两个世界之间一度无限贴近，却最终只能平行驶过。"人"只能遥看野水、空梦流萤，令人深喟因缘的错谬与无奈。

还有一种情况是一组作品之间相互处于平行态。比如添雪斋的《七色夜》《七日灰》《减兰·咏花七首》等作品，读来仿佛穿梭在若干个各具生态的世界之中，见证了数场秾华生灭，聆听了不同生命的深情呢喃。

③ 交叉，即多个意象组合在诗歌中交互呈现。古典诗歌中意境交叉的经典作品当属杜甫的《秋兴八首》，整个组诗都是在"繁华的过往"和"衰落的今朝"这两个庞大意象群之间深深纠缠。今人则实现了在比《秋兴八首》更短的篇幅中辗转腾挪，进行若干意象组合间的奇幻迷离的交错。如独孤食肉兽的《山花子·江城春雪》：

> 薄暮长街万伞飐，车虫绵密为谁忙。小渡船回曾共倚，暝堤长。　灯下老城人夜语，一天轻雪凝流光。谁拭高楼窗一格，望春江。

全词共八句，如果以两句为限断，则可发现是在雪景和春景之间连续切换，而且没有使用任何连接性词汇。如果说这首词还只是简单地通过景色的变幻实现交互的话，嘘堂的《旦夕》一诗可谓交互之深刻者：

> 布幔寥落兮开一隙，吾与夜兮相溺。雨倏来而倏止，予荒芜
> 以浅饰。时有美兮在室，相裸而视兮光仄仄。汝语吾，何寂寂。吾
> 答，未汝识。汝之乳兮如蜜，汝之面容莫逆。吾莫与汝识，如春
> 冬之对译。乃接枕而默默，犹希腊与哥特。布幔寥落兮开一隙。旦
> 兮，在即，夜如败革。

整首诗句句押韵，营造出一种紧张的乐感。其间两种力量始终处于纠缠
态：一是"我"所代表的"荒芜"，同一组的意象有"冬""哥特""夜"
等；二是"汝"，同一组的意象有"春""希腊""旦"等。整首诗在两
组意象之间深深纠缠。"接枕""相溺""莫逆""相裸而视光仄仄"均可
谓做到了极深的交互。然而，在这甜腻的纠缠之中，作者恰恰试图表现
出一种本体的深刻的疏离与孤独感。

④ 重复，即相同或相似意象在诗歌中反复呈现。"重章叠唱"是诗
经以来常见的手法，如《蒹葭》《风雨》《伐檀》等，具有往复回还、层
层递进的艺术效果。诗经中的重复意象多为真实场景或现象，如采集、
伐木、日出晒干露水等。而当前诗歌中的重复意象要更加丰富，不少超
现实的场景以及抽象概念的具象化也被纳入其中。添雪斋曾以"困喻"
的账号发表了一系列四言诗，像其中《出车》一首既是对《小雅·出车》
中"我出我车，于彼牧矣"的继承，也是"人生之车"这一命题的思考：

> 出车震震，道途交逐。高冈疾徐，驰驱千塈。骤风走沙，号灯
> 微烁。坐中群客，噪呼大噱。伊其相和，谁与吾乐？
> 出车阗阗，吾乡已舍。僄速遆方，逾迈千野。陵阿如倾，列星
> 如泻。同路者众，同道者寡。跂望前驿，各分诸夏。
> 出车轰轰，并轨而行。迅指陟卓，跋履千城。宇厦如魅，悬灯
> 如睛。宵行群客，彼路皆萤。曷至其终，四散纷呈。

首章写旁人难以共享的高峰体验；次章写辞乡奔野，生命的成长和跋

涉，"同路者众，同道者寡"直指人生孤独的本质，正如碰壁斋主《蝶恋花》所言，"道上栖栖连似缕，岂便无人，结个同心侣？与汝同行行复住，终焉掉首分途去"，又岂是言情之语？三章写城市文明的异化和彷徨，然而，"吾之车"终不会为之停辍。

另外，当前诗歌中的重复意象见于更加广泛的诗词体裁中。《喝火令》词牌被大量填制。该词牌始自黄庭坚，清代吴蔚光、龚元凯、刘炳照等人有寥寥数作。而在今天广为流行，其中一个重要的原因就是下阕四、五、六句可以堆叠意象，如三重之浪，有一种积蓄抒发之快感：

> 见我应非我，仓皇旧日心。圆苍留月刻新痕。记得那年霜冷，执手刹时温。绿尽翻成火，容颜幻里真。怜它秋叶似青春。一样燃烧，一样会离分。一样徐徐涸尽，散作万山尘。(《问余斋主人》)

《苏幕遮》的堆絮体的流行也与其同理，如孟依依著名的《苏幕遮·冬日》：

> 雪霏霏，春杳杳。一树梅花，一树梅花好。爱惜琼瑶何忍扫。雪满园庭，雪满园庭道。　　念行人，铺素稿。欲写相思，欲写相思巧。只说梅花将落了。君要归来，君要归来早。

其他体裁中重复意象也不难见到，像发初覆眉《千秋岁引》"昨宵长是春相负，来朝犹是春相付。故人心，催人老，留人住"；"胡不相思，胡不相亲爱。不信春风愁不解，不相见亦长相待"(《蝶恋花·十年》)等。沈尘色的《醉翁操》更是别出心裁，将对爱侣名字"丁宁"及其谐音"轻轻""宁宁"的呼唤作为重复意象纳入词中：

> 丁丁。轻轻。嘤嘤。友其声。其诚。文章劫余其为情。梦回应许眸青。歌鹿鸣。郁悒语谁听。独怆然许之不平。世犹是也，何谓曾经。世犹自也，何谓应能不能。唯夜寒而燃灯。忍夜寒而燃冰。知之其以行。由之其无惊。纵放更难停。海天其许孤月明。

丁丁。宁宁。丁宁。语轻轻。轻轻。闲来也须呼卿名。浅呼低语卿名。都未停。不厌与卿听。日快哉也么此情。此情若水，波涌难平。此情似月，须是卿前独明。唯是时而无声。识是时而心盈。花开香满庭。卿其何婷婷。并影与卿行。影天空阔吾与卿。

噓堂代表作《玛笃克》[1]，"敬礼玛笃克"一句在诗中凡重复十三次，其中蕴含了对美国攻打伊拉克事件的谴责，以及对昔日辉煌的巴比伦文明的叹息和礼赞。

⑤ 映射，以意象B作为意象A的映射，通过对B的描写间接表现A。刘熙载《艺概·文概》中说道："山之精神写不出，以烟霞写之；春之精神写不出，以草树写之"[2]。这种"以具体表现抽象"的手法，在传统诗歌中不乏例证。常见的写法是用春天来去、鲜花开谢映射政治兴衰；或用古事映射今事，比如李商隐的《贾生》。当前诗词关于这一手法的突破，主要包括以下三点：

一是意图不再局限于讽喻。古人之映射，实为"影射"，目的往往在于隐晦地对现实进行揭露批评。而今虽然相当部分的作品仍然具有批评意图，但也有许多作品持中立和欣赏的态度，追求对事物本质的透彻观想。比如发初覆眉的《洞仙歌·看得见的永远》中，把"生命"设定为"裁如旧衣换"，然后详细描述这件"衣服"如何"五镶五滚，压暗青柔缎"，如何"怕堆花浮绣，浣却尘缁"，如何"将吾爱，素素描成水淡"，曲尽幽微地表达了对生命的慎惜之情。

二是意象内涵的拓展。从意象A的范围看，古人常写时事、个人际遇等。当前诗歌则纳入了更丰富的内涵，包括生命、自我、相思、理想、城市等。从意象B的范围看，更出现了不少新颖妙绝的创意。比如添雪斋《出车》以"车行"映射人生，发初覆眉以《洞仙歌》以"衣"映射生命，殊同《鱼入海》以"鱼游于海"映射城市生活，噓堂《思汝如春陇》以"春陇"映射相思等。

---

[1] 玛笃克，即Marduk，古代巴比伦人的主神。
[2] 刘熙载著，袁津琥注：《艺概注稿》，中华书局2009年版。

三是从简单对应到铺陈描写。古人在运用影射手法时，往往出于隐喻的目的，只作截图式简单叙述，极少展开生动、全面的铺陈描写，今人对此颇有突破，往往铺陈淋漓，以嘘堂的《思汝如春陇》为例：

> 思汝如春陇，晃动万花筒。由晨及黄昏，星图复种种。寥远固足惜，成相唯一孔。有痛不能加，有光不盈捧。窄径花徒鲜，来接诗人踵。

诗人先设定"相思"如"春陇"，随后驰骋笔墨，描写春陇如何晃动似万花筒、如何小径狭窄、如何鲜花接踵，曲折呈现了本难以言说的"相思"这一微妙的心灵感受。

3. 丰富独特生命感受的文本具象化

苏珊·朗格说过："在人类生活中存在着极为复杂的生命感受，它们就像在森林中的灯火那样变化不定，互相交叉和重叠……组成了我们称之为'内在生命'的东西。"[1]早在先秦，古人便试图用文本意象来呈现生命感受。《小雅·采薇》"薇亦作止""薇亦柔止""薇亦刚止"既是时间顺序，也是戍卒的生命由青涩迈向粗砺的具象化。《小雅·东山》"零雨其濛"表达返乡士兵内心期待、迷茫又胆怯的复杂心情。《小雅·頍弁》把人生看作雪花落地，把亲友宴会看作雪花相聚。《九章·橘颂》以橘树作为诗人心目中美好人格的化身。《河阳诗》注引汉诗"凿石见火能几时"比喻生命之精粹。汉末动乱，诗人笔下多见动物被伤害的意象；魏晋玄学兴盛，诗人笔下多见性灵勃发的山水。禅宗则将这条道路大大开拓，公案中的森罗万象、翠竹黄花、澄明水月、青山白云，"石上莲花火里泉""云在青天水在瓶"等经典意象，无不源自禅者广袤深邃的心灵世界。李商隐的"一杯春露冷如冰""蓝田日暖玉生烟"，也是用文本意象表现幽微的生命体验。

诗人对心灵感受的抒写更为重视和自觉，主要呈现出以下特点：

① 所呈现的文本意象更加细腻、丰富。诗人们敏锐而巧妙地以文

---

[1]［美］M.H.艾布拉姆斯：《情感与形式》，中国社会科学出版社1983年版。

本意象为颜料，绘制了一幅幅灵魂速写。晚成的《西园偶得》"三月心情何所似，一庭花气任风删"，"删"字极险，却恰恰可被用来形容风之肆虐、花气之飘摇。该字从刀从册，又如有一种剜心之痛。其《读冬心先生诗集〈网〉后作七绝》中有"偏是骚心如焰起，破空一点烛寒琴"句。"骚心如焰""寒琴破空"的意象大胆鲜明，激扬而不失矜重。《霓裳中序第一·醉后用磻斋韵》则用近奇幻的笔触描写醉酒体验：

> 中肠酒潊潊。地作床兮天作屋。身侧赤潮往复。听何物笑嘻，何人歌哭。声声转郁。渐不堪、光蜷如鞠。醺风底、万千沼泽，溺我一微粟。　　寒籁。梦兮摇矗。正黑白、飞奔逐续。纷纷林莽密躅。或走东南，或遁西北。九原谁击筑。魄下也、依然委曲。扶头起、沾衣清露，恍已来年宿。

"光蜷如鞠""沼泽相溺""赤潮往复""黑白奔逐"是对醉后心灵世界的四幅精彩的速写。军持《沙塞子》"却怪无端闲恨，才似潦、又成川。还剩斜阳檐溜、水痕圆"连用三个意象描摹"无端闲恨"的微妙不同形态。嘘堂《减字木兰花·岁末三叠》一句一境，恍如一场心魔丛生的禅悟体验。以至作者自己也说：如果地狱是一种"心境"的话，那么这组词"盖地狱中语也"[1]。其一、二云：

> 暗弦拨弄，浮火零星深似瓮。消息云亡，又向粗陶嵌珐琅。忆潮轻涌，绽出虚空花一捧。地远天长，此物关心未可藏。

> 当时面貌，密札青灯存一角。尔我同悲，火漆犹封锦绣堆。贱生奢死，蚕影摩光绀玉尺。欲待重敲，想象冬原举野烧。

第一首用三组意象描摹"偶思""失联""回忆"的心境，其中"粗陶珐琅"的意象尤为奇特；第二首则由冷趋热，写封存的情感如同青灯所映

---

[1] 王路：《佛教中地狱的真相》，https：//www.douban.com/note/313255684/。

密札一角，到如同火漆封存的锦绣堆，到涌动如同玉尺上的暗雪青色纹理，令人动容，最后一句"冬原野烧"则将这种情绪推至最高点。虽然只是"欲待""想象"中的冲决，然而在嘘堂作品无数的否定之中，这首仍属弥足珍贵的一点肯定。

② 人格化的文本意象。今天人们的生命观照丰赡富丽，必然会产生将自我人格投影为文本意象的冲动。古人的人格化写照，多在常见物象如马、凤、兰、竹中寻求一种精神相似，当前诗人则更加"大胆"，哪怕凭空造物，亦要求得自我灵魂的真实呈现。比如发初覆眉，她笔下各种形态的"花"，特别是"莲花"，几乎是自己的灵魂写照，试举几例：

> 换素骨成朱，令色氤氲，和铅水，涓涓滴渗。有灼灼依稀到莲心，是一瓣如焚，一痕如谶。（《红莲》）
>
> 笔花开尽心花秃。是前生、镜花身世，此生难赎。岁晏无由何所去，说道莲花同族。（《金缕曲·夜饮夜坐兼自寿》）
>
> 一瞥尘芜世界，岁晚荒寒，此身如借。骊珠挹泻，青莲子，紫成谢。是繁华落也，相思忘也，三生究竟梦也。有江南过客，曾见我开那夜。（《一捻红·晚莲》）

在《后身集续》中，热烈得灼伤人的莲花意象几乎消失，变成了"不须歌到梅花引""寂如心上返流晖，流去山无眉目水无悲"的寂然。而到了《天涯清露集》里，又恢复了一些生机，少了几分炽烈，多了几分清宁淡然。其咏水仙"天涯清露一身归"，咏山鬼"道吾心、略也无雕饰。出山月，在山水"，洒脱疏宕，可谓善写灵魂者。

此外，前述胡马《梦王国维》诗，亦可看作自我人格的具象化。又有"三月高棉栖赤凤"诗，陈永正先生评曰"三月句如见其人。"军持的《醉公子·打起双兰桨》云："桨是当时我。花隔颓垣火。谁啄雨中泥。萋萋园草齐。"不以船喻"我"，偏以桨喻"我"，初读似突兀生硬，再读仿佛感到青春跃动之活力。花儿在废墙的另一边如火盛开。"墙"是生死之隔，是记忆之隔，也是不可言说之隔。但人们从未忘遗忘花儿，一年一度的"燕归"，既是对青春的悼念，也反映了"我"的理性沉思。

③ 对不完美自我的直面。自屈原"香草美人"的传统起，历代文人多以嘉物自况。这渐渐被固化为一种自我人格的寄托方式，但长此以往，诗歌就可能与诗人的真实意志相偏离。凡入世者，诗中自我意象必为嘉木、美禽、骏足、珍器……凡出世者，诗中自我意象则必为幽兰、孤松、仙人、明月、云风……容易使人产生"诗品""人品"难以分辨的困惑。

现代诗人对存在的思考和生命的深刻观照，必然伴随着去伪存真的自我审视。这种对"真实自我"的面对无疑是痛苦而尴尬的，但也是勇敢而可贵的。前述嘘堂《旦夕》诗中，首尾贯穿一个意象就是"布幔"，整首诗也仿佛揭开灵魂"布幔"的一角，对自我进行痛彻淋漓的内视，哪怕最终窥破本体的孤独和矛盾。嘘堂命名这一时期的诗集为《布幔集》，就隐约透露出一种传统所无的决绝之姿。又如晚成《自嘲》：

> 痛饮三千幻亦真，得人骂处笑还深。中天一鉴莫相照，顾影翻如踣地身。

写"自我""踣地"之状，其意可谓诚挚。添雪斋《生查子·此日西风》云：

> 子看我之魂，破碎淋漓态。我却看青枫，碧色仍安在？

正是这些"破碎"而"淋漓"的灵魂，支撑起了当前诗歌关于生命自我审视的厚重与真实。

"今之夜，古之星。星已没，光不停。彼星彼岁春水碧，溅入我眼犹青青。"（殊同《短歌》）放眼今天的古体诗坛，锐意进行语言尝试者，已经在实验的道路上渐行渐远；而不少优秀诗人，仍然在传统意象里自如腾挪。对于前者而言，这些尝试弥足珍贵，然而倘若从语言形式到价值内涵同传统深度割裂，恐亦非其初衷。而对于后者而言，大多数作者对于实验体的态度是"非不能也，实不愿也"，那么，在保有厚重氤氲的人文情怀的同时，尝试于物象、事件以及呈现方法稍作创新，不亦宜乎？西方哲学有"忒修斯船"之喻[1]，对于旧体诗词而言，一成不变或已无可能。但我们或许应该知道船上哪些"龙骨"无须替换，以及其余部分应如何更新。相信诗词这艘古老的大船在崭新的河道上必能漾其春水、巍巍前行。

【作者简介】北京师范大学哲学学院美学方向博士后。

---

[1] 忒修斯之船（The Ship of Theseus），最早出自普鲁塔克的记载。它是英雄忒修斯的船，随着船上木板不断腐朽、维护和更新，它是否还是原来的船，这是古老的思想实验之一。

怎样看待古人的诗病说

查洪德

【摘　要】　古人论诗有诗病说。今人学写旧体诗，了解其说，很有必要，南宋姜夔甚至说："不知诗病，何由能诗？"不了解诗病说，写作中时或有犯，作品为行家诟病，甚至不能称之为诗。但写作还是应追求表达的效果，若拘于诗病说而影响表达，是不可取的。我们对待诗病说的态度，应该是不可不知，不可拘守，力避力戒，不以害意。好诗未必无病，有病不碍为好诗。

【关键词】　诗病说　合掌　重律　粘滞

诗病论是中国古代诗学的重要内容，南宋人姜夔说："不知诗病，何由能诗？"[1]可见了解诗病，对于学习写诗特别重要。今天一些写诗的人不知有诗病之说，写出的诗不合规范，便不成诗。但死守古人之说，几乎寸步难行，写不成诗，也非客观的态度。这就有一个如何对待古人诗病说的问题。

在古人诗论中，诗病内容是很广泛的。有声病，沈约说"诗病有八"，有平头、上尾、蜂腰、鹤膝、大韵、小韵、旁纽、正纽等八种声律上的疵病，此即"八病说"。以及后人总结的律诗三平调、三仄调、孤平等。有碍理之病。苏轼的弟弟苏辙写过一篇《诗病五事》，批评唐宋诗人之病，如批评李白"华而不实，好事喜名，不知义理之所在"；

---

[1] 姜夔：《白石道人诗说》，见何文焕辑《历代诗话》，中华书局1981年版，第681页。

批评白居易"拙于纪事，寸步不遗"；批评韩愈直写战争之血腥；批评孟郊工于为诗而陋于闻道，缺乏颜回之乐，起居饮食，有戚戚之忧；说王安石有害政之诗，以为历来诗病，"未有若此酷者也"[1]。他从义理、人心与社会功用意义上论诗病。元代无名氏的《诗教指南集》有《革诗疵病》条，说："疵者用字合掌，有小疵耳。病则其理舛也，乃是大失。"把这种碍理问题称作诗病，而字词问题为"诗疵"。举例说，如皮日休《病孔雀》诗："强听紫萧（箫）如欲舞，困眠红树似依屏。因思桂蠹伤肌骨，为忆松蛾损玉灵。"指出其中"'因'与'为'字、'如'与'似'字、'思'与'忆'字、'损'与'伤'字，皆合掌，小疵也。"这属于诗疵。诗病，举宋邕《述刘阮再到天台》诗："草树总非前度色，烟霞不似往年春。桃花流水依然在，不见当时劝酒人。"说："以理评之，既曰总非前度、不似往年，又曰依然在，前后刺谬，大病可破者。"又说："东坡词云：'杜鹃声里斜阳暮'。既曰斜阳，又云暮，是重意，亦病也。"[2]其他如同类词语在一首诗中出现过多，"堆垛"，也属诗病。如王维名篇《汉江临泛》："楚塞三江接，荆门九派通。江流天地外，山色有无中。郡邑浮前浦，波澜动远空。襄阳好风日，留醉与山公。"清人查慎行评："第一第三句中两用'江'字。不但此也，'三江''九派''前浦''波澜'，篇中说水处太多，终是诗病。"[3]这就是堆垛之病。

诗都有优缺，诗人各有短长。缺陷、短处，也可以说是"病"。即使是杰出的诗人，也各有"病"。历代传诵的经典作品，也不一定没有"病"。李白、杜甫，也都各有病。有人专门集《杜诗疵累》，清人叶燮就曾摘杜诗疵累数十条。所以，宋人姜夔说："名家者各有一病，大醇小疵差可耳。"但需要明白，好诗不一定没有"病"，有"病"也不碍其为好诗。但学习写诗，应尽可能避免诗病。就律诗说，有一些诗病属于"忌"，尽量不要犯。

---

[1]《诗病五事》，见苏辙《苏辙集·栾城三集》，中华书局1990年版，第1228页。
[2] 佚名：《诗教指南集·革诗疵病》，见张健编《元代诗法校考》，北京大学出版社2001年版，第439页。
[3] 方回选评，李庆甲集评校点：《瀛奎律髓汇评》，上海古籍出版社2005年版，第10页。

要了解中国古人关于诗病的概念，或许可以借助印度古代诗学的有关内容。据学者研究，中国古代诗病的概念，应该受印度诗学影响。古印度诗学有不少关于诗病的概括，如说诗病有十种：意义晦涩——使用生僻或费解的同义词；意义累赘——描写不必描写者；缺乏意义——意义不一致或不完整；意义受损——意义粗俗不雅，或意义走样；意义重复——重复表达一种意义；意义臃肿——一节中每个音步各自成句；违反正理——缺乏逻辑；诗律失调——违反格律；缺乏连声——词与词之间不按照连声规则粘合；用词不当——不合语法。一说有费解、难解、歧义、模糊、悖谬、晦涩、难听、庸俗、组合不当、刺耳，也是十种。或说是意义不全、意义矛盾、意义重复、含有疑义、词序颠倒、用词不当、失去停顿、韵律失调、缺乏连声和违反地点、时间、技巧、人世经验、正理、经典等。[1]这些在中国古人关于诗病的论述中也都有涉及。本文不全面介绍中国古人之诗病论，只就诗法意义上，选择合掌、重字、粘皮带骨、重律四种来讲，用今人的眼光看，从今人学作旧体诗的角度，分析我们应该如何对待这些问题。

一、关于合掌

元代诗人萨都剌有一首名作《送诉笑隐住龙翔寺》："东南隐者人不识，一日声名动九重。地湿厌看天竺雨，月明来听景阳钟。衲衣香暖留春麝，石钵云寒卧夜龙。何日相从陪杖履，秋风江上采芙蓉。"其中第二联更是传诵的名句。不过"厌看"原本作"厌闻"，曾有一字之改。明人李日华的《六研斋二笔》卷四记载了这个改诗的故事：

> 萨天锡尝有诗《送诉笑隐住龙翔寺》云……虞奎章见之，曰："诗固好，但闻、听字意重耳。"萨当时自负，意虞以先辈故少之云尔。后至南台见马伯庸论诗，因诵前作，马亦如虞言。欲改之，二人构思数日，竟不获。未几，萨以事至临川谒虞公，席间谈及。虞云："岁久不

---

[1] 参见刘跃进《别求新声于异邦——介绍近年永明声病理论研究的重要进展》，载《文学遗产》1999年第4期。

复记忆，请再诵之。"萨因诵之，公曰："此易事，唐人诗有云'林下老僧来看雨'，宜改作'地湿厌看天竺雨'，音调更差胜。"萨大服。[1]

在律诗的一联诗中，上下句同意，或相同位置用了同意或近意的字，称作"合掌"。俗称"同边草鞋"，为律诗所忌。需要说明的是：一、字义不同意的，不应该算作合掌，如姚崇《夜渡江》："听草遥寻岸，闻香暗识莲。"这里听与闻不应该算合掌。二、合掌之病只就近体诗说，古体诗无所谓合掌问题。如谢灵运名作《登池上楼》："初景革绪风，新阳改故阴。"两句意全同。但它是古体诗，不以合掌论。

清人毛先舒的《诗辩坻》说："古最忌合掌对，如'朝'对'晓'，'听'对'闻'之类，古人亦多有之。玄宗'马色分朝景，鸡声逐晓风'，郎士元'暮蝉不可听，落叶岂堪闻'，虽时有拙致，似不足效。"[2]这些都是实字意同成合掌。

律诗忌合掌，但唐宋人律诗中合掌者并不少，如"犹、尚""因、为""如、似"等字对，诗中时时可见，孟浩然《途中遇晴》："余湿犹沾草，残流尚入溪。"雍陶《秋园行寓兴》："晚花开为雨，残果落因风。"苏舜钦《春睡》："身如蝉蜕一榻上，梦似杨花千里飞。"古往今来，以"如、似"对者相当多，如杜甫《小寒食舟中作》："春水船如天上坐，老年花似雾中看。"苏轼《正月二十日与潘郭二生出郊寻春忽记去年是日同至女王城作诗乃和前韵》："人似秋鸿来有信，事如春梦了无痕。"这些在诗中很容易犯，一致如杜甫《峡中览物》："巫峡忽如瞻华岳，蜀江犹似见黄河。""忽如、犹似"，"瞻、见"，都属合掌。白居易《九江春望》："炉烟岂异终南色，溢草宁殊渭北春。""岂异、宁殊"合掌。苏轼《横翠阁》："已见平湖思濯锦，更看横翠忆峨眉。""见、看"，"思、忆"合掌。这类问题，明代人的说法是：在唐人则可，在后人则不可。

如何避免合掌，前人也有不少讨论。比如清人黄生说："对法不可合掌，如一动必一静，一高必一下，一纵必一横，一多必一少，此理可

---

[1] 李日华：《六研斋二笔》卷四，文渊阁《四库全书》。
[2] 毛先舒：《诗辩坻》卷四，《清诗话续编》，上海古籍出版社1983年版，第75页。

以类推。”[1]他认为，写诗时如此，就不会两句同意，也不可能使用意思相同或相近的词，就避免了合掌。他举了一些合掌的例子：“如耿韦‘冒寒人语少，乘月烛来稀’，‘稀、少’合掌。李宗嗣‘普天皆灭焰，匝地尽藏烟’，‘皆、尽’合掌。贾岛‘流星透疏木，走月逆行云’，‘流、走’合掌。曹松‘汲水疑山动，扬帆觉岸行’，‘行、动’合掌。顾在镕‘犬为孤村吠，猿因冷木号’，‘吠、号’并声。崔颢‘川从陕路去，河绕华阴流’，‘川、河’并水。此皆诗之病也。”其说可以借鉴。

合掌应力避。但以上例子说明，前人诗中，合掌之病并不少见。即使是杜甫，即使是其名作如《九日蓝田崔氏庄》，其第二联：“羞将短发还吹帽，笑倩傍人为正冠。”竟然有“帽”和“冠”的合掌，在后世看来，是不当出现的。所以，合掌之病，须力避，避不开处，也不应因之害意，影响诗的表达效果。

二、关于重字

近体诗忌重字。这一首律诗或绝句，除叠字之外重复出现的字，被认为是诗病。前人诗中也有重字出现，如王维名作《出塞作》：“居延城外猎天骄，白草连天野火烧。暮云空碛时驱马，秋日平原好射雕。护羌校尉朝乘障，破虏将军夜渡辽。玉靶角弓珠勒马，汉家将赐霍嫖姚。”“天”字在第一、二句中重出，“将”字在第六、八句中重出，“马”在第三、七句中重出。但这些并不都是诗病。重复出现的字是否为病，情况比较复杂，有几种情况是允许的。

一是特殊句法中使用的重字，如律诗有一种特殊句法叫“掉字法”或“叠字法”，如李商隐《杜工部蜀中离席》：“座中醉客延醒客，江上晴云杂雨云。”就是“掉字”，指的是“醉客”与“醒客”“晴云”与“雨云”，上下句各用两个形近词，只是调换（掉换）一个字（醉与醒、晴与雨）。而叠字法，是说句内叠用一字（上下句都有客与云）。古人认为，这样的诗句，只换一字，而倍觉工整，饶有韵致，有光彩，增精神。这一句法，前

[1] 黄生：《一本堂诗麈》卷一，见张寅彭主编《清诗话三编》（一），上海古籍出版社2014年版，第80页。

人使用很多，仅杜甫诗就有"桃花细逐杨花落，黄鸟时兼白鸟飞"（《曲江对饮》），"戎马不如归马逸，千家今有百家存"（《白帝》），"即从巴峡穿巫峡，便下襄阳向洛阳"（《闻官军收河南河北》）。后人多效法杜甫，如宋人梅尧臣"南岭禽过北岭叫，高田水入低田流"（《春日拜垄经田家》）等。

二是当句对有意使用的重字，如杜甫《得舍弟消息》："乱后谁归得？他乡胜故乡！"

三是中间两联对仗中为追求特殊表达效果有意使用的重字，如杜牧《池州春送前进士蒯希逸》："芳草复芳草，断肠还断肠。"更典型的如王安石《游钟山》："终日看山不厌山，买山终待老山间。山花落尽山长在，山水空流山自闲。"每句两"山"字，四句竟有八"山"字。

四是首联或尾联中为追求特殊表达效果而使用的重字，如杜甫《秋笛》："清商欲尽奏，奏苦血沾衣。"李商隐《无题四首》之一："刘郎已恨蓬山远，更隔蓬山一万重。"此外就是王维这首《出塞作》中第一句和第二句中的"天骄"和"连天"，尽管"天"字重出，但两字不同意，第六句"将军"和第八句"将赐"也是如此，不为病。但"马"字重出为病。以杜甫《白帝》诗为例，看一下重字之病的情况。其诗云：

> 白帝城中云出门，白帝城下雨翻盆。高江急峡雷霆斗，翠木苍藤日月昏。戎马不如归马逸，千家今有百家存。哀哀寡妇诛求尽，恸哭秋原何处村。

首联"白帝城"重，且第二字上下句同为"帝"字，仄声，平仄失对，第三联两"马"字两"家"字。但第一联是有意为之，第三联是掉字句法，故不为病。第七句"哀哀"是叠字。故一首诗虽多个重字，但都不属于诗病。清人施山《姜露庵杂记》中的一段话，可以帮助我们了解古人对重字问题的一般态度，他说，白居易、陆游的近体诗多有重字，但都不在一联之中。他举了几个一联中重字的例子，其中苏轼："凄风瑟缩吹弦柱，香雾凄迷着髻鬟。"（"凄"字重）元好问："闻道旧传言外意，忘言今得眼中人。"（"言"字重）王士禛："汉廷露下仙人掌，银汉光连帝子家。"（"汉"字重。按"汉廷""银汉"两汉字不同意，可不计）赵翼：

"禁中才子微之句，年少神仙子晋笙。"（"子"字重）然后说："按此诸联皆不知而误犯，唯遗山'言外''忘言'二句，语意似相承，或有意为之，在律诗中可称创格矣。"[1]认为为了使语意相承使用重字，不是诗病，是创格。类似情况如韩愈《和李二十八司勋连昌宫》："夹道疏槐出老根，高甍巨桷压山原。宫前遗老来相问，今是开元几叶孙。""老根""遗老"，要突出"老"而前后两用。重字是律诗之大忌，但在唐人，遵守并不严格，有时则服从于诗意表达和艺术效果的需要有意使用重字。

与重字相比，重韵是更大的避忌。重韵，就是一首诗的韵脚重复使用了同一个字。前人谈到的重韵诗，如杜甫《园人送瓜》，是一首五古，诗中"浮沈乱水玉，爱惜如芝草……园人非故侯，种此何草草"，严格说，也不是重韵，两"草"不同意。白居易的《寄献北都留守裴令公》是一首排律，其中有："紫微留北阙，绿野寄东皋……公虽慕张范，帝未舍伊皋。"两个"皋"字不同意。当然，这两例都以回避为好。有人批评韩愈《八月十五夜赠张功曹》两用"歌"字重韵，但看其诗："沙平水息声影绝，一杯相属君当歌……君歌且休听我歌，我今与君岂殊科。"第二个"歌"不在韵脚上。真正重韵的，是唐代崔峒的《喜逢妻弟郑损因送入京》："乱后自江城，相逢喜复惊。为经多载别，欲问小时名。对酒悲前事，论文畏后生。遥知盈卷轴，纸贵在江城。"两用"江城"，这是必须避免的。

重韵必须避，不必说。重字，即使那些两字不同意可以不算诗病的，也以不出现为好。但这同样不能作绝对的要求。毛泽东的七律《长征》："红军不怕远征难，万水千山只等闲。五岭逶迤腾细浪，乌蒙磅礴走泥丸。金沙水拍云崖暖，大渡桥横铁索寒。更喜岷山千里雪，三军过后尽开颜。"军、水、千、山多字重出，尾联还有两句一意之病，但不害其为佳作。

三、关于粘皮带骨及堆垛等

粘皮带骨是一个比喻，就一般意义上说，是说话办事过于执着，太

---

[1] 施山：《姜露庵杂记》，见俞樾《茶香室丛钞》卷八引，清光绪二十五年刻春在堂全书本。

过刻板。用来评诗，是说写得太切题，刻板，不超脱，乏神韵。苏轼评几首咏花诗说："林逋梅花诗云：'疏影横斜水清浅，暗香浮动月黄昏。'决非桃李诗。皮日休白莲花诗云：'无情有恨何人见，月晓风清欲堕时。'决非红莲诗。此乃写物之功。若石曼卿红梅诗云：'认桃无绿叶，辨杏有青枝。'此至陋语，盖村学中体也。"[1]苏轼此评，可以说，在他看来，林逋诗、皮日休诗，灵动而超脱，写出了梅花、白莲之神。石曼卿之诗，则粘皮带骨，因而是"至陋语"。粘皮带骨之论原本是就咏物诗说，清代的钱泳发挥明代郎瑛的意思，说："咏物诗最难工，太切题则粘皮带骨，不切题则捕风捉影，须在不即不离之间。"[2]写诗需要切题，但不能太切题，这很能帮助我们理解诗歌粘皮带骨之病。清人赵翼批评明代李梦阳咏月诗句："清亏桂阙一分影，寒落江门数尺潮。""诗虽刻划，终觉粘皮带骨，无浑脱之致"。苏轼那首著名的诗："论画以形似，见与儿童邻。赋诗必此诗，定知非诗人。"[3]他批评的画求形似，咏物诗务求切物之形，就是粘皮带骨。粘皮带骨，也有人称作粘滞之病。书法、绘画、诗，都要超脱、灵动而不粘滞。我们可以借助论画者之语来理解粘滞诗病。研究石涛画论者发挥石涛"细缊"之论说："由于绘画时不为外物所拘，亦不为诸法所缚，而有'细缊'之气充溢流动，故而可以克服'雕凿''板腐'之类粘滞之病，而使整个创作过程中充满着画家灵动飞逸的精神意气。于是，'画于山则灵之，画于水则动之，画于林则生之，画于人则逸之'，一切都显得生机勃勃，虚灵浑脱。"[4]论诗也是如此。

古人专论粘皮带骨之病的不多，一般都是在讲咏物诗时提及。胡震亨算是展开来说的，他发挥苏轼"赋诗必此诗，定知非诗人"之论，说："盖诗惟咏物，不可汗漫，至于登临、燕集、寄忆、赠送，惟以神韵为上，使句格可传，乃为上乘。今于登临则必名其泉石，燕集则必纪其

---

[1]《评诗人写物》，见《苏轼文集》，中华书局1986年版，第2142页。
[2]钱泳：《履园丛话》卷八《谭诗》，清道光十八年述德堂刻本。
[3]《书鄢陵王主簿所画折枝二首》其一，见《苏轼诗集》，中华书局1982年版，第1525—1526页。
[4]叶长海：《〈石涛画语录〉心解》，见上海书画出版社编《石涛研究》，上海书画出版社2002年版，第181页。

园林，寄赠则必传其姓字，真所谓田庄牙人、点鬼簿、粘皮骨者，汉、唐人何尝如此？最诗家下乘小道。即一二大家有之，亦偶然耳，可为法乎？"[1]所谓"田庄牙人语"，用今天的话说，就是买卖耕地和住宅用地的中介说的话，原为王安石的弟弟王安国讽刺诗人杨蟠的话。杨蟠有《陪润州裴如晦学士游金山回作》诗，其中两句："天末楼台横北固，夜深灯火见扬州。"王安国说这是"庄宅牙人语"。但后来王安石写的金山诗，也有："天末海门横北固，烟中沙岸似西兴。"王安国自己写游金山的诗，也有"北固山连三楚尽，中泠水入九江深"这样的句子，人们又反过来拿这话讽刺他们弟兄。关于"点鬼簿"不再具体介绍，最初是讽刺杨炯写文章爱连用古人名，后来泛化，指堆垛典故，诗中多古人名，"填塞故实，旧谓之点鬼簿，今谓之堆垛死尸"[2]。这也近似于粘皮带骨之病。这些对具体作品的批评和具体意见，未见得公允恰当，我们只是吸收其精神，写诗不要太刻板，要超脱和灵动，要写出物的精神，写出诗的神韵。

与粘皮带骨相对的，就是"不着一字，尽得风流"，诗之妙，不在摹写逼真，而在曲尽其妙。妙在不即不离，又若即若离，雕琢之迹尽灭，天然之趣流行，既切题又超脱，无粘皮带骨之病。林逋的《山园小梅》可以说是这方面的典范之作。"疏影""暗香"，写出梅之神，已经成为梅的代称。"疏影横斜水清浅，暗香浮动月黄昏"之所以受人激赏，就是由于没有描摹梅的形状，但却非常好地写出了梅的精神，如古人所说，是有其神有其影而无其形，但又只能是梅花而不能用来写别的花。这两句并非全是林逋的创造，原本五代江为有"竹影横斜水清浅，桂香浮动月黄昏"[3]，仅换两字，平平之作成千古绝调，区别就在于能不能写出其神。元代方回说："'疏影''暗香'之联，初以欧阳文忠公极赏之，天下无异辞。王晋卿尝谓：'此两句，杏与桃李皆可用也。'苏东坡云：

[1] 胡震亨：《唐音癸签》卷四，上海古籍出版社1981年版，第39页。

[2] 胡仔：《渔隐丛话前集》卷四十八，人民文学出版社1962年版，第329页。

[3] 郑方坤《五代诗话》卷三引《紫桃轩杂缀》（清粤雅堂丛书本）：江为诗"竹影横斜水清浅，桂香浮动月黄昏"，林君复只改二字，为"疏影""暗香"以咏梅，遂成千古绝调。诗字点化之妙，如丹头在手，瓦砾皆金。

'可则可，但恐杏桃李不敢承当耳。'予谓：彼杏桃李者，影能疏乎？香能暗乎？繁秾之花，又与月黄昏、水清浅有何交涉？且横斜、浮动四字，牢不可移。"[1]这可以帮助我们体会。

与粘皮带骨相近的，还有堆垛之病。上文已经涉及。凡同类词填塞一诗，造成诗的板滞，都应避免。陈子昂《度荆门望楚》："遥遥去巫峡，望望下章台。巴国山川尽，荆门烟雾开。城分苍野外，树断白云隈。今日狂歌客，谁知入楚来。"连用地名而不板滞，受到后人称赏，清人纪昀评价说："连用四地名不觉堆垛，得力在以'度'字'望'字分出次第，使境界有虚有实，有远有近，故虽排而不板。五、六写足'望'字。以上六句写得山川形胜满眼，已伏'狂歌'之根。结二句，借'狂歌'逗出'楚'字，用笔变化。再一挨叙正点，则通体板滞矣。"请体会。巧用地名获得特别效果的例子，如李白《峨眉山月歌》："峨眉山月半轮秋，影入平羌江水流。夜发清溪向三峡，思君不见下渝州。"四句五地名，而不板滞，如何化实为虚，请潜心体会。

四、关于"四言一法""四平头"等

岑参有《奉和杜相公发益昌》诗："相国临戎别帝京，拥旄持节远横行。朝登剑阁云随马，夜渡巴江雨洗兵。山花万朵迎征盖，川柳千条拂去旌。暂到蜀城应计日，须知明主待持衡。"这首诗中间四句的后三字"云随马""雨洗兵""迎征盖""拂去旌"，结构相同，且词性也同，进一步，就全句看，节奏都是二二一二句式，这在古人看来，是一种诗病，有人称作四言一法，有人称作四语一意，也有叫作重调、重律的。类似这首诗的情况，受到后人的批评，清代叶燮批评高适、岑参这类写法，说："高七律一首中，叠用'巫峡啼猿''衡阳归雁''青枫江''白帝城'；岑一首中，叠用'云随马''雨洗兵''花迎盖''柳拂旌'，四语一意。"所举高适的诗是《送王李二少府贬潭

---

[1] 方回选评，李庆甲集评校点：《瀛奎律髓汇评》，上海古籍出版社1986年版，第786页。

峡》："嗟君此别意何如，驻马衔杯问谪居。巫峡啼猿数行泪，衡阳归雁几封书。青枫江上秋天远，白帝城边古木疏。圣代只今多雨露，暂时分手莫踌躇。"由批评高适诗可知，中间两联不仅后三字不应同律，前几字也应该有变化。这四句的头两字：巫峡、衡阳、青枫、白帝，又都是地名。沈德潜说："连用四地名，究非律诗所宜。"纪昀也说："平列四地名，究为碍格。"这种平列，被后人称作"四平头"之病[1]。此外，这首诗中，"数"与"几"，"远"与"疏"合掌。赵蕃的《梅花六首》其一："未至腊时先访问，已过春月尚跻攀。直从开后到落后，不问山间与水间。""未至、已过、直从、不问"是词性与结构相同的词语排列。以及陈尧佐《杭州喜江南梅度支至二首》其二中间四句"门前碧浪家家海，楼上青山寺寺云。松下玉琴邀鹤听，溪边台石共僧分"之门前、楼上、松下、溪边排列等，此类问题，在写作中都应尽量避免。

从各个角度说，律诗的中间两联，都应该有变化。署名杨载的《诗法家数》说，中间两联，"有两句共一意者，有各意者。若上联已共意，则下联须各意；前联既咏状，后联须说人事。两联最忌同律"。这些诗病，也应该尽可能避免。

但是，古人诗中，这类问题还是有一些的，经常被点名说到，如卢纶的《晚次鄂州》："云开远见汉阳城，犹是孤帆一日程。贾客昼眠知浪静，舟人夜语觉潮生。三湘愁鬓逢秋色，万里归心对月明。旧业已随征战尽，更堪江上鼓鼙声。"中两联句子结构、词性都一样，"知浪静""觉潮生""逢秋色""对月明"，四言一法。唐诗名篇中，如白居易《钱塘湖春行》，中间四句："几处—早莺—争—暖树，谁家—新燕—啄—春泥。乱花—渐欲—迷—人眼，浅草—才能—没—马蹄。"杜甫的名篇《闻官军收河南河北》："剑外—忽传—收—蓟北，初闻—涕泪—

---

[1] 四平头之病，原是就声律说的，如《冰川诗式》十："诗病有齐梁，谓四句相对，皆用平声，又谓四平头。"谢天瑞《诗法》卷四（明复古斋刻本）："四平头，谓一句二句三句，四句皆用平字。"后来才指此类句首叠用四同类词，杜甫《题郑十八著作丈故居》，仇兆鳌注《杜诗详注》评："句首叠用四古人，类四平头。"

满—衣裳。却看—妻子—愁—何在，漫卷—诗书—喜—欲狂。白日—放歌—须—纵酒，青春—作伴—好—还乡。即从—巴峡—穿—巫峡，便下—襄阳—向—洛阳。"运用七句相同的句式结构，创造一种激流直下、迫不及待的独特感觉，是成功之作。真是运用之妙，存乎一心。

以上四类诗病，今天写旧体诗的人有些不了解，写作中时或有犯。所以，了解前人诗病说，是必要的。但写作还是应追求表达的效果，若拘于诗病说而影响表达，是不可取的。况且，古人有关诗病的某些说法，也不可取。如宋人魏庆之《诗人玉屑》卷十一《诗病》类有《细较诗病》一条，说："严维诗：'柳塘春水漫，花坞夕阳迟。'……刘贡父诗话云：'此一联细细较之，夕阳迟则系花，春水漫不须柳也。如老杜'深山催短景，乔木易高风。'则了无瑕颣。苕溪渔隐曰：'春水漫不须柳，此真确论。但夕阳迟则系花，此论殊非是。'盖夕阳迟乃系于坞，初不系花。以此言之，则春水漫不必柳塘，夕阳迟岂独花坞哉？余尝爱《西清诗话》载吴越王时，宰相皮光业每以诗为己任，尝得一联云：'行人折柳和轻絮，飞燕衔泥带落花。'自负警策，以示同僚，众争叹誉。裴光约曰：二句偏枯，不为工。盖柳当有絮，泥或无花。此论乃得诗之膏肓矣。"[1]这里所谓诗病，今天看来都不为病。若如此吹求，便没有诗了。

总之，关于诗病，不可不知，不可拘守，力避力戒，不以害意。应该明白，好诗未必无病，有病不碍为好诗。

【作者简介】南开大学文学院教授，博士生导师，教育部长江学者特聘教授。

---

[1] 魏庆之：《诗人玉屑》卷十一，中华书局2007年版，第332—333页。

当代大学生典型诗病分析
——兼及《文镜秘府论》的教学指导价值

张一南

【摘　要】　随着当代大学生诗词创作数量和质量的提高，学生习作中的诗病显现出研究价值，并开始可以与《文镜秘府论》中记载的唐人诗病互相对照。当代大学生诗病可分为声病、语病、意病三类，多与思路不够开阔、过分关注字句、不以意旨统摄有关。王昌龄的诗论，特别是其中的"意""安身处"等概念，对今天的诗词教学仍然具有实际指导意义。

【关键词】　当代诗词　诗病　意

随着诗词创作在高校中日益流行，特别是高校相继开设诗词创作课程、创办诗词社团，大学生诗词已经积累了一定数量，并以各种形式得到了较为集中的呈现。这使我们已经可以较为容易地发现大学生诗词创作中的一些共性问题。研究这些共性问题，不但有利于我们反思自身创作，进一步提高诗词教学及评选水平，更可帮助我们回顾诗学史，更好地理解古代诗学在创作、批评、理论、教育等层面存在的现象和命题。

2017年，笔者担任北京大学本科课程"诗词格律与创作"的教学工作，同时担任多项大学生诗词赛事的评委，较多地接触了最新的大学生诗词作品。本文分析的对象，即以2017年北大学生提交的课程习作为主，辅以少量2017年参赛作品。应注意到，这一创作群体在当代大学生诗词爱好者中是水平偏高的，本文即以这一群体为讨论对象。

文中所引作品均来自真实案例，均来自课程习作者的初稿或有意义的修改稿，其定稿均在教师指导下较原稿有了显著提高。所引作品均隐去作者姓名，课程习作均隐去定稿。

笔者在教学中体会到，大学生在创作中出现的问题有着较强的共性，大致可分为声病、语病、意病三类。声病即声律问题，包括格律问题和不违反近体诗格律原则的声情问题；语病即诗句锤炼问题，包括各类对仗问题、句式单调、语体不合、下字不稳等；意病即与意旨统摄不足有关的问题，具体包括结尾仓促、重字凑泊、时序混乱等影响表达效果的问题，也包括意旨不真、忌讳旁突、缘情轻浅等不易发现的问题。

大学生诗病的表现相对集中，其矫正方法则恰好可与《文镜秘府论》各卷形成对应关系。声律问题，对应讨论声律的《天卷》；句式单调问题，实际就是写作手法单一的问题，可借王昌龄等人所论"体势"拓宽思路，予以药救，对应讨论体势的《地卷》；对仗问题，对应讨论对仗的《东卷》；因为不明确不同体裁、不同风格的功能，而造成语体不合的现象，实际与主体意识不够明确有关，与《东卷》所讨论的创作手法多样性意义上的"体"并非一事，而与《南卷》讨论的"意"密切相关，故在《文镜秘府论》中亦属于《南卷》；混乱凑泊等问题，以及表面规整而主体意识不足的作品，其实都是意旨层面的问题，即王昌龄所讨论的"意"的问题，对应《南卷》；声病、语病、意病的具体表现，即为诗病，对应讨论诗病的《西卷》，作为现象的诗病单独立卷，为诗歌批评提供了很大便利；《北卷》为补论，供学诗者查阅参考。这种对应关系使得《文镜秘府论》在诗歌创作教学中有着很强的实践指导意义，特别是其分卷方式，为教学者指明了努力方向。这令我们不禁联想，《文镜秘府论》在当时的编纂，或许存在很强的现实意义，其指导教学的价值甚至大于指导创作的价值。

在大学生诗词创作不发达的时代，《文镜秘府论》的实践指导意义容易被人忽略，以往的《文镜秘府论》研究往往集中于声病。随着诗词创作教学的发展，《文镜秘府论》也应得到更全面的研究和应用。本文以大学生诗病为研究对象，分别归纳声病、语病、意病类的问题，并与《文镜秘府论》中的相似内容作适当的比对。

一、声病类

声病可分为触犯近体诗硬性规定的格律问题与声音效果不够完美

但不违反近体诗要求的声情问题。严格说来，格律问题已违反近体诗规范，不属于"病"的范围，但因在目前的教学中仍是需要面对的问题，故仍在这里略作讨论。

1. 格律问题

就本文讨论的群体而言，格律规范已不是大问题。在百余名选课学生中，有一多半在选课前即已掌握了诗词格律，之前未接触过诗词格律的学生，也完全有能力通过自学掌握诗词格律。笔者在教学中已将格律知识的讲授压缩在1课时以内，而从提交的作业来看，几乎不存在"不能理解格律"的现象。极少数表示"不愿遵守格律"的同学，经教师规劝后，也能马上提交完全符合格律要求的作业。这提示我们，在教学中，已经没有必要过分钻研格律的教学方法，更不必刻意简化格律及诗韵。同时也提示我们，在研究古人诗作时，应考虑到格律对古代诗人几乎不形成障碍，而不应简单将拗句归结为"出律"，更不宜将拗句甚至古风视为作者能力不足、无法合律的结果。

学生作业中的格律问题，产生原因多在于对格律的掌握尚不熟练，偶有一两处出律，经教师提醒后，能够自行改正。学生作业中因疏忽偶尔出现的格律错误，类型也较为单一，多为忽略了入声字或孤平问题，孤平问题又更多见于出句倒数第二字孤平。这启发我们，出句倒数第二字孤平可能是格律规范中较难理解、较易出错的问题，需要重点强调，而常用入声字的熟悉也需要时间。随着学生习作次数的增加，孤平问题与入声字问题会自然减少，直至消失。

2. 声情问题

比起格律问题，学生习作中更常见的是声情生硬的问题，即不违反近体诗规范，但存在永明"八病"中提到过的问题，致使诗句拗口难读，不够流畅。

今人创作，本不必避忌声病，笔者开设的课程也暂未讲授相关知识，但从学生习作来看，过于频繁、明显地触犯声病，确实会影响诗句的阅读效果。更重要的是，触犯声病往往与其他层面的创作问题相联系，如词汇量偏小、思路过于狭窄等，且多与"意病"层面的问题直接联系，并呈现与其他诗病共生的现象。

典型例子如：

> 日间渐觉秋意浓。寻胜访至画堂东。莫伤（悲）草木凋零落，但赏湖光与春同。我（虽）有千言无人语，无人与我饮一盅。幸见采薇阁中树，子满枝头知花红。

该生第一次提交的作业未遵格律，属于抵触声律规范的情况。诗中还给出了两个"备用"字，而其纠结之处并未见出艺术高下，说明该生过分爱惜自己的文字，过分关注细节，这是初学者常见的毛病。全诗较为散乱，尚未掌握近体诗的写法。这种现象也是颇为常见的，即学生在不接受格律的同时，也往往不接受近体诗的句法。

在教师的劝说下，该生经过自行修改，写出了基本合律的第二版：

> 日际思来秋意浓。寻踪访至画堂东。碧空万里浮云缀，红叶千山暮霭蒙。雁叫嗈嗈天尚早，虫鸣唧唧岁将终。岁终莫悔前年事，潦倒正堪饮一盅。

这一版进步明显，除最后一句偶犯孤平外，没有其他格律错误。句法也明显较第一版更接近近体诗的写法。此时，习作开始呈现这一层次初学者的常见问题，即声病问题和意象凑泊问题。

从声病的角度来看，此诗有明显的"大韵"问题。此诗用"一东"韵，首句借押邻韵"二冬"，而句中又出现了属"一东"韵的"空"和"红"、属"二冬"韵的"踪"和"嗈"。第七句的"岁中"可视为顶针格，不视为大韵。"一东""二冬"韵声情本已厚重，在非韵脚处屡次出现，显得重浊不美。同时，"暮霭蒙"三字，又犯"双声"。连续的双声可以是一种修辞手法，但隔字双声，就显得拗口难读。

此诗所犯声病，可能与没有展开足够的联想有关。"大韵"四字，可能是从韵脚字联想到的，甚至可能本来想做韵脚字，但因想到的与韵脚字有关的表达超过了5个，就把相关表达利用到了句中。犯"双声"处，在"暮"和"蒙"之间也显然存在联想。纠正"声病"，实际上是为了鼓励作者展开更广阔的联想。

在触犯"声病"的同时，此诗还存在时间混乱的问题。而造成时间混乱的原因，则在于思路不够开阔，只得凑泊意象。关于这个问题，下文会重点分析。这里只是说明，"声病"与凑泊意象的现象是共生的，都与初学者思路不够开阔有关。这也启发我们，古代诗学家究竟为何花费大量精力讨论"声病"。古代名家之作往往不能尽避"声病"，是因为"声病"与其他层面的"诗病"一样，仅仅是一种"病"，只是以避免为上，没有必要绝对避忌。而"声病"之所以为"病"，与其他"诗病"是相似的，即一方面有碍于高层次的艺术审美，一方面反映出作者构思尚有草率之处。当一首诗触犯声病时，往往也意味着作者的构思存在某种障碍，可能会同时触犯其他诗病。在诗词创作及教学中，为使诗艺精益求精，我们仍应充分注意古人所总结的"声病"问题。

大学生诗词创作中的声病问题，值得注意的现象包括格律层面的孤平、入声字辨析问题和声病层面的双声叠韵问题。造成格律问题的主要原因，在于不够熟悉格律规则；造成声病问题的主要原因，则在于作者词汇量较少、联想思路不够开阔。

二、语病类

大学生诗词中的语病类问题，集中表现在对仗不谐、语体不合、下字不稳等方面。

1. 对仗不谐

从课程作业来看，对仗仍然是大学生旧体诗词创作的重要障碍。学生在初次提交作业时，对仗不谐的问题远比格律不谐更为普遍。部分学生甚至在写作律诗时完全不注意对仗。不能完成工整对仗，更是作业中的普遍问题。

甚至一些原本具有相当创作基础的学生，也不能很好地完成对仗。一种流行的取巧方法是，绕过律诗，直接填词。这导致一些学生已可以熟练填词，但从未创作过律诗，并对对仗存有畏惧心理。这或许已经是一些辅导机构的"成熟"教学方法，但对学生的长期发展是不利的。这也提醒我们，对已经能够填词的学生，仍应作全面的考察。

对仗艺术承载着中国诗学的智慧，而多数学生并不能仅凭记诵诗文熟练掌握对仗，因此，在教学中，需要专门进行对仗训练。传统的对课、诗钟等训练，仍应在当代高校诗词教学中占有一定课时。

《文镜秘府论》颇为重视对仗艺术，《东卷》全文和《北卷》的一部分都在讨论对仗。可以推测，对仗训练在唐代的诗学教育中也处于重要地位。不过，《文镜秘府论》中关于对仗的部分，更适合已经掌握了对仗的创作者拓宽思路之用，尚不能满足入门者学习对仗的需要。在当下的教学中，还不宜直接把《文镜秘府论·东卷》当作教材。

即使是初步掌握了对仗的大学生，在创作中仍然会出现不同程度的对仗问题。试举几个常见类型：

1. 部分失对

学生已经在有意识地努力对仗，但仍然不能完成工整的对仗，一句之中，可能只有半句是对仗的，如：

> 梧桐一曲情难短，夕照五陵空自长。

上下句的前四字对仗，并且看得出刻意的修饰。后三字对仗不工，且对仗不工的三字，本身造语也有欠缺。"情难短"不符合一般的语言习惯，"空自长"略嫌空泛累赘。可见部分失对是与驾驭语言的能力不足密切相关的。在学生习作中，像这样努力对上了前半句，后半句对不上的现象，是很常见的。

2. 连续宽对

学生习作中还常见"宽对"，即不是严格对仗，但是仍可以达到"宽对"的标准。有时候，"宽对"也是因为驾驭语言的功力不够，没能写出工对造成的。特别是如果连续两联都是"宽对"，则更能说明是对不上，实际如同不对，如：

> 多怨阴霾重，忽收故友酥。悲秋愁得散，落叶叹能舒。

单独来看，两联都可以算"宽对"。"阴霾重"与"故友酥"在句子中都是名词性成分，但不构成对仗。这里可以勉强认为，"重"与"酥"是借对关系，那么这一联可以算作"宽对"。"悲秋"与"落叶"也不构成对仗，但也可以视为借对。而当两联连续出现"宽对""借对"时，应该视为没能完成对仗。

3. 合掌

广义的"合掌"，包括上下句雷同，未能形成张力。这也是学生习作中常见的现象，如：

> 今宵浮盏依芸阁，何夕倾觞隐桂丛。

"宵"与"夕"、"浮盏"与"倾觞"，意义雷同。一部分有一定文学基础、肯钻研、好用典的初学者，反而尤其容易出现"合掌"现象。"合掌"往往是诗思不够发散的结果，往往与句式板滞相伴出现，如"依芸阁""隐桂丛"的句式，就过于接近"主谓宾"的日常语言句式，显得不够飞动。同时，因为作者写诗比较用心，注意了更换辞藻，所以"合掌"现象相对隐藏较深，不易发现。这种语义雷同而句式板滞的现象，与六朝文人诗的常见问题非常相似，是作者在句法尚不老练时着力为诗的结果。对于这种现象，不宜一味指责学生造语雕琢，以免挫伤其推敲字句的积极性，而应引导其拓宽思路，增强对句间的跳跃性。

4. 出句优于对句

有的学生可以完成工整对仗，但上下句的艺术水平不相匹配，且往往是出句优于对句，如：

> 萧瑟西风未解凉。菱枯病骨入膏肓。沾衣已尽盈盈雨，拂面岂余凛凛香。对鉴方知失翠盖，照塘犹自整残妆。何辞我为华年瘦，不向风尘掩断肠。

此诗同时存在孤平、合掌等问题，兹不赘述。以出句和对句的匹配而言，颔联和颈联的出句单看都较好，似已掌握了近体诗的句法；对句虽无语病，且在句子成分上可以与出句构成对仗，但显得牵强，缺乏意致。显然，作者是得到了较好的上句，然后勉强对出了下句。这样的对仗，仍然是不理想的。又如：

> 阶满黄花月满楼。烛衰杯竭听萧飕。香消恨舍胭脂薄，梦别难离雨露休。墨倦无声章不续，弦翻有语泪先流。孤心未可忘川渡，碧树西风锁季秋。

颔联和颈联的出句都已相当成熟，但对句就显得吃力。"胭脂薄"很自然，"雨露休"就看出对仗的痕迹；"章不续"是近体诗句法，"泪先流"则几乎流于戏曲套语。

出句和对句其实无法做到绝对的平衡，但初学者所作对句往往上下句悬殊较大，显得吃力。要克服这一问题，只能依靠长期的阅读和练习。同时也可看出，初学者容易机械地按照阅读顺序进行创作，先写上句，再想下句。这就有必要提示学生，可以先按照韵脚想好下句，再对上句，这样，下句的质量会略胜于上句，显得稍稳。

5. 对句语体不称

一些学生写出的对句，上下句单看都不失为好句，上下句之间也构成对仗关系，但上下句之间的语体风格却不相称，庄谑相杂。这其实仍然是生凑的结果，不是完美的对句，如：

> 庭阶粉脸呵红手，天地青山共白头。

此联出自大赛入围作品，可以看出，作者已具备了一定写作基础，句法自然，能有意识地运用当句对。上下句各自不失为佳句。然而，上下句的语体却不相同。出句富于生活气息，以活泼见长；对句却郑重典雅，以钟情见长。两相映衬，反而显得出句粗率，对句板滞。出现这样的现象，一方面是因为作者没有想清楚作品的定位，对作品的整体风格缺乏构想；另一方面也是因为作者在创作这组对句时仍觉吃力，无暇顾及对句风格的一致性。最终，作者对句法讲究、对仗吻合但不符合全诗风格的句子不忍割爱。这样的问题，既是对仗不完美的问题，也涉及语体定位不清晰的问题。

6. 语体不合

《文镜秘府论》的《地卷》和《南卷》都讨论到"体"的问题，"体"的问题实际可分为句法的多样性与语体的多样性两类问题，因而《文镜秘府论》将两种"体"的问题编入不同卷。句式的单一与语体意识的不清晰，也是大学生诗词创作中的常见问题。

句式问题属于《地卷》讨论的"体"。初学者容易忽略句式的变化，具体表现为颔联和颈联句式相同、句子的主谓宾成分过于完整、过多使用"二一二"句式等。这些问题经教师指出后，一般都能在第二稿中得到改进。

归入《南卷》的语体问题则不那么容易得到解决。当代大学生普遍缺乏明确的文体意识，不清楚不同体裁应有的功能、语气，特别是容易在写作较为古老、庄重的体裁时，混入时代更近、较为浅俗的体裁的语体风格。有的把近体诗写成了唱词，如：

离家万里何言难……

语言过于浅白，却又不符合口语习惯，同时还有"三平调"的格律错误。这是把戏曲的修饰混同于律诗的修饰，没有体会到律诗精致、持重的语言风格。

有的把小令的语言填入了律诗的格式，如：

湖中湖畔相对望。将影将形数鸳鸯。滨涯惨惨忧心结，渚涘绵绵睡意央。纵使情深盈梦寐，奈何地远隔参商。不如自此愁肠断，却启朱唇又一觞。

首联过于浅白，当句对富于音乐性，但节奏感过强，用意不深，流于纤弱。颔联仍用叠字，造语尖新。尾联又过于刻尽，单句内的逻辑性不强。此诗不能说不注重修饰，但缺乏深意，难以反复吟咏，说明作者还没能很好地体会七律的功能和语言特点。有的律诗语言较为生硬，仍带有白话的习惯，如：

> 赫赫中天苦，微拂无所清。招云藏月夜，裹雨远闲楹。踯躅本随意，辗转应顾情。午后不觉迹，击荷二三声。

发句近乎古风，虽无不可，但与下文不甚协调，说明作者并非有意为之，而是不清楚古体与律体的界限。次句用古文句法，却又带出了白话文的思维习惯。"招""裹"显得太过俚俗，不宜入五律。"随意"为现代词汇，"顾情"为生造词汇，均不符合近体诗的语言习惯。尾联表达生硬，且后三句出律。这样的作品，往往是作者以现代汉语思考，再"翻译"成近体诗的结果。

有的格律词写出了时下流行的"古风歌词"的效果，如：

> 十年横楚凝鸦路。抬泪眼，花千树。锦桂香吹重一度。八千尘月，澧兰别墓，羞见金莲步。　　青天也怕莲心苦。水溁银花只相炉。难把风流分两处。二桥离鹊，回风惊顾。愿把江山误。

作品词藻华丽，但难免堆砌之嫌，有生造词语，也有过于诡谲刻尽的表达，有些句子读来不太通顺。奇处颇见乐府遗意，而幼稚之处也是明显的。这种"古风歌词"体的格律词，最近在大学生中颇为流行。这种趋势消解了词的传统，降低了创作门槛，而且往往显得千篇一律，难有佳作。但也应看到，这种作法便于探索汉语的更多可能性，娱乐性较强，似乎又与古乐府的本意不无暗合之处。对于这种趋势，笔者暂时持谨慎观望态度。有的作品则呈现出庄谐相杂的缺点。如：

> 燕山北眺夜风寒。冷气穿身客独叹。扼腕空留垂泪眼，阴霾不扫袖带宽。姣容未改路虽难，体病犹思慰我安。怎得佳人君若此，迢迢远道相与欢。

写自己与女友去天津玩，女友不慎烫伤、寻医问药的经历。对于这样的题材，作品似乎没有找准自己的定位，有的用词很沉重，有的用词又很调侃。大学生在创作中，一方面对经典高山仰止，害怕使用过于庄重的表达，一直在寻找解构的可能性；另一方面又不肯放弃对崇高、悲情的追求，往往显得矛盾纠结。此诗用俳谐口吻写一件值得感动的事，显得体调不伦。中二联都没有很好地对仗，出律之处也较多。在以往的教育中，学生可能很少接触"体"的概念，应注意提醒学生用合适的语体表达想要表达的主旨。

7. 下字不稳

初学者还难免会存在下字不够妥帖的问题，如：

> 仿佛梦南国，飘丝含远悲。

以"飘丝"写雨，缺乏上下文的支持，显得难以理解。又如：

> 痴儿心意未能静，适与遣怀佳气平。

"未能静"显得生硬，下句则到了不易理解的程度。再如：

> 觉寝风灯冷，归园舫艇沉。

作者是想形容夜色中石舫沉静凝重的状态，但直接用"沉"太过突兀，以致"舫艇沉"的表达容易让人误会石舫沉没了。

下字不稳几乎是诗词创作学习过程中必然会出现的问题，即使是成熟的作者，也很难做到字字稳妥，下字不稳这一问题也没有太鲜明的时代性，是古往今来的作者都会遇到的问题。对于这类问题，只能依靠作者自己在写作练习中引起重视，辅以教师的耐心指导，在实践中稳步提高。

大学生诗词创作中的语病问题，值得注意的包括对仗问题和语体问题。这两类问题都与以往语文教学中的疏忽和误导有关。在教学中，应注意加强对仗训练，加强文体常识的讲解。这也提醒我们，应该在基础语文教育中适当增加相关知识，对学有余力的学生作出正确的引导。关于对仗问题，一些基础较好的学生还暴露出了更多的问题，如畏难取巧、思维板滞、缺乏技巧等。这也提示我们，对较有天赋、基础较好的学生应给予更有针对性的帮助。

三、意病类

一些初学者的作品有句无篇、支离凑泊，甚至自相矛盾。一些具有一定水平的作者，写出的作品通体平顺，但缺乏佳句。这两种看似相反的现象，可能有着共同的原因，就是仅仅关注具体字句的修饰，没有用强烈的主体意识去统摄字句。

《文镜秘府论·南卷》主要讨论"意"的问题，其中多引王昌龄的诗论，可见"意"在盛唐以后，已经成为诗学教育中的重要问题。王昌龄在论诗意时，曾举例批评"无安身处"的诗：

> 诗有："明月下山头，天河横戍楼。白云千万里，沧江朝夕流。浦沙望如雪，松风听似秋，不觉烟霞曙，花鸟乱芳洲。"并是物色，无安身处，不知何事如此也。[1]

王昌龄列出的例子十分典型：意象繁多而散乱，缺乏统一的意旨。"并是物色"是其典型表现，"无安身处"则是其本质。所谓"安身处"，恰可与王昌龄标举的"意"互训，即指作者写诗的合理缘由。王昌龄所谓的"意"，并非指意旨是否正确，而是着眼于意旨是否能合理统摄诗中的物象。

初学者可能会把这些"物色"处理得互相矛盾，而水平稍高的作者即使能够有意识地避免"物色"之间的矛盾，可能仍然无法抹去"物色"过多、象大于意的痕迹。这样的作品，往往并非"缘事而发"，而是为了应付作业、社课或比赛。如果诗人确是有为而作，有统摄物象的

---

[1]［日］遍照金刚著，卢盛江校考：《文镜秘府论汇校汇考》（修订本），中华书局2015年版，第1290页。

"安身处"，在写作过程中又没有因为凑不足篇幅而人为补入"诗料"，那么这样的现象几乎是可以避免的。可见，无论是物象散乱的问题，还是诗作平庸的问题，都可归结为王昌龄所说的"无安身处"。

具体说来，缺乏主体意识的现象，在大学生创作中又有不同类型的表现：

1. 结尾仓促

学生因偶得佳句而命笔为诗，对整体结构没有太多的思考，往往写到尾联就难以为继，呈现"末篇多踬"的现象，如：

> 离家万里未言难。未料中秋只影单。博雅巍巍藏暗影，未名寂寂映明盘。半城新叶黄犹染，一院旧苔绿未干。何必闻笛忽泪怆，远乡此月共山峦。

中二联努力地状写现实中看到的物象，并精心安排句法，尾联却在形式和内容上都难免落入俗套，表现出草草作结的心态。"末篇多踬"的现象，在六朝诗作中也很常见，是诗歌技巧不成熟的典型表现。

2. 重字

初学者在写近体诗时，会反复用同一个字，如上面提到的例诗就很典型。前四句在显眼的地方用了三个"未"字。第一个"未"字是为避三平调，由"何"字改成；第二个"未"字是真正的虚字；第三个"未"字是专有名词的一部分。三个"未"字的来源各不相同，故没有引起作者的注意。

初学者调格律较吃力，熟悉的句式不多，是造成重字的主要原因。像"未""不""无"这样的否定词，是近体诗重字的重灾区。近体诗要求避免重字，不仅是形式方面的考虑，同时也是对作者思维的锻炼。避免重字，要求作者有意识地变换句式，增大意象间的张力。重字的出现，也反映了作者的思路不够开阔。

伴随着重字，此诗也存在凑泊的痕迹，如"只影单"三字就显得凑泊。重字很容易出现在凑字、改字的过程中。写诗以意为主，减少凑字，也可以降低重字的概率。

3. 造语直致

有的作品未经深思，表达过于直致，缺乏艺术性。这也与作者的思致单薄有关。

仍以前面提到的"离家万里"一诗为例，颔联直接以"博雅""未名"作对，过于现成，显得俗气。如果作者能进一步思考，以不常与"博雅"相对的物象作对，则会增大对语间的张力，丰富作品的层次。又如：

> 不见独夫传万古，梦听残笳出乾阳。

对句颇见古意，出句直斥古代君主为"独夫"，缺乏深思，显得不够精致。再如：

> 只缘一面笑生春。消瘦东阳姓沈人。蚕欲成丝甘作茧，蛾因爱火任焚身。巫山梦远空回首，湘水云迷莫问津。直到昆明劫灰满，不教此恨作轻尘。

此诗题为《拟李义山》，但没有领会义山诗含蓄深婉的特点，往往伤于直致。颔联用义山象，但过于直致，未得义山诗法。颈联稍见迂回，但仍嫌轻。尾联直陈而无深思。学义山深情，而发语直致，难免落于晚唐恶道。

4. 意旨不真

学生表达的不是自己从现实中得出的感受，而是来自教科书和前代文学作品的、自己尚未完全理解的思想。如：

> 白鸟低飞青水外，苍山倒映镜湖中。

写物缺乏真切的感受。"青水"为自造词，且与"白鸟"搭配的审美效果不好。"苍山"与"镜湖"各为专有名词，也不宜泛指山湖。作者在落笔前，并没有用自己的眼睛发现独特的风景，而是在根据自己以往的审美构建物象。又如：

> 不畏一朝新素发，但惊岁月老人心。

出句凑泊，而且我们很难相信这两句是大一学生的真实体验。即使是形容时间流逝之感，也显得太过夸张。如果是模拟年长者的口吻，又显得内涵不足，对岁月流逝缺乏真切的体验。再如：

> 思绪彷徨观呐喊，聊从句里慕斯人。仙台学院弃医术，且介亭中书杂文。风骨不曾低显贵，本心向为济生民。故园仍固多风雨，中国再无民族魂。（读《彷徨》《呐喊》怀鲁迅）

流于名词、口号的堆砌，并无新的发现，甚至让人严重怀疑作者并未读过鲁迅原文。

意旨不真是大学生创作中的常见现象。其产生原因除了青年学生经历不够丰富，缺乏写作题材外，也应考虑到对一些文学观念的肤浅理解造成的误导。例如，很多学生追求"高大上"的立意，没有意识到应该表达自己的真情实感，对客观事物和主观情感缺乏敏感性。唐人强调的"以意为主"，在今天仍有指导意义。

5. 忌讳旁突

《文境秘府论·西卷》所引"文二十八种病"中，有忌讳、形迹、旁突、翻语四病。其中，"忌讳"是指涉及不吉的含义，"形迹"是指造语与不吉的词语相近，"旁突"是指无意中触犯到他人，"翻语"是指造语的反切与不吉的词语相犯。实际上，这四种诗病都是指不同程度地涉及不吉的含义。从这四种诗病界定之严，可以看出古人对这一问题的重视。

看起来，"忌讳"类问题有关政治、礼制甚至迷信，并非文学问题。但在实际创作中，当青年学生涉及"忌讳"字面时，往往并非有意讽谏，而只是未及深思，接近造语直致或立意不真的问题。如：

> 年后缠身事几何。得闲东野暮重过。四围春气烘花海，一脉风声动晚歌。许国今犹存碧血，前行何必畏风波。瞻乌已定须劳食，

回首长街浮雾多。(《推免后晚游》)

这是一首参赛作品，具备一定水平。中二联对仗工稳，有气骨，颈联尤见少年气象。但五句造语太过，将自己的志愿称为"许国"，将自己可能为理想作出的奉献称为"碧血"，指称不当，措语有不稳处。首尾联也显得过于草率，缺乏深思。

这启发我们，当古人在讨论"忌讳"类的诗病时，也许并非是用腐朽的非文学教条干扰文学创作，而是仍在讨论类似"词不达意"的问题。作者不能准确定位自己的思想感情，仍是"意病"的一种。

6. 时序混乱

初学者在创作中凑泊意象，往往造成自相矛盾的后果，其中最常见的是时序混乱。如本文第一节所引"日际思来"一诗，就存在时序混乱的现象。第三句是正午，第四句是黄昏，第五句又成了早晨。第三句和第四句的色调无法整合。"秋意浓"和"岁将终"也不是同一个季节。

时序混乱，说明其中至少有一句不是现实中的所见所感，并且缺乏整体构思。如果一首诗写的完全是当下所见的事物，或者事先想好要写什么季节、什么时间的景象，在很大程度上就可以避免时序混乱的问题。

诗歌创作没有必要都写眼前之景，可以由诗人自行作用，将不同场合的感受熔铸成新的意境。但这种熔铸必须合理、自然。熔铸需要一定的技巧，更需要意旨的统摄。

7. 缘情轻浅

一些作者已经能做到字句平顺，但在缘情层面未能深思，使作品显得较轻较浅，装饰性很强，但不耐细读。这同样是修饰字句而不以意旨统摄的结果。如：

倚湖垂陌厌晴光。璎珞联绵薄黛妆。未见婆娑帘外影，应知烂漫袖边芳。含风依约随波去，荡雨飘摇隔岸香。但教絮棉作小玉，秋心莫要负霓裳。(《咏柳》)

首联虽不无凑泊之处，但可看出用心。颔联偏重体物，落想新奇，可为警句。颈联理应缘情，却仍用体物之笔，只是轻描淡写柳树的情态，未能曲尽物情，故显得格局较小，不称颔联。尾联有奇思，但出句有格律错误，且不够平顺，显示出初学者急于表达自己的奇思妙想，却不善于打磨字句的特点。

又如：

> 宿雨垂红，晴风拂翠，寂寥金谷歌沉。珠箔罗帏，无人台榭森森。泠然纤指徘徊语，忆当时、秋水情深。看年年，雁队如绳，幽恨难禁。　　参横斗转高楼上，听长歌促节，哀响余音。满目江山，天涯有泪沾襟。思量此意同千古，念几回、欲赋登临。到更阑，唤取团圞，来伴孤斟。（《高阳台》）

这是一首参赛作品，遣词造句颇为讲究，却总觉象大于意，很难从中找出"安身处"。造句工整，但缺乏意趣之笔，令人很难进入。物象繁多，却缺乏长调应有的沉郁顿挫，只像是一首流易的小令被拉到了长调的篇幅。再如：

> 芳树凝妆，遥山蘸黛，桃源醉泛兰舟。花雨晴窗，嫣香飘落琼瓯。沧波莺语弦中起，舞玉纤、和我清讴。渐斜阳，饮尽云霞，水镜星浮。　　青春一梦西风散，纵多情缱绻，幻若轻沤。雾锁蓝桥，鸾笺欲寄还休。他生愿得唯初见，叹此生、绿蚁消愁。夜阑珊，怨蝶衰红，月冷高楼。（《高阳台·饮酒》）

这首参赛作品也存在类似的问题。这首作品造语比前首刻尽，但用力处只在于下字生新，看不出更深挚的情感。一些表达现代气息较浓，不似古人。这样的作品，字面漂亮，却不耐深思，总觉似为搭配微信朋友圈的汉服写真而作，缺乏诗歌应有的独立的生命力。

8.典型案例分析

各类与"意"有关的诗病很少单独出现，往往会共生于同一首作品中。如：

> 风穿月走见秋深，想似儿时路故乡。万里烽烟褒姒笑，三千铁骑镐京亡。明皇寝殿千千落，百媚朱颜古瘦殃。皎月青山千世共，沧波淡笑逝荒凉。

这首习作几乎集中了本文提到的所有问题。

从格律角度看，作者没有正确理解"一三五不论"和首句入韵。所有的"一三五"都与后一字的平仄严格保持一致，这也是初学者多会出现的情况。首句尾字用平声，但没有押韵，这样的错误在初次创作中也非绝无仅有。

从语病角度看，生造词语的现象比较严重。"路故乡""古瘦殃"都是生造的表达，不易理解。"风穿月走"则欠端庄，不符合律诗的语体。颈联完全没有构成对仗。

从意病角度看，此诗的缺点尤其明显。"千"字竟出现了四次，"月"字出现了两次，说明作者的思路没有打开，同时也说明，"千"和"月"特别符合古诗词给作者留下的印象。颔联较为规整，但只是史实的泛泛罗列，看不出想表达的主题，更看不出作者主观意识的作用。第七句在七个字中想表达的意思太多，凑泊痕迹严重。初学者经验不足，往往在一句之中放入过多的意思，此时应建议他们删减所要表达的元素，或者用更多的句子表达原来一句的意思。

全诗结构散乱，看不出意脉的统摄。第二句"儿时""故乡"出现在怀古诗中甚为突兀，功能不明。中间两联没有注意情与景的搭配。尾联过分急于发表议论，没有掌握用形象说话的技巧。

可以说，这首习作形象地展示了初学者的共性问题。这些问题在实际创作中是交织在一起的。

大学生诗词创作中的意病问题，可概括为王昌龄所谓的"无安身处"。具体说来，重字、造语直致和时序混乱是入门者的典型问题。造成这些问题的原因，在于入门者没有意识、没有能力以意旨统摄全诗，构思不足，思路狭窄。而具有一定基础的学生，特别是喜好钻研古代典籍的北大学生，则有另一套典型问题，包括结尾仓促、意旨不真、忌讳旁突、缘情轻浅等。造成这些问题的原因，主要是生活经历不够丰富、接受错误文学观念和过分关注词句等。

通过本文的分析可知，当代大学生在初学诗词时出现的诗病，大多可在《文镜秘府论》中找到描述和解释。这首先说明当代大学生诗词创作及相应的诗学教育已发展到了一定水平，出现了和古人类似的问题。同时也提示我们，应当充分借鉴古人的经验，指导当下的诗学教育。当代大学生的典型诗病，往往与思路不够开阔、过分关注词句、缺乏意旨统摄有关，在教学中，应当对相关问题引起足够的重视。

【作者简介】北京大学中文系助理教授。

吾辈同文有夙缘

——近代云南诗人与长冈护美的交游和唱酬

陈友康

【摘　要】　甲午战争之后，中日关系发生了历史性的翻转，师生角色互换，日本成为中国学习、取法的对象。在这一背景之下，僻处一隅的云南也有学人远渡扶桑，从而实现了与日本学人的交流唱酬。以长冈护美为线索，考察他与陈荣昌、袁嘉谷、钱良骏等云南籍诗人的交游，可以帮助我们了解两国之间文化交流和文学关系的发展演变，揭示中国诗歌融入世界的趋向，并对把握诗歌唱酬的意义不无启示。

【关键词】　长冈护美　陈荣昌　袁嘉谷　钱良骏　唱酬

　　明治维新后，日本迅速崛起，成为与西方列强争雄的亚洲强国，而中国仍在内忧外患、风雨飘摇中挣扎，与日本形成强烈反差。为了摆脱困境，扭转国运，恢张国势，中国人纷纷考察、留学日本，以学习其成功经验。甲午战争之后，成为潮流，"国士联翩航弱水""邃密群科济世穷"。至此，中日关系发生了历史性翻转，日本的西进变成中国的东渡，遣唐使变成留日生，师生角色互换，"转望其文明输入中国"[1]。在这一背景下，僻处西南一隅的云南也有学人梯山航海，远渡扶桑，与日本学人交游和唱酬。这是中日文化交流的一个侧面，对研究中日文学关系不无意义。中华诗词研究院、复旦大学中文系主办第三届"中华诗词古今演变研究"学术讨论会，征文议题有"中日近现代汉诗交流"一目，于是将平日读书所见资料，排比成文，以襄赞盛举。

---

[1] 周文英：《乙巳东游日记点校》，云南美术出版社2007年版，第45页。

一、长冈护美与近代中日文化交流：凡可尽心无不为

长冈护美（1842—1906），字云海，熊本藩藩主细川齐护第六子，明治皇后之兄，封子爵，[1]是日本明治时期重要人物。留学英美，历任驻荷兰公使、高等法院陪审官、贵族院议员等。倡导"兴亚论"，担任过日本东亚同文会副会长、兴亚会会长、亚细亚学会会长、东亚同文学院院长。他是明治时期中日交流的热心人，为近代中日交流作出了重要贡献。

长冈护美积极推动中日文化交流，彼时中国前往日本的官员和学人多得其协助，成为联系两国学人的津梁。他是皇室贵胄，又担任东亚同文会等中日交流学术团体负责人，有条件和能力做好相关工作。更重要的是他的用心用情，他说："日本与中国，唇齿相依，甚望中国兴学有效，乃能互相保存，故凡可以尽心者，无不为也。"[2]他重视两国交流的原因，一是两国的"同文夙缘"，肯定中国文化对日本的沾溉。这种沾溉使两国人有了心理、感情上的亲近，文化血脉上的相通。二是他有"东亚文化共同体"观念，把中日视为文化整体和利害共同体，面对欧美、沙俄的挑战和挤压，面对日本脱亚入欧的潮流，他希望唇齿相依的两国能够携手维护、发展东亚文明，复兴东亚。京师大学堂（今北京大学）总教习张汝纶、南开大学创始人严修等到日本考察，均得到他的支持。因为他助力中国甚大，又帮助调停清朝留日学生罢课事件，光绪帝予以嘉奖，"赏"宝星勋章。

长冈之意甚良美。他在与中国诗人的交往中，再三申述此意。光绪戊子（光绪十五年，明治二十一年，1888）九月九日，清朝驻日公使黎

---

[1] 长冈护美的爵位，一般文献都称为子爵，清廷驻日公使馆参赞陈明远（哲甫）《红叶馆话别图附红叶馆留别诗》有《日本华族伯爵小笠原锦陵（忠忱）、伯爵南部讷斋（利恭）、伯爵伊达南洲（宗城）、子爵松平龙峰（信正）、子爵大给澹如（近道）、子爵小笠原楚厓（长育）、男爵长冈云海（护美）、男爵渡边眉山（清）诸君，祖饯于红叶馆，即席次黎莼斋节使韵述谢》（王宝平主编《晚清东游日记汇编》（1），《中日诗文交流集》，上海古籍出版社2004年版，第474页），既交代如此清楚，则长冈最初封男爵，后升子爵。《红叶馆留别诗》收光绪十六年（1890）陈明远离任返国时，日本、朝鲜友人送别之作，则长冈至少在光绪十六年仍为男爵。

[2] 周文英：《乙巳东游日记点校》，云南美术出版社2007年版，第74页。

庶昌在使署修重阳雅集，邀请长冈护美、重野安绎、三岛毅、宫岛诚一郎、向山荣、冈千仞、井上陈政、石川英、森槐南、矢土胜之等与会，主宾32人，"东都俊侣，南国名流，各吐新机，重联旧雨"[1]，"一献一酬，一唱一和，觞咏之盛，所未曾闻也"[2]。长冈护美作《黎星使招赴萸酒宴，即席赋谢》（孙点编《戊子重九讌集编》），末二联云："登高能赋联吟侣，接壤论交有善邻。莫道天涯多感慨，吾曹愿作弟兄亲。""善邻""弟兄亲"都是源于两国密切的地理关联和文化关联。他给陈荣昌的赠诗更明确地说"吾辈同文有夙缘"。他对中国人以诚相待，中国人也信赖和尊重他。

长冈善诗，往往与中国诗人跨国唱酬，"坛坫中原接彩毫"（陈宝琛《日本长冈子爵护美以影照及云海诗卷寄赠，赋答其意》）。他家世代传习汉文，他自己爱好汉诗，是有成就的汉诗人。黎庶昌任驻日公使时，多次举行中日文人雅集，长冈护美是热情的参加者，与清朝文人唱和。1900年，他赴苏州向俞樾（曲园）请教，曲园赠其称，称之为"东瀛贵戚"[3]。1901年，他到武昌拜会两江总督张之洞，张之洞作《赠日本长冈子爵三首》，中有句云"剑佩诗囊万里游，知君家世古诸侯"。此外，他与陈宝琛、郑孝胥也有诗歌往来，著有《云海诗钞》《南清游草》，后者应是他到中国南方漫游所作诗之结集。

云南有陈荣昌、袁嘉谷等与之唱酬，结下异国"奇缘"。

二、陈荣昌与长冈护美：蓬瀛握手亦奇缘

陈荣昌（1860—1935），字小圃，号虚斋、困叟。卒后门人私谥"文贞"。昆明人。光绪九年（1883）云南乡试解元。十年（1884）中进士，朝考一等，钦点翰林院庶吉士。历任翰林院编修、贵州学政、云

---

[1] 孙点：《重九讌集记》，见王宝平主编《中日诗文交流集》，上海古籍出版社2004年版，第232页。

[2] 矢土胜之：《大清节署戊子重阳讌集序》，见王宝平主编《中日诗文交流集》，上海古籍出版社2004年版，第235页。

[3] 俞樾《曲园自述诗续》："中庭覆醢有余哀，又报东瀛贵戚来。"上句指他钟爱的日本弟子井上陈政在庚子事变中遇难，下句即指长冈到访。因为他系"王后"之兄，故称"贵戚"。参阅刘晓峰《花落春仍在——俞曲园的日本学生》，载《读书》2008年第12期。

南经正书院山长、贵州提学使、资政院议员、山东提学使等。著名文学家、教育家和书法家。有为有守，立德立功立言，引领风气，表率群伦。学界称他"诚敬之心，宏通之识，素以天下为己任，古所谓大人天民；而仁爱之心，尚流露于文字间。门生才俊盈天下……发为文章，其书满家，又不肯与世俗所谓文学家、诗词家、书法家较长短，立异同，盖自有千秋，非一时一地之人也"[1]。著述有《虚斋诗稿》《虚斋文集》《虚斋词》等。其诗以理气见胜，精神饱满，艺术能与思想相称，更接近宋诗风格。尽管他无意与诗人较短长，一生不以文学自炫，而"诗古文辞，为清季滇中一大家"[2]。李端棻评价其诗有气骨、见真性、沉厚、雄举、"卓然成家"[3]。

陈荣昌是近代云南官方派赴日本考察的第一人。他东游的缘起，钱鸿逵《乙巳东游日记序》说："当危急存亡之秋而筹一策焉，兴实业以活我，讲实学以觉我，开辟我知识，钥启我锢蔽，鼓铸我精神，以引我于可忧可泣、可羡可慕、可喜可贺之域者，曰实地考察。吾师虚斋先生，滇硕望也，念吾滇危弱，幅员界两大（英法，它们分别占领缅甸、越南）间，岌岌如累卵，思所以补救之，又以应在东乡人之请，此东瀛之游所不容已也。"[4]光绪三十一年（1905），云贵总督丁振铎奏请朝廷同意，派在籍翰林院编修、云南高等学堂总教习陈荣昌，以学务视察员身份，和进士钱鸿逵赴日本考察，并带12名学生前往留学。他们3月从云南出发，6月东渡日本，在日本实际考察四个多月，10月返国。

陈荣昌把考察见闻写成《乙巳东游日记》，考察过程中所作诗编为《东游集》。回国后，《日记》就由云南官书局迅速刻印出版，"蓬瀛蚕

---

[1] 袁嘉谷：《清山东提学使小圃陈文贞公神道碑铭》，见方树梅《滇南碑传集》，云南民族出版社2003年版，第758页。

[2] 方树梅：《陈虚斋先生年谱》，见谢本书主编《清代云南稿本史料》（上），上海辞书出版社2011年版，第302页。

[3] 李端棻是著名教育家，官至礼部尚书，任云南学政时识拔陈荣昌。陈荣昌两任贵州学政，光绪三十二年（1906）第二次以提学使身份赴黔，此时李端棻因支持维新变法被罢黜家居。陈荣昌十分敬重老师，李端棻也继续勉励学生，高度评价其诗，对陈荣昌在黔所作诗亦予以点评。以上话语分别见李端棻对《虚斋诗稿》卷十一《后辅轩集》有关诗作的批点。

[4] 周文英：《乙巳东游日记点校》，云南美术出版社2007年版，第1页。

纸，化身千亿，流播乡里"[1]。另有东京云南同乡会的石印本，也是1905年（光绪三十一年，明治三十九年）印的。以庋藏晚清中国东游记著称的东京都立图书馆实藤文库收藏有这个版本。在众多晚清东游记中，《乙巳东游日记》较为详细，其中记述了不少陈荣昌与日本士人开展诗歌互动的情况，保留双方诗作，文学史料价值甚高。

陈荣昌在日本，和日本学者开展广泛交流，时有诗歌唱酬。曾任内阁总理大臣，时任早稻田大学校长的大隈重信与他讨论新旧学和立宪问题。明治维新中主导教育改革的田中不二麻吕（田中不二麿）子爵和著名教育家、宏文学院院长、东京高等师范学校（今筑波大学）校长嘉纳治五郎为他讲如何兴办教育。嘉纳岳丈竹添光鸿（号井井）是著名汉学家、诗人，著有《栈云峡雨诗草》《独抱楼诗文稿》《左氏会笺》等，与重野成斋、川田翁江、三岛中洲、中村敬宇并称明治"五文豪"[2]。他曾赴苏州春在堂拜谒俞樾，曲园称其人"东瀛仙客"，誉其诗"美不胜收"[3]，选入《东瀛诗选》。陈荣昌与他"笔谈"当时日本汉诗情况，作《嘉纳校长延请诸名人为予讲学累日，以诗谢之，并呈竹添先生，即以志别》（云南丛书本《虚斋诗稿》卷十《东游集》）二首："山斗声名学者宗，一时英俊远相从。群材树遍仙人岛，师表高于富士峰。正苦迷津无宝筏，忽闻觉路有金镛。百川更助波澜阔，海水泱泱荡我胸。""井井先生倚相俦，君为快婿自名流。不嗤狗曲分经席，更过鲭厨进酒筹。讲树正依江户月，归帆欲挂海门秋。他时若话东游迹，回望扶桑天尽头。"日本受中国文化影响极深，一般学者都懂汉文，有不少人研究汉学，会写汉诗，不会讲汉话的，就笔谈，所以交流并不困难。正如长冈护美给陈荣昌的赠诗所说"吾辈同文有夙缘"。日本学者敬重陈荣昌，向他出示著作请益。竹添请他为《左氏会笺》作序。长冈护美请他评点《云海诗钞》。他听讲时的速记员烟涯市平（荒浪坦）则以自己的《嶙峋集》和冷灰主人《檀栾集》相赠。语言学家高田忠周出示所著汉学著作十余

[1] 钱鸿逵：《乙巳东游日记序》，见《乙巳东游日记点校》，云南美术出版社2007年版，第1页。
[2] 高文汉：《日本近代汉文学》，宁夏人民出版社2005年版，第153页。
[3] 俞樾：《东瀛诗选》（下册），中华书局2016年版，第1125页。

卷，陈荣昌作诗题其画。他向文部省参事田所美治、东亚同文会干事和田纯、北海道师范学校校长安达常正、印刷局局长得能通昌、早稻田大学学生玉儿春三等赠诗。这些文化活动，增进了双方的了解和友谊。

陈荣昌能够顺利开展考察，广交东瀛名流，得益于长冈护美的协助。陈荣昌说长冈"为人和蔼可亲"[1]。他热情帮助陈荣昌，为他写十余封介绍信给文部省及有关单位，还替他联系聘请日本教习。长冈说："文部听讲及其他应考察者，均能为介绍。日本与大清为东亚唇齿之国，非协和不能存立，故诸君来考察者，必竭力为介绍，冀有可仿行者，归而仿行之。"陈荣昌"感激其盛意"，"记其语以为发愤之助"。[2]他还在和田纯陪同下参观炮兵工厂，"此厂尤禁纵览，长冈子爵为请陆军省认可，乃偕往观之"[3]。长冈还请他到家里做客。家中有一鱼池，长冈说："此池无名，君当为我名之。"池中鱼"长二尺许，自波心跃出者再"，陈荣昌于是取名"跃鲤池"，"纪所见也"[4]。这样命名可能还用了宋儒"鸢飞鱼跃"之意，体现"活泼泼"之精神。

光绪三十一年七月二十七日，陈荣昌在富士见轩宴请长冈护美、嘉纳治五郎、高田忠周、清朝驻日公使杨枢等。长冈即席赋诗为赠：

> 论交何必附忘年，吾辈同文有凤缘。每喜高轩来络绎，敢辞贱位费周旋？但惭下里巴人调，叩和阳春白雪篇。肝胆俱倾欣得友，济时今古待明贤。[5]

长冈说，因为两国"同文"的关系，他们之间早就有缘分。来日本的中国官员络绎不绝，并且中国人不嫌他地位低贱，都要来和他交往，他很

---

[1] 周文英：《乙巳东游日记点校》，云南美术出版社2007年版，第15页。
[2] 同上书，第36页。
[3] 同上书，第116页。
[4] 同上书，第60页。
[5] 此诗出于《乙巳东游日记》，第六句原文作"叩和阳春白云篇"，周立英出校记云："官书局本作'雪和阳春叩白篇'，《袁嘉谷文集》作'叩和阳春白雪篇'。"见《乙巳东游日记点校》，第43页。根据文意，"阳春白雪"与"下里巴人"相对，"白云"显为"白雪"之误，"雲"与"雪"形近致误。至于官书局本，明显是倒文。校勘当从《袁嘉谷文集》，此处据以改"云"为"雪"。

高兴。他贵为子爵、皇后之兄，称"贱位"自然是自谦之词。他说他的诗是下里巴人的俗调，而中国友人的和作是阳春白雪的高雅之篇，也显示出他的谦逊。最难得的是双方肝胆相照，他为得到这样的好友而欣喜。他还指出，从古至今，拯救时局要仰赖贤明之士，他把陈荣昌等人视为"明贤"。"敢辞贱位费周旋"说明他为帮助中国人考察尽心尽力，妥为安排。

陈荣昌酬和二首：

> 归卧昆湖漫十年，蓬瀛握手亦奇缘。岂关山水耽游玩，颇念乾坤待转旋。海上忽逢新旧雨，樽前同赋长短篇。春秋侨札交情重，定有今人抗古贤。

> 两国交通阅岁年，却从文字证因缘。三山游履知难遍，万里归帆忍遽旋？龟鉴照人多古谊，骊珠赠我有新篇。鲰生愧少琼琚报，再咏缁衣解好贤。

二诗的核心是表达中日两国密切的文化关系和两国人士之间深厚的友谊。"春秋侨札交情重"用公孙侨和吴季札之典。公孙侨即子产，春秋郑国执政，著名政治家。吴国季札出使郑国，见子产如旧相识，赠送缟带，子产则献纻衣。后世称为"侨札之好"，用以形容深厚的异邦友谊。"定有今人抗古贤"是说他们的友谊超过了"侨札之好"。《缁衣》为《诗经·郑风》之首篇，《礼记》说"于《缁衣》见好贤之至"。他把长冈的诗比为"骊珠"，是对"但惭下里巴人调"的回应。他还说自己是见识浅陋的边地之人，写不出好诗报答长冈，和作只是表达对长冈"好贤"之意的感谢。双方互相谦让，彬彬有礼。

"岂关山水耽游玩，颇念乾坤待转旋"则表达了他东游日本的目的，是希望借鉴日本，扭转国运。前几批赴日的云南学生，看到日本经过明治维新后，国家兴旺发达，社会日新月异，人民精神蓬蓬勃勃，与国内的破败萎靡形同天壤，他们深感现代教育的重要，于是请在日本任留学生监督的袁嘉谷起草信函，联名寄回国内，恳请云南地方要员赴日本实地考察学务，以"开辟我知识，钥启我固蔽，鼓铸我精神"。要学习日本进行维新，以振兴家乡，恢张国力。他们把云南官员到日本考察学习视为"云南革新的转机和希望"。陈荣昌这两句诗表达的正是此意涵。

长冈把自己的诗集《云海诗钞》赠送给陈荣昌，陈荣昌作《题长冈子爵〈云海诗集〉》回报：

> 长冈列爵东海东，余事乃作诗中雄。开篇首题大清国，使我忠爱填心胸。尚武精神遍朝野，文阵纵横收汗马。许燕大笔何淋漓，自古名臣尽风雅。中有谢公山水诗，魏阙遥寄江湖思。我向江湖思魏阙，愿瞻北极神飞驰。人生意气贵相感，喜君为我倾肝胆。九州岛国喜同文（自注：长冈赠诗云"吾辈同文有夙缘"），手把君诗歌不置。

陈荣昌称赞长冈在从政之余写诗，纵横于诗坛，成为诗中豪雄，是名臣中的风雅之士，他的诗气魄大，是"燕许大手笔"。他的山水诗写得好，他虽然身居高位，却有江湖之思，心胸超然。日本"尚武精神遍朝野"，长冈的诗中也有尚武精神。陈荣昌见到诗集开篇题了"大清国"字样，油然而生爱国之情，说长冈是在魏阙思江湖，而自己是在"江湖思魏阙"，遥望北面，神思飞到北京，意思就是在日本想念大清朝廷。他说，人生可贵的就是意气相投，长冈对他态度诚恳，肝胆相照，让他感动。他也为日本学者依然在学习、传播中国文化感到欣慰。

长冈护美嘱咐陈荣昌评定其诗歌，他认真"评读一过，有甚欣赏者"，于是在日记中手录了部分佳作。他特别赞赏《对梅绝句》："梅臞疏竹倚，我老瘦藤扶。究竟梅兼我，元来两个无"，以为"颇似禅偈，得之爵位中，非具慧根者不能也"[1]，于是在其后题写七绝一首：

> 先生前世是高僧，参到禅家最上乘。我与梅花皆幻象，拈来妙句几人能！

---

[1] 周文英：《乙巳东游日记点校》，云南美术出版社2007年版，第113页。

陈荣昌完成任务离开日本，又作诗《留别长冈子爵用前韵》：

> 东都车马日纷纷，云海诗名夙所闻。国步进于欧米化，家风传
> 此汉唐文。识荆为我增身价，说项逢人借齿芬。甫订石交便分手，
> 离怀翻妒雁成群。(《虚斋诗稿》卷十《东游集》)

诗中说他久仰长冈的诗名，与他相识使自己身价倍增，而长冈也到
处传扬陈荣昌的美名，遗憾的是刚结下"石交"不久就要离别，因而忌
妒鸿雁还能成群结队地飞。"石交"是交谊牢固的朋友，还有化敌为友
的意涵。典出《史记·苏秦列传》："此所谓弃仇雠而得石交者也。"《三
国志·蜀志·杨洪传》："石交之道，举雠以相益，割骨肉以相明，犹不
相谢也。"黄庭坚《和邢惇夫秋怀》之七："万里投谏书，石交化豺虎。"
这里无疑有甲午之战的背景。战争必然伤害两国感情，但"渡尽劫波兄
弟在，相逢一笑泯恩仇"，故中日文化人之间能够一见如故，结成"石
交"。"国步进于欧米化"赞扬日本经过维新变革取得长足进步，接近欧
美的水平。"家风传此汉唐文"说在日本逐步"欧美化"的情况下，长
冈依然坚守、传播中国文化。

长冈向他赠送水晶印章留念，他作《长冈子爵赠水晶印章诗以
谢之》：

> 阿戎三载附门墙，弟子员中姓氏香。从此通家成孔李，岂唯华
> 胄数金张？更叨一品元章石，绝胜千金陆贾装。归去袖中有东海，
> 名山深处好收藏。(《虚斋诗稿》卷十《东游集》)

"弟子员中姓氏香"有自注："舍侄诒恭毕业同文书院。"陈诒恭是陈荣
昌兄陈汝昌之子，先在宏文学院学习，后进早稻田大学。这首诗用了
许多典故，意在说明他和长冈的交谊很深。"通家成孔李"典出《世说
新语·言语》："孔文举年十岁，随父到洛。时李元礼有盛名，为司隶校
尉。诣门者，皆俊才清称及中表亲戚乃通。文举至门，谓吏曰：'我是李
府君亲。'既通，前坐。元礼问曰：'君与仆有何亲？'对曰：'昔先君仲

尼与君先人伯阳有师资之尊，是仆与君奕世为通好也.' 元礼及客莫不奇之。"孔融回答李膺的话，《后汉书》卷七十《孔融传》作"先君孔子与君先人李老君同德比义，而相师友，则融与君累世通家"。陈荣昌用这个典故，说明中日两国源远流长的交往和互相师友的关系，是比较贴切的。他把长冈赠送的水晶印比为米芾的奇石，远胜南越王赠送给陆贾的千金宝物，表示要好好珍藏。

九月初六日晚，陈荣昌在清朝驻日使馆举行宴会，答谢日本友人，他们合影留念，开怀畅饮，互相祝福。陈荣昌作诗《宴诸公于富士见轩》（《虚斋诗稿》卷十《东游集》），交待了他来日本的目的，是要验证中国知识界对日本的种种议论，他的考察增广了见闻，化解了疑惑，明确了方向，坚定了信心。他感谢日本友人顾念中日"同文"关系给他真挚的帮助，表达了离别和思念之情：

> 中原士论久纷纷，为向东瀛证所闻。愿我栖迟来异地，感君盹挚念同文。山多红叶秋今老，篱有黄花酒自分。富士轩中留玉照，他年相对慰离群。

这首诗仍然是步长冈诗韵。关于日本人的"盹挚"之情，他在另一个地方也作了表示。站在本国的立场，对外来人想了解的情况，特别是涉及军事机密，不会作彻底坦白的介绍，这是人之常情，但总的来看，他接触的日本人待他都是比较诚恳的。在长冈协助下，日本汉文教师和田纯引导他考察中央士官学校，并参观了炮兵工厂，这就令他意外，在《和田纯君导观中央幼年及士官诸校》中，他感叹说："利器示人交谊厚（自注：并观炮兵工厂），粗材如我感怀深。"

东瀛之行，陈荣昌和日本友人结下深厚友谊。甲午中日战争给中国造成重创，造成两国的矛盾，难免给双方人士的交往带来心理阴影和情感障碍，陈荣昌诗中也不时会出现甲午之战的背影。但也许是时间已经过去10年，也许是暂时的矛盾隔不断千年的"同文夙缘"，也许因为他们都是重情重义之士，所以日本人士对陈荣昌真诚相待，关心他，尊重他，帮助他，向他"倾肝胆""倾厥囊""示利器"，几乎无保留地介绍日本的经验和强国富民之道，双方关系融洽，其乐融融。陈荣昌则为日本人士的"盹挚"所感动，赞美他们的风度和友情。历来的唱酬诗，都难免有互相恭维的成分，但就陈荣昌和日本人士"笔谈"诗及他的日记记载的情况看，确实有许多实质性内容感人肺腑，因此，他们之间的友谊固然不乏外交礼貌，但也绝不是泛泛恭维。

三、袁嘉谷与长冈护美的唱酬：快慰平生未了缘

袁嘉谷（1872—1937），字树五，别字澍圃，晚号屏山居士，石屏人。入经正书院为高材生，为山长陈荣昌所重。光绪二十九年（1903）四月进士及第，七月参加经济特科考试，名列第一，授翰林院编修。他大魁天下，改写了"云南不出状元"的历史，"名高东海"，为家乡争光，尤为滇省官民所艳称。1908年，任学部编译图书局局长时，见法人伯希和从敦煌莫高窟带到北京的古文献，深知其价值连城，急电敦煌保护，防止了文物进一步流失。1909年任浙江提学使，积极兴办教育，建成西湖图书馆，收藏文澜阁本《四库全书》。不久兼任浙江布政使。辛亥革命后还滇，选为国会参议院议员。晚年先后任清史馆协修、东陆大学（今云南大学）教授、云南省图书馆副馆长、辑刻云南丛书处总纂等，一心一意著书讲学。诗文创作和诗歌评论均有独到之处。著有《卧雪堂诗集》《卧雪诗话》《滇绎》等，后人编为《袁嘉谷文集》（云南人民出版社2001年版）。

袁嘉谷1904年被清政府派往日本任留学生监督，老师陈荣昌考察日本，他陪同，与长冈护美也有唱酬。七月二十七日，陈荣昌宴请长冈护美等，袁嘉谷亦出席，长冈首唱后，袁嘉谷先和二首：[1]

乘风破浪两经年，快慰平生未了缘。尚拟瀛寰游汗漫，可应

---

[1] 袁嘉谷与长冈的唱和诗，《乙巳东游日记》记录二首，袁嘉谷编入其《东游集》时只录存第一首，第二首被弃，题目为《长冈护美招饮富士轩，即席赠诗云："论交何必附忘年……"长冈，日本藩爵，著有〈云海诗钞〉，雅人也，即席和之》。此据《乙巳东游日记》。又：袁说"长冈护美招饮富士轩"，则主人为长冈。陈荣昌日记载："二十七日，午后五钟，宴长冈子爵、嘉纳先生、高田博士、杨公使于富士见轩（《乙巳东游日记点校》，第42页）。"可见主人实为陈荣昌，长冈为宾。袁嘉谷记错了。

江户久盘旋。乡心迢递雪山梦，诗句赓歌云海篇。[1]中外一家记今日，莫将佳话让唐贤。

　　兰亭嘉会续唐贤，酒影花光咏一篇。廿世纪中迹聊赖，三神山上梦回旋。黑天鳌映添新句，红叶莺声忆旧缘。敬述师言一举酒，相逢何地又何年？

此二诗有几点值得注意，一是强调20世纪的此次"嘉会"赓续了兰亭修褉和唐代诗人与晁衡唱和的传统，续写了佳话。"莫将佳话让唐贤"自注："王维、晁监有唱和诗（《袁嘉谷文集》注为"座上谈王维晁监和诗事"）。""黑天鳌映添新句"自注："王维诗'鳌身映天黑'。"即他们的聚会酬唱可以媲美王维与晁衡（阿倍仲麻吕，曾任唐朝秘书监）的唱和，是中日文学交流的盛事。二是表现他们聚会酬唱之融洽欢快，称美长冈的情谊。"红叶莺声忆旧缘"自注："长冈曾招饮红叶楼。"诗人到日本已经两年，今次聚会，大家缘分不断，格外快慰。"尚拟瀛寰游汗漫，可应江户久盘旋"说他本想游遍日本，但东京（江户）有很多好友让他流连。三是表达"中外一家"的理念，回应长冈的"同文凤缘"。这里的"中外"实指中日。"三神山"即方壶、瀛洲、蓬莱三座海上仙山，代指日本。另外，陈荣昌《乙巳东游日记》说："时树五将归国，故诗中有留别意也。""敬述师言一举酒"中的"师"即陈荣昌，"师言"即"相逢何地又何年"，再次强化"嘉会"之珍贵。

　　袁嘉谷《卧雪诗话》卷一说："长冈护美诗为近日日人之杰，然与余同筵酬唱之作，不及所刻《云海诗集》也。"[2]言下颇有自负之意。长冈之作在其诗集中，可能不是最好的，但深情厚谊令人感动。

---

[1] 按：云南人民出版社2001年版《袁嘉谷文集》第二册第168页："诗句"为"诗迹"，费解，疑为印刷错误，当据《乙巳东游日记》校正。

[2] 张寅彭：《民国诗话丛编》（第二册），上海书店出版社2002年版。

四、钱良骏挽悼长冈护美：两国青年同一哭

钱良骏，字小帆，一字伯良。昆明人。父钱鸿逵光绪十五年（1889）进士，光绪乙巳（1905）与陈荣昌一同赴日本，任留日学生监督，病逝于东京。小帆在经正书院受业于陈荣昌。1902年官费赴日留学，是云南最早的留学生之一，先在宏文学院，后入法政大学。民国时期历官师宗、宜良县知事，蒙自道尹，河口督办，卒于河口。译有小川资源著《中华铁路小言》等。

钱良骏工诗，有诗集《伯良诗稿》，袁嘉谷主编《滇诗丛录》，收其诗300首。《卧雪诗话》卷二云："小帆能诗，吾素推之。龙池（昆明翠湖，代指经正书院）后劲，定推此人。"又说："小帆诗在日本时最佳（《滇诗丛录》卷九一）。"他在日本写的《望富士山》《东京九殿坡晚眺》《登爱宕山》《东京秋感八首》《大阪博览会纪三十首》等，有新材料新理致。

陈荣昌考察日本，钱良骏任翻译，参与了跟长冈有关的活动。明治三十九年（1906）四月八日，长冈护美去世。钱良骏闻讯后，作《挽日本诗人长冈云海子爵》（《滇诗丛录》卷九一），表达沉痛悼念之情：

> 天涯锦树报啼鹃，文采风流惜黯然。响绝人间坡老笔，春残江上米家船。东方车辅谁联袂？北海尊开忆别筵。两国青年同一哭，晚樱落尽墨堤烟。

> 交邻垂老重同文，美雨欧风始自君。国士联翩航弱水，挽歌悲悼送斜曛。龟趺草满青山路，鹤背笙吹碧海云。别后春灯曾几日？曙星孤雁不堪闻！

"天涯锦树"用杜甫《锦树行》"霜凋碧树待锦树，万壑东逝无停留"及"自古圣贤多薄命"诗意，感叹长冈之永逝。"鹤背笙吹"用王子乔骑鹤吹笙成仙故事，喻指长冈魂归道山。诗的内容，有三个方面值得注意，一是赞扬长冈护美文采风流。把他的诗比为"坡老笔"，是极高的评

价。"春残江上米家船"（黄庭坚《戏赠米元章》："沧江尽夜虹贯月，定是米家书画舡。"任渊注："崇宁间，元章为江淮发运，揭牌于行舸之上曰'米家书画舡'。"），赞美长冈在书画方面也很有成就。二是肯定长冈在中日教育文化交流方面的贡献。"东方车辅谁联袂"述长冈中日唇齿相依理念，典出《左传·僖公五年》："辅车相依，唇亡齿寒。""交邻垂老重同文，美雨欧风始自君"说在欧风美雨侵袭的情况下，长冈从中日"同文同种"历史渊源出发，最早倡导两国结为善邻，共谋东亚振兴。指出他连结两国的作用，"国士联翩航弱水"，意为到日本的中国学人都得到过他的帮助，他去世后，这个纽带就断了（"谁联袂"），因此"挽歌悲悼送斜曛""两国青年同一哭"。这也证明长冈的感召力。三是回忆与长冈的交谊。"北海尊开忆别筵""别后春灯曾几日"写出他们交往颇深。具体交往情况，由于资料阙如，已难考知。伤痛之情，极为真挚浓郁。情景交融，意境深邃。

余论

文化交流是"了解世人在与我们最有关的一切问题上所曾有过的最好思想和言论"[1]的有效手段，是化解隔阂、偏见、仇视，从而实现心灵契合的重要力量。中日之间，长期交织着家国恩怨。在某些问题上，两国各有自己的立场和诉求，难求一致。但作为一衣带水的邻邦，珍惜"同文夙缘"，维护两国的传统友谊，结成"善邻"，"协和"共进，应该是双赢的选项。陈荣昌、袁嘉谷等云南诗人与长冈护美的交游和诗歌唱酬，就有这样的祈愿。这是值得珍视的"善念"和诗歌遗产。当代中日学人应该赓续这种传统。陈荣昌题高田忠周《芝兰》诗说："佳友结兰芝，千秋播芳郁。"中日能结为芝兰佳友，千秋播散浓郁芳香，无疑是两国之福、亚洲之福。

云南地处边徼，历史上少有与海外交往的机缘。近代陈荣昌等与东瀛名士发生交集，进行诗歌唱酬，意味着边地诗歌进入国际领域，是

[1]［英］马修·阿诺德：《文化与无政府主义——政治与社会批评》，转引自郑师渠主编《中国文化通史》，北京师范大学出版社2009年版，第2页。

云南诗歌史上的重要事件。这从一个侧面反映了现代化进程中国融入世界的趋向和带来的益处。它带来诗人跨国交往，带来眼界、心胸的展拓，思想观念的新变，自然会给旧体诗造成刺激而孕育出新的思想元素，呈现现代性意涵。这是观察近现代旧体诗词应该注意之点。

诗词唱酬是一种富于趣味性和挑战性的写作方式，也是诗人间高雅的交际手段。自中唐元稹、白居易开创"次韵唱酬"方式以降，历代诗人趋之若鹜，并辐射朝鲜、日本、越南，形成东亚共同的文学景观和诗歌传统。[1] 近现代，中日学人之间的诗词唱酬曾经相当普遍，通过唱酬分享彼此的思想，加深了友谊，善莫大焉。遗憾的是，随着旧体诗词的式微，善写旧体诗词的学人减少，这种传统在当代似有中断之虞。

自古今文学演变的视角观之，诗的某些元素会与时俱进，发生改变，如思想内容、语言修辞；有些则一脉相承，保持其稳定性。诗词唱酬经久不衰，跨越国界，证明其有独到魅力，有相当的稳定性。其魅力和奥秘在于，一是将个人行为转化为两人之间的行为乃至群体行为，在往复互动中使写作的趣味被充分激发并共同分享；二是使日常生活雅化和诗化，提升生活品位和质量；三是促进诗艺的切磋砥砺，在善意的竞胜斗巧中，提高写作水平。因此，唱酬能使诗词功能更好实现，增强诗词写作的活力，旧体诗词要继续存在和发展，唱酬是一种应该继承、弘扬的写作方式。

【作者简介】云南中国文化学院副院长、教授；云南民族大学硕士生导师。

---

[1] 参阅陈友康《中日文学交流中的诗词唱酬问题》，载《学术探索》2009年第5期。又见刘怀荣、孙丽选编《日本汉诗研究论文选》，中国社会科学出版社2017年版。

日本汉学家长尾雨山的诗论与诗作
——以青壮年时期为中心

柴田清继

【摘　要】　长尾雨山是日本明治至昭和前期颇具代表性的书画家和汉诗文作家，同时也是一位以中国旧式文人为模范而生活的学者，他对于诗学有着较为深湛的研究；他在青壮年时期不仅写了很多诗，而且著有两种诗论。本文从诗论和作品两方面考察长尾雨山青壮年时期的文学成就和特色。

【关键词】　长尾雨山　《支那古代の诗变を论ず》《诗想》"咏怀"诗副岛苍海

　　长尾雨山是明治（1868—1912）、大正（1912—1926）、昭和前期（1926—1945）颇具代表性的书画家、汉诗文作家，可惜他的著作只有一部单行本刊行，其他发表在各种报刊和文集中的大量诗歌和文章尚未结集出版。笔者从两年前开始搜集雨山的汉诗文作品和他的日文著作，到目前为止，已经辑到一定数量的诗篇和文章。

　　他在青壮年时期用日文撰写了中国古代诗歌评论《支那古代の诗变を论ず》和他自己的诗歌理想论《诗想》。与此同时，他还创作了一定数量的汉诗。本文从论说和作品两方面考察长尾雨山青壮年时期的文学特色。

一、长尾雨山的生平

　　长尾雨山（1864—1942），名甲，字子生，通称槙太郎，雨山其号。京都大学中文系教授吉川幸次郎（1904—1980）曾经将雨山评为"无论在治学方法或从事艺术的方法上，都相通于同时代的中国人，而从相通的观点上参与同时代中国的学问、艺术活动的人物"[1]之一。换言之，雨山是日本以前所存在的以中国旧式文人为模范而生活的人。

他的生平大略如下：1864年出生于高松（现香川县城）。少年时雨山受片山冲堂（1816—1888）的指导，雨山当时的同学黑木钦堂和牧野谦次郎，后来分别成为东京帝国大学和早稻田大学的教授。之后入京，就学于1884年开办的东京大学古典讲习科第一回生汉书课。1888年毕业，先后在东京的学习院、文部省专门学务局工作，自1889年起兼任东京美术学校教授。1891年，后来被称为"20世纪中国旧诗坛骁将"[2]的郑孝胥（1860—1938）东渡担任驻日公使馆书记官，雨山与其交往，诗篇受到了郑的称扬。1897年秋，雨山赴熊本就任第五高等学校教授。两年后，他回到东京，任东京师范学校教授，兼任东京帝国大学文科讲师。1902年因教科书贪污案[3]辞职，来到中国上海，就职于商务印书馆，主要从事编辑和编译中国教科书的工作。在上海期间，他与吴昌硕（1844—1927）等许多中国文人交游。1914年底，雨山回国，开始在京都生活。从此以后，他除了担任书法会、诗社、绘画组织等的相关职务外，不再担任一切公务，过起了以诗书为业的生活。他尊敬苏轼，是明治以后最有"东坡癖"的人之一[4]，从1916年到1937年，他和一批同好在苏轼诞生的阴历12月19日前后召开了五次"寿苏会"，还刊行了诗文集《寿苏集》。第一次寿苏会，当时在京都的罗振玉和王国维都参加了，吴昌硕也从上海寄给了贺诗。

二、长尾雨山青壮年时期的诗论

（一）《古代诗变》

---

[1] 长尾雨山：《中国书画话》（筑摩书房1965年版）末尾所附吉川幸次郎著"解说"。

[2] 长尾雨山：《中国书画话》（筑摩书房1965年版）末尾所附吉川幸次郎著"解说"，第361页。

[3] "教科书贪污案"：当时担任东京高等师范学校教官兼图书审查官的雨山，受了1902年围绕小学教科书发生的出版社和教育工作者之间的贪污案连累。文部省命令他停职，法院判处"监禁两个月，罚款七圆，追征金三百圆"。他对判决不服，提出上诉，可是被驳回，判为有罪。据樽本照雄《清末小说闲谈》（法律文化社1983年版）《金港堂、商务印书馆、绣像小说》。

[4] 杉村邦彦：《长尾雨山とその交友第一回》，载《墨》1995年第116号。

《支那古代の诗变を论ず》最初题为《古今诗变》，连载在《支那学》杂志上。《支那学》创刊于1894年4月，一直发行到1895年8月，共16号。出版《支那学》的汉文书院将其"发行主旨"发表在第1号上：

> 《支那学》发行主旨在于将支那学术分为经学、子学、史学、文学及漫录而明其源流。

接着汉文书院将各个部门的细目列举出来，其中"文学"的细目如下：

> 文学乃分为文学史、诗学史、文章学、诗学、本邦汉文沿革史、戏曲史、小说史等，明其学说沿革。

雨山的《古今诗变》作为"文学"中的一篇，首先刊登于第5号，除第14号未载外一直连载到末期，共11次。总页数达169页，在该杂志的经、子、史、文4个部门总共16篇文章中篇幅最多（大野云潭著《宋学》次之，达130页）。

雨山就职第五高等学校教授后，将《古今诗变》改称为《支那古代の诗变を论ず》（以下略称《古代诗变》），连载在该校的校友会杂志《龙南会杂志》上。其连载期次为1897年12月（第62号）至1898年12月（第69号）。

虽然《古今诗变》和《古代诗变》在内容上几乎相同，但若推想作者的心思，则后发表的当作"定本"。不过，这里有一个小小的麻烦：就是后者错字不少。幸而我们可以核对两者，解决此问题，所以本稿所使用的文本仍以《古代诗变》为主。

接下来笔者就《古代诗变》的内容作一些介绍和分析。当文中引用日文原文时，就直接将其译成中文。因为此文的文体是我国所谓的"汉文训读体"（汉文直译体），所以复原成文言文比较容易。汉文训读体的文章，在20世纪之前并不罕见，但雨山的文章修辞性超过别人，有时甚至略显晦涩。这一方面是他学识渊博的缘故，另一方面也是他自我

炫耀所致。据笔者所见，目前唯一简单评论过《古代诗变》的是三浦叶
（1911—2002，汉学研究家，曾经当过牧野谦次郎的助手），他评述道：

> （《古代诗变》）出自精通汉文者之手，笔力老练，用语精确，
> 辞藻华丽，真是令人感叹久之……确实是一篇无论在内容上或在文
> 辞上都很出色的名文。[1]

不过，在我看来，雨山在修辞上有时下的工夫过度，使人仿佛陷入五里
云雾，难以确解。后文将在必要处指出此点。

首先，笔者介绍一下"叙说"：

> 夫论诗变，虽固不俟言应当攻究之要点在于细论其体裁、工
> 夫、系统之类，然而文学往往乃随世上风潮而波流者也，亦有时却
> 先世势诱导之者也。总之以文学与时世不可乖离，故欲论文学之推
> 移，又势必不可不论及世势现况矣。

接着雨山提示各章的题目如下：

> 叙说
> 第一章　上世　　原诗
> 第二章　周　　　第一变
> 第三章　汉　　　第二变

《古今诗变》的文本还有第四章的题目《魏晋南北朝　第三变》，对此有
如下说明：

> 自唐以后，虽诗风随代有变化，究竟不过小异同。而有诗余

---

[1] 三浦叶：《长尾雨山先生の〈支那古代の诗变を论ず〉を读んで》，载《书论》
1998年第30号。

（即词）起矣。自是以下我于第二编详述之。

然而到了《古代诗变》，他不再提示第四章的题目了，对此说明的文字
也改为：

> 自魏至六朝，虽诗风随代有变化，究竟不过大同小异。而自
> 唐以后又一变矣。今姑且论述汉以前之诗风，自魏以下则更待他日
> 述之。

这至少说明雨山对魏代以后的诗风进行论述的热情有些下降，虽然其原
因尚不得而知。

在《古代诗变》的第一章开头，雨山引用了《沧浪诗话·诗体篇》
中的一段文字：

> 严沧浪曰："风雅颂既亡，一变而为离骚，再变而为西汉五言，
> 三变而为歌行杂体，四变而为沈宋律诗。五言起于李陵苏武或云枚
> 乘，七言起于汉武柏梁，四言起于汉楚王傅韦孟，六言起于汉司农
> 谷永，三言起于晋夏侯湛，九言起于高贵乡公。"

然后他对此提出怀疑："是论诗之起源因革者也。此论是否可据信耶？"
而宣告他要通过"其所见之书"及其他资料来讨论严沧浪的此种观点。

因为雨山最关心的是文学与时世的相互作用，因而自伏羲氏以下，
对每个时代的论述成为文章的主体部分，而他对五言、七言等诗形的关
心则处于次要地位。但是在进入主体之前，他说明了对诗形的基本看法：

> 上世之诗只不过是随志所之永言之而已，非如后世事先羁拘法
> 格者也。故永言歌谣之，任它调子谐，放歌而已。是以伴随调子之
> 疾徐缓急而发生句之长短卷舒也。适于五字则成为五字，适于七字
> 则成为七字，任其方便，毫无拘束；后人依其所创始之新样，步趋
> 之，而发生各言各种之体矣。

雨山在第一章，对伏羲氏、神农氏、黄帝、少昊、唐尧、虞舜、夏后氏和殷等各个时代的诗歌，举出了许多资料和作品名称，参考以诗话为主的文学评论的观点来进行讨论。而在章末他将自黄唐至殷的诗歌定名为"原诗"（下文亦作"源诗"），然后说道：

> 以吾所论者而言，自黄唐以下至殷末时期之诗，可确然信据者其仅止两三篇乎。实则可谓中国数千年之文学至周，始完全就其端绪矣。虞世之皋陶赓歌非不美，夏世之五子之歌非不美。其至此，必不无源泉。源泉远在黄唐矣，黄唐之源泉远在黄唐以前，非吾人研究所能及。吾人应遵守研究上着实之顺序，不可不止于见闻所及、想象所及。

第二章开头的一段文章明确体现了雨山对诗变的思维方式的核心：

> 秦汉以来三千年之天地到底何所为哉？唯是绍述周一代文物而已……姬周一代实乃中国文学之渊源，上承虞、夏之文，下贻百世之范。文学上千秋之首功，不可不推周。而开成周之文华者，又不可不归之于周公之功……故苟欲言中国之文学，决不可忘周公……如周以前之诗，诚然有一部分郁郁乎文者；然而总而言之，中国诗歌至周大成……是所以以周以前为源诗，以周诗置于诗变之首也。

围绕着这一系列问题，雨山的思维方式显然来源于他对以周公和经典等为中心的传统儒教文化的尊重心理。此种心理继续表现在紧接上文的如下一段：

> 《诗谱·序》曰："诗之兴也，谅不于上皇之世。大庭轩辕，逮于高辛，其时有亡，载籍亦蔑云焉。《虞书》曰：诗言志，歌永言。声依永，律和声。然则诗之道，昉于此乎？"此唯阙可疑，慎言其余耳。以《虞书》始见"诗"字故云"诗昉于虞世"，乃是迂愚之

论耳，未足以称为阐发诗之原始矣……然而此二句（指"诗言志，歌永言"）亦实概括而论定千古之诗旨，使人不得出此范围之外者也。夏、殷二代虽有许多篇什，而其所为法则者唯依准此简单之二句耳。至周，周公始剖析而区别之，立六诗之目：所谓风、赋、比、兴、雅、颂，是也。此六义实乃设轨范于千古之诗者，虽为何代何种之诗，无不居此六义之一也。夫《虞书》之二句乃草创之语耳。可谓至周公，诗律稍为变细矣。周代之于文学上大有进步完备，于诗一道上如此精细者，可称为空前之盛观矣。立六诗之义者周公也。周公之学问文章如何精深渊博，盖使人想象而有余矣。周之兴，非仅由武王之克伐剪商而成就八百年之大功业；未尝不由硕学鸿儒兼有才之美之周公能补翼之。

由此可见他对周公怀有很深的崇拜心理。

雨山认为在周初的诗歌中最可靠的，不用说是收在《诗经》（《葩经》）的作品。其云：

> 欲观周初之诗，措之（指收在《诗经》的作品），不可得更确者。后之论诗者，或以《葩经》列于经籍中故惮不说之；然而除外《葩经》而索求周诗，乃是不上岷冈而求玉[1]之类耳。故予当论诗变，则固不遑以《葩经》之为经籍故避之，而欲援引之以证窍[2]当时诗章之进步至此也。

然后接着叙述道：

> 盖自文武创业，成康之世过后，其道寖衰矣。虽至十一世宣王，兴复文武之业，而幽王之无道，亦自不能继绍其业。自平王东迁后，周道复不振，诸侯强大，政由方伯矣。自是之后称为春

---

[1]"不上岷冈而求玉"似是一种典故，但来源不详。
[2]原文"窍"，似为"实"之讹。

秋……文学亦随世势隆替而进退，是自然之势……然则周之诗于春秋以后，其安不得一变乎？

对雨山在此提到的"一变"，我们大概可以理解为介于周初第一变和汉初第二变中间的较小的变化。

雨山在第二章还提到"诗之体"，其云：

> 盖诗之体，虽在周秦未至于大备，而后代诸体之滥觞既于此时代已发源也。元稹于《乐府·自序》所云"诗迄于周，离骚迄于楚。是后诗之流为二十四。名赋、颂、铭、赞、文、诔、箴、诗、行、咏、吟、题、怨、叹、章、篇、操、引、谣、歌、曲、词、调，皆诗人六义之余"之诸体，虽无其名，早已有其义也。苟欲汲诗赋之余流，如不先溯其源，以明其由来，其何以得论诗哉！如不究其源，徒欲争泾渭于末流，则末也。

此一论述可以视为雨山对第一章开头《沧浪诗话·诗体篇》各种诗体起源说的批判。

接下来在论述汉代之第二变的第三章开头，雨山认为：

> 迨于炎汉之文学大起，致煊赫炽盛，岂必尽拾前代余尘哉？汉以后之风气明显具一种特色，截然呈一代文献。以前朝之声气至此显示一大变象，故自非昧者，必也当不难于识其区别。《关雎》《麟趾》之化实乃姬朝八百年王迹所本；《大风歌》则气象雄大，可谓稀罕前古矣。前者将以文德导天下迁向时雍缉熙之化，后者则将以武威风靡海内于鞍马之间。其规模经略之不同，即一代风气所关系也……论者（指南宋·葛立方《韵语阳秋》）云："高祖《大风歌》虽止二十三字，而志气慷慨、规模宏远，凛凛乎已有四百年基业之气矣"，洵然，洵然，对此评谁复有异言乎！

在上文我们已经确认了雨山对周公怀有很深的尊崇之情，到此雨山亦极力赞赏汉高祖的作品。通过对汉高祖具体作品的评价，他的赞美越来越热烈：

> 高帝之诗有《鸿鹄歌》者……见其气象亦不可羁縻拘牵。视之武帝之《秋风辞》《瓠子歌》，则光焰之昌大非同日之论也。

接着雨山引用了汉武帝的《秋风辞》和《瓠子歌》中的诗句，在对二者进行比较之后，他论道：

> 其气象，与高帝比之，究竟如何？《文中子》云："《大风》，安不忘危，其霸心之存乎。《秋风》，乐极悲来，其悔心之萌乎。"可谓片言得以洞照高帝、武帝肺肝而无遁形矣。《丹阳集》谓"武帝《秋风辞》《瓠子歌》，已无足道。及为赋以伤悼李夫人，反覆数百言，绸缪眷恋于一女子，其视高祖，岂不愧哉"，如从帝者之道而论之，则武帝何辞以辨之哉！

最值得注意的是雨山先从谢榛的《诗家直说》中引出一段文章，然后对"辞"与"气"之间的关系表示自己看法的部分。《诗家直说》云：

> "秋风起兮白云飞"，出自"大风起兮云飞扬"；"兰有秀兮菊有芳，怀佳人兮不能忘"，出自"沅有芷兮澧有兰，思公子兮未敢言"。汉武读书，故有沿袭；汉高不读书，多出己意。

雨山云：

> 夫沿袭，是以辞胜气；多出己意，是以气胜辞。辞胜气者，虽有瑰伟闳丽之文，亦缺雄浑苍劲之力，其弊至于支离陵裂不完实。后世以摘章掇句补衲堆砌为词章之能事毕之徒必须猛醒也。气胜辞者，虽富于雄浑苍劲之力，然而乏于瑰伟闳丽之文，其极至于生硬粗笨而无润饰。此亦足以劝戒后世无学不文而欲轻率藉口发挥性灵

以掩其丑之辈也。(中略)而不当以辞先气,当以气率辞耳。可谓
当作诗,若得高帝二歌(指《大风歌》和《鸿鹄歌》),则亦足矣。

虽然雨山对汉武帝持有非常严厉的态度,甚至有"武帝半生之功业,可
惜哉,《李夫人歌》之十五字抹却之矣"等评语,可是另一方面却认为
他"所垂于文学上之事迹……不一而足",对成于他统治时期的柏梁诗
则评为"联句之权舆"。

雨山并不是全面肯定汉代文学的。举一个例子,他对王褒、杨雄、
枚乘、司马相如之徒指出"虽迭竞秀爽,皆亦齐其轨辙、骋文辞、乏气
力,徒以浮靡淫巧争雄于词翰;乍见如郁郁彬彬,极其昌盛,实乃早已
胚胎汉代文弱之弊"。但总的来说,他对汉初的文学予以高度评价:

> 汉初文物伴随创业余势而郁兴,多有莽苍宏远之气象,不见
> 绮靡柔情之习气。是兴国之章所以与衰世之言异,亦是天下元气所
> 关;故不啻高帝、武帝之诗,朝野咏吟亦均有敦厚忠雅之意,而无
> 轻儇浮佻之迹。

在末尾,雨山在提及"汉诗中,得诗之妙用而为后世仰望"《古诗十九
首》后,最后论述道:

> 虽关于汉代诗歌应当说述之事项尚未罄尽,盖其概要亦不过如
> 此。而紧接武魏朝诸俊,以鸣一代之盛。然而《谈艺录》所云"魏
> 诗,门户也;汉诗,堂奥也。入户升堂,固其机也"者,非徒言。

按照此一引文来说,我们可以说雨山认为汉诗比魏诗更深奥,对汉诗给
予相当高的地位。

(二)《诗想》

雨山对自汉代以后的诗歌予以相当高的评价,虽然此种评价难免会
掺进他个人的好恶,但我们仍应将其作为一位文学家的"诗歌理想论"
予以尊重。关于这一点,还有一份资料需要介绍一下。那就是他在《龙

南会杂志》第61号（1897年12月7日）发表的题为《诗想》的论说文（仅有3页）。

这篇文章开头就提到《论语·雍也篇》所见的"文质论"。依作者而言，质为实、文为华，只有华、实兼备，人事才完成。偏于质、偏于文，都不行；只有以礼调和质与文，才能实现彬彬之美。因为人性本善，所以看到忠孝敦厚的行为，就喜欢；一喜欢就涵养，进而不能不寻找抒发自己感情的途径。抒发的途径不少，以诗为手段抒发感情也是其一。

依作者而言，诗有古今两种：

> 诗云，诗云，岂吟弄风月流连光景之谓哉？予所谓之诗者，与之异也。予所谓之诗者，古之诗也，非今所谓诗也。然则诗有古今之二道乎？曰：有。古之诗，陶铸人之性情；今之诗则流于文墨游戏……今之诗不至于荡荒乱坏者几何也？是今之诗所以与古之诗异也。其所由何也？其性情随时俗而流于污下鄙俗也。故予所谓当作目标之诗乃古之诗也，非今之诗也。能立志于古之诗而陶铸性情，则可得以涵养忠孝敦厚之美性；学古之诗而作为之，则可得以发挥温优和雅之至情。

在《古代诗变》中，我们看到了雨山对周公及其"六诗"说的崇拜、尊重。《诗想》则明显是依据《论语》《尚书》《毛诗序》等儒家经典的词句及思想来立论的。那么这种来源于儒家思想的诗歌观与《古代诗变》后半部分对汉代诗歌的高度评价，对这两种侧面之间的关系，我们应该怎样看待？关于这一点，我们应该进一步考察"陶铸人之性情"的含义。

乍一看来，"陶铸性情"这个词语带有儒家礼乐思想那样的气氛，但关于此语，我们很容易联想到钟嵘在《诗品·上品》中批评阮籍作品时用的"陶性灵"的言说。众所周知，阮籍的形象并不是礼乐教育的典范，因而对"陶铸性情"的含义，我们应该进一步扩大思考。这个词语似乎含有"表达出真心来，动人心弦"，或"通过打动对方的心魂，陶冶情操"这种意思。这样看来，依雨山而言，代表汉代诗歌之一的汉高祖的作品是"多出己意……是以气胜辞……富于雄浑苍劲之力"的，因此值得积极地肯定。

三、长尾雨山青壮年时期的诗作

在青壮年时期，雨山自己也写作了好几十首汉诗。那么雨山留下的汉诗作品都有些什么？其风格如何？他的诗歌理想是否在他的作品中实现了呢？

笔者至今搜集的作品已达到一定数量，但在此有必要说明一下雨山遗族转让给京都国立博物馆的"长尾雨山关系资料"。

对这批资料，以该博物馆主任研究员吴孟晋先生为研究代表者的科研小组从2015年到2017年期间进行了研究，2018年发行了一部研究报告[1]。吴先生在这份报告中说：这批资料除了书信、文具、书籍、照片、文件以外，还包括超过一千件的诗文草稿；而这些草稿中除了题为《何远楼底稿》《石隐室题跋》等的诗文或题跋草稿以外，还夹杂了纪念碑碑文、画集序文、书画签署等各种零叶。这份报告占主要部分的是吴先生编成的"目录"（共174页），其中对研究雨山诗歌的我们来说，最紧要的是被称为"E草稿"的部分中的"草稿（ホ）'先君遗墨'（诗稿册）箱14"。诗稿包括1891年至1937年的作品，被整理成22册。第一册（《何远楼底稿　辛卯至己亥》）、第二册（《何远楼底稿　庚子至癸卯》）分别收录1891年至1899年9年的作品、1900年至1903年4年的作品，自此以下大致1册收录1年的作品。被编录在"草稿（ホ）'先君遗墨'（诗稿册）箱14"中的诗篇大约有870篇，除此之外，还存在根据题目可以拟定为诗歌的相当数量的作品。其数目达到数百篇（应有一部分重复）。

既然"长尾雨山关系资料"包含如此多的诗歌作品，那么在此之外讨论雨山的诗歌似乎没有价值。就中，最遗憾的是笔者至今搜集到

---

[1] 吴孟晋编，平成二十七至二十九年度科学研究费助成事业，若手研究（B）研究成果报告书（课题番号15K16655）：《长尾雨山の中国书画受容に关する基础的研究》（独立行政法人国立文化财机构、京都国立博物馆，2018年3月）。

的雨山在沪时期的作品寥寥无几，当时的作品几乎都集中在诗稿第3、4、5册中。但据吴先生透露，公开资料还需要一段时间。所以笔者想暂且以自己搜集的作品为资料，在此范围内，关于雨山诗作的特色与评价进行介绍。希望拙稿能在正式启动研究之前起到一点抛砖引玉的作用。

依笔者的估计，雨山的诗歌作品，按照他咏出的思想感情，除了在沪时期，可以分成三个时期：一、在高松生长的少年时期；二、上京后，经熊本，赴沪以前的青壮年时期；三、归国后在京都生活的中老年时期。更进一步说，第二期是他的特色最为显著的时期；到了第三期，他作品中的思想感情，与别的诗人比起来，也并不算独特的（当然在此时期，他达到的高度的诗文力量又是另一个问题）。

下面笔者主要是对第一、第二两个时期的作品进行介绍，同时还举出别人对作品的评语以及所有有益于客观观察雨山文学特色和水平的资料。

作为第一时期的作品，笔者至今见到4篇，均载在雨山的老师片山冲堂担任选评的《屋山旭影》。在此举出该杂志第27号（1883年4月30日）所载的作品：

桃　源　春　晓

　　仙源穷处洞门通，万树夭桃带露红。赖有催租人未到，梦酣花影鸟声中。

这是雨山19岁时的作品，大概是应题习作。

关于第二时期，笔者首先想举出在东大读书时的作品。可以拟定在东大时的作品共有4篇，其中最有特色的是《古今诗文详解》第217集（1886年12月5日）所载下列作品：

秋　夜　有　感

　　回首家山千里程，西风落木旅魂惊。三秋客思多归思，四壁虫声似雨声。诗自穷时渐得趣，愁于深处似无情。萧条独夜眠难就，照枕寒灯灭复明。

思乡之念是他在此时期常常咏出的诗情之一。秋季也是他好咏的季节。另外，他在颈联用了一种显而易见的技巧。

在东大时的其他3篇为：将司马光"破瓮"故事和新旧两法之争结合起来的机智之作《温公破甕图》（七绝）、模拟张继《枫桥夜泊》的《秋江夜泊》（七绝）及《镰仓道中》[1]。另外，载于1889年1月29日《朝野新闻》的题作《圆觉寺》[2]（五律），可能也是他去镰仓旅游时的作品。

可以拟定东大毕业后的作品依次为：以"避俗竹深处"起头的《杂诗二首之一》（五绝，《朝野新闻》1889年8月16日）、赴利根川旅游时咏的《刀江行》（七言十二句，《东洋学会杂志》第3编第10号文苑，同年10月28日）、游历古战场关原时咏的《关原怀古》（七绝，《しがらみ草纸》第5号，1890年），另外还有《清明》（七绝）、《春兴》（七律）、《题梅花》（七绝，《しがらみ草纸》第7号，1890年4月25日）。三首七律《追忆旧游有感》（《しがらみ草纸》第12号，1890年9月25日）是回顾利根川之游咏的，其第三首如下：

> 三过刀水咏长流，满目苍茫关八州。鹊影扫霜横大野，涛声卷月撼危楼。江山仍倚孤筇客，身世还添数首秋。千里计成天地窄，更宜何处试豪游。

明治初期以来有不少日本汉诗文作者希望同具有诗文素养的中国外交官或文人交往。雨山也不例外。1891年6月，郑孝胥作为驻日使馆随员来到东京，同年12月12日，雨山初次拜访郑孝胥。郑孝胥日记里有以下记载：

---

[1] 分别收录在《古今诗文详解》第192集（1886年3月25日）、第218集（同年12月15日）、第243集（1887年8月25日）。《镰仓道中》亦见于《东京新报》1889年1月17日。

[2] 圆觉寺，位于镰仓市。

　　日人长尾桢太郎来谒，袖海[1]为之介。其人号雨山，状颇寒素，以《咏怀》五诗为贽。与笔谈，词甚畅达，可比水野贯龙，过于西岛[2]也。又连出数诗，皆质美而无教。《咏怀》诗有曰……又曰……笔意俱好，可以造就，谈加午乃去。[3]

两年半后的1893年6月2日，《咏怀》登载在《东京日日新闻》文苑栏。全诗如下：

咏　　怀

　　秋天何寥廓，上有玄鹤翔。清唳落九皋，余韵散八荒。燕雀亦何意，飞鸣上枯杨。詹詹彼小言，安得大雅扬。我独瘝瘝言，涕下沾衣裳。

　　怀彼南方美，明发上崇楼。我欲往从之，褰衣聊夷犹。鸣雁自远到，烟树瞖道周。伊余怅有戚，万里倚素秋。相思不相见，寥天一悠悠。

　　野鹤何昂昂，难伍鸡群中。吞舟下栖河，枳棘鸾凤空。昏旦槽枥食，焉饱十里骢。燕台市朽骨，知己欲何逢。浩浩丈夫志，莫与群小同。

　　饭箩驱躯急，平生寡夏豫。兀傲不合世，俗子谓吾倨。揭来有尚友，聊可祛烦虑。枉屈匪我志，忽忽日月除。幽人美贞吉，世道贵阔步。

　　圣人死既久，大盗曷不止。老聃治术疏，无为为天理。金气入秋肃，猛雕盘空至。狡兔为所慑，天地悲风起。蚩蚩彼群小，屑屑唯事利。以是孟轲氏，发口说仁义。

---

[1] 袖海是当时担任兴亚会、东京帝国大学等汉语教师的张滋昉（1839—1900）的字。

[2] 水野贯龙，僧侣，著有《教林一枝》《净土教会众日用行法略记》（均刊于1890年）。西岛，名醇，字子粹，号梅所，卒于1935年，享年75岁，是通儒西岛兰溪的孙子，当时任职海军省。

[3] 劳祖德整理：《郑孝胥日记》，中华书局1993年版，第255—256页。

世上唯利是事的小人专横跋扈，"我"有吞舟之鱼或鸾凤的自尊心，所以不能妥协，便这样过着隐士的生活。俗子把"我"评为倨傲，不过"我"不想屈己寻求知己。只要同古人打交道，可以消除烦虑……

在该报上，作品后面附有秋樵和槐南的评语。秋樵是当时驻日使馆参赞吕增祥（？—1901）的字。吕评大概是应了雨山要求的。菊如澹人是当时主持该报文苑栏的森槐南（1863—1911）。这里只举出后者：

> 菊如澹人曰：音古味旨，骨气俱高，于嵇仲散、阮嗣宗间，别成一家，是陈伯玉之所欲力抚者。

在此顺便提及，雨山将与郑孝胥唱和的作品投到故乡报纸《香川新报》。那就是他1892年12月27日同朋友牧野静斋拜访郑孝胥的寓所后，移到东京新桥高级饭庄时的诗酒唱酬。翌年4月13日、20日的该报文苑栏登载了郑孝胥的七律、雨山的《明治壬辰腊月廿八日访清国星使随员郑大夷（号苏龛）侨居共饮于新桥湖月楼席上次韵赋赠》、静斋的同题之作等。从记在雨山之作后的静斋下列识语，我们可以了解当时的情况[1]：

> 此日，余亦同游。酒间各相约，刻一诗，赋律一首，诗不成者，罚依金谷酒数。苏龛沉吟良久，乃书其旧作，见示。雨山即次之。此诗是也。亦吟坛快事哉。

我们可以推想：同著名诗人郑孝胥交往，进而与之唱和，雨山对此事肯定会感到相当自豪，所以他把作品特地投到故乡的报纸[2]。

到了1893年，雨山开始连续发表含有与《咏怀》同样诗意或在其延长线上的作品。登载在此年5月12日《东京日日新闻》上的《贫士

---

[1] 按：劳祖德整理《郑孝胥日记》（中华书局1993年版）第333页亦有简单的记载。

[2] 雨山很早就努力抓住机会跟在日中国人打交道。比如驻日使馆随员孙点编撰的《嘤鸣馆春风叠唱集》（驻日正使黎庶昌举办的日中文人睦亲会的诗集）的"诸家评跋"中就有雨山的评语。

歌》[1]，其心情与《咏怀》相似：

> 商飙翛翛发至，我褐不及腰。以何医调饥，葵藿日以凋。宵人驾
> 轩路，扬扬崇阆朝。虽有贫士叹，芦中[2]不可徵。昂然仰天歌，歌
> 声美于箫。

这个作品也附上吕增祥、菊如澹人两人的评语：

> 吕：观化固穷，随境自得，皆元亮胸臆间语。
> 菊：余不甚喜世之模拟剽窃，拊搏钉饾，公然自命为拟古者。
> 独于雨山诗，每击节叹赏，讽诵弗能释手。要以其有真气骨真学问
> 耳。尝屡与青厓言之，青厓亦同余意。而近日惫废，终致令伪明赝
> 唐肤浅空疏之徒，阅其城垒，踞其墙壁，深自潜匿，轻薄嗤点，甚
> 则吹毛索瘢，毫无忌惮。余窃代为不平，适录雨山此章，乃书所
> 见，以问于世。

笔者认为吕评不一定正确掌握此作品的意境。与此相反，菊评传达的
是当时诗坛的雨山观，非常有益。即雨山的拟古作品，与当时一般的
只能模仿剽窃的作品不同，是有真正拟古风味的。那是由于他具有真正
的"气骨"和"学问"才能实现的。另外，有一群只能在表面上模仿唐
明诗风的人，好吹毛求疵；这种风气是令人叹息的。雨山此作品便于解
闷，所以值得登载。

　　同意槐南的"青厓"指汉诗人国分青厓（1857—1944）。

　　接下来我们看一下连载在《日本》[3]（1894年8月10日至13日）的
《消遣十首》[4]。

---

[1]《亚细亚》第2卷第6号（1893年7月1日）亦登载此诗，题作《贫士叹》。
[2]"芦中亭"是雨山书斋名称之一。其含义大概是基于作为穷士的伍子胥，即芦
　　中人。
[3]《日本》是报纸名称。
[4]此作品亦见于《支那学》第4册（汉文书院，1894年）。

穷居几何年，颇知寒与饥。神京骏髦会，贫儒疏时宜。文章不值钱，吟哦犹是为。斗米三旬食，食尽安求之。向来门下客，望望路人姿。世道由黄金，刎颈谁与期。方悔出山拙，名利置身危。龙蛇困沙泥，徒为蝼蚁嗤。

圣贤彼何者，放言惊鬼神。礼义施桎梏，俾人亡性醇。累累鲁中叟，道穷泣获麟。膰肉轻去就，远游烦征轮。一生唯叹嗟，仲尼非达人。碌碌我何为，独惭头上巾。醉当浩然歌，天地气象新。羲皇距不远，暂得复天真。

老聃蒙事理，有无失涯垠。放纵一舜跖，何以率黎民。谷神窈难知，历历形骸陈。万物各流形，苍苍日以新。奚复辨其无，茫茫身后身。彼亦不容世，牢骚不平伦。放言蔑天道，空论欺愚人。胡不饮醇酒，陶然复尔真。玉壶宽乾坤，醉中无富贵。

昔慕春申君，豪奢天下惊。珠履三千客，淡[1]笑麾百城。道义俾人迂，天下轻儒生。功利纵横策，寸分重刑名。会客饮斗酒，黄金挥手轻。眼中空英豪，气象横云瀛。揭来复如何，翛然遗世情。

南方有美人，寤寐独怀之。相岐未数月，巳[2]有三秋思。新识日几人，不若一旧知。襟期向谁许，相思复斯诗。忽接千里书，欲读意先驰。美人家峻谷，芙蓉被清池。皓月湛泡露，幽光盈虚帷。酣歌飏云汉，欲棒[3]王母卮。道阻不可就，惆怅倚天涯。

欲廉则不富，欲谦则不贵。自古有道士，穷饥寡所慰。彼哉赵孟荣，玉食餍加饩。固穷我知之，顺天复奚疑。瓠大徒无用，风物弄藻蔚。倾羲暝林光，晚蜩喧如沸。何时商飚至，天地多金气。四海方荐瘥，元老在忠毅。一人忧社稷，鄙人遑恤纬。

大人为民上，所以有大忧。心苟存社稷，岂可为躬谋。谁能奏肤肤，逸豫为公侯。缅想仲山甫，补衮古所尤。周宣中兴业，元戎斾旌悠。蠢尔彼非茹，何以壮其犹。野人亦何意，采芹水中洲。献之君王侧，瞻望威凤楼。

---

[1] 此"淡"字当为"谈"字之讹。
[2] 此"巳"字当为"已"字之讹。
[3] 此"棒"字当为"捧"字之讹。

惸惸寡所交，静退且优遊。偶与故人遇，欣然相延留。兴到挈壶觞，呜呜聊复讴。鸡鸣忙舜跖，孜孜何所求。腐儒辍道义，贤者尚苟偷。胡俾杞人忧，苍天事悠悠。讴亦谁能听，洞洞来殷忧。

忧去宜更笑，人生能几何。清酤倾百壶，陶然酬且歌。融融无碍滞，绰绰宽包罗。忧亦不至伤，期在大义科。大义匪躬故，天步不可蹉。

园林嘉夏景，冲融万象施。朱华发离离，素蕊亦纷披。微风度筼筜，爽凉生皱绤。高柳蝉声永，静境流光迟。幽人独掩门，匏系欲何为。举世绝忠厚，大雅孰扶持。嗒焉不能言，聊作消遣诗。

闲居而不仕，生活贫穷。京城尽是聪明人士。贫儒不谙时宜，世上金钱万能，文学不值钱。虽然也不停下吟哦，却总也不易遇上刎颈之友。龙蛇陷于穷困，受了蝼蚁的嘲笑。连像孔子般的圣人也毕竟不能实现理想，一辈子都叹息不止。孔子不算是达人，只有放弃读书人的生活，喝酒轻松，才能暂且回复天真。每天认识不少人，都不如一位故交。欲走近其精神世界的境地是多么困难啊！他一个人为了社稷忧愁，世上少有这种人物，忠厚之道濒于灭绝。哪里有人扶持大雅？我只能作消遣诗……雨山连孔子、老子都不在话下，最后归于陶渊明的境地。

连载最后一天的该报附上种竹山人和太白山人的评语。种竹山人是本田种竹（名秀，1862—1907），太白山人则是国分青厓，均主持着该报诗栏。

种竹山人曰，阮嗣宗咏怀，陶冶性灵，厥旨渊放，郭茂倩游仙，寄思缥渺，暗含感慨，陶靖节饮酒，性情所至，语多托兴。此等诸作，千古绝大文章，而大抵出于伤时愤世之余，自有欲抑而不能抑者。雨山此篇，未必专家，时成杂调，然已出入三家门径，挹精摘美，颇费功力，至如其气象浑成音节谐调者，则殆有入神之妙。此雨山擅场，余子皆不及焉。

太白山人曰，雨山五古，气以实志，志以定言，陶冶情性吐纳英华。故响逸而调远，风清而骨峻，洵五言之长城也。消遣十首，高论宏裁，睥睨流俗，而满腹不平骯髒之气，溢笔墨间。此阮嗣宗之流亚，固非浮文弱植，缥缈附俗者所企及。钟嵘论步兵诗曰，言在耳目之内，情寄八荒之外，洋洋乎会于风雅，求之方今诗人，其唯雨山欤。

《消遣十首》的第十首后来单独被登载于《新诗综》第3集（1899年6月5日），附上介绍作者简介和诗评（大概都是主持该杂志的森槐南写的），均有参考价值。

　　作者简介：雨山力追正始，涉笔辄作魏晋人语。风清骨峻，辞旨渊放，往往泆洽理趣。曾谓誓不作唐以后调。予初疑其染李王习气，后读其篇什，胸次高旷，迥绝尘埃，知非甘效优孟衣冠者。

　　诗评：丰辞映蔚，响高而气古，规规攻选体者断乎不能。

第三，我们看一下《闲居十首》（《日本》1894年12月31日）。

闲 居 十 首

　　闲居何所为，吟哦唯自慰。将相奏□[1]时，国士念敌忾。征夫劳万里，嫠妇不恤纬。人咸有职守，所归在忠毅。诗人敦厚旨，雅颂何藻蔚。已负骯髒意，恬安亦寡畏。秋来凛气象，霜棱萎百卉。

　　昔□少壮时，负气不知忧。偶读思[2]君传，侠豪轻王侯。焉念蓬荜贱，曾挥千金游。意固小天下，积债何肯休。回首彼一时，今将何所求。

　　人生如转蓬，曹植欲叹哉。偶与故根遇，芳华趁春开。白露坠高秋□，枫槐俱凋摧。瞥然荣瘁改，卷地悲风催。瞥时莫辞欢，歌以尽尔杯。试问陈蔡客，道穷欲何哀。饥来如□何，累累犹徘徊。

---

[1] 笔者查阅《日本》，利用的由ゆまに书房发行的影印本（1988—1991）有几处难以辨认的文字，笔者引用时用"□"为其标记。下同。

[2] "思"字似为"四"字之讹。四君当然指战国四君。

　　枯叶离枝条，散落随飘风。翩翩未着地，安思委尘中。踏藉埋黄泥，荣华转眼空。天地妒全名，竭来老英雄。念之使人伤，秋气飒高穹。

　　嵇阮何为者，謇謇不合时。行事多诡激，往往匪常规。独观其词章，痛言使人悲。拘儒挟訾议，区区复何知。彼元忧慨士，不屑庸俗为。云鹏期高举，遑顾斥鷃嗤。

　　陶潜高洁士，齐迹沮溺伦。归去有田园，未至若吾贫。采菊见南山，复问桃花津。千岁多碌碌，彼较获天真。不为斗米役，吾慕于斯人。

　　凤鸟久不至，道义属腐儒。庸愚谓忠信，而嫉狂简徒。三代直道治，胡俾斯民迁。骐骥愧槽枥，英豪隐玉壶。远哉鸱夷子，散发老五湖。

　　处世莫区区，且尽一壶醇。栖栖何所得，见笑大观人。醉当歌沨沨，落落率尔真。何者抱遗经，迂诬说先民。拘苟为形役，爱取彼圣神。

　　秋来阳卉腓，少壮能几时。虚名累朽骨，且尽百千卮。枫槭照颜媚，可重林下期。何为日遑遑，势利唯是追。荣禄使人愚，才取足疗饥。作诗寓微言，聊复有所思。放歌蔑人世，昂当然何之。

　　我诵昔贤诗，何多痛愤言。寻其悱恻意，忠厚义自存。嗟叹人欲老，徜徉宽乾坤。落落达人观，不縻世俗烦。长啸复如何，恐为傍人喧。尚友味道腴，闲居阒掩门。

　　当时正是中日战争极为激烈的时期。他批判安然自若地只顾修辞作汉诗的人士。另一方面，他感叹道：自己曾经具有的像战国四君般的霸气，到如今毫无踪影。他对嵇康、阮籍不合时宜，行动多诡激，往往逸出常轨的生涯抱有同感。他还说，陶渊明不管怎么贫穷，也拥有故乡的田园，所以比一无所有的自己还强。最后他只得再闭门闲居。

　　对此种竹的评语如下：

种竹山人曰，刘公干之清刚，郭茂倩[1]之俊上，陶元亮之真淳，阮嗣宗之渊放，殆莫不兼至而具有。食古能化者，今吾于山人见焉。

以上几篇作品共同的诗意，雨山至早还继续咏到1899年前后。不仅如此，在作品中对执政者的不满或讽刺表现得越来越明显。现在我们看一下五言古诗《夏日并序》（《日本》1896年7月28日）的序和第二首。

夏 日 并 序

盖闻夏之为言假也。夫假则宽舒，宽舒则倦怠，倦怠则昏昏荡荡，曲肱而睡，如是者清世之逸民，先王之惰民也。□生甲作为此诗，凡百君子，敬而听之。

（其二）烦炎厥民因[2]，台榭就高明。密林围绕之，爽凉清荫成。天下今苦暍，灾异矧荐生。既栗海立变，又惊鸿水横。蚩蚩者何辜，彼苍苍何情。逸人不知忧，长夏爱冲清。宰相不问大，荧惑颇逆行。文字[3]曰，政失于夏，火惑逆行。寄言采诗者，听我扬怨声。

发表此作品一个多月前的6月15日，日本东北地区东岸发生了"明治三陆大海啸"，死者大约达两万人。雨山以此作品，根据中国古来的天人感应说，谴责贪图安逸不着手重要政策的执政者为引起灾异的祸首。

种竹的评语如下：

种竹山人曰，序中自谓，凡百君子，敬而听之。已见抱负之大，敻绝乎人，及读二诗，间讽激刺，皆与风人之旨不相悖，所以非其位而言之者，是臣子忠悃，亦不得已也。通篇词古而意新，犹

---

[1]"郭茂倩"恐为"郭景纯（璞）"之误。
[2]"因"字恐为"困"字之讹。
[3]"字"为"子"之误。该引文见《文子·精诚》。

不失晋宋人矩度。

接着我们看一下以日清甲午战争给人民带来的后果为主题的《春夜》（《日本》1899年3月30日[1]）。作品的主人公是阵亡军官的妻子。

春　夜

花林香雾笼斜阳，柳堤澹烟迷春望。千家帘幕缔霞绮，玄都桃连碧溪棠。花□草座选妓舞，彩楼雕□贵客觞。春日迟迟犹苦短，兰膏银烛乐未央。西楼有人心恨谁，深坐背月敛蛾眉。懒见东庄春嬉宴，怅抱瑶琴下手迟。一弹再弹寒玉臂，三弹四弹曲调悲。欲语幽怨曲暂缓，听者歔欷肝肠断。去年王师征辽朔，良人仗剑从□[2]幄。赴敌奋斗向无前，首功独称万人擢。天忌全功不生还，恨埋沙场云漠漠。遗孤无愁待爷归，妾身无家哭喔喔。才理田宅送余生，寡孤相依谁与乐。今春王税加征求，粥糜不饱衣亦薄。夺妾粥糜褫妾衣，东庄贵客腹独肥。贪得岁馈二千金，张宴高乐醉春菲。昔闻仁人恤无告，今见贪士忘民饥。生离别复死离别，一曲欲终哀弦裂。春寒逼肌不堪弹，投琴伏泣声欲绝。落花无情撩额□，春云掩月鹃啼血。东庄不识西楼愁，玉箫金管不少休。坐中总是季伦辈，金谷豪华夸夜游。春夜之兴兴不尽，春夜之恨恨悠悠。呜呼春夜之恨恨悠悠。

"东庄"一年到头始终响彻洪洪亮亮的歌舞声音。与此相反，"西楼"有一位皱起眉头的女子带着忧愁徐徐地弹起筝来，从其音色传出来的是她的深恨。丈夫奋勇猛进，可是不能生还，其尸骨仍然埋在沙场。她卖掉土地房屋，勉强过着寡妇的生活。岂有此理，从今春开始增税，吃食都越来越不如意……在东庄"春夜之兴"没完没了，西楼则"春夜之恨"无穷无尽。

日本虽然在中日甲午战争中获得了军事上的胜利，但是战后遭到

---

[1]《龙南会杂志》第72号（1899年5月31日）亦登载此作品。
[2]大概是"帷"字。

俄、法、德三国的干涉，迫不得已地把辽东半岛归还给中国。因此其后的日本将发展成为强大的帝国主义国家作为国策目标，作为其政策的一环，企图成立各种增税及有关诸法案，开始了对人民的一次又一次的搜刮。

上述作品附上桂湖村（1868—1938）的评语：

> 湖村小隐曰，句调婉畅，辞藻绮艳，或如走云流月，或似绣鸾织凤，初唐之侬丽，中唐之敷演，兼该有之。春菲以下，酣酣嬉嬉，意到笔从，情致委宛，寄托遥深，温柔敦厚之旨亦存矣。少陵剑器行，借大娘以伤往事，大原琵琶行，托商妇以悲迁谪。此篇则独开生面，称为雨山楼集中别调。

笔者对湖村的看法有异议。在笔者看来，此作品并不算"独开生面"，也并不算是"别调"。从诗意来看，此篇位于上述诸篇的延长线上，区别只不过在于讽刺的程度强一点。

如上所述，诉说自己不遇或者讽刺执政者和世风的作品在此时期的雨山作品中占着一大部分[1]。

诗歌本来有一种人与人之间活用的交际功能，比如赠答、唱和、送别等。交际诗有益于使人际关系圆滑，但有些作品并不含有作者的深刻感情。无论属于哪种类型或派别，所有的汉诗人既然在人间过生活，就不免作或多或少的交际诗。那么雨山如何呢？他也不例外，写了一些交际诗，但在其青壮年时期，篇数并不多。笔者认为他那时诗作的特色还是在于上述一系列"咏怀"诗类的作品群。

四、结语

雨山作了那么多"咏怀"类的诗，正是他的诗论中占着中心的"陶

---

[1] 带有同样诗意的作品还有几篇：比如咏出秋季之悲哀、思乡之念、对不遇的不满等的《九日并序》（《日本》1895年11月9日。《龙南会杂志》1897年12月7日第61号）；以陶渊明诗句为韵咏出隐士消夏情绪的十首五绝《消夏吟以凉风起将夕夜景湛虚明为韵》（《日本》1896年8月15日）。

铸性情"——"表达出真心来，动人心弦"，也是"通过打动对方的心魂，陶冶情操"这一理念的实践。

另外，笔者认为可以从他的境遇和人格等探讨当时的诗作。

他主要是在学习院、东京美术学校教书时，咏了自己的怀才不遇。从客观上来看，当时的社会地位并不算是低的，但"无风不起浪"，他也许可能会抱怨。笔者想今后努力找到他就任东京高等师范学校教授后的作品，进行对比。

关于对世道或执政者的讽刺，我们可以参考他的天性。雨山的长子长尾正和对父亲的为人回顾写道：

> 豪放的人往往是那样，他也是动不动就哭起来；连在读书时，他也感动了就涕泣……总之，他多情多恨，是天生的诗人；激烈的感情总是在体内高涨。他幸而没有越出常轨，到了晚年竟然能成为温顺君子，无非是由于学问的力量和多年的修养。似乎他洋溢的感情变为诗，变为文，变为书，变为画，又变为酒。（原为日文）[1]

雨山在青年时期，结识了一位大人物，就是明治维新的元勋和汉诗人，副岛种臣（号苍海，1828—1905）。据长尾正和的回顾：1889年前后，雨山二十四五岁时，当时60岁左右的苍海偶然在报纸的诗文栏上看到了雨山的作品，经过国分青厓居间介绍，把雨山招到了自家。苍海正是雨山自幼年时最为尊敬的人物，而苍海以后又成了"通过一生，对雨山的人格和学问的陶冶给予了最大影响的人物"[2]。

作为汉诗人，苍海在清诗流行、出现其极盛的明治诗坛中树立了别派旗帜，高唱汉魏；国分青厓、桂湖村等和之[3]。雨山的作品受了苍海诗风的影响，带有汉魏的风味是自然的趋势。到了20世纪前十年后半，

---

[1] 礼之（长尾正和）：《长尾雨山》，载《册府》1959年第10号。

[2] 礼之（长尾正和）：《长尾雨山承前》，载《册府》1959年第11号。笔者按：上述《消遣十首》中"一个人为了社稷忧愁"的人物或许可能暗指副岛苍海。

[3] 辻掁一：《明治诗坛展望》，载《汉学会杂志》1938年12月、1939年4月，引自神田喜一郎编《明治汉诗文集》，筑摩书房1983年版。

雨山主持《大阪每日新闻》诗栏时，发表了一篇题为《挽近汉诗坛の倾向——诗星渐く凋落し仅に石埭、竹隐を存す》的雨山谈话记录[1]，其最后一段值得参考：

> 除了上述专业诗人[2]之外，我最后要提及的是作为明治一大明星增加光彩的副岛苍海伯的诗。座谈中偶然发生了作诗的兴趣，苍海伯就把书生叫来，让他把冲口而出的词句记下来。那些词句直接成为雄篇大作，几乎每次连一字一句也不需要修改。词藻之富赡真是令人吃惊的。他的诗以从汉魏六朝到唐代为根据；他稍微喜欢明诗，但不采宋和清的诗。他的诗论即为：欲自为尧舜，首先就要自以尧舜之心为心，说尧舜所说。像《论语》说道"出辞气斯远鄙倍"那样，士君子的诗应该像士君子那样。既然是他持着这种诗论，其风格果然非常雄伟宏大。我希望文学者诸君务必效法苍海伯这种作风。

从意境和情趣来看，雨山的作品虽然几乎没有"风格非常雄伟宏大"的作品，反而与此相反，带有深沉而抑郁的气氛，但的确是继承了苍海"以从汉魏六朝到唐代为根据，但不采宋和清的诗"这种作风和"词藻富赡"这种特点。

最后稍微作一点补充，雨山从中国回来居住京都后的写作生活发生了很大的变化。在他的作品中，交际诗占的比率增多了，"陶铸性情"的作品几乎再也看不到了。另外，在整个写作中散文，尤其是序跋等类，占的比例增大了。关于这种情况，今后有机会，要重新探讨。

【作者简介】日本武库川女子大学教授。

---

[1]《大阪每日新闻》1918年2月25日。亦载于《诗林》第3集（1918年4月1日），题作《挽近汉诗坛》。
[2] 专业是人指的是大沼枕山、小野湖山、森春涛、森槐南、桥本蓉塘、永坂石埭、国分青厓、本田种竹、木苏岐山、高野竹隐等。

《全台诗》整理编纂过程及相关问题探讨

许俊雅

【摘 要】《全台诗》整理编纂于2001年正式启动，至2018年11月已出版55册，合计1 100多万字，11万2千多首诗，900多位诗人。所汇辑诗均为台湾本地文人作品，以及非台湾本地人士而到过台湾者所作有关台湾的作品。收录的时间范围，自明郑（1661—1683）至日据（1895—1945）时期，前后将近三百年。第二次世界大战后的诗作仅汇辑少数跨越两代、不易割切的重要作家作品。本文主要围绕《全台诗》的编辑概况及相关问题，总结其整理的原则与方法，并延伸介绍《全台诗》数据库及其研究应用。《全台诗》全面搜罗各诗文集及报刊资料，并细致复核、参稽诸版本，态度认真而严谨，其编纂经验不仅对日后文学古籍之整理具有参考意义，亦有助于积累研究之能量、推进研究之进程。

【关键词】《全台诗》 台湾古典文学 施懿琳 人文数位知识库 日本汉诗

一、前言

文学史料的整理关乎文学研究的深度，台湾古典文学的研究能渐有拓展，即与史料之编选日趋完备有相当的关系，它节省了研究者搜寻史料的精力与时间，使他们得以有更为充分的时间展开研究。2000年时台湾文化资产保存研究中心筹备处提出"台湾文学史料充实计划"，除了《杨逵全集》《龙瑛宗全集》《李魁贤文集》外，之后复有"黄得时、杨云萍、叶石涛"三位作家全集，优先办理的项目有《台湾文学辞典》与

《全台诗》的编辑。由于"古典诗"在台湾文学发展史上占有重要地位，而其作品数量非常庞大又散佚各处，长期以来缺乏全面的编辑整理，遂于次年（2001）与成大中文系正式启动合作进行的计划——《全台诗》搜集、整理、编辑、出版计划，由施懿琳教授担任主持人，许俊雅（师大中文系）担任协同主持人，同时联合吴福助、江宝钗、余美玲、黄美娥、黄哲永、廖振富、杨永智等多位古典文学研究者，共同进行《全台诗》编纂、出版工作。持续迄今又有多位年轻学者加入，借此全面搜集明郑到日据时期台湾所有已刊、未刊的古典诗作品（包括总集、别集、选集，乃至诗社课题、击钵作品以及报纸杂志所刊古典诗），精校精勘，追索作者身份背景，使散落各典籍、报刊杂志之诗，得以汇整呈现，有利于诗学之研究推广，及呈现台湾文学之丰富内涵。

《全台诗》在内容编辑上，采取"以人系诗"为原则，以诗人作为贯串、统整诗篇之依据。书中所谓台湾古典诗，包括台湾本地文人创作的汉诗，以及非台湾本地文人而到过台湾者的诗作（包括其在台所写以及离开后与台湾相关的作品）。2004年2月，"全台诗搜集、整理、编辑、出版计划"先以明郑时期至清咸丰元年（1661—1851）的诗作为第一阶段成果，出版《全台诗》第1至第5册，共约80万字。[1] 2008年4月《全台诗》第6至第12册出版，搜录1860年以前出生的186位诗人作品，约120万字，此后，学术界普遍运用这些资料。2011年10月，出版第13册至第21册，搜录1873年以前出生的101位诗人作品，约160万字；2012年12月出版第22册至第26册，搜录1875年以前出生的18位诗人之作，约103万字。之后，每年出版五至七册，2018年11月出版至第55册，合计"1 100多万字，11万2千多首诗，900多位诗人"（数据由施懿琳提供），虽规模庞大，执行人力极有限，但持续每年稳定出版。

《全台诗》项目启动近二十年，由编者群通力合作，经过漫长时间的搜集、校对、编辑、出版，系统性保存台湾文学文献，提供读者快速检索、阅读与参考、研究。此基础性文学史料之建构完备，使得台湾

---

[1] 台湾文学馆出版，远流出版事业股份有限公司印行、发售，定价每本新台币五百元，共计五册。

古典文学的研究和推广得以向前迈进一大步。与之相关的是为活化此珍贵文学资产并增进流通阅读，台湾文学馆于2005年推出"智慧型全台诗知识库"（http：//cls.hs.yzu.edu.tw/TWP/）网络信息平台，其内容以"全台诗"成果为主，让使用者可以在各地快速检索资料、进行互动学习，使得台湾古典诗的赏读与研究更为便捷。古诗文整理的原则与方法，对于日后相关古籍的整理有借鉴的意义，同时为使研究者能更便利地应用《全台诗》，以下对其整理编纂过程及相关问题予以说明。

二、整理编纂过程

《全台诗》启动的最初数年，笔者担任协同主持人，之后亦长期担任编校，因此对于《全台诗》编辑概况略有了解，因谨陈所知于下。《全台诗》前五册刚出版之际，学界多误以为全台诗仅此五册，多所质疑。《全台诗》整理编辑的难度并不低，因为很多基础工作未做，个别诗文集、总集、合集以及报刊都散落各处，文献数据不足、获取不便，报刊文献又多有舛误，不可信据。诗人字号笔名繁多，难以编次，诗作文字多异，真伪难辨。编纂《全台诗》，首先面对的即是必须"竭泽而渔"，掌握充足的文献资料。而搜寻文献的视野必须扩展至省外，千方百计联络省内外学术友人代为查询、复印相关文献典籍，并将查询结果抄录、寄示。刚启动时，研究小组即赴福建寻找诗稿，获致如林树梅《啸云山人诗钞》、林尔嘉唱和的作品、苏大山的资料，等等。

（一）台湾诗作分布情况及相关版本略述

《全台诗》所收诗作[1]，系指台湾本地人士创作的所有诗作，以及非台湾本地人士而到过台湾者所写有关台湾的诗作。汇辑诗作时间范围，从明郑（1661—1683）起始，经历清领（1684—1895）到日据（1895—1945）时期，前后将近三百年。战后诗作，仅汇辑少数跨越两代、不易割切的重要作家作品。因此，诗作搜罗从明末、清领、日据迄战后初期之文献报刊为主，分布情况略述如下。

---

[1] 收古体诗、近体诗、杂体诗及乐府诗，词、曲、赋、铭不收。《全唐诗》有收词。台湾文学馆另有《全台赋》《全台赋补遗》《全台词》编纂计划，由笔者执行，分别于2006年、2014年、2017年完成出版。

　　明清时期台湾古典文学文献，主要集中在台湾银行经济研究室辑成出版的《台湾文献丛刊》309种，及少量已刊别集，诗则杂录于其中部分府志、县志的艺文志和文人别集。战后，台湾省文献会于1971年、1985年先后刊行《台湾省通志》《重修台湾省通志》，其中《艺文志》《学艺志》亦收录清代以至战后部分古典诗词作品。现今所见台湾清代时期的诗，因清代台湾方志、诗文集而得以流传。《台湾文献丛刊》尤其集中在高拱干《台湾府志》、余文仪《续修台湾府志》、谢金銮《续修台湾县志》三部志书的"艺文"部分。三部志书中"艺文"部分往往为当时士人作品，且诗人亦往往即修志之人。战后方志部分，则见于台湾省文献委员会主编《台湾省通志》(1971)、《重修台湾省通志》(1985)两志文学篇。不过版本多粗疏，时见讹误。

　　晚近因学术研究需求，日据时期台湾文献史料原件大量被整理、复印。其中如1977年《三六九小报》，2001年《风月·风月报·南方·南方诗集》，2007年《诗报》、2009年《台南新报》等，因汇整重印，得见间杂其上的日据时期台湾诗，而台湾图书馆的"日据期刊全文影像数据库"亦可见日据期刊刊诗者。载有台湾诗作刊物，主要为：《台湾日日新报》《台南新报》《台湾文艺丛志》《台湾诗荟》《台湾民报》《台湾新民报》《鲲洋文艺社报》《三六九小报》《诗报》《南雅文艺》《风月》《风月报》《南方》《南方诗集》《孔教报》《崇圣道德报》《南瀛佛教》《南瀛新报》《昭和新报》《台湾诗报》《诗报》《南雅文艺旬刊》《兴南新闻》《感应录》《鸥社艺苑》《台湾艺苑》《鲲岛诗钞》《藻香文艺》《台湾新闻》(部分)、《新学丛志》《鲲洋文艺》《新高新报》《鹭江报》《台法月报》《台湾新民报》《台湾经世新报》等。报刊诗作的整理是以前编辑总集未见的，因报刊兴起于近两个世纪，而此部分的难度也较高[1]。此外，还有作家作品集、诗社合集、晚近各县市政府主编的地方

---

[1] 如某位清代出生的诗人，可能到日据时期仍活跃，甚至创作延续到战后。整理者必须陆陆续续寻找其诗。如果这些日据乃至战后刊有诗作的报刊尚未全面处理好就出版，很可能马上又发现漏收诗作。日据时期出版的杂志《风月报》与《三六九小报》新近完成数据库并提供试用，下载PDF档。数据库名称：《台湾诗词库：风月报南方诗集》典藏版、《台湾诗词库：三六九小报》典藏版。

文学作品集。别集系统性整理出版方面，丰富而重要者，为龙文版《台湾先贤诗文集汇刊》九辑（均为百余册），选录稿本、抄本、刊本，蔚成一部汇合从清代到日据间百余位诗人别集及吟社作品合集的丛书，有不少罕见难得的珍本。但《台湾先贤诗文集汇刊》所出各集，率皆原版本影印重刊，而早期出版质量不一，或文人已故，后人整理不济，或手抄汗漫，或手民排印误植而阑入、漏脱，文本上存在一些问题。此外，台湾报刊多有转刊大陆报刊事情，亦需留意，如《南雅》所刊诗词多以《虞社》1931 年至 1933 年刊诗为主。与台湾相关诗作刊《虞社》者，有王良有《癸酉小春作客台湾自题小照应神户庄樱痴君之索》《乙亥元旦：时客台湾》《阅台湾新闻感赋》《留别台湾二律》，陆孟芙《词录：浪淘沙：和台湾李少庵四十书怀》，李友泉《奉怀台湾施梅樵前辈》，这些诗人与虞社、南雅的交流情况，值得进一步追索。《台湾文艺丛志》转登《迪化》念衣《斗蟋蟀》《和李晴生白燕》《竹簟歌》等诗。

（二）编校过程略述

如何编校台湾诗？全台诗编纂格式如何？作为汇聚台湾诗作的总集，其内容架构分为"提要""作品"两部分。"提要"内文分两段，两段间空一行，"提要"第一段概述生平，依序是：1. 生卒年用公元纪年（阿拉伯数字），不标月日，中间用"～"。2. 依名、字、号排列，若有许多号，以呈现三个为原则。3. 籍贯，比较重要者，标注现在的地名。4. 以下叙生平重要事迹，尽量扣住与"台湾"有关者。5. 先依当时在台统治者之纪年，用汉字书写。后加括号，用阿拉伯数字标注公元纪年。第二段交代重要作品之内容、特色和价值及使用的版本。6. 介绍其作品，举比较重要的评语。7. 使用的版本。其中版本对照，以重要的、早期的版本为主：不是很重要，或比较后期的数据不必据以校对，比如陈汉光的《台湾诗录》，除非没有其他对照的版本，否则不以之为校勘。谨以手册所列施士洁为例，以清眉目：

施士洁（1856 ～ 1922），字澐舫，号芸况，又号喆园，晚号耐公。清台湾县治（今台南市）人，为进士施琼芳之次子。未冠补博士弟子员，县、府、院三试均名列第一。光绪二年（1876）中举，次年（1877）捷成进士，授内阁中书。生性放诞，不喜仕进。返台后曾先后任教彰化白沙书院、台南崇文、道学、海东书院。与丘逢甲、许南英三位并称为清季三大诗人。当时台湾兵备道唐景崧因仰慕其才，曾再三敦请士洁参与政事，始应允与之订文字交。及唐景崧任台湾巡抚，又招其入幕，以咨询政务并切磋文艺。乙未割台，施氏携眷内渡，寓居于晋江西岑，时往来于厦门、福州间。和林尔嘉、郑毓臣等台湾内渡文士，流连诗酒。在当地诗社"菽庄吟社"里，被推为祭酒。1911年出任同安马巷厅长，1917年入闽修志局，既而寄居厦门。1922年5月病逝于鼓浪屿。

施士洁为台湾史上极富文名的进士，王松《台阳诗话》、连横《台湾诗乘》都给他极高的评价。其古体诗雄深雅健似苏欧，近体则取法范陆，得其沉郁深婉之旨。著作有《日记》一册、《乡谈声律启蒙》一册、《喆园吟草》四册、《后苏龛诗钞》十一册、《后苏龛词草》一册。后三种皆端楷誊写，近人黄典权认为应是施士洁仔细校定的手稿。施士洁遗稿原藏于黄典权处，因蠹蚀过甚，故龙文出版社重印时，乃据"台湾文献丛刊"排印本影印，兹亦据台湾文献丛刊本为底本进行编校。

——《全台诗》编校小组手册

《全台诗》提要的诗人生平因资料的多寡，有时仅数行交代，有时材料较多，无法硬性规定两段落处理，但多数遵守生平及作品叙述两部分。这两部分文字在一页内处理，看似简单，却也透露了一些问题。比如诗人生平，尤其明末清初的诗人是否曾来台或留下相关诗作，这都将影响收入与否的判断。如以徐孚远为例，他可能于"克台之岁"即"从入东都"吗？编校者廖振富也意识到此问题的复杂性，于提要云："以下所收徐氏诗作，以作于台湾者为限，唯判断不易，仍有待进一步确认。"复于脚注曰：

关于徐孚远晚年行踪，包括是否曾入台湾，及去世之地点，都有不同说法。综合各项数据，推测他应该曾来台湾，但停留时间不长，因此最后病故的地点也不在台湾，而以广东饶平之说较可信。由于留台的时间不长，因此相关诗作可清楚看出作于台湾者数量甚少。再者，台湾各种方志有明末诸入台遗老小传，但独缺徐孚远，这也是他留台时间甚短的旁证。参考《徐闇公先生年谱》之考证。

可见诗人及诗作之收入，须奠基在周延的生平考证，不然极可能误收或漏收。但从台湾古典诗研究现况来看，多数个案诗人的研究并未建立，这自然对搜编工作极具挑战性。以之延伸出来的问题，便是对作品诗文集的刊行、典藏的掌握，如徐孚远《钓璜堂存稿》《交行摘稿》，多涉及南明与郑成功史事，书可见国家图书馆馆藏1926年姚光怀旧楼刊本。如以台湾银行经济研究室编印的"台湾文献丛刊"徐孚远的《交行摘稿》诗作一卷、《台湾诗钞》收徐孚远诗作51首、连横《台湾诗乘》卷一论徐孚远诗10首为校勘依据，恐不如依据1926年姚光怀旧楼刊本。唯《钓璜堂存稿》历来不行于世，当时使用不便，今已可见郭秋显、赖丽娟主编《清代宦台文人文献选编》（龙文出版社2012年9月），《钓璜堂存稿》诗歌共20卷，计收有古今体诗2 775首。二十卷后录有徐孚远之《交行摘稿》，共有39题、59首。版本选定直接影响校勘的精陋，另于校勘处再论。回到诗人的选取上，目前《全台诗》可以再回头补足漏收的诗人，如谢章铤有诗，闻台有警纪台湾事，还有赠林天龄来台的诗作，等等。在"聚红榭词社"社员中，与台湾有关者，尚有徐一鹗、梁鸣谦、林天龄诸人。

至于诗人生卒年亦有更正之必要。如汪毅夫之考证，《全台诗》及多种著作认为章甫生于1760年，而根据《半崧集》诸多佐证，认为章甫当生于1753年。又如黄宗鼎的生年一般定为1865年，汪毅夫依据查考所得和所据的史料，《清代乡会朱卷齿录汇存》《清光绪朝中日外交史料》《黄纷山先生画记》《明清进士题名碑录索引》《北京市文史研究馆馆员录》《民国福建省地方政权机构沿革资料（1911—1949）》《诗畸》以及黄纷山《松鹤图》照片，谓其生年当为1864年[1]。汪毅夫在《文学

---

[1] 汪毅夫：《台湾文学研究：选题与史料的查考和使用——以〈诗畸〉为中心的讨论》，载《闽台文化交流》2007年第3期。

的周边文化关系——谈台湾文学史研究的几个问题》一文中，又强调了周边各问题须深入研究、细细考辨（如科举制度下冒籍、改籍问题），自承：

> 在"台湾的职官和台湾的文学"方面，我曾误"台湾府学训导"为"台湾府学教谕"、误以"兵备道"为武职，记台湾"提督学政"一职的轮流兼理亦曾有误；也曾有相对准确的论述……主持院试本是各省"提督学政"的职责。从1684年到1895年，台湾的"提督学政"，先后由分巡台厦兵备道（1684—1721）、分巡台厦道（1721—1727）、巡台御史（1727—1751）、分巡台湾兵备道（1752—1874）、福建巡抚（1875—1877）、分巡台湾兵备道（1878—1888）、台湾巡抚（1888.10—1895）兼理。光绪丁丑之岁（1872）正是福建巡抚主持台湾学政的年头，丘逢甲这才有了"丁岁遇丁公"的机会。[1]

仅以生平为例，涉及科举制度下冒籍、改籍诸问题，即知《全台诗》作业，纷纭诸端，千头万绪，众人精进向上，努力求全，但仍不免异说、真伪并存。

再者，关于在台日本诗人的汉诗亦收入《全台诗》，其凡例云："本书所谓台湾古典诗，系指：（1）台湾本地文人创作的所有诗作。（2）非台湾本地人士而到过台湾者，有关台湾的诗作。"因此日本人士的汉诗亦不少。日本汉诗是中国诗歌东渐日本的文化结晶，深受中国古典诗歌的影响，是东亚汉字文化圈最大的海外支脉之一。在漫长的中日文化交流史上，日本汉诗在共同的汉字基础上，随着对汉诗的不断受容与扬弃，逐渐将域外文化与自身的民族性相融合，走向了自己的审美情趣与文学传统，同时在文字、内容题材上创新求变，最终完成了汉诗的本土化嬗变，使日本汉诗具有不同于中国诗歌的异质性，成为源于汉诗而又

---

[1] 汪毅夫：《文学的周边文化关系——谈台湾文学史研究的几个问题》，载《福建师范大学学报》（哲学社会科学版）2004年第1期。

异于中国诗歌的"日本汉诗"。到了日据时期，日本汉诗反而逆输入台湾，而台湾本来就有绵延不绝的中国汉诗影响，从文化交流双向互动的视点出发，日据时期的台日汉诗现象，更可以揭示东亚汉文学史上罕为人知的一个侧面，提供一个重新认识的崭新视角。

当时儿玉源太郎（1852—1906）任总督，邀请汉诗人吟咏谈燕，笼络人心。1898年7月，举办"飨老典"，越明年，复举办"扬文会"，廪生以上具科名者，都在招邀之列，以利日后之箝制。除此之外，日人亦弘奖诗社活动，期借联吟活动，潜行思想渗透，推动日本文学，把握民心趋向[1]，以造成日人"礼贤下士"之假象。从日据初期的台湾文坛看来，虽然当时日本早已步入近代文学的阶段，但来台的日本官员，以具有汉学背景、善写汉诗者居多，在政策考虑下，日本并未贸然强势引介帝国的近代文学来台，而是刻意沿用汉文、汉诗以与台湾文人交流，这使得台湾汉文不致贸然消失无踪，得以延迟到1937年中日卢沟桥事变爆发，汉文生存空间逼仄的形势才强烈呈显，但当时《诗报》仍持续刊行古典诗很长一段时间。收录的日本汉诗人、诗作有加藤重任《雪窗遗稿》、宇阿坊《台湾睡气差魔诗》、持地六三郎《台湾游草》、阪本钗之助《台岛诗程》、青山尚文《台湾杂咏》、小野田成美《小野田三径遗集》、国分青厓《青厓诗存》，合集内田嘉吉编《南熏集》、久保得二《秋碧吟庐诗钞》《闽中游草》《澎湖游草》《琉球游草》、乃木希典《乃木将军诗歌集》、水野遵《大路水野遵先生》、鹰取峻《岳阳百迭韵诗》、石川戈足《裨海槎程》，等等，日本诗人在台的经验、交游及其对台湾文坛的影响不小，台日汉诗的交流、相互影响是一值得研究的课题。

（三）如何整理、编排作品

《全台诗》"作品"编排方式，依据凡例七："凡据总集、别集录入者，仍其旧例，或按体裁分类，或按主题分类，或按创作先后编排，不求划一。个别增补较多者，则依实际需要予以重编，唯尽量按创作先后

---

[1] 种村保三郎《台湾小史》云："儿玉总督构筑南菜园的真正目地，是欲以南菜园为媒介，企图接触岛民之真正姿态，而把握民心。"（第319页）参考毛一波《台湾文学史谈》一文，载《台北文物》第7卷第3期。水野大路诗云："由来王道在怀柔。"借文教，谋亲民，断绝台胞思汉之心。

排列为原则。"因之如《台阳诗话》《瑞桃斋诗话》收入众多诗人之诗，或如笔者所校勘之《兴贤吟社百期诗集》《大城汉文研究会课题》《大冶吟社课题》，梅村长光编《梅村先生寿诗汇编》，馆森子渐、宇野秋皋编《竹风兰雨集》，住江敬义编《江濑轩唱和集》，吉川治郎编《西簜薤露集》，馆森鸿、尾崎秀真编《鸟松阁唱和集》，原田春境编《采诗集》，工作人员皆须拆档到各个诗人档案，须等待全部搜罗完备，各档案拆散后，方能聚集为一位诗人作品[1]，之后，再辨识内容以排序先后及校勘种种工作。这看似简单，实则相当繁复。以拆档为例，一首诗可能会有不同的版本来源，工作人员会将这首诗所有出处全部呈现，经过比对不同版本的诗作，删除"重出诗"，撰写"编校语"，依体例排序，再作整体总校订，始完成一位诗人的作品编辑。遇到出现"次韵""迭前韵""又一首""又""又题""同"，则须复制诗题，以便将来拆档。诗作均注明来源出处，凡一诗数见者，则据最早出现的版本收录，加注说明此诗又载于何处。另有些诗作并无题目，比如郁永河《裨海记游》之诗，《台湾诗乘》等台湾报刊一些诗话引诗时，未必有题目，因此由编者代作者拟题，然后在注释的地方说明，这是编者代拟。此一代拟诗题的做法是否得当？自然也是利弊得失皆有，但以上种种实都与日后进行数位化的检索系统有关[2]。

作品汇整的困难之一，主要是资料散佚及诗人笔名、字号的确认、归属具一定难度。如笔者编辑《全台词》时，有《南雅文艺》刊载天放《霜天晓角·吊江湾战区》词，初时以为是"东墩吟社"成员蔡天放，经过出处追索，得知自《虞社》转载，作者应是陆天放（约1876—？），

---

[1] 主编施懿琳在《〈全台诗〉搜集、整理、编辑、出版计划第八年度期末报告（修订稿）》说："我们还会继续整理报章杂志，但可能会锁住跟那个诗人关系更密切的期刊杂志，譬如说我们最近发现《台湾教育会杂志》，可能在一九零几年就出版了，好多诗人的诗作都发表在那里，我们之前根本没有注意到这套杂志，下个年度我们就会提前进行这个部分。"（第19页）见http://ir.lib.ncku.edu.tw/bitstream/987654321/139994/2/.pdf（检索日期2018年11月15日）《全台诗》搜集、整理、编辑几乎都是在毫无依傍既有成果的情况下，首次进行搜编工作，可以想见其难度。

[2] 《全台诗》从启动伊始即考虑将来数位化，方便提供研究、检索、参考之用，因此版面一律采用横式编排。

原名文明，字安钦，别署忆梅，江苏昆山人。虞社社员。已任职《全台诗》编纂十余年的王雅仪，相当熟稔台湾古典诗，以其遍阅各诗集报刊的深刻经验撰写了《纵然相见未相识——隐身在〈台湾文艺丛志〉内的诗人们》[1]，对《台湾文艺丛志》众多未识其名者比对，发现颇多击钵诗的作者其实多为"栎社"成员，同一诗题内，多见诗人使用数个异名发表诗作。她将《台湾文艺丛志》《东宁击钵吟前集》《东宁击钵吟后集》、"杜香国文书"，与各诗人的别集交叉比对，借以得知傅锡祺、陈瑚、陈贯、庄嵩、林资铨、林资修、林载钊、黄炎盛等"栎社"诗人，以及社外的林玉书、苏孝德、王则修等人，在《台湾文艺丛志》内所使用的别号或笔名，这些考证工作如不是长期的阅读累积无法完成。这不仅对于阅读《台湾文艺丛志》及认识诗人有其帮助，对每一位诗人诗作的汇整，都有相当的帮助。略举其研究成果可知：

> 把傅锡祺《鹤亭诗集》拿来与《台湾文艺丛志》相比对的话，即可发现，"允明"、"天闻"、"大樗"、"鸿留"等别号，都是傅锡祺曾使用的笔名。
>
> 林资铨（1877～1940），字仲衡，号壶隐、蜻蛉、蜻蛉洲客，晚号孤山客。
>
> 庄嵩（1880～1938），字伊若，号太岳、松陵，晚号劣存。"梦华"、"蔗园"、"乌溪渔父"、"碧山樵夫"、"碧山樵"、"茹苳山人"、"草鞋墩客"、"草鞋墩匊尘"等名发表。
>
> 林资修（1880～1939），字幼春，号南强、老秋，"蹈刃"也是林幼春的别号之一。"蹈刃"之名有时被误刊为"踏刃"。
>
> 陈贯（1882～1936），字联玉，号豁轩、琏若，"雅轩"和"尔尔"皆是陈贯使用的别号。
>
> 林载钊（1885～1928），或作载昭，字望洋，"补牢"正是林载钊的别号之一。
>
> 魏清德（1886～1964），号润庵，笔名有云、云岚、伲倪子、

---

[1]《东海大学图书馆馆讯》第148期。

润庵生、尺寸园主人等。"凤毛"可能就是魏清德当时所用的笔名。

林玉书（1882～1964）……《卧云吟草》初集内有《荀卿》、《木笔花》等诗刊于《台湾文艺丛志》，并署名"筱玉"，可见"筱玉"正是林玉书。林玉书亦曾以次子"启荣"、三子"启芳"之名发表诗作和诗钟。

王则修（1867～1952）……经常使用其子"王钦明"、"王钦炎"、其弟"王贵"，与"杨肇嘉"之名发表作品。王则修的次子王茂（字如松，号攀云），能诗。三子王钦明、四子王钦炎、与其弟王贵应该没有写诗。例如《子产》一诗收在《东宁击钵吟前集》，作者署名为"新化王则修"，不过《台湾文艺丛志》则署名"台南王钦明"。

"瀛社"诗人刘克明在担任《台湾教育会杂志》（后改名为《台湾教育》）和《专卖通信》的编辑时，常常一人分饰多角，在同一份刊物内，使用各个不同的笔名来发表诗作、文章，并下评语。刘克明在《台湾教育会杂志》内，曾使用"篁村"、"寄园"、"无悔"、"竹外"、"香莼"、"蓬川"等多个别号和笔名。这些名号之后还可以再加上"生"、"道人"、"散人"等字，加以组合变化，如"篁村生"、"无悔道人"、"竹外散人"等，这样就产生了更多看起来不太相似的名字。其目的有可能是为了让版面看起来更丰富，不至于被读者一眼看穿，其实整份刊物多出于编辑一人之手。

通过经年累月综观台湾报刊、手稿、诗文集，经手众多诗作，始能多方连接，加以辨析，无数笔名、别号的归属因此得到确认，也因此"以人系诗"得以更周延地收纳原无法归类的诗作。此外，王雅仪《创作或抄录？——〈窗下唾余编〉手稿再探》一文更透露出：《窗下唾余编》的作者需要再进一步的考证，王炳南可能仅是这份手稿的抄写者或收藏者，手稿所描述的经历亦非等于王炳南的生平写照。"[1]诗人作品之考证极其繁琐，但即使如此精益求精，史料文献的繁复屡杂，仍须待机

---

[1] 载《东海大学图书馆馆刊》第8期。

缘，何况千位诗人的整理，每一位都须花费相当多的时间考辨。笔者对此亦有深刻体验，2014年及2017年分别出版了文献整理之总集：《全台词》《全台赋》。虽极尽心力搜罗文献史料，仍有疏漏。如《全台词》附录所收，《友声日报》词有东园《水调歌头·彭公少芝为余述生平游迹，王仲宣不能专美于前，宗少文不能夸张于后，赋以美之》《浣溪纱·濡须口下钓鱼台》、丁介石《摊破浣溪纱·寄怀》等；赋有定洋《招宝山望海赋》、东园《秋月赋》等。这两篇赋在2014年时，笔者仍未寻得出处，经过三年，所阅资料渐多，方能补正。至于《迪化丛刊》词有醉樵《江城梅花引·新秋》《秋宵吟·秋感，用白石韵》、春驹《浣溪纱·偶成》、灵峰《满江红·春闺》、沤庐《浪淘沙·采莲》等。出版不久，即看到《迪化》第4集沤庐《浪淘沙·采莲》词，经前后检核刊物，证实沤庐是俞鸥侣，《全台词》则误识为李维源。《全台词》作者"辞樵"，确定为陆醉樵，有待日后再版时更正。另《台湾文艺丛志》所署"冬菀"、《台湾文艺旬报》所署"冬菱"，实皆为吴东园，所署"介石"为丁介石，并非新竹文人谢介石，二位悉为大陆文士，但作品俱载台湾刊物上，未标示转录出处，全刊亦未对着墨说明。因此诗人诗作的归纳，牵涉到对"涉外"资料的辨识，难度又加一层。虽然民国报刊索引数据库日渐扩充，但前述所论尚无法自数据库寻得，何况台湾报刊经常变更篇题、作者（甚至有冒名现象），除非全文呈现的数据库，否则仍一时无法解决。

如作者生年可确定，可依作者生年先后为序编排先后，而生年难以确考者，"或参以卒年，或参以就学、登第、仕宦之年，或参以亲属、交游有关之年，或参以历史事件发生之年，从而略推其所属时间，据以编次"（凡例五）。从前五册可看出诗人生卒年几乎都不详，在此情况下，确实只能先暂依各种情况推估排定，在动辄数百人生卒年不详情况下[1]，每位诗人的先后排序真是煞费脑筋，而这部分也留下后

---

[1] 初步统计，《全台诗》第一册41位生卒年不详，第二册114位生年不详，113位卒年不详，第三册107位生卒年不详，第四册137位生年不详，135位卒年不详，第五册53位生年不详，51位卒年不详。第六册之后生卒年渐有文献可稽，但为数还是不少，大约要到第十二、十三册，诗人生卒年才多能确认，时序已是1850年前后。

人再继续追踪、考证的空间，或许他日文献使用日趋方便，生平方面的问题自然迎刃而解。不过，《全台诗》并非全部完工再出版，而是根据合并档完成状态，尽可能依据生年先后出版，这与每年须出版研究成果的压力有关，以致第11册收录施家珍（1851—1890）、赖国华（1851—1895）、杜淑雅（1851—1896）、吕汝玉（1851—1925）、赖世良（1852—1876）、周锡恩（1852—1900）、陈季同（1852—1907）、谢道隆（1852—1915）、陈绍年（1852—1915）、林纾（1852—1924）、林特如（1852—？）、徐德钦（1853—1889）、陈望曾（1853—1929）、赖世陈（1854—1877）、王蓝石（1854—？）、陈浚芝（1855—1901）、许南英（1855—1917）、郑兆璜（1855—1921）、吕汝修（1855—1889）、陈衍（1856—1937）、李种玉（1856—1942）、高选锋（1856—1944）、庄士勋（1856—1918），第12册收录施士洁（1856—1922）、林人文（1857—1910）、赖世观（1857—1918）、张元荣（1857—1943）、陈百川（1857—？）、刘育英（1857—1938）、赖世贞（1858—1890）、施仁思（1858—1897）、郭钦沐（1858—1909）、沈瑜庆（1858—1918）、易顺鼎（1858—1920）、曾逢辰（1858—1929）、陈梅峰（1858—1937）、吕汝诚（1860—1929）之后，到第13册另收录有一批生年从1850年（黄玉阶，1850—1918）到1860年（林登庸，1860—？）的诗人。第14册蔡凤仪（1862—1910）直到第21册张德明（1873—1922）所收即1862年至1873年生者，到第22册又从1864年收录（邱锡熙，1864—1928）直到第26册1873年（连城璧，1873—1958）。第26册徐杰夫（1873—1959）到陈瑚（1875—1922），但第27册又回到1873年、1874年，收录梁启超（1873—1929）、黄鸿藻（1874—1911）诗。从以上所述，可见《全台诗》以人系诗，而文献纷纭，整理、拆档都相当不易，在出版压力下，只能先将已整理完成的档案先行出版，提供学界使用。这种情况愈到后面愈少，自第27册起多依生年排序[1]。相信从出版后所

---

[1] 2018年12月出版的《全台诗》第51册增补1867年出生的戴珠光、1874年出生的杜伯荣、1875年出生的吴荫培诸诗人，据主持人施懿琳《编者序》所言，乃是诗人后代陆续捐赠资料给台湾文学馆及全台诗团队田野调查所得，因此增补了19世纪60—70年代出生的诗人作品，第8—9页。

见的各种问题，都可以于再版时重新修正。

（四）关于诗作之校勘

1.《全台诗》校勘细则

《全台诗》诗作排定之后，即是重头大戏的"校勘"。《全台诗·凡例九》：

> 运用对校、本校、他校、理校的校勘方法，审慎写定，尽量呈现作品原貌。校勘细则如下：（1）作品抄本、刊本缺字，无从考证补足者，用"□"标示，其有不能确定所缺字数者，于附注中说明。（2）作品抄本、刊本有缺角、残行、破洞等情况，致使字迹无法辨识者，用"○"标示。（3）作品抄本、刊本用字或繁体或简体，或正体或异体，前后不一者，原则上依目前社会惯用字体予以统一。其有较为特殊者，则尽量保留作品原貌，以便利考察作者的遣词用字习惯。（4）为便于观览，校勘采取当页注方式呈现。（5）校勘尽量罗列可供比勘的数据，提供读者判断取舍参考。其有以意改动正文、以意取舍异文者，加注说明根据及理由。

《全台诗》校勘触及"正误""校异""补脱""存疑""删复"等事项，文本文字有异文或内容有疑义者可以出校，若版本、书证、理据三者有其二，通常可以校改。校语如下：

（1）有版本依据，书证理据兼具或有其一者，可为改字，校语作："某"，原作"某"，据某本改。

（2）无版本依据，书证理据兼具者，可为改字，校语作："某"，原作"某"。

（3）无版本依据，书证理据尚不足以支持改字者，校语作："某"，疑当作"某"。

（4）底本文字不通，有疑误而无法推断者，校语作："某"，疑误。

（5）校本有异文，不须改字仅出校者，校语作："某"，某本作"某"。（仅出校异文，不须论断校本正误。）

（6）缺字依所缺字数，正文作□，校记作：按：此（数）字原缺。

笔者执行的《全台赋》《全台词》参考《全台诗》做法，并有所调整，尤其词、赋句式标断较诗作复杂，又因词、赋作品较少，两三册即见全貌概略，与诗之庞杂数量不能比，因此有所更正校改时，则征引书证、叙明理由。由于台湾古典文学他本可校情形较单纯，故以理校为常。以《全台诗》陈晓怡编校的"陈子敏"为例，陈氏于"提要"作：

陈子敏（1887～1948）诗作辑为《挹香山馆诗草》。此手稿复印件由林翠凤提供。稿本封面题作《挹香山馆诗草》，内页题作《挹香山馆勉之吟草》，未刊行。以下诗作辑录自《台湾日日新报》、《台南新报》、《诗报》、《孔教报》、《风月报》、《挹香山馆诗草》等报刊诗集，依发表或写作时间排序，时间未详者置于末。

《谨次辜菽庐秀才留别瑶韵》一诗之校勘，编校者于脚注曰：

编者按：《挹香山馆诗草》题作《次辜捷恩广文留别原玉》。

"骋怀也足遣离忧"一句，作：

编者按："遣"，《孔教报》误作"游"，据《挹香山馆诗草》改。又："足"，《挹香山馆诗草》作"亦"。

可见《谨次辜菽庐秀才留别瑶韵》第二首"骋怀也足游离忧"之"游"字有问题，因此正文呈现正确文字"遣"，并于脚注直摘"遣"，误作"游"，且有版本根据。从以上之例，亦可见不同版本可以提供编校者判读，因此版本的搜罗及底本的依据，对校勘甚有帮助。

2.《全台诗》校勘与版本问题

《全台诗》自然非常注重搜罗诗集文献，所据底本及参校本，力求网罗海内外相关孤本、珍本、善本，也取得了一定成果，以林占梅诗为例，他是《全台诗》当中唯一跨越两册的诗人，所收诸多版本如下：

据台湾分馆藏《潜园琴余草》为底本，并参照下列对校本编校：李清河藏《潜园琴余草》（以下简称李本）、李清河藏《潜园诗抄》（以下简称李抄本）、连雅堂《台湾诗荟》（以下简称荟本）、台湾文献丛刊《潜园琴余草简编》（以下简称台银本）、《新竹文献会通讯》（以下简称文献本）、陈培桂《淡水厅志》、林维丞《沧海拾遗》、蔡振丰《苑里志》、郑鹏云《师友风义录》、连横《台湾诗乘》、王松《台阳诗话续编》、林钦赐《瀛洲诗集》、赖子清《台湾诗醇》、曾笑云《东宁击钵吟后集》、彭国栋《广台湾诗乘》、蜕菴老人《大屯山房谭荟》。

林占梅之《潜园琴余草》，因其生前未曾刊刻全集，故后世所流传者，或为手抄本，或为刊刻不全之选本，研究者徐慧钰广搜各版本，《全台诗》特别请她编校林占梅诗，主编施懿琳在期末报告审查会里亦对此有所说明。[1] 陈维英诗之编校亦是，提要云："《偷闲录》稿本亦已佚失，在民间有多家抄本，如：新庄陈舜渔抄本（1930）、五股陈灿宝抄本（1931）、陈绕绿抄本（1934）、李见金抄本（1934）、吴朝纶抄本（1934）、新竹郑神宝抄本（1935）。1953年8月，台北县文献会曾从某氏手中取得最完善之珍藏抄本，计古今体诗七百二十六首，由廖汉臣重新加以整理并略加注释刊于《台北文物》，以下所收录的陈维英《偷闲录》诗作即以此为底本。至于，《太古巢联集》由田大熊、陈镦厚编辑，何茂松发行。（黄哲永、施懿琳撰）"[2] 此类例子极多，足见《全台诗》在

---

[1] 主编施懿琳的报告："因为她（徐慧钰）对林占梅非常地熟悉，版本也掌握得很齐全，她也很高兴能来负责这个部分。这次的林占梅版本呈现得非常非常详细，我们一般看到的是《台湾文献丛刊》的《潜园琴余草》的简编而已，这次不仅有台湾分馆藏的《潜园琴余草》的完整版本，另外还有一个李清河的校对本可以来参照，此外，还有徐慧钰自己本身找到的其他版本，我想这是一个校对起来比较精详的成果。"见《〈全台诗〉搜集、整理、编辑、出版计划第八年度期末报告（修订稿）》。

[2] 当时工作人员许惠玟撰述博士论文《道咸同时期（1821—1874）台湾本土文人诗作研究》，亦谓："陈维英《偷闲集》所使用版本对照除《台北文物》上刊行的版本外，另有藏于'中央图书馆'台湾分馆，由晓绿先生手抄的版本共三册、国家图书馆民国抄本一册，以及陈镦厚、田大熊编，无聊斋发行的陈维英《太古巢联集》。"

编校上之努力及引发之影响，但毕竟典籍分散各处，难免有未经眼者，因此在其出版后，也总能获得其他不同意见的指正或补充，笔者认为《全台诗》大醇小疵，能获得斧正是美事一桩，可使日后版本更完善。

首以"夏之芳"《台湾纪巡诗》58首为例，陈汉光《台湾诗录》题作《台湾杂咏百首》，由于《全台诗》"夏之芳"收在第二册，出版时间2004年2月（编校完成时间应在2002年），当时未见夏之芳《台阳纪游百韵》全貌，该诗收《台湾文献汇刊》第4辑第18册（陈支平主编、九州岛出版社和厦门大学出版社出版），2004年出版。至2009年，九州岛出版社又出版尹全海等人整理的《清代巡台御史巡台文献》，第四编第一卷"诗文"收入了标点整理的全本《台阳纪游百韵》。之后，方亮《巡台御史夏之芳考论——关于家世、生平及其宦台诗》对夏之芳著述存世情况作了调查，关于其宦台诗指出：1.《东宁杂咏》《台阳纪游百韵》《西游小稿》各一卷，中国科学院图书馆藏光绪间刻本。2. 柯愈春《清人诗文集总目提要》："此三集雍正间即有合刻本，乾隆五十九年夏长源覆刻，嘉庆十年修版。其玄孙夏铭孙于光绪元年三刻。"3. 南京图书馆藏有《东宁杂咏》《台游纪游百韵》清合刻本。确实如其所言"在很长一段时间里，台湾学者对大陆史籍保存状况不够了解，大陆学界中台湾史更非显学，使得《台阳纪游百韵》难以全本示人"[1]。不过此一情况，由于科技进步加持及两岸交流日益频繁，文献资料的流通使用已有相当的开拓。

除夏之芳外，蔡廷兰、黄鹤龄为其例二、三。柯荣三《"开澎进士"蔡廷兰与闽台名流诗家的交往——以〈香祖诗集〉所见为主要考察范围》[2]，作者发现"中研院"台湾史研究所藏有陈瑾堂（1894—?）于20世纪20年代寄赠连横之"蔡廷兰遗稿"《香祖诗集》抄本，共录诗56题、115首，较诸《全台诗》（2004）所收14题、15首增加很多诗[3]。柯荣三《〈全台诗〉蔡廷兰〈请急赈歌〉之商榷——以版本及典故为主的考述》"摘要"云：

---

[1] 载《扬州教育学院学报》2013年第2期。
[2] 载《泉州师范学院学报》2015年第5期。
[3] 《香祖诗集》校录稿已编为《蔡廷兰集》的附录。陈益源、柯荣三《发现蔡廷兰〈香祖诗集〉抄本及关于〈海南杂著〉的新史料》，见许婉婷编辑《澎湖研究第十二届学术研讨会论文辑：澎湖地方知识的探索与建构》，澎湖县政府文化局2013年版，第87—96页。

编者《全台诗·凡例》，严谨地写下十七条校记，但其中却有多处仍待商榷。首要原因在于编校《请急赈歌》所据底本欠妥，故而"将错就错"。其次，《请急赈歌》编校时也有漏校，例如《请急赈歌》第四十九联"救荒如救'灾'，祸比燃眉蹙"，实为"救荒如救'焚'，祸比燃眉蹙"。[1]

《全台诗》蔡廷兰诗编校之疏误，其因即在于编校《请急赈歌》时所根据的底本，乃是1961年8月出版的台银本《澎湖续编》，而此版本乃依据台分馆抄本《澎湖续编》排印而来，不意台银本《澎湖续编》并非精勘精校之善本，以之为底本又忽略对校抄本，致失去校订机会。1958年至1972年间，台湾银行经济研究室在周宪文的全力推动下，展开《台湾文献丛刊》的编辑与刊印工作，成为数十年来台湾文史研究者最重要的文献汇编。但这套《台湾文献丛刊》在文献史料的取舍及整理缺失之处，早期使用者自觉意识尚不足，此套丛书除文字多有疏误未校出，文字亦时有窜易，词、赋之标点则多有讹误。由于《全台诗》蔡廷兰诗编校者没有亲见复核台分馆的抄本《澎湖续编》，径以台银本《澎湖续编》为依据，致多沿袭错误。

黄鹤龄一例亦如是，《全台诗》仅录黄氏诗歌四首，而作为莫友棠弟子、丁绍仪之师、刘家谋友人的黄鹤龄，曾来台襄幕十年，其诗歌对清代道光、咸丰年间台湾当地气候、地理、风俗社会生活等方面多有描写，相关诗作如《渡海歌》《守风》《海外元日》《九月二十六日飓风达旦悸不能寐走笔作此》《游安平红毛旧城慨然有作六月十九日》《赤嵌杂咏》《海醮词有引》《赤嵌行效元白体》《募勇词》《赤嵌楼一名红毛楼》《十月朔夜半地震不寐赋此》等，其重要性不言而喻。然而《不暇懒斋诗钞》属未刊稿，长期典藏于图书馆中而不被重视，以致《台湾文献丛刊》《台湾文献汇刊》《全台诗》，均未收录，直至2014年刘荣平、江卉点校《黄鹤龄集》（厦门大学出版社出版），对黄氏及其诗作方展开研究，但实际研究情况亦

---

[1]《台湾研究集刊》第92期，2006年第2期。

不容乐观，迄今亦仅见刘荣平、赵瑞华二文[1]，实大有开展空间。

　　四以陈季同为例。陈季同诗收入《全台诗》第11册，未出版前提要云："著有《三乘槎客诗文集》十卷、《庐沟吟》一卷、《黔游集》一卷及法文书数种。陈季同有吊台湾七律四首，见连横《台湾诗乘》，今据以移录。（吴福助撰）"《吊台湾四首》脚注："此诗收于连横《台湾诗乘》，又载陈汉光《台湾诗录》、赖子清《台湾诗海》。"此时未见《学贾吟》，台湾版本的《吊台湾四首》与之差异的有：其一有"桃源天地付云封""边氛后此正汹汹"句，其二有"一岛居然付劫灰""却教锁钥委尘埃""聚铁可怜真铸错，天时人事两难猜"句（第二首诗又载王松《台阳诗话》），其三有"莫保屏藩空守旧""江山触目囚同泣，桑梓伤心鬼与邻""寄语赤崁诸故老，海桑历劫亦前因"句。其四有"壶峤居然成弱水"句。《学贾吟》版本另作"桃源天地看云封""边氛从此正汹汹""一岛如何付劫灰""忍将锁钥委尘埃""似念兵劳许休息，将台作偃伯灵台""莫保河山空守旧""蓬蒿满目囚同泣，桑梓惊心鬼与邻""寄语赤崁诸父老，朝秦暮楚亦前因"句。其四有"壶峤而今成弱水"。其内容及差异处之讨论，见钱南秀《贾生不作长沙哭，镇日行吟手一篇——陈季同〈学贾吟〉手稿影印本前言》、沈岩《心声百感交集心画神采奕奕——陈季同〈学贾吟〉书艺略评》[2]。《全台诗》出版之

---

［1］请参刘荣平《从黄鹤龄〈不暇懒斋诗钞〉看道咸年间台湾社会之状况》，载《台湾研究集刊》2012年第1期。据刘荣平统计，从《不暇懒斋诗钞》中可辑录1086首诗增入《全台诗》。另见赵瑞华：《清代台湾研究资料整理的新成果——评刘荣平、江卉点校〈黄鹤龄集〉》，载《湖北科技学院学报》2014年第6期。

［2］收入陈季同著，钱南秀整理：《学贾吟》，上海古籍出版社2005年版，第6—7、166页。沈岩所云为是，唯容或有商榷处，如"桃源天地看云封"句，谓"看"在这里是仄声，实则"看"字在诗词多作平声（如杜诗"闺中只独看""却看妻子愁何在"），以第三字仄声改作平声"天"，第五字原仄声，乃改作平声"看"，"付"字确实不如"看"字，亦可能如氏所言，避免与"付劫灰"之"付"重出。愚意此与"伤心地"既用，下首"伤心"改作"惊心"意同，"屏藩"改作"河山"，下句"江山触目"遂改作"蓬蒿满目"，自然有避重复之考虑。不过此四首字面重复的仍不少，如"台""海""山"（海上、海天，河山、湖山，楼台、伯灵台），提及台湾山河故土，确实某些文字难以全回避，而字面重出也未必不可，李商隐"巴山夜雨"即是。沈文又云"却教锁钥"改为"忍将锁钥"，"教"改为"将"是平仄需要，是则二字俱作平声，如林尔嘉"却教两度岁华新"，"却教"使用极多，教字作平声。

际，看到了《学贾吟》《吊台湾四首》有重校，且提要改作"近年发现陈季同诗稿《学贾吟》手抄本，卷尾附录有甲午（1894）战争后于台湾所作诗三题六首，今据以校录"。但"智慧型全台诗知识库"却保留了未以《学贾吟》校勘的原貌。其因可能是"智慧型全台诗知识库"并非由《全台诗》小组主导，提供的早期资料未及更正，在诗人生卒年上也依旧保留1851—1905年，而非《学贾吟》《全台诗》厘定的1852—1907年[1]。

五以易顺鼎（1858—1920）为例。清光绪二十一年（1895）中日马关条约签订后，易氏曾两次上书都察院，力陈不可割地赔款。割台议定后，更自动请命。该年五月、七月间两度携军饷赴台湾，协助刘永福、黎景嵩抗拒日军之接收。著作《魂南记》以日记形式记录抗日经过，《魂南集》为当时经各地吟咏所作。平生诗作近万首，结集成册者有二十余种，其中《四魂集》共分五卷，含《魂北集》《魂东集》《魂南集》《归魂集》《魂南记》等。《台湾文献丛刊》将《魂南记》《魂南集》合并为一册发行。《全台诗》收易顺鼎诗，其时《魂海集》尚未得见，2010年12月，上海古籍出版社出版《清代诗文集汇编》[2]，得以将《魂海集》与别集所收台籍诗人唱和易顺鼎《寓台咏怀》诸作予以比较，与各个别集的作品呈现或多少或少的差异。[3]据曾蕴华研究指出其差异

[1] 钱南秀《贾生不作长沙哭，镇日行吟手一篇——陈季同《学贾吟》手稿影印本前言》注一对其生卒年说明，从李华川《晚清一个外交官的文化历程》（北京大学出版社2004年版）之说，依据《福建通志》，定为1852年，据缪荃荪《艺风老人日记》定其卒年为1907年。陈俊启《晚清现代性开展中首开风气的先锋：陈季同（1852—1907）》（《成大中文学报》第36期，2012年3月）亦作1852—1907。生年1951年及1952年之异，宜是旧历年底关系。

[2] 《清代诗文集汇编》，上海古籍出版社2010年版，影印清光绪二十二年（1896）刻本。易顺鼎著，陈松青校点：《易顺鼎诗文集》，湖南人民出版社2010年版。台湾和诗者有赵少云《和易顺鼎寓台咏怀韵六首》，载《三六九小报》第33号，昭和五年（1930）12月26日。《三六九小报》第36号，昭和六年（1931）1月9日。吴季篯《和易顺鼎咏怀六首》，载《三六九小报》第48号，昭和六年（1931）1月13日。许南英《和易顺鼎咏怀》，载《三六九小报》第48号，昭和六年（1931）2月19日。许南英《和易顺鼎寓台咏怀韵六首》，载《三六九小报》第52号，昭和六年（1931）3月3日。

[3] 曾蕴华：《易顺鼎生平与诗学活动考论》，台湾师范大学中文系博士论文，2014年6月。指导教授：许俊雅。

现象，如"诗题的删改"，《魂海集》所收诗题之名较为直接，看得出诗作创作的背景与唱和的对象。"诗作内容的异动"，如林鹤年《福雅堂诗钞》收《次易实甫见赠原韵》，诗云：

> 亚洲风会党维新，涂炭衣冠敝帚珍。（台民不愿改装易服。）曲庇辽金终祸宋，旧盟安息已通秦。纲常扶植惟忠孝，时局艰难孰主臣。我亦依刘旧王粲，南阳置驿盛通宾。

《魂海集》作：

> 涂炭衣冠敝帚珍，亚洲风会党维新。纲常扶植惟忠孝，时局艰难孰主臣。曲庇辽金终祸宋，旧盟安息已通秦。因君重抱依刘感，置驿南阳忝旧宾。

可见《福雅堂诗钞》与《魂海集》之差异，并见字句的更换改易，透露出诗人创作与修改时迥然有别的心境。另《魂海集》提供了葺补的功能。易顺鼎向有随身携带活字版的习惯，随集随刻，《魂海集》正是在台事结束后易顺鼎刻行同人的唱和之作，因此这部书保留当时唱和的原貌，提供别于诗人别集的异文，也使许多诗作保留至今。施士洁的《后苏龛诗钞》收寓台一系列唱和诗作多为缺字，如《和哭庵续寓台咏怀韵》之一：

> 强着相如犊鼻裈，□□□□□□□。碎□□□□边海，抉目羞悬□□□。□□□□□□，□□□□□儿村。蛮花狰鸟□□□，□□啼痕与泪痕。

《魂海集》诗题作《鹭门客感即和实甫观察同年续寓台咏怀六首元韵》，之一：

> 一着相如犊鼻裈，相逢逆旅看王孙。碎身甘蹈穷边海，抉目羞言故郭门。帆影凄凉毗舍国，箫声呜咽乞儿村。蛮花狰鸟今成梦，幻作潮痕与泪痕。

可据以补足□□处,并得见异文。甚可据此加以分析改动之处的背后意涵。《和哭庵续寓台咏怀韵》之五:

> 枉夸万剑□□□,□□□□□□□。泣涕□□东□谊,疮痍无
> □□□□。□□□□雄□尽,□□□□□垒多。揆一未锄□□□,
> □□□剪恨如何。

《魂海集》诗题作《鹭门客感即和实甫观察同年续寓台咏怀六首元韵》,之五:

> 枉夸万剑昔横磨,刘秩能当曳落河。泣涕有书陈贾谊,疮痍无
> 术起华佗。草鸡谶纬雄图尽,荷鬼腥膻旧迹多。揆一未锄非种去,
> 延平九地恨如何。

征文考献,每须旁搜博采[1],有些时候,似乎又总是得依靠某种机缘,机缘成熟了,文献也就得以衰而集之。文物有灵,或许就是最佳的说明吧。

智慧型全台诗知识库首页版面

---

[1] 在《台湾日日新报》第四四三四号(1912.10.4)刊有哭庵《将剪发诗二十三韵》,如有所校勘,则可知此诗作者哭庵是易顺鼎,此诗并非写于台湾,内容亦与台湾无关(虽然当时也在推动剪辫),但刊于台湾报刊,选录与否的问题与清代众多甲午、乙未诗的情况一样,显得较复杂。

三、《全台诗》附加产品及其研究应用

2005年台湾文学馆委托元智大学罗凤珠教授将2004年第一批出版的五册《全台诗》建置为"智慧型全台诗知识库",该网站汇集明郑、清领至日据时期各阶段台湾所有传统汉诗,加以重新标点、校勘、编辑,方便现代研究者参考使用。包括"诗作""诗人""诗社"的索引检索:http://xdcm.nmtl.gov.tw/twp/。最新版智慧型全台诗知识库系统的检索可分为四方面:全台诗全文索引区、全台诗检索区、台湾诗社资料库、时空资讯系统。包含作品索引、出处索引、全文检索、注文检索、作者资料全文检索、诗社名称索引、诗社创始人索引等查询方式(如上图),提供全台诗资料的搜索,亦为全台诗的欣赏研究与交流分享,提供方便的学术平台。

智慧型全台诗知识库方便《全台诗》出版后补遗修正,与《全台诗》不完全相同。此外,另有"数位全台诗",由台湾文学馆向科技部门提出计划——"知识库开发与人文数位工具应用对台湾古典诗主题研究的加值与创新"计划(执行期程2015/08/01—2018/07/31),结合人文学者及资讯学者共同合作[1],经由资料分析、数据统计,探讨郑氏到日据时期近300年来台湾古典诗的多元面貌。以《全台诗》目前已整理的800多位诗人,近1 000万字为范围。根据其计划书所云:子计划一"台湾古典诗的作者群像、社群网络与空间分布";子计划二"延伸应用"计有历史事件系联、诗咏的物类联想、文人的休闲娱乐;子计划三"史料分析系统建置与加值运用"。尤其子计划三由信息方面的学者进行数据库架设、数据汇入及运用加值。参考CBDB系统建置"全台诗诗人权威文件",利用GIS系统绘制古典诗人移动、活动路线,统计古典诗人及其作品与社会网络的连结、地理分布、空间的移动以及文学结盟的情形、文坛位置等发展概况。此外参考现代"百科全书",重新为全台诗作主题分类及检索系统,而后透过诗作中事件、物类、娱乐三个主

---

[1] 据网上资料,其总计划及子计划一,台湾文学馆:洪彩圆、林佩蓉、吴禹中,成功大学:施懿琳、王雅仪、谢宜珊。子计划二,台中科技大学:许明珠、李佩慈、张雅婷。子计划三,成大资工系:陈培殷、杨永平、李政宪、张育诚,成大工设系:刘说芳、张潆分、连以娟。

题，进行资料库延伸应用，掌握巨量的资料而后进行微观的探讨。据此可开发颇多值得研究的课题，如诗人生平经历交游与社会网络分析、台湾古典诗人的籍贯分布与空间移动、台湾古典诗社的空间分布与历时性变化、诗社团体成员及活动的时空变化、文人的休闲娱乐，等等[1]。其研究方法之启示，沾溉后人颇多，如可针对《全台诗》中的"和诗"作品进行用韵、体裁、题材、典故、用途等类别进行研究，得出台湾诗人们之间的互动、交游网络。或者以陶渊明、杜甫、白居易、陆游等关键词，勾稽台湾诗对前人、前朝诗的接受情况，探讨受哪些诗人的影响？是在什么大环境下或个人性情所衷而接受？台湾传统文人的接受对象，与大陆相比，是否具特殊性，亦或是渊源于福建为多？主编施懿琳曾举其功能一二，如"诗人资料库参考清代官职表"，可以观察到：

> 1. 想要了解同一位文人，在不同时间，担任不同职务，所写的诗有甚么差异？比如杨廷理多次来台任职，诗作又多有系年，就是很好的考察对象。2. 想要了解晚清统治台湾最后一年有哪些官员任职？他们是否有割台的相关诗文？

从诗人生平资料表可以问：

> 宦台文人中以中国哪一省份的文人最多？哪一位文人来台次数最多，时间最久？有甚么相关著作？台湾文人前往中国任官职的有哪些文人？主要担任甚么职务？任职最久的是谁？台湾文人里哪位诗友最多？是否有助于他在诗坛的领导角色[2]？

本计划完成后，采取全面开放、资源共享的方式，一般读者、研

---

[1] 出自其计划中文摘要，网址如下：https://mocfile.moc.gov.tw/files/201611/e3ec40fd-8f1d-49a2-b1de-7472bc0a2eb3.pdf，检索日期2018年11月10日。

[2] 以上参见另施懿琳《一位台湾古典诗研究者对数字人文的想象和运用PPT》（2016年12月1日），"知识库开发与人文数字工具应用对台湾古典诗主题研究的加值与创新"计划编号MOST104-2420-H-025-003-MY3 2015.08-2018.07。林佩蓉《数位人文：从土地到云端》，载《台湾文学馆通讯》第50期。

究者可各取所需，这将使全台诗在台湾文学发展中的位置与价值更为明确。

至于"汉诗数位典藏"及"全台诗博览资料库"，虽亦以台湾诗为主，但作品并未校勘，此外，诗人、诗作之汇整，因对笔名、字号掌握不充分，因此无法全面掌握到诗人的所有诗作。虽然《全台诗》仅选录少数最具代表性的诗钟、联句，但收录来源仍然较多。不过这两个数据库所收亦不少，仍为尚未全部出版齐全的《全台诗》提供相当的便利性，其中"汉诗数位典藏"（架构在"台湾好文学网"：http：//www.literaturetaiwan.idv.tw/）无偿使用。"全台诗博览数据库"则需购买，比较方便学界使用。

《全台诗》陆续出版，引发后续推广、研究工作，文建会在2009年推动"大家来读古典诗"，2011年转由台湾文学馆承办，此外专著及学位论文不断出现，除硕博士论文以之参考外，从中发掘不少题目，如海洋山川、历史事件、饮食物产、灾难民变、文化地理、区域城市、节庆民俗等。同时台湾文学馆针对台湾古典作家出版了38册精选集的套书，以及"全台诗分类主题诠释暨编纂出版计划"中六巨册的《台湾古典诗选注》（区域与城市、海洋与山川、饮食与物产、灾异与战争、岁时与风土、游览与感怀）、《台湾文学史长编》套书33册、《台湾汉语传统文学书目新编》上下两册，其中网罗了详尽的台湾古典诗史料与诗注。主编施懿琳自谓运用《全台诗》另一个具体的成果是与廖美玉于2008年共同编纂《台湾古典文学大事年表·明清篇》工具书，使用了大量的《全台诗》历年成果[1]。在"数位全台诗"2018年7月底执行期限结束，台湾文学馆续提出："台湾古典诗云建置计划——从《全台诗》探勘17—20世纪古典诗人行迹及诗作图层"（研究期程2018/08/01—2019/07/31），据摘要所云其核心工作乃在：

> 完成诗人"行迹图"与诗作"图层"，前者攸关诗人的生平经历、学问养成、创作历程，后者则需要精读与深入分析，弥补现有

---

[1] 施懿琳：《〈全台诗〉的过去现在与未来》，载《台湾文学馆通讯》第34期。

文献未能呈现的地点，透过标记前述生平等行迹，综合所被标注的地点，推敲可能性的位置。最终经由运算后所得的数据，将可成为探勘古典文学发展脉络。[1]

相信日后运用数字化检索分析台湾古典诗，新研究方法的触类旁通，将可拟定各种有趣的题目，不仅可以了解台湾早期景象，也可以认识古典文学的艺术美感，对台湾古典文学的研究应有积极的意义[2]。

四、结语

本文主要围绕《全台诗》的编辑概况及相关问题，总结其整理的原则与方法。尤其对留存的文献史料的整理，对于日后文学古籍的整理工作，应该有其参考意义。汉诗在台湾一直有着蓬勃的发展，诗人、诗社也极多，那是最耀眼特殊的文化形态。尤其清光绪元年（1875）以后，下迄日据结束（1945）的七十年间，台湾诗家密集出现，台湾诗坛的花果于焉渐繁，可谓台湾诗坛的全盛时期。借由台湾诗歌篇章的整理，不仅提供了解台湾早期景象，也可以认识台湾古典文学的艺术美感。台湾特殊的地理风物，对于以中原文化为主体的文人而言，亦是一种新的客观的史地知识与经验，呈现在文学的审美机制中，清代台湾诗人是以何种态度与方式来认识与呈现这样一个内容范畴？而台湾被割让之后，作为被殖民的岛国文人，又如何看待殖民母国？如何应变世局的变化，与当下的时空环境对话？汉诗作为东亚汉字文化圈的共同纽带，彼此间相互渗透、互动，或同场竞技、一争短长，都是值得我辈认识、理解的，台湾汉诗的整理有其必要性。

---

[1] 参见https：//www.nmtl.gov.tw/informationlist_213_1829_1.html。检索日期2018年11月18日。

[2] 本文完成后，于2018年12月底收到《全台诗》第51—55册。主持人施懿琳教授编者序，亦提及这几个资料库，并补充由台湾文学馆连续举办七年"大家来读台湾古典诗"网路部落格竞赛，以及2018年台文馆进行"台湾古典诗精选诠释计划"，选出最具代表性的台诗三百首。（写于10月16日）见全台诗编辑小组编辑，《全台诗》第55册，台湾文学馆2018年版，第10页。

《全台诗》从2001年开始着手，2004年先出版五册，迄今又过14年多时间，这期间又出现了很多史料，数据库也渐增加，对于台湾文学史料的搜集自然有很多方便之处，较诸2004年不可同日而语。但也因诗人诗作数量的庞杂，《全台诗》必须周延考虑，有所取舍，方能尽速如期出版，因此面对《全台诗》，并不须以"全"来苛求，何况所有的"全集"，从来就不曾有过真正的"全"[1]。检讨《全台诗》，容或有其舛误疏漏，未及博览广检群书，遗漏诗人作品；考订不精，误收他人诗歌；作品编次不当，诗人小传不确、小注错讹；版本不精，校勘失范，讹字夺字等现象，但毋庸置疑的是，编辑小组一直以来禀持着一丝不苟的工作态度，以地毯式搜罗海内外各报刊诗集，遍览数以万计的诗作，逐首浏览采录，建档输入，拆档文件合并工程浩大，且进行了认真而细致的辨析，复核参稽，时有灼见，《全台诗》修订之细节、成书之经过、改编之繁难、定稿之艰辛等诸多困难，从本文讨论中不难体会，幸赖主编带领工作人员以坚韧的学术毅力和严谨的学术精神，筚路蓝缕，遂得出版五十巨册，日后还将继续出版。同时《全台诗》也奠定了台湾古典文学《全台赋》《全台词》整理的原则与方法。与《全台诗》关系密切的数位数据库的建置，也有助于提升研究的能量，更加快了研究的速度。

【作者简介】台湾师范大学国文学系特聘教授兼系主任，博士生导师。

---

[1]《全台诗》首要标准是"全"，但"全"是有原则的"全"，符合定义下的作品方录入，不清楚的宁可缺而不录，以保证《全台诗》的纯粹性和学术品质。后来因数量实在太庞杂，又时有文献出现，主编不得不有所调整，"先前已处理但尚未搜集完整的日据（1895）后出生的诗人，暂不在现阶段编列的范围"，因为"如果要将这些报刊杂志的汉诗全部打字再拆至各个诗人档，所拉的战线太长，工作量将无法评估"。参见施懿琳《一位台湾古典诗研究者对数字人文的想象和运用PPT》（2016年12月1日），"知识库开发与人文数字工具应用对台湾古典诗主题研究的加值与创新"计划编号MOST104-2420-H-025-003-MY3 2015.08-2018.07。林佩蓉《数位人文：从土地到云端》，刊《台湾文学馆通讯》第50期，2016年3月。每一部全集的出版都预留了补遗的工作，有待后来者继续补缺。

古谱诗词传承与当代诗词文化

——国家艺术基金古谱诗词传承人才培养项目综述

杨　赛

【摘　要】　古谱诗词，是指用中国古代记谱法和古琴记谱法记载的经典诗、词、曲，包括诗谱、词谱和曲谱。中国古代记谱法包括声曲折、宫调谱、俗字谱、工尺谱等，不同于五线谱和简谱，主要以工尺谱记载的古谱诗词将汉语言的声音和意义充分融合，追求语感、情感、乐感、美感的完美统一，体现了中国式审美情趣，具有极高的艺术价值。经过创造性转化后，必然能在世界艺术歌曲体系中占据重要地位。整理中国听觉审美实践与理论，培养古谱诗词传承人才，表现古谱诗词完整的立体的听觉形态，重构中国听觉审美体系，对当代诗词的复兴有重要意义。

【关键词】　古谱诗词　整理与阐释　译介与编配　创作与表演　教育与交流

　　从2007年开始，我给上海音乐学院研究生开设中国音乐文学课程。2012年起，又拓展到本科生，学生来自声歌系、音乐戏剧系、作曲系、音乐工程系、音乐学系、民乐系、艺术管理系、管弦系等不同专业，分布在博士生、硕士生、本科生和外国留学生等层次。我跟随郭建勋老师、曹旭老师研习过6年的中国古代文学，拟作过一些诗、词、文、赋，给普通高校学生们讲过好几轮中国文学史。建设面向世界的中国音乐文学课程体系，对我来说，既是挑战，也是机遇。

　　上海音乐学院有着深厚的音乐文学传统。1927年，蔡元培与萧友梅在上海音乐学院创建之初，就提出了整理国乐的办学宗旨，十分重视音乐文学教育，先后聘请易韦斋和龙榆生开设中国词学课程。[1]易韦斋到国立音专教授国文、诗歌、词曲等三门课，后来又增加了国音、文学史、文化史等。萧友梅与易韦斋合作创作的歌曲就有83首。从1928年开始，龙榆生兼任国立音乐院文学教员前后7年，与萧友梅共同发起成立以研究和制作歌词为宗旨的"歌社"。1929年，韦瀚章到上海音专任教，与黄自合作创作了许多歌曲，编写多本歌曲教材。[2]后来，刘明澜开设了中国诗词音乐的课程，以古琴歌曲为线索，介绍了中国诗词音乐的发展脉络。[3]2007年，李涛老师举办了中国诗词音乐演唱会，发行了《长相思——李涛中国诗词歌曲演唱专辑》[4]，出版了专著《中国诗词歌曲演唱研究》。[5]

学术界和艺术界一直在努力建构音乐文学学科体系。朱谦之在《中国音乐文学史》中提出"中国文学的特征，就是所谓'音乐文学'"[6]。庄掾华在中国音乐学院开设了《音乐文学》课程，她说："音乐文学乃指这样一种艺术：它以语言为工具，通过形象，具体地反映社会生活，表达作者的思想感情。同时，它又有与音乐结合为声乐作品的可能，最终以歌唱的方式诉诸人们的听觉。"[7]要建设听觉形态的音乐文学，突破哑巴音乐史与哑巴文学史的局限，就必须建立中国音乐文学体系，包括中国音乐文学作品选、中国音乐文学史、中国音乐文学理论、中国音乐文学创作与表演四个部分。

与此同时，要建设音乐文学人才培养体系，将音乐文学的整理与阐释、译介与编配、创作与表演、教育与交流打通，将教学、科研、创作、表演与社会服务打通。从2012年开始，我们在大学、图书馆、讲坛等场所举办了近100场讲演会；从2015年开始，我们在上海之春国际音乐节、北京、天津、河北等地举办近30场风雅中华诗词音乐会；从

[1] 钱仁康：《龙榆生先生的音乐因缘》，载《文教资料》1999年第5期。
[2] 杨赛：《萧友梅的歌曲创作》，见中华诗词研究院、复旦大学中文系编《中华诗词研究》（第三辑），东方出版中心2017年版。
[3] 刘明澜：《中国古代诗词音乐》，中国科学文化出版社2003年版。
[4] 李涛：《长相思——李涛中国诗词歌曲演唱专辑》，人民音乐出版社2009年版。
[5] 李涛：《中国诗词歌曲演唱研究》，东方出版中心2010年版。
[6] 朱谦之：《中国音乐文学史》，上海书店出版社1989年版，第16页。
[7] 庄掾华：《音乐文学概论》，人民音乐出版社2006年版，第1页。

2017年开始，我们策划举办"东方美谷，诗漫贤城"3届诗歌节；我们已经在美国、加拿大、法国、突尼斯、泰国、德国、比利时等7个国家巡演。

2018年，我们申请的古谱诗词传承人才培养项目获得国家艺术基金资助。国家艺术基金是经国务院批准，由国家设立，旨在繁荣艺术创作、培养艺术人才，打造和推广精品力作，推进国家艺术事业健康发展的公益性基金。2018年3月初，经过自愿报名、专家推荐、单位批准、项目组初审、通讯评委复审、终审评委核准等选拔环节，遵循高层次、小批量的原则，项目组从近千名报名者中遴选出30名正式学员。从年龄上看，35岁以下青年学员12名，占40%；36岁至45岁学员17名，占57%；45岁至50岁学员1名，占3%，中青年学员是绝对主力。从专业上看，声乐专业20名，占67%，其余专业涵盖文学、音乐学、音乐教育、作曲、合唱指挥、钢琴演奏、古琴演奏、舞蹈以及文化产业等领域，音乐表演渐成体系。从职称上看，具有副高以上职称者10名，占33%。从地区分布上看，来自上海的学员9名，占30%；来自北京、浙江的学员各3名，湖北、山东学员各2名，天津、重庆、江苏、安徽、广东、广西、陕西、甘肃、四川、云南、福建学员各1名，长三角区域、长江流域是重点。学员多来自高等院校和音乐院团，包括清华大学、复旦大学、同济大学、苏州大学、曲阜师范大学、西南大学、中央音乐学院、上海音乐学院、武汉音乐学院、西安音乐学院、天津音乐学院、星海音乐学院、广西艺术学院、上海歌舞团、安徽省歌舞剧院、甘肃省歌剧院等单位。[1] 为了满足报名者的热切愿望，项目组还招收了25名研修学员。项目组邀请36位来自海内外的古谱、声乐、作曲、文学、戏曲、教育、传播等专业领域的知名专家，办了36次学术讲座，举办了7次圆桌论坛，对古谱诗词的整理与阐释、译介与编配、创作与表演、教育与交流作了深入研讨与交流。同时，学员也学以致用，以工作坊的形式，开展了一系列传承实践。

---

[1] 章琦：《古谱发宏韵 经典焕新声——国家艺术基金2018年度艺术人才培养资助项目"古谱诗词传承人才培养"项目集中授课综述》，载《歌唱艺术》2019年第2期。

一、古谱诗词的整理与阐释

古谱诗词的整理与阐释，具体而言，是将散见于各个文献中的古谱诗词，按照文献整理的方法，说明史源，校订词和谱，进行系统的考辨与分类，将词作者的生平、创作背景、历代词论综合起来，作出系统的、合理的阐释，以资学术研究和创作表演借鉴。

1. 古谱诗词的整理

朱谦之《中国音乐文学史》搜集了唐开元乡饮酒礼用的《风雅十二诗谱》和清汪双池《乐经或问》所载《关雎》《九歌》曲谱，清毛奇龄《皇言定声录》所载《唐笛乐字谱》，明王骥德《曲律》、宋姜夔《白石道人歌曲集》所载小部分曲谱，数目很少，尚不能成为曲目体系。

1746年，乾隆钦命庄亲王允禄领衔编成了《九宫大成南北词宫谱》82卷，其中收录诗词曲谱100多首。1768年，《魏氏乐谱》5卷在日本印行，收录诗词曲谱217首。1844年，谢元淮编成《碎金词谱》14卷和《碎金续谱》6卷，收录诗词曲谱800多首。近十年来，我们整理了1 000多首古谱诗词，并精选其中的代表作品100多首，编纂了《中国历代歌诗选》，作为基本教材，共分7章：第一章先秦歌诗、第二章秦汉魏晋乐府歌诗、第三章唐代歌诗、第四章宋代歌诗、第五章元曲、第六章明清歌诗、第七章近代歌诗，各章前置导论，各篇有题解、正文、注释、汇评、古乐谱、译谱、演唱提示等。

乐谱是中国古代文献的重要形式，为中国诗歌进一步"活态化"提供了曲目，有益于恢复中华诗乐传统，发挥乐教在中华民族文化基因传承与创新中的作用。

上海音乐学院赵维平教授说，中国很早就有乐谱的记录，有鼓谱、古琴谱、琵琶谱、阮咸谱、笙谱、筚篥谱和横笛谱等形式。汉代张骞通西域后，开启的一条由新疆、甘肃直至中原腹地的经济文化交流带——丝绸之路，极大地影响了音乐的发展。琵琶由西亚沿着丝绸之路传入中国，成为唐代的主要乐器。学员们学唱了从法国国立图书馆收藏的《敦煌琵琶谱》编配的《慢曲子西江月》（配柳永词）和《伊州》（配王维诗）。

日本古典音乐研究专家坂田进一先生展播了由他排练的《魏氏乐谱》所收《阳关曲》《清平调》《关雎》等曲目，介绍了东皋心越禅师东渡及越师琴门、明乐、清乐等内容，与同事用月琴与笛合奏了10首清乐曲目。东皋心越法师于清朝康熙十五年（1676）东渡日本，到2016年正好340周年，《东皋琴谱正本》由上海音乐出版社整理出版。

浙江师范大学杨和平教授介绍了学堂乐歌时期由李叔同、青主、周淑安、应尚能、黄自、陈田鹤、刘雪庵、谭小麟、冼星海、江定仙等创作表演的诗词歌曲，并对其调式、和声、旋律、词曲结合、钢琴伴奏作了分析。

2.古谱诗词的阐释

对古谱诗词作全面系统的阐释，能提高鉴赏古诗词的水平和文化素养。

复旦大学蒋凡教授主张文学、音乐、诗歌三位一体，文史哲与理工相结合、文学与语言相结合、文学与艺术相结合。文学是音乐的灵魂，音乐是文学的血脉，双声、叠韵、排比、平仄与抑扬等语言现象，本身具备音乐性。他还吟诵了多首作品。学员潘志芸对蒋凡先生所传23首吟诵谱作了整理。

复旦大学黄仁生教授探讨了"词变而为曲"的背景与进程、"词变而为曲"在艺术审美史上的意义，勾画了"诗变而为词""词变而为曲"的进程。学员王乙婷演唱了汉乐府诗歌《白头吟》。中国诗歌的发展，是离不开音乐的。诗变成词，词变为曲，不断衍生出新的文体，音乐的发展变化是动力之一。周德清说："有文采曰乐府。"词、散曲、戏曲都可以称为乐府，历代乐府里面有很丰富的内容，不仅文学界要研究，音乐学界更要研究。同样一首诗词，宋代人、明代人、清代人各是怎么谱曲的？如果能分析出同一首诗词不同时代谱曲风格的差异，并阐释其中演变的缘由，就能形成非常高水平的学术论文。如果这项工作能够做好，不仅可以唱，还可以推进古典文学界对诗、词、曲、戏曲的深入研究。词在晚唐五代时期走向成熟，走向自觉，这是没有争议的。但是，关于词是什么时候兴起的，是有争议的。有学者认为，词兴起于隋朝，曲子词是为了与燕乐配合而产生的，而燕乐正是隋代从西域传入中原的。相对而言，词起源于唐代为颇多学者所认同，但仍有"盛唐说"和"晚唐说"之争。深入研究音乐与诗歌的关系，对当代诗词的创作、振兴都有重大意义。

上海市文史研究馆研究员、上海师范大学曹旭教授结合初唐、盛唐、中唐、晚唐中名篇对唐诗的声韵、结构、意境作了详细解读。唐诗具有多重美的组合：声韵上的音乐美；句式上的结构美；意境中的图画美；格调上的雄浑、豪放、自然、含蓄的风格美。唐诗能塑造心灵，帮助我们获得诗意的人生，具有提升境界、滋养生命的意义。诗是中华民族文化的血脉与抒情的载体，而唐诗达到了中国诗歌史上的最高峰，是"诗国"皇冠上最璀璨的明珠。诗是熏陶式的教育，润物细无声，可慢慢地感染人，悄悄地改变人，融教育于美育之中，比《三字经》《弟子规》等规训式的教育更有影响力，应作为现代教育的重要组成部分。

上海音乐学院钱仁平教授从理论驱动与历史观照的角度切入，深入浅出地描画了中国近代艺术歌曲历史脉络与当代古诗词歌曲技法要点与风格特征。中国近代艺术歌曲创作，高度重视词曲结合，灵动发挥"词语描绘"，形成诗歌和歌词，引导旋律走向，引发和声转变，促成句法多样，促进整体严密，在中国专业音乐教育与创作发展之初，音乐与文学就达到了水乳交融的美好境界。他还重点分析了黄自的《花非花》《思乡》《春思曲》等，介绍了赵元任、青主、谭小麟的相关作品，详细分析了罗忠镕先生"十二音序列"歌曲《涉江采芙蓉》的序列原型、音程走向、节奏节拍等，高度肯定了罗忠镕先生在20世纪中国新音乐发展史上的突出贡献。

二、古谱诗词的译介与编配

古谱诗词的译介与编配，即根据格律与音律相结合的原则，将古谱译为现代通行的乐谱，并进行编曲和配器，以便于古谱诗词的舞台呈现。

1. 古谱诗词的译介

温州大学赵玉卿教授介绍了我国古代最早的减字谱、俗字谱与律吕字谱，通过对《白石道人歌曲》的版本、谱字符号的考辨与校勘，提供了新的译介成果。学员张建华、杨霖希据现译的姜夔歌曲录制了《淡黄柳》《暗香》《醉吟商小品》《秋宵吟》《长亭怨慢》《鬲溪梅令》《杏花天影》《角招》《徵召》《惜红衣》《扬州慢》等11首姜夔歌曲。

上海昆剧团笛师杨子银介绍了工尺谱的历史渊源和昆曲工尺谱的记谱特点、唱法特点、时值、音高的标记、昆曲常用调以及工尺谱的特殊功能与意义。昆曲工尺谱只记大概框架，不记气口、润腔和时值等信息，在译谱过程中，应首先看板眼，再考虑唱曲口法与行腔、润色问题。昆曲的工尺谱与古琴谱、箫谱等大同小异，要注意积累、运用和实践，以加深对曲子的理解。

2. 古谱诗词的编配

古谱诗词歌曲当以钢琴伴奏为主，以便于声乐专业人员练习和学唱，在此基础上可以编配小型民乐队和交响乐队，作为音乐会演出。

上海音乐学院姜之国副教授讲解了古诗词音乐编配要注意和声、织体、对位、音色四大问题。中国音乐不是没有和声，而是没有成熟的、成体系的和声，不能被称为harmony。西方音乐最初传入时，我们直接用来配中国音乐，但西方和声在技术手法上似乎与中国的不太搭调。学堂乐歌时期，学界开始讨论和声的民族化问题，在横向和纵向都尝试五声风格化处理。20世纪80年代，桑桐先生发表《五声纵合性和声结构的探讨》，探讨中式旋律和中式和声，认为将五声和声打破重组会有不同的感觉。而和声是先后出还是一起出，主调织体与副调织体如何编配，都是值得探索的问题。无论将古诗词歌曲移植到什么乐器上，都要保留乐器本来的特点，根据乐器的音色进行编配。中国五声调式音列是由任意截取纯五度音列中相邻五个音所构成，其特性音程是纯四五度（相距一个纯五度）与大二度（相距两个纯五度）。中国的五声性七声调式则由五声正音加入两个偏音构成，从音阶上来看，与欧洲中世纪教会调式相同，区别在于对待偏音的处理以及具体的旋法与风格。姜教授现场演示了中国五声调式的曲目，生动地说明了中国音乐是以五声为主，很少用偏音，一旦使用了偏音则会削弱比其小二度的正音。使用的偏音要么是经过性的，要么进行了微调。当然，也有一些是故意的。如用对阵双方来形容中式音乐的可用音程：中式阵营，以纯四五度和大二度为主；中立阵营，以大三度和小三度为主；非中式阵营，以小二度和三全音为主。编曲时要以中式阵营为主，拉拢中立阵营，分化瓦解非中式阵营，为我所用。姜教授用《我住长江头》《阳关三叠》《枫桥夜泊》举例说明。研修学员安宁介绍了编配古谱诗词的心得——要查阅诗词资料，分析诗词的含义，注重词曲结合，注意音高、节奏、韵、句的变化，并以《陇头吟》《醉花阴·九日》的编配举证。《箜篌引》编配使用移宫犯调的手法，和声一直在悄悄地变调，变得很隐蔽。编配时不应拘泥于乐器类型，钢琴的运用，并不会破坏古诗词的意境。

古琴演奏家、上海音乐学院戴晓莲教授在"琴谱与琴歌"讲座中说，琴歌演唱，声音不是第一位的，最重要的是要能够把韵味、意境、神韵唱出来，琴不仅作为伴唱乐器，要以琴和唱、以唱托琴，琴与歌相辅相成、相得益彰。诗歌的韵与古琴的吟猱要相和。戴教授与坂田先生合作表演东皋心越禅师东渡日本的思乡之作《思亲引》，独自弹唱《归去来辞》。学员杜思睿、周杨展示了《朝中措》《少年游》《极乐吟》《杨白花》等作品。

二胡演奏家、上海音乐学院王永德教授讲解了中国声乐与器乐的相互配合，中国民族器乐情景交融的表现方式，并以浙江台州乱弹、二胡曲《牡丹亭·游园·皂罗袍》《空山鸟语》以及江南丝竹《行街》等示范。萧友梅先生建立的"国乐系"值得今人借鉴，文化不分高低，要包容多元文化，继承传统文化，借鉴其他文化，真正做到古为今用、洋为中用、传统不守旧、创新不离根，不断丰富中国音乐的风格。

三、古谱诗词的创作与表演

古谱诗词对表演者的艺术水平和人文修养有着极高的要求，要把语感和乐感、情感和美感和谐统一起来。

1. 古谱诗词的创作

上海音乐学院朱晓谷教授介绍了"古乐·新声——陈应时解译敦煌古谱音乐会"。音乐会展示的是陈应时先生翻译的《敦煌琵琶谱》，编配尽量用原谱，把《敦煌琵琶谱》25首整合成13首，尽量使用中国古典乐器，比如古琴、编钟、五弦琵琶等，再通过转调、变化节奏等手法使乐曲的色彩更加丰富。中国古代没有低音乐器，民乐团演奏一般加低音提琴，这次演奏会为了不用外国乐器，用了低音扬琴和低音筝，但实际演奏效果并不是很和谐。学习中国古谱，在作曲方面可以得到很大的滋养。要运用新的方法赋予古谱新的活力。总的原则是：不能太变也不能不变；适当的变化是需要的，不然没有审美的提升。变化有四种方式：以原谱主旋律为主，再进行配器；呈现一次原谱，之后再展开；以原谱中的素材作为元素，再进行整合；只取原谱中的名字，而写其他乐曲。中国的管乐和弹拨乐器可以与交响乐团合作，但弦乐却很难。朱老师听了学员杨霖希编配的古谱《渔歌子》，非常赞赏，把古谱创编成完整的艺术歌曲，由民族声乐来演唱，这条路很宽，可以不断挖掘，且走在我国艺术前沿，非常有意义。

作曲家、上海音乐学院徐坚强教授认为只要有诗心之人和好奇心，每一树草木都是至宝，可从中发现古诗词的美。每天早上起来，睁开眼睛那一刹那，不管你到哪里去，都用音乐和艺术的眼光看待世界，那么世界的一切，在你的眼中，也充满了音乐和艺术。读诗，需要静下心来，不要乱读，不要随意，要投入，久而久之诗歌能帮助你养成高尚的情操。读诗，可以用普通话，也可以用戏曲念白，情绪表达会很不一样。诗词有抑扬顿挫，本身就具有音乐美，是其他艺术无法替代的。诗歌离不开音乐，音乐也离不开诗歌。《汤显祖》台词中有"无古无今，方生方死""情不知所起，一往而深"。用种种方法，种种节奏去念，从念念有词到念念有声，必须在第一时间让观众感到这就是汤显祖，如果在剧院里面，观众听到第一个音符，觉得是徐霞客，这个念白肯定不对。创作者对情感要琢磨，比如一个"嗯"字用什么语气来说，拖长的、短促的、上扬的，内在含义都不一样。

歌唱家、新雅乐推广人哈辉多年致力于中国礼乐文化与古典音乐的传承与发展，创研新雅乐，倡导"以乐载道、以礼修身"的理念，追求中正、和谐、沉静、安详之乐。她认为道德伦理教育与乐舞艺术、行为规范与审美情感教育联系密切，提出要将艺术教育纳入通识教育，并以新雅乐作品《女德》《茶香》《声律启蒙》《南有嘉鱼》《二子乘舟》等示范。

2.古谱诗词的表演

歌唱家、兰州大学中华诗乐文化研究中心主任刘桂珍教授认为，演唱古诗词艺术歌曲要注意字清腔纯，表现出诗词中的意境与气韵。中国诗乐的核心理念是和谐，而和谐的前提是自然、安静、中正、平和，恢复人的纯真与纯善，而艺术的最终目的就是要唤醒人心中最原始的纯真。刘教授演唱了六首古诗词艺术歌曲，示范演唱从吟诵开始，刘教授请大家用哼鸣和U音作为声音背景，营造空灵的意境，用不同的方言吟诵了部分诗词，将大家带入了久远的诗词意境。学员梁彬、王乙婷、孙立忠演唱了《关山月》等。

歌唱家龚琳娜认为中国声乐的美主要在于丰富的音色和独特的腔韵。要唱出中国的声音，就要学习不同的音色，从各种流派、行当、唱腔中学习；掌握东南西北各种风格。唱歌就是说话的夸张，要注意把握情感。要在生活中发现共鸣腔的用法，并用于歌唱中。艺术一定来源于生活，歌唱要抓住生活的规律。以《静夜思》为例，当诗人进入思乡的情感，开始怀念故乡的时候，正是他吟出"低头思故乡"的时候。诗词临近结束，情感却才真正显露出来。唱诗不是为了背诗，而是要将诗词的意境、情感和品格唱出来。诗词的魅力在于它怎么教你做人，诗人对生命的追求、品格就蕴含在诗里。当人们唱起了这首诗，这其中的意味也就更能体会出来。魏良辅在《曲律》中说："曲必择声，沙喉响润，发于丹田者，方能成持久。"即，要选择合适的声音，要注重词的本身意境、注重作者本身。以苏轼的《水调歌头》为例，诗人的品格贵在坚持，如何把它表达出来，就要注重音色、方向、力度和方法。要让歌真正地回归到生活中去，理解诗词，和诗词进行共鸣，而不是炫耀自己的声音。要注意行腔。"腔"从肉从空，是肉身空出来的。字以外的是腔，是字之后空出来的留白和余韵。语言声调是中国音乐中腔音、直音产生的重要基础。韵是中国音乐中无法用语言表达出来的内涵，从表面来说，是基本音被加花装饰后的形态。颤音、顿音的表现，要向古琴学习吟猱的韵味，学习如何处理韵。韵是有空间感的，给腔留下空间，回味无穷。弦外之音、言外之意，是中国的音乐中形而上的追求。唱戏、唱歌、唱诗词这三者之间有区别：唱歌重旋律，唱戏重声腔，而唱诗词一定要有腔、有韵，还要有旋律。中国的语言本身就有旋律、有声调，歌唱语言就应当有语言的美，把古人的精华、精髓留在骨子里，把魂和根深深地扎在中国文化的土地上，而后才能够进行创新，作出现代人所喜欢的音乐。真正的传承，是把艺术生命传承下去，而不是拘泥于表象的东西。在学习西方的同时，也要保持中国文化的元素，才能够做到真正的文化自信。

歌唱家、天津音乐学院赵振玲教授结合琴曲与琴歌、戏曲、曲艺、书法、语言、建筑等艺术形式的独特性就"音色、意念、气韵"，"音色、性格、流派"，"声色、韵律、味道"，"音色、宗教、禅意"，"音色、写意、造境"五个问题作出了探讨和示范，在指导学员时，从角色亮相、与人物形象匹配的音色处理、歌词理解、拖腔的处理、"手眼身法步"的舞台效果、戏曲的道白与归韵、气息等问题进行了分析。

歌唱家、上海音乐学院于丽红教授分享了表演《春江花月夜》《飞天》的经历，通过歌唱中的气息、人物的舞台表现、对昆曲的行腔的借鉴，使得作品日臻成熟，展现了她对古曲与新韵的追求。歌唱家、上海音乐学院杨学进教授认为没有传统文化的滋养很难学好民族声乐，要多向民间、民族音乐学习，吸收不同风格、不同形式的音乐，让歌声充满灵动性。气息是歌唱的基础，气息一定要深，越深越好。在演唱中虽然允许有"二度创作"，但最好尊重作者、尊重原创，完美体现创作者意图。歌唱家、上海音乐学院葛毅教授指出各位歌唱家在演唱时也要保持自己本身的特点，声音不该是千篇一律的。歌唱家、上海音乐学院刘芳瑛教授说，无论歌唱还是创作，要尤其讲求古诗词歌曲字声的问题，注重字声的押韵、平仄关系与入声字的发音，要借鉴昆曲行腔韵律，做到字正、腔圆、情真，并以《关雎》《阳关三叠》《南乡子》《一首桃花》《长相知》等示范。

昆剧表演艺术家、江苏省昆剧院孔爱萍老师介绍了昆剧生旦净末丑的行当、手眼身法步的基本功、唱念做打的方法，示范了念白、散板与上板唱腔旋律，强调了其中的平仄声与入声字问题。我们要传承昆曲优良传统，而不是一味地创新；要认真学习中华文化，从中很好地汲取灵感和养分。她以手势为例介绍了不同角色的区别，同样的一个抬手动作，武生就要把虎口打开，撑起来，显得很有精气神。如果把手掌反过来，虎口收一点，不那么用劲儿，就成了书生的手势，像文人握笔，很有书卷气。旦行的手势多用手腕来带动，动作规范、典雅。其中各个年龄段有不同：小孩的手势较高，端在胸前，显得活泼可爱；少女小姐手势较低，变得更加淑静了；而到了老妇人，因为气力不足，手势就越来越往下放，这些细节塑造了人物的形象，懂得鉴赏的人，通过手势就可以看出这个演员的功底。眼神也分很多种，杜丽娘这个角色是一个少女，她的眼神是天然、纯真、无邪的，而像杨贵妃这个角色，她是极度自信的，眼睛一般不聚焦，只是泛泛地看人，唯独看皇帝是定睛而望、充满深情的。音色、音质也需要根据不同的角色来作区分，比如杜丽娘的声音，纯真、柔美；杨贵妃的声音则宽广、亮堂，显得意气风发。而老妇人的声音气息较弱，向下走，低沉。要根据意境来确定声腔，塑造角色，将一个作品演绎成精品。孔老师用昆曲的形式给我们演绎了《碎金词谱》中的《捣练子》，由施成吉老师配乐。分别演示了几种唱法：念白、散板和上板。昆曲中的入声字一定要表现出来，平仄要分明。"断续寒砧断续风"中"续"出现了两次，它是入声字。第一个"续"是唱得短促的，第二个就拖长了一些，同一句中两个入声字只能入一个。道具的使用也很有讲究，孔老师以扇子和水袖作了精彩生动的示范。昆曲的肢体语言非常讲究，将昆曲的身段运用到生活中，能训练优雅的身姿，养成良好的仪态。

四、古谱诗词的教育与交流

1. 古谱诗词的教育

复旦大学桑玉成教授作的"文化传承与国家软实力"的讲座，分别从广义文化与狭义文化、文化的普遍领域与特殊领域、作为文化的文化与作为政治的文化、文化的本土化与文化的全球化等方面深入阐释了文化转化为国家软实力的途径与重要意义。他结合当下国际形势深入浅出地分析了各个国家历史中文化对其政治领域的重要影响，提出了文化传承是国家综合国力中极其重要的软实力，更而推出了关于国家综合国力的新公式，即一个国家的综合国力是其领土、人口、资源、军事和经济等的硬实力之和与文化软实力相乘的积，而这个乘积关系就更要求国家文化必须向"正能量"发展。桑教授高度肯定古谱诗词项目对于弘扬传统文化的意义。

清华大学艺术教育中心赵洪研究员谈了教育的使命与教师的责任、课程理念的变革、教学方法的演进、教学交流与表达艺术以及艺术和艺术教育的价值与功能。席勒、蔡元培、朱光潜等人都提倡美育，艺术教育在审美能力培养、道德教化、促进脑发育、提升感性能力和情商以及传承中华优秀传统文化方面都发挥着积极作用。十九大报告中明确指出："中国特色社会主义文化，源自于中华民族五千多年文明历史所孕育的中华优秀传统文化。"中华优秀传统文化作为文化自信的重要源泉，对当代文化建设具有重要意义。作为艺术教育工作者的我们，要甘坐"冷板凳"，勇做栽树人。带着强烈的责任和使命感，创造性地从事新时代的艺术教育工作；努力适应新媒体时代和受众的变化，利用现代化的教育教学手段，智慧性地传承中华优秀传统文化、增强民族文化自信，让冷门绝学焕发新的光彩。高等教育经历近千年的发展，大学的职能亦不断扩充，从教学职能扩展到科学研究、服务社会和传承优秀文化，但始终都离不开人才的培养。随着知识的不断增长，以及职业对人才知识结构、能力结构和创新能力要求的不断提高，网络技术带来的获得知识途径和方式的变化，传统的讲授式教学已不能满足实际需要，而是应该不断向研究型教学转变。研究型教学将学习从竞争模式转向合作模式，从知识积累、技能训练到创新能力培养，培养学生的合作能力和团队精神，是大学教育的发展方向。她引用席勒、蔡元培、朱光潜等人的美育思想，指出艺术教育在审美能力培养、道德教化、促进脑发育、提升感性能力和情商以及传承优秀文化等方面的功能，并向大家展示了美国亚利桑那州儿童"大脑开启计划"和委内瑞拉"音乐拯救计划"等的艺术教育实践成果。艺术教育，作为人全面发展的一个重要教育方面，是学校教育不可或缺的重要组成部分。通过提供好的艺术教育，使学生们有更丰富的精神世界，在拥有个体幸福人生的同时，不断推动社会的向真、向善、向美！赵老师称许了由学员王译琳现场演唱的李清照的《声声慢》。

歌唱家、声乐教育家上海音乐学院常留柱教授以"中国民族声乐的理论与实践"为题讲授了一场别开生面的声乐艺术大师课，从继承传统、发展创新以及培养现代概念的民族声乐人才三个方面，详细讲解了他的民族声乐教学理念。作为一种根植于本民族土壤、具有鲜明民族特色并受到本民族人民喜爱的民族声乐演唱艺术，应该把学习和继承传统的民族声乐演唱艺术作为首要课题。要认真研读传统民族声乐的理论文献，如元代燕南芝庵的《唱论》，明代魏良辅的《曲律》，清代徐大椿的《乐府传声》和李渔的《闲情偶寄》，等等。如能将这些理论贯穿于演唱和教学中，相信会有所感悟、受益匪浅。要向近现代优秀的戏曲和曲艺表演艺术家以及民歌演唱家学习。要向老一辈民族表演艺术家学习。早在1952年，在贺绿汀院长的倡导下，声乐系就陆续邀请了许多全国著名的民间音乐家来给我系师生授课，使学生熟悉了戏曲、曲艺和民歌的各种演唱方法和演唱特色，增强了他们对传统文化艺术的感情，为以后从事民族声乐的教学工作打下了扎实的基础。艺术的发展贵在创新，声乐演唱艺术的发展同样永无止境。自美声唱法传入中国以来，一种不同于传统民族声乐的声音观念打开了国人的视野。它不仅激发了人们对其内涵的探究，同时也引发了对中国民族声乐发展和创新的思考。这种思考，首先是观念上的更新，就是要吸收美声唱法的先进理念；其次是学习借鉴美声唱法的科学发声训练体系；最为重要的是，要善于融会贯通，吸收古今中外一切声乐学派的成功经验，使我国民族声乐艺术的审美取向，既体现国人的欣赏需求、符合当代人的审美习惯，又能指导民族声乐艺术的未来发展方向。从教师教学的角度着眼，教学也是一门艺术，需要与时俱进，不断更新知识结构，提升教学能力。具体来说，教师不仅要掌握具有中国特色课程的发声方法，还应深入挖掘作品的思想内涵，通过对作品的深刻理解和心灵感悟，用相应的歌唱音色、润腔技巧等艺术处理，声情并茂地展现歌曲的感情。教学方法要根据学生不同的发声状态和习惯，因人而异、因材施教。这样才能以不同类型、不同风格的演唱技巧和润腔方法，准确地展现每一种歌曲类型的独特风格特色。对兄弟民族学员训练曲目的选材，除一些必须练唱的经典曲目（包括部分国外的）外，尽量多选择各民族优秀民歌或创作歌曲，掌握表达各种风格的演唱技巧，形成自己独具一格的演唱特色。要以字、声、情、表（表演）融于一体的表达方式和民族声乐的审美要求，深刻完美地体现作品的思想性和艺术性。年轻人应该具有大境界和大格局，要自我鞭策、不断努力、与时俱进。我国的声乐艺术发展到今天，"土洋之争"的旧识早已被打破，大家已能正确看待西洋美声和中国传统民族声乐的特点。学习民族声乐的同学，可以借鉴美声唱法的科学发声方法；学习西洋美声唱法的同学，也应该"寻根"，多向传统、民间学习。将科学的发声方法、正确的歌唱状态以及浓郁的风格特色完美结合，根据不同的曲目，采用特有的音调素材、方言吐字和行腔方式，使民族歌曲的演唱，既保留原有的土香土色，又富有现代人感情的处理习惯。

2. 古谱诗词的交流

北京语言大学艺术学院陈霞副教授讲座的题目是"中国语境下跨文化音乐教学实践与思考"。陈霞博士以当今中国语境下高等音乐教育的跨文化教学为主题，通过对中国本土语言和文化环境中的留学生、外籍专家及其他外国人士在中国音乐教学过程中的相关活动研究，阐述了跨文化音乐教育的定义、教学理念、教学内容、教学方法、教学体系等内容，就跨文化音乐教学的范式问题、协同机制问题以及人才培养体系问题提出了未来中国音乐文化传播方向的可行路径。

中央电视台"中国诗词大会"节目策划、上海师范大学李定广教授介绍了中国诗词大会从策划到组织、改进的具体情况。2015年节目开播后，即引起巨大收视关注，至2016年掀起收视高潮，到2017年春节，收视巅峰达到11亿以上人次。中国诗词大会直接推热了诗词热，就连社会风气也发生了变化，诗词原来是小众文化，现在走向了大众文化。甚至2017年学校的教材都增加了大量诗词。节目还造就了诸多文化明星。李教授担任节目学术负责人并全程参与策划，筹谋采诗出题范围，设计题型，带领团队出题。相关诗歌现已成书出版[1]，涵盖古诗词400首。诗词的出题范围若超过400首，大众的积累可能跟不上，不超过则内容显不足。人们对一种节目形式也容易产生审美疲劳，虽然节目

---

[1] 李定广：《中国诗词名篇赏析》，东方出版中心2018年版。

力求创新，像飞花令、接龙等，但后续节目开发的压力颇大。所幸，诗词对中国人的意义非同凡响。中国自古以来是诗国，国人骨子里都有诗意，都有诗的文化基因。只是近代以来被西方文化压制了。甚至林语堂曾说，诗歌就是中国人的宗教——"如果没有诗歌，中国人无法幸存至今"。绘画是空间的艺术，音乐是时间的艺术，诗歌是时间、空间加想象的艺术，因而，诗歌是更高级的艺术，更有深度和持久性。当然音乐的抒情性最强。汉语诗歌与音乐的关联是最密切的。因而，中国诗歌的抒情性强于西方诗歌。音乐之美，首在节奏。中国诗歌由汉字写成，单音节性文字，有固定时长，每句诗字数也往往固定，节奏时长很有规律，因而中国诗歌天然有音乐美。而押韵的处理，使得诗歌与音乐之美产生了外在的联系。诗的押韵固有规律，词曲的押韵可以增加密度。但句句押韵效果不大好，缺少了一种期待。对"诗词热"的持续表达了乐观的态度，并且热情鼓励"古谱诗词传承人才培养项目"的学员认真钻研，挖掘出更多的艺术经典。随后，李教授欣赏并点评了学员们演唱的《朝中措》《长命女》《扬州慢》等。

上海戏剧学院黄意明教授对诗词文化中的儒家、佛家、道家思想作了解读，禅宗诗词讲究主客互动、缘起性空；儒家诗词讲究读书明理、仁爱育物、理在气中、理一分殊、格物致知；道家诗词讲究物境与心境、迹隐与心隐、主观与客观、人化自然与自然人化、言不尽意与得意忘言，表现中国人内敛、畅达、辩证的哲学观。《解放日报》高级记者王多先生有丰富的传统纸质媒体和新兴媒体运作经验，对新媒体时代的诗词文化作了大数据分析，介绍了新时期应如何运用新型的传播媒介普及诗词文化。

五、当代诗词文化

1. 上海浦东图书馆诗乐班

由项目组和浦东图书馆联合举办诗乐班，共2期，每期6次课，学唱6首古谱诗词。有近400名学童报名，择优录取了65名。第一期7月3日开班，7月15日结业，由研修学员孟真增、杨瑛、黄琼慧执教，学唱《长歌行》《忆王孙·春景》《春晓》《武陵春》《虞美人·感旧》《念奴娇·赤壁怀古》，直接用工尺谱施教。研习学童到陆家嘴金领驿站举行展演。第二期7月24日开班，8月5日结业，由研修学员安宁、冯怿、王一一执教，学唱《关雎》《长歌行》《游子吟》《关山月》《忆江南》《阳关曲》，并在上海书展主会场举行展演。

2. 古谱诗词工作坊

学员们结合各自的专业方向和工作情况，通过自选、自译、自编、自唱的形式互相交流与研讨，开设了20场古谱诗词传承工作坊。学员星海音乐学院章琦将西方现代音乐教学法运用到工尺谱视唱中。学员上海市北中学潘志芸分享了她对高中生进行诗词合唱排练和演出的心得，将经典诗词与合唱艺术、学生成长与文化传承完美结合。学员湖北文理学院穆兰探寻建设中华诗舞的策略与路径。学员杜思睿在学习期间，根据《魏氏乐谱》编配了一批琴歌，并以欧阳修《朝中措》为例讲授了指法。学员浙江艺术职业学院杨霖希分享了钢琴编配经验，介绍了几种常用的音乐织体和编配手法。学员上海歌舞团独唱演员梁彬、王译琳展示了策划、导演、表演诗词音乐会、音乐剧的成果。学员安徽省歌舞剧院歌剧团副团长卞珊珊、甘肃省歌剧院歌剧演员孙立忠等院团的青年艺术家也从各自的艺术特质、演唱风格和职业提升等方面作了展示和交流。学员苏州大学唐明务展示了南唐李煜、李璟诗词的整理成绩。通过古谱诗词传承实践工作坊，学员们进一步明确了各自的专攻方向，搭建团队、改进方法、整体水平，取得了良好的教学效果。

3. 风雅中国金领驿站艺术季

项目组与中国（上海）自贸区陆家嘴管理局、上海陆家嘴金融贸易区综合党委合作，开展了"风雅中国金领驿站艺术季"活动，在上海中心大厦、金茂大厦、良友大厦、陆家嘴金融街等地举办了4场古谱诗词展演，演出了50首诗词曲目，上千名观众到场观看，获得社会的广泛关注和举办部门的高度认可。学员们自编自导，协同合作，以饱满的艺术状态完美呈现古谱诗词的审美品格与人文精神，将中华传统文化融入现代都市文化生活，打响了上海文化品牌，取得了很好的社会效果。

4. 中国诗词系列曲目集

项目组在上海音乐出版社举办了中国诗词歌曲选题研讨会，讨论中国诗词歌曲集系列丛书出版计划。上海音乐出版社总编辑费维耀表示，这项出版计划非常有意义，要以学术研究的使命感来对待，将《中国诗词歌曲集》做成千年乐府工程。学员梁彬、杨霖希、王译琳、胡雨田等人共同完成了中国唱片总公司50个小时的录音实践，在喜玛拉雅平台推出"诗乐吟——100首古代乐坛流行曲"，每周推出2首，收听人数已经突破50万人次。项目组与复旦大学出版社合作，出版《古谱诗词丛编》，第一册《碎金词谱校订》14卷，目录1卷；第二册《碎金续谱校订》6卷，目录1卷，第三册《魏氏乐谱校订》5卷，目录1卷。

5. 风雅中华诗词系列音乐会

2016年3月20日到22日，"风雅中华诗词歌曲音乐会"在国家图书馆、北京语言大学、中国青年政治学院巡演与巡讲，被北京青年学子称为"最有内涵，最有颜值的中华优秀传统文化团队"。

2016年5月8日，风雅中华诗词歌曲音乐会在第33届上海之春国际音乐节推出，30多名专业演员和4支高中、初中、小学、幼儿园合唱团共同演出，现场800多名观众积极互动，纷纷点赞："让中国传统文化散发出浓浓的现代气息""把中国宝贵的文化遗产激活了""看了孩子们合唱诗词，感觉到中国传统文化正在一代一代传承"。

2016年6月20日到22日，"风雅中华诗词歌曲音乐会"在河北科技学院、天津科技大学和天津外国语大学作了五场巡演与巡讲，被天津媒体称为"为古代流行歌开巡演的人"。

2017年3月18日，世界诗歌日风雅中华诗词歌会在上海浦东图书馆隆重举行，600多席的1号报告厅坐得满满当当，甚至连台阶上都加坐了上百位观众。歌会分为礼乐歌诗、乐府歌诗、唐宋诗词和现代歌诗四个乐章，展演了12首曲目，分别由上海音乐学院杨赛副研究员、复旦大学蒋凡教授、上海大学姚蓉教授、复旦大学黄仁生教授导聆。黄仁生教授说："中国本来是诗歌的国度，诗歌是中国文学最早形成范式，古谱歌诗把汉语言的美发挥到了极致。"

2017年4月4日晚，在古筝、钢琴的伴奏下，这一首首耳熟能详的经典名篇化作歌声，"清明春事好"孔学堂诗歌音乐会在贵阳孔学堂举办。中华诗教学会的专家与500多名观众一起观看了音乐会。澳门大学施议对教授说："把诗词依古谱唱出来，把格律和声律用当代艺术的形式展演出来，是对中华诗歌教育的重大贡献。"南京师范大学钟振振教授说："梁彬和张琪演唱的姜夔的《暗香》，恍如天外之音。"中山大学中文系张海鸥教授说："歌声美，灯光美，视频美，背后其实是中国诗词的美，中国文化的美。"

2017年6月21日，上海欧美同学会民间外交重点资助项目——留法分会"一带一路"诗乐雅集在上海良友生活记忆馆举行。孟母堂诗乐班20位小朋友表演了《魏氏乐谱》和《碎金词谱》中的《诗经·鹿鸣》《长歌行》、汉武帝的《秋风辞》、李白的《清平调》、陆机的《短歌行》等曲目。来自上海音乐学院留学生王甜甜（加拿大）、金善珠（韩国）、方琬雯（马来西亚）、伊丽莎白（哥斯达黎加）、李承颖（新加坡）、谢异之（韩国）共同演绎中英文版古谱诗词。俄罗斯留学生亚历山大与孟母堂诗乐班的小朋友共同表演《关雎》。哥斯达黎加驻沪总领事洛艺斯，上海欧美同学会副会长王闽生、顾问向隆万、副秘书长马鸣等百余位中外嘉宾参加了本次民间外交活动。向隆万盛赞："中国留学生们西学报国的精神也被外国留学生传承了。"

2017年10月10日上海国际诗歌节中外诗人雅集歌诗展演在奉贤会议中心举行。来自英国、法国、叙利亚、爱尔兰、斯洛文尼亚、日本和中国的14位诗人和上海的艺术家一起雅集到同一个舞台，同一束聚光灯下，共同表演了数十个诗歌节目。复旦大学蒋凡教授说："唐诗是人类文明的瑰宝，很多唐诗蕴含着全人类的共同情感，是中国审美的高峰。我们在中外文化交流的场合展演这些唐诗，就是要让中国传统文化更直观地走出去。中国的传统文化并没有断裂，正在走向复兴。"

2017年12月1日，能不忆江南——梁彬古谱诗词歌曲音乐会在上海交响音乐厅举行。上海歌舞团青年男高音歌唱家梁彬担任主唱，王译琳、苏美玲、孟雪等一起演出了《沧浪歌》、张志和的《渔歌子》、李白的《关山月》、白居易的《花非花》《忆江南》、李煜的《浪淘沙令》《虞美人》、晏殊的《浣溪沙》、苏轼的《蝶恋花》、林逋的《长相思》、李清照的《声声慢》等10多首优美的古谱诗词歌曲。

2018年6月22日，由自贸区陆家嘴管理局主办的第12届陆家嘴金融城文化节重点项目——古韵新唱·经典古谱诗词音乐会在1862时尚艺术中心上演。音乐会由上海歌舞团青年男高音歌唱家梁彬担任主演，陆家嘴金融城朗诵艺术团、陆家嘴金融城舞蹈团、东方金话筒少儿艺术团等共同演出，以全新方式共同演绎了《木兰辞》《忆江南》等作品。同时，音乐会还结合了皮影戏等民间传统艺术，让观众感受传统艺术带来的文化之美。

2018年10月17日，正值重阳佳节，"醉花阴·重阳"王乙婷古谱诗词独唱音乐会在我院音乐厅成功举办。民族声乐系青年教师王乙婷演绎了17首古谱汉魏乐府、唐宋诗词作品。《醉花阴·重阳》系南宋杰出女词人李清照寄给其夫赵明诚的相思之作，曲取自《九宫大成南北词宫谱》和《碎金词谱》，是用工尺谱记载的古代曲谱，是中华优秀文化的重要遗产，旋律契合词的意蕴，优美雅致，浑圆一体。就读于上海音乐学院研究生部作曲系的青年作曲家安宁对这首古谱精心编配，加入了古筝、笛、箫、中阮、琵琶等民族器乐，体现了浓郁的中国审美风格。音乐会上半场的演出以一首依《魏氏乐谱》曲调改编的汉乐府民歌《长歌行》开场；曹植的《箜篌引》和李白的《清平调》带领观众进入曹植把酒狂欢、及时行乐和杨贵妃花团锦簇、春风满面两种不同风格的游宴场景；《陇头吟》《小重山》《杨白花》等7首古谱歌诗，钢琴伴奏清雅幽静，人声意蕴深远。下半场以古琴伴奏吟唱了先秦古歌《沧浪歌》，加入了民族乐器的编配，仿佛让人看见曲中人击桨远去，沧浪之歌依然余音袅袅。音乐会所有作品的曲调是依据明清古谱《魏氏乐谱》《碎金词谱》《东皋琴谱》进行改编，尽力将这些长期被当作"故纸"的宋、明、清刊行的古谱、绵延数千年的歌诗，重新焕发出艺术光华，通过音乐流入心灵深处。

2018年10月1日，古谱诗词在大洋彼岸的亚特兰大市第九届中国电影国际论坛唱响。汉武帝的《秋风辞》、李白的《关山月》、白居易的《忆江南》《花非花》、柳宗元的《杨白花》、周邦彦的《少年游》、姜夔的《长亭怨慢》、陆游的《钗头凤》，惊艳了一众中外学者。来自上海歌舞团、上海民族乐团、安徽省歌舞团、甘肃省歌剧院的梁彬、王译琳、杨霖希、周杨、孟雪、苏美玲、沙漠、毛俊、卞珊珊、孙立忠、张建华、董莹莹等歌唱家表演的诗词歌曲，在上海音乐学院杨赛副研究员和南卡罗来纳大学孔子学院美方院长叶坦教授的中英文双语导聆下，展现了中国传统文化的音律之美、诗意之美与人文情怀。

2018年11月15日晚，魅力中国之夜音乐会在法国博若莱首府索恩河畔自由城古朴的市政厅礼堂成功举行。音乐会以《忆江南》开场，深厚的江南文化底蕴为博若莱新酒节带来浓郁的中国风。音乐会上半场表演了《忆江南》《沧浪歌》《菩萨蛮》《长相思》《关山月》《花非花》《渔歌子》《苏幕遮》等8首作品，多为唐宋名家的古谱诗词歌曲。下半场表演了《飞歌》《采茶舞曲》《黄河里划桨船对船》《一杯美酒》等5首带有内蒙古、新疆、蒙古、贵州、浙江等地域风格的经典民族歌曲。上海歌舞团青年歌唱家梁彬、王译琳、孟雪和浙江职业艺术学院杨霖希的美妙的歌声穿行在礼堂，观众向演员竖起大拇指，掌声此起彼伏。中法民间友谊乘着歌声的翅膀飞进了两国友人的心中。

2018年11月2日，宜宾学院的师生们与来自上海音乐学院、四川外国语大学、四川电影电视学院、云南文山学院、昆明理工大学、自贡市蜀光中学、宜宾市翠屏区人民路小学的近300名演员一起，共同演绎了《诗经》《楚辞》《论语》、汉乐府、唐诗和宋词中的精彩篇章，通过音乐、舞蹈、服饰等表演形式，完美展现了古典诗词的意境，让全场观众零距离感受到中华文学之美、音律之美、诗意之美与人文之美。专程从昆明赶来观摩排练与展演的云南资深语文教师杨丽萍说："音乐会把美育与德育、人文与艺术、传统与当代如此完美地结合在一起，真正做到了以美育人、以文化人，对提高师生们的审美和人文素养有很大的帮助。"

2018年12月28日，第三届"中华诗词古今演变研究"学术研讨会举办了一场"风雅中华古谱诗词展演"，杨赛担任艺术总监和导聆，上海音乐学院研究生、本科生仇红玲、刘玲杉、李彩霞、王梦鸾、刘可嘉、吴紫雪、徐乾一（钢琴伴奏）等在会场演唱了刘彻的《秋风辞》、王维的《伊州歌》、白居易的《花非花》、柳宗元的《杨白花》、温庭筠的《菩萨蛮》、李煜的《虞美人》《相见欢》、晏殊的《浣溪沙》、欧阳修的《临江仙》、苏轼的《蝶恋花》、林逋的《长相思·惜别》、李清照的《武陵春》等12首诗词，在时而激越、时而悠扬的旋律中，古谱诗词的韵律、格律和音律得到完整体现，语感、乐感、情感、美感达到高度统一，台上声情并茂的穿越式演唱，与台下代表们的轻声击节产生共鸣，为重新恢复诗乐传统作了一次生动形象的展示。

2019年1月24日，由上海音乐学院、宜宾学院、卡尔顿大学主办的"诗歌、音乐、江南文化"专题研讨会在加拿大召开。同时，中国新年音乐会在音乐殿堂Dominion Charlmers United Church举行。来自中国和加拿大的10多位青年艺术家为500多名观众奉上了一场新年音乐表演，中国驻加拿大大使馆公使衔参赞于长学等出席了本次音乐会。音乐会总策划李征说道："新年音乐会尽量彰显中国文化元素，体现中加青年艺术人文协同创新成果。"音乐会由杨赛与詹姆斯·赖特共同担任导聆。杨赛介绍，国家艺术基金古谱诗词传承人才培养项目团队十多年来，搜集、整理、译介、编配、传唱上千首古谱诗词。项目团队国际展演继美国、法国、突尼斯、泰国之后，第五站来到加拿大这一具有140多年历史的Dominion Charlmers United Church。哥特式与拜占庭式风格教堂素雅而庄重，与中国古谱诗词十分协调。

上海音乐学院副书记、副院长王瑞研究员说，中国的传统文明是礼乐文明，中国的传统文化是礼乐文化。古谱诗词记录了辉煌灿烂的礼乐文化，凝聚了中华民族普遍的道德规范和价值认同，古谱诗词传承人才培养项目在推动中国优秀传统文化的继承和发扬方面发挥着"文化基因"的作用。古谱诗词项目集中授课阶段共举办与开展了36次高水平学术讲座、7场圆桌论坛、4场古谱诗词展演、3场音乐党课、20场古谱诗词工作坊、50小时的录音实践，立足社会开设了2期公益前程诗乐班，皆围绕古谱诗词的整理与阐释、译介与编配、创作与表演、教育与交流作了深入研讨与交流。集中授课结束后，又在各地陆续以音乐会、导赏会、音像与图书等形式在海内外进行展示与宣传。高密度、高强度、高质量的培训，让学员们结识了才俊，提升了才干，增强了古谱诗词传承的使命感和自信心。文化有根，音乐有魂，把古谱诗词带到五湖四海，将中华古谱诗词传承下来，传播开去。

【作者简介】上海音乐学院副研究员。

贯通古今，兼顾中外

——第三届"中华诗词古今演变研究"学术研讨会综述

黄仁生　王　春

【摘　要】　由中华诗词研究院与复旦大学中文系联合主办的第三届"中华诗词古今演变研究"学术研讨会最近在上海隆重举行，来自日本、新加坡和中国的五十多位学者出席会议，就中华诗词古今演变研究的一系列重要问题进行了深入讨论与交流，其中"通古今之变"成为本届研讨会的主旋律，而聚焦近百年诗词的传承与新变、关注汉诗领域的中外交流、重新审视诗乐结合的传统，则是体现主旋律的突出特色。

【关键词】　中华诗词　贯通古今　兼顾中外　诗乐结合

为扭转中国诗歌领域长期存在的古今割裂、新旧对立倾向，逐步推进中华诗词的整体审视与贯通研究，深入探讨中华诗词的继承与发展，加强诗词研究领域和诗词创作领域的互相理解与交流，引导和促进当代诗词创作与评论走向健康发展的道路，2018年11月28日至29日，由中华诗词研究院与复旦大学中文系联合主办的第三届"中华诗词古今演变研究"学术研讨会在上海隆重举行，来自日本、新加坡和中国的五十多位学者出席会议，就中华诗词古今演变研究的一系列重要问题进行了深入讨论与交流。

中华诗词研究院隶属于国务院参事室，其主要任务是负责组织当代诗词创作、研究、评鉴与对外交流；而复旦大学中文学科21世纪以来一直积极倡导中国文学古今演变教研活动，已在教育界、学术界产生广泛而深远的影响。基于对中华诗词古今演变问题的共同关注，双方自2015年起开展合作，曾联合开设"中国诗歌古今演变研究"的研究生学位课程，联合举办两届"中华诗词古今演变研究"学术研讨会，其主要成果集中呈现在双方合编的《中华诗词研究》丛刊第一辑至第四辑中，初步形成了"立足当代，贯通古今，融合新旧，兼顾中外"的取向与特色。本届研讨会收到论文47篇，在坚持上述取向与特色的基础上又在诸领域有所推进，兹择要综述如下。

一、"通古今之变"成为本届研讨会的主旋律

所谓"通古今之变"是指一种视角与研究方法，它的理论依据是源远流长的文学"通变论"。就格律诗词的创作而言，今人用当代语言书写当代人的思想感情，应该遵循古代就已形成的包括格律在内的形式法则，方称得体；就批评而言，从古今联系的角度考察其继承与创新，方能得其要领与奥妙，如果套用西方文学理论或审美标准来进行分析评价，往往可能隔靴搔痒而难中肯綮。这种贯通古今的审视，既可随手施之于微观阐释，也可精心运用于宏观论证；既可由源探流，由古及今，也可溯流探源，甚至对当代诗词所受古典诗词传统基因的影响进行检测。

例如，上海大学资深教授董乃斌先生的《中国诗歌传统再认识——关于抒情叙事、表现再现的互惠与博弈》，就是针对盛行已久的"中国文学传统从整体而言就是一个抒情传统"这个所谓定论，从宏观角度论述中国诗歌史上贯穿着抒情与叙事两大传统，认为这"两大传统有着共生、并存、互补、互竞的特点"，并且由源探流，从《诗经》时代开始，一直梳理到当代（以刘永济、沈祖棻、曾少立为代表），勾勒出抒情与叙事互惠、博弈进程中的样态与特点。正如吴怀东教授在评议中所说："抒情和叙事两个传统结合的问题，体现了董先生思维的周密和圆融；而从最基本的人情的角度来解说事发而后情深，情深而后诗作，能够帮助我们深化对叙事和抒情传统的交融、互渗、互竞关系的理解，是非常重大的理论创获。"华东师范大学洪本健教授的《略谈欧阳修、朱自清的"以诗为文"和"以文为诗"》，是以宋代欧阳修与现代朱自清的个案比较来探讨"以诗为文"和"以文为诗"这种诗文互为影响与渗透的古今联系。从"以诗为文"的角度看，欧文表现为行文一唱三叹、回环往复，句式长短灵活、整饬有序，节奏跌宕有致、起伏不平，声韵前后照

应、和谐自然；朱文表现为综合修辞的行文美、情景交融的意境美、平易流畅的语言美、前呼后应的声韵美。从"以文为诗"的角度看，欧诗表现为在谋篇布局、句式处理、虚词安排、手法运用上，推动宋诗的变革，对后世产生过深远的影响；朱诗则表现为善用各种修辞和句式、略去比兴而纯用直叙、借助多种人称的叙说、多用自然活泼的口语。但是，二人在诗、文有别而诗尤讲究形象思维上认识不足，故创作上有弱点，造成他们提倡并实践的"以文为诗"未能获得广泛的认同。上海戏剧学院黄意明教授的《〈易传〉象征思维与诗歌审美意象论》、同济大学刘强教授的《刘勰"庄老告退，山水方滋"说新论——六朝山水审美勃兴的儒学省察》、复旦大学吴兆路教授的《沈德潜诗学思想管窥》、上海大学姚蓉教授与博士生尚鹏合撰的《论清代扬州风雅的变迁——以文人唱和为中心》，虽是就古代诗学中的理论问题和清代诗歌创作中的唱和方式进行考察，但都关注到古今之间的联系，或由源探流而勾勒其演变轨迹，或阐发古代理论中所蕴含的现实意义。

又如复旦大学硕士生李舒宽的《论〈沁园春〉词调的古今演变》属于由古至今的溯源探流，从现存最早由张先所撰《沁园春》开始，一直梳理到现代，认为经苏轼与秦观的努力，才使《沁园春》词体形式定型，至稼轩词派崛起而形成写作《沁园春》词调的高潮；清代则既有稼轩词风的接代延续，更因浙西词派的崛起而形成了以《沁园春》"咏美人"的风气。近现代《沁园春》创作的时代性大为增强，胡适、毛泽东等人的创作以表现新内容、新思想而著称。而云南师大胡建次教授的《晚清民国论词绝句的取径宗范与尊尚之变》与复旦大学博士生李肖锐的《传统诗型的限约与接纳：以晚清民国几种"梅村体"诗为例》二文，所论对象皆为晚清民国诗歌创作中的一种特定形式，且皆以追溯源头的方式而揭示其古今之间的联系。前者认为晚清民国时期的论词绝句，"在取径宗范上，表现为由习效姜、张转变为标举苏、辛"，"在艺术尊尚上，表现为由尊南抑北转变为抑南尊北"。晚清民国词学批评与艺术宗尚在论词绝句领域的这两大变化，"显示出我国传统词学所内含的生生之精神及所呈现之独特面貌"。后者把晚清民国时期樊增祥、王甲荣、王闿运、王国维、钱仲联等诗人的一批七言歌行体名篇称为近现代"梅村体",重点考察其对于吴伟业"梅村体"的"承与变",认为"在继承梅村体诗既有范式的基础上,近代梅村体更侧重于叙事与铺陈,而简化了对人物形象的塑造以及由传奇、小说文体借鉴而来的叙述技巧和结构,借由典故喻人、喻事,缩减了叙述的篇幅并使语言趋于骈俪。而对于梅村体'诗格'不高的问题,近现代诗人也尝试以诗史补正,并有增强诗史互鉴的创作意图"。

再如南开大学查洪德教授的《怎样看待古人的诗病说》与北京大学张一南老师的《当代大学生典型诗病分析——兼及〈文镜秘府论〉的教学指导价值》二文,皆联系古今而讨论诗病,然而其思路恰好相反:前者讨论古人关于合掌、重字、黏皮带骨及堆垛、"四言一法""四平头"等诗病,但旨在借古鉴今:"今人学写旧体诗,了解其说,很有必要。南宋姜夔甚至说:'不知诗病,何由能诗?'不了解诗病说,写作中时或有犯,作品为行家诟病,甚至不能称之为诗。但写作还是应追求表达的效果,若拘于诗病说而影响表达,是不可取的。我们对待诗病说的态度,应该是不可不知,不可拘守。力避力戒,不以害意。好诗未必无病,有病不碍为好诗。"后者针对当代大学生诗歌创作中常见的声病、语病、意病中的各种现象进行分析归纳后,发现大多可在《文镜秘府论》中找到描述和解释,进而认为"《文镜秘府论》在当时的编纂,或许存在很强的现实目的,其指导教学的价值甚至大于指导创作的价值"。"在大学生诗词创作不发达的时代,《文镜秘府论》的实践指导意义容易被人忽略,以往的《文镜秘府论》研究往往集中于声病。随着诗词创作教学的发展,《文镜秘府论》也应得到更全面的研究和应用。"这既是对于《文镜秘府论》功能与价值的一大发现,也使一千多年前的唐人诗论恢复生机,"对今天的诗词教学具有实际的指导意义"。

二、聚焦近百年诗词的传承与新变

中国文学古今演变研究作为近十多年来学术界兴起的一种具有前卫性质的研究方法与视角,旨在突破学科区隔的壁垒,打通古今文学的鸿沟。其古与今的区分,目前学术界的共识是以1917年白话诗的兴起为界,即近百余年皆视为"今",而此前三千年皆视为"古",但为了探讨

"今诗"兴起的原因，往往有必要回溯至晚清而进行所谓"临界点"的剖析。有鉴于此，中华诗词研究院副院长杨志新先生在开幕式致辞中提出了一系列问题：在中华文明的发展逻辑中，中华诗词的价值和功用何在？在面对巨量的诗词文化资源时，如何以其来塑造我们新时代的民族精神，优化当代的精神文明？如何看待百年中华诗词的流变，它在我们主流文学史上的缺失，究竟有哪些更深层次的原因？我们旧体诗词重新进入文学史，最大的关键点在哪儿？需要我们做哪些工作？我们当代诗词的写作，应如何呼应时代的关切？如何在现代话语系统中定义当代中国的诗歌美学？如何有效地促进当代诗词和其他艺术形式的有机结合？如何搜集和整理好近百年来的诗词文献？中华诗词研究院如何在信息化、智能化、网络化的大背景下，创造性地开展工作？这一系列的时代之问，对于当代诗词的创作、研究、普及诸方面都有启发意义。提交给本届会议的论文半数以上是集中讨论晚清民国与当代诗词的相关问题，包括上述以较大跨度溯源于"古"而旨在阐释"今"的篇章，无论是整体审视还是个案研究，无论是旧诗还是新诗，阐发其继承与创新，是古今演变研究方法所要解决的根本问题。

例如，江西省社科院胡迎建研究员的《20世纪前五十年旧体诗流变概述》、华东师大朱惠国教授的《民国词界定与分期论略》，皆是基于其长期耕耘于该领域而就特定阶段内诗词演变所作的整体审视，前者以时间为线索，将20世纪前五十年划分为1900—1916、1916—1927、1927—1937、1937—1949四个阶段，认为这半个世纪的旧体诗经历了驼峰状的曲线，即由初期流派纷呈的高峰，而在新文化运动兴起时跌入低谷，其后十年走出低迷而逐渐复苏，最后在抗日战争与第三次国内革命战争中得以复兴，蔚为高峰。后者所论是民国词研究中最基础却又长期未能得到有效解决的问题，朱惠国首先提出要从时间与空间两个维度对民国词进行界定，然后根据创作实际，而将民国词的发展分为三个时期，即1912—1927为初期，1928—1936为中期，1937—1949为后期。表面上看，二人对于民国时代后两期的起讫差别甚微，但阐释各异，朱先生视1928—1936为民国词的高峰，而胡先生却认为1927—1937年间的旧体诗尚在复苏之中，原因在于民国时期旧体诗与词的发展是既有联系也有差别的。

与整体审视相对应的，是关于晚清民国时期诗歌理论与创作的一系列个案研究，如上海外国语大学陈福康教授的《中华诗文为何不能用典和讲对仗？——驳胡适之百年谬论》，复旦大学周兴陆教授的《易君左"新民族诗"的实践与理论》，上海外国语大学史伟教授的《"把发生学引进文学史来！"——语言学与傅斯年诗体发生学研究》，以及复旦大学博士生王春的《论郁达夫旧体诗的女性书写》、付优的《匪石不转：论厉鼎煃的话体文学批评》、任小青的《吴芳吉的"民国新诗"理论》、徐钰茹的《从两次咏艺人刘宝全看杨圻政治心态的转变》，硕士生梁思诗的《复古的虚构与诗体——对朱湘诗歌"古典文学基因"的检测与分析》，其研究对象，既有旧体诗词作家或批评家，也有新诗作家，或专写旧诗而不写新诗的新文学家，论文或以发掘出新的材料而取胜，或以视角独特、辨析深微而出新。

介于个案研究与整体审视之间的，还有贵州民族大学李昇副教授的《现代学人陈柱、冯振旧体诗的古今承变及其价值》、云南大学郑婷老师的《"废学救国"，抑或"调和进化"——民国〈甲寅〉周刊诗论发微》以及复旦大学博士生王涛的《论抗战时期的"民国诗学"运动》，选题有开拓，阐释有新意，尤其中国艺术研究院秦燕春研究员的《文体·性情·工夫——现代中国的"诗学革命"与"情性革命"》一文，虽以晚清民国之际"晚唐派"诗人易顺鼎等在"文体与性情"方面的表现为例，实际却阐发了她对于现代中国"诗学革命"与"情性革命"的看法。

自1950年以来写作的诗词，按照约定俗成的说法，称为当代诗词，其时间跨度已近70年，远多于民国时期的38年；但就学科归属而言，它仍然属于中国现代文学的一部分。安徽大学吴怀东教授的《论赵朴初诗词的新与旧》、上海交通大学夏中义教授的《钱锺书"学人信仰"构建的诗性见证——对〈槐聚诗存〉作另类细读》、上海科技学院刘霞副教授的《至性诗篇血写就，劫后文章老更成——陈一凡的旧体诗词创作》，作为当代诗词作家的个案研究，或是细读名家之作而提出了卓见，或是首次评论而令人耳目一新。吉林大学马大勇教授的《刘凤梧与当代皖地词坛的基本构成》、台湾中山大学简锦松教授《"北台风光图征诗"与台湾诗坛本省、外省籍诗人分合的根本原因》，则一为词人群体研究，一为诗歌活动研究。前者以考察刘凤梧为主，兼及吴则虞、宛敏灏、刘梦芙、潘乐乐等词人，清晰勾勒出当代皖地词坛的基本构成；后者以1978年陈逢源主办的"《北台风光图》征诗"活动为引子，经由探讨陈逢源的诗学观这条线索，深入分析了1949年以来台湾诗坛上本省籍诗人与外省籍诗人分道发展的根本原因。

中华诗词学会原副会长杨逸明先生的《"新""旧"互鉴，诗歌才能繁荣》、华东师范大学胡晓明教授的《如何用旧体诗表达现代生活》，皆是以诗人的体验来讨论当代诗歌创作的重大问题。前者针对新诗像"青春痘"、旧诗像"老年斑"的现象，从语言、章法、形式三个方面论述"新""旧"互鉴，诗歌才能繁荣。他说："新诗和旧诗必须携起手来，中国诗坛才会有生气和前途，当代诗歌才会开创和跨入诗歌繁荣的新纪元。"后者所说的现代生活，特指现代人的思想生活，认为所谓"传统诗歌能否表达现代生活"以及"如何表达"，其实都是伪命题。其关键在于作者这个人本身，首先你要具备写作传统诗歌的技巧与功力，能够写好诗；其次你要具有现代思想观念，具有现代精神生活的习惯，才有可能表达。而北京大学杨卓老师的《当代旧体诗词文本意象创新研究》，则是从学理层面就当代旧体诗词文本意象的创新问题进行分析与阐发，她认为文本意象即作品中承载一定意义的语义结构，中国传统文论中相关论述多受周易及老庄等学说的深刻影响，文本意象被要求服务于作者的心灵，即实现"以意驭象"。论文围绕当代旧体诗词文本意象中"物象""事象"和"文本呈现方式"三个方面，着重探讨其对于传统的继承与创新之处。

台湾师范大学许俊雅教授是特邀莅会而作《〈全台诗〉整理编纂过程及相关问题探讨》的主题报告，她作为《全台诗》的协同主持人，曾参与了自2001年开始整理编纂、至2018年已出版55巨册《全台诗》的过程。该大型丛书收录包括台湾本地人所作诗，和到过台湾的外地人所写有关台湾的诗作。汇辑诗作的时间范围，始于明郑（1661—1683），迄于1945年，前后将近三百年。随着该丛书的陆续出版，不仅推助台湾阅读、吟诵、研究古典诗歌的热潮，而且有利于加强两岸在中华诗词研究领域的交流与合作。

三、关注汉诗领域的中外交流

富于韵味与魅力的中国古典诗词，不仅在中国境内生生不息，而且早就传播到周边国家，尤其是日本、韩国、越南等邻邦，还形成了各自的汉诗史，且互有交流与影响。因此，关注域外汉诗的发展，以及汉诗领域的中外交流，也是中华诗词古今演变研究的重要论题之一。本届研讨会收到相关论文九篇，占论文集的近五分之一。

在域外汉诗的谱系中，以日本汉诗的历史最为悠久，其第一部汉诗集《怀风藻》编定于公元751年，但堪称汉诗全盛的时代应是江户中后期，日本关西大学文学部长谷部刚教授在《日本古文辞派明诗选〈唐后诗〉的初步探索》一文中所讨论的《唐后诗》一书，就是江户中期古文辞派领袖荻生徂徕（1666—1728）所选编的一部明代诗歌总集，其书现藏于关西大学"泊园文库"，凡七册。从第一册《总论》前服部南郭于享保五年（1720）所撰《序》以及《总目录》可知，全书原拟编为十集，分体编排，但癸集题为《本邦》，即拟录日本汉诗，可惜今仅见丁集《五言律诗》（装订为上中下三册）、庚集《五言绝句》、辛集《七言绝句》（装订为上下二册），其他七集实未编成，虽非完本而弥足珍贵，长谷部刚从文献学角度所作的考察具有重要意义。

明治以降，虽然维新派人士力主脱亚入欧，但写作汉诗的风气仍然颇盛，尤其与奉行闭关锁国政策的江户时代有所不同的是，中日建立外交关系后为双方诗人直接进行交流提供了便利，而近代兴起的报刊又在一定程度上改变了诗歌创作与传播的方式。日本武库川女子大学柴田清继教授的《日本汉学家长尾雨山的诗歌论著初探》，论述近现代汉学家兼汉诗文作家长尾雨山（1864—1942）的诗歌论著《论支那古代之诗变》（1894—1895年间以日文连载于《支那学》杂志上的，其《诗想》一文则发表于《龙南会杂志》第61号），柴田教授在查阅近现代报刊时发现了这些长期不为人知的珍贵资料，并加以评述，这对于学界加强对汉诗领域的中日交流研究颇有启示意义。复旦大学黄仁生教授

的《论叶松石与明治诗坛盟主森春涛的汉诗交流与唱和》一文，也主要
是从明治时代出版的汉文报刊与著作中搜集资料进而展开论述的。叶松
石（1839—1903）为浙江嘉兴诗人，明治时期曾两度访问日本，虽然
加起来不到五年时间，但他曾与数以百计的日本文人交往，在明治文坛
一度声名藉藉，甚至获得过"词宗"的美誉，其知名度和影响力，远大
于他在中国生活的六十年。该论文从以诗定交到相知互赏、分别后的诗
书往来、作者与媒体主持者之关系三个角度详细论述了叶松石与明治诗
坛盟主森春涛（1819—1889）的交往与唱和，虽为以往少有人知的个
案考察，却不失为探讨近现代中日汉诗交流的一种有益的尝试。云南中
华文化学院陈友康教授的《吾辈同文有夙缘——近代云南诗人与长冈
护美的交游和唱酬》，首次对僻处西南一隅的云南诗人陈荣昌（1860—
1935）、袁嘉谷（1872—1937）、钱良骏等与明治时期的重要人物长冈
护美（1842—1906）的交游与汉诗唱酬活动进行了考察与评论，认为这
"意味着边地诗歌进入国际领域，是云南诗歌史上的重要事件"，进而指
出："这从一个侧面反映了现代化进程中中国融入世界的趋向和带来的益
处。它带来诗人跨国交往，带来眼界、心胸的展拓，思想观念的新变，
自然会给旧体诗造成刺激而孕育出新的思想元素，呈现现代性意涵。"
浙江财经大学熊啸老师的《传统的背离与意义的建构——中日古典诗歌
史坐标系中的艳诗》，则是从宏观角度考察中国艳诗的传统与日本艳诗
的关系，认为艳诗对美的关注与表达及对爱情体验的书写与儒家所确立
的文学传统分道扬镳，是以其在初次兴盛后不久就在史书中被盖上"亡
国之音"的印记，但艳诗危险的魅力却又促使诗人们不断从事其创作，
并在背离于传统的同时展现出个性化乃至先锋性、现代性的色彩，这在
中国与日本古典诗歌史上大量的创作中都可得到印证。此外，儒家诗论
的批判态度又使得艳诗在长期的创作中表现出一种集体的无意识：只有
达成某种意义的建构才能使其在诗歌史上有所树立，是以不同作者虽有
不同的表现，但其创作所构成的集合确实在诗歌史上形成了一个另类的
传统，并与现代文学中的部分作品及文学的现代性意识有着千丝万缕的
联系。

　　新加坡、马来西亚的汉诗虽然兴起较晚，但也各具特色。新加坡南

洋理工大学王兵老师的《论新加坡华文旧体诗人的身份认同》与陕西师范大学赵颖副教授的《清末新马竹枝词的文化图景与历史价值研究》二文，分别从不同角度进行考察与阐释。前者认为自1819年现代新加坡成立以来，不同世代的华人移民陆续来到新加坡，其中少数知识分子建立文学社团，创作旧体诗歌，不同世代的诗人以不同的方式记录下他们各自眼中的"南洋"：对于寓居诗人而言，南洋是作为异域的存在，这个术语指的是整个东南亚，特别是马来西亚和新加坡，他们诗歌反映出强烈的思乡情怀。相比之下，"归化"的第一代和本土作家认为南洋是他们的故乡，他们的诗歌更多地关注新加坡的故事和经历。因此，新加坡华人移民的旧体诗歌虽然借鉴了中华传统文化的精髓，但也有自己的特色。后者选择竹枝词这种兴起于中唐而盛行于元明清并且传播到周边国家的特殊诗体来考察汉诗曾对新加坡、马来西亚所产生的深层影响，认为清末以来，伴随新马两地华文报刊的繁荣，以吟咏风土人情为主要内容的竹枝词被刊载在这些华文报纸的副刊。这些竹枝词，因为反映地方风俗、记载社会风景，隐喻了创作者族群认同的心态。竹枝词作为新马社会的史料，在社会发展的不同时期彰显出特殊的文学意义、思想意义。细化新马竹枝词所反映的内容，以市井生活描写构成对新马华人社会研究史料的补充。

琉球作为曾经存续过相当长一段时期的王国，其汉诗也颇为兴盛。自复旦大学出版社于2013年推出《琉球王国汉文文献集成》以来，相关的研究论著也逐渐增多。扬州大学张明明老师的《琉球诗文集闽人序跋及其批评史意义》、上海师范大学博士生吴留营的《琉球试帖诗与清代诗学流变》二文，皆是就琉球汉文学与清代文学的关系进行考察。前者着重探析清代福建文人为琉球诗文集所作序跋题识及其批评史意义，认为闽人序跋针对琉球人"藩国文士"的身份，提出"天生之才，不域于地"的文学地理观；对琉球久米村"闽人三十六姓"后裔的家族文学现象予以特别关注；在创作论方面，则集中于讨论基础技法层面的"诗格""诗法"论；此外，琉闽两地文人多修通家之好，为其文学交游论提供了依据。后者探讨琉球汉诗中的试帖诗之兴衰历程，认为其随清代科举改制与诗学宗尚的转移而代变。清代中后期国难加深，文人士大夫期望重振风雅的努力亦可借琉球试帖诗以观。

四、重新审视诗乐结合的传统

中国古代诗歌在相当长的时期内都存在一个诗乐结合的传统，因而凡是可合乐歌唱的诗歌体式（含后起的词与曲）都可以称作"乐府"，也可称作"歌诗"，其最大的优点是可以借助音乐的功能而向大众广泛传播。后来随着文人对于诗歌表现技艺的深入探求以及篇幅的扩展而出现诗、乐分离，即朝着徒诗化的方向发展，但因继续坚守声韵规则，仍然可以吟诵。换言之，即使是徒诗，仍然具有声韵美。本届研讨会专门讨论相关问题的论文虽然仅有四篇，却因为有上海音乐学院师生的"古谱诗词展演"相配合，而成为最赏心悦目的论题。

澳门大学施议对教授的《中国诗歌古今演变的乐曲标志》是一篇宏观审视诗乐结合传统的重要论文，他认为一部中国诗歌发展史就是一部乐歌形式演变史。上古时代，诗以言志，歌以永言。言志传统与歌永传统成为中国诗歌发生、发展的基石。孔子删诗，乐歌创作从神坛走向乐坛，孔门的诗教与诗学，既承袭神坛乐歌的言志传统，以诗设教，为乐歌创作确立政教规范，亦承袭神坛乐歌的歌永传统，以诗立学，对于神坛乐歌所创造的乐歌形式，于实践中直接或者间接地加以运用，令其更臻完善。20世纪之初，中国诗歌发展进入现代转型期，正体与变格之争，转化为新体与旧体之争，体现了中国诗歌正与变的坦途与险道。世纪新体诗的始创，标志着古今转换的形式创造，对于后来者的传旧与创始，至今仍具有一定的参考价值。

复旦大学蒋凡教授的《文学和音乐的双向交流与融合新生——以古今诗歌的吟唱为中心》，着重论述文学与音乐之间双向交流、互动共进、甚或融合新生的内在关系。认为诗词作为语言的艺术，必具形、音、义三个方面。但现在学校的诗词教学之路，大多是从"形"到"义"，即通过视觉形象来欣赏诗词的审美艺术，这当然是必要的；但如因重"形"而失其"音"，忽略了诗词的吟诵、吟唱甚或歌唱的传统教学方法，那也是一偏之见。诗词之"音"，也就是诗歌的音乐美，是从人的听觉器官耳朵方面来进行欣赏的。这样，文学，特别是诗歌，是从形、音、义三大方面入手来共同成就其审美艺术价值的,犹如古代的三足铜鼎大器,缺一不可。如果文学诗词的审美,只从眼中所见之"形"来想象,只从文字意义方面来求索,而缺乏听觉形象之"音"的传达与塑造,则如三足大鼎折了一足,必然造成"鼎折足,覆其悚"的严重后果。他说:"只用眼而不重耳,这不就把文学诗词的审美价值,损失了一半吗?欣赏诗词如果不去关注文学与音乐的关系,不去挖掘诗词的音乐美的丰富内涵,不歌不诵,不吟不唱,那么教师在上诗词赏析课时,尽可讲得天花乱坠,但却改变不了诗词审美艺术少了一大角的现实缺陷,能无惜乎!"在讨论会上,这位年届八十的老翁一边慷慨激昂地发表见解,一边抑扬顿挫地吟诵古今名诗,引发与会者的阵阵掌声。

南京师范大学陈书禄教授《20世纪后期歌谣的新兴》一文关注当代民间的各种歌谣,包括农牧工商的劳动歌、刺恶颂善的时政歌、礼俗习尚的仪式歌、男女相悦的情歌、世态炎凉的生活歌、钟灵毓秀的风物歌、千姿百态的传说歌、天真烂漫的儿歌等。之所以说20世纪后期是歌谣的新兴期,是因为这个时期的创作与传播空前活跃,并且艺术形式与风格具有多样性:一是声与义的双重美感;二是即景生情,托兴寄意,比兴和排比、复沓、双关、谐音、对唱、重叠、顶针格等手法运用更加得心应手;三是清新自然的主导风格;四是多姿多彩的地域特色。在讨论中,陈教授还补充论述了民间歌谣的经典化问题,包括经典化的可能性、经典化的途径以及经典化的价值取向。

上海音乐学院杨赛副研究员《论古谱诗词的传承与当代诗词的复兴》一文,结合他近十年来致力于古谱诗词的整理、翻译(将古代曲谱译为简谱、五线谱)、歌唱以及相关人才的培养而作的阐述,认为"在世界诗歌之林中,中国诗歌最重要的特点是诗歌与音乐不可分离","诗词与曲谱是中华民族语言习惯、情感认同、文化传统、思想观念的集中体现,凝聚着中华民族普遍认同和广泛接受的道德规范、思想品格和价值取向,具有极为丰富的思想内涵。整理词章和曲谱,建设课程体系,加强师资培训,增加情境体验,促进交流互动,必将增强中华优秀传统文化的凝聚力和传播力,推动中华文化落地生根,开花结果,阔步走出去"。他与他的团队从《白石道人歌曲集》《乐律全书》《魏氏乐谱》《新定九宫大成南北词宫谱》《碎金词谱》《碎金续谱》《东皋琴谱》《梅庵琴谱》等宋、明、清宫调谱、减字谱、工尺谱、俗字谱中，选出一千多首诗词，做了整理与阐释、译介与编配、创作与表演、教育与交流等四个方面的工作，其中尤以开展古谱诗词的系列展演，已在国内外产生深远影响。为了让与会代表能够现场感受与体验古谱诗词在当代重新演唱的效果，会务组邀请其团队在28日下午第二场研讨会论文发表结束后延长一小时（17：30—18：30），举办了一场《风雅中华古谱诗词展演》，杨赛担任艺术总监和导聆，上海音乐学院研究生、本科生仇红玲、刘玲杉、李彩霞、王梦鸾、刘可嘉、吴紫雪、徐乾一（钢琴伴奏）等在会场演唱了刘彻《秋风辞》、王维《伊州歌》、白居易《花非花》、柳宗元《杨白花》、温庭筠《菩萨蛮》、李煜《虞美人》《相见欢》、晏殊《浣溪沙》、欧阳修《临江仙》、苏轼《蝶恋花》、林逋《长相思·惜别》、李清照《武陵春》等十二首诗词，在时而激越时而悠扬的旋律中，古谱诗词的韵律、格律和音律得到完整体现，语感、乐感、情感、美感达到高度统一，台上声情并茂的穿越式演唱，与台下代表们的轻声击节产生共鸣，为重新恢复诗乐传统作了一次生动形象的展示。

正如中华诗词研究院学术部副主任莫真宝在闭幕式上所说："紧张有序的一天半的研讨会，是智慧之光的闪耀，是知识之花的绽放，更是友谊之树的舒展。"也正如复旦大学中国古代文学研究中心副主任周兴陆教授所总结的那样："本次会议有两个关键词，第一是'跨越'，既包括时间的跨越，也包括空间的跨越，这体现了我们学者论域的开阔；第二是'交融'，包括文体的交融、新旧的交融、理论研究与创作实践、教学实践的交融。"尤其值得一提的是，吴怀东教授、胡晓明教授在研讨会的发言与评议中，还郑重地追忆了复旦大学"杰出教授"章培恒先生于21世纪初倡导开展中国文学古今演变研究的情景与深远意义，黄霖教授在闭幕式上对此作出回应："我们之所以愿意与中华诗词研究院开展合作，正是为了践行章培恒教授生前倡导开展中国文学古今演变研究的学术理念，我对古今演变研究还是很有感情的，即使这种合作主要是在诗词领域坚持古今演变研究，也仍然具有重要意义。尽管我的主业是研究古代文学，我自己觉得很重要的一点是和当今的结合，不要把古代文学完全搞成历史的东西、遗产的东西，应该和当今结合起来。"而莫真宝博士则在闭幕式上回顾了中华诗词研究院与复旦大学的合作："2015年3月22日，杨志新副院长率队来上海，和复旦大学中国古代文学研究中心黄霖教授与黄仁生教授、复旦大学研究生院院长钟扬教授就具体的合作进行会谈并达成协议，正式翻开我们与复旦大学进行学术合作的新篇……通过四年多的合作，在提升中华诗词研究院的学术品位，推动中国诗歌古今演变研究的教学与学科建设，推进现代以来诗词学理性研究等方面，得到了学界同仁的广泛支持，产生了令人瞩目的学术成果！"最后，莫真宝博士还说："我站在中华诗词研究院学术研究部的立场，期待能与复旦大学中文系等教学与学术研究机构进一步接触，加强沟通和交流，把双方的合作水平，提升到一个新的台阶，把20世纪以来的诗词研究，推进到一个新的境界！"

【作者简介】黄仁生，复旦大学中国古代文学研究中心教授，博士生导师；王春，复旦大学中国古代文学研究中心博士研究生。

编　后　记

正值纪念"五四运动"一百周年之际,《中华诗词研究》第五辑编辑完毕,即将出版发行。一百年前,旧体诗词虽曾遭遇过"革命"浪潮的冲击,但实际上更主要的还是先驱者们受"进化论"影响而提倡"新文学"的一种策略,具有悠久而辉煌历史的传统诗词不仅没有被消灭,而且随着时光的推移,有相当数量的新文学家后来也"勒马回缰作旧诗",甚至有郁达夫那样的新文学家竟一直坚持写作旧诗,而基本上不作新诗。这当然不能简单归因于所谓"骸骨的迷恋",反而恰好有力地证明:作为汉语言文学精华的传统诗词样式具有恒久、顽强的生命力,尤其是20世纪80年代以来,旧体诗词持续发展,呈现出逐渐复兴的态势。进入新时代以来,习近平主席关于传统诗词的重要指示精神和中共中央、国务院确定的传承发展中华优秀传统文化的文化方略,又有力促进了传统诗词文化的创造性转化与创新性发展。近40年来传统诗词之所以能够得以复兴与弘扬,其根本原因应在于,真正体现中华诗词发展规律的是源远流长的"通变论",而非从近代生物学领域借来的"进化论",即使受汉译外国诗影响颇大的新诗,也仍然曾从传统诗词中汲取过丰富的营养。

正是基于上述共识,复旦大学中文学科与中华诗词研究院自2015年开始合作,至今已近五年,从联合开设中国诗歌古今演变研究FIST课程,到连续合办中华诗词古今演变研究学术研讨会,都基本上贯彻了这种学术理念,并且将其中取得的一部分学术成果,通过合办《中华诗词研究》丛刊而比较集中地呈现给学术界与创作界,持续以"立足当代,贯通古今,融合新旧,兼顾中外"的学术取向与办刊特色而为大家所支持。

本辑所载19篇论文,17篇直接采自《第三届中华诗词古今演变学术研讨会论文集》（2018年11月28至29日在上海举行），另有杨赛副研究员的一篇，是在他原来提交的《论古谱诗词的传承与当代诗词的复兴》基础上大改而成；还有黄仁生教授与王春同学合撰的一篇，则是在"第三届中华诗词古今演变研究学术研讨会"闭幕以后所作学术综述。为将上述论文分置于大致适当的栏目，本辑除了保留"诗学建构"（4篇）、"诗史扫描"（8篇）、"诗教纵横"（2篇）、"中外交流"（2篇）四个栏目以外，还特地新增了"前沿速递"一栏，编入《〈全台诗〉整理编纂过程及相关问题探讨》《古谱诗词传承与当代诗词文化——国家艺术基金古谱诗词传承人才培养项目综述》《贯通古今，兼顾中外——第三届"中华诗词古今演变研究"学术研讨会综述》三文，旨在从学术的角度将中华诗词研究前沿信息——诸如大型丛书的编纂、重大项目的进展、重要学术会议的成果——及时向学术界与创作界报告。鉴于上述所采参会论文的主要观点，《贯通古今，兼顾中外——第三届"中华诗词古今演变研究"学术研讨会综述》一文已经作了归纳与评论，这里不拟重复，但还有必要就有关问题做两点说明。

一是主办方在第三届"中华诗词古今演变研究"学术研讨会邀请函中，曾明确约定："提交会议的论文作为初选作品，参加中华诗词研究院设立的'屈原诗学奖'2018年度的评选活动。"后来实际收到论文47篇，全部作为首届"屈原诗学奖"初选作品提交，经过初评、终评两轮遴选，简锦松教授的《"〈北台风光图〉征诗"与台湾诗坛本省、外省籍诗人分合的根本原因》与杨卓博士的《当代旧体诗词文本意象创新研究》二文获得诗学论文奖。

二是尚有超过半数的参会论文未能编入本丛刊，或因作者已投寄他刊，或来不及修改定稿，或本来已进入编排程序，却因篇幅限制而延至下一辑刊出。当然也有少数几篇偏重研究古代诗词、或兼论其他文体的厚重论文，与本丛刊宗旨存在一定距离，只好忍痛割爱。主办方之一的中华诗词研究院，作为国家专项诗词文化机构，其主要职责是"负责组织当代诗词创作、研究、评鉴与对外交流"，但现代诗词与当代诗词本来联系紧密，不宜分割，因而一直将20世纪以来的诗词发展作为关注的主要范围。主办方之一的复旦大学中文学科，本世纪以来一直积极

倡导中国文学古今演变教研活动，就诗词领域而言，民国以前皆可视为
"古"，1912年以来皆可视为"今"，凡通论古今的论文，无论你上溯
到上古、中古、近古，但最后都应论及"今"，或者说，溯"古"是为
了释"今"鉴"今"。但从古典诗词发展为现代诗词，必然有一个渐变
的时期，黄霖先生称之为"临界点"，并曾撰文提倡加强"临界点的研
究"，这个"临界点"的范围就是近代，或称晚清。因此，在邀请函所
列主要议题中，有"中日近现代汉诗交流研究"、"中韩近现代汉诗交流
研究"等。从各辑已刊论文来看，关于"中日近现代汉诗交流研究"已
连续推出最新成果，但可惜有关"中韩近现代汉诗交流研究"尚未引起
学者关注。

　　本辑从筛选稿件到编校审订，都是在复旦大学中国语言文学研究所
所长黄霖先生和中华诗词研究院副院长杨志新先生的指导下进行的。黄
仁生教授不辞辛苦继续承担了本辑的主要编务工作。中华诗词研究院学
术部副主任莫真宝博士把办好《中华诗词研究》丛刊作为推进学术部工
作的重要抓手，在采选稿件、联系作者、审订清样诸方面襄助甚多；杨
志新先生与黄霖教授就清样的最终审订曾分别发表意见，并最终达成共
识；复旦大学中国古代文学研究中心博士研究生王春则在本辑编辑过程
中做过一系列辅助工作，包括联系作者、研读文本、归置栏目、统一体
例、核对引文，皆尽心尽力，认真负责。

编　者

谨识于己亥谷雨

图书在版编目（CIP）数据

中华诗词研究.第五辑 / 中华诗词研究院,复旦大学中文系编. -- 上海:东方出版中心,2019.5
　ISBN 978-7-5473-1449-4

　Ⅰ.①中… Ⅱ.①中… ②复… Ⅲ.①诗词研究－中国 Ⅳ.①I207.2

　中国版本图书馆CIP数据核字（2019）第060202号

责任编辑: 赵　明
封面设计: 钟　颖

中华诗词研究　·　第五辑

出版发行：东方出版中心
地　　址：上海市仙霞路345号
电　　话：（021）62417400
邮政编码：200336
印　　刷：上海盛通时代印刷有限公司
开　　本：720 mm × 1000 mm　1/16
字　　数：340千字
印　　张：23
插　　页：2
版　　次：2019年5月第1版第1次印刷
ISBN　978-7-5473-1449-4
定　　价：58.00元